陈忠实论

中国当代作家论

谢有顺 主编

王金胜/著

陈忠实论

作家出版社

王金胜 ■ 文学博士,青岛大学文学院教授。主要从事中国当代文学史研究和当代文学理论批评。在《文艺研究》《中国现代文学研究丛刊》《文艺争鸣》《当代作家评论》《中国当代文学研究》《南方文坛》《小说评论》等刊物发表论文,出版有专著《新时期小说的自我认同》《现代抒情与抒情的现代性》等。主持国家社科基金一般项目和省部级社科基金项目。获《当代作家评论》优秀论文奖(2016年度)、《中国当代文学研究》优秀论文奖(2019年度)。

主编说明

　　自从到大学工作以后，就不时会有出版社约我写文学史。很多文学教授，都把写一部好的文学史当作毕生志业。我至今没有写，以后是否会写，也难说。不久前就有一份高等教育出版社的文学史合同在我案头，我犹豫了几天，最终还是没有签。曾有写文学史的学者说，他们对具体作家作品的研究，是以一个时代的文学批评成果为基础的，如果不参考这些成果，文学史就没办法写。

　　何以如此？因为很多学问做得好的学者，未必有艺术感觉，未必懂得鉴赏小说和诗歌。学问和审美不是一回事。举大家熟悉的胡适来说，他写了不少权威的考证《红楼梦》的文章，但对《红楼梦》的文学价值几乎没有感觉。胡适甚至认为，《红楼梦》的文学价值不如《儒林外史》，也不如《海上花列传》。胡适对知识的兴趣远大于他对审美的兴趣。

　　《文学理论》的作者韦勒克也认为，文学研究接近科学，更多是概念上的认识。但我觉得，审美的体验、"一个灵魂唤醒另一个灵魂"的精神创造同等重要。巴塔耶说，文学写作"意味着把人的思想、语言、幻想、情欲、探险、追求快乐、探索奥秘等等，推到极限"，这种灵魂的赤裸呈现，若没有审美理解，没有深层次的精神对话，你根本无法真正把握它。

　　可现在很多文学研究，其实缺少对作家的整体性把握。仅评一个作家的一部作品，或者是某一个阶段的作品，都不足以看出这个作家的重要特点。比如，很多人都做贾平凹小说的评论，但是很少涉及他的散文，这对于一个作家的理解就是不完整的。贾平凹的散文和他的小说一样重要。不久前阿来出了一本诗集，如果研究阿来的人不读他的诗，可能就不能有效理解他小说里面一些特殊的表达方式。于坚也是一个典型的例子。很多人只关注他的诗，其实他的散文、文论也独树一帜。许多批评家会写诗，他写批评文章的方式就会与人不同，因为他是一个诗人，诗歌与评论必然相互影响。

如果没有整体性理解一个作家的能力，就不可能把文学研究真正做好。

基于这一点，我觉得应该重识作家论的意义。无论是文学史书写，还是批评与创作之间的对话，重新强调作家论的意义都是有必要的。事实上，作家论始终是中国现代文学的一个宝贵传统，在1920—1930年代，作家论就已经卓有成就了。比如茅盾写的作家论，影响广泛。沈从文写的作家论，主要收在《沫沫集》里面，也非常好，甚至被认为是一种实验。中国现代文学研究界的许多著名学者都以作家论写作闻名。当代文学史上很多影响巨大的批评文章，也是作家论。只是，近年来在重知识过于重审美、重史论过于重个论的风习影响下，有越来越忽略作家论意义的趋势。

一个好作家就是一个广阔的世界，甚至他本身就构成一部简易的文学小史。当代文学作为一种正在发生的语言事实，要想真正理解它，必须建基于坚实的个案研究之上；离开了这个逻辑起点，任何的定论都是可疑的。

认真、细致的个案研究极富价值。

为此，作家出版社邀请我主编了这套规模宏大的作家论丛书。经过多次专家讨论，并广泛征求意见，选取了五十位左右最具代表性的作家作为研究对象，又分别邀约了五十位左右对这些作家素有研究的批评家作为丛书作者，分辑陆续推出。这些作者普遍年轻，锐利，常有新见，他们是以个案研究的方式介入当代文学现场，以作家论的形式为当代文学写史、立传。

我相信，以作家为主体的文学研究永远是有生命力的。

谢有顺

2018 年 4 月 3 日，广州

目录

第一章 "人民文艺"时代的"文学新人"

第一节 "新的人民的文艺"与陈忠实文学理想的确立

1942 年，毛泽东《在延安文艺座谈会上的讲话》提出文艺为政治服务、文艺为工农兵服务的方针，将文艺的"工农兵方向"作为革命现实主义文学创作必须遵循的基本方针。1949 年 7 月，第一次文代会在北平召开，周扬作主题报告《新的人民的文艺》。在报告中，周扬指出："文艺座谈会以后，在解放区，文艺的面貌，文艺工作者的面貌，有了根本的改变。这是真正新的人民的文艺。文艺与广大群众的关系也根本改变了。文艺已成为教育群众、教育干部的有效工具之一，文艺工作已成为对人民十分负责的工作。"[①]周扬进而指出："在解放区，由于得到毛泽东同志正确的直接的指导，由于人民军队与人民政权的扶植，以及新民主主义政治、经济、文化各方面改革的配合，革命文艺已开始与广大工农兵相结合。"[②]毛泽东的《讲话》被确定为新中国文艺的方向："毛主席的《在延安文艺座谈会上的讲话》规定了新中国的文艺的方向，……除此之外

---

① 周扬:《新的人民的文艺》,《周扬文集》第一卷，人民文学出版社 1984 年，第 512 页。

② 周扬:《新的人民的文艺》,《周扬文集》第一卷，人民文学出版社 1984 年，第 512—513 页。

再没有第二个方向了，如果有，那就是错误的方向。""解放区的文艺是真正新的人民的文艺。"①"现在摆在一切文艺工作者面前的主要任务就是创造无愧于这个伟大的人民革命时代的有思想的美的作品。"②作为解放区文艺的历史性延续和全国性展开，新中国文艺自然就是贯彻了文艺的"工农兵方向"的"新的人民的文艺"。

具体来看，文艺"工农兵方向"的基本内涵涉及三个主要方面。

首先，作为文艺接受者的工农兵。"文艺为工农兵服务"首先强调的是文艺的服务对象，即文艺的接受者——工农兵。工农兵是一切文艺创造的意义生成的决定因素。当然，这里的工农兵作为宏大的人民话语的主体构成因素，与其作为中国革命的主体力量直接有关，且与毛泽东的政治思想和政治策略密切相关。其次，作为文艺创作的对象和内容的工农兵。如果说第一点强调的是"为什么人服务"的问题，这一点强调的就是"写什么人"的问题。毛泽东提出，新的革命的文艺应该将"由老爷太太少爷小姐统治着舞台"的"历史的颠倒""再颠倒过来"，恢复"历史的面目"，"历史是由人民创造的"，新的文艺应该描写历史的真正创造者——人民，以工农大众为主体的人民，人民的生活、斗争、思想、情感应该成为新的文艺的表现对象。再次，作为文艺创造者的工农兵。毛泽东对知识分子作家能否成为实践文艺"工农兵方向"的合格主体持相当的保留和不信任态度。他认为知识分子作家因其阶级出身、所受的教育等因素影响而具有非无产阶级性或小资产阶级性，"他们是站在小资产阶级立场，他们是把自己的作品当作小资产阶级的自我表现来创作的，我们在相当多的文学艺术作品总看见这种东西"③。"小资

---

① 周扬：《新的人民的文艺》，《周扬文集》第一卷，人民文学出版社1984年，第513页。

② 周扬：《新的人民的文艺》，《周扬文集》第一卷，人民文学出版社1984年，第532页。

③ 毛泽东：《在延安文艺座谈会上的讲话》，《毛泽东选集》第三卷，人民出版社1991年6月第2版，第856页。

产阶级出身的人们总是经过种种方法，也经过文学艺术的方法，顽强地表现他们自己，宣传他们自己的主张，要求人们按照小资产阶级知识分子的面貌来改造党，改造世界。"① 正是基于这种对知识分子的总体上、根本的不信任，尽管毛泽东始终坚定不移地强调改造知识分子世界观，将深入工农兵生活作为解决文艺工农兵方向的重要措施，但对他来说，要建设真正的无产阶级文艺和社会主义文艺，掌握社会主义文化领导权，还是需要建设真正的无产阶级和社会主义文艺队伍，特别是将工人、农民、士兵作为这一文艺队伍最重要的成员，从工农兵中发现、选拔、扶持和培养"作家"——"工农兵作者"。

新中国的成立，标志着以工农兵为主体的中国人民站起来了，也标志着中国人民以崭新的工农兵身份和形象走上新的历史舞台。在此新的历史情境下，社会主义文艺的建设与发展，从创作主体、对象主体和接受主体三个维度上，都具有了前所未有的充分的可能性和必要性，尤其是从创作主体方面来说，当工农兵作为历史创造者的核心力量登上中国历史舞台的同时，它的新的人民文艺的创造者的身份，不再是以前的必要性和可能性，而是具备了无可置疑的合法性和现实性。

陈忠实农民出身，世代农耕为业，陈忠实的父亲陈广禄是个当时农村中少见的有些文化的地道的农民，"父亲是一位地道的农民，比村子里的农民多了会写字会打算盘的本事，在下雨天不能下地劳作的空闲里，躺在祖屋的炕上读古典小说和秦腔戏本。他注重孩子念书学文化，他卖粮卖树卖柴，供给我和哥哥读中学，至今依然在家乡传为佳话"②。父亲对陈忠实的要求有着中国农民传统的务实

---

① 毛泽东：《在延安文艺座谈会上的讲话》，《毛泽东选集》第三卷，人民出版社1991年6月第2版，第875页。

② 陈忠实：《家之脉》，《陈忠实文集》第6卷，人民文学出版社2015年，第133页。

性，"父亲对我的要求很实际，要我念点书，识得字儿，算得数儿不叫人哄了就行了，他劝我做个农民，回乡务庄稼，他觉得由我来继续以农为本的家业是最合适的。开始我听信父亲的话，后来就觉得可笑了，让我挖一辈子土粪而只求得一碗饱饭，我的一生的年华就算虚度了"①。陈忠实父亲还对儿子进行传统道德教育，"父亲自幼对我的教诲，比如说人要忠诚老实啦，人要本分啦、勤俭啦"，对已经读了《钢铁是怎样炼成的》《牛虻》等文学书籍的陈忠实来说，"就不再具有权威的力量。我尊重人的这些美德的规范，却更崇尚一种义无反顾的进取的精神，一种为事业、为理想而奋斗的坚忍不拔和无所畏惧的品质"②。从陈忠实的此番自述中，很难直接看到中国当代社会政治和历史对其家庭的影响。但不难想象，从其父辈开始，陈忠实一家应该完整地经历了土改、农业合作化、人民公社化、"大跃进"等当代农村的历史性变革。当代中国情境下的农民，已经不同于历史中的农民，他们被认为是中国历史的创造者，也被认为是当代中国风云激荡的历史命运的承担者和承受者。陈忠实叙述了父亲"传统性"和"农民性"的一面，对照性地写出了自己"现实性""当代性"或"超传统性""超农民性"的一面。但我们不应忽视的是，"传统性"和"农民性"的父辈，无法超越当代中国的政治性情境；同样，"当代性""超农民性"的儿子，也无法彻底超越中国（农民）的"传统性"和"农民性"。只是父辈的"当代性"一面未进入陈忠实的叙述，而儿子的"传统性"和"农民性"在"当代性"语境中尚未被充分地自觉地认知，而这一认知需要在"新时期"才获得充分的自觉，"父亲"的"教诲"在《白鹿原》时代的写作中才得以充分凸显。

当时的陈忠实"感觉不能过像阿尔青（保尔的哥哥）那样只求

①　陈忠实：《忠诚的朋友》，《陈忠实文集》第 3 卷，人民文学出版社 2015 年，第 476 页。
②　同上。

4

温饱而无理想追求的猪一样的生活"，这既来自对经典文学作品的阅读所受的超越现实、献身人类争取自由幸福的壮丽事业等感受，也来自陈忠实所无法从根本上"剥离"的革命理想主义教育。陈忠实写道："大约在高中二年级的时候，我想搞文学创作的理想就基本形成了。"[①] 此时的陈忠实刚好十八岁，刚步入人生的青年阶段，从一般意义上讲，青年时期是人生中精神追求最为强烈的时期，陈忠实将文学作为自己的事业，做起"作家之梦"也属正常。但不可忽视的一个事实是，此前在 1958 年 11 月 4 日《西安日报》上发表了诗歌《钢、粮颂》。虽然全诗仅四行，二十字，但这是陈忠实"第一次见诸报刊的作品"。当时陈忠实正在西安第 18 中学读初二。1958 年秋，正是全民诗歌写作运动掀起高潮的时刻，陈忠实"看着骤然间魔术般变出诗画满墙的乡村，读着这样昂扬的诗句，我往往涌起亢奋和快乐。一次作文课上，老师让大家写歌颂'大跃进'、人民公社、总路线'三面红旗'的诗歌，我一气写下五首，每首四句。作文本发回来时，老师给我写下整整一页评语，全是褒奖的好话。我便斗胆把这五首诗寄到《西安晚报》去。几天后，……我看见了印在我名字下的四句诗。姑且按当年的概念称它为诗吧，尽管它不过是顺口溜，确凿是我第一次见诸报刊的作品"[②]。短诗在市委党报的发表，意味着青少年时代的陈忠实已经接受了当时的主流意识形态观念并初步掌握了大众化、通俗化和政治化三体合一的政治美学表意方式，其非同一般的意义在于陈忠实通过党的媒体系统进入了一个全民化阔大的政治美学空间，这一空间所激发的创作动力与激情，超越了贫瘠而狭窄的乡村生活现实空间，超越了父辈旧式的"传统性""农民性"的教诲，进入一个壮阔的充满理想主义

---

① 陈忠实：《忠诚的朋友》，《陈忠实文集》第 3 卷，人民文学出版社 2015 年，第 476 页。

② 陈忠实：《最初的操练》，《陈忠实文集》第 7 卷，人民文学出版社 2015 年，第 133 页。

的"新的人民的文艺"的世界。另外一个重要的事实是,在陈忠实确立自己文学事业梦想的前一年即1959年4月,正在读初三的陈忠实购买了刊发柳青《创业史》(发表时标题为《稻地风波》)"题叙"部分的《延河》杂志,此后每月按时购买《延河》阅读《创业史》,直至上高中一年级,《收获》1959年第6期全文刊发《创业史》,陈忠实托在西安当工人的舅舅购买这一期《收获》并完整读完《创业史》。陈忠实回忆自己初读《创业史》尽管不能完全理解,但梁三老汉、梁生宝、郭世富、富农姚士杰、改霞等留在陈忠实的记忆中终生未忘,"我在我们那个村子一个一个都能找到对应的形象。""到后来我越相信,《创业史》的人物在任何一个村子都能找到相应的生活人物。"陈忠实在此肯定的是小说所创造的人物形象具有充分的生活依据和艺术真实性,是生活本源性、本真性和艺术典型性的统一,正如他所说的:"到后来对文学有了不断加深的理解的时候,才明白了柳青从生活真实到艺术真实的这个过程,应该说达到了一个完美的过程,至今令我望尘莫及。"①

通过以上事实的分析,可以看出,陈忠实自读书开始,就处于一个新型社会主义文化空间和氛围之中,他的农民出身,所受的政治化革命化理想化教育,以及对新文学尤其是当代革命现实主义文学的阅读,都带有明显的意识形态性。相应地,陈忠实也在此过程中建构了最初的建立在当代意识形态基础之上的主体认同。及至进入写作,这种意识形态及其表意范式,也就构成其写作的唯一合法的话语资源,诉诸表达实践则是以"颂歌"情感主调的话语方式。

农民,是中国共产党领导的中国革命的主力军,是中国革命成功的重要依靠力量。新中国成立后,他们翻身做主人,成为以小生产者和小私有者身份出现的个体农民。继而中国共产党发动农业合作化运动,为国家工业化建设和发展汲取人力物力财力资源,改造

---

① 陈忠实:《我读〈创业史〉》,《陈忠实文集》第10卷,人民文学出版社2015年,第8页。

农民的小有产者的"剥削思想"和中国几千年以来的私有制,"农民"成为社会主义制度下的集体生产者和劳动者。"大跃进"开始,农民成为人民公社这一新的政治经济管理体制中的一分子——"人民公社社员"。在五六十年代的社会主义中国,"农民"不仅仅是一种从事农业生产劳动的职业身份,更是一种阶级身份和社会政治地位的象征,在其内部有更细致的阶层划分,"贫下中农最光荣"。就这样,新中国的农民不断地在历史发展中转换着自己的身份,或者说,在不断发展的具体的历史语境和政治话语叙述中,农民有着"主人""集体劳动者""人民公社社员"等不尽相同的身份,"农民"也在不同时代话语的规训和改造中,确立了自己的历史主体意识和阶级主体意识,建立并逐步完善了其对国家和政党意识形态的认同。

除了作为一个农民,陈忠实还有一个特殊的身份——返乡"知识青年"。1962 年,原本成绩优秀的陈忠实高考落榜,只能回到乡村老家,成为乡人眼里"读书无用"的活标本。这些不能继续升学而回乡或返乡的知青与那些城镇下乡知青相比,国家尽管在政策和待遇上有严格的不同,前者实际上是作为农民对待的,但在宣传上却是相同的。国家很重视农村知识青年返乡务农,1955 年中央就此问题下发一系列文件并发表社论,一些返乡知青模范在报刊广播中广泛传播。知青成为中国社会政治生活中的一个重要角色,是主流政治话语的团结对象,被赋予了社会主义文化生产者传播者的重要身份。周扬在 1965 年 1 月的一次讲话中,谈道:"现在农村里面有一种新的情况,回乡下乡的知识青年有相当大的数量,一个生产队里,不止是一个两个,有的是好几个,如果不在那里开展文化活动,也发挥不了他们的作用,所以我们要充分发挥回乡下乡的农村知识青年的作用,团结他们。"同时,周扬认为:"知识青年迫切要求的就是学习。……学毛主席著作。毛泽东思想,应该成为全民的思想,首先要成为全体青年的思想。其次是学习科学文化知识,可以搞科学研究小组，学习文化。另外，采取各种形式，比如黑板报、歌咏队等形式，业余剧团、故事员的形式，或曰群众的文化生活。但是学习要摆在第一位。假使农村有相当的青年农民懂得一点毛泽东思想，都有一点文化，都有科学知识，都有社会主义思想，那社会主义的阵地就比较巩固了。"[1] 回乡返乡知识青年是当代中国历史中出现的"新情况"，也是国家培养社会主义文学新人的重要对象。跟一般的农民相比，他们有较高的知识文化水平，而他们的农民身份又确保了政治、阶级和思想意义上的正确性，且他们更容易接触新人新事，也更容易接受新思想新观念。他们可以在农业生产之余，学习科学文化知识，从事文学艺术创作。以前由知识分子写工农兵，现在可以由工农兵写工农兵，工农兵既是言说的对象，同时又是言说的主体，这才是真正的"新的人民的文艺"。

第二节 文学教育与文学阅读：社会主义 "文学新人"及其培养机制（一）

培养社会主义"文学新人"是毛泽东实现新文化理想的重要举措。社会主义新文艺、新文化究竟由谁来建设，或者说，新文化、新文学的建设主体是谁，这是涉及无产阶级文化领导权的根本问题，也是毛泽东始终在思考的问题。在他看来，文艺要真正达到为工农兵服务的目的，要切实贯彻文艺的工农兵方向，就需要从工厂、农村和军队中发现和培养新的文学力量，使工农兵不仅是文学的表现对象、服务对象，更使其成为创作主体和文化主体。为了培养工农兵作者，使之成为社会主义文学的新生力量，新中国借助文学教育、作协体制、举办培训班、召开文学会议、创办文学期刊和报纸

---

① 周扬：《在全国少数民族群众文化艺术工作座谈会上的讲话》，《周扬文集》第4卷，人民文学出版社1991年，第372页。

副刊等多种途径和手段，为工农兵作者的培养和工农兵写作，提供了良好的制度保障。

首先，学校语文教育，是培养社会主义"文学新人"的基础性工作。"文学新人"的培养，需要庞大的文学阅读者作为基础，需要从遍布城乡的中小学做起最基础性的扫盲识字和文学意识最初的启蒙。中小学生是最可信最可靠的潜在的文学力量。正如毛泽东在谈到中国社会主义建设时所说："一张白纸，没有负担，好写最新最美的文字，好画最新最美的图画。"[①] 中小学生是一张"白纸"，他们可以通过循序渐进的学习获得成为社会主义"文学新人"的语言文学基础知识，可以通过他们的刻苦努力成为能够承担社会主义文化建设的主体力量。

社会主义新中国的成立使培养社会主义文学新人成为可能，也成为一项重要而迫切的任务。1949 年 9 月 21 日，毛泽东在政协第一届全体会议上宣布："随着经济建设的高潮的到来，不可避免地将要出现一个文化建设的高潮。中国人被人认为不文明的时代已经过去了，我们将以一个具有高度文化的民族出现于世界。"[②] 工农群众在获得新中国新社会的主人公地位之后，不仅要着眼于物质生活条件的改善，也要求政治权利上的民主和平等。人民当家作主意味着"人民"参与国家政治生活的平等权利、接受文化教育的平等权利。要从根本上获得积极的政治参与意识，在国家政治、经济、文化等各领域中发挥最大限度的能动性积极性，新中央政府利用国家权力推动大规模地提高工农文化水平，提高其参与文化文艺生产的自觉意识和实践能力，不仅是可能的，而且是极为必要的。自 1949 年至 1960 年，新中国先后开展了三次大规模的扫盲运动，在这"向

---

① 毛泽东：《介绍一个合作社》，《建国以来毛泽东文稿》第 7 册，中央文献出版社 1987 年，第 177 页。

② 毛泽东：《中国人民站起来了》，《毛泽东选集》第 5 卷，人民出版社 1977 年，第 6 页。

文化进军"的运动中,涌现出很多工农兵出身的业余作者。"战士作家"高玉宝、上海工人作家胡万春、唐克新、费礼文等,就是其中的代表者。时任《上海文学》副主编的魏金枝如此描述上海工人作者的创作道路:"当临近解放时,他们大多都还处于文盲和半文盲的状态之下,因为他们已经把早先学到的少得可怜的一点文化,也几乎完全荒废了。然而正在这时,中国解放了,他们都在中国共产党和人民政府的领导下翻了身,成为国家民族的主人,这才使他们有机会在工余之暇,学习一点文化,也才有机会倾诉一下自己过去的苦难,表达一下自己将来的抱负。"[①] 新社会新时代使工农获得了政治翻身,并进一步使其文化翻身,而工农在政治翻身文化翻身的同时,获得了作为一个阶级群体存在的自觉性,获得了一种表达和建构自身阶级主体的强烈愿望和政治意识。

1950 年春,八岁的陈忠实进入本村即西蒋村小学读书。此时,适逢全国开展工农扫盲识字教育。这是陈忠实个人识字、启蒙的开始,也适逢全国工农阶级文化翻身的开始。"个人"与"阶级"与"国家"就这样形成了不无巧合色彩的微妙关系。当时的课本分《语言》和《文学》两本,从前者,陈忠实接触到了"毛主席""共产党""压迫""剥削""翻身""解放""工人阶级""农民阶级""社会主义"等带有强烈意识形态色彩的词汇,并接受了其包含的意识形态内涵的洗礼;从后者,陈忠实阅读了赵树理等的作品并由此生长出阅读王汶石、刘绍棠、柳青等作品的心理欲望。无论是"语言""文学"还是"作文",其基本内容都是相通和相同的:歌颂共产党,歌颂人民领袖毛泽东,宣传主人翁意识、平等意识和人民当家作主观念,宣传阶级意识、阶级斗争思想和唯物主义历史观等。这些反映国家和政党意识形态诉求的中小学教育教学内容,提高了陈忠实文化水平和思想意识,既培养了人民当家作主的意识,

---

① 魏金枝:《我为我们的工人作者祝福》,《上海文学》1962 年第 5 期。

也塑造了阶级压迫与斗争意识，使之获得了观照现实、观察生活和认识世界的全新视角，在强大的意识形态塑形功能引导和规范下，从根本上建构了陈忠实新的主体认同。

陈忠实最初对文学发生兴趣是在上初中二年级时。他喜欢文学课本甚于干巴巴枯燥的语言课本。对于文学课本中的文学名篇，无论古今中外，无论诗词小说散文，陈忠实都是喜欢的。激发他最初的创作兴趣的是赵树理的小说。当时他最崇拜的作家就是赵树理："初中二年级对文学发生兴趣时，我顶崇拜赵树理。这一年里我从校图书馆借阅了赵树理截至那时所出版的全部长、中、短篇小说，以为这就是世界上最可尊敬的最伟大的作家了。"[1] 在这段属于文学最初启蒙时期的阅读中，赵树理的短篇小说《田寡妇看瓜》给他留下了深刻印象，让他感到"一种奇异的惊讶"，开启了他将自己曾经不以为意的乡间平凡人、事写成小说的愿望，"这些农村里日常见惯的人和事，尤其是乡村人的语言，居然还能写文章，还能进入中学课本，那这些人和事还有这些人说的这些话，我知道的也不少，我也能编这样的故事，写这种小说"[2]。在这种最初的文学启示和刺激下，激动的陈忠实生平第一次走进学校图书馆的大门，借到了赵树理的中篇小说单行本《李有才板话》。这是他第一次接触课本以外的读物，陈忠实带着浓厚的兴趣一口气读完这本小说，心里产生了"一种莫可名状的感觉"[3]。1965 年 1 月 28 日，在《西安晚报》发表快板《一笔冤枉债——灞桥区毛西公社陈家坡贫农陈广运家史片段》，从这篇散发着强烈时代气息的创作中，或许可以看到赵树理对处于写作起步阶段的陈忠实"文体"上的影响。这次阅

---

[1] 陈忠实：《文学是一种沟通——与莫斯科大学留学生汪健的通信》，《陈忠实文集》第 5 卷，人民文学出版社 2015 年，第 418 页。

[2] 陈忠实：《第一次借书和第一次创作——我的读书故事之一》，《陈忠实文集》第 9 卷，人民文学出版社 2015 年，第 47 页。

[3] 陈忠实：《忠诚的朋友》，《陈忠实文集》第 3 卷，人民文学出版社 2015 年，第 475 页。

读更加强化了阅读《田寡妇看瓜》时给他留下的印象："书中那些生动有趣的故事、活灵活现的人物，亲切逼真的北方农村的生活图景，使我一下子和我们村里的现实生活联系起来。那个机敏聪明、多才多艺的板人李有才，活脱就像我的那个张口就能甩出一串顺口溜来的叔叔。我所经历过的家乡的乡村生活画面，经过阅读这本书而再现到我的面前；我的有限的乡村生活的经验，第一次在铅印的文字中得到验证。"在那时的阅读中，"文学"主要起了"验证"生活或在生活中验证文学的作用，在这过程中，陈忠实也获得了最初的"文学"意识并在无意识中完成了最初的文学启蒙："第一次在书籍中验证自己经历过的生活，使我感到亲切、愉快，甚至使我觉得是第一次从混沌朦胧中的意识中睁开了眼睛，内心里有一种石破天惊的惊喜。"① 多年后，他再次提到这次阅读赵树理时说："这些有趣的乡村人和乡村事，几乎在我生活的村子里都能找到相应的人。"②

他创作的第一个短篇小说《桃园风波》虽然是写在作文本上，却因其虚构性而与写"真人真事抒发真实感想"的作文区别开来。这是一篇得到语文老师好评的文学作品，其意义不限于从"作文"到"文学"和"小说"的升华，也在于促使陈忠实生出了文学创作的自觉，可谓他最初的"文学意识"的觉醒，在陈忠实创作生涯中，也可以说是他最初的"文学自觉"。正如陈忠实谈到的，《桃园风波》有明显的向赵树理学习和"模仿"的影子。首先，给小说中的人物"起绰号"，作为人物性格、心理、思想和个性特征。这固然不能展现人物的丰富性和复杂性，但却突出了人物的个性，使之个性鲜明、形象生动、呼之欲出。其次，虚构与真实的混杂和交融。

① 陈忠实：《忠诚的朋友》，《陈忠实文集》第 3 卷，人民文学出版社 2015 年，第 475 页。

② 陈忠实：《第一次借书和第一次创作——我的读书故事之一》，《陈忠实文集》第 9 卷，人民文学出版社 2015 年，第 47 页。

这篇小说虽然是"编"的，但"故事都是我们村子里发生的真实故事"[①]。结合陈忠实创作总体来看，无论其散文还是小说，都强调历史和现实经验的实有性和实存性，文学创作所强调的虚构性，在陈忠实这里却往往是以自己亲历或耳闻目睹或文献史料的阅读为依据的。且不说散文中有大量的游记散文、回忆师友散文、体育足球观感散文，即便其小说中也有大量的陈忠实作为一个农民、一个乡村基层干部和一个文化馆干部的实际经历在其中，比如《四妹子》就是以改革开放初期，农村实行联产承包责任制时，出现的新人新事为原型而创作出来的。这篇小说，直接的创作资源和"脱胎"依据则是其获奖报告文学《大地的精灵》。《白鹿原》和"三秦人物摹写"系列小说，也各自有关中历史、文化的直接依据。这样处理纪实与虚构关系的好处是，能使作品不至于凌空蹈虚、面壁虚构、闭门造车，由直接生活经验生发出"亲切""鲜活""热腾腾"的生活"现场感"，其不利之处便是，往往被直接的生活经历和经验所拘泥，灵动性、超越性不足，陷入就事论事的经验主义。如果说，50年代至 60 年代赵树理的小说对纪实性的突出，和创作的直接取材现实生活中的人与事的特写，如《张来兴》《卖烟叶》《互作鉴定》《套不住的手》《实干家潘永福》等，是出于对"大跃进""浮夸风"等的"抵抗方式"，是赵树理作为一个思想和艺术已经成熟的作家，做出的自觉选择，那么陈忠实的做法则是一个初涉文学的"学徒"自然而然的无意识做法，也是大多数文学家必然要经历的一个阶段。最后，以一个农村老太太的故事为中心，写农业合作化，虽然有受赵树理影响的因素，但这也属于那个时代创作的潮流。陈忠实在此后创作、投稿《延河》杂志但没有发表的第二篇小说《堤》，写农业社成立后修水库的故事，也是在那个时代所提供的题材内容和艺术范式之内的写作。最初的这两篇小说虽然都没发表，但陈忠

① 陈忠实：《第一次借书和第一次创作——我的读书故事之一》，《陈忠实文集》第 9 卷，人民文学出版社 2015 年，第 48 页。

实对给他最早文学启蒙的两位"老师"——赵树理和高度肯定、热情指引他创作的语文老师车老师，始终念念不忘，心存感激，"许多年后，当我走进《延河》编辑部，并领到发表我的作品的刊物时，总是想到车老师，还有赵树理的田寡妇和李有才"[①]。

自 40 年代开始，陕西逐渐成为中国现代文学尤其是革命文艺的中心省份之一。柯仲平、马健翎、柳青、郑伯奇、胡采、杜鹏程、王汶石、魏钢焰、李若冰等成为陕西文学的代表性作家。作为土生土长的陕西作家，陈忠实难免不从小受其影响，"许久许久以来，我都陷入在关涉陕西作家和作品的话题之中"[②]。陈忠实将自己所受影响分为两个阶段。一是青少年时代的阅读，"最初是一种感情陷入。那是青少年时代阅读柳青《创业史》和王汶石的《风雪之夜》所发生的情感活动"[③]。二是正式开始文学创作并发表小说的青年阶段。"到二十世纪七十年代中后期，我能写一些小说并参与一些文学活动的时候，关于陕西作家和作品的议论，就成为几乎所有关涉创作的各种形式的活动里最重要的话题，一直延续几十年。"[④] 这些话题聚焦在陕西最具代表性的两代作家及其作品上。第二代即新时期成长起来并展示出创作实力的路遥、贾平凹、陈忠实等，第一代即"写乡村题材的柳青和王汶石，写战争和工业题材的杜鹏程，写诗歌和散文的胡征、魏钢焰和李若冰等作家"[⑤]。从最初的"情感陷入"到青年时代起充满热切浓厚的兴趣的讨论和议论，为陈忠实的文学成长和发展，提供了一个"颇为神圣的文学气

---

① 陈忠实：《第一次借书和第一次创作——我的读书故事之一》，《陈忠实文集》第 9 卷，人民文学出版社 2015 年，第 48 页。

② 陈忠实：《背离共性　自成风景》，《文艺报》2004 年 11 月 11 日。收入《陈忠实文集》第 7 卷，人民文学出版社 2015 年，第 478 页。

③ 同上。

④ 同上。

⑤ 陈忠实：《背离共性　自成风景》，《文艺报》2004 年 11 月 11 日。收入《陈忠实文集》第 7 卷，人民文学出版社 2015 年，第 479 页。

场和文学氛围"①。对于自幼在农村成长的陈忠实来说，书写乡村生活塑造农民形象的柳青和王汶石，无疑是首要的阅读对象。

对柳青《创业史》的阅读伴随着陈忠实的大半生，"在我几乎是大半生的沉迷"②。陈忠实对柳青《创业史》的最初阅读是在1959 年他上初三时。是年 4 月《创业史》第一部《稻地风波》开始在《延河》连载，并于 8 月号改题为《创业史》，至 11 月号连载完毕。其间，陈忠实节省两毛钱购买《延河》阅读《创业史》。他初中毕业后到西安三十四中读高中，因灞桥镇上的邮局不卖《延河》，阅读中断。后听说巴金主编的《收获》将于 1959 年第 6 期全文刊发《创业史》，就托在西安当工人的舅舅帮他买了一本《收获》，"几乎是置功课于不顾而读完了《创业史》（第一部）"。"这无疑是我所能读到的第一部描写我脚下这块土地的小说，新鲜新奇的神秘感几乎是无法抑止的"③。1960 年，《创业史》（第一部）由中国青年出版社出版单行本，他又托舅舅帮着买了一本。当陈忠实工作后将文学创作作为自己的理想追求时，"《创业史》便成为枕边的必备读物"④。后来陈忠实以毛西公社革委会副主任的身份到西安市南泥湾"五七干校"劳动锻炼，除了规定必带的《毛泽东选集》，"还私藏着《创业史》，在南泥湾的窑洞里阅读，后来不知谁不打招呼拿去了，也不还。我大约买了丢，丢了又买了九本《创业史》，这是空前绝后的一个数字"⑤。

陈忠实眼里这本神圣的类乎《圣经》的社会主义现实主义文学

① 陈忠实：《背离共性　自成风景》，《文艺报》2004 年 11 月 11 日。收入《陈忠实文集》第 7 卷，人民文学出版社 2015 年，第 478 页。

② 陈忠实：《一个空前绝后的数字——我的读书故事之三》，《陈忠实文集》第 9 卷，人民文学出版社 2015 年，第 51 页。

③ 陈忠实：《陷入与沉浸》，《陈忠实文集》第 8 卷，人民文学出版社 2015 年，第 126 页。

④ 陈忠实：《一个空前绝后的数字——我的读书故事之三》，《陈忠实文集》第 9 卷，人民文学出版社 2015 年，第 52 页。

⑤ 同上。

经典，究竟给他带来怎样的影响，作家柳青究竟在哪些方面深刻地持久地影响了陈忠实？这无疑是一个陈忠实研究中的重要问题，也可以说是柳青及《创业史》对陕西作家乃至中国作家中国文学究竟有何影响的重大问题。这里，我们先尝试着结合陈忠实本人的自述，做简要粗浅的分析。

从《一个空前绝后的数字——我的读书故事之三》这篇随笔中，我们可以看到如下几点需要注意的问题。

首先，陈忠实最初阅读《创业史》是在《延河》杂志，《延河》刊发《创业史》时除了小说，正文之外的"副文本"同样引发了陈忠实的浓厚兴趣，留下了深刻印象。"正文第一页的通栏标题是手写体的《稻地风波》（初定名），背景是素描的风景画儿，隐没在雾霭里的终南山，一畦畦井字形的稻田，水渠岸边一排排迎风摇动的白杨树，是我自小看惯了的灞河风景，现在看去别有一番盎然诗意……当我读完开篇的《题叙》，便有一种从未发生过的特殊的阅读感受洋溢在心中。"[①] 这段阅读感受的叙述，包含着刚刚十七岁的陈忠实对传统意义上的"中国作风中国气派"的最初体验，"手写体"的标题、"素描的风景画儿"的背景，"灞河风景"——终南山、稻田、白杨树，"盎然诗意"，这是中国的"风景"——自然风景和艺术风景，也是关中平原地域性的风景。这种"古典性""地域性"的朦胧而自发的感受，虽然可能并未对陈忠实造成直接的影响，形成自觉的意识，但它形成了对自幼生活其间的人事景物的"陌生化"，使他获得了重新观照"灞河风景"的契机。

其次，也正是在这最初的朦胧感受中，陈忠实重新发现了"乡村"和"土地"。当然，这是和他眼里《创业史》的特点和成就紧密联系在一起的。文学的"陌生化"原理在这朴素的阅读中得到了验证。在陈忠实看来，《创业史》的特点和成就，一是"巨大的真

---

① 陈忠实：《一个空前绝后的数字——我的读书故事之三》，《陈忠实文集》第 9 卷，人民文学出版社 2015 年，第 51 页。

实感和真切感";二是"语言的深沉的诗性魅力,尤其是对关中人情的细腻而透彻的描写"。正是《创业史》的这两个重要成就,"不仅让我欣赏作品,更让我惊讶自己生活的这块土地,竟然蕴藏着可资作家进行创作的丰富素材。或者说白了,我所熟视无睹的乡村的这些人和事,在柳青笔下竟然如此生动而诱人。我第一次开始关注自己生活的这块土地"[①]。陈忠实谈到读《创业史》的这些感受,很有点类似他读肖洛霍夫作品的体验。但二者也有不同,毕竟肖氏本是苏联异邦,苏联的风景风俗、人情物理,苏联的集体农庄,毕竟不同于中国也不同于关中。如果说,肖洛霍夫以其笔下的顿河草原唤起了对自己周边人事、环境和人情风情的初步感知,那么《创业史》则将这种感知"本土化"也"在地化"了。与异域风情的《静静的顿河》相比,"本土化""在地化"的《创业史》,不仅完全没有陈忠实阅读《静静的顿河》时的"历史背景模糊不清"的隔膜感,更从深层将陈忠实对关中生活的直观体验和观察,纳入一种"历史背景"当中去理解,"生活"与"历史"的融合,是陈忠实阅读《创业史》产生"巨大的真实感和真切感"的重要原因。

随着阅读量的增加和阅读范围的扩展,对优秀文学典籍的阅读就不再局限于印证生活或生活的印象,文学开始在陈忠实那里慢慢展现自身的魅力,"一本本优秀的文学作品,在我眼前展开了一幅幅见所未见、闻所未闻的画卷,顿河草原哥萨克人矫悍的身影(《静静的顿河》),使人惨不忍睹的悲惨世界(《悲惨世界》),新世界诞生过程中的铁与血交织着的壮丽的人生篇章(《钢铁是怎样炼成的》),人类争取自由幸福所表现出来的顽强无畏的气概(《牛虻》)……所有这些震撼人心的书籍,使我的眼睛摆脱开家乡灞河川道那条狭窄的天地,了解到在这个小小的黄土高原的夹缝之外,还有一个更广阔的世界;我对这个世界愈感新奇,愈想更多地知

---

① 陈忠实:《一个空前绝后的数字——我的读书故事之三》,《陈忠实文集》第9卷,人民文学出版社2015年,第51页。

道这个世界的角角落落里的事；我的精神里似乎注入了一种强烈的激素，跃跃欲成一番事业了。"①从这段写于1985年10月6日的自述中，可以看到，文学开始打开了陈忠实认识世界、认识人和认识文学的广阔空间，他开始超越文学与世界、文学与自我的"对照""印证"和"验证"关系，将观照文学的视角从狭窄逼仄的"自我"和"身边"的人与事，调整到一个前所未见的"更广阔的世界"，这个世界不仅是现实中的如顿河草原和异国人生存与命运的悲惨，而更包括与整个人类有关的"新世界"、大历史和人本身的精神力量。这种文学蕴含的宏大深邃的力量，将陈忠实从既有的生活状态和原本身处其中而不知的传统观念和意识区域中解放出来，"父亲自幼对我的教诲，比如说人要忠诚老实啦，人要本分啦，勤俭啦，就不再具有权力的力量。我尊重人的这些美德的规范，却更崇尚一种义无反顾的进取的精神，一种为事业、为理想而奋斗的坚忍不拔和无所畏惧的品质。"文学催生了陈忠实强大的精神力量，"大约在高中二年级的时候，我想搞文学创作的理想就基本形成了"②。

王汶石是陈忠实阅读和崇拜的另一位作家。"我们陕西有一位很有名的短篇小说家，上世纪50年代的作家，在全国影响很大的一个短篇小说家，叫王汶石，他的短篇小说写得相当好，我很崇拜他。他在一篇小说里头写到自然景色的时候，我跟你说关中三伏天的太阳，那很厉害，照在人头上就跟火烧一样。他写这个太阳怎么强烈，照得小白杨树的叶子都耷拉下来，这自然景色描写很自然，这是他上世纪60年代初期的作品。"③"1950年到上世纪60年代初，

---

① 陈忠实：《忠诚的朋友》，《陈忠实文集》第3卷，人民文学出版社2015年，第475—476页。

② 陈忠实：《忠诚的朋友》，《陈忠实文集》第3卷，人民文学出版社2015年，第476页。

③ 陈忠实：《自我定位，无异自作自受》，《陈忠实文集》第10卷，人民文学出版社2015年，第359页。

王汶石在全国都堪称是短篇小说大师。他的短篇把陕西关中的风情、人物的个性描写得太精到了、太漂亮了。"① 陈忠实第一次见到王汶石是20世纪70年代初，在此之前，陈忠实就已读过王汶石已出版和发表的全部小说，"短篇小说集《风雪之夜》里的几十个短篇，作为范本不知读过多少遍了，一个个活灵活现的乡村人物至今依然记忆犹新"②。谈及《创业史》和《风雪之夜》对自己最直接的启示，陈忠实说是"把小说的艺术真实和生活真实的距离完全融合了。尤其是我生活着的关中乡村，那种读来几乎是鼻息可感的真实，往往使人产生错觉，这是在读小说还是在听自己熟悉的一个人的有趣的传闻故事。"这种虚实难辨的阅读感受，出自陈忠实的乡村生活体验、感知与小说文本"真实性"的遇合。这种本土性、生活感和时代感各方面都极为突出的文本，将陈忠实带入文学虚构的空间，同时又使陈忠实将"文学"或对文学的理解落实在本土性、生活性和时代性的层面上，以特殊的方式破除了文学创造的神秘感，为处于创作迷惘中的陈忠实指出了一种写作的道路和方式，提供了进入农村生活叙事的启示，"小说的故事和人物就在我的左邻右舍里生活着"，"《创业史》和《风雪之夜》给我的纯粹属于创作上的启示就在于，作为关中边缘地带的灞河川道，白鹿原以及北岭骊山这些我所熟悉的地域里，同样蕴藏着小说故事和小说人物，能不能寻找、捕捉、开掘出来，全得靠自己的努力了。这样，我从最初的迷惘和虚幻之中挣脱出来，眼光落到自己脚下的土地上了"③。为这种写作所沉迷的陈忠实感到了阅读外国文学作品时的"隔"："我读肖洛霍夫我读契诃夫我读莫泊桑，且不说艺术感受，单就那

---

① 陈忠实：《文学的心脏，不可或缺——与〈解放日报·周末刊〉高慎盈的对话》，《陈忠实文集》第10卷，人民文学出版社2015年，第403页。

② 陈忠实：《为了十九岁的崇拜——追忆尊师王汶石》，《陈忠实文集》第6卷，人民文学出版社2015年，第158页。

③ 陈忠实：《为了十九岁的崇拜——追忆尊师王汶石》，《陈忠实文集》第6卷，人民文学出版社2015年，第159页。

个作品与自己的生活实际的距离感无法消弭，这里的乡村似乎永远看不到那里发生的动人的故事。"① 从柳青、王汶石小说里，陈忠实获得了另一种"验证"——"文学"与"生活"关系的验证。

1959 年至 1962 年，陈忠实就读高中期间，阅读了茅盾的《子夜》，巴金的《家》《春》《秋》等中国新文学长篇小说。1962 年陈忠实高考落榜回到家乡，为实现自己的文学梦想，他制订了严格的自学计划，"自修四年，发表作品，'我的大学'就算毕业了，第一篇作品就是我的毕业证书"。期间伴随着"这段苦斗历程"的是高尔基的《我的奋斗》，陈忠实的记忆满怀对这本书的感激："高尔基以他的自学经历写成的这本振奋人心的书，像一个忠诚的朋友一样始终不渝地给我以鼓舞，给我以支持，几次都是在失败之后而陷入绝望时，这位坚贞的朋友拍着我的肩膀而使我站起来，继续往前走。"②

"文化大革命"期间，陈忠实通过秘密渠道得到一批当时所谓的"禁书"，饥不择食地阅读了《血与沙》《悲惨世界》《无名的裘德》等。谈到这期间的阅读时，他说："这种无选择的读书，于今想来，有许多弊病，但有起码的一点好处，使我接受了较为充分的艺术熏陶，初步懂得了艺术的基本形式，在一定程度上开阔了艺术视野，使我对极左的文艺口号有一个较为冷静的看法。"③

陈忠实阅读的第一本外国文学作品是肖洛霍夫的《静静的顿河》，也是在初中二年级。如果说，陈忠实阅读赵树理并受其影响，带有赵树理小说被选入文学课本的必然性，那么他与肖洛霍夫的相遇则属一次"美丽的邂逅"。时值"反右"，车老师讲了少年天才作家刘绍棠被打成右派之事，惊讶之余，原本对文学有着天然而浓厚兴

---

① 陈忠实：《为了十九岁的崇拜——追忆尊师王汶石》，《陈忠实文集》第 6 卷，人民文学出版社 2015 年，第 158 页。

② 陈忠实：《忠诚的朋友》，《陈忠实文集》第 3 卷，人民文学出版社 2015 年，第 477 页。

③ 陈忠实：《答读者问》，《陈忠实文集》第 3 卷，人民文学出版社 2015 年，第 471—472 页。

趣的陈忠实，再次走进校图书馆，借到了刘绍棠的短篇小说集《山楂村的歌声》，并在其"后记"中发现刘绍棠最崇拜的作家是肖洛霍夫，知道了肖洛霍夫的巨作《静静的顿河》。最终他在难熬的期待中等到暑假，借来了厚厚四大本《静静的顿河》背回老家。

《静静的顿河》是陈忠实阅读的第一部外国文学译作。在初二暑假，陈忠实读完《静静的顿河》。据陈忠实回忆："初二时读了《静静的顿河》，虽然无法理解这部名著，我还是囫囵吞下了。"[①] 但读过之后，"我便不能忘记一个叫哥萨克的民族，顿河也就成为我除黄河长江之外记忆最深的一条河流；一个十六岁的乡村少年似乎感觉到了自己并不复杂的生活阅历与顿河上的哥萨克有诸多相近相似之处，自然包括风俗文化以及生活的痛苦和生活的欢乐。"[②] "肖洛霍夫又成为我最崇拜的第一位外国作家。"[③] 但这次阅读，对他也有当时未必自觉把握到的影响，可概括为如下几个方面。首先，借助来自"异域"的文学眼光对"家乡"的重新感受和初步发现。正如陈忠实所说："小说里的顿河总是和我家门口的灞河混淆，顿河草原上的山冈，也总是和眼前的骊山南麓的岭坡交替叠映。我和伙伴坐在坡沟的树荫下，说着村子里的这事那事，或者是谁吃了什么好饭等等，却不会有谁猜到我心里有一条顿河，还有哥萨克小伙子格里高利和阿克西妮娅。我后来才意识到，在那样的年龄段里感知顿河草原的风情人情，对我的思维有着非教科书的影响，尽管我那时对这部书的历史背景模糊不清。"[④] 这段话虽然简短，包含的信息却极为丰富。其一，阅读《静静的顿河》使陈忠实超越了相对狭窄

① 陈忠实：《答读者问》，《陈忠实文集》第 3 卷，人民文学出版社 2015 年，第 471 页。

② 陈忠实：《文学是一种沟通——与莫斯科大学留学生汪健的通信》，《陈忠实文集》第 5 卷，人民文学出版社 2015 年，第 417 页。

③ 陈忠实：《文学是一种沟通——与莫斯科大学留学生汪健的通信》，《陈忠实文集》第 5 卷，人民文学出版社 2015 年，第 418 页。

④ 陈忠实：《在灞河眺望顿河——我的读书故事之二》，《陈忠实文集》第 9 卷，人民文学出版社 2015 年，第 49—50 页。

闭塞的乡村生活环境的局限，"我的眼界也一下子从家乡门口的灞河扩展到连方位也难以确定的顿河草原"①，并使其重新观照自己自幼生活其间的乡村世界，并在异域风土人情的映照下，初步具有了对中国关中平原乡村的重新感知和发现。其二，在此基础上，陈忠实对肖洛霍夫小说中风情人情的感悟和发自内心的或许无意识的欣赏，使之具有了超越原先在农业合作化题材小说以时代、政治、政策统摄创作的某种潜在的可能——将之视为"非教科书的影响"的内涵，应该不算离谱。其三，此次阅读对陈忠实此后的文学阅读和写作的影响是久远且深层的。阅读《静静的顿河》不仅引发了陈忠实对"俄国和苏联文学的浓厚兴趣"②，更将陈忠实的阅读兴趣从中国古典章回体小说转向域外文学："我后来喜欢译文本，应该是从这次《静》的阅读引发的。此后便基本不读'说时迟那时快'和'且听下回分解'的句式了。"③ 对于 80 年代中期以前自己的阅读，陈忠实反思道："对中国的一些传统价值观念，我原来不仅不了解，而且自年轻时就持一种批判乃至轻蔑姿态。我自初中开始喜欢文学，读的多是当代中国作家的作品，后来更偏重阅读翻译文本，尤其是苏联文学，受那个时代总体潮流的影响，把传统文化和国学一概斥之为封建糟粕。"④ 为完成构思中的长篇小说的准备，陈忠实开始到蓝田、长安等地查阅县志和党史等相关历史资料，阅读北宋哲学家吕大临的《乡约》并将其部分内容照抄到《白鹿原》中。通过阅读这些关于中国古典、近现代历史、思想、文化等非文学文献，陈忠实获得了进行文学创造的重要基础和契机。

但中外经典文学作品对陈忠实的影响却是无法低估的。正如陈

---

① 陈忠实：《文学是一种沟通——与莫斯科大学留学生汪健的通信》，《陈忠实文集》第 5 卷，人民文学出版社 2015 年，第 418 页。

② 同上。

③ 陈忠实：《在灞河眺望顿河——我的读书故事之二》，《陈忠实文集》第 9 卷，人民文学出版社 2015 年，第 50 页。

④ 陈忠实：《〈白鹿原〉与我》，《人民政协报》2012 年 8 月 13 日。

忠实所言："我在进入高中读书以后，尤其是接触了国内外的文学作品后，往往会引发对我生活的乡村的人和事的反观。"[1] 在高中阶段，陈忠实又读了肖洛霍夫的短篇小说集《顿河故事》。关于这部小说集他说道："收录了大约二十个短篇小说，一篇一个故事，集中写一个或两个人物，几乎都是顿河早期革命的故事，篇篇都写得惊心动魄。这是肖洛霍夫写作《静》之前的作品，可以看作练笔练功夫的基础性写作，却堪为短篇小说典范。"[2] 不知此后，他在创作《白鹿原》之前所进行的中篇小说练笔是否受到肖洛霍夫的启示。1962年，高考落榜的陈忠实回乡做了乡村教师。在此期间，他确定将文学创作作为自己的理想追求，初高中阶段形成的"肖洛霍夫情结"推动着他从灞桥区文化馆图书室借阅了肖氏的另一部长篇小说《被开垦的处女地》。这部写苏联集体农庄的小说，使陈忠实"感到可触摸可感知的亲切，总是和我身在的农业合作社的人和事联系起来，设想把作品中的人物名字换成中国人的名字，可以当作写中国农业合作化的小说"[3]。从此番自述中，可以看到这种体会跟他阅读《静静的顿河》何其相似，都有一种中国／苏联文学的"融合视野"，都有一种中国／苏联自然环境或农村社会经济变革（集体农庄／农业合作社）的"融合视野"。正是这种视野的存在，将阅读者陈忠实极为自然地带入了来自异国作家的"文学情境"中，这种读者对作家作品的无意识的融入，既意味着陈忠实与肖洛霍夫文学世界的内在相通性，也意味着后者对前者的影响是潜在、持久而深远的。其效果不仅非教科书式思维所能及，也与疾风暴雨式的为完成某项创作目标而进行的集中阅读，大有不同，其效果是"随风潜

---

① 陈忠实：《作家都在思考这个时代——答〈江南〉杂志黎峰问》，《陈忠实文集》第10卷，人民文学出版社2015年，第324页。

② 陈忠实：《在灞河眺望顿河——我的读书故事之二》，《陈忠实文集》第9卷，人民文学出版社2015年，第50页。

③ 同上。

入夜，润物细无声"式的。

进入 21 世纪之后，陈忠实读了肖洛霍夫"最后一部影响深远的作品"《一个人的遭遇》，认为："写作这个短篇小说时的肖洛霍夫，从精神和心理气象上看，完全蝉蜕为一个冷峻的哲思者了。他完成了生命的升华。"[①] 此时的陈忠实对肖洛霍夫的解读，有着较为清晰的完成长篇《白鹿原》之后的陈忠实自己的影子，"精神和心理气象""冷峻的哲思者""生命的升华"，既是对肖洛霍夫总体精神气象和格局的评价，也是陈忠实进入更高的思想和精神境界，获得阔大视野和胸襟之后对自身、对文学的一种透彻的理解或更高的期待吧。

第三节　作为体制性力量的作协：社会主义"文学新人"及其培养机制（二）

中国作协及各地分会，是培养社会主义"文学新人"的体制性力量。1950 年，新中国成立之初，经中央人民政府批准，中国文联和文化部共同领导的中央文学研究所成立，首任所长丁玲。1953 年改称中央文学讲习所，文学讲习所以工厂、农村、部队出身的文艺青年为主要招生对象。"丁玲创办文学研究所，解决了共产党培养自己作家的问题"[②]。这是中国共产党借助国家力量培养工农兵作家的重要举措。中央文学研究所在培养作家方面，为之后中国作家协会体制产生了直接的重大影响。1954 年 11 月 8 日，中国作协西安分会成立。马健翎致开幕词，指出"本会的任务是领导会员学习马列主义、党的政策、深入生活，努力创作，培养青年作家和兄弟

---

① 陈忠实：《在灞河眺望顿河——我的读书故事之二》，《陈忠实文集》第 9 卷，人民文学出版社 2015 年，第 50 页。

② 邢小群：《丁玲与文学研究所的兴衰》，山东画报出版社 2003 年，第 5 页。

民族作家"①。作为执政党领导下的文学组织,中国作协及其领导下的各地分会是党和国家政治政策的贯彻者和执行者,它们站在时代制高点上,在文学创作和文学批评活动中,把握时代精神,发挥对文艺工作的规范和引导作用。

在 50 年代至 70 年代,除了作协系统,还有其他一些辅助性的文艺机构,如群众文化馆、工人文化宫等,也参与到组织化的文学生产中。如陕西省工农兵艺术馆编有《工农兵文艺》杂志,陈忠实的特写《老班长》即发表于此刊 1972 年第 7 期,革命故事《配合问题》在《西安日报》发表之前,也首刊于《工农兵文艺》第 9—10 合刊。1975 年,陕西省文化局经陕西省革委会批复,恢复出版发行《群众艺术》,陈忠实 1980 年 1 月写成的短篇小说《石头记》即刊发于《群众艺术》该年第 7 期。"文革"结束后,1981 年开始,在陈忠实任灞桥区文化局副局长期间,主抓农村业余文化创作活动,连续举办九期"文学讲习班",邀请专业作家和理论批评家为文学爱好者讲文艺理论和创作,为灞桥区农村培养业余创作人才。

中国作协及其分会运用发展会员、作品发表及转载、评论、评奖等手段,构建社会主义文艺队伍培养体系,起到创作队伍梯队建设、"作家""会员"或"工农兵业余作者""文学青年""文学爱好者"等资格的认定及其等级的评定,以及对"作家""会员"等思想与创作的规范、监督等作用,并对"作家""会员"等的工作安排、生活条件和福利待遇等,起着决定作用。因此,李洁非、杨劼认为作为"当代文学生产的监督者和管理者",作协的文学史作用并未得到学术界的重视乃至被忽视,"这是不可理解的"。他们认为对此需要明确三点认识:"第一,自有作协以来,中国文学的历史形态就截然不同于以往任何时候了;第二,六十年来,特别是前四十年左右的时间中,每一件作品、每一种文学现象背后,都直接间接地取决于作协的工作;第三,就像当代文学史首先要考虑体制

① 邢小利、邢之美:《陈忠实年谱》,陕西人民出版社 2017 年,第 5 页。

环节，其次才考虑创作和思潮一样，对于它的叙述，一定要打破普通文学史视点和框架，在作家、作品等'显性文学史事实'外，看到体制及体制的监管者等'隐性文学史事实'，只有纳入这部分内容，相关的研究与写作才真正可以成为'当代文学史'的写作与研究。"[①] 这种观点是很有启示性的，当代中国文学毕竟不同于现代中国文学史，它一直是一种体制化制度化的文学生产，尤其是在 80 年代中期以前，这种生产方式在主题、题材、人物形象塑造、情节构造、美学风格，乃至具体的艺术技法、语言运用等文学文本的各个层面上产生普遍且深入的影响，更遑论文艺思潮、文艺运动、文艺思想观念和文学出版、发行、阅读、接受和评价等其他文学史"中层"和价值实现的"中介"环节。

同时，我们也要看到，着眼于从作协文艺体制层面进入当代文学史的研究，无疑有着较大的难度，这种难度主要体现在以下四个方面：一是作协本身也是社会主义文艺体制的一个构成环节或"部件"，它是整体性意识形态建构的一部分，这个环节或"部件"如何具体地起作用、起到何种具体的作用，是需要深入、细致的梳理和辨析。二是作协本身也处于当代中国复杂的历史和政治情境和形势下，其具体的构成机制与构成人员的思想、观念等并非一致，需看具体的历史和政治情势来做分析，其监督和管理功能角色的实现是需要做历史化和具体化研究的。三是要具体到一个作家、一部作品与作协体制、运作机制和监管功能的实现的研讨，缺乏相关文献资料的支持。出于不难理解的原因，无论是作家本入还是研究者，似乎都在有意无意地"撇清"与"制度""体制"和"机制"的关系，似乎只要与其沾边便是一件不甚光荣的事，唯恐避之不及。因此，目前我们缺少从体制化文学生产角度进入作家作品"文学世界"的作家作品个案研究。相关文献资料的匮乏，造成问题研究的

---

① 李洁非、杨劼：《共和国文学生产方式》，社会科学文献出版社 2011 年，第 81 页。

难度。四是将文艺制度、文艺体制、文艺思潮乃至更为宏观但却必要的"大叙述"与具体的作家、作品"小叙述"，做关联性研究，无疑有着更具"复杂性""个案性"的难度。存在于"大叙述"与"小叙述"之间的诸多环节和细节，需要探幽发微、钩沉考证，才能落到实处。这里的难度，在于如何在"还原"中"落实"。

　　具体到陈忠实来说，他谈得最多的，一是"文革"极左思潮对自己创作之路的阻塞，以及"三突出""塑造英雄人物"等"革命现实主义"规范对具体创作的影响。如他在1985年2月27日的文章中写道："我当时因一篇不好的小说而汗颜和内疚不已，就近于残酷地解剖自己。我躲在文化馆的一间废弃的破房子里，潜心读书，准备迎接文艺的春潮。我明白，从思想上清除极左的东西也许并不太困难，而艺术上的空虚却带有先天的不足。我企图通过一批优秀的短篇的广泛阅读，把'左'的艺术说教彻底扫荡；集中探索短篇的结构和表现艺术，包括当代的一些代表文学新潮流的作品，也都读了，企图打破自己在篇章结构上的单调手段。在泛读的基础上，我又集中研读了莫泊桑的一些代表作。到一九七九年春天，我觉得信心和气力都充实了，就连着写出了一些短篇。"[1] 这段表述发自陈忠实内心，也符合陈忠实创作实际，但作为"新时期文艺复兴"时的"后历史"叙述，它在"真正的文学"立场上，建立了一个"政治与文学"的二元对立的简洁结构，在这种叙述结构中，历史的复杂性并未得到表述的机会。类似的"纯文学"意识还表现在陈忠实对自己的四篇"文革"小说的说法中："它们都带有当时政治斗争的烙痕，主题都属于演绎阶级斗争的。但是，我那些作品在当时都产生了广泛的社会影响。这在当时那个艺术荒漠的状况下，我的那些作品之所以能产生广泛影响，主要是因为我对现实生活的艺术描绘可能在生动性上做得更好一点。但在骨子里这些作品所要

---

[1]　陈忠实：《答读者问》，《陈忠实文集》第3卷，人民文学出版社2015年，第472页。

演绎的还是阶级斗争。"① 此语道出了"文革小说"因时代政治原因而形成的"复杂性"，却并未超出"文革"后绝大多数作家反思历史时的二元对立思维，突出的是作为创作主体的作家如何在极端的政治环境或"艺术荒漠"中保留了可贵的艺术火种，而对体制、机制如何在"文学""艺术描绘"和"现实生活"以及"阶级斗争"三者的关系中发生作用，则是忽视的。二是陈忠实的"后历史"叙述往往突出在"极左"时代，建立在共同文学兴趣和信仰等基础上的"友情"等个人因素。如陈忠实自己认定的处女作散文《夜过流沙沟》的修改、发表，散文《闪亮的红星》的写作与发表，散文《水库情深》的发表，小说《接班以后》在《陕西文艺》的推荐、修改、发表和柳青的修改，小说《信任》的写作、发表、转载和获奖等。我们并不否认"贵人相助"的个人因素、友情因素、文学因素和文坛前辈扶植新人的因素，但作为研究者如果只停留于此而忽视时代和政治的因素、文艺体制和机制的因素对特定历史情境中文学生产的规约性作用，也是不够的。需要注意的是，陈忠实的写作贯穿"十七年""文革""新时期"直至新世纪，是一个与共和国文学同步成长和发展的作家，是一个具有很强的典型性和普遍意义的作家，如果仅仅从政治层面批评或从艺术层面有限地肯定其"十七年"和"文革"时期的写作，或者将《白鹿原》之前的写作都看作为这部长篇所做的"前期"准备的话，那么，对于作为当代代表性作家之一的陈忠实来说，难以说得到了公正公平的学术待遇，对于陈忠实研究和当代文学史研究来说，则或可是一个重大缺失。在这个意义上，有意识地将陈忠实及其创作纳入社会主义文艺制度、作协体制和机制的场域中进行研讨，有着充分的学理和学术层面的必要性。

　　同时也要看到，此论域里的陈忠实研究，却是一个颇有难度的

---

① 陈忠实：《在自我反省中寻求艺术突破——与武汉大学文学博士李遇春的对话》，《陈忠实文集》第 7 卷，人民文学出版社 2015 年，第 423 页。

问题。概略地说，陈忠实与作协体制的关系是较为清晰的。1978年10月，陈忠实加入中国作协西安分会。这意味着陈忠实的创作成绩已经得到省级最高文学领导和评价机构的认可。1979年2月21日至27日，陈忠实作为会议代表参加中国作协西安分会第二次会员代表大会，这也是高于普通省级作协会员的一种政治荣誉和政治待遇。1979年9月，陈忠实加入中国作协。这是中国最高文学团体或文学行政机关对陈忠实的充分认可，加入中国作协成为其会员在那个时代无疑是对作家本人在政治思想和艺术创造上取得的成绩的价值认定。这跟他在1978年至1979年相继发表短篇小说《南北寨》《小河边》《徐家园三老汉》，尤其是原刊《陕西日报》的短篇小说《信任》被1979年第3期《人民文学》转载有很大关系。1982年11月，陈忠实调入中国作协西安分会从事专业创作，成为一名专业作家，在他四十岁的时候，陈忠实终于完成了从"工农兵业余作者""业余作者"到"专业作家"的"质变"。在1980年至1982年间，陈忠实先后发表了《心事重重》《猪的喜剧》《立身篇》《石头记》《回首往事》《枣林曲》《早晨》《第一刀》《反省篇》《尤代表轶事》《苦恼》《土地诗篇》《乡村》《短篇二题》《回首往事》《正气篇——〈南村纪事〉之一》《征服——〈南村纪事〉之二》《丁字路口——〈南村纪事〉之三》《蚕儿》《初夏时节》《土地——母亲》《霞光灿烂的早晨》《绿地》《田园》等二十余篇短篇小说，并于1982年7月出版了第一部个人作品集《乡村》。另有，《立身篇》获《飞天》文学优秀作品奖（1980年），《第一刀》获《陕西日报》好稿奖一等奖（1980年），《尤代表轶事》获《延河》短篇小说奖（1981年）。其中，《信任》在时任《人民文学》主编的"张光年等的推崇下"[1]获中国作协1979年度全国优秀短篇小说奖——中国作协主办的中国短篇小说创作的最高奖项，这是陈忠实调入省作协成

---

[1] 阎纲：《不说"别了"，说"再见！"——陈忠实的身影》，《中国艺术报》2016年5月18日。

为一名专业作家的极为重要的砝码。在既有文艺体制中培养"专业作家",是中国作协的主要工作和责任,对于陈忠实来说,成为作协体制中的一员,既是对其政治、思想和创作的肯定,也是一次命运的根本性转机。这种转机,不仅是工作单位工作性质的转变,工资、待遇和福利的提升,也是由"业余心态"向"专业心态"的转变。关于这一点,陈忠实多有谈论。2002年1月17日,陈忠实回顾自1982年至1993年间回归乡下祖居老屋读书和写作的心境时说:"我在取得专业创作条件之后的第一个决断,索性重新回到这条路起头的村子——我的老家。我窝在这里的本能的心理需求,就是想认真实现自己少年时代就发生的作家之梦。从一九八二年冬天得到专业写作的最佳生存状态到一九九二年春天写完《白》书,我在祖居的原下的老屋里写作和读书,整整十年。这应该是我最沉静最自在的十年。"① 同年7月13日,陈忠实在回顾"两次自我把握和两次反省成为关键性的选择和转折"时,再次写道:"一次是在一九七八年之初,当中国文学复兴的春潮涌动的时候,我正在灞河水利工地任副总指挥。我在完成了家乡的这个工程之后离开了,调入文化馆。我那时候对我的把握是,文学创作可以当作事业来干的时代终于出现了。第二次把握是一九八二年。这一年我从业余写作进入专业写作。我曾在一篇文章中写到过当时的直接的惟一的感觉,即进入我的人生最佳生存状态。我几乎在得到专业创作条件的同时,决定回归老家。一是静下心来回嚼二十年的乡村工作和生活,进入写作;二是基于对自己知识的残缺性的估计,需要广泛读书需要充实更需要不断更新,这都需要一个可以避免纷扰的安静环境来实现。我选择了老家农村。直到《白鹿原》完成,正好十年。这两次把握,一次是人生轨道的转换,一次纯粹属于自身生存环境

---

① 陈忠实:《三九的雨》,《陈忠实文集》第7卷,人民文学出版社2015年,第139页。

的选择。"①

作协对作家和青年业余作者的组织和引导，主要通过召开会议，组织短期文学培训班或学习班，老作家的专门辅导，改稿，编辑约稿等形式。

文学会议是推进文学思想、建构文学秩序、调整文学规范的常用方式。从 1949 年 7 月第一次文代会召开到 1966 年 2 月江青组织召开部队文艺工作座谈会，再到"文革"期间并不纯粹的文学会议，直至"新时期"尤其是 80 年代中期以前，文学会议一直是大陆党政文艺管理部门即宣传部和文化部（厅、局）和各级文联、作协等机构、组织，规范和调控文艺的重要途径。在当代中国，几乎所有的文艺上的重大变动都是通过会议决定和发生的。可以说，对文学来说，会议是制造和推动文艺运动尤其是文艺批判运动的重要形式。通过强大的意识形态宣传工具，会议的决策、会议的精神，会以强大的宣传形式或攻势塑造着受众的思想观念和情感情绪，塑造着受众观察、体验和理解现实的眼光、视界、价值观念和意义结构。新中国成立后的文学会议主要有三种：全国性的代表会议，如中国作协会员代表大会和青年文学创作者代表大会；专题性会议，如有关特定题材的会议，有关特定体裁的会议，有关某种创作倾向或某种思想认识问题的会议等；未公开的内部会议，如作协党组会议等。会议又可具体分为大会、座谈会、讨论会、批判会、汇报会、研讨会、学习会、组稿会等不同形式。文学会议以集体组织形式，传达党和政府的文艺方针文艺政策，统一思想认识，总结经验教训，矫正工作中的失误和错误，布置当前工作，指定一定时期的文学发展规划。因此，文学会议是国家和政党对文学进行规划、规范、组织、引导和领导的重要方式。

新中国成立后，为培养工农兵业余作者，中国作协和共青团中

---

① 陈忠实：《六十岁说》，《陈忠实文集》第 7 卷，人民文学出版社 2015 年，第 198—199 页。

央召开了两次重要会议。1956 年 3 月 15 日至 3 月 29 日在北京召开了全国青年文学创作者会议。从会议名称"青年文学工作者"而非"青年作家"之称谓，一则可以看出，参会者绝大多数为年轻的、尚未在创作上具有较为突出的成绩，有的只发了一两篇短文，尚未成"家"；二则可以看出，在新的文化和文艺秩序中，创作的精神属性和审美属性并未得到充分肯定，"艺术创作""审美创造"等属于文学艺术内在范畴的本质性并未凸显，"文学工作者"而非"作家"的称谓恰恰反映出文学的"劳动"性质和"文学工作者"与工人、农民、士兵等职业身份一样，具有的"劳动者"身份。事实上，参会的近五百人中，大部分是来自工业、农业等领域的、在各条战线上从事业余写作的青年作者。"写作"本身即为"劳动"，对于这些文字劳动者来说，"写作"是其工人、农民、军人的主要身份之外的"业余"劳动。时任中国作协副主席刘白羽代表会议主席团致开幕词，称这次会议是动员会议，是一次学习会议，希望这次会议能够动员广大青年文学创作者为建设社会主义文学而不懈努力，能够使与会代表学到有益的东西。时任共青团中央委员会书记胡耀邦做大会报告，老舍做关于培养青年作家问题的报告，周扬做关于文艺思想的报告，茅盾做关于创作技巧的报告，赵树理、何其芳、林默涵、夏衍、袁水拍、曹禺、陈荒煤、张光年、冯雪峰等谈了创作经验和青年作者的培养等问题，并对与会的青年文学创作者以热情的文学辅导。董晓华、崔八娃等青年作者代表联系自己创作实际，谈了写作体会和感受。会议还按文体形式分组研究、讨论青年文学创作问题。时任共青团中央书记处书记胡克实在报告中鼓励青年作者积极从事创作，特别是从事业余创作，他谈到文学战线三支梯队建设时说："一是创作的主力军，这就是现有的老作家和青年作家，他们都加入了作家协会。我们现有的这支主力军数量太少，应该很快地加以扩大。二是游击队，这就是现有的青年作者，他们还没有成为作家，但是有了一些作品，他们可以团结在青年文学创作小组里面，成为作家最直接的后备队。三是文学战线上的民兵，就是广大的青年文学爱好者，他们是青年作者的后备队，可以用青年文学爱好者小组把他们团结起来。"①"主力军""游击队""民兵"的说法，显示了中共领导下的作协和团中央等领导部门对文艺队伍建设的高度重视和扩大文艺队伍的强烈愿望。把这次参会的青年创作者——"游击队"培养和建设成"主力军"，"不仅是作家协会、文联和报刊编辑部的任务，而且也是整个社会的共同责任。通过这次会议，将进一步地引起各厂矿、机关、学校行政领导和工会、青年团等组织对业余青年文学创作者的关怀、帮助和支持"②。此次会议的召开，极大激发了与会青年文学创作者的创作热情，文艺界领导、老一辈作家对创作经验的介绍、分组讨论、亲身辅导等，对提高青年作者的写作水平也有很切实的帮助。

1965 年 11 月 25 日至 12 月 14 日，共青团中央和中国作协在北京召开了全国青年业余文学创作积极分子大会。参会的一千多业余创作者中绝大多数是工人、农民和战士。周扬在大会报告中谈道："参加这个会议的人，是我们文艺战线上的一支新军。你们是从工农群众中来的。你们又会劳动又会创作，拿起枪来是战士，拿起笔来也是战士。你们既是生产的队伍、打仗的队伍，又是创作的队伍。这么一支队伍，在我们的文艺战线上的出现，是文学史上破天荒的大事，是一件值得高兴、值得庆贺的大事。"③这次大会提出培养的是"又会劳动又会创作"的"无产阶级文学的接班人"，这些业余文学创作者来自工厂、农村、部队等基层单位，其身份是"社会主义时代的新农民、新工人、新战士"。他们首先是

---

① 胡克实：《为社会主义写出更多更好的作品来》，《全国青年文学创作者会议报告、发言集》，中国青年出版社 1956 年，第 52 页。

② 《培养社会主义文学的新生力量》，《文艺报》1956 年第 3 期。

③ 周扬：《高举毛泽东思想红旗，做又会劳动又会创作的文艺战士》，《红旗》1966年第 1 期。

"革命者""劳动者",其次才是"文艺工作者"①。这次会议在"新人"的培养和发展规划上有两个问题值得注意:第一,特别强调和突出"新人"或"工农兵业余作者"的"积极分子"性质。会议不仅以"积极分子"命名,更强调与会者的特殊政治身份。据报道,一千一百多名与会者是"各省、市、自治区,各系统根据政治思想好、工作劳动好、联系群众好、业余创作好四项条件,层层选拔出来的先进青年","他们大都是活学活用毛主席著作的积极分子"②。这意味着这次"文革"前夕召开的会议,将认真研读、体会、贯彻和实践毛泽东思想,作为保证"业余创作者"政治立场、思想观念上"永不变质"的前提性、根本性、核心性和关键性的条件,意味着青年业余写作者必须经过特别的政治、道德和思想观念上的特殊修炼和特别训练。第二,特别强调,这些"积极分子""永远不脱离劳动,永远不脱离工农兵","一辈子也不'浮上来'"③。这一举措的目的是防止"新人"被资产阶级思想"污染",失去与普通工农之间的血肉联系,也预示着主流政治此时对"新人"不再采取重点培养的策略,而是转向普及性培养,全面扩展为"六亿神州尽舜尧"式的普遍性全民文艺。对于众多业余作者来说,这无疑打断了由"业余"转向"专业"的发展、"晋升"之阶。

对于"业余作者"或"文学新人"来说,1965 年可谓是标志性的一年。除了召开全国青年业余文学创作积极分子大会,《文艺报》还发表了《解放军文艺》编辑部介绍组织业余骨干创作队伍经验的文章,称其所刊作品"百分之九十以上出自业余作者之手"④。由

---

① 周扬:《高举毛泽东思想红旗,做又会劳动又会创作的文艺战士》,《红旗》1966年第 1 期。

② 《文艺报》评论员:《用毛泽东思想武装起来,做又会劳动又会创作的文艺战士》,《文艺报》1965 年第 12 期。

③ 同上。

④ 《解放军文艺》编辑部:《我们是怎样组织业余骨干作者队伍的》,《文艺报》1965年第 7 期。

此可一窥当时工农业余写作繁荣之盛和业余作者占据文学刊物比重之大，业余作者仿佛已成写作的主要力量。耐人寻味的是，《文学评论》几乎在同时刊发冯牧《在劳动和斗争中成长的文学新人》一文，文中在谈及三位"文学新人"的职业身份时说："这三位引起人们重视的作者，他们的正常职业是什么呢？回答是：他们是工人、农民和战士。是真正的工人，地道的农民，普通的战士。刘柏生是牡丹江沿江公社立新大队的支部书记，他时时刻刻在思考着的，是如何搞好生产，而不是如何使自己成为一位小说家。边防战士张勤所以提起笔来写作，完全是出于部队政治思想工作的需要，他的写作计划常常是自然地被列入部队的政治工作计划的。哈尔滨第一工具厂工人韩统良，是从车间墙报学会了文学创作的，而且他的创作活动几乎全都是和他所从事的生产斗争、和他身边的工人群众的战斗要求密切结合着的。这一切说明了什么呢？说明了：作为优秀作者的刘柏生、张勤、韩统良，他们首先是一个工人，一个农民，一个战士，而不是首先是一个文学作者。"[1] 陈忠实 2002 年在《我的文学生涯——陈忠实自述》中写道："一九六五年我连续发表了五六篇散文，虽然明白离一个作家的距离仍然十分遥远，可是信心却无疑地更加坚定了。不幸的是，第二年春天，我们国家发生了一场混乱，就把我的梦彻底摧毁了。我十分悲观，看不出有什么希望，甚至连生活的意义也觉得黯然无光了。"[2] 将一次会议、两篇报刊文章和陈忠实的回忆文字结合起来，可以看出，1965 年一方面出现了工农兵业余创作的繁荣局面，涌现出大量业余作者，另一方面，主流话语特别强调业余作者不脱离生产劳动一线的"业余性"。从第一点说，陈忠实连续发表散文是有其时代背景的，而其梦想"被摧毁"的"悲观"与失望，不仅在文学本身意义上，也不仅在"文革"爆发，同样也在由"工农兵业余作者"向"专业作家"的

---

① 冯牧：《在劳动和斗争中成长的文学新人》，《文学评论》1965 年第 6 期。

② 陈忠实：《我的文学生涯——陈忠实自述》，《小说评论》2003 年第 5 期。

身份转换意义上——"文革"前夜在主流话语的规划中,"作者"必须"永远不脱离劳动,永远不脱离工农兵","一辈子也不'浮上来'"而成为"作家"。因此,1965年这次会议绝不是偶然的个案,而是政治和文艺战略上的总体规划和设计的一个重要症候,对于业余作者们来说,也是一个意想不到的命运的转折点。会议的召开以及一系列体现会议精神的文章,对于陈忠实等"作者"来说,彻底阻止了其向"作家"身份转换的可能;对于文学发展来说,对"积极分子"和"业余"的特别强调,也即对写作者之政治忠诚度、思想纯度和"业余"这一规定性身份的强调,则从根本上压抑甚或摧毁了"人民文学"的自我更新与生长的动力和能力。陈忠实即为解剖和评析这一文艺政策及其效果或后果的典型案例。

陈忠实曾多次谈到自己参加"会议"的情况。他在谈到第一次见到王汶石时说:"大约是70年代初的事。记不清是谁家举办的一次业余作者会议,我也参加了。那时候的时代用语为'工农兵业余作者',会议也称为'学习班'。柳青、杜鹏程、王汶石等小说大家出席了会议,成为业余作者们最大的兴奋点。"[1] 陈忠实自70年代开始,就多次参加由省文化局、出版局和中国作协西安分会(以下统称省作协)等组织召开的多次会议,并在政治认识、思想意识、文学观念、艺术审美等多方面受到不同的触动和影响。

1973年2月20日至28日,陈忠实参加了陕西省出版局召开的"陕西省'三史'、小说、连环画业余作者创作座谈会"。这次座谈会,对于陈忠实主要有两方面的收获或影响,在2月27日下午,陈忠实第二次见到柳青。1974年6月,陕西省文化局召开文学创作座谈会,正以毛西公社革委会副主任身份在西安市南泥湾"五七干校"学习锻炼的陈忠实,参加了这次座谈会。1975年11月12日至23日,陈忠实参加陕西省文艺创作研究室召开的短篇小说创作座谈

① 陈忠实:《为了十九岁的崇拜——追忆尊师王汶石》,《陈忠实文集》第6卷,人民文学出版社2015年,第158页。

会并应邀结合自身创作经验做辅导发言。在谈到何为重大题材时，陈忠实说："无产阶级革命进行到一定历史阶段带普遍性的问题就是重大题材……"① 1980 年 7 月，中国作协机关报《文艺报》编辑部到陕西调研农村生活题材创作情况，中国作协西安分会组织召开了农村题材创作漫谈会，陈忠实、路遥、贾平凹等从事农村题材创作的作家参会。1980 年 7 月，参加《延河》编辑部召开的农村题材短篇小说创作座谈会。1981 年 6 月，陈忠实参加中国作协西安分会举行的茶话会，祝贺近几年获得全国优秀短篇小说奖、中篇小说奖和新诗奖以及其他省市等文学奖的中青年作家。陈忠实因《信任》《立身篇》《第一刀》等多篇作品获奖参会并做获奖感言《回顾与前瞻》。这篇带有很强"表态性"的发言刊发于中国作协西安分会主编的《文学简讯》1981 年第 3 期，未收入《陈忠实文集》和其他作品集。1984 年 3 月，参加《文艺报》《人民文学》涿县"全国农村题材创作座谈会"。1985 年 8 月 20 日参加省作协召开的"长篇小说创作促进座谈会"。1986 年 9 月 17 日至 21 日参加省作协召开的小说创作突破与提高研讨会，会议肯定陕西文学创作形成的三个特点，一是继承和发扬现实主义的文学传统；二是贴近时代和人民群众的生活；三是具有强烈的责任感和使命感。探讨陕西创作存在的不足，观念需要更新，作家群体艺术功底和知识结构存在不足。

陕西省作协组织召开的这些会议，充分体现了社会主义文艺体制的组织、规范、引导和促进作用。

首先，在 70 年代末 80 年代初，作协特别阐述和肯定柳青、杜鹏程、胡采、王汶石、李若冰、魏钢焰等陕西前辈作家对中国现代革命、社会主义建设与革命的历史进程和辉煌成就的赞颂性书写，尤其是肯定柳青对作为文学大省的陕西文学发展的根基性和旗帜性意义，肯定他们的作品通过对中国人民新生活、新气象、新面貌的歌颂，所体现出来的时代意识、使命意识和人文情怀。这对于引导

---

① 王蓬：《白鹿原下》，《青年作家》2010 年第 9 期。

人们正确理解和认识前三十年中国当代史和社会主义中国的现实生活，确立社会主义理想、信念起到了强有力的引导作用。

其次，70 年代末直至 1985 年之前，陕西中短篇小说快速兴起和发展，莫伸的《窗口》、贾平凹《满月儿》获 1978 年全国优秀短篇小说奖，路遥《惊心动魄的一幕》获 1977—1980 年全国优秀中篇小说奖，陈忠实《信任》获 1979 年度全国优秀短篇小说奖，路遥《人生》获 1981—1982 年全国优秀中篇小说奖，贾平凹《腊月·正月》获 1983—1984 年全国优秀中篇小说奖。短短四五年间，陕西中短篇小说创作实现了从复苏到引起中国文坛广泛关注的飞速发展，此时的会议尤其是讨论会以中短篇小说的创作和研究为研讨重心，柳青以及杜鹏程等前辈作家的创作重新成为关注的话题，原因除上述之外，另一点是通过研究其结构艺术、创作手法和经历等，为年轻作家如路遥、贾平凹、陈忠实等提供创作"指南"，陕西前辈作家对这些年轻作家的成长，起了不可低估的长久作用。

再次，1985 年以后，作协组织的会议开始侧重大部头长篇小说的创作的倡导、组织和研究。1985 年 8 月 20 日，陈忠实参加了省作协召开的"长篇小说创作促进座谈会"，"'促进会'这个名称很明确地界定着当时的创作态势和这个会议发起者清晰的用心"[1]。会后仅仅两年时间，路遥出版了《平凡的世界》（第一部），并获第三届茅盾文学奖，贾平凹出版了《浮躁》并获第八届美孚飞马文学奖铜奖，"陕西作家群终于有了新时期以来的第一批长篇小说，而且一开始就达到一个比较高的艺术品位。……应该说，这主要是作家创作的必然发展，不能完全归于一次'促进会'的功能，但有一点是可以肯定的，即当时作家协会负责人对陕西文学创作态势的把握和对这一茬中青年作家创造能力的判断是准确的。'促进会'恰当及时，起到了促进的作用，促进了陕西长篇小说创作局面的打

---

[1] 陈忠实：《关于陕西长篇小说创作的回顾与展望》，《陈忠实文集》第 6 卷，人民文学出版社 2015 年，第 227 页。

开，从这个意义上讲，当时的作协主要负责人胡采和李若冰同志是富于事业心和富于文学的眼光的"①。在出现这个长篇创作高潮后，省作协先后召开了两个长篇小说创作研讨会。1987年11月21日至23日，省作协召开小说创作座谈会，讨论陕西省小说创作状况和存在的问题。1988年7月13日至17日，省作协、《小说评论》组织召开陕西省长篇小说研讨会。这两次会议"从思想内容到艺术形式，这批作品达到了怎样的深度与高度，存在着什么样的缺憾，对创作者和旁听者都具有深刻的启示"②。在省作协的积极推动下，陕西创作日趋活跃，每年都有大量作品问世，终于在1993年出现了"陕军东征"的盛景。另外，1987年，省作协主办的《小说评论》召开了贾平凹《浮躁》研讨会，1988年贾平凹《浮躁》获美孚飞马文学奖后，1989年3月9日，陕西省委宣传部、省作协召开了座谈会，扩大了贾平凹和陕西作家在文坛的影响和声誉。

最后，围绕毛泽东《在延安文艺座谈会上的讲话》（以下简称《讲话》）所展开的学习和纪念活动。《讲话》不仅对解放区和社会主义中国的文学有着深远影响，陕西的文学家与批评家更为直接和深刻地受到《讲话》精神的影响和熏染。从他们的文学创作和理论批评中，可以明显看出对文学的人民性、政治性、党性原则的强调，以及对文学的现实主义品格、历史意识、典型论和反映论的突出。1962年4月19日，中国作协西安分会举行纪念毛泽东《在延安文艺座谈会上的讲话》发表二十周年纪念活动，柳青应邀参会谈作家的学习问题，提出了"生活的学校、政治的学校、艺术的学校"的"三个学校"主张，认为作家要不断从生活、政治和艺术三个方面学习，加强自身修养，提高思想和创作水平。1982年，陈忠实接省委宣传部通知，到延安参加《讲话》发表四十周年纪念活动。陈忠

---

① 陈忠实：《关于陕西长篇小说创作的回顾与展望》，《陈忠实文集》第6卷，人民文学出版社2015年，第227页。

② 同上。

实在参加活动期间，写成散文《万花山记》和《延安日记》。

此外，还有一类比较特殊的文学组织形式——"创作班"或"组稿会"。典型的是，1976年3月，陈忠实等八位当时全国工农兵业余作者中的崭露头角者参加《人民文学》组织的创作班。

这些以座谈会、研讨会等形式出现的各种会议，对陈忠实的影响往往是直接而深刻的。

第一，极大促成了陈忠实对于中国现代历史尤其是中共领导的革命史的理解，并在深层进一步建构了其在思想和情感上对当代中国马克思主义及其中国化实践如《讲话》精神和命题的认同。如在《延安日记》中，他写道："我是属于第一代享受革命胜利果实的青年。我切切感到，今天去延安，在我，是'寻根'。""参观完延安革命纪念馆，站在王家坪的坪场上，我在思索'革命'这两个字的含义"①。"站在纪念馆前的草坪上，以延安的名义，想想过去，历史必然以最无情的手段惩罚万恶的'四人帮'。以延安的名义，必须打击那些经济罪犯，他们是党的肌体中的蛀虫。以延安的名义，把我们的出发点和归宿点，投向人民"②。"强烈的民族仇恨，炽烈的理想追求，坚定的马列主义信仰，熔铸成一个强大的朝气蓬勃的延安！崇高的精神生活战胜了难以忍受的艰难困苦，而终于把革命从山城推向天安门"③。这与在此前接受的毛泽东文艺思想和柳青及其《创业史》的影响，一起塑造了陈忠实的思想意识和情感审美结构，如追求文学的社会性、时代性和历史性维度，注重写作的宏大叙事、历史意识和现实主义品格等。这一点，陈忠实在后来有所反思："读过很多苏联文学作品，最早读《静静的顿河》，后来读过

---

① 陈忠实：《延安日记》，《陈忠实文集》第1卷，人民文学出版社2015年，第513页。

② 陈忠实：《延安日记》，《陈忠实文集》第1卷，人民文学出版社2015年，第514页。

③ 陈忠实：《延安日记》，《陈忠实文集》第1卷，人民文学出版社2015年，第516页。

很多苏联文学作品，也读过少数几个西方作家的作品。我在那个时候形成一个什么概念呢，就是西方这些文学作品，人家之所以那么写，那是西方的文学观念；我们是社会主义中国的文学，我们是按毛泽东的《在延安文艺座谈会上的讲话》来写的，西方那些文学理念对我们不适宜，我们不能那么写，这在当时就形成很明确的这一种信念。"①

第二，直接促成陈忠实的某些或某类作品的创作。1974年2月下旬参加陕西省出版局召开的"陕西省'三史'、小说、连环画业余作者创作座谈会"后的当年春天，陈忠实与其他作者参与编写了村史《灞河怒潮》并于1975年9月由陕西人民出版社出版。在1974年陕西省文化局组织的座谈会是一次配合当时"反潮流"形势的会议，在这次会议上陈忠实第三次见到柳青。尽管未能与柳青攀谈，但这次贯彻"反潮流"精神的会，尤其是柳青在会上的发言，对陈忠实有着长达终生的深刻影响。1976年3月，陈忠实在参加《人民文学》"学习班"期间，将柳青的发言通过小说人物之口加以"转述"，写成"反潮流"小说《无畏》并刊《人民文学》1976年第3期。陈忠实这篇以"反走资派"为主题的小说在"四人帮"垮台后被审查并撤销其公社党委副书记职务。

第三，通过参会，了解文学创作的总体情况和作家们思考、关注的问题，反思和推进自身的思想观念和艺术实践。1980年召开的两次农村题材创作座谈会，对于陕西省农村题材小说创作有积极推动作用。对陈忠实触动尤深的是，1984年3月参加的涿县"全国农村题材创作座谈会"。会后，陈忠实致信何启治谈参会收获："这次农村题材谈论会是开得不错的。近年来，在农村题材的创作中，面对变化着的新的生活潮流，我不至（止）一次感到困惑，甚至痛苦。这种困惑，首先是对复杂的生活现象缺乏一种高屋建瓴的理论

---

① 陈忠实：《自我定位，无异自作自受》，《陈忠实文集》第10卷，人民文学出版社2015年，第360页。

把握。至于作品从怎样的角度反映现实，以避免图解政策的前车之鉴，又当别论，而作者总应该搞清楚当前政策的理论基础，我以为这是我个人独有的困惑，因为我缺乏高等教育，缺乏系统的理论学习，又长期困于比较狭隘的一隅，因而导致如此。所以这次会议，我是从内心感到踊跃的，企图得到启示，尤其是当今活跃于文坛的农村题材的名家纷涌而至，我想我会受益的。会上，绝大多数的作家都谈到困惑了。困惑成为大家的口头禅了。我心里踏实了，看来大家面对新的生活现象都有类似的思考、类似的苦恼，我甚至想，严肃的作家面对变化着的农村生活的思考是必然的。而对这种新的生活现象觉得轻易可以认识，可以表现，往往使人感到了某种图解的简单化作品。我这次主要是带着耳朵去的，我达到了目的，听到了许多长期保持着与生活联系的新老名家的精彩发言，尤其听到杜润生的报告，得益匪浅。我的直觉是，需要学理论，强化对生活的认识能力，更应坚定不移地研究自己的生活，应该相信自己对生活的认识和把握，而不应人云亦云。作家首先应该知道他的研究对象是生活。"①

作协通过推荐工农兵业余作者，老作家的专门辅导、改稿、编辑约稿、推荐稿件等形式，扶植青年业余作者。

关于推荐工农兵业余作者和编辑修改。据陈忠实所记，他在1972年秋或冬，收到徐剑铭的一封信："剑铭在信中告诉我，他推荐了我（指向《陕西文艺》编辑部推荐业余作者，引者注），而且推荐了我刊登在西安郊区文化馆创办的内部刊物《郊区文艺》上的散文《水库情深》。……正是剑铭这一次推荐，荐人和荐稿，使我跨进了作家协会和《延河》的高门槛。接到剑铭信后没过几天，就收到《陕西文艺》编辑部路萌的电话，谈了他对剑铭送给他的《水库情深》的意见。随后又收到路萌经过红笔修改的稿子。这篇经剑铭

---

① 邢小利、邢之美：《陈忠实年谱》，陕西人民出版社 2017 年，第 41—42 页。

推荐的散文《水库情深》，发表在《陕西文艺》创刊号上。"①

关于老作家改稿。1956 年 3 月，中国作协第二次理事会（扩大）召开，会上通过了《中国作家协会 1956 年到 1967 年的工作纲要》，《纲要》对作协在培养青年作家方面必须要做到的几个措施中有一条规定："老作家的个别辅导，对培养青年作家有重要意义。中国作家协会及各分会的青年作家工作委员会应通过阅稿、报刊编辑部推荐等方式选择其中较为优秀的作品，分别邀请老作家与这些作品的作者建立个别联系，帮助修改作品。"②众所周知，陈忠实的小说《接班以后》曾受到柳青的修改。陈忠实曾三次谈及此事。第一次是在 1980 年 4 月写成的《我信服柳青三个学校的主张——〈信任〉获奖感言》，在这篇文章中，陈忠实写道："不久前，从友人那里得到一份柳青同志对我的一篇习作批改的手稿，灯下，我一字一句琢磨着修改过的文字，心里有一种难以遏制的激动情绪。在一节不足四千字的文字中，他删改过二百多处，添加了近乎一千字！整个版面上，连圈带划，眉头和行间，全注满了。当时，他正患病，而且艰难地进行着《创业史》的修改工作，定是很忙又很累的，对我的习作做出如此认真详细的批改，这需要付出多么艰辛的劳动啊！"③2006 年 3 月 7 日，陈忠实再次写到柳青对小说的修改："关于柳青对《接》的反应，我却是从《西安日报》文艺编辑张月赓那里得到的。老张告诉我，和他同在一个部门的编辑张长仓，是柳青的追慕者，也是很得柳青信赖的年轻人。张长仓看到了柳青对《接》修改的手迹，并拿回家让张月赓看。我在张月赓家看到了柳青对《接》文第一节的修改本，多是对不太准确的字词的修改，也

① 陈忠实：《有剑铭为友》，《陈忠实文集》第 8 卷，人民文学出版社 2015 年，第 249 页。

② 《中国作家协会 1956 年到 1967 年的工作纲要——1956 年 3 月中国作家协会第二次理事会会议（扩大）通过》，《文艺报》1956 年第 7 期。

③ 陈忠实：《我信服柳青三个学校的主张——〈信任〉获奖感言》，《陈忠实文集》第 1 卷，人民文学出版社 2015 年，第 531 页。

划掉删去了一些多余的赘词废话，差不多每一行文字里都有修改圈画的笔迹墨痕。我和老张逐个斟酌掂量那些被修改的字句，接受和感悟到的是一位卓越作家的精神气象，还有他的独有的文字表述的气韵，追求生动、准确、形象的文字的'死不休'的精神令我震惊。"① 2008 年 1 月 18 日，陈忠实又谈到柳青对《接班以后》的修改："编辑把这篇小说送给柳青看。他把第一章修改得很多，我一句一字琢磨，顿然明白我的文字功力还欠许多火候。"②

关于编辑约稿、收入作品集和推荐转载。据吕震岳回忆："《信任》是我在一次作协会上约他写的，也是他第一次为陕报副刊写稿。当我接到这篇稿子后，发现它是一篇难得的佳作，遂以最快的速度见报。没有料到，六月三日报纸发表以后，七月号的《人民文学》竟予以转载。不久，十月出版的《乔厂长上任记》一书，也将它收了进去，连北京外文出版社（日文版）出版的短篇小说佳作选也同时选了进去。这一连串的喜事，大大激励和鼓舞了陈忠实的创作热情。"③ 吕文三个重要信息：一是前述编辑向工农兵业余作者约稿；二是被《人民文学》转载；三是被译为日文并选入小说集。先说第三点。关于这点，《纲要》中也将编选作品集列为培养青年作者的重要举措，规定："编选青年文学创作选集和研究青年文学创作问题的论文集。每年年初，由中国作家协会将头一年发表的青年作家的各种题材的优秀作品和研究青年文学创作的论文集分别编选成选集出版。作家协会各分会也可以将青年的文学作品编选成集出版。"④ 这种集中推出新人新作的方式延续至今并在市场语境中有新

① 陈忠实：《陷入与沉浸——〈延河〉创刊 50 年感怀》，《陈忠实文集》第 8 卷，人民文学出版社 2015 年，第 129 页。

② 陈忠实：《一个空前绝后的数字——我的读书故事之三》，《陈忠实文集》第 9 卷，人民文学出版社 2015 年，第 54 页。

③ 吕震岳：《为有源头活水来——陈忠实〈白鹿原〉获奖感想》，冯希哲、赵润民编：《走近陈忠实》，陕西人民出版社 2006 年，第 62—63 页。

④ 《中国作家协会 1956 年到 1967 年的工作纲要——1956 年 3 月中国作家协会第二次理事会会议（扩大）通过》，《文艺报》1956 年第 7 期。

的调整和变化。译为外文出版则是向国外介绍中国文学现状、展现中国文学和中国社会现实的一种方式，对于作家无疑是一种很大的荣誉。类似情况陈忠实在 70 年代中前期就遇到过。当时他接到省文艺创作研究室电话，要去参加接待一次日本文化访问团，陈忠实作为省革委会确定的接待人之一，以"革命的工农兵业余作者"身份接受了这项不能推辞的"政治任务"[①]。在这里，陈忠实作为接待外宾的代表，原因就在于他的创作成绩较为突出的革命的工农兵业余作者身份，这是一种文学成就的展示，更是一种当代中国社会主义政治文化形象的展示。其功能与《信任》译为日文出版近似。

关于第二点即《信任》转载之事，陈忠实在多处述及。小说在《陕西日报》发表后，杜鹏程"多所赞扬"，王汶石看了"认为很不错"并"建议由《人民文学》转载"。时间已至六月中旬，即将发排的《人民文学》临时抽掉一篇已排定的稿子，在七月号转载此文。陈忠实当时正因"《无畏》风波"而陷入一种"尴尬而又羞愧的境地里"，对"老王老杜们的一句关爱的话和关爱的行动"自然永为铭记，对两位"文学大树"热诚关注自己这个"走了弯路的青年作者"，陈忠实感悟到人格精神、人格境界、人格修养之于艺术创造的重要性。[②] 其实就当时杜鹏程和王汶石的身份来看，一方面，他们如陈忠实所认为的，是陕西文坛有声望有胸怀的前辈作家，另一方面，他们都是 1979 年 2 月 21 日至 27 日召开的中国作协西安分会第二次会员代表大会选举出的副主席和常务理事，对于本身作家的后备梯队建设，对于培养文学创作队伍，提高本省在国内的文学地位和影响力，负有重要的使命和责任。除了《信任》本身的思想和艺术上的独特性，杜、王兼有的著名前辈作家和作协主要领导这双重身份，使他们的赞赏和推荐具有特别的说服力和影响力。

---

① 陈忠实：《最初的晚餐——〈生命历程中的第一次〉之一》，《陈忠实文集》第 6 卷，人民文学出版社 2015 年，第 3 页。

② 陈忠实：《为了十九岁的崇拜——追忆尊师王汶石》，《陈忠实文集》第 6 卷，人民文学出版社 2015 年，第 160—161 页。

第四节　文学报刊与文艺副刊：社会主义 "文学新人"及其培养机制（三）

文学报刊和报纸副刊，准确地说，中国作协及其各地分会主办的报刊和党报、大报所属的文艺副刊，是培养社会主义"文学新人"、塑造社会主义文学"新人"形象的主要阵地，是党和政府、作协所掌握的重要资源，对作品的发表、"作家"资格的"评审"和"认定"，有决定性的权力和影响。能否在报刊上发表文章，是一个作家有无写作权利和资格的重要标识，甚至是衡量一个时代政治风潮的晴雨表。

文学报刊，是自"五四"以来文学创作和文学理论批评得以发表、传播的主要媒介和载体，也是文学社团、流派和运动得以形成和建构的重要依托，它以具体的物质形式将作家、理论批评家和读者紧密地联系起来。与新中国成立前不同，新中国的期刊的办刊宗旨目的、编辑方针、发行和运作方式，以及刊发作品的主题、内容、文体、形式、质量等，在社会主义制度下，通过新的社会主义文化体制得以根本性重构。

50年代至70年代末，新中国文学报刊并不以营利为目的，而是注重报刊读者在经济能力上的可接受性，注重涵盖更为广泛的城乡读者覆盖面，因而定价较为低廉，发行量较大。其办刊宗旨以教育功能、认识功能为主，兼顾娱乐功能和审美功能，其发行渠道，已不同于此前由出版单位自建发行系统、独立经营的方式，而是由新华书店、邮局、出版社等国有渠道统一发行。这也是与计划经济相匹配的计划生产，保证了发行量，也使得运作和管理的规范性、有效性得以保证，对文学作品的传播极为有利。自然，通过期刊的发行、传播、阅读，社会主义思想文化的传播也更为有力、有效。我们可以以《人民文学》和《收获》发刊词来看一下社会主义文艺体制下，文学刊物的办刊宗旨、办刊方向、自我定位等。《人民文学》发刊词说："作为全国文协的机关刊物，本刊的编辑方针当然要遵循全国文协章程所规定的我们的集团的任务"，首要任务是"积极参加人民解放斗争和新民主主义国家建设，通过各种文学形式，反映新中国的成长，表现和赞扬人民大众在革命斗争和生产建设中的伟大业绩，创造富有思想内容和艺术价值、为人民大众喜闻乐见的人民文学，以发挥其教育人民的伟大效能"。具体内容则是"反帝反封建反官僚资本主义的、为工农兵的；写部队、写农村、写城市生活、写工厂的；写解放战争、写生产建设、写小资产阶级知识分子的改造"[①]；等等。《收获》的发刊词异曲同工："我们热爱社会主义祖国，真实而正确地反映祖国社会主义的伟大建设；以社会主义精神教育劳动人民，鼓舞人民向社会主义大道高歌猛进"，对于刊物及其刊发作品的要求是："应该符合毛主席所提出来的六条标准：一、有利于团结全国各族人民，而不是分裂人民；二、有利于社会主义改造和社会主义建设，而不是不利于社会主义改造和社会主义建设；三、有利于巩固人民民主专政，而不是破坏或者削弱这个专政；四、有利于巩固民主集中制，而不是破坏或者削弱这个制度；五、有利于巩固共产党的领导，而不是摆脱或者削弱这个领导；六、有利于社会主义的国际团结和全世界爱好和平人民的国际团结，而不是有损于这个团结。"[②] 从这两本当代最具影响力和地位的文学期刊的发刊词可以看出，它们充分体现了文艺一体化时代，"文艺为政治服务""文艺为工农兵服务"和"政治标准第一"的文学要求，文艺期刊、文学创作和理论批评的政治性、思想性、人民性及社会主义性质，被置于首要的、根本的、核心的位置上。总之，文学期刊是建构社会主义文化秩序、掌握社会主义文化领导权的重要方式。

---

① 茅盾：《发刊词》，《人民文学》第 1 卷第 1 期，1949 年 10 月 25 日。

② 《发刊词》，《收获》1957 年第 1 期。

文学期刊担负着培养文学新人的重要职责,同时,是否能够推出一批有创作实力和水平的新人,是衡量一份刊物办刊的成效及其成功与否的一个重要标准。从通常情况看,文学的繁荣与发展,固然需要刊发已经成名的作家的有实力的作品,以提高刊物的档次,扩张其影响力,但也需要新生力量不断地充实创作队伍,形成后浪推前浪、老中青结合的合理的文学梯队。另外,文学新人的成长、新作的出现,对于形成合理的健康的文学生态乃至更新文学思想观念、丰富文学的形式手法,从根本上推进文学发展的作用,也是不可替代的。曾任《人民文学》主编的秦兆阳就说:"优秀的新作家,好的作品,不断地涌现,是一种不可避免的必然的趋势。一个有作为、有远见的编辑便要看到这种趋势,并以自己毫不放松的努力去促其实现。"[1] 周扬明确指出:"刊物办得再好,如果未培养出一个作家,也只能打五十分。"[2] 如果说秦兆阳是从编辑的角度谈推出新人新作的责任,周扬是从文学期刊培养文学新人的角度谈期刊承担的任务和使命,那么孙犁则从办刊的可能性和可行性角度谈道:"一个刊物想永远刊载的都是'头牌'作家的作品,是很困难的,但能够训练出一班文学新人来,却是切实可行的。"[3] 事实上,新中国成立后文学报刊杂志的投稿者中,工农兵业余写作者占据很大比重。文学写作主体或作者群有明显的工农群众化趋势。据 1956 年中国作协的统计,"各地文艺期刊编辑部收到的投稿,最多的平均每月在千件以上,最少的也有四五百件。这样大量的投稿者,百分之七十以上是工厂、农村、部队、学校、机关的业余写作者。经我们初步调查,建国以来,持续在各种期刊和报纸上发表作品,有一定写作水平的青年写作者在千人以上,其中半数是比较优秀的,许多

---

① 何直(秦兆阳):《欢迎文学战线上的新的主力军》,《人民文学》1956 年第 3 期。

② 周扬:《全国故事片创作会议上的讲话》,《周扬文集》第 3 卷,人民文学出版社 1990 年,第 376 页。

③ 孙犁:《论培养》,《孙犁文集》第 4 卷,百花文艺出版社 2002 年,第 266 页。

是有才能的。"①

对于当时的陈忠实来说，中国作协西安分会主办的《延河》杂志还是一道一时间难以跨越的门槛。同当时的许多作家一样，报纸副刊是陈忠实发表作品、走上文学道路的第一块阵地。

陈忠实发表创作始于《西安日报》。他早期文学起步阶段的诗歌、散文、快板、故事等各类文体的创作都刊发于《西安日报》或《西安晚报》。他最早的作品——短诗《钢、粮颂》即刊《西安日报》。《西安日报》系中共西安市委机关报，1953年创刊，属中国最早的机关报之一。1962年2月1日，根据中共中央宣传部关于大城市提倡办晚报的精神，《西安日报》更名《西安晚报》。作为中共西安市委机关报，《西安日报》(或《西安晚报》)承担着党报的责任和使命，是一个对党、对人民、对社会负责的主流媒体，要求政治正确、旗帜鲜明地维护党和政府形象。《西安日报》围绕市委、市政府的中心工作及时发布权威、准确、有价值的主流新闻资讯，做好新闻宣传和舆论引导工作，营造正面、积极、健康的强势舆论氛围。做好"文艺副刊"，既是党报作为主流媒体做好新闻宣传、传播先进文化的职责体现，也是国家、政党建立和巩固社会主义文化领导权的重要方式。同时，也是党报以更为亲切、灵活的形式增强自身亲和力、感染力和吸引力，体现贴近群众、贴近生活、服务人民的政治倾向性。1965年1月28日，陈忠实创作的快板《一笔冤枉债——灞桥区毛西公社陈家坡贫农陈广运家史片断》刊《西安晚报》。这个快板写于1964年"面上社教"运动。此年冬，陈忠实在毛西公社农业中学做民办老师，按照毛西公社团委的安排，各村和中学都要出宣传"千万不要忘记阶级斗争"的文艺节目参加汇演，"我所在的农业中学也接受了任务，却犯起愁来，我根本不会排练

---

① 茅盾：《培养新生力量，扩大文学队伍——在中国作家协会理事会（扩大）会议上的报告》，《文艺报》1956年第5—6期合刊。

文艺节目。情急之下，我把当地一位老贫农的家史编成一首陕西快板，找了一位口才和嗓门比较亮堂的学生，演出后颇多反响。很快，这个快板就在《西安晚报》临时开设的《春节演唱》专栏里全文发表了"[1]。同年 3 月 6 日，诗歌《巧手把春造》刊《西安晚报》。陈忠实写到"文革"前创作发表情况时说："我在'文革'前一年的 1965 年发表散文处女作，到'文革'开火时的 1966 年夏天，发表了六七篇散文特写，全部刊登在《西安晚报》文艺副刊上。"[2] 被陈忠实看作文学处女作的散文《夜过流沙沟》，刊登在 1965 年 3 月 8 日《西安晚报》文艺副刊《红雨》。在陈忠实看来，"《夜》文的发表才是我真正感到鼓舞感到兴奋感到了入门意义的事情"[3]。因最初的钢笔字变成铅字都是在《西安晚报》副刊，所以陈忠实对自己最初的文字和发表它们的报纸心存感激念念不忘，"在我整个创作生涯中是保有永久之鲜活的记忆的"[4]。《夜过流沙沟》之后，陈忠实又在《西安晚报》上发表多篇文字：4 月 17 日，散文《杏树下》刊《西安晚报》；12 月 5 日，散文《樱桃红了》刊《西安晚报》。1966 年 3 月 25 日，陈忠实短篇小说《春夜》刊《西安晚报》；4 月 17 日，散文《迎春曲》刊《西安晚报》。

1966 年 5 月，"文革"爆发，《西安晚报》停刊。对于"文革"和《西安晚报》停刊对自己创作的影响，陈忠实在 2001 年的文章中写道："直到'文革'开始前该报终止文艺副刊，大约有一年稍多点的时日。"副刊的停刊对陈忠实是"生命历程中第一次重大的挫伤。刚刚感受到发表作品的鼓舞，刚刚以为摸得文学殿堂的门槛，

①　陈忠实：《最初的操练》，《陈忠实文集》第 7 卷，人民文学出版社 2015 年，第 133 页。

②　陈忠实：《有剑铭为友》，《陈忠实文集》第 8 卷，人民文学出版社 2015 年，第 249 页。

③　陈忠实：《最初的操练》，《陈忠实文集》第 7 卷，人民文学出版社 2015 年，第 133—134 页。

④　同上。

那门却关上了"①。2010 年 8 月 18 日，陈忠实谈到自己"文革"前的写作时说："从 1965 年初到'文革'在次年的 6 月份发生，所有报纸都停止了副刊，我大约发了七八篇散文吧，当时都已经感觉甚好了，到'文革'一开始，那个声势就把我吓坏了。我当时是一个民办中学教师，包括郭沫若都说，他读了《欧阳海之歌》，应该把他的全部文学创作都烧毁，扔了。"②

1969 年 6 月 16 日，为适应"文革"期间形势发展需要，在西安市革委会直接领导下，《西安日报》又恢复出刊。《西安日报》复刊两年后，1971 年 11 月 3 日，陈忠实的散文《闪亮的红星》即刊于此报。关于这篇散文的写作与发表，陈忠实回忆道："一九七一年，我连续四五年没有写作了。张月赓惦记着我，托人在农村找我，催促我在《西安日报》上发表了散文《闪亮的红星》，可以说是张月赓重新唤起了我的文学梦。"③陈忠实称这篇散文是"中断六七年之久的又一个'第一篇'散文。散文发表后"据说引起了一些反响"，但陈忠实认为这是"与文艺几乎绝缘了六七年的民众，在报纸上突然看到一篇散文，肯定首先会有新鲜感，绝不会是我写出了什么佳作"④。但他同时也看到了这篇散文对于自己的意义，不仅在于重启文学梦，"对我来说，这篇艰难作成的散文的成败并不足论，重要的是把截断了六七年、干涸了六七年的那根文学神经接通了、湿润了，思维以文学的形式重新流动起来了"⑤。1972 年

① 陈忠实：《最初的操练》，《陈忠实文集》第 7 卷，人民文学出版社 2015 年，第 134 页。

② 陈忠实：《自我定位，无异自作自受》，《陈忠实文集》第 10 卷，人民文学出版社 2015 年，第 358 页。

③ 陈忠实：《关于四十五年的答问——与〈小说评论〉主编李国平的对话》，《陕西日报》2002 年 7 月 31 日。又，《关于 45 年的答问》，《陈忠实文集》第 7 卷，人民文学出版社 2015 年，第 325 页。

④ 陈忠实：《最初的操练》，《陈忠实文集》第 7 卷，人民文学出版社 2015 年，第 135 页。

⑤ 陈忠实：《最初的操练》，《陈忠实文集》第 7 卷，人民文学出版社 2015 年，第 135—136 页。

8 月 27 日，革命故事《配合问题》刊《西安日报》；10 月 22 日，散文《雨中》刊《西安日报》。1973 年 5 月 6 日，散文《青春红似火》刊《西安日报》。1975 年 4 月 12 日，散文《铁锁——农村生活速写》刊《西安日报》。1977 年 6 月 20 日，《社娃——农村生活速写》刊《西安日报》。

"文革"结束后，陈忠实继续给《西安晚报》写稿。1979 年 4 月 13 日，短篇小说《小河边》刊《西安日报》；7 月 15 日，报告文学《忠诚》刊《西安日报》，这是陈忠实的第一篇报告文学。1981 年 7 月 12 日，散文《面对这样一双眼睛》刊《西安晚报》。1982 年 5 月 22 日，散文《万花山记》刊《西安晚报》；7 月 8 日，散文《延安日记》刊《西安晚报》。1984 年 7 月 8 日，散文《鲁镇记行》刊《西安晚报》；8 月 9 日，散文《绿色的南方》刊《西安晚报》。1985 年 1 月 21 日，短篇小说《我们怎样做父亲》刊《西安晚报》；4 月 7 日，报告文学《大地的精灵》刊《西安晚报》，陈忠实"后又以其某些事迹演绎成八万字的中篇小说《四妹子》，这是我写农村体制改革最用心也最得意的一部小说"①。1986 年 5 月 11 日，散文《湄南河上——访泰日记》刊《西安晚报》。1987 年 2 月 15 日，短篇小说《兔老汉》刊《西安晚报》；7 月 12 日，报告文学《皮实》刊《西安晚报》；11 月 8 日，短篇小说《山洪》刊《西安晚报》。

除了"市级"党报《西安晚报》（《西安日报》），"省级"党报《陕西日报》也是陈忠实一直颇为看重的发表阵地。

陈忠实首次在《陕西日报》发表文学作品是 1979 年的一次编辑约稿。此年 5 月，陕西省委机关报《陕西日报》文艺版编辑吕震岳找到陈忠实约请其给陕报文艺版写小说。陈忠实写成曾蒙受冤屈的农村基层干部在"文革"结束后以博大胸怀和真诚的态度对待曾整过他的人，最终化解矛盾的《信任》，这篇小说很快在 6 月 3 日《陕

---

① 陈忠实：《一个人的邮政代办点》，《陈忠实文集》第 10 卷，人民文学出版社 2015 年，第 105 页。

西日报》发表并引发普遍反响。这是陈忠实第一次在《陕西日报》文艺副刊发表作品，"……但不是处女作，此前已经有为数不少的小说、散文在杂志和报纸副刊上发表，按说不应该有太多太强的新鲜感。我不由自主的'眼热'，来自当时的心态和更远时空的习作道路上的艰难。"小说的发表带给陈忠实"以最真实的也是最迫切需要的自信"①。从此以后，陈忠实就经常给《陕西日报》写稿。1980 年 3 月 2 日，散文《躯干》刊《陕西日报》；《信任》获全国优秀短篇小说奖后，应《陕西日报》文艺评论家肖云儒的约请，写成获奖感言《我信服柳青三个学校的主张——〈信任〉获奖感言》，4 月 23 日刊《陕西日报》，这是陈忠实从事写作以来第一篇谈创作的文章；7 月 15 日，陈忠实的第一篇报告文学《忠诚》刊《西安日报》；11 月 2 日，短篇小说《反省篇》刊《陕西日报》；10 月，写成短篇小说《第一刀》，11 月 2 日刊《陕西日报》，并获 1980 年《陕西日报》好稿奖一等奖。《第一刀》的创作同样来自《陕西日报·秦岭副刊》的一次农村题材征文，吕震岳再次约陈忠实应征，发表后收到众多读者来信。"这是我最早写农村体制改革的一个短篇小说，由此发端，三年后写成十二万字的中篇小说《初夏》。"②由此也可以看出，这个篇幅简短的短篇小说对于陈忠实此后写作中篇《初夏》的引导意义。1981 年 11 月 8 日，特写《可爱的乡村》刊《陕西日报》。1982 年 2 月 14 日，短篇小说《初夏时节》刊《陕西日报》；6 月 14 日，言论《和生活的创造者一起前进》刊《陕西日报》。1990 年 11 月 20 日，与《陕西日报》文艺部主任田长山合作的报告文学《渭北高原：关于一个人的记忆》刊《陕西日报》头版全文刊登，并获中国作家协会 1990—1991 年度全国优秀报告文学奖。此

---

① 陈忠实：《何谓良师——我的责任编辑吕震岳》，《陈忠实文集》第 6 卷，人民文学出版社 2015 年，第 149 页。

② 陈忠实：《仅说一种本能的情感驱使》，《陈忠实文集》第 10 卷，人民文学出版社 2015 年，第 4 页。

后，2001 年，短篇《日子》刊《陕西日报》，陈忠实为此写道："我在《日子》里所表述的那一点对乡村生活的感受和体验，在《人民文学》和《陕西日报》先后发表后，得到了颇为热烈的反响，尤其是《陕西日报》这种更易于接触多个社会层面读者的媒体。我看了《陕西日报》关涉这篇小说的读者来信，回到原下的屋院，对着月亮痛快淋漓地喝了一通啤酒。"① 2001 年 7 月 6 日，《生命的审视和哲思——〈李汉荣诗文选〉阅读笔记》刊《陕西日报》。2002 年 3 月 24 日，《再读〈落红〉致方英文》刊《陕西日报》；4 月 5 日，评论《从思想上翻新着历史的故事》刊《陕西日报》。

在写于 2001 年的散文《最初的操练》中，陈忠实回忆了自己从 1958 年第一篇作品到 1972 年发表《闪亮的红星》期间，自己与《西安晚报》文艺副刊的密切关系及其与编辑之间以"文学结缘的友谊"。其在深层所思考和表达的是新文学与报纸文艺副刊之间的关系："报纸的文艺副刊，是专业和业余作家的一块重要园地。新文学发起之初直到解放，鲁迅为代表的作家们的许多著述，都是在报纸副刊上与读者见面的。'文革'前的十七年，陕西两家公开发行的大报——《陕西日报》和《西安晚报》的文艺副刊，成为包括我在内的业余作者操练文字的重要园地。现在刊物多了，报纸也多了，传媒工具更现代化了，然而报纸的文艺副刊仍然独具其风采。"②

作为党报，《西安日报》《陕西日报》的政治权威性和影响力，是无可置疑的，其读者覆盖面也遍及城乡，拥有西安市、陕西省最为广泛的读者群。陈忠实最早的诗歌、快板、散文、小说、特写、报告文学、创作谈等，都是首先在这两份党报上发表，他首次获全国优秀短篇小说奖和报告文学奖的《信任》和《渭北高原：关于一

---

① 陈忠实：《望外的欣慰和感动——〈日子〉获奖感言》，《陈忠实文集》第 9 卷，人民文学出版社 2015 年，第 180 页。

② 陈忠实：《最初的操练》，《陈忠实文集》第 7 卷，人民文学出版社 2015 年，第 136 页。

个人的记忆》都首发于《陕西日报》。这是作者的专心创作获得的荣誉，也是编辑和报纸办出水平和影响的重要表现，是文艺编辑和报社的荣誉。但从报刊级别上看，作为省级、市级报纸，其覆盖面和影响力毕竟有限，且《陕西日报》《西安日报》是一份围绕省委、省政府和市委、市政府中心工作展开的，突出时政和经济工作的综合性报纸，"文艺副刊"虽影响颇大，但也只是"副"刊，作为"非专业性"报纸，文艺创作和评论并不占据其工作的中心位置。在包括陈忠实在内的作家和"工农兵业余作者"看来，中国作协及其各地分会主办的专门性文学报纸期刊才是"专业性"的更具专业权威性的文学载体。他们首先踏进的门槛是省作协主办的专业性文学期刊——《延河》。

《延河》杂志是中国作协西安分会主办的文学月刊，1956 年 4 月 10 日正式出版发行创刊号。五六十年代，《延河》刊发或连载了李若冰的散文《宝成线上》，贺敬之的诗歌《回延安》，杜鹏程的中篇小说《在和平的日子里》，吴强的长篇小说《红日》，茹志鹃的短篇小说《百合花》，王汶石的短篇小说《新结识的伙伴》《沙滩上》，柳青的中篇小说《咬透铁锨》和长篇小说《创业史》第一部《稻地风波》及第二部上卷（第二部第一章至第七章），魏钢焰的报告文学《党的女儿赵梦桃》等。正如 1994 年时任《延河》主编的陈忠实在新刊《卷首语》中对《延河》历史的回顾："《延河》到今年已经流过四十个春秋，这是新中国成立后最早创办的几家纯文学月刊之一。中国当代文学的全部辉煌和所有灾难，《延河》和其他兄弟刊物一样都经历过有幸与不幸。"[1] 1966 年"文革"开始后，《延河》自 1966 年 8 月停刊。1976 年继《诗刊》与《人民文学》复刊的一年之后的 1977 年正式复刊，这在全国同类文学杂志中也属较早复刊的文学刊物，在《延河》文学月刊长达十一年的停刊中，陕西文学

---

[1]　陈忠实：《大将林立，佳作纷呈——编辑絮语》，《陈忠实文集》第 5 卷，人民文学出版社 2015 年，第 394 页。

事业并未因此中断。1973 年 7 月，由陕西省文艺创作研究室主办的《陕西文艺》（《延河》复刊后，为了与"文艺黑线"决断而改用名）在《延河》停刊七年后创刊，编辑部人员多为《延河》杂志的班底。1977 年 7 月，《陕西文艺》恢复原刊名《延河》。从《延河》到《陕西文艺》再回到《延河》，这份刊物一直是陕西省最高级别的文学刊物。"我仍然觉得，改为《陕西文艺》的《延河》不过三四年，上有极左的政治和文艺政策铺天盖地，包括我等业余青年作者受到束缚局限的同时，也受到'三突出'的不同程度的影响，然而有一批深谙艺术规律的编辑，如董得理、王丕祥、路萌、贺抒玉本身又是作家，他们实践着领导着也暗示着给这些作者的是文学创作的本真。"① 在"极左"文艺思潮笼罩文坛的情况下，杂志编辑人员和文艺工作者以对文学的热爱，坚持文学自身诉求，在一定范围内和一定程度上抵制"假大空"的来稿，对《陕西文艺》在培育新人和未来文学发展上，付出了极大的努力。陈忠实、路遥、贾平凹等后来享誉文坛的实力派作家，就是在《陕西文艺》刊发最初的文学作品而走上文坛的。对于自己在"文革"后期开始以"工农兵业余作者"身份从事写作的情况，陈忠实在 2009 年回忆道："一九七三年……'作协'刚刚恢复，还不叫'作协'，叫创作研究室，《延河》也刚复刊，名字改为《陕西文艺》，像柳青、王汶石、杜鹏程等老一代作家还没完全恢复写作状态，能写的大部分是工农兵中的文学爱好者，我就是这时开始写作生涯的。"② 又说："到'文革'后期，一些文化艺术单位恢复工作，偏重于鼓励'工农兵业余作者'写作，我是被激发起来的一个，我才发现文学创作的喜好没有消亡。然而很清醒，文学创作当不得正事干。我只是在十分想写或又

---

① 陈忠实：《陷入与沉浸》，《陈忠实文集》第 8 卷，人民文学出版社 2015 年，第 130 页。

② 陈忠实：《创作成就取决于作家的敏感、深刻和独特——与西安工业大学人文学院邰科祥教授对话》，《陈忠实文集》第 9 卷，人民文学出版社 2015 年，第 524 页。

相对有一段清闲的时间，便写一篇，四年写过四篇短篇小说。我把这种写作自我定义为'过瘾'，过一回文字表述的瘾。"①

　　但实际情况是，陈忠实最早在《陕西文艺》发稿是在 1973 年 7 月，其原发表于西安郊区文化馆自编自印的《郊区文艺》创刊号上的散文《水库情深》，刊发于《陕西文艺》创刊号上（同期发表的还有路遥的小说处女作《优胜红旗》）。在此之前，陈忠实与《延河》及其主办单位中国作协西安分会是陌生的。如前所述，此前陈忠实的创作都正式发表于《西安晚报》，主要原因是初次给《延河》投稿失利造成的挫败感和由此带来的敬畏感："除了初中二年级时语文老师把我的一篇作文亲自抄写投寄给《延河》之外，此后许多年的业余操练和投稿过程中，从来也没有敢给《延河》投寄一稿。在我的感觉里，说文雅点，《延河》是全国大作家们展示风采的舞台；说粗俗点，那门槛太高了。怀着这种敬畏的心理，我把习作的散文都送到报纸副刊了。"② 1973 年 11 月，短篇小说《接班以后》头条发表于《陕西文艺》第 3 期，这是陈忠实发表的第一篇短篇小说。关于这篇小说，1985 年 2 月 27 日，陈忠实回忆道："第一次发表小说，距第一次发表散文相隔七年之久。这篇小说是我正儿八经地写成的第一篇小说，虽然不可避免地烙上了当时'左'的印记，然而对我来说，重要的意义并不在此。在这篇作品里，我第一次把自己对生活的观察和体验写进了小说，第一次完成了从生活到艺术的融合过程。……这篇小说所写的人物和细节，全是我从生活中采撷得来的，使我跨过了这样至关重要的一步——直接从生活中掘取素材。"③ 2009 年，陈忠实谈到这篇小说："一九七三年，我

<hr />

① 陈忠实：《作家都在思考这个时代——答〈江南〉杂志黎峰问》，《陈忠实文集》第 10 卷，人民文学出版社 2015 年，第 328 页。

② 陈忠实：《有剑铭为友》，《陈忠实文集》第 8 卷，人民文学出版社 2015 年，第 249 页。

③ 陈忠实：《答读者问》，《陈忠实文集》第 3 卷，人民文学出版社 2015 年，第 467—468 页。

发表第一篇小说《接班以后》，读者、评论界最普遍的反映是：这是学习柳青学得最像的一篇小说。……尤其是我这篇处女作小说的语言特像柳青，所以有人就怀疑这是柳青换了一个'陈忠实'的名字来发表作品。"[1] 2011 年，他再次谈到，《接班以后》"尽管也逃脱不了演绎和图解政策的时病，然就对生活的描写和人物性格的刻画，赢得了甚为强烈的反响，有人甚至猜疑柳青换了一个名字写作了。相对于八年前我发表的千把字的处女作散文，也当属'有如神助'"[2]。《接班以后》被西安电影制片厂选中，1975 年春至 1976 年春，陈忠实由组织安排到西影厂改编电影剧本。电影于 1976 年拍成，片名《渭水新歌》，1977 年 1 月发行上映。这是陈忠实第一部电影剧本。1974 年 9 月，短篇小说《高家兄弟》刊《陕西文艺》第 5 期。《接班以后》《高家兄弟》，都是陈忠实在工作之余的"业余"写作，"有一次办了个两三个礼拜的学习班，相对就比较轻松，我写了第一篇小说。到 1974 年，我去南泥湾'五七干校'锻炼半年，利用节假日、晚上，我又写了第二篇小说"[3]。《接班以后》是陈忠实由民办教师借调到立新公社任公社卫生院革命领导小组组长后，1973 年春到西安郊区党校学习期间构思并于本年国庆节期间写成。《高家兄弟》是作者任毛西公社革委会副主任后，到西安市南泥湾"五七干校"学习锻炼期间写成。对于这两篇小说，作者说："都是演绎'阶级斗争'这个'纲'的，而且是被认为演绎注释得不错的。"[4] 1975 年 7 月，短篇小说《公社书记》刊《陕西文艺》第 4

① 陈忠实：《创作成就取决于作家的敏感、深刻和独特——与西安工业大学人文学院邰科祥教授对话》，《陈忠实文集》第 9 卷，人民文学出版社 2015 年，第 524 页。
② 陈忠实：《有关我的创作——答〈黄河文学〉和歌问》，《陈忠实文集》第 10 卷，人民文学出版社 2015 年，第 375 页。
③ 陈忠实：《文学的心脏，不可或缺——与〈解放日报·周末刊〉高慎盈的对话》，《陈忠实文集》第 10 卷，人民文学出版社 2015 年，第 401 页。
④ 陈忠实：《最初的晚餐——〈生命历程中的第一次〉之一》，《陈忠实文集》第 6 卷，人民文学出版社 2015 年，第 3 页。

期。1976 年 11 月 20 日，言论《努力学习　努力作战》刊《陕西文艺》第 6 期"毛主席啊，延安儿女永远怀念您"专辑。尽管以今天的审美眼光来看当年的这些作品还是尚嫌稚嫩，并有拔高主题的时代流弊和公式化概念化倾向，但作品散发着一定的朴素的生活气息。2003 年，陈忠实在回忆《接班以后》《高家兄弟》《公社书记》《无畏》四篇"文革"小说时说："它们都带有当时政治斗争的烙痕，主题都属于演绎阶级斗争的。但是，我那些作品在当时都产生了广泛的社会影响。这在当时那个艺术荒漠的状况下，我的那些作品之所以能产生广泛影响，主要是因为我对现实生活的艺术描绘可能在生动性上做得更好一点。但在骨子里这些作品所要演绎的还是阶级斗争。"[1] 但同时，他也谈到这四篇小说中的"柳青因素"："……我最初在'文革'中间写了四个短篇之后，人们为什么喊我为'小柳青'，主要就是我那些小说的味道像柳青，包括文字的味道像柳青，柳青对当时我的文字的影响、句式的影响都是存在的。"[2]

　　1977 年 7 月《延河》复刊后，扶持青年作家的举措主要是，积极推出新人新作，并以"青年作家专号"等形式集中重磅推出。陈忠实无疑是青年业余作者中的突出者。他在复刊《延河》发表的第一个小说是刊发于《延河》1980 年第 2 期的短篇小说《猪的喜剧》。此后直至 1993 年陈忠实担任《延河》主编决定不在此刊发文为止，陈忠实发表于《延河》的中短篇小说等多达十余篇：短篇小说《短篇二题》刊《延河》1982 年第 5 期；报告文学《崛起》刊《延河》1982 年第 1 期；短篇小说《绿地》刊《延河》第 9 期；短篇小说《送你一束山楂花》刊《延河》1984 年第 4 期；短篇小说《马罗大叔——〈我自乡间来〉之一》刊《延河》1985 年第 1 期；短篇小

① 　陈忠实：《在自我反省中寻求艺术突破——与武汉大学文学博士李遇春的对话》，《陈忠实文集》第 7 卷，人民文学出版社 2015 年，第 423 页。

② 　陈忠实：《在自我反省中寻求艺术突破——与武汉大学文学博士李遇春的对话》，《陈忠实文集》第 7 卷，人民文学出版社 2015 年，第 427 页。

说《失重》刊《延河》1986 年第 4 期；短篇小说《桥》刊《延河》1986 年第 10 期；短篇小说《到老白杨树背后去》刊《延河》1987 年第 4 期；中篇小说《地窖》刊《延河》1987 年第 10 期；短篇小说《轱辘子客》刊《延河》1988 年第 5 期。此后，陈忠实还在《延河》上发表了一些除小说之外的散文、言论和评论文字，如：评论《多重交叉的舞蹈》刊《延河》2003 年第 3 期；言论《有剑铭为友》刊《延河》2004 年第 4 期；言论《敬重宝成》刊《延河》2005 年第 8 期；散文《吟诵关中》刊《延河》2005 年第 11 期；散文《陷入与沉浸——〈延河〉创刊 50 年感怀》刊《延河》2006 年第 4 期；言论《蓄久的诗性释放，在备忘——〈青春的备忘〉序》刊《延河》2008 年第 1 期；言论《陷入的阅读及其它——〈骞国政文集〉阅读笔记》刊《延河》2008 年第 7 期；言论《青山碧水复原历史悲剧》刊《延河》2008 年第 9 期；评论《少年笔下有雅韵——〈胡雪诗集〉读后》刊《延河》2009 年第 2 期。

1981 年 1 月号开辟为"陕西青年作家小说专号"，刚登上文坛的陕西青年作家路遥、莫深、邹志安、贾平凹、李天芳等在此专号发表了小说，陈忠实的短篇《尤代表轶事》就刊发于此，并获《延河》短篇小说奖。回忆及此，陈忠实写道，青年作家专号的推出，"构成了甚为雄壮的文学青年近卫军队列，他们竞赛似的精心创造的佳作引起了文坛的瞩目，也产生了较为广泛的影响"[1]。1998 年《延河》第 1 期在主编陈忠实推动下再次编发"陕西青年作家专号"，陈忠实书写"寄语"，祝愿青年作家们"尽快得到自己的独特而如绝唱般的句子"[2]。

---

[1] 陈忠实：《寻找属于自己的句子》，《陈忠实文集》第 6 卷，人民文学出版社 2015 年，第 257 页。

[2] 陈忠实：《寻找属于自己的句子》，《陈忠实文集》第 6 卷，人民文学出版社 2015 年，第 261 页。

第二章　社会主义"文学新人"与文学中的"社会主义新人"

第一节　"文化"与"生产"："工农兵业余作者"身份的历史生成与话语分析

1942 年毛泽东《讲话》确立了文艺的"工农兵方向"，但《讲话》语境中的创作主体仍以彻底改变自己的阶级立场和阶级观念的知识分子作家或专业作家为主。一方面，知识分子或专业作家需要到工农大众中去，改造自己；另一方面，他们在改造自己的同时，也在艺术和技术等方面辅导工农进行创作，从而使之获得基本的文化和文学修养，成为工农诗人、工农作家。1943 年，周扬在《解放日报》发表文章，宣告"工农兵文学创作"的诞生，可视为这种工农兵创作方式的成功①。50 年代起，社会主义制度在中国的确立，使得有计划地培养工农兵作者获得了体制保障，并成为一种制度。这项制度的确立和实施，自 50 年代至 70 年代"文革"结束一直被保持和坚持下来，形成专业队伍和业余队伍，"专业作家"和"工农兵业余作者"两支创作力量。但随着国内政治形势的变化和文艺政策的调整、文学管理思想的变化，两支创作队伍所受到的重视程度不同，此重彼轻，此轻彼重，互有消长。总的来看，1949 年至 1956 年间，虽然出现了创作出长篇小说《活人塘》的军队作家陈登

---

① 周扬：《一位不识字的劳动诗人——孙万福》，《解放日报》1943 年 12 月 26 日。

科和创作出自传体小说《高玉宝》的军队作家高玉宝，以及上海工人作家胡万春等，但总体上看，这一时期的创作却强调文学的正规化、专业化甚于对扶植和发展工农兵创作的兴趣。这一情况一直延续到 1957 年"反右派"运动，这次运动引起政治高层对社会主义文化领导权由谁掌握这一问题的忧虑，并由此带来对以"专业作家"和文艺正规化、专业化问题的否定。1957 年，《文艺报》刊文指出："我们到底怎样去作？到底遵循着一条什么样的路线去作？""我们培养青年作家，是沿着工农兵的文学方向去培养呢？还是按照相反的方向去培养呢？——生活已经尖锐地向我们提问。"进而指出："我们的文学青年，大体上可以分为这样两类：一类是工农兵群众中产生出来的，他们一面劳动、战斗，一面取得文学知识和文化修养；一类是青年知识分子，他们先取得了一定的文化知识，然后到实际生活中去。这两类文学青年都完全有可能成长为很好的作家，问题的关键就在于他们和群众的关系、和实际斗争的联系是否紧密。因此，我们认为青年文学作者应该是业余的文学写作者，他们一天也不能够脱离生活，他们应该从事于和广大群众经常密切接触的基层工作和劳动，他们应该永远置身于火热的变革现实的斗争中。这样，他们就能不断地从生活和斗争中充实和提高自己，就能获得对生活的真实深刻的感受和理解，就能让自己的文学才能健康地发展起来。"[1] 文章集中阐述和强调了青年文学作者的"业余的文学写作者"性质及其不能脱离生活、劳动、工作和斗争的业余性写作特征，批评了文学的专业化正规化路线。1957 年 11 月 12 日，《人民日报》发表社论，指出，一般作家"除了年老体弱，或在国家机关、文学团体担任了职务，不可能长期下去的以外，一般都应当到工厂、农村，或者其他基层单位去，担任一定的实际工作，并且适当地参加劳动"；青年作家则"必须毫无例外地"[2] 下放工厂、农村

---

① 梁明：《应当造出大群的新的战士来！》，《文艺报》1957 年 12 月 29 日第 38 期。

② 社论《要有一支强大的工人阶级文艺队伍》，《人民日报》1957 年 11 月 12 日。

等基层劳动，使之劳动化业余化，成为工农阶级一部分，逐步建立起强大的工农文艺队伍，社论批评了那种让青年作者脱产成为专业作家的做法，认为这样的培养方式是错误的。

1958年"大跃进"爆发，毛泽东提出大规模搜集民歌，在"全党办文艺""全民办文艺"的指示下掀起了全民性诗歌创作高潮——即"工农兵创作"高潮。"大跃进"运动中，相对于专业作家在文学生产中位置的愈益边缘化，工农兵群众、业余作者在相应地占据越来越重的分量和越来越高的地位。继之，"大跃进"失败，进入"三年困难时期"，"工农兵创作"的群众性高潮随之回落，文艺政策做出相应调整，周扬起草"文艺十条"，中宣部召开全国文艺工作座谈会谈论"文艺十条"，后定稿为《文艺八条》作为中央文件下发，专业作家成为创作的主导力量，"工农兵群众"的"业余创作"陷入低潮。

直至1963年12月和1964年6月毛泽东就文艺问题做出两个批示，指责文联各协会"不执行党的政策，做官当老爷，不去接近工农兵，不去反映社会主义的革命和建设"[1]，指责"许多共产党人热心提倡封建主义和资本主义的艺术，却不热心提倡社会主义的艺术"[2]。要求文艺进行社会主义改造，体现社会主义性质和工农兵无产阶级意识形态。"文革"前夕，"业余作者""群众业余创作"已经得到极高的评价："经过几年的工作实践，我们体会到，文艺要更好地为三大革命运动服务，为兴无灭资的斗争服务，必须大力发展群众的业余创作，培养既会劳动又能创作，既能使枪杆子又会用笔杆子进行战斗的红色文艺战士。我们采用的办法是'选帮奖'。通过群众业余创作来发现新苗，反过来，又通过培养文艺骨干来推

---

① 毛泽东：《对中宣部关于全国文联和各协会整风情况的报告的批语》，《新中国成立以来毛泽东文稿》第十一册，中央文献出版社1996年，第91页。

② 毛泽东：《关于文艺工作的批语》，《新中国成立以来毛泽东文稿》第十一册，中央文献出版社1996年，第436页。

动群众业余创作。"①

　　直至"文革"爆发，"工农兵业余作者"成为创作主体和写作的主导力量，"工农兵创作"占据文学的主体地位。"文革"期间，培养属于无产阶级自己的工农兵业余作者，成为一项意义重大的政治任务："我们自己的斗争经历告诉我们：工农兵业余作者队伍的形成，完全是出于无产阶级对资产阶级和一切剥削阶级进行斗争的需要。"② 工农兵业余作者的培养和队伍建设，着眼于阶级成分的划分和阶级斗争路线斗争的需要，"工农兵"阶级出身保证了阶级血统的纯正性和阶级立场、阶级观念的坚定性，"业余作者"身份则使其与"专业作家"之资产阶级法权思想彻底隔离区分开来。培养工农兵业余文艺队伍的思想和实践被认为是无产阶级掌握文艺领导权的战略措施："从工农兵中培养作者，形成一支宏大的无产阶级创作队伍，是无产阶级在文艺领域中的一项战略措施。"③ 相对于"专业"的个人性私我性，"业余"具有充分正当的革命性阶级性："当有人潜心于'自己的事业'，创造'自己的'作品时，'工农兵'这三个字就在严肃地质问：'同志，你有没有忘记，创作是阶级的委托？'当有人一头扑入'大部巨作'，几个月没有去摸劳动工具，'业余'这两个字就会亲切地提醒：'该到第一线去搞三同啦，为了永远做无产阶级的一员，你手中不能只有一支笔，更要有锤子、镰刀、枪杆。'""作者"与"作家"不再是称呼的不同，而是成为不同政治思想路线的代名词："当有人陶醉于所取得的一点成绩，追求起什么'家'的称号的时候，'作者'就会站到面前：'警惕！作家的称呼，属于另一条路线。'"④ 如果说"作家"是专

---

① 北京部队政治部文化部：《我们是怎样培养青年业余作者的》，《人民日报》1966年1月12日。

② 段瑞夏、林正义：《阳光和土壤》，《探索与批判》1973年第2期。

③ 周天：《文艺战线上的一个新生事物——三结合创作》，《朝霞》1975年第12期。

④ 胡廷楣：《"工农兵业余作者"这个称号》，《朝霞》1976年第8期。

注于个人著述的"私人小作坊","作者"则是无产阶级革命机器中按照政治意志政治指令运转的无形而宏大的部件和零件。"作家"的非法化伴随着"作者"作为整体性意念的表述符号崛起。从根本上说,"文革"期间的陈忠实就属于这支庞大的"作者"队伍中的一员。如果说,刊发于《西安晚报》的短篇小说《春夜》和散文《迎春曲》,在"文革"即将爆发的1966年3月25日、4月17日,算不上严格意义上的"文革文学",那么以下作品应属"文革文学"无疑:刊发于1971年11月3日《西安日报》的散文《闪亮的红星》;1972年刊发于《工农兵文艺》(陕西省工农兵艺术馆编)第7期的特写《老班长》,首刊于《工农兵文艺》第9—10期合刊并于8月27日再刊于《西安日报》的革命故事《配合问题》,10月22日刊发于《西安日报》的散文《雨中》,11月写成的散文《水库情深》;1973年4—10月写成并于11月头条于《陕西文艺》第3期发表的第一篇短篇小说《接班以后》,4月写成的电影剧本《接班以后》,5月6日刊发于《西安日报》的散文《青春红似火》,7月刊发于《陕西文艺》(《延河》复刊后,为了与"文艺黑线"决断而改用名)创刊号的散文《水库情深》;1974年6月写成,9月刊《陕西文艺》第5期的短篇小说《高家兄弟》;1975年4月写成,7月刊发于《陕西文艺》第4期的短篇小说《公社书记》,4月12日刊发于《西安日报》的散文《铁锁——农村生活速写》;1976年3月刊发于《人民文学》第3期的短篇小说《无畏》。

陈忠实在回忆《接班以后》《高家兄弟》《公社书记》的具体写作情况时说:"在《陕西文艺》存在的三四年里,我写作发表过三篇短篇小说,也是我写作生涯里的前三篇小说……一年一篇。这些作品的主题和思想,都在阐释阶级斗争这个当时社会的'纲'……"具体的写作情况是:"这三篇小说都不是在公社大院里写成的。《接》在党校学习期间抽空完成。《高》又是在南泥湾'五七干校'劳动锻炼的半年里写成。为此我自己买了一盏玻璃罩煤油灯,待同一窑洞的另三位干部躺下睡着，干校统一关灯之后，我才点燃自备的煤油灯读书和写作。读的是《创业史》，翻来覆去地读；写成了《高》文。《公》文则是被文化馆抽调初期工作时间的副产品。那个时候不仅没有稿酬，还有一根极左的棒子悬在大灵盖上，朋友、家人问我我也自问，为啥还要写作？我就自身的心理感觉回答：过瘾。这个'过瘾论'是我最真实感受，也是最直白的表述。"① 这段写于 2006 年 3 月 7 日的回忆文字，有几点需要分析。

首先，这是典型的"工农兵业余作者"的写作状态。这种"忙里偷闲"，在劳动工作之余的写作情境是主流话语所提倡并实践的。关于这一点，周扬在 1965 年 6 月 29 日的一次未公开发表的讲话中，提出"对青年业余作者，还是严格些好"，具体包括两方面，其一"思想严格要求"："要他们学习马列主义、毛泽东思想，树立为人民服务思想，这一条不能放松。对名利思想，骄傲自满，特殊化，必须反对。……防止人骄傲，也有办法，只要给他压任务，要他去做基层工作，长期做艰苦工作。"其二"对他们生活上也应要求严一些。不要轻易叫他们离开生产岗位，不要过早地提拔上来。要他们把根子深深地'埋'在生活中。……不肯吃苦，就抓不到第一手的好材料。……深入生活，这一条今后要坚持。一条是马列主义、毛泽东思想，一条是深入生活，这两条，在战争时期需要，在和平建设时期也需要。"② 陈忠实所说的第一点对阶级斗争的"纲"的阐释，主要来自那个时代的主导话语，第二点则是主导话语论说中的"深入生活"，不能过早提拔他们，使之离开生产岗位，"这是个源泉问题，不能脱离这个源泉，如鱼在水里一样。少奇同志说过，有些作者，就是要下到最艰苦的地方去，要他们到火热的斗争中去，

① 陈忠实：《陷入与沉浸》，《陈忠实文集》第 8 卷，人民文学出版社 2015 年，第 130—131 页。
② 周扬：《在培养青年文学创作者工作座谈会上的讲话》，《周扬文集》第 4 卷，人民文学出版社 1991 年，第 378—379 页。

为社会主义革命和建设事业服务，必要时准备牺牲"①。总体上看，培养工农兵业余作者，是培养社会主义文化生产者和社会主义文化创造主体的实践，它在深层处理的是"工作"和"写作"的关系。周扬在1965年11月25日至12月14日召开的全国青年业余文学创作积极分子大会的报告中，再次强调了"业余"和"专业"的关系："我们的业余的文学创作者，千万不要想着专业化。我们文艺队伍，包括专业和业余两个部分。业余是大量的，专业只能是少量的。将来的发展，是业余愈来愈多。到了共产主义社会，可能都是业余的。"②"业余"还是"专业"，"工作"还是"写作"，所涉及的既是"工农兵业余作者"所关心的问题，也是文艺领导层所思考甚至忧虑的问题。对于前者来说，通过写作可以摆脱自己既有的工农身份，借由自己的工厂农村生活经验成为一名作家，获得更好的生活和工作条件，甚至名利双收。陈忠实也不例外，对于他来说，写作不仅是个人的兴趣或曰"过瘾"使然，正如其好友王蓬所谈："创作的动因除了兴趣爱好，名利稿酬，我认为还应有最深沉也最根本的动因：改变命运。高中毕业的陈忠实注定知道他所在的西安市灞桥区管辖的毛西人民公社之外，还有一个精彩天地，世界上没有谁愿意一辈子待在贫瘠的黄土地上。"③成为一名以"写作"为主业的"专业作家"而不是被固定在"工作"和"生产"岗位上的"工农兵业余作者"，应该是陈忠实未能谈及的深层动因。但对于领导层来说，如果处理不好这种关系，不仅会对工农业生产造成极大干扰，还会滋生和助长业余作者不安心工作而一心求名求利的资产阶级法权思想和小资产阶级名利思想，"新的人民的文艺"的创造

---

① 周扬：《在培养青年文学创作者工作座谈会上的讲话》，《周扬文集》第4卷，人民文学出版社1991年，第378—379页。

② 周扬：《高举毛泽东思想红旗，做又会劳动又会创作的文艺战士》，《红旗》1966年第1期。

③ 王蓬：《痛悼忠实》，《文艺报》编：《写作就是他的生命：陈忠实纪念文集》，作家出版社2016年，第77页。

就无从谈起，更会从根本上丧失社会主义文化领导权。关于这一关系，周扬的态度非常明确，他指出："应该以业余创作为主，专业作家是少数的，将来也是少数，要培养大量的业余作家。少奇同志认为青年作家绝大多数应该是业余，不要让他们脱离工作。"他接着谈道："这也许与大家的愿望相违背，但是不能无限度地满足大家的愿望，如果那样就害了大家。有些确实有东西可写的人，可以给他一定的创作假期。做了很多工作，有创作才能，并且已经有了很丰富的生活经验，这样的人可以考虑调出当专业作家，而多数人还是要搞业余创作。所以同志们要有思想准备，要坚持业余创作。当然党、政府一定会给同志们很多支持。但同志们自己首先要安心工作。我们希望同志们坚守工作岗位，要成为工作模范，自己就是先进人物。"① "工作"和"写作"的关系，从根本上看，是"文化"和"生产"的关系，周扬上述关于"体验生活"的说法涉及的就是工农兵业余作者作为文化生产者的特殊身份——首先是在基层做艰苦工作的"生产者"而非专门的"文化人"。这就需要摆对生产与文化的关系，避免"为文化而文化"的错误倾向。对此周扬认为："把文化摆得与生产一样，甚至比生产更重要，提倡人人作诗，结果是生产为文化服务了，而不是文化为生产服务。……现在看来，文化一定是只能服从生产的需要，业余文化也只能是服从生产需要，不能脱离生产，不能妨碍生产。不能叫生产给文化让路。我们搞群众文化运动，要注意这个原则。要从全局观点出发，从有利于生产的观点出发，不能只从文化工作出发，搞得很热闹，搞多少俱乐部，多少剧目，追求数字不配合生产，这样不行。"周扬的发言，体现着对"大跃进"文艺放卫星的全民热的反思，是从"物质基础"的意义上对待文化生产，无疑有着积极的现实意义，但若放在工农兵业余作者培养的意义上看，则同样存在将文化作为生产附

---

① 周扬：《在全国青年文学创作者会议上的讲话》，《周扬文集》第 2 卷，人民文学出版社 1985 年，第 388 页。

庸的功利性诉求。同样的反思也存在于其对普及与提高、业余与专业之间关系的思考上，"应当是既开展群众业余文化活动，又加强专业队伍"，"普及是第一位，但是普及与提高任何时候都不能割裂开。不同的时期，不同的单位，对普及或提高可以多强调一点，但总的来说，必须把普及放在第一位，普及与提高相结合。不能强调普及时把提高丢掉，强调业余时就不要专业，一定还要重视提高的问题"①。对"提高"和"专业"的极为谨慎的强调，隐含着周扬对此前全民搞文艺的不满，也包含他对"工农兵业余作者"知识、素养不够的有所保留的态度。但历史没有留给周扬实践自己这一思考的机会。

其次，陈忠实谈到自己发表作品时的体会是"过瘾"。"过瘾"的表述，包含着自己对文学的本能的兴趣、爱好，以及自己价值得以实现的被认同感。对于一个文学爱好者或作者来说，这是不难理解的正常体会。但问题的复杂性在于，一个业余作者能否真正地在那种控制及其严苛的状态下"过瘾"，能够在多大程度上"过瘾"？在以作协和文联为唯一合法的文学组织、管理机构的文艺体制形成后，个人作者的投稿，不再是完全自发和自由的，需要经过外调、政审的程序，作者的政治身份主要经历单位和组织的严格审查，以确保政治意识形态的安全，将作者严格限定在"工农兵"身份和马列主义、毛泽东思想的范畴之内，一篇作品从写作、完稿、修改、投稿到审稿、决定是否发表，需要经过作者的自我审查、单位组织审查、编辑、主编等层层把关。"在当代，作家协会是唯一的作家组织机构。这一机构，在性质和功能上，可以看作是'泛政党'组织与专业行会组织的集合。它保护作家的利益，更重要的是实施对文学生产的控制、管理，同时也在一定程度上表现了专业'行会'的垄断性能。但以往知识者专业组织所具有的某种独立性，已大为

---

① 周扬：《在培养青年文学创作者工作座谈会上的讲话》，《周扬文集》第 4 卷，人民文学出版社 1991 年，第 381—382 页。

削弱。潜在的'行业垄断'性质却有一定保留。后者表现出来的征象是，在五六十年代，被作家协会除名，便意味着失去公开发表作品的权利；同时，也出现了'专业作家''业余作家''文学青年''文学爱好者'等身份概念，来确立资格，规定在文学体制中的地位和等级，规范进入这一领域的程序"。① 在洪子诚举列的各种身份概念中，从一般意义上看，陈忠实兼具"文学青年""文学爱好者"和"业余作家"身份，但更重要的却是"业余作家"。不同于 80 年代以来对"文学爱好者""文学青年"的通常理解，正如洪子诚所指出的它们是在特定历史和政治情境下被构造的"话语"，是标志着某些特定身份的文学"主体"在"文学体制中的地位和等级"的"身份概念"。对于自己的"业余作者"身份，陈忠实在 70 年代末 80 年代初以来屡次提起，并多次描述自己业余写作的状态和处境，这说明他对此身份无疑是有清晰的认知的。但需要注意的是，陈忠实对自我的理解或者说对"业余作者"的理解，基本是在"文学爱好者"或"文学青年"的普泛意义上，或者说，他是从作为一个普通的爱好文学的作者的"自我意识"的角度去谈定位自己，谈一个文学爱好者遭遇坎坷的创作历程和体会，如他说："新创刊的《陕西文艺》，很快聚拢起一批青年作家。不过，那时候没有谁敢自称作家，也没有他称作家，他称和自称都是作者，常常还要在作者名字之前标明社会身份，如工人作者农民作者解放军作者等，自然是为区别于'文艺黑线'，表明'工农兵'占据了文艺阵线。"② 这很容易造成一种错觉，陈忠实在"前三十年"创作中，虽遭遇了太多"极左"政治的压制和"极左文艺"思潮的影响，尤其是"文革"造成了其梦想的破灭，中断创作多年，从陈忠实个人经历来看，这固然是事实，却也并非全部事实。尤其需要注意的是，这种言说存

---

① 洪子诚：《当代文学的"一体化"》，《中国现代文学研究丛刊》2000 年第 3 期。
② 陈忠实：《陷入与沉浸》，《陈忠实文集》第 8 卷，人民文学出版社 2015 年，第 130 页。

在的最大缺失是，忽略了社会政治尤其是社会主义文艺体制所赋予的某种难以规避的"制度性"规定，这一规定不仅是外在的体制建构，更是"自我意识"确立和建构的不可避免的前提、氛围并最终渗入"自我意识"或"无意识"之中，从根本上规约着"工农兵业余作者"的身份认同。

在同一篇讲话中，周扬谈到"文学技巧"和"源与流的关系"时说："在写作技巧上，对初写作的人，不必要求过严。对重点培养的作者要求应该更严一点。发表第二篇作品时，如果不如第一篇，就不给随便发表。"这种注重区分情况分别对待，既循序渐进又严格要求的办法，是切合实际的。他认为"作家要多读书，从中汲取应有的营养。……要正确对待'源'和'流'的问题，批判地继承中外古今的文学遗产。"① 也是有针对性的有效的意见。尤其是在谈到青年作者时，周扬提出："对待青年作者，既要严格要求，又要热情鼓励。他们有了成绩，不要捧上天；他们有毛病，不要轻易抛弃。要看到发现和培养一个人才是不容易的。要把严格要求和热情鼓励结合起来。"这也是培养青年作家人才的行之有效的办法。如果说，周扬的讲话尚且保留着对专业与业余、普及与提高、"文化"与"生产"等问题的颇有反思性颇富弹性的理解，试图守护"专业""提高"的极为有限的，也是最后的生存空间，并对"业余作者"在严格要求的基础上，也提出了对其极有针对性的意见；那么，"文革"文艺的积极推行者和掌控者对"工农兵业余作者"的态度则是严厉的训诫："我们工农兵作者应该牢牢建立起这样一个信念：文艺创作是党的事业，是阶级的事业，像列宁所教导的那样，是社会民主主义机器的'齿轮和螺丝钉'。"② 1975 年，任犊发表于《朝霞》的文章更直接以列宁劝诫高尔基到人民中的话语表述

---

① 周扬：《在培养青年文学创作者工作座谈会上的讲话》，《周扬文集》第 4 卷，人民文学出版社 1991 年，第 379 页。

② 段瑞夏、林正义：《阳光和土壤》，《探索与批判》1973 年第 2 期。

为标题，以六个"永远不要"训令工农兵作者："永远不要脱离三大革命实践，永远不要放弃马列主义、毛泽东思想的学习，永远不要放松自身思想改造，永远不要迷恋于在文艺领域里曾猖狂一时的资产阶级法权，永远不要把文学事业看成个人的事业，永远不要让资产阶级把我们从自己的阶级队伍中分化出去。"① 由此文可见，"文革"主流文艺派对工农兵业余作者思想认识控制之前所未见的严苛。

看似偶然，实则有其必然性的是，在任犊这篇声色俱厉的文章发表后一年，陈忠实在 1976 年第 3 期《人民文学》杂志发表了《无畏》。陈忠实后来因这篇写与"走资派"斗争的小说，在揭批"四人帮"运动中，做了情况说明和检讨。在追忆恩师王汶石的文章中，陈忠实这样写道："我在刚刚复刊的《人民文学》上发表过一篇迎合当时潮流的反'走资派'的小说，随着'四人帮'的倒台以及一切领域里的拨乱反正，我陷入一种尴尬而又羞愧的境地里。"② 这篇小说因紧密配合"无产阶级与走资派的斗争"和"反击右倾翻案风"的路线斗争形势，在当时获得了极高评价，被认为是和《严峻的日子》《初春的早晨》《金钟长鸣》《金光大道》《春潮急》《飞雪迎春》等作品一起，"比较深刻地反映和描写了无产阶级与党内走资派的矛盾斗争，为文艺作品如何反映这一重大题材，提供了许多值得重视的创作经验"。具体来说，《无畏》值得"重视的创作经验"是"作品通过公社党委书记、新干部杜乐和县委书记刘民中之间的路线斗争，着重从政治路线上来揭露不肯改悔的走资派刘民中搞修正主义的本质，并在一定程度上反映了无产阶级同邓小平的斗争的实质和严重意义"。评论者认为《无畏》贯彻革命样板戏在阶级斗争框架中"塑造无产阶级英雄人物"的主题："这篇小说的

---

① 任犊：《走出"彼得堡"！——读列宁一九一九年致高尔基的信有感》，《朝霞》1975 年第 3 期。

② 陈忠实：《为了十九岁的崇拜——追忆尊师王汶石》，《陈忠实文集》第 6 卷，人民文学出版社 2015 年，第 160 页。

故事虽然发生在复辟的逆流狂猴一时的环境中，但作者并没有去渲染复辟势力的声势，而是运用革命样板戏的创作经验，坚持以正压邪，努力突出描写和走资派作坚决斗争、和右倾翻案风对着干的无产阶级英雄形象。"认为《无畏》充分体现了"三突出"创作原则："这篇小说虽然篇幅不长，但却注意写出英雄人物的阶级基础，并在短篇小说容量许可的情况下，努力用其他正面人物来映衬、烘托主要英雄人物。"①《无畏》之所以得到主流话语的充分肯定，是在较为简短的篇幅内充分运用思想路线斗争的戏剧化方式集中而突出地发挥了文艺的战斗功能，积极配合时事政治并有效传达了特定的重大主题。

第二节　"新人"谱系中的陈忠实小说

20世纪50年代至70年代的中国是一个信仰革命与崇拜英雄的时代，英雄人物极大地满足了人们对创造奇迹的渴望，也鼓舞着人们战胜困难、建设新中国的勇气。因此，文艺中的英雄人物，常常成为时代的偶像或民族精神品质的表征。1952年5月至12月，《文艺报》曾开辟"关于创作新英雄人物的讨论"的专栏，围绕如何创造"英雄形象"的问题展开：一是要不要写英雄人物"落后到转变"的过程；二是是否必须写英雄人物的"缺点"。这场讨论，实际上是一场关于如何阐释"英雄人物"的论争，或者说，到底什么是"英雄人物"，"英雄人物"应该是什么类型的人物。但因对新中国文艺的理解和想象的差异，对相关问题并未形成完全统一的认识。历史的激进的和"跳跃式"发展，使得关于"英雄人物"的讨

---

① 《介绍几部反映同走资派斗争的小说》，南京师范学院《文教数据简报》1976年第5、6期，转引自王尧《思想历程的转换与主流话语的生产》，《"思想事件"的修辞》，人民文学出版社2008年，第36—37页。

论无法在一种冷静平和的学理化层面上展开。历史提出了塑造英雄的强烈诉求，充满政治斗争和政治权力话语博弈的当代历史，对"英雄人物"提出了更加急迫和充满政治功利性的要求。

及至"文革"，"专业作家"急剧退出历史舞台或隐居幕后"帮助""工农兵业余作者"写作，而"工农兵业余作者"这些社会主义"文学新人"则登上前台，成为创作的主力军，同时也成为塑造社会主义"新人"——"英雄人物"的主体力量。因此，社会主义"文学新人"承担着塑造社会主义"新人"的重要历史使命和政治责任。这是掌握了无产阶级和社会主义文化领导权的"工农兵"在文艺创作中塑造代表历史发展规律和无产阶级力量的"工农兵英雄人物"，让其通过"三突出"创作原则占领历史舞台的政治美学实践，也是将美学政治化的极致形式。政治乌托邦实践和美学乌托邦实践在此彻底一体化了。

陈忠实曾谈到新中国成立后对文艺塑造英雄人物的要求："从专业作家到刚刚学习写作的业余作者，都在努力探索怎样塑造英雄人物。因为你不这样，你的作品永远都不可能发表，就这么简单直接。我们的舆论媒体，都是文学杂志、报纸。对文学的要求就是这样，你走到任何文学团体，也都是这样要求的。""只有写英雄人物这一种观念，是对文学创作绝对的要求，你不可能有其他想法。"[①]应该说塑造工农兵英雄人物，一直是革命文学的规范之一。因为无产阶级英雄人物才能够体现无产阶级的本质，才能够代表历史发展的方向，正如周扬所指出的，"我们应当强调，无产阶级的文学要表现我们时代的英雄，即工农兵群众中的先进人物，这是无产阶级文学创作的重要任务"[②]。但随着当代历史的发展和主流意识形态

① 陈忠实：《自我定位，无异自作自受》，《陈忠实文集》第10卷，人民文学出版社2015年，第361页。

② 周扬：《在培养青年文学创作者工作座谈会上的讲话》，《周扬文集》第4卷，人民文学出版社1991年，第382页。

策略的调整，塑造工农兵英雄的任务的承担者变成了工农兵业余作者。正如上文分析的，这一创作主体身份政治的转换，自1949年新中国成立到"文革"爆发，其中有着一个充满波折的过程。

周扬认为，完成这一任务的是"青年业余作者"。关于"青年业余作者"与"社会主义新人"塑造的关系，他说："所谓英雄人物，在我们这个时代，就是用毛泽东思想武装起来的工农兵中的先进分子，是共产主义新人，是雷锋式的人物。写这种新人物主要靠青年业余作者。这些业余文学作者熟悉新的生活新的人物，创造出大批先进人物来是可能的。部队作者提得好，写先进人物就是提高自己创造自己的过程，也就是向先进人物学习的过程。一定要把自己提到先进人物的水平，才能表现好先进人物。"[1] 由此可以看出，社会主义"文学新人"的培养和社会主义"新人"的塑造是相互作用的，前者可以在写作过程中，提高自己改造自己，通过"向先进人物学习"，"把自己提高到先进人物的水平"，使自己成为周扬所说的"英雄人物"，"文学新人"就是"共产主义新人""雷锋式的人物"；而"英雄人物"只有在这种"文学新人"的笔下才能获得其本质性形象。两种"新人"看似不同，其"神"则一，它们在最高的意义上获得了统一，此时文学虚构与现实生活之间的界限、生活真实与艺术真实的界限、政治与文学的界限渐趋消弭。

"社会主义新人"的塑造必然受主流话语的思想规约。"应该考虑文学事业是整个革命事业的一部分，不是超过其他事业之上。列宁告诉我们，文学事业是整个事业的一部分，首先是反映人民的斗争。……所谓立功、立德、立言，首先是许多英雄模范创造事业，然后才有反映英雄模范的作品。作品之所以伟大，是因为有伟大的人，有伟大的人民斗争，伟大的人民的劳动。因此我们的事业应该

---

[1] 周扬：《在培养青年文学创作者工作座谈会上的讲话》，《周扬文集》第4卷，人民文学出版社1991年，第383页。

与其他事业相配合。"① "文学要配合任务。如果不为当前斗争服务，那又为什么服务呢。"② 陈忠实在经历了"文革"后的"新时期"时常强调自己在"文革"期间的写作对于自己在"艺术能力"方面的意义，如他谈道："在《陕西文艺》存在的三四年里，我写作发表过三篇短篇小说，也是我写作生涯里的前三篇小说……一年一篇。这些作品的主题和思想，都在阐释阶级斗争这个当时社会的'纲'，我在新时期之初就开始反省，不仅在认识和理解社会发展的思想理论上进行反思，也对文学写作本身不断加深理解和反思。然而，最初的写作实践让我锻炼了语言文字，锻炼了直接从生活掘取素材的能力，也演练了结构和驾驭较大篇幅小说的基本功，这三篇小说都在两万字上下，单是结构对我来说都是一种突破。"③ 学者也大多认为"文革"期间的写作对于陈忠实有着积极意义。不可否认，通过写作，陈忠实在"文革"期间保持了对文学的兴趣，唤醒了其文学感觉，提高了艺术结构能力和文字表述能力，但同时我们也应看到"文革"思想观念、思维模式、叙述模式和美学趣味，以及观照现实生活的视角和眼光等，对陈忠实影响甚深，直到"文革"结束后将近十年，陈忠实才在经历了多番困惑、犹疑、痛苦之后，终得摆脱"文革文学"深入骨髓的影响。只有对这一点有足够的重视和研究，才能从较为深入层面把握一个在历史中经历了挫折、波折、失误和失败而成长起来的立体的丰富的陈忠实形象。同时，通过对陈忠实初期创作尤其是"文革小说"的研究来透视其心理、精神和深层意识世界，进而获得以陈忠实为个案进入当代中国政治与文学的独特视角。

---

① 周扬：《在全国青年文学创作者会议上的讲话》，《周扬文集》第 2 卷，人民文学出版社 1985 年，第 374—375 页。

② 周扬：《在全国青年文学创作者会议上的讲话》，《周扬文集》第 2 卷，人民文学出版社 1985 年，第 375 页。

③ 陈忠实：《陷入与沉浸》，《陈忠实文集》第 8 卷，人民文学出版社 2015 年，第 130—131 页。

在谈到"文革"时期小说创作情况时，文学史家洪子诚先生提出了一个颇具启示性的观点，他认为："'文革'期间的短篇小说，继续着它在当代的对现实生活快捷反映的'传统'。在提出文艺创作'要及时表现文化大革命'，'要充分揭示无产阶级文化大革命的本质'的要求时，短篇自然是适当的样式。"①从时代、政治与文体的关系上看，一个基本的难以否认的事实是，陈忠实自1973年《接班以后》至1976年《无畏》期间创作的四个短篇小说均为典型的"文革主流小说"。在此，我们暂不对陈忠实"文革小说"做全面阐述，而选取其塑造的"社会主义新人"形象为着眼点，做简要分析。

"新人"是自晚清开始中国文学孜孜以求塑造的一类重要形象，塑造"新人"、改造国民性以获得一种"新国民性"是20世纪中国文学的重要甚至贯穿性主题。严复最早提出了鼓民力、开民智、新民德为国族救亡的三项重要举措。梁启超提出"苟有新民，何患无新制度，无新政府，无新国家"②。鲁迅呼唤"摩罗诗人""精神界之战士"，为改造国民精神而"提倡文艺运动了"③。30年代，左翼作家笔下（如蒋光慈《咆哮了的土地》等）出现了投身革命实现阶级解放的激进的革命者形象。40年代解放区作家塑造了更多具有阶级觉悟和反抗精神的新人，如赵树理《小二黑结婚》中的小二黑、小芹，《李有才板话》中的李有才，周立波《暴风骤雨》中的郭全海，丁玲《太阳照在桑干河上》中的张裕民等。周扬在评论赵树理小说时就提出："创造积极人物的典型，是我们文学创作上的一个伟大而困难的任务。"④具体到创作上看，解放区文艺塑造的

---

① 洪子诚：《中国当代文学史》，北京大学出版社2007年6月第2版，第180页。
② 梁启超：《新民说》，夏晓虹编：《梁启超文选》（上），中央广播电视出版社1992年，第107页。
③ 鲁迅：《〈呐喊〉自序》，《鲁迅全集》第1卷，人民文学出版社1981年，第234页。
④ 周扬：《论赵树理的创作》，《解放日报》1946年8月26日。

"新人"基本是翻身解放的普通工农劳动者,"解放"使他们结束了被压迫被剥削的历史,获得了精神和灵魂的新生,所以解放区"新人"叙事是在"解放—新生"的叙事范式中展开的,内在于打碎旧世界、创造新世界的大叙事中,并与中国历史的新民主主义革命进程相对应和呼应,由此塑造的"新人"有更多现实生活经验的支撑,更富生动真实的生活感,在现实中发挥了巨大的感染力和感召力,在人民群众中建立起了新民主主义革命共识。"新歌剧"《白毛女》中的喜儿和大春是解放区文艺创造"新人"的一个巅峰。它由"白毛仙姑传说"到"新歌剧"的转换和升华,凝练而强烈地表达了"旧社会把人逼成鬼,新社会把鬼变成人"的阶级革命主题,以强烈的艺术感染力、凝练的艺术概括力和深刻的艺术表现力,将抽象的理念寄寓在感性生活经验、生动细腻的生活场景和鲜活朴素的人物形象中,鲜明有力地塑造了"新人"形象①。但同时,感性生活经验因素也逐渐让位于抽象理念,如喜儿形象以反抗的自觉性、坚决性呈现出"新人"被纯化的倾向。

在第一次文代会的报告中,周扬指出,文艺要表现"习得国民性":"中国新文化运动的最伟大的启蒙主义者鲁迅曾经痛切地鞭挞了我们民族的所谓'国民性'……他批判地描写了中国人民性格的这个消极的、阴暗的、悲惨的方面,期望一种新的国民性的诞生。现在中国人民经过了三十年的斗争,已经开始摆脱了帝国主义、封建主义所加在我们身上的精神枷锁,发展了中华民族固有的勤劳勇敢及其他一切的优良品性。新的国民性正在形成之中。我们的作品就反映着与推进着新的国民性的成长的过程。……我们应当更多地在人民身上看到新的光明。这是我们所处的这个新的群众的时代不同于过去一切时代的特点,也是新的人民的文艺不同于过去一切

---

① 有关新歌剧《白毛女》的创作、主题与美学的分析,参见《〈白毛女〉与新歌剧:从延安时期到新中国》,《中国当代文学研究》2019年第1期。

文艺的特点。"① 新中国的文艺就实践着这一新的历史要求。其中，50 年代至 70 年代农村题材小说是塑造社会主义"新人"的重要构成。其中，最典型的是柳青《创业史》中的梁生宝。这个寄托着作家政治和美学理想的人物，是党的儿子的形象，其旧社会被压迫者的出身成为他作为"新人"的合法性资源，阶级出身的纯正性成为其政治表现和道德水准的基本前提和标准。作为社会主义"新人"的梁生宝们，是社会主义合作化事业的领导者，是受群众敬仰和拥戴的领路人，因此，小说对他们的表现中感性生活内容被大量削减，"革命""事业"占据其生活和心理世界的绝大部分空间，人物形象更具理念化、本质化和纯净化特征。如果说，《创业史》、梁生宝借助柳青对农村生活的熟悉和农民心理的熟稔，在一定程度上保留了农村生活的质感和"人"的较为丰富的层面，那么浩然的《艳阳天》《金光大道》，尤其是后者，就从根本上变成了脱离现实生活叙事逻辑的被纯化拔高到极致的"高大全"的无产阶级英雄形象。阶级出身决定了英雄人物和反动人物的阶级本性，感性生活流失，社会现实、历史文化和"人"的复杂性不复存在，"新人"不再在"群众"中"成长"，因为他们本身就是超越了具体历史与现实的本质意义上的英雄，他们与群众的关系是领导与被领导、英雄与追随者、敬仰者和膜拜者的关系，"群众"变成了"新人""英雄"的陪衬。

在"文革"主流文艺思想中，"塑造无产阶级英雄典型，是社会主义文艺的根本任务。这是无产阶级在文艺革命过程中，为贯彻执行毛主席的无产阶级革命文艺路线而提出的一项纲领性的战斗任务"② 构成社会主义"新人"之"新"的核心观念是毛泽东思想，

---

① 周扬：《新的人民的文艺》，《周扬文集》第一卷，人民文学出版社 1984 年，第 517—518 页。

② 初澜：《塑造无产阶级英雄典型是社会主义文艺的根本任务》，《人民日报》1974 年 6 月 15 日。

构成"新人"成长动力和成长方向的是毛泽东思想。"毛泽东时代英雄人物的灵魂正是战无不胜的毛泽东思想。不揭示这一根本的政治觉悟，那就丝毫谈不上塑造无产阶级英雄形象"①。毛泽东思想构成"新人"的政治思想内核，赋予其无穷的斗争力量，建构起其坚定稳固的政治主体认同和历史主体认同。因此，在小说中，除了作为"新人"的工农兵英雄主人公，还有一个超级主体——"党"和"领袖毛泽东"的形象。这一超级主体形象并未在陈忠实小说中现身，或者说，他们并没有得到正面的直接的描绘，而是以"最高指示"或"领袖语录"等形式，出现在文本叙述或英雄人物的口中，由此展示"党""毛泽东"无所不在无所不知无所不能的"缺席的在场"。《接班以后》写老支书刘建山在谈到如何教育抓副业挣钱、搞资本主义倾向的第四生产队队长刘天印时说："还是老办法，一是抓路线教育，二是依靠群众，按这两条办，不难喀。"②超级主体会在关键时刻给"新人"以神谕般的启示："在东海苦苦地思索的时候，突然，一句闪光的话语在他脑子里一亮：共产主义革命就是'要同传统的观念实行最彻底的决裂'。他拍了一下自己的脑袋，'对咧对咧！从根本上说来，天印问题的根还在那个私有观念上喀！在社会主义社会这个历史阶段，还存在着阶级斗争和两条路线的斗争嘛！这没啥奇怪的嘛！'。"③《高家兄弟》在叙述哥哥兆丰在饲养室里喂牲口时，有一番关于"劳动"的议论："劳动，对于一个把个人的一切都献给集体事业，怀有共产主义远大目标的人来说，不是谋生的手段，是生活的需要。兆丰就是这号人。"继而写道："他在饲养室十几年来，不是在其他人的督促下劳动，更不是为了自己

---

① 《努力塑造无产阶级英雄人物的光辉形象》，谢冕、洪子诚编：《中国当代文学史料选》，北京大学出版社 1995 年，第 728 页。

② 陈忠实：《接班以后》，《陈忠实集外集》，邢小利主编，白鹿书院、陈忠实文学馆2011 年编印，第 25 页。

③ 陈忠实：《接班以后》，《陈忠实集外集》，邢小利主编，白鹿书院、陈忠实文学馆2011 年编印，第 27 页。

的某种私欲。……在这个共产党员周身的血管里，涌流的是为革命的血液，胸脯里跳跃着的是一颗忠于党的事业的赤胆忠心！"[①] 兆丰在和弟弟兆文因推荐高考问题吵过架后，兆丰得出了结论："两条路线激烈的斗争，不是经过一次文化大革命而完结了！在革命的暴风雨中失去了地盘的资产阶级反动思想，还要拼命夺回他们失去的阵地！党的教导多么切合阶级斗争的实际啊！"[②] 对"种田为吃饭，为挣工分的"资本主义倾向，《公社书记》中的书记徐生勤旗帜鲜明地表态："……明明看见资本主义势力勾走了一部分社员的魂，就应该坚决采取断然措施，批判资本主义，上级党委早有安排，你批就是了，等什么嘛！批判资本主义，心要狠，手要硬，坚决不能心慈手软！"[③] 他跑遍了全公社，召开座谈会，和干部座谈，调查农业学大寨运动的发展情况，"他发现，无论一个队的先进经验多么丰富、生动，但根本的一条是坚持了社会主义道路，批判了资本主义倾向；无论某一个大队的问题多么复杂、混乱，总的病根大体都害在那个资本主义倾向上！几乎带有普遍性的经验教训是：对资本主义批得越狠、越臭，社员的心就越齐，劲就越大，大干就干得起来；相反，那些劳力上不去，社员打架闹仗争工分，无一不是资本主义倾向严重的地方！这些地方，有的是领导带头搞资本主义，有的是老好人，不管事。"[④] 这些无疑都是领袖的指示、教导，直接转化为小说"人物"视角的叙述。在《公社书记》最后部分，写主人公徐生勤参加上级传达毛泽东理论问题的重要指示的党委会，通过

---

① 陈忠实：《高家兄弟》，《陈忠实集外集》，邢小利主编，白鹿书院、陈忠实文学馆2011 年编印，第 55 页。

② 陈忠实：《高家兄弟》，《陈忠实集外集》，邢小利主编，白鹿书院、陈忠实文学馆2011 年编印，第 67 页。

③ 陈忠实：《公社书记》，《陈忠实集外集》，邢小利主编，白鹿书院、陈忠实文学馆2011 年编印，第 91 页。

④ 陈忠实：《公社书记》，《陈忠实集外集》，邢小利主编，白鹿书院、陈忠实文学馆2011 年编印，第 101 页。

徐生勤之手，记下了"惊心动魄的话"：

"列宁为什么说对资产阶级专政，这个问题要搞清楚。这个问题不搞清楚，就会变修正主义。要使全国知道。"

"列宁说，'小生产是经常地、每日每时地、自发地和大批地产生着资本主义和资产阶级的'，工人阶级一部分，党员一部分，也有这种情况。无产阶级中，机关工作人员中，都有发生资产阶级生活作风的。"①

在这里，陈忠实大段大段地引述了毛泽东的指示，并直接以黑体标出，极为醒目地展示着一种至高无上的绝对权威，呈现着一种具有无可置疑的具神性光辉的领袖形象。

社会主义文艺要表现"矛盾冲突"，要求在"矛盾冲突"中塑造英雄人物。"我们要努力追求生活，追求表现方法，关于写生活中矛盾冲突问题，许多报告都提到了。现在的作品写矛盾冲突不够。应该写矛盾冲突。……我不要把矛盾冲突神秘化。矛盾冲突是什么东西？有些人对矛盾冲突的了解比较片面比较狭隘，我们现在生活中最本质的矛盾冲突是资本主义和社会主义的矛盾。"② 除了"人民与帝国主义、反革命残余势力的矛盾，人民与剥削、压迫者之间的矛盾"这样的"对抗性矛盾"，"人民内部也有矛盾，这矛盾具有两种形态，一种是先进与落后的矛盾，另一种是个人内心的矛盾。……矛盾是错综复杂的。现在写矛盾好像只是写内心矛盾，这是不全面的。……矛盾斗争不只是先进与落后问题，同时也不能忽略敌我矛盾……"③《无畏》中更加频繁地出现诸如"当前最主要的危险是修正主义""抓基本路线教育，大批促大干""把资本主义倾

---

① 陈忠实：《公社书记》，《陈忠实集外集》，邢小利主编，白鹿书院、陈忠实文学馆2011年编印，第114页。

② 周扬：《在全国青年文学创作者会议上的讲话》，《周扬文集》第2卷，人民文学出版社1985年，第378页。

③ 周扬：《在全国青年文学创作者会议上的讲话》，《周扬文集》第2卷，人民文学出版社1985年，第379页。

向的表现拧成辫子，抓住要害症结，集中批判，促进大干""我们是造修正主义的反……一次造反，斗争远远没有完结！""批资本主义的毒素，说社会主义道路的好处，唱文化大革命的赞歌，有什么不好？""我相信毛泽东思想的阳光，永远在我们头上照耀！胜利是属于无产阶级的！坚持搞修正主义的人，必定要失败！"等体现"反击右倾翻案风"的"思想精髓"的政治流行话语。小说甚至借"新人"杜乐之口喊出"文革"口号，痛斥"走资派"刘民中，为半年后即将结束的"文革"进行历史"必然性"的庄严宣告："无产阶级文化大革命，作为国际共产主义运动历史上一次伟大的革命，尽管人们可以挑剔这样那样的缺点和不足，但是，她仍然将以其灿烂的光辉载入史册，照耀后来！你一腔的牢骚，满腹的仇恨，也无济于事，你否定不了她，谁也否定不了她！"[1] 小说更在结尾处，借杜乐收听广播，写出了"激越人心的以毛主席为首的党中央的声音：回击右倾翻案风！"[2] "党""毛泽东"虽未直接出场，但借助收音机里的"声音"，他们又实现了"在场"。

　　社会主义"新人"的塑造，离不开这个超级主体。因此，无论以何种形态出现和存在，超级主体永远不能也不会"缺席"。从根本上说，超级主体的存在赋予了"新人"以历史主体或小说"主人公"的地位，使之具有把握历史的本质和发展规律，洞察现实生活，掌控阶级斗争路线斗争全局的眼光和能力，"新人"们及其背后的"党""毛泽东思想"被视为一切意义的根本源泉，被认为是先于现实和生活，超越历史和世界的"神谕"一般的存在。以阶级矛盾和路线斗争为依据构设的情节结构，围绕着他们展开，为了阐释、图解他们而获得存在的价值依据，情节结构的存在只是为了印

---

[1] 陈忠实：《无畏》，《陈忠实集外集》，邢小利主编，白鹿书院、陈忠实文学馆 2011 年编印，第 139 页。

[2] 陈忠实：《无畏》，《陈忠实集外集》，邢小利主编，白鹿书院、陈忠实文学馆 2011 年编印，第 145 页。

证其掌握全局、战无不胜的超级能力。"文艺领域阶级斗争的事实告诉我们：哪个阶级的代表人物占据文艺舞台的中心，标志着由哪个阶级在文艺领域里实行专政。因此，在文艺舞台上以哪个阶级的英雄人物作为中心，从来就是文艺路线上两个阶级、两条路线斗争的焦点"①。需要注意的是，在超级主体和无产阶级的"代表人物"——"新人"之间，还有一类"英雄人物"，他们是掌握毛泽东思想武器并坚持无产阶级革命道路的党组织和领导。如《接班以后》中的刘家桥村支部老支书刘建山、副支书刘建玉、四队贫协组长刘建杰；《高家兄弟》中的高村老支书赵聚海；《公社书记》中的公社书记徐生勤；等等。这些人物都有很高的政治觉悟和成熟的政治头脑，多为带领"新人"走上革命道路的上级领导或前任领导，他们会影响"新人"的成长，是"新人"事业的坚定支持者。除了"超级主体"和"上级领导""前任领导"之外，围绕着"新人"的还有一类英雄人物，如《高家兄弟》中的赤脚医生刘秀珍，她敢作敢为、忠诚厚实，是一个把自己奉献给集体事业的成长中的"新人"；《公社书记》中张寨大队年轻的支部书记江涌；《无畏》中跃进公社党委书记杜乐的恋人、县委副书记程华，和他的副手、跃进公社党委副书记杨大山；等等。这些"英雄人物"是为了烘托"新人"主人公而设计的相对次要的人物，他们也具有高昂的革命斗志，但往往有不够成熟的特点，是为了烘托"新人"的高大完美而存在的，与"新人"形成互补关系。

上述四类"英雄人物"都属于"无产阶级的英雄人物"，他们"是阶级的代表，他们热爱党、热爱毛主席、热爱社会主义，具有崇高的共产主义理想和高度的阶级斗争和路线斗争觉悟"②。除了超级主体时时刻刻无所不在地渗透在后三类"英雄人物"身心之

---

① 初澜：《塑造无产阶级英雄典型是社会主义文艺的根本任务》，《人民日报》1974年6月15日。

② 同上。

中，"上级领导""前任领导"比其余二类更具权威性，有更高的政治智慧和觉悟，体现更高的党性原则，并时刻规训、引导和指导"新人"。在"十七年"小说中如《青春之歌》中，他化身为卢嘉川、江华引导林道静这个"新人"的成长。但"文革小说"的不同之处在于，它不再着眼于"新人"的"成长"，而是侧重于"新人"的本质性与政治的规定性，甚至在一些小说中，"新人"之上并不出现"上级领导"了。如《公社书记》中的徐生勤在与曾经的同志、现公社副书记张振亭的斗争中，也没有获得"上级领导"的直接指示，他是以"一个真正的共产党人"的身份，一个坚持"继续革命"信念的、出身雇农、参加过抗美援朝战争的共产党员的身份，获得自身的合法性的。同样，在《无畏》中也没有出现比杜乐更高一级且引导杜乐成长的领导，而其"上级领导"——县委书记刘民中，却恰恰是犯了"修正主义"错误的"走资派"，很显然，杜乐们是从超级主体的"声音"中直接获得了本质，获得了神谕般启示之后的杜乐们较之"上级领导"具有更高的思想水平、政治觉悟和斗争精神。因此，"社会主义新人"才是按照"三突出"创作原则塑造的"主要英雄人物"："要完成社会主义文艺的根本任务，就必然认真学习革命样板戏的创作经验，运用革命的现实主义和革命的浪漫主义相结合的创作方法，通过典型化的途径，在所有人物中突出正面人物，在正面人物中突出英雄人物，在英雄人物中突出主要英雄人物，满腔热情，千方百计地塑造高大完美的文革阶级英雄典型。"[1]

从根本上说，作为一种超级话语生产，"文革小说"塑造的"新人"是一种利用文学艺术的能动功能，以某种理性或理念话语来重塑现实和历史意义的，具有极强实践性品格的超级主体。它被在最大限度上排除了一切干扰理性或理念话语的人性因素和经验性

---

[1] 初澜：《塑造无产阶级英雄典型是社会主义文艺的根本任务》，《人民日报》1974年6月15日。

生活内容。

社会主义"新人"最突出的特征是,"新人"紧密关联着特定政治情境下的主流意识形态,传达特定的革命、阶级斗争和路线斗争的理念,体现着政党和国家在意识形态领域内的规训和管理,肩负着传达新政治新道德、为现实秩序和某种政治斗争阶级斗争路线斗争进行合法性论证和舆论宣传的使命。

陈忠实笔下的人物对于社会主义革命理念有着坚定的信仰,他们对自己内心的信仰和外在的行动从未产生过任何的怀疑和犹疑,从未有过心理、情感和精神世界的矛盾和分裂。作者在塑造"新人"时"有意识地忽略他的一些不重要的缺点,使他在作品中成为群众所向往的理想人物,这是可以的而且是必要的"①。"新人"的灵魂完全被社会主义革命思想理念所占据,他们全副身心奉献于社会主义集体事业,信仰坚定、满怀信心、行动果敢,面对困难、挫折,没有丝毫的退缩和动摇。从刘东海、兆丰,到徐生勤、杜乐,无不具有工农兵英雄人物或社会主义"新人"的这一特点。在他们的领导下,"刘家桥啊,在社会主义革命的大道上,高歌猛进!"②尽管会遭遇敌人或资产阶级修正主义思想的腐蚀和破坏,但"在经历了风波之后,更加增强了这样一个信念:我们的党是大有希望的,我们的社会主义事业,前途无限光明"③。灞河岸边的高村大队,"经过无产阶级文化大革命的战斗洗礼,确实变成了一个农林牧副渔全面发展的社会主义新农村"④。"有毛主席关于无产阶级专

---

① 周扬:《为创造更多的优秀的文学艺术作品而奋斗》,洪子诚编:《二十世纪中国小说理论资料》第 5 卷,北京大学出版社 1997 年,第 88 页。

② 陈忠实:《接班以后》,《陈忠实集外集》,邢小利主编,白鹿书院、陈忠实文学馆2011 年编印,第 33 页。

③ 陈忠实:《接班以后》,《陈忠实集外集》,邢小利主编,白鹿书院、陈忠实文学馆2011 年编印,第 44 页。

④ 陈忠实:《高家兄弟》,《陈忠实集外集》,邢小利主编,白鹿书院、陈忠实文学馆2011 年编印,第 45 页。

政的理论作指导，党委扩大会议，将收到更好的效果，红旗公社集中在张寨的那一批精华，思想会产生多大的飞跃，红旗公社农业学大寨运动，该会跨出多大的步伐啊！"① 即使在与"走资派"的斗争中，暂时处于"逆境"中，但"新人"却能够在倾听了来自收音机的超级主体的"声音"后，获得一种战胜邪恶势力和反动思想的宏阔眼光和绝对信心，"杜乐站起身，两手捏得关节咯吧咯吧响。他一把推开窗户，窗外，落光了叶子的梢林，抖擞地站在山野里，雪原中，像战士举起的手臂；莽莽高原，逶迤伸展而去，此刻，似乎变成了黄河的怒涛，在他眼前奔涌，涌向他的胸口……"②

作为超级主体话语的实践者，"新人"的出场和相貌也非同一般，他们有革命乌托邦和人民审美乌托邦相结合的特点。《接班以后》写"新人"刘东海的出场："小伙子穿着紫红色绒衣，披着粗布棉袄，肩上扛着打井用的绳索一类什物。他长得脚大手大，粗壮结实，尽管穿着绒衣，仍然可以看出那突出的胸脯上隆起的肌肉疙瘩；粗壮的脖颈，显得浑厚有力；四方大脸，黑里透红，宽阔的额头下，是一双睫毛很黑的眼睛，露出一种坚毅，稳健，沉静而又充满朝气的神采。"③《高家兄弟》中的兆丰："三十出头的高兆丰，中等个头，壮壮实实，穿着洗缀得干干净净的粗布衫裤；鬓角的头发，往后退了些，铁锨肚儿一样突出、光亮的额头下，深嵌着一双明亮的大眼。"④《公社书记》通过退坡党员干部张振亭的眼睛看"新人"徐生勤："高高的个子，密实的头发，黑红的亮堂，那双浓重的眉毛下的眼睛，确实时时透出一种干练、果断、顽强的光

① 陈忠实：《公社书记》，《陈忠实集外集》，邢小利主编，白鹿书院、陈忠实文学馆2011年编印，第115页。

② 陈忠实：《无畏》，《陈忠实集外集》，邢小利主编，白鹿书院、陈忠实文学馆2011年编印，第145页。

③ 陈忠实：《接班以后》，《陈忠实集外集》，邢小利主编，白鹿书院、陈忠实文学馆2011年编印，第21页。

④ 陈忠实：《高家兄弟》，《陈忠实集外集》，邢小利主编，白鹿书院、陈忠实文学馆2011年编印，第51页。

芒，也许正是这种眼光透着某种强大的内在精神力量，使人看去，他青春常在。"① 这几篇小说在塑造"新人"时都有那个时代的特点：在突出人物的身体的高大、粗壮、结实，穿着简单朴素等能体现劳动者本性的身体方面的特征，突出了其"额头"和"眼睛"，这无疑是智慧、眼光和斗争精神（"某种强大的内在精神力量"）的投射。相比之下，退坡党员、走资本主义道路的代表张振亭在"新人"眼里却是另一番面貌："徐生勤也端详着张振亭，粗短的身材，加上已经微微向前挺出的肚皮，更显得又粗又矮，头发稀疏，脸色浮肿，眼神迟钝，给人一种苍老的感觉。"② 同样，《高家兄弟》写兆丰眼里的走"反革命修正主义教育路线"的公社文教干部祝久鲁："由于严重的秃顶，加之戴着一副纹印明显的深度近视镜，使人从他的瘦长脸上得出的结论，肯定要比他的四十多岁的实际年龄大过十多岁。"③《无畏》虽然没有正面写"走资派"刘民中，却描写了其心理、行为的色厉内荏、外强中干，"在杜乐平静、坦率的举动里，刘民中心头忽地掠过一丝暗影，似乎在这个粗犷的年青人面前，他一下子矮下去了许多""刘民中气得毫无办法""刘民中如坐针毡，汗流满面""刘民中猛地转过身，气急败坏，想说话"④。《无畏》中跃进公社书记杜乐的出场，是通过"仰视"的眼光看到的："大家抬起头时，一个年青的小伙子旋风似的卷进门来。他的脸上，被太阳晒得又黑又红；一件白粗布衫子，披在肩头。他没有丝毫的修饰，像一截塬坡上常见的槐木，粗犷，扎实，有劲。"⑤

---

① 陈忠实：《公社书记》，《陈忠实集外集》，邢小利主编，白鹿书院、陈忠实文学馆 2011 年编印，第 77 页。

② 同上。

③ 陈忠实：《高家兄弟》，《陈忠实集外集》，邢小利主编，白鹿书院、陈忠实文学馆 2011 年编印，第 59 页。

④ 陈忠实：《无畏》，《陈忠实集外集》，邢小利主编，白鹿书院、陈忠实文学馆 2011 年编印，第 137、139、140 页。

⑤ 陈忠实：《无畏》，《陈忠实集外集》，邢小利主编，白鹿书院、陈忠实文学馆 2011 年编印，第 118 页。

《公社书记》中新任红旗公社党委书记徐生勤的出场则是在"关中农村掀起冬季农田基本建设高潮的时候",小说对此有一段颇有意味和意趣的风景描写:"初冬,灞河川道,南原北岭,秋庄稼已经收获净尽,早播的小麦绿色葱茏,晚播的回茬小麦也已出土现行;在留作来年栽种棉花和薯类的空地上,火红的拖拉机在冬耕;排排杨柳,刚抖落一身金黄的叶片,光光的枝条在西照的霞光中摇曳。大地简洁而美丽,天空高阔而深远。"① 这一段描写既有乡土小说对田野风光细致动人的描绘,又有农村小说中的象征性意味,"火红的拖拉机""西照的霞光"这些带有较为明显的时代主流乡村话语的表述,暗示着"红旗公社"由"乡土"社会向"农村"的转型,也显示着陈忠实小说艺术性与政治性、时代性的杂糅。相比之下,小说结尾处的风景更显示出占据历史制高点的超级叙述者视角:"车轮飞转,热血沸腾!徐生勤双手紧紧地握着车把,昂着头,迎着顺流而下的寒风,在浓密的白杨夹道的柏油大路上飞驰!那魁梧强壮的身体,那有力的活动着的双腿,与车轮浑为一体,像一块坚硬的钢铁,向着红旗公社驶去!"② 这段描写出现在小说结尾,从叙事逻辑上看,却又是一个新的总体性叙事的开始,被"毛主席的指示"和"无产阶级专政的理论"全副武装起来的"新人""像一块坚硬的钢铁"超越了乡村自然风景,肩负着传播和实践超级主体话语神圣的使命,飞驰在历史化的叙事之路上。"文革"时期,"与诗、戏剧一样'象征'也成为小说的重要修辞方式,这包括人物、环境描写"③。《无畏》的结尾同样将被"走资派"县委书记刘民中安排到"五七干校"学习的"新人"杜乐置于广阔的天地和灿烂的霞光中:"灿烂的朝霞洒满雄伟的黄土高原,在漫天的雪地上,闪射出五彩斑

---

① 陈忠实:《公社书记》,《陈忠实集外集》,邢小利主编,白鹿书院、陈忠实文学馆2011年编印,第74页。

② 陈忠实:《公社书记》,《陈忠实集外集》,邢小利主编,白鹿书院、陈忠实文学馆2011年编印,第115页。

③ 洪子诚:《中国当代文学史》,北京大学出版社2007年6月第2版,第181页。

斓的光华，霞光透过宽敞的窑洞的玻璃窗户，照到五七战士的桌上，床铺上。"[1] 经常出现在陈忠实和其他"文革小说"中的"朝霞""霞光"等语词，意味着在超级主体话语的投射下"新人"本质的获得或"新人"主体的确立，这样，在超级主体（话语）、"社会主义新人"与国家主体和意义秩序之间，就建立了不可分割的内在关联。

这种关联遵循一种理念、信仰逻辑，排斥爱情、欲望、亲情等感性生活和生命因素对"理性""信仰"的干扰和侵袭。在超级话语中，爱情或情欲等强烈的"非理性"因素会对自身的理性构成极大威胁。因此，"文革小说"会极力将其驱逐出叙事这一理性范畴。陈忠实小说对爱情、婚姻的叙述也循此逻辑。《接班以后》中没有任何爱情描写，它更多地将笔墨铺陈在"新人"刘东海、老支书刘建山等英雄人物和代表资本主义倾向的刘天印、地主坏分子刘敬斋及其狗腿子福娃之间的矛盾冲突上，小说则将"低劣"的情欲赋予了福娃，他跟刘敬斋的"小老婆"在"热烘烘的炕上"鬼混，被刘敬斋发现。《高家兄弟》将兆丰、兆文和兆丰妻子玉兰的家庭结构，将集体主义和个人主义、奉献牺牲和自私自利、无产阶级思想和资产阶级思想之间不可调和的尖锐矛盾纳入"家庭"结构中展开，从实质上将"家"政治化路线化了。发生在兄弟之间的矛盾是修正主义教育路线、个人主义思想（代表人物除了兆文，还有在背后支持、推荐他上大学的公社干部祝久鲁）和社会主义教育路线、集体主义思想的矛盾，而兆丰、玉兰之间的也非通常意义上的夫妻关系，而是建立在共同思想观念基础上的"同志关系"。《无畏》对"新人"杜乐的塑造，同样让个人情感伦理让位于阶级伦理，男女之间的"爱情"变成了忠诚于革命事业的政治表态和宣誓，小说写处于恋爱中的杜乐和程华："这两个年轻人，经历了这样一种斗争

---

[1] 陈忠实：《无畏》，《陈忠实集外集》，邢小利主编，白鹿书院、陈忠实文学馆2011年编印，第118页。

90

历程，结下了深厚的战斗友谊。人们很自然把他们看成是再好不过的革命伴侣。这一点，在他们两个自己心中，几乎是肯定不疑的，尽管互相没有公开把话说明。"[1] 经历了与"走资派"县委书记刘民中的斗争后，"两个年青的共产党员，两个刚踏上阶级斗争浪头的青年，在他们面临的斗争的重要时刻，热烈地讨论着革命的理想和人生的意义"[2]。

除了爱情、亲情等情感内容，感性、欲望的范畴中还有一个重要的物质欲望。《无畏》中的县委副书记张振亭，感染了物质欲望的病菌，丧失了土改、合作化时期的革命热情，开始注重个人享受，脑子里只想着自己的红瓦房、大立柜，甚至不顾党的纪律，搞特殊化，把子女送进城市。周末回家休息忙于个人家庭装修，丝毫不关心劳动生产，甚至不到水库建设工地一趟……"他的个人主义已经渗透到脑袋深处去了，形成了资产阶级世界观。要动摇、改变他不容易，一个人的力量是不行的，必须依靠党，依靠群众，靠马克思主义、毛泽东思想！"[3] 对待病人就要惩前毖后，治病救人。公社书记徐生勤、贫协组长张泰和烈士后代、年轻的大队支书江涌通过"驱邪仪式"对其进行治疗。首先是徐生勤用马克思主义、毛泽东思想等做阶级理论和阶级斗争观念的剖析，"有一个根本问题值得我们深思：在党和人民给了我们权力，当了党的干部以后，是当人民的勤务员，全心全意为人民服务，还是当官做老爷，图自己的享受，这是两种世界观的分水岭！咱们可不能挂着共产党的头衔，当资产阶级的官吏！斗争的实践说明，那些虽然出身于贫下中农，实际已经脱离了贫下中农，挂着共产党员的牌子的资产阶级

---

① 陈忠实：《无畏》，《陈忠实集外集》，邢小利主编，白鹿书院、陈忠实文学馆2011年编印，第118页。

② 陈忠实：《无畏》，《陈忠实集外集》，邢小利主编，白鹿书院、陈忠实文学馆2011年编印，第144页。

③ 陈忠实：《公社书记》，《陈忠实集外集》，邢小利主编，白鹿书院、陈忠实文学馆2011年编印，第100页。

官吏，甚至比张守仁更危险！"①"马克思在总结巴黎公社的历史经验时指出，必须用无产阶级的'社会公仆'，去代替资产阶级的官吏！'社会公仆'是什么？叫我想，就是毛主席教导我们要做人民的勤务员，要全心全意为人民服务！党的九届二中全会以来，全党读马列，这是一个基本观点，难道你也不清楚吗？"② 其次是曾与徐生勤、张振亭同为地主张守仁家长工的现任贫协组长张泰"回忆斗争历史"或"苦难的家史"触动其心灵和情感。再次是烈士常凯之子江涌作为生长在红旗下，"呼吸的就是自由的空气，听见的是欢乐的歌声"的"奴隶的儿子""烈士的后代"，发誓继承爸爸的事业，拼命为国家做贡献的宣言。经过"驱邪"，惭愧的张振亭承认自己思想退坡，阶级教育取得了"很重要的一步胜利"。《接班以后》《高家兄弟》《无畏》等同样以阶级斗争路线斗争理论对修正主义、资本主义个人思想进行"驱邪"，此不赘述。总之，"个人""自私"正是"新人"也是"文革文学"所要克服和批判的"剥削阶级思想"，因而对于"大公无私"的"新人"来说，就不可能存在个人与集体、爱情与事业、我与群、欲望与理念理性之间的充满心理和情感冲突的复杂性，不可能有困惑、徘徊和犹疑的痛苦情愫。这样，"人"和"生活"的内在复杂性以及二者之间更为复杂的关联性，就让位于"时代""政治""理念"的外在的变异性和复杂性，占据文本叙事中心的便是通过看似曲折复杂实际上却具有突出的人为构设性甚至编造性、可重复性和可复制性的理念型情节，"阶级""革命""路线"以机械而充满暴力的方式重新构造了"人""现实""生活"，"不断地强调纯粹，强调理论概念的重要性，并且在实践中把这种要求不断推进，这就是'当代文学'的进

① 陈忠实：《公社书记》，《陈忠实集外集》，邢小利主编，白鹿书院、陈忠实文学馆2011年编印，第108页。
② 陈忠实：《公社书记》，《陈忠实集外集》，邢小利主编，白鹿书院、陈忠实文学馆2011年编印，第108—109页。

程"①。"新人"以排斥、净化"现实""生活""人"之复杂性的方式，规训了人性固有的情感结构、心理结构和本能因素，让我们看到一种摆脱欲望的禁锢和约束，拒绝物质主义的道德理想和道德信仰，"新人"借此获得精神的自由和狂欢。这也就使得"新人"精神世界、心灵世界和生活世界的单一和纯粹，缺乏关于生活和人生、人性的更为复杂饱满的体验和感受，而以塑造"新人"为"根本任务"的包括陈忠实在内的"文革小说"，也缺乏丰厚深远的审美意蕴。

"新人"总是善于见微知著，从日常生活中发现和阐释宏大政治意义。"社会主义新人"作为超级主体话语的承载者和实践者，要有效传达和贯彻某种政治理念，就需要对日常生活进行过滤、疏离、排斥和转换，以求反映那些非日常生活领域即"社会的主要矛盾和主要斗争"。早在1942年《在延安文艺座谈会上的讲话》中，毛泽东就明确指出，文学应为"人民大众"即"工人、农民、兵士和小资产阶级"尤其是为"工农兵"服务。而"中国的革命的文学家艺术家，有出息的文学家艺术家，必须到人民群众中去，必须长期地无条件地全心全意地到工农兵群众中去，观察、体验、研究分析……然后才有可能进入创作过程"②。因为只有"人民群众"的生活"是一切文学艺术取之不尽，用之不竭的唯一源泉。这是唯一的源泉，因为只能有这样的源泉，此外没有第二个源泉。"③可见在权威意识形态的标准下，"生活"在不同的人群阶层中有不同的价值差异，而"工农兵生活"才是合法的"人民生活"，而且可以意识形态的名义取代和剥夺其他多种形态的生活尤其是日常生活。

---

① 洪子诚：《问题与方法：中国当代文学史研究讲稿》，生活·读书·新知三联书店2002年，第286—287页。

② 毛泽东：《在延安文艺座谈会上的讲话》，《毛泽东选集》第三卷，人民出版社1991年6月第2版，第860—861页。

③ 毛泽东：《在延安文艺座谈会上的讲话》，《毛泽东选集》第三卷，人民出版社1991年6月第2版，第860页。

"人民生活"这一包容性极强的能指概念在权威意识形态的赋予下，所指内涵却相对单一且固定，在后来历次文艺论争和运动中日趋绝对：只能是工农兵的生活。工农兵成为人民的代表。一方面，尽管工农兵的生活"是自然形态的东西，是粗糙的东西"，但却是"最生动、最丰富、最基础的东西""使一切文学艺术相形见绌"[①]。在"自然""粗糙"的表象下却掩藏着工农兵作为人民代表的先进本质。另一方面，文艺工作者需要在先进世界观的指导下，以"典型化"手法对生活进行归纳和概括，揭示工农兵生活现象下的本质、规律和历史性的特征，创作出"比自然形态上的文艺更有组织性、更有集中性、更典型、更理想，因此就更带有普遍性"[②]的作品。当文学表现范围从《讲话》中的"人民生活"缩减成"工农兵生活"之后再次被剔除成工农兵的非日常生活，个人性极强的日常生活被历史、集体排除在主流文学之外。

为克服日常生活的焦虑，主导意识形态话语往往采取"圣化"和"取消"两种方式加以解决。前者将社会政治生活日常化，实际上是将日常生活收编进社会政治生活之内，使之获得超越日常生活本身的社会政治意义。在小说中的具体表现就是"新人"通过对日常生活的辨识和规划，将个体的日常生活视为伟大革命和建设事业的缩影或化身，由此获得高度的庄严感、神圣感和无限的价值提升。其实，陈忠实小说中并非绝对没有日常生活场景，但其存在的功能却是"导引性"的，如《接班以后》开篇写到初冬时节吃早饭时刘家桥村街头村巷的乡村场景，但小说很快通过三个社员吃饭时的"闲扯"，引出了刚接班的新支书刘东海和"真自私"的四队队长刘海印之间两种不同思想和路线冲突的矛盾格局。小说最后通过

---

① 毛泽东：《在延安文艺座谈会上的讲话》，《毛泽东选集》第三卷，人民出版社1991年6月第2版，第860页。

② 毛泽东：《在延安文艺座谈会上的讲话》，《毛泽东选集》第三卷，人民出版社1991年6月第2版，第861页。

召开支部扩大会议，以"阶级斗争新动向""资本主义倾向""召开群众大会，批斗地主分子""批林整风""小农经济思想""掀起农业学大寨的新高潮"等非日常性的超级政治话语改写并覆盖了日常生活，揭示了隐藏在日常生活之中的非日常性因素，而后者才是"生活"的本质。《高家兄弟》中哥哥兆丰从弟弟兆文"几天不出工，白天黑夜都在温习功课"的行为中，看出了"不顾生产大忙，钻在屋里温习功课，就能说明他上学的动机不纯，不是为贫下中农上大学，是个'大学迷'！"[1]"弟弟已经变了，不像个贫下中农的子弟了"[2]。《公社书记》中徐生勤从副业队长张宗禄和他包工的工厂的材料员张宗义串通一气、冒领私分国家资金，看到"城乡资本主义势力如何勾结，新老的剥削阶级分子怎么臭味相投，联合向我们进攻"[3]。《无畏》从刘民中只是会战工地办食堂和补助斤半小麦看出了"'工分挂帅''物质刺激'，又变了个花招，在东杨大队冒出来了！"[4] 作者显然赋予了人物洞察现实和生活的超现实眼光，以阶级斗争和路线斗争理论和具体农村政策作为观照生活进而重构生活的依据。这就使"新人"具有一种见微知著、及时发现日常生活中阶级斗争路线斗争的苗头和萌芽的敏锐性和"预见性"。早在 20 世纪 30 年代时，周扬就撰文指出："艺术的概括有时简直是一种'预见'。作者由现实摄取隐秘的、未发展的或在胚芽中的一片段，在人们还没有觉察出来的时候，就用夸张的形式指给他们看，于是那一片段的本质就更典型，更明显了。……艺术的概括不是事实之单

---

① 陈忠实：《高家兄弟》，《陈忠实集外集》，邢小利主编，白鹿书院、陈忠实文学馆 2011 年编印，第 54—55 页。

② 陈忠实：《高家兄弟》，《陈忠实集外集》，邢小利主编，白鹿书院、陈忠实文学馆 2011 年编印，第 57 页。

③ 陈忠实：《公社书记》，《陈忠实集外集》，邢小利主编，白鹿书院、陈忠实文学馆 2011 年编印，第 99 页。

④ 陈忠实：《无畏》，《陈忠实集外集》，邢小利主编，白鹿书院、陈忠实文学馆 2011 年编印，第 120 页。

纯的表现，如果没有创造的想象力或幻想，是不能把现实的素材改制为艺术品的。"① 作为农村题材写作，陈忠实的小说中不乏劳动和生产场景。如《高家兄弟》写兆丰在饲养室喂牲口的场景描写，自然、舒展而温暖，写出了一个农民对牲口的天然情感，但显然这种劳动场景过于日常化，对于"新人"来说缺乏深度意义，于是就有了关于"劳动"的一番议论加以"升华"和"圣化"："劳动对于一个把个人的一切都献给集体事业、怀有共产主义远大目标的人来说，不是谋生的手段，是生活的需要。"② 因为地主分子的破坏，村里一时找不出会计，兆丰弃学做了会计，他苦练打算盘的本领，"他在这把过去淌着贫下中农血泪的算盘上，一年一个样，算出了社会主义高村的壮丽图景"③。《无畏》最后写"五七战士"杜乐在倾听广播里传出的超级主体话语之后，透过窗户所看到的场景，由窗外—山野、雪原—黄河等由近及远地铺展开来，在空间的推移中，蕴含着作为核心的"历史"性结构即壮丽辉煌的无产阶级和共产主义伟大事业的远景。陈忠实在这里以"预见"的艺术手法，在政治形势和政策的规定范畴内，浪漫地想象性地展示了在当时时代的发展向度上的政治乌托邦场景。

　　"圣化"的实质和结果，是"取消"。纵观陈忠实"文革小说"，"新人"们几乎都丧失了人的日常性，他们把所有的时间精力热情以及意志都无私地奉献给了党和人民的事业，其爱好、兴趣、爱情、婚姻、家庭等全都消失了。"从'延安整风'开始，中国式的'新人'除了共产主义'新人'的普遍特征（如政治忠诚和献身精神）以外，强调的是'灵魂深处爆发革命'，用掏心挖肺式的自我

① 周扬：《现实的与浪漫的》，《周扬文集》第一卷，人民文学出版社 1984 年，第 124 页。
② 陈忠实：《高家兄弟》，《陈忠实集外集》，邢小利主编，白鹿书院、陈忠实文学馆 2011 年编印，第 55 页。
③ 陈忠实：《高家兄弟》，《陈忠实集外集》，邢小利主编，白鹿书院、陈忠实文学馆 2011 年编印，第 57 页。

解剖和苦行僧般的自我拒绝来达到彻底否定'小我'（即个人存在）的目标"[1]。陈忠实"文革小说"中，即使残留些许生活的影子，也因个体情感、心理、情绪、身体的参与和体验的缺位，而停留在精神和观念领域，缺乏生活的经验实感和真实性。这就造成了包括陈忠实在内的"文革小说"中日常生活及其叙事的实质上的匮乏状态。

"新人"痛说革命家史，通过回忆旧社会旧中国的苦难史、血泪史和反抗史，既为追溯和发掘苦难的阶级根源——地主阶级对农民阶级、资产阶级对工人阶级的政治压迫、经济剥削和文化专制，提高人民群众或落后分子的思想认识水平，又为增强现实中"阶级斗争"和"路线斗争"的合法性论证，激发人民群众的阶级斗争意识，凝聚和强化其阶级仇恨，发挥"忆苦思甜"的话语功能，批判私有制，杜绝私有观念，更加热爱和珍惜今天的幸福生活，坚定共产主义信仰，坚决走集体化、社会主义道路。类似于《红旗谱》中的"楔子"和《创业史》的"题叙"，《高家兄弟》专门在第一部分设置了"关于高家的传说"，讲述现今的社会主义新农村高村大队的历史，小说从百余年前的"难民滩""长工村"说起，建立了以"抗暴英雄高老大"为代表的高村第一代农民和张村的大财东"假圣人"及其狗腿子"瞎城隍"之间的阶级矛盾和对立；继而到1955年的农业合作社阶段，阶级斗争延续下来，高老大的孙子、土改中的人民代表和如今的农业社副主任高志成和"假圣人"的孙子、地主分子张三冒之间构成了新的对立，高志成为保护集体牲口牺牲。高家兄弟被社主任赵聚海收养。地主阶级被消灭了，但矛盾并未消失，而是转化为兆丰、赵聚海等集体主义思想和以兆文、祝久鲁为代表的资产阶级个人主义和修正主义教育路线之间的矛盾。小说对"革命前史"的追溯，有着多重意义，一是体现着"阶级论""出身

---

① 程映红：《塑造"新人"：苏联、中国和古巴共产党革命的比较研究》，《当代中国研究》2005年第3期。

论""血统论"等当时的流行观念，地主阶级和农民阶级之间存在着阶级的质的规定性，这不会随着时代的发展而有所改变。二是即便地主阶级作为一个阶级被消灭了，但其剥削阶级、个人主义思想不会消失，它会改头换面以新的面目腐蚀革命者。三是当"烈士后代"身份成为人物进步的包袱时，人物还能醒悟，但需要重新对其进行提醒和规训，"阶级斗争、路线斗争的历史"就是规训其"不忘本"的武器。《公社书记》对张振亭的警示也是从其和"新人"同为恶霸地主家的长工这一"苦难的家史"说起，通过一个巧妙的"道具"，将张振亭目前的资本主义剥削思想与恶霸地主联系起来："老吸血鬼张守仁的皮袄，经过这样的渠道，披到了共产党的一个公社书记身上，你看多么'巧'吧！剥削阶级的毒汁，侵蚀了战斗的共产党人，你看多么惊心动魄啊！"[1] 加之曾同为地主长工的张泰的回忆、徐生勤的牺牲在抗美援朝战场上的战友常凯的故事，江涌祖孙三代被地主迫害、当牛做马的经历，小说就此借助三个英雄人物"痛说家史"，警示张振亭也提醒读者，要总结历史经验、揭发问题的实质、深挖"退坡"的思想根源，并提出"正确的答案"："总结总结历史经验吧！和土改那阵比比立场，和合作化那阵比比热情，和人民公社化那阵比比干劲吧！不要忘记文化大革命中，谁帮助了我们，谁给了我们权力！现在，党的基本路线要求我们干什么？林彪反党集团的复辟倒退活动说明了什么？我们能安心地钻在自己的安乐窝里，津津乐道吗？伙计，这些问题，不能一刻不想，只有认真读马列，你才能把这些问题串到一条线儿上，得到一个正确的答案：继续革命！"[2]

如果说《高家兄弟》为家史的讲述提供了一个历史的纵深视

① 陈忠实：《公社书记》，《陈忠实集外集》，邢小利主编，白鹿书院、陈忠实文学馆2011年编印，第102—103页。

② 陈忠实：《公社书记》，《陈忠实集外集》，邢小利主编，白鹿书院、陈忠实文学馆2011年编印，第113页。

镜，让主流政治话语中的阶级本质性认知通过一个仿佛客观的历史进程展开，那么《公社书记》的家史讲述则主要是在"新人"当下的回忆这一"心理活动"、张泰的"诉说"和烈士后代江涌的"概述"中完成。相对于《高》《公》用较多的篇幅展开"革命历史"，《接班以后》和《无畏》更偏重于"斗争现场"，将叙事聚焦于矛盾斗争激化的时刻，凸显"新人"最闪光最具神性的"瞬间"。但这不等于《接》《无》没有"家史"。作为陈忠实发表的第一篇短篇小说，《接》更具有质朴的乡村经验书写，在对"农村""斗争"的表现中更具"乡土"气味。为了警醒刘天印"抓副业挣钱"的"资本主义倾向"，小说涉及了地主分子刘敬斋及其狗腿子福娃这一反动形象，作为一条联系当下和历史中"私有观念"尚未断绝的线索和"在社会主义社会这个历史阶段，还存在着阶级斗争和两条道路的斗争"的佐证。提醒退坡党员干部"千万不要忘记阶级斗争"，"我们要是忘记了党的基本路线，就要上当受骗走歪道儿"①。《接》没从正面书写"新人"的家史，而是通过回溯刘敬斋、福娃的"剥削"史和刘天印的"资本主义倾向"，勾勒了一条从古至今延续下来的"剥削史""斗争史"。作为陈忠实最后一篇"文革小说"，《无》直接表现"现实"中无产阶级、社会主义和资产阶级、修正主义之间紧锣密鼓的斗争。小说中的"历史"就是"现实"，因此《无》只是通过"新人"杜乐的战友、公社副书记杨大山提到"土改的暴风骤雨"，通过杜乐和程华这对"文化大革命的烈火中锤炼出来的""恋人"回溯到"文革"初期："……杜乐眼里放出异样的光芒，一刹那间，陷入惊心动魄的回忆：一九六八年，难忘的一九六八年啊！"②

---

① 陈忠实：《接班以后》，《陈忠实集外集》，邢小利主编，白鹿书院、陈忠实文学馆2011年编印，第43页。

② 陈忠实：《无畏》，《陈忠实集外集》，邢小利主编，白鹿书院、陈忠实文学馆2011年编印，第139页。

从《接》《高》到《公》再到《无》，从刘家桥村、高村大队到红旗公社再到丰川县，从家庭内部、大队内部两种思想两条路线的斗争，到公社书记领导层面的斗争，再到县委书记和公社书记之间的斗争，小说越来越远离乡村情境，越来越远离乡村自然风景和生活景观，以及农民田野劳动的场景，《公》已经将修建水库的工地作为叙述重心，多番刻画工地现场，如小说写道："……就望见沟底一派生龙活虎的战斗场面。推车的，挑担的，提夯的，半崖上挖土的，一块块老黄土从高崖上倒下去，卷起一阵阵黄色的尘雾。广播里时而是昂扬的乐曲，时而是指挥员叫人的声音。半崖上，有人用绳索捆住腰，吊在半空，刻出一道平整的壁画，准备写标语口号哩！徐生勤心里暗暗赞叹，不错，真不错，一开工，能把这么三二百人指挥得这样有条不紊，真不简单哩！"[1] 又写道："沟底，夯歌雄浑，推车往来，尘土飞扬。广播员在播送着党支部新的动员，以及批判文章。这里现在给徐生勤的印象是：热烈、紧张、情绪高涨。"[2] 与平静的农田耕种收割相比，工地作业无疑更具有战斗性，更具有工业化、军事化的整齐划一，更具有现代仪式感。刷写在半崖上的大幅标语口号，广播里传来的各种振奋人心的播音，更具有通过"视觉"和"听觉"的双重作用，将劳动者整合进一个完整的意识形态场域的功能。这是传统的田间劳动、农业生产描写所不能达到的"现代化""工业化"效果。《无》既无农业劳动的描写，亦无工地场景的表现，它更体现出"会议政治"的特点，小说中存有的少量风景描写，仅仅以象征美学凸显着"新人"的"视界"/"世界"，在"新人"眼里，"大批促大干"，两种思想两条路线的斗争远比农业生产重要得多，"集中批判，促进大干"是革命正途，"工

---

[1]　陈忠实：《公社书记》，《陈忠实集外集》，邢小利主编，白鹿书院、陈忠实文学馆2011年编印，第83页。

[2]　陈忠实：《公社书记》，《陈忠实集外集》，邢小利主编，白鹿书院、陈忠实文学馆2011年编印，第101页。

分挂帅""物质刺激""整顿为纲"则是反动的"资本主义倾向"。从 1973 年的《接》到 1976 年的《无》，仅仅四年时间，陈忠实的"文革小说"就完成了从柳青到浩然的重要转变，"新人"的政治地位越来越高，越来越脱离乡村生活情境，乡间自然风景、农村街头巷尾的闲谈场面，农民的日常生活、情感和交往，逐渐淡出了陈忠实的叙述视野，感性的经验性的乡村经验被理念化的超验性斗争哲学所替代，"新人"完全成为超级主体话语的产物和传达工具。洪子诚认为，"文革"时期，"地域、风习、日常生活的具体特征，在这个时期的长篇小说中趋于模糊和粗糙"①。其实，不唯长篇，这种政治美学现象在短篇中体现得更为直接和突出，短篇小说文体功能上反映问题的快捷性，文类体制和篇幅空间上的简短狭小使之更缺少闪展腾挪的灵活性，这些都决定了在某种程度上短篇"叙述"更容易受到"干预"，也更能直观地体现出这种"干预"的存在形态及其程度。

包括陈忠实《接班以后》《高家兄弟》《公社书记》《无畏》等在内的"文革小说"中的"社会主义新人"是按照"文革"时期政治意识形态要求和美学规范塑造的。他们体现着那个时代的主流话语诉求，具有突出的政治性公共性品格和以"阶级伦理""（继续）革命伦理"为核心的社会主义文化体系、（阶级）群体伦理体系，其出现不再是论证社会主义文化和文学的合法性，而是要利用"工农兵英雄人物"——"社会主义新人"这一文学形象创造出人类历史新纪元，利用文艺作为意识形态的能动的反作用，确立无产阶级在现实和历史舞台上的主导者和领导者地位：只有他们才是人类历史实践的主体和历史的创造者推动者。创造"新人"的目的不是反映历史，而是以"预见"的方式创造历史。因而主流"文革小说"中的"新人"既不追求"个性""人性"，"个性主义""个人主义""人道主义"都是资产阶级的反动思想，也不追求心理和灵

---

① 洪子诚：《中国当代文学史》，北京大学出版社 2007 年 6 月第 2 版，第 14 页。

魂的描写和剖析——即便有也是围绕着阶级矛盾路线斗争等意识形态问题展开，是以"心理"和"灵魂"形式出现的政治斗争哲学的演绎。

"文革小说"在具体的叙述中，"社会主义新人"并没有一个在现实生活中成长的过程，或者说，在作者笔下，他们并没有在具体的历史展开过程中生成，而是某种强大的历史意识政治意识催生的产物，因此我们无法在"新人"身上看到深沉的历史感，恰恰相反，他们是"超历史"的理念型存在。时过境迁，当"文革"激进政治结束后，历史又回到其现实的生活的层面时，"新人"这种超历史的理念型人物，又被在"回顾"和"反思"中看到了其"预见"的虚妄性。在"新人"神像崩塌的同时，"个性""人性"和以"人"为依据的"心理""灵魂"，在"思想解放"话语和"新启蒙"话语的和声变奏中回归。

与此同时，也要看到，正如本文一开始简要梳理的"新人"谱系一样，"文革小说"中的"新人"本身即为中国现代性追求的文学寄托，是詹姆逊意义上的"寓言"性形象，它蕴含着全球化时代民族国家之间矛盾与斗争、先发与后发现代性、冲击与回应的复杂关系，在某种程度上，"新人"亦可视为"第三世界民族国家的寓言"。随着中国现代历史的曲折展开，中国文学对历史、现实与未来及其关系的理解也相应地呈现出不同的景观，而"新人"就是不断随着这"景观"而变换的"风景"，因而 20 世纪中国文学中的"新人"也会相应地呈现不同的思想、精神和美学特质。作为"新人"谱系的一部分和一个历史阶段，"文革小说"中的"社会主义新人"本身也构成一个相对独立并有着动态的历史性维度。如上所论，陈忠实写于四年之内的四篇"文革小说"，也存在一个随着历史和政治形势而不断调整的脉络，虽然"新人"的政治公共性品格和政策话语本质保持着一致性，但"新人"所得以生成和建构的具体情境和文学表意方式尚有可以梳理和思考的空间。造成这一现象的原因，一则"本质"的获得并未一蹴而就，它同样出于一种历史的生成状态，二则"本质"始终处于一种理念诠释中，而不同理念的背后则是各种政治权力话语的争夺和博弈。随着政治的不断激进化，"新人"亦不断在建构中纯粹化，发展至极端便是超历史的高居理念顶端的"神"。在"神"居高临下的俯视之下，自然风景、田间劳作、民俗风情、世俗生活、人间百态，自然不具有独立的价值，遑论审美价值。

第三章 "快板""村史"和"故事": 全民文艺时代的陈忠实

第一节 民歌、诗歌与快板

在毛泽东看来，人民群众不仅是物质财富的创造者，也是精神财富的创造者，他们不仅是历史的创造者，也是文化创造的主人。人民群众应该享有充分的进行社会主义文化实践的权利，应该是这种文化实践的主体，而不应该是社会主义文化的被动的接受者或享受者。社会主义新中国的成立，使人民翻身做主人，享有了政治和经济上的主人地位和权利，他们也应该成为文化的创造者和主人，成为社会主义新文化的创造主体。

1958年，新中国文艺史上出现了一次大规模的民歌写作和收集运动。在这次运动中，工农群众第一次作为创作主体登上了文艺历史的中心舞台。这就是"大跃进"新民歌运动。这次运动是由毛泽东亲自发动、共产党亲自领导的全民性的社会主义文艺文化实践。

1958年3月，毛泽东在成都会议上表达了对民歌的重视，提倡收集和创作民歌。他提出："搞点民歌好不好？请各位同志负个责，回去搜集一点民歌。各个阶层都有许多民歌，搞几个试点，每人发三五张纸，写写民歌。劳动人民不能写的，找人代写。"[①] 谈到中国诗歌的未来发展，他认为："中国诗的出路，第一是民歌，第二是

---

① 陈晋：《文人毛泽东》，上海人民出版社1997年，第448页。

古典。在这个基础上，两者结合产生出新诗来，形式是民族的，内容应该是现实主义和浪漫主义的对立统一。"① 在随后召开的汉口会议上，毛泽东再次提到民歌："各省搞民歌，下次开会，各省至少要搞一百多首。大中小学生，发动他们写，每人发三张纸，没有任务，军队也要写，从士兵中搜集。"② 鉴于毛泽东对民歌的高度评价和多次提倡，在各级党委的领导下，民歌收集和写作运动在全国范围内轰轰烈烈地展开。1958 年 4 月 14 日，《人民日报》发表社论，认为大规模搜集民歌"这是一项极有价值的工作。它对于我国文学艺术的发展（首先是诗歌和歌曲的发展）有重大的意义"。"这样的诗歌是促进生产力的诗歌，是鼓舞人民，团结人民的诗歌。""中国新诗的发展，无疑将受到这些诗歌的影响。"社论号召全国人民："我们需要利用钻探机深入地挖掘诗歌的大地，使民谣、山歌、民间叙事诗等等像原油一样喷射出来。"③ 在 1958 年 5 月 5 日至 23 日召开的中共八大二次会议上，时任主管文艺的中宣部副部长的周扬作《新民歌开拓了诗歌的新道路》报告。报告将新民歌运动视为人民革命干劲的意识形态表达，进行了意识形态上的肯定、阐释和定位："解放了的人民在为多、快、好、省地建设社会主义的伟大斗争中所显示出来的革命干劲，必然要在意识形态上，在他们口头的或文学的创作中表现出来。不表现是不可能的。大跃进民歌反映了劳动群众不断高涨的革命干劲和生产热情，反过来又大大地鼓舞这种干劲和热情，促进了生产力的发展。新民歌成了工人、农民在车间和田头的政治鼓动诗，它们是生产斗争的武器，又是劳动群众自我创作、自我欣赏的艺术品。社会主义的精神浸透在这些民歌中。这是一种新的、社会主义的民歌，它开拓了民歌发展的新纪元，同时也开拓了我国诗歌的新道路。"④ 新民歌是工农群众、劳动

---

① 陈晋：《文人毛泽东》，上海人民出版社 1997 年，第 448 页。
② 同上。
③ 社论《大规模收集民歌》，《人民日报》1958 年 4 月 14 日。
④ 周扬：《新民歌开拓了诗歌的新道路》，《红旗》1958 年 6 月创刊号。

人民掌握了文化领导权的表现，更是社会主义意识形态的表达，同时也作为一种"武器"和"艺术品"开辟了中国新诗的新道路。诗人徐迟在新民歌运动第二年的文章中写道："对我国的诗歌创作来说，1958 年乃是划时代的一年"，这一年的诗歌界"出现了普遍繁荣的、盛况空前的图景"，"到处成了诗海。中国成了诗的国度。工农兵自己写的诗大放光芒。出现了无数诗歌的厂矿车间；到处是万诗乡和百万首诗的地区；许多兵营成了万首诗的兵营。几乎每一个县，从县委书记到群众，全都动手写诗；全都举办民歌展览会。到处赛诗，以至全省通过无线电广播来赛诗。各地出版的油印和铅印的诗集、诗选和诗歌刊物，不可计数。诗写在街头上，刻在石碑上，贴在车间、工地和高炉上。诗传单在全国飞舞"[1]。就是在这"全党办文艺""全民办文艺"的历史情境中，陈忠实发表了其第一首诗，也是其文学处女作。时在 1958 年 11 月 4 日，正在西安第18 中学读初二的陈忠实在《西安日报》[2]发表了一首共四行二十字的诗歌《钢、粮颂》。1958 年秋，在这全民诗歌写作运动掀起高潮的时刻，陈忠实"看着骤然间魔术般变出诗画满墙的乡村，读着这样昂扬的诗句，我往往涌起亢奋和快乐。一次作文课上，老师让大家写歌颂大跃进、人民公社、总路线'三面红旗'的诗歌，我一气写下五首，每首四句。作文本发回来时，老师给我写下整整一页评语，全是褒奖的好话。我便斗胆把这五首诗寄到《西安晚报》去。几天后，……我看见了印在我名字下的四句诗。姑且按当年的概念称它为诗吧，尽管它不过是顺口溜，确凿是我第一次见诸报刊的作

---

① 徐迟：《一九五八年诗选序》，《诗刊》1959 年第 4 期。

② 《西安日报》：对于《钢、粮颂》所发报刊，陈忠实的说法不够准确。严格地说，应为《西安日报》。《西安日报》1953 年 7 月创刊；1962 年 2 月，根据中共中央宣传部关于大城市提倡办晚报的精神，易名为《西安晚报》；1966 年 5 月，《西安晚报》停刊；1969 年 6 月，又以《西安日报》之名重新出刊；1981 年 1 月，再次易名为《西安晚报》；1994 年 1 月，又增出《西安日报》，《西安晚报》与《西安日报》并存出版。

品"①。陈忠实的回忆，较为全面地描述了当时的中国"到处成了诗海""诗的国家"的"盛况空前的图景"和"诗写在街头上"的典型场景，写到了"昂扬"的诗风和身处其间"亢奋和欢乐"的心情，写到了毛泽东"大中小学生，发动他们写"的诗歌创作动力机制和主题——"老师让大家写歌颂大跃进、人民公社、总路线'三面红旗'的诗歌"，以及"顺口溜"的新民歌风格。陈忠实的自述中还有一个颇有意思的"心理细节"——"'斗胆'把这五首诗寄到《西安晚报》。""斗胆"一词，一方面揭示了作为初中生的陈忠实初次写诗投稿的畏怯和不自信的心态，却也说明对于绝大多数不识字、粗识字、文盲或半文盲的工农群众来说，写诗确为一件有困难的"神秘"之事，有畏难心理自可理解；另一方面，也间接地体现出在那个时代氛围中，毛泽东话语对破除群众畏难心理的启示和鼓舞："破除迷信，解放思想"，他认为"卑贱者最聪明，高贵者最愚蠢"，"学问少的人可以打倒学问多的人"②。

值得注意的是，在新民歌运动中，陈忠实所在的陕西省对新民歌的发动、领导和组织颇有成效，涌现出了颇有全国性影响的农民诗人。据天鹰《1958年中国民歌运动》介绍，新民歌创作的组织、领导主要有三种方式。一是开辟各种形式和名目的诗歌创作园地，如诗坛、诗亭、诗窗、歌碑、诵诗台、献诗台、墙头诗等。当时的长安县，县有诗亭，乡有诗宫，社有诗廊，家家户户门口有诗碑，

---

① 陈忠实：《最初的操练》，《陈忠实文集》第7卷，人民文学出版社2015年，第133页。

② 毛泽东：《卑贱者最聪明，高贵者最愚蠢》，《建国以来毛泽东文稿》第7册，中央文献出版社1992年，第236页。洪子诚在谈到毛泽东从工农中培养作家的选择时说："毛泽东把作家思想改造、转移立足点、长期深入工农兵生活，作为解决文艺新方向的关键问题提出，但是他寄予更高期望的，是重建无产阶级的'文学队伍'，特别是从工人、农民中发现、培养作家。他以'卑贱者最聪明，高贵者最愚蠢'来鼓舞他们'解放思想，敢想敢干'。不过，在实践中，这一战略措施并未收到预期的成效：工农作家既在创作的整体水准上存在着问题，他们中一些人也难以抗拒'资产阶级文化'的诱惑和侵蚀。"参见洪子诚《中国当代文学史》，北京大学出版社2007年6月第2版，第14页。

每当有中心任务布置下来，就作诗发表于"园地"。二是举办赛诗会、民歌演唱会和诗歌展览会等。1958 年 3 月，西安市灞桥区白庙村开创了赛诗会这一活动形式并于 3 月和 6 月举办了两次赛诗会。中国作协西安分会主办的《延河》杂志刊发《白庙村的"赛诗会"和农民诗歌创作》一文，对此做了详细报道和高度评价，中国作协主办的《诗刊》全文转载。文中写道："三月十八日，这个不平常的日子，男女社员们都带着自己编的诗，参加了党支部组织的赛诗会。在这个充满欢乐而又有深刻教育意义的会上，社员们毫不拘束地愉快地朗读了自己编的诗歌，有歌唱新社会新生活的，有歌颂党和毛主席的，有表示自己拿出冲天干劲实现跃进指标的……内容丰富多彩，语言生动淳朴，感情真挚，气势豪迈。第一次赛诗会后，没有在会上诵诗的人都感到很遗憾，诵诗的人也觉得能在这样的会上抒发自己的感情，表示自己的决心，这是最大的幸福，也是最大的光荣。"[1] 6 月 29 日晚，在社员要求下，白庙村举行了第二次赛诗会，"歌颂党的总路线，歌颂小麦大丰收"。对这两次赛诗会上朗诵的诗，文章认为它们"充分说明了解放了的农民对新社会和党的热爱，字字充满了社会主义的冲天干劲，也说明了农民群众的智慧和高度的创作才能"。白庙村农民的诗歌创作和赛诗会"丰富了群众的文化活动，教育了群众，而且成为农民群众在建设社会主义新农村时的有力的战斗武器"[2]。文章特别强调白庙村诗歌创作和赛诗会活动具有普遍的"群众性"特征："白庙村农民的诗歌创作不是少数积极分子在搞，而是全村百分之八十的人参加了赛诗会和创作活动。"他们创作的诗歌具有充分的"革命性"，是"真正的社会主义诗歌"："白庙村的农民群众就是以这样的革命干劲和社会主义觉悟，创作了真正的社会主义诗歌，为我们做出了榜样。"[3] 如此一

---

① 《白庙村的"赛诗会"和农民诗歌创作》，《诗刊》1958 年第 9 期。又载《延河》1958 年 8 月号。

② 同上。

③ 同上。

来，"群众性""革命性"和"社会主义性"使白庙村所开创的"赛诗会"在不久之后就作为经验向全国推广，成为当时最普遍的诗歌创作形式。三是成立民歌创作小组，省、县、乡等举办民间歌手大会、民歌创作积极分子大会等，文艺界也积极组织会议以推动民歌创作发展，如陕西省文联召开新民歌座谈会，以推广白庙村赛诗会创办经验，进一步推动民歌创作高潮。[①] 在这场全民诗歌运动中，涌现出了一批民间诗人，出身临潼县农民家庭的王老九即为其中最有影响力和知名度的农民诗人之一。这位陈忠实的乡党，在新中国成立后以编写快板诗的才能受到党和政府的高度重视，自创作第一首诗开始，得到文联和报社的鼓励和帮助，许多快板诗陆续发表于报刊。1951年，他出席了陕西省文艺创作者代表大会。1953年，出席了中国文学艺术工作者第二次代表大会。1958年，出席了中国民间文学工作者代表大会，并在这次会议上当选为理事，受到毛泽东的接见，和毛泽东握手、合影，被称为"农民诗人"。1960年，出席了中国文学艺术工作者第三次代表大会。在1958年新民歌运动中，有个口号"乡乡要出一个王老九，县县要出一个郭沫若"，可见王老九在当时的影响和受重视的程度。他的诗歌颂共产党和领袖毛泽东，表达了一个翻身解放的农民对共产党和人民领袖的感激和爱戴之情。1951年写的《想起毛主席》，1958年写的《伟大的手》都是诗人内心对领袖的感恩和膜拜的朴素、炽烈情感的表达，也是当时工农群众情感和社会情绪的带普遍性和典型性的传达。他的《张老汉卖余粮》《张玉婵》《三户贫农建社》《咱们农民欢呼总路线》等，是配合国家政治形势，宣传储粮存粮，增产节约、支援抗美援朝战争，农业合作化运动及"大跃进""总路线"等党的政治政策的代表性作品。王老九是农民诗人的代表，也是广大农民诗人学习的榜样，他的诗朴素、生动、形象，将口语、谚语、歇后语等化入诗歌，熟练地运用比兴、谐音、双关、复沓、排比等民歌技

---

① 参见天鹰《1958年中国民歌运动》，上海文艺出版社1959年，第12页。

法，符合农民的文化水平、趣味和欣赏习惯。

1964 年 2 月，毛泽东在中央工作会议上推荐保定地区结合"社教"运动开展"四清"和湖南省"社教"中抓阶级斗争的经验，提出"阶级斗争一抓就灵"的口号。《一笔冤枉债——灞桥区毛西公社陈家坡贫农陈广运家史片断》刊《西安晚报》。这个快板写于 1964 年"面上社教"运动，是"家史"与说唱艺术"快板"两种新兴文艺形式的结合。此年冬，陈忠实在毛西公社农业中学做民办老师，按照毛西公社团委的安排，各村和中学都要出宣传"千万不要忘记阶级斗争"的文艺节目参加汇演，"我所在的农业中学也接受了任务，却犯起愁来，我根本不会排练文艺节目。情急之下，我把当地一位老贫农的家史编成一首陕西快板，找了一位口才和嗓门比较亮堂的学生，演出后颇多反响。很快，这个快板就在《西安晚报》临时开设的《春节演唱》专栏里全文发表了"①。另外，《配合问题》② 虽是"革命故事"，却以一段快板诗结尾："配合问题有问题，/责任全在我自己。/工地一堂路线课，/江书记给我把病医。"③《巧手把春造》④ 不同于一般的诗歌，是一首朗朗上口、清新活泼，适合讲唱的快板诗："春雪飞，/春风飘。/不见小燕剪柳梢，/却见荒山秃岭上，/红旗挥舞人如潮。/利斧斩荆棘，/铁镢把顽石刨，/翻开千年土，/踏得山动摇。/劈石垒堰治穷山，/梯田层层盘山腰，/处处愚公来移山，/多少双巧手把春造。"⑤ 带有明显的新民歌色彩。

① 陈忠实：《最初的操练》，《陈忠实文集》第 7 卷，人民文学出版社 2015 年，第 133 页。

② 陈忠实：《配合问题》，《西安日报》1972 年 8 月 27 日。又刊《工农兵文艺》1972 年第 9—10 期合刊。

③ 陈忠实：《配合问题》，《陈忠实集外集》，邢小利主编，白鹿书院、陈忠实文学馆 2011 年编印，第 19 页。

④ 陈忠实：《巧手把春造》，《西安晚报》1965 年 3 月 6 日。

⑤ 陈忠实：《巧手把春造》，《陈忠实集外集》，邢小利主编，白鹿书院、陈忠实文学馆 2011 年编印，第 264 页。

第二节 "村史""集体写作"与"三结合"

"文革"时期文学生产的一种重要方式是"集体写作"。红极一时的《虹南作战史》《农场的春天》《大海铺路》等长篇小说直接署名"上海县《虹南作战史》写作组"等"写作组",《牛田洋》《桐柏英雄》等长篇小说虽有"南哨""前涉"等署名,但实为在更高级别的"写作组"领导和控制之下,由业余作者、专业作者、贫下中农和农村基层干部等共同参与的集体创作。

"文革"期间,陈忠实的创作除了1973年至1976年的四篇小说,还发表了散文《闪亮的红星》(1971年),特写《老班长》、散文《雨中》、故事《配合问题》(1972年),散文《青春红似火》《水库情深》(1973年),散文《铁锁——农村生活速写》、村史《灞河怒潮》(1975年),《社娃——农村生活速写》(1976年)。此外,在"文革"开始前的1966年发表短篇小说《春夜》(3月25日)和散文《迎春曲》(4月17日),在"文革"结束后发表言论《努力学习 努力作战》(11月20日)。按通常意义上的文学含义,"文革"期间陈忠实发表的文学作品都是个人署名而并非"三结合"和"集体创作"的产物。唯一冠以"写作组"名义的是村史《灞河怒潮》,而这恰恰体现出"文革"创作的重要特征。

"集体写作"现象并非起于"文革"。40年代的解放区,秧歌剧《兄妹开荒》、"新歌剧"《白毛女》、评剧《逼上梁山》等虽有个人署名,却有明显的集体创作特征。1958年,在全民"大跃进"高潮中,"集体创作"被视为实现"文艺大跃进"的"多快好省"的便捷、有效的方式。党的领导("领导出思想")、群众("群众出生活")和作家("作家出技巧")相结合的创作方法——"三结合"成为主流政治话语大力倡导的典型集体创作模式。1958年,华夫(张光年)发表文章大力倡导集体创作,认为在"时间短,任务重,压力大"的"放卫星"文艺形势下，搞集体创作、大搞报告文学写作，是积极发动群众且确保重点创作原则的好方法。集体创作适用于小说、戏剧、工厂史、公社史、学术论述、革命回忆录等多种文类，可以采取一起讨论，由一人或分别执笔，发动全厂全社或部队集体力量共同参与讨论和写作等多种集体创作方式；也可以"尽可能地发动一切可以发动的力量"，包括"青年作者、报刊编辑、新闻记者和文学教员"等具有一定写作能力的人，"和那些一直生活在斗争旋涡中心的人合作，和那些具有丰富生活经历的老干部合作"，"运用报告文学的体裁，把那些最具有时代意义的新人新事记录下来"①。与全国性大规模的文艺"大跃进""放卫星"相伴随促生的"三结合"，便是一种"集体创作"模式。此时所谓的"三结合"即"领导出思想，群众出生活，作家出技巧"，是文艺上坚持党的领导和群众路线的重要体现。党的领导之下，专业文艺工作者和工农群众的结合，成为群众性文艺创作的重要经验风行全国。

50 年代末的"反右"运动使大量作家失去了创作权利，也使得少数幸存者因恐惧或担忧而失去了重新执笔的勇气。许多文学刊物如《收获》《文艺月报》等出现了"稿荒"；加之，文艺主管部门对"新人"的扶植和培养，在 60 年代出现了大量工农兵业余写作者，但这些业余写作者普遍文化程度较低，难以写出达到发表水平的作品。如何既能达到培养"新人"的目的，又能写出具发表水准的作品，是执掌文艺界的权力部门需要解决的紧迫问题。在此情境下，湖北等地就出现了"冈人""田文""红学文"等"写作小组"这一"新生事物"，《文艺报》发文称之为"政治思想战线的巡逻队和战斗队"，热切期望"在全国出现得越多越好"②。

1964 年，林彪指示文艺创作要搞好"三结合"，实现"思想过硬、生活过硬、技术过硬"的"三过硬"，对作品进行"思想""生

---

① 华夫：《集体创作好处多》，《文艺报》1958 年第 22 期。
② 宋爽：《为新生事物鸣锣开道》，《文艺报》1960 年第 5 期。

活"和"技术"的全面把关。此时的"三结合"在其内涵上已与"大跃进"中的"三结合"有所不同，其所指为"党委领导""工农兵业余作者"和"专业编辑人员"的结合，"专业作家"和"专业评论家"被排除在外。"文革"期间，这种新型"三结合"模式下的"集体写作"模式被认为是"文艺战线上的一个新生事物"，具有"巨大的生命力和深远的影响"，被认为具有多方面的作用和意义："有利于党对文艺工作的领导"，"是造就大批无产阶级文艺战士的好方式"；"为破除创作等资产阶级思想提供了有利条件"；并且"由于工农兵业余作者的参加，他们也把无产阶级的生产方式和先进思想带进了创作集体"[1]。

1958 年，在"大跃进"政治形势的鼓舞下，文化部和中国作协向各地作协发出了编写工厂史的倡议。在工厂史编写热潮的推动下，1958 年底，全国各地农民也开始编写人民公社史。工厂史、公社史的写作被赋予了崭新的意义，它们是"工农劳动者自己动手写自己历史的文化革命活动"，"为群众文艺创作提供了一个新天地"，"锻炼出了一支工农兵自己的文艺大军"[2]。可见，虽然名目为"史"，这些文本在当时却是被视为"文艺创作"，其主题和内容突出的是作为工农兵文艺创作的意义乃至更恢弘的"文化革命"意义。从表现内容和主题上说，这些作品从新中国成立前农民的斗争生活写起，写到新中国成立后社会历史的重大变革和转折，以及农民阶级在生产、生活、思想、观念和精神上的巨大变化，并紧跟政治形势，追随时代精神，描写人民公社成立以来农村生活面貌和农民精神面貌。

"村史"是公社史的有机组成部分，正如"家史"是村史的构成，"公社史""部队史"也被看作"国史"的基础。在倡导者看来，"村史"看似与以往的"地方志"相似，但却有实质上的不同："我们要写的是生产斗争。即和自然界斗争的历史；要写的是阶级

---

[1] 周天：《文艺战线上的一个新生事物——三结合创作》，《朝霞》1975 年第 12 期。
[2] 笑雨：《用自己的手，写自己的历史》，《文艺报》1958 年第 13 期。

斗争的历史，推翻压在人民头上三座大山——帝国主义、封建主义、官僚资本主义的历史；要写的是科学实验的历史，总结人民的优良经验和经过科学实验的成功经验的历史。我们要拿这些珍贵的东西教育我们自己和后代子孙，不断革命，不断进步。"[1] 从"村史"的形式上说，应该以"英雄人物"为主："人物是应该有的，不但要有，还要大书特书，难道对那些流血牺牲的烈士、坚贞不二的无产阶级战士、在生产斗争中的劳动英雄，不该突出地恰如其分地予以记录和歌颂吗？更重要的是必须生动地刻画出生产斗争、阶级斗争、科学实验的实际，这是村史等等的核心，也是和旧地方志根本不同的特征。至于歌颂烈士、战士、英雄们的诗歌，有内容而又有文艺价值的当然也可以搜集一些，作为附录。"由此可见，"村史"的主要内容是"阶级斗争、生产斗争和科学实验"，"村史"即"阶级斗争、生产斗争和科学实验"的历史。无论以"人"为主还是以"事"为主，都要分清主次轻重，"事"要分为正面和反面，并进行正反对比；"人"也要分正面和反面，"正面人物要有特写，反面人物也要给他画个脸谱，但是，有一条原则，以正面为主，反面的叙述只是起衬托作用，不这样，反面的东西超过正面，那就很不应该了"[2]。

　　陈忠实参与编写的《灞河怒潮》是当时中国众多"村史"中的一种，也是"三结合"和"集体写作"的标本。按照周扬所说："社会主义文化阵地的重点，具体地来说，在农村就是公社、大队，在城市就是工厂、矿山。"[3] 新中国成立后，大批文化人随着解放大军进入城市，城市成为文化建设和发展的中心，农村文化建设遭到忽视，文艺的工农兵方向如何落实，重新成为执政者需要面对的问题。"所谓普及，主要是普及农村文化。没有农村文化的普及，百

---

① 吴南星：《谈写村史》，《前线》1963 年第 22 期。

② 同上。

③ 周扬：《在全国少数民族群众文化艺术工作座谈会上的讲话》，《周扬文集》第 4 卷，人民文学出版社 1991 年，第 373 页。

分之八十以上的人就没有文化，我们的社会怎么前进呢？在这个意义上我们谁也不能说已经解决了为工农兵服务的问题。……工农兵是最重要的服务对象，他们是最大多数，毛主席过去也讲过，农村是个广阔的天地。农村不但是我们服务的主要对象，又是我们创作的主要源泉，阶级斗争，生产斗争，科学实验三大革命运动是在农村里面。所以，无论从文化服务的对象，还是从创作的源泉讲，都必须把农村摆在文化工作的第一位。同时，从建设社会主义新农村的角度讲，将来我们的社会要逐步过渡到共产主义，发展农村文化有很重大的战略意义。"[1] 不普及农村文化，不能缩小城乡之间生活水平、文化水平、教育水平等差距，就无法消灭工农差别、城乡差别和脑力劳动与体力劳动的差别。

不仅如此，从社会主义与资本主义、修正主义之间的国际斗争形势看，建设农村文化阵地也有重要战略意义，这是"义武"两条战线的重要构成，农村文化建设不仅是娱乐休闲，更是政治思想战备："只要帝国主义存在一天，就有战争的危险。文化工作实际上是政治思想工作的一种手段。文化工作当然有娱乐的作用，而且这个作用还不小，但不应忽视文艺的思想教育作用。"[2] 编写村史既是培养社会主义文艺队伍，推进乡村文化建设和发展的有效手段，又具有对农村青年进行政治思想教育，清理和巩固农村社会主义阵地的政治文化战略意义。正因此，村史编写才在全国农村铺展开来，陈忠实参与编写的《灞河怒潮》这部实践"文化革命"思想的"文艺创作"，也应看作工农兵占领社会主义文化阵地的重要实践形式。

在当时的观念和认识中，编写村史是通过调查访问、座谈采访等"访贫问苦"的形式，通过大量阶级斗争的材料，让青年在实

---

① 周扬：《在全国文化局（厅）长会议上的报告》，《周扬文集》第 4 卷，人民文学出版社 1991 年，第 392 页。

② 周扬：《在全国文化局（厅）长会议上的报告》，《周扬文集》第 4 卷，人民文学出版社 1991 年，第 393 页。

际生活中接触到阶级剥削、压迫和阶级斗争的"真人真事"，从而对其进行阶级斗争教育的有效形式。《灞河怒潮》封面注明体裁为"村史"，封面左侧印毛泽东语录"千万不要忘记阶级和阶级斗争"。因此，编写"村史"首先"必须要有鲜明的阶级观点，要坚持用无产阶级的思想教育青年。这是贯穿始终的一条红线。离开了这一点，青年就不能受到应有的教育"[1]。"'四史'（即家史、厂史、村史和社史，引者按）既包括阶级斗争，也包括劳动人民同自然的斗争。但是在迄今的历史中阶级斗争是一条根本的线索，其他的斗争都是阶级的人在阶级斗争的环境里进行的"[2]。《灞河怒潮》就是一本图（木刻插图、照片）文并茂地反映车丈沟郭李村群众在旧社会被剥削被压迫的血泪史，也是一部人民群众进行阶级斗争、反抗阶级剥削和压迫的斗争史。这本书"目录"之前有关于如何对共产主义青年进行"共产主义教育、训练和学习"的"列宁语录"，紧接着的下一页是"毛主席语录"，"语录"的第一段从青年的思想实际出发，认为："不少青年人由于缺少政治经验和社会生活经验，不善于把旧中国和新中国加以比较，不容易深切了解我国人民曾经怎样经历千辛万苦的斗争才摆脱了帝国主义和国民党反动派的压迫，而建立一个美好的社会主义社会要经过怎样的长时间的艰苦劳动。"第二段强调对青年进行"阶级教育"的必要性："青年，即使是青年工人，因为没有受过旧社会的苦，更应该加强阶级斗争教育，提高他们的思想觉悟。"[3] 在书的前言中，出版社对编写"三史"读物的目的，有如下表述："……牢记毛主席关于'千万不要忘记阶级和阶级斗争'的教导，坚持不懈地学习马克思主义、列宁主义、毛泽东思想，不断提高阶级斗争、路线斗争和无产阶级专政下继续革命的觉悟，在阶级斗争、生产斗争和科学实验三大革命运动中冲锋

---

[1] 王庆功：《通过调查编写村史，向青年进行阶级教育》，《前线》1963年第24期。

[2] 《更多更好地编写家史、村史、社史、厂史（社论）》，《前线》1963年第24期。

[3] 《灞河怒潮》编写组：《灞河怒潮》，陕西人民出版社1975年。

陷阵，努力把自己培养成共产主义战士，为巩固无产阶级专政，保卫社会主义铁打江山永远战斗。"[1]

按照毛泽东把"旧中国和新中国加以比较"的教育思路，"村史"的内容，也以"解放"前后分为两部分，进行对比。村史编写的倡导者提出的"回忆对比"历史叙述结构带有普遍性："村史大体分为解放前后两个大段，解放以后又分土地改革前后、合作化前后和人民公社成立前后几个阶段。通过这些阶段阶级斗争的事实，让青年懂得广大劳动人民在旧社会是怎样受着残酷剥削和压迫，怎样在党的领导下经过长期艰苦斗争取得了胜利，过上幸福生活；懂得被推翻的阶级不甘心死亡，还想复辟，必须在党的领导下，积极参加当前的阶级斗争，将革命进行到底。"[2]"解放前"主要写"旧中国"劳动人民的悲惨历史以及共产党领导人民进行民主斗争中产生的可歌可泣的英雄人物和英雄事迹。"解放后"主要写"新中国"人民翻身做主，在党和政府领导下进行社会主义革命和建设的奋斗精神和光辉业绩。《灞河怒潮》"写的是西安市郊区洪庆公社车丈沟一带的贫下中农，在旧社会，对恶霸地主张百万家族进行的英勇不屈的斗争；在新社会，沿着毛主席的革命路线，坚持社会主义道路，为巩固无产阶级专政而进行的社会主义革命。虽然只写了村史的一些片段，但它反映了农村的尖锐的阶级斗争，歌颂了贫下中农的革命精神"[3]。此书的内容和结构组成包括"楔子"、正文和"尾声"三大部分。"楔子"标题为"发横财锅锅还乡　买官职张八称霸"，是阶级斗争的"史前史"，是地主阶级罪恶的发财史和发家史，正文是阶级压迫和阶级斗争史，"尾声"标题为"举红旗乘风破浪　征途上斗志昂扬"。"旧中国"和"新中国"的对比，以直观

---

[1] 《灞河怒潮》编写组：《灞河怒潮》，陕西人民出版社1975年，第2页。
[2] 王庆功：《通过调查编写村史，向青年进行阶级教育》，《前线》1963年第24期。
[3] 《灞河怒潮》编写组：《后记》，《灞河怒潮》，陕西人民出版社1975年，第182页。

的形式产生了不容忽视的意识形态功能，达到了"社会主义、共产主义的自我教育"的目的。不只如此，"在党的领导下，积极参加当前的阶级斗争，将革命进行到底"，说明村史编写并不只为忆苦思甜，通过新旧对比使广大农村青年感恩新社会新中国及其创造者共产党，这是新中国成立后主流文艺进行合法性论证的基本叙述结构，作为三大改造基本完成后的文艺和文化实践，村史写作更有此前文艺所没有的"积极参加当前的阶级斗争，将革命进行到底"的时代政治内涵：不仅要有过去和现在、历史和现实的对照，更有对"当前"的突出以及以"当前"价值观念、政治观念为最终依据，重构"历史"的宏观愿景。在这一重构过程中，"当前"的理论——阶级斗争和路线斗争固然重要，"当前"的实践亦不可或缺甚至更为重要——理论必须服务于实践，指导实践。这一点在村史编写中有突出体现。《灞河怒潮》"尾声"部分反复提到"批林批孔运动掀起高潮""批林批孔现场会""自打批林批孔运动一兴起""林彪、孔老二'克己复礼'的反动本质"[1]，标志着 1974 年中国政治对村史的直接渗透，从这个意义上也可明显看到，村史编写的目的并非还原村庄村落的历史，而是要重构历史甚至创造历史。村史编写是以历史编纂之名行"文化革命"之实。看似以村庄为单位的微观史，透视和聚焦的是以阶级斗争为主线的中国史——以"阶级""政党""国家"为关键词的整体性历史。在倡导者看来，"村史"编写有着超越具体村庄村落本身的宏大的"中国"意义，他们认为："写'四史'，写的是一家、一村、一社、一厂的史，但是写史的人眼光却要看到整个阶级和整个社会。"[2] "村史，不仅是一部阶级斗争教科书，而且也是现代史的一部分。……它为全国现代史的研究提供丰富材料"[3]。在这个意义上，写史者只能是"党"这

---

[1] 《灞河怒潮》编写组：《后记》，《灞河怒潮》，陕西人民出版社 1975 年，第 174 页。

[2] 《更多更好地编写家史、村史、社史、厂史（社论）》，《前线》1963 年第 24 期。

[3] 李行、王兴福、姚辉、黄成礼：《村史初探》，《浙江学刊》1964 年第 1 期。

一超级主体话语的贯彻者和执行者"党组织""党委"。"家史是村史的一部分，写好典型的家史，对编写村史有重要作用。"① 村史编写者和倡导者深谙村史编写的政治文化逻辑和终极目的，即以"家史"为基础写"村史"进而写"国史"，"保存这些直接来自群众的第一手史料，对于将来进行教育和编写更大范围的地方志（如县志、市志）和史书（北京的党史、工人运动史、学生运动史等以及全国的某些史）有着难以估量的意义"②。组织贫下工农青年听父兄回忆，写出家史，再访贫问苦，听贫下中农社员讲出他们的家史，由此写出村史，"写好了村史等等，也就为今后的中华人民共和国史打下了良好的基础"，正因此，村史的编写才会得到如此高的评价："这是一桩史无前例、超越前人的伟大著作"③。

《灞河怒潮》体现着"三结合"和"集体写作"的性质。该书扉页上署名《灞河怒潮》编写组"，封底标注"图：《灞河怒潮》编写组"。这是一本图文并茂地反映车丈沟郭李村群众在旧社会被剥削被压迫的血泪史，也是一部人民群众进行阶级斗争、反抗阶级剥削和压迫的斗争史。但书中"图"的作者和"文"的作者——陈忠实、王韶之、罗春生、郑培才等"个人"都消失在"编写组"这一群体名称中。如王尧所指出的："在主流文学话语中，'作者'不再是'个人'的概念而是'阶级'的概念，各种写作小组和'三结合'创作组的出现，是'文革''重新组织文艺队伍'的具体化，也表明了'文革文学'的'作者'是'阶级'的代言人，'作者'的人格也即成为社会的人格和阶级的人格。"④ 因此"各种名目的'写作组'、'三结合创作组'因其'阶级性'和'政治性'具有毋庸置疑的话语权"，"'写作组'的产生是和'文革'重组作家（评

① 李行、王兴福、姚辉、黄成礼：《村史初探》，《浙江学刊》1964年第1期。
② 《更多更好地编写家史、村史、社史、厂史（社论）》，《前线》1963年第24期。
③ 吴南星：《谈写村史》，《前线》1963年第22期。
④ 王尧：《思想历程的转换与主流话语的生产》，《"思想事件"的修辞》，人民文学出版社2008年，第29—30页。

论家）队伍及开展'大批判'联系在一起的"。① 参与"写作组"的作者是匿名的、政治性的存在，也正因此，其政治上的权威性和影响力是无所不在不可比拟的，因为"写作组"传达、代言的不是个人的声音，而是一个完全接受和认同"文革"政治意识形态和阶级或路线话语的作为超级存在的崇高主体的宏大而神圣的声音。

"调查编写村史，应该发动广大青年参加，使青年们都能受到生动的阶级教育。调查编写村史，应该依靠贫农下中农青年，首先组织他们听自己父兄的回忆，写出自己的家史，在写出许多家史的基础上，再以他们为骨干有领导、有计划、分题目组织广大青年参加访贫问苦活动。"② 关于该书的写作过程和方式，"《灞河怒潮》编写组"在"后记"中写道："为了对广大青少年进行阶级教育和路线教育，我们在中共西安市郊区委员会和西安市郊区革命委员会的领导下，深入农村，深入群众，在接受贫下中农再教育的过程中，调查和收集了大量的阶级斗争史方面的材料，在这个基础上，写出了这本村史读物。"③ 在这里，可以看到"党委领导""工农兵业余作者""革命群众"和置身幕后的"专业编辑人员"的多方参与，及其在"三结合"模式中各自的位置、权利和功能。"党组织"的领导、深入农村实际"调查访问"的方式，对青年进行"阶级教育和路线教育"的目的、诉求，在《灞河怒潮》编写中有着充分体现。在村史编写者看来："加强青年的阶级教育，把青年培养成无产阶级革命的接班人，是党组织的一项重要任务。党的组织要加强具体领导。一方面要动员贫农下中农社员向青年讲今昔、讲家史；另一方面要给青年们出题目、提线索，指导青年去调查访问。共青团组织，应该在党组织的领导下，充分发挥积极作用，组织青年搞

---

① 王尧：《思想历程的转换与主流话语的生产》，《"思想事件"的修辞》，人民文学出版社 2008 年，第 31 页。

② 王庆功：《通过调查编写村史，向青年进行阶级教育》，《前线》1963 年第 24 期。

③ 《灞河怒潮》编写组：《后记》，《灞河怒潮》，陕西人民出版社 1975 年，第 182 页。

好这项教育活动"。^① 这一观点无疑更突出了"党组织"在村史编写中无所不在的"组织"和"领导"作用：对"贫下中农社员"的动员；给"青年"的"命题"和调查访问方法的指导；对"共青团组织"作用的强调；等等。"党组织"的权力功能贯穿在村史编写的完整过程中，渗透在从头至尾的每一个环节中。即便在村史调查过程中，也要突出地方党组织的领导中心地位："依靠农村支部，采取干部、专业队伍和群众三结合的方法，系统地深入地反复向群众进行调查研究。"^② 1973 年开始，时年未满三十周岁的陈忠实参与编写《灞河怒潮》，此时他刚于该年春担任毛西公社革委会副主任，成为国家正式干部，其在编写组中的身份既是"党组织"的代表，又属于"青年"范畴的编写者，既熟悉党的方针政策，又有创作经验，属于又红又专、"三过硬"的村史编写人员。编写过程要贯彻群众路线，"村史编写工作，虽然只是少数人执笔，但也必须和群众商量，材料要经过群众鉴别。对当地群众的教育效果，是检验村史写得好坏的一个重要标准。在编写村史的过程中和村史编好以后，要反复向群众讲村史，请群众讨论村史，以便检验村史，充实与修改村史。"^③ 编写过程既是一个向群众学习和改造自己，"接受贫下中农再教育的过程"，也是一个帮助农民接受阶级斗争和路线斗争教育，推动阶级斗争、生产斗争和科学实验之间的必然联系，推动三大革命运动发展的过程。

事实上，"文革"时期的"集体创作"形式颇为多样，既有报告文学、史传文学、革命回忆录、学术著作及工厂史、公社史、部队史，又有通讯报告、话剧、短篇小说等，俨然又回到了古典时代文史哲不分家、纪实与虚构不分家的状态。"集体写作"的写作方式，也不拘一格，或共同构思、共同执笔，或共同构思、一人执

---

① 王庆功：《通过调查编写村史，向青年进行阶级教育》，《前线》1963 年第 24 期。

② 李行、王兴福、姚辉、黄成礼：《村史初探》，《浙江学刊》1964 年第 1 期。

③ 同上。

笔，或工农群众口述、文艺工作者笔录。作品经过多人修改、润饰，在保证政治正确性的基础上，也讲究"文学性""艺术性"。

村史编写既名之为"史"，自然"不能离开真人真事进行虚构。史书的文艺性要服从它的科学性"，同时"写史要注意写作的文艺性。典型要突出，形象要鲜明，叙述要生动，文字要简洁。只有这样的史，群众才爱听爱读，才能更好地发挥它的教育作用"[①]。同时，《灞河怒潮》不仅追求"史"的真实性、"科学性"，也强调叙事的"文学性"和"艺术性"。它整体上采用了中国传统的章回体小说的篇目、结构，属于为中国老百姓所熟悉和喜欢的艺术表达形式，语言简练、概括、形象、通俗易懂。书中配有木刻插图、照片，在增强形象性、可读性的同时，也进一步强化了作为叙述内容的"真人真事"的真实性和可信性。如"尾声"部分配有一张黑白照片，照片下方有文字说明："这是车丈沟大队党支部书记李继昌正在向青年们控诉和揭露张家地主的罪恶。'在这些残酷的刑具上，不知染了我们贫下中农的多少鲜血！'"[②] 在工农群众中开展工厂史、公社史和村史写作，除了进行阶级斗争和路线斗争的意识形态教育，还有一个重要的目的是培养工农业余写作者，锻炼其写作能力，提高其写作水平，建立一支庞大的又红又专的工农写作队伍，繁荣社会主义文艺事业，占领无产阶级文艺舞台，掌握社会主义文化领导权。"由于他们是历史的创造者，是伟大的社会主义的建设者，他们对生活有更深的感受，所以当他们一旦掌握了写作的基本能力，就有可能写出具有浓郁的生活气息和饱满的政治热情的作品来。因为广大工农劳动群众，他们不仅在政治上翻了身，而且在文化上得到了解放，他们就会不仅在各个生产战线上表现了无比的创造力，而且在文艺写作上，也表现了出色的才能。"[③] 因此，如果仅

---

① 《更多更好地编写家史、村史、社史、厂史（社论）》，《前线》1963 年第 24 期。

② 《灞河怒潮》编写组：《灞河怒潮》，陕西人民出版社 1975 年，第 175 页。

③ 中国作家协会武汉分会：《发动群众，大写工厂史、公社史——湖北省编写工厂史、公社史的体会》，《文学评论》1960 年第 4 期。

仅从政治教育和阶级历史书写的角度看待"村史"写作，或者仅仅以"新时期"文学观念和标准为依据，彻底否定其"文学性""审美性"，显然低估了"三史"写作作为一种独特的"文艺形式"所承担的多重功能：再造文艺创作主体，重建社会主义文艺队伍乃至更为根本和重大的文化革命实践功能。

1965 年至 1966 年，随着阶级斗争的深入发展，专业作家的文学创作逐渐萎缩，同时兴起的是全国性的写"三史"、画"三史"即厂史、村史、家史的运动，以工农兵业余作者为创作主体、工农兵群众全员参与的新型文艺形式占据了文艺的中心舞台，并形成了工农兵文艺队伍和"三结合"创作方法。此时的"工农兵文艺"不同于此前的重要一点是创作主体由具有革命背景或延安背景的革命艺术家被广大工农兵群众和"业余作者"所替代，随之而兴起的"工农兵文艺"也以表现工农兵生产、生活和斗争，传达绝对权威政治话语的说唱性民间形式如小型歌舞、小戏剧、快板、顺口溜、民歌、故事等说唱艺术为主。

关于村史等"微观史"的写作，陈忠实尚有一事值得一提。早在十年前的 1965 年 1 月 28 日，也即社会主义教育运动开展的第二年，他就在《西安晚报》发表快板《一笔冤枉债——灞桥区毛西公社陈家坡陈广运家史片断》。这篇在"文革"爆发一年前写成的"家史"，运用了左翼文艺中习见的民族化大众化的艺术形式——"快板"写成。这是一种在"纯文学"视界中不登大雅之堂的民间艺术，但却是一种颇具感染力、影响力和传播效率的，为广大人民群众喜闻乐见的艺术形式，颇受工农大众的喜爱。可以说，这篇"家史"的写作是 1975 年村史《灞河怒潮》写作的"前奏"，从陈忠实这一微观个案中，可以窥见自 60 年代至 70 年代"四史"编写中从"家史"到"村史"演进的行迹。与村史乃至更大规模的历史书写相比，"家史的形式比村史有更大的灵活性，可以根据不同对象的不同经历确定其侧重面，避免千篇一律"①。即便是"村史"编写，形式也不同于既往史书、方志的严正、拘谨，而具有因地制宜的灵活性："村史的表现形式——体裁，应该根据百花齐放的方针，愿意怎样写就怎样写，怎样写方便就怎样写，不拘一格。可以写编年体，也可以写纪事本末体，可以写人物志，也可以写报告文学，也可以应用电影的'特写'镜头，对某一件事、某一个人的某次活动，在革命斗争中起了关键作用的作重点的突出的描写。"②事实上，在1958年掀起的写"三史"运动中，"史"的书写形式灵活多样、不拘一格。如武汉重型机床厂二车间就工厂史写作以"问答"形式通俗而直观地谈到"如何写"的问题时，就认为："形式可以随便，爱讲故事的写故事，爱说笑话的说笑话，爱说评书的说评书，爱写快板的写快板，诗歌小说也行"。③在上述提及的各种文艺样式中，陈忠实的创作就涉及了故事、快板和诗歌（快板诗）三种。

第三节 "故事"：一种独特的"文学样式"

"故事"作为一种新型"文艺形式"——"口头文学"被看作工农兵占领无产阶级文艺阵地的重要手段和有力武器。1964年，《人民文学》第4期开设"故事会"专栏，发表五篇故事。从栏目配发的《编者的话》中，可以看出"故事"的性质和特点。首先，强调"故事"的真实性和非虚构性，它们是来自现实生活的"真人真事"。"这里发表的五篇故事，都是我们现代中国社会生活中的真实

① 李行、王兴福、姚辉、黄成礼：《村史初探》，《浙江学刊》1964年第1期。

② 吴南星：《再谈编写村史》，《前线》1964年第2期。

③ 洪洋：《生产写作双丰收——武汉重型机床厂开展"工厂史"运动的初步经验》，《文艺报》1958年第22期。

故事，没有什么虚构"，"我们的生活本身就是这样的"①。其次，强调"故事"中人物的"新人"性质。"在毛泽东思想指导下，在社会主义革命和社会主义建设中，我们各条战线各个岗位上都不断锻炼出了许多史无前例的新人物——真正体现了时代精神的共产主义的人"②。因此"故事"中的每个"新人物"都是千千万万新人物的代表，也是"共产主义""时代精神"的代表。再次，"故事"多采用"一人一事"、以小见大的写法，一斑而窥全豹，"表现我们社会生活的主流的一个侧面"。同时，"故事"强调与当下生活相关的"及时性"和"纪实性"，认为："我们固然需要表现我们社会主义生活的大幅图画，写出我们的英雄人物全部性格来的作品；同时也需要及时反映生活中的好人好事，新人新事……"③ 最后，"故事"的"文学"性质得到突出，"这是一种轻捷灵便的文学样式，几乎可以说是人人可写或可讲"④。作为一种被提倡的新型"文学样式"，"故事"不同于小说戏剧等创作的难度，几乎人人可写或可讲，属于有感而发，"或亲身经历，或耳闻目睹，用不着像写小说戏剧那样费时，只要把憋不住想讲的事情讲出来——当然也要稍加选择，去其枝蔓，集中其主要的一点——这就成了"⑤。有研究者将这类故事称为"新故事"，认为："故事会被称为'文艺轻骑兵''新型口头文学'，是群众创作的'新的文艺形式'，'占领文化阵地的有力武器'。这种工农兵语言构成了绝对权威艺术时代的代表性文体。"⑥ 从这个意义上看，"故事"已不再是传统认知中小说文体的前世（原初）形态，也不同于赵树理的故事体"问题小说"。如果说，赵树理自己所谓的"通俗故事"在深层关联着古典小说（话

---

① 《编者的话》，《人民文学》1964 年第 4 期。

② 同上。

③ 同上。

④ 同上。

⑤ 同上。

⑥ 杨健：《中国知青文学史》，中国工人出版社 2002 年，第 68—69 页。

本与拟话本）、说书、民间故事和戏曲因素的话，那么作为威权时代艺术代表性文体的"故事"则更具"当代性"内涵，在表现形式与形态上更接近于特写、速写、通讯报告等具纪实性和即时性品格的文体。

陈忠实一生共创作两篇"故事"：《老班长》和《配合问题》①。《老班长》中故事的主体内容是老班长张志华的"家史"，从他与父亲从外县地主家逃到贺家川大地主贺老六家做长工，父亲惨死，到蓝田解放，揭发、批倒贺老六，土改中住进贺老六三合院，斗了整整二十年；到农业合作化高潮中，老班长拒绝地主诱惑收买；再到三年困难时期，翻出地主的"变天账"；一直到"文革"，已经担任大队党支部书记和革委会主任的老班长仍"站在阶级斗争的风口浪尖上，把贺老六踩在脚下，不管刘少奇一类骗子怎样散布'阶级斗争熄灭论'，也毫不放松"②。在这篇简短的故事结尾部分，出现三处关于刘少奇的文字。第二处是老班长通知采药队要开批判大会，以贺老六为活靶子，"批判刘少奇一类骗子散布的'阶级斗争熄灭论'"③，采药队员精神抖擞，斗志昂扬，踊跃参加。第三处，将贺老六把寄生物"作为自己重新复辟的风脉的象征"看作一个"深刻的讽刺"，进而与刘少奇联系起来，"而这个讽刺，对刘少奇一类骗子的叛徒嘴脸，该是一个多么深刻无情的揭露和批判！"④"刘少奇"一词如此高密度高频率地出现，并不是偶然的，它直接揭示了这篇写于1972年的"故事"与1972年中国政治形势之间紧密无间的关系。1972年，《人民日报》《红旗》《解放军报》发表元旦社论《团

---

① 《老班长》刊《工农兵文艺》1972年第7期。《配合问题》刊《西安日报》1972年8月27日，又刊《工农兵文艺》1972年第9—10期合刊。

② 陈忠实：《老班长》，《陈忠实集外集》，邢小利主编，白鹿书院、陈忠实文学馆2011年编印，第13页。

③ 同上。

④ 陈忠实：《老班长》，《陈忠实集外集》，邢小利主编，白鹿书院、陈忠实文学馆2011年编印，第14页。

结起来，争取更大的胜利》，社论指出："全党遵照毛主席的教导，通过看书学习、反骄破满、批修整风，把两个阶级、两条道路、两条路线的斗争推向深入，巩固和发展了无产阶级文化大革命的成果。广大干部，广大党员，特别是党的高级干部，认真读马、列的书，读毛主席的书，逐步形成了风气，提高了识别真假马克思主义的能力，进一步揭露和批判了刘少奇一类骗子里通外国，妄图改变党的路线和政策，改变社会主义制度的阴谋，全党、全军、全国人民更加紧密地团结在以毛主席为首的党中央周围。"[1] 尽管《人民文学》强调"故事"取材于当下生活，但同时也认为："这样的人物的精神品质，思想感情，怎样对待世界，怎样从事革命斗争——总之他的全部性格——会在他各方面生活中各样各式地表现出来。"[2] 并且表现"我们社会生活的主流的一个侧面"。尽管与传统意义上的文学相比，"故事"的门槛低，几乎人人可写可讲，但"自不消说，这人人，是指确在生活中的，或至少是不脱离生活的人人而且是在生活斗争中确有所感，有所爱憎，确能辨出事物之为新旧或好坏的人人"[3]。既然"故事"是一种"文学样式"，自然也需恪守文学戒律，也需作者能明辨新旧、好坏和是非，并投射自己的爱憎情感于相关事物上，而这种"有感而发"的情感并非完全个人化的，而是受着时代政治理念和好恶的制约。《配合问题》写"我"作为公社卫生院的医生，因柳林四小队江大山一直未来取药，决定送药上门，终于在修渠工地上见到了实为大队支部书记的江大山，原来他是因为忙于"大打农业翻身仗，艰苦奋斗、只争朝夕"[4] 而顾不上吃药。"工地上那战天斗地的情境，江书记手握钢钎的高大形象"

---

① 社论：《团结起来，争取更大的胜利》，《红旗》1972 年第 1 期。

② 《编者的话》，《人民文学》1964 年第 4 期。

③ 同上。

④ 陈忠实：《配合问题》，《陈忠实集外集》，邢小利主编，白鹿书院、陈忠实文学馆 2011 年编印，第 18 页。

让"我"反思自己"没有配合农业学大寨的形势","这哪里是我给江书记治病，明明是江书记给我治'病'，可不是么，表面上是个配合问题，实质上是个路线问题啊！"① 这个颇似鲁迅《一件小事》的结尾，二者的最大差异在于，一个是隔膜于底层人群的知识分子因"小事"的触发而引发的个体意义上的道德忏悔和灵魂自审，一个是"执行毛主席的革命卫生路线"的医生和"在农业学大寨运动中战天斗地的英雄们"之间因"误会""误解"而发生的"矛盾"。前者更具偶然性、个体性和知识分子气质，个体自审发生于"我"的内部，并不具有明确的社会指向性和思想扩张性，而后者具有充分的必然性、群体性和"革命""干部"的自我批评色彩。"我"代表的是"没有配合农业学大寨的形势"的"我们医务人员"，江大山书记代表的是"英雄的人民"："在这样英雄的人民面前，在这样扎扎实实的大跃进局面中，我们医务人员怎样想他们之所想，急他们之所急，跟上他们前进的步伐，配合好革命生产的大好形势，这才是我们根本职责！"② 在毛泽东的论述中，批评和自我批评构成双向和多向的思想政治话语互动机制，是实现党内民主和民主集中制的重要手段："有无认真的自我批评，也是我们和其他政党互相区别的显著的标志之一。我们曾经说过，房子是应该经常打扫的，不打扫就会积满了灰尘；脸是应该经常洗的，不洗也就会灰尘满面。我们同志的思想，我们党的工作，也会沾染灰尘的，也应该打扫和洗涤。……对于我们，经常地检讨工作，在检讨中推广民主作风，不惧怕批评和自我批评，实行'知无不言，言无不尽'，'言者无罪，闻者足戒'，'有则改之，无则加勉'这些中国人民的有益的格言，正是抵抗各种政治灰尘和政治微生物侵蚀我们同志的思想和

---

① 陈忠实：《配合问题》，《陈忠实集外集》，邢小利主编，白鹿书院、陈忠实文学馆2011年编印，第19页。

② 陈忠实：《配合问题》，《陈忠实集外集》，邢小利主编，白鹿书院、陈忠实文学馆2011年编印，第18页。

我们党的肌体的唯一有效的方法。"① 自我批评与传统道德意义上的"修身"有根本不同，它有着鲜明直接的政党政治导向性和目的性，是服务于中共宏大政治战略规划的重要的有机环节，因此《配合问题》中"我"的自我批评就与"路线问题"直接联系起来，"英雄们"的"每一分钟，都和粮食产量过'长江'，和支援世界革命切切相关着"②。从这个意义上讲，《配合问题》中的"自我批评"因明确的社会政治指向性和思想观念扩张性而与《一件小事》从根本上区别开来。它所反映的也不是人物的个人性格，而是有着本质性规定的"精神品质""全部性格"和"我们社会生活的主流的一个侧面"。

从本质上讲，"故事"是主流话语的一种大众化通俗化的简便快捷的生产方式。这一点在陈忠实的散文《青春红似火》③中有症候性的表现。这篇记人记事的散文，分为三部分，实际上是三篇到灞河平原插队落户的知青"故事"。第一部分"巨变"写出身干部家庭、到灞河边上小山村落户的知青小杨，从一个"娇憨的城市青年"、一个"耍娃娃"，成长为一个"粗壮结实的北方农民"，一个"深受群众爱戴的革命接班人"的故事，"我"认为使小杨的"青春焕发出如此的活力"的原因，是"日光风雪，雕塑了他的外形，是贫下中农的乳汁、意志和精神，培育和造就了这一代青年的灵魂，使他变得如此的纯洁和健美！"第三部分"广阔的天地"则是整篇散文的"点睛之作"。知青程万里刚落户时，热爱司机的工作，"想着先钻研好汽车技术，将来给公社开汽车"，但在党支书和社员们的帮助下，"摆正了奋斗和理想的关系""理想与需要的关系"，到大队机械小组当技术员，钻研机械知识，"能修电动机，还缠绕了

① 毛泽东：《论联合政府》，《毛泽东选集》第三卷，人民出版社 1991 年 6 月第 2 版，第 1096 页。

② 陈忠实：《配合问题》，《陈忠实集外集》，邢小利主编，白鹿书院、陈忠实文学馆 2011 年编印，第 19 页。

③ 陈忠实：《青春红似火》，原刊 1973 年 5 月 6 日《西安日报》。

两个马达"。他对"我"做自我反思和批评："我来的时候，把事情弄颠倒咧！想的不是革命的需要，而是自己的理想，现在颠倒过来哩，应该是革命工作选择我自己。作个螺丝钉，哪里需要，就拧在哪里；拧紧，永不松口。"尽管"我"再次见到小程时，他开着一部火红的拖拉机，但出于"革命的需要"，"他仍然当他的机械技术员"。与小杨和小程的故事相比，最有意味的是"故事员的故事"部分。这个"故事"的主人公是一个出身于艺术之家、到郭村落户，被聘为"大队故事员"的刘莉。这同样是一个知青"成长"的故事。不同之处在于这是一个关于"故事（员）"的故事。它让我们看到了"故事"的"文艺轻骑兵"性质和"占领文化阵地的有力武器"功能。这个故事主体是刘莉的成长，其中包括贫农郭志兴遭受恶霸地主张三冒苛榨的故事和郭志兴帮助刘莉"忆苦思甜"，启发和帮助刘莉"成长"的故事。可见，陈忠实这个篇幅简短的故事中，包含了贫农郭志兴的"家史"（通过郭自己在阶级教育展览馆的讲述）、郭村的"村史"（以展览馆为聚焦展开的阶级斗争史）和"知青"的"贫下中农再教育"的"成长史"三个叙述内容和叙述模式。值得注意的是刘莉的成长故事。开始时，无论从口齿的伶俐或情感表达上，刘莉均表现出出色的讲故事能力，但"她讲故事，喜剧情节的故事特别拿手，而那些悲苦的情节往往倒不感人"，她也常为"演不好忆苦的情节而苦恼"。她真正讲好故事来自"再教育"组长郭志兴"犒劳"她的一顿苜蓿糊汤和麸子疙瘩这些"粗粮和刺激性食物"及组长本人悲苦的过去。难以下咽的食物和凄惨的历史，从生理和心理、肉体和精神两方面双管齐下，建立起刘莉的"历史感"和"解放前／解放后"的情感与认知结构，由此开始，刘莉的表演才能，才超越了个人层面而进入历史—现实—将来的宏阔时空中，个人才真正成为历史和现实政治话语的代言人，立下誓言："我扎根洪山脚不歪、头不昏，刘少奇一类骗子骗不过，香风迷雾不迷路……"在获得历史和现实代言人身份和位置之后，个人

（刘莉）才能"编"故事，讲述关于阶级和人民的故事（以郭志兴的身世为基础的阶级斗争故事）和"自己"融入历史的故事（"故事员刘莉本身的故事"，如加入中国共产党、当团支部副书记等）。因此，"故事"在文学性上虽不及小说，但自有其鲜活生动、曲折动人的艺术效果和着眼于"真人真事"的现场感与真实感。据统计，1966 年，上海市委搞革命故事会串，编辑、出版和发行故事丛刊达五百万册。上海郊区十个县有一万七千多人的故事员队伍，三千个生产队、近一百个乡镇有革命故事活动。[1]"革命"与"故事"关联之密切，由此可见一斑。"故事员的故事"的"革命性"，一在响应领袖和时代政治号召，"毛主席指出的道理是青年成长的唯一正确的道路"，"彻底揭穿刘少奇一类骗子对革命大好形势的污蔑"等；二在阶级斗争意识和历史的启发与铭记，"她们的成长，也少不了郭志兴老人给予的那种特殊的营养"。

通常认为，小说尤其是长篇小说是最为有效的建构"想象的共同体"的形式，我们无须否认小说作为典型的叙事文体的话语组织功能——叙事既是讲故事又不仅仅停留于讲故事。1964 年由《人民文学》首创的"故事会"栏目和发表的五篇故事，以极强的导向性掀起了全国范围的"讲故事""写故事"的热潮，"故事"以更为群众化大众化的简洁形式，起到了小说等传统叙事文学所承担的政治化、政策化和历史化功能，力求实现"大众化与艺术化"的统一，体现出工农群众业余创作的典型特征，基于此，在其首倡者看来，"故事"并不是一种通俗的民间艺术，而是"文学"或一种注重"真人真事"的"文学样式"。陈忠实为数不多的"革命故事"，唯有放在这样的政治、历史情境和文学情境之中，才能得到更为深层的理解和阐释，也只有这样，才能理解为何陈忠实的短篇小说大都会有一个长篇小说的架构，才能理解为何在 20 世纪 70 年代末至 80

---

①　参见中国作家协会、戏剧家协会、曲艺工作者协会编《新人新作选》，人民出版社 1965 年。

年代中期，当大多数作家"转型"成功时，陈忠实却困窘于转型的"难度"。对于走向"真正的文学"的陈忠实来说，他所面对的这些困惑或困难，或许与"故事"有着或近或远的关系，更进一步说，"故事"未尝不是一个进入"陈忠实困惑"的富有启示性的视角。

第四章　文类重构与文学的当代形态

第一节　文类秩序的重构与文体杂糅

从文类体裁上看，陈忠实的《春夜》^① 既可以归为小说，也可以归入散文或特写范畴。不只这篇存在文体上的"含混性"，其他如《老班长》既被看作小说，也被视为散文；《春夜》有人认为是散文或特写，有人认为是故事，也有人认为是短篇小说。《迎春曲》或被看作散文，或被视为特写。这种文类的混杂性并不是偶然现象，这种情况同样出现于对陕西作家杜鹏程的《夜走灵官峡》的文体认识上，就有通讯体小说、短篇小说等不同的说法，类似的情况也存在于赵树理创作中，其《实干家潘永福》在《人民文学》1961 年第 4 期发表时标注为"传记"，但在后来的研究中却往往被目为"小说"。而赵树理的小说《小二黑结婚》《李家庄的变迁》等被其本人称为"通俗故事"，但周扬却认为："他意识地将他的这些作品通叫做'通俗故事'。当然，这些绝不是普通的通俗故事，而是真正的艺术品，它们把艺术性和大众性相当高度地结合起来了。"^② "百花文学"中，李国文的《改选》、白危的《被围困的农庄主席》、耿简（柳溪）的《爬在旗杆上的人》和陈忠实

---

①　陈忠实：《春夜》，《西安晚报》1966 年 3 月 25 日。
②　周扬：《论赵树理的创作》，《赵树理研究专集》，福建人民出版社 1981 年，第 190 页。

所敬重的陕西前辈作家王汶石的《风雪之夜》等，最初在《人民文学》1956 年第 3 期发表时，是放在"在社会主义革命的高潮中（特写、散文特辑）栏目"的头条，也即在当时是被看作"特写"，而在 1979 年《人民文学》编辑部编选短篇小说集时，却将其选入其中[1]，此后《风雪之夜》也一直被认为是"小说"而非特写。

为何 50 年代至 70 年代中国文学中会出现这种文体和文类的杂糅状态？原因比较复杂，概括起来说主要有两方面的原因。

首先，这说明，前三十年中国文学，一方面，要反映社会主义革命和建设，需要叙事与描写，这形成其写实性、纪实性和及时性甚至即时性特征，于是文体上具有了通讯、特写、报道、报告、速写等因素；另一方面，要抒发斗争、革命和建设热情、激情与豪情，这使其具有了程度不同的抒情性特征。尤其是在反映农田水利基本建设和大中型工业建设时，普通意义上的文类界限不再那么清晰，（短篇）小说、（抒情）散文、抒情诗与通讯、特写、报告文学之间，乃至文学与曲艺、快板等民间说唱艺术相融合。

其次，在更深层显示着新中国对文学发展的历史方向、美学品质、艺术形态和未来发展的总体规划与设计。这一点早在 1949 年至 1950 年编辑出版的两套丛书"中国人民文艺丛书"和"新文学选集"中就得以突出体现。由周扬主持编辑的"中国人民文艺丛书"，奠定了新中国未来的文艺秩序和文化秩序。丛书的编辑方针指出："这是解放区近年来文艺作品的选集，这是实践了毛泽东文艺方向的结果。本丛书选编解放区历年来，特别是一九四一年延安文艺座谈会以来各种优秀的与比较好的文艺作品，给广大读者与一切关心新中国文艺前途的人们以阅读和研究的方便。"[2] 该丛书收集作品二百余篇，1949 年推出五十四种，1950 年新编选十种，修订重印十

---

[1] 参见《人民文学》编辑部编《短篇小说选（1949—1979）》第 2 卷，人民文学出版社 1979 年。

[2] 丛书编辑部：《〈中国人民文艺丛书〉编辑方针》，洪子诚主编：《中国当代文学史·史料选：1945—1999》（上），长江文艺出版社 2002 年，第 184 页。

种，经作者校阅重印十三种。不计重印者，两年共编选六十四种。在这六十四种中，有专集、合集、选集，有作家创作、工农兵集体创作，后者有五十余篇。入选的戏剧种类最多，有二十五种，包括秧歌剧、新歌剧、新秦腔、评剧（新京剧）、话剧，如王大化等的《兄妹开荒》、周宗华等的《王克勤班》、王雪波等的《宝山参军》、群众秧歌队的《货郎担》、周而复等的《牛永贵挂彩》、贺敬之等的《白毛女》、傅铎的《王秀鸾》、杜烽的《李国瑞》、魏风等的《刘胡兰》、马健翎的《血泪仇》《穷人恨》、评剧研究院的《逼上梁山》《三打祝家庄》等；其次是小说，有十六种，如赵树理的《李有才板话》《李家庄的变迁》、丁玲的《太阳照在桑干河上》、刘白羽等的《无敌三勇士》、王力等的《晴天》、邵子南等的《地雷阵》、孔厥等的《一个女人翻身的故事》等；再次是通讯报告和诗歌，各七种，前者如周而复等的《诺尔曼·白求恩片段》、刘白羽的《光明照耀着沈阳》、华山的《英雄的十月》、郑笃等的《英雄沟》、丁奋等的《没有弦的炸弹》、周元青等的《解救》和韩希梁等的《飞兵自沂蒙山上》；还有说书词两种，韩起祥的《刘巧团圆》和王尊三等的《晋察冀的小姑娘》。这套丛书突出的是解放区文学与毛泽东文艺思想的密切关系，是周扬第一次文代会报告《新的人民的文艺》思想的直接表达。它们是"真正新的人民的文艺"，标志着"文艺已成为教育群众、教育干部的有效工具之一"。从创作主体身份看，在1949年的首次编选和出版中，"中国人民文艺丛书"中集体创作和出版，以二十八种超过了作家个人署名的二十六种；从形式和体裁上看，数量最多、分量最大、最引人注目的是戏剧尤其是大众化民族化更为突出的戏剧形式，如新秧歌剧、新歌剧、新秦腔、评剧（新京剧），占有更大的分量，1949年出版通讯报告达七种之多，超过了诗歌的五种，更有意味的是"说书词"这一新的文艺形式首次在这套丛书中出现，并有两种之多。据陆定一说，毛泽东《在延安文艺座谈会上的讲话》推动了新型文艺形式的出现，按照普及程度，这些文艺形式包括：（1）民间舞蹈和民间戏曲；（2）"民族"风格的木刻；（3）传统说书风格的小说和故事；（4）模仿民间歌谣和习语的诗歌。"延安文学实践最明显的特点是当地民间形式和习语的实验"，"它们全都包含民间的成分，而且显然直接或者间接地投合民众'视听'感觉之所好"[1]。"中国人民文艺丛书"在创作主体和创作对象上，体现出工农兵、群众性集体性质；在创作内容上，以中国共产党领导下工农兵的民族解放战争、阶级解放斗争和解放区人民生产斗争生活为主；在文艺功能上突出"教育群众、教育干部"的政治功利性；在文艺形式、语言、文类文体等方面，则以大众化、群众性、民族化、通俗化为主导形式和方向，民间文化、民间艺术尤其戏曲、歌谣、快板、故事等被赋予了更具优势的正统地位。而这种新型艺术形式的正统性，同时也会渗透到小说、散文、诗歌等"传统"的文学形式中，造成文体形式的杂糅现象。

这可以说是"当代文学"之异于"现代文学"的当代性的重要表现，也标志着从"五四"以来的批判性的现实主义向革命现实主义的发展和转换，后者开始取代前者成为"当代文学"的主导创作手法和创作原则，并建立了自己的理论体系（社会主义现实主义、"两结合"等），形成了自己相对独立的政治化美学原则以及相关的题材、形式、体裁、手法乃至语言等。文艺与政治的关系空前密切，政治对文艺的全面渗透不仅体现在主题、题材、人物等方面，也体现在对形式、体裁、修辞、语言的全方位改造上。各种新的文学艺术样式，以工农大众的名义，冠以大众化民族化崇高目标而被给予了当代性的分类，并被抬高到与"现代"范畴的小说、散文、诗歌、戏剧等文体平等并列的地位，促进了精英样式与通俗样式、文学与艺术尤其是曲艺之间的对话。这在某种意义上是对传统文学空间的拓展和延伸，促生了一个"多元""丰富"的"文艺空

---

[1] 费正清、费维恺编：《剑桥中华民国史 1912—1949》（下卷），中国社会科学出版社 1998 年，第 550 页。

间"。但同时也应注意到这一"多元""文艺空间"却在深层受着主导政治话语的规约：除了显层的政治政策话语对文艺的组织、干预和渗透，"民间性""民族性""群众性"和"工农化"文体文类在"人民文艺"秩序构造中，实质上被赋予了更正统、更高阶政治文化内涵。这不仅体现在上述"中国人民文艺丛书"中集体性创作和秧歌剧、新歌剧、新秦腔、评剧（新京剧）及通讯报告等文艺形式，得到了空前推重，也体现于"中国人民文艺丛书"和茅盾主编的"新文学选集"两套丛书的编辑出版。关于"新文学选集"的编辑出版目的，丛书的《编辑凡例》中指出："这套丛书既然打算依据中国新文学的历史的发展的过程，选辑'五四'以来具有时代意义的作品，换言之，亦即以便青年读者得以最经济的时间和精力获得新文学发展的初步的基本的知识。"[1] 这套丛书是以向青年普及新文学基础知识，了解"新文学的历史的发展的过程"为目的，而"新文学的历史的发展的过程"即"新文学的历史就是批判的现实主义和革命的现实主义的发展过程"[2]。在关于出版目的的表述中，有两点需要注意，其一，关于新文学历史的表述，体现出"当代文学""人民文艺"对"新文学"和"现实主义"的话语重构和重释，"新文学""现实主义"必须接受"当代性"的修订方能"再版"。其二，两套丛书的出版目的也有差异。"中国人民文艺丛书""给广大读者与一切关心新中国文艺前途的人们以阅读和研究的方便"[3]的编辑方针，显然不同于"新文学选集"面向青年普及知识的出版目的。新文学从"批判的现实主义"到"革命的现实主义"的发展历程，昭示了新文学的趋势和走向，也决定了新中国文学必然

---

[1] 《编辑凡例》，《新文学选集·鲁彦选集》，开明书店 1951 年 7 月初版，1952 年 1 月二版。

[2] 同上。

[3] 丛书编辑部：《〈中国人民文艺丛书〉编辑方针》，洪子诚主编：《中国当代文学史·史料选：1945—1999》（上），长江文艺出版社 2002 年，第 184 页。

以"革命的现实主义"为基础，遵循其规律，开创人民共和国文学的未来历史场景。"五四"开启的知识分子文学传统被《讲话》开创的以工农兵大众为服务对象、书写对象和写作主体的民间文艺传统所替代，快板、通俗故事、戏曲、民歌、民谣、顺口溜、打油诗等民间说唱和曲艺类艺术样式和新闻、报道、特写、速写、报告文学、通讯报告等纪实性即时性文体，大量渗入传统文学题材。即便是"小说"也强调"将自己化身为艺人，面向大众说话"①。因此，致力于以大众化民族化的文化品格建构社会主义新文化，掌控社会主义文化领导权的50年代至70年代的中国文艺中，创生出一种与"五四"新文学诞生以来的文学形态截然不同的、"文学"文体与"曲艺"文体杂糅、虚构性与纪实性相间的文体，绝非偶然。

作为发表各种文学体裁创作的最高级别刊物，中国作协主办的《人民文学》无疑有着突出的政治政策导向性和文体、美学上的指导性、示范性和引导性。下面我们以1958年第6期《人民文学》为例，来分析当代文学生产中的"文体杂糅"现象。

1958年5月16日《人民日报》刊发了一篇题为《争取一两年内，小麦亩产千斤》的文章，《人民文学》1958年第6期转载此文并改题为《思想大解放，生产翻一番》。文章作者是湖北省谷城县第一书记沈汉民。按照通常的文学标准来看，此文并非文学作品或评论文字，而是属于兼有通讯报道的纪实性和时政言论的舆论导向性的文章，和文艺并没有直接关系。对于为何转载这样一篇文章，编者解释道："这期刊物上的第一篇文章，是为着表明我们这样一种看法：有些文章，看来不符合任何文学体裁的'规格'，但是却有着结实的生活内容和强烈的感人力量，我们未尝不可以把它看成是最有力的文学作品。我们希望这样的文章能够经常在本刊上出现。"②在

---

① 孙楷第：《中国短篇白话小说的发展和艺术上的特点》，《文艺报》1951年5月第4卷第3期。

② 《编者的话》，《人民文学》1958年第6期。

《人民文学》的编者看来，"结实的生活内容"和"强烈的感人力量"这两点构成了"最有力量的文学作品"的重要因素。具体到这篇文章来看，这两点是密切相关的。所谓"结实的生活内容"在文中主要是其原标题中的"一两年"和"亩产千斤"，文章用数字说话，用对比的方式，写小麦增产增收；用两个合作社进行竞赛的典型"故事"，写社员们的科学实验、技术革新，中间穿插着必不可少的"辩论""带头干"等"党的领导""领导和群众结合""走群众路线"等关键环节，突出"党的领导力量是无穷无尽的，人民群众的集体智慧和集体力量是无穷无尽的，社会主义—共产主义制度的优越性是无穷无尽的，因而，农业生产发展的前途也是不可限量的"[①] 的主题。此文有着明显的"大跃进"背景，是配合"大跃进"形势，执行此年 5 月中国共产党八大二次会议根据毛泽东创意所提出的"鼓足干劲、力争上游、多快好省地建设社会主义"总路线和刘少奇对总路线精神的解释的产物，因此文章最后提出："在全县范围内展开一个更加深入、更加广泛的比先进、学先进、赶先进的群众运动，在全民整风高潮的基础上掀起群众性的技术革命、文化革命高潮，进一步地推进农业生产大跃进。"[②] 结合该文本内容，从《人民文学》转载时对标题进行的修改来看，原标题更有"结实的生活"和生产色彩，修改后的标题"超越"了生活的具体性，更具"文学"色彩，编者所言"强烈的感人力量"主要来自作品中洋溢的广大人民群众为改变经济文化状况的强烈愿望以及为此而进行的技术革命和文化革命热情，这种热情为"大跃进""总路线"所催动并表现为普遍的群众运动形式，体现着人定胜天、征服自然的主观能动性和浪漫主义激情。

值得注意的是，这篇"最有力量的文学作品"里，有两首"顺口溜"。开篇一首出自一位有生产经验但"满脑袋保守思想"的老

---

① 沈汉民：《思想大解放，生产翻一番》，《人民文学》1958 年第 6 期。
② 同上。

农之口，他一开始不相信亩产千斤的"神话"，但经过事实教育后改变了自己的保守思想，并做"顺口溜"现身说法揭示自己思想转变的过程，歌颂"共产党的领导好""合作社的办法多"。另一首同样出自一位凭历史经验办事的"生产的'老把式'"之口，他同样经过事实的教育改变了思想。作为一种民间口头韵文，"顺口溜"纯用口语，句式参差灵活，朗朗上口，幽默诙谐，生动活泼。这篇作品里的"顺口溜"不仅如此，且以鲜活、淳朴的民间艺术形式，传达了"民间"——"农民群众"的心声和对"总路线"的积极认同，帮助作品较好地达到了配合政治任务做好舆论宣传工作的目的。在增强作品的"文学性"、突出作品的"政治性""现实性""群众性"方面，"顺口溜"可谓"有意味的形式"。进一步看，"顺口溜"这一民间艺术形式在叙事文本中的出现，并非可有可无的，它以"有机的形式"深度介入叙事，建构了一种"跨界性"文本，正如《思想大解放，生产翻一番》本身就是一篇文体形式模糊的"跨界性"文本一样。

这种"跨界性"写作，同样出现在作家身上。在同期《人民文学》杂志上刊载了诗人郭小川的三篇小说《夜访》《争吵以后》《第一百张大字报》，"郭小川同志是一位诗人，现在却也同时拿起了短篇小说这一文学武器"，并被编者特别认为："这是我们文学界在大跃进中出现的一种可喜的现象。"[①]

响应毛泽东对新民歌运动的倡导，同期《人民文学》刊发了一组廿二十七首"新山歌"，如冯一搜集整理的《湖北民歌（四首）》、署名"农民岑韶明"的《绿水笑着过山坡》、欧来贵的《勤俭办社一条心》、陈震的《红安永远留红名》、落款"安徽肥西"的《想娘》、落款"宿县"的《快马加鞭赶上去》、署名"农民郭垂达"的《松枝点火红又红》、田毅搜集的《麦苗随着歌声长》等等。这些"新山歌"皆为工农群众业余创作的颂歌，涉及大炼钢铁、技术

---

① 《编者的话》，《人民文学》1958 年第 6 期。

革命、增产增收等内容，抒发"劳动生产大跃进，一步跨过九重天"①的豪情和"歌到河旁河改向，歌到高山高山倒"②的壮志，是"跃进歌儿不离口，社会主义不离心"③。陈忠实的处女作诗歌《钢、粮颂》和1965年发表的《巧手把春造》即属在内容、形式、构思、理念和激情表达上与此相类的"新山歌"或"新民歌"，包括其带有"顺口溜"性质的快板（诗）《一笔冤枉债——灞桥区毛西公社陈家坡贫农陈广运家史片断》，尽管"文革"结束后，陈忠实并不将其视为"文学"，但在当时确是主流文学所认可、倡导和高度评价的"文学"。

50年代中期以后，当代文艺生产中的"跨界"现象和"文类混杂"现象的涌现，既有40年代延安文艺传统的传承和1940年"中国人民文艺丛书"所发挥的"正典"功能，也有50年代中期以后，政治政策对文艺生产愈益迫切的要求。在特写、散文方面，《人民文学》1953年第10期刊文，提倡"'特写'这种文学样式"，文章谈到列宁、高尔基重视"特写"文体，且以爱伦堡、波列伏依、西蒙诺夫等"是以写作迅速反映现实斗争的特写、政论作品而闻名的，但他们同时又是出色的小说家或诗人"④。《人民文学》1955年第1期开始设"散文·特写"栏目，编者在第2期强调："为了能够做到迅速及时反映这些生活和斗争，除了小说、诗歌、剧本等形式，我们打算多刊载一些短小精悍、生动活泼的特写、通讯、报告、随笔等散文形式。"⑤ 在发表《思想大解放，生产翻一番》时编者提出："我们希望这样的文章能够经常在本刊上出现，希望各种实际工作岗位上的同志们协助我们，经常撰写这样的文章寄给我刊

---

① 田毅整理：《一步跨过九重天》，《人民文学》1958年第6期。
② 曾莺搜集：《歌到高山高山倒》，《人民文学》1958年第6期。
③ 邓欢：《社会主义不离心》，《人民文学》1958年第6期。
④ 龙国炳：《我们欢迎特写》，《人民文学》1953年第10期。
⑤ 编者：《致读者》，《人民文学》1955年第2期。

发表。"① 在刊出二十七首"新山歌"的同时，编者表示"今后我们打算经常地从各地报刊和来稿中选拔优秀的民歌在本刊发表，并且打算刊登一些论述民歌问题的文章。"② 同时，"大跃进"等一系列激进运动所造成的打破保守观念和传统思想认识的时代政治和文化氛围，也催生出革新文风、打破既有文体文类界限的强烈诉求。这一点我们同样可以在刊发于《人民文学》1958 年第 6 期上的张春桥的两篇文章《"决心大变"颂》和《论"不落常套"》中看到。前文以齐白石五十七岁"决心大变""艺术生活开始了大跃进"谈起，号召青年文艺工作者"决心大变"，做"兴无灭资"斗争的闯将，在党的领导下，在"总路线"指导下，"不是慢慢地变，而是鼓足干劲，力争上游，多快好省地变"，"为了扫清文坛上资产阶级思想影响，让我们'决心大变'，苦战几年，根本改变文艺界的面貌吧！"③ 后文提倡"大胆地创造新的文风"，"有了共产主义的思想，才能创作'不落常套'的新山歌，新民谣"。"如果真要'不落常套'，那就应当从资产阶级思想的束缚中解放出来，从形而上学的束缚中解放出来"。"文艺工作者成批地到工农兵中间去，走上社会主义的梁山，这才是造成新文风的保证。"张文明确地将"文风"与"工农兵"和"社会主义"联系起来，将"文体"（新山歌、新民谣）与"共产主义思想"联系起来，延续和阐述了毛泽东《改造我们的学习》的思路和观点，体现着革命文艺对此问题的普遍性认识。这是造成 50 年代以后新的文艺样式、体裁层出不穷、令人眼花缭乱的根本原因，也是造成"文体杂糅"、难以辨识的深层动因。文体、形式从来不是单纯的艺术问题，它是政治、思想、观念的内在转折和斗争的产物，它既承载着也体现着政治、思想和观念。

文体即意识形态，意识形态的变动性、建构性决定了文体的建

---

① 《编者的话》，《人民文学》1958 年第 6 期。

② 同上。

③ 张春桥：《"决心大变"颂》，《人民文学》1958 年第 6 期。

构性和不稳定性。这点恰好与马克思主义理论批评家伊格尔顿的判断相符合，他认为："文学形式的重大发展产生于意识形态发生重大变化的时候。它们体现感知社会现实的新方式以及艺术家与读者之间的新关系。"① 从文体发展和建构的角度看，"人民文艺"强调为政治服务、为工农兵服务，并不像通常理解的那么简单。就"文艺为政治服务"来看，文艺不仅要紧跟形势发展，响应党和政府的号召，传达和阐述政治政策观念，配合临时性政治任务，强调重大题材，关注重大政治事件和国内外形势等，也直接表现为高估抽象的意识形态符号对艺术虚构文本的硬性介入，从而以全知全能的叙述声音干预情节的发展，人物的心理活动和性格塑造和个性化语言的形成，这种怪异的文体作为"公式化概念化"而饱受批评，最典型者为"样板小说"，如《虹南作战史》《艳阳天》等。这些可谓政治文本、社论文体或语录体对小说叙述的深度介入。更为奇异和暧昧的是，其他文学艺术体裁对小说文体的介入和改造。张永枚的《西沙之战》，从形式和内容上看，可以说是一首纪实性的叙事长诗，却被冠以"诗报告"这一空前绝后的文体形式。这首"诗报告"还被纳入与"样板戏"的联系中阐述：《西沙之战》是一首壮丽的诗篇，是新诗创作中学习革命样板戏创作经验的成功范例。作者运用革命的现实主义和革命的浪漫主义相结合的创作方法，源于生活又高于生活，塑造了阿沙、钟海、李阿春等无产阶级英雄形象，字里行间都洋溢着昂扬的战斗激情。"② "诗""报告"与"样板戏"之间，抒情、叙事与象征之间，之所以发生文体和形式上的联系，根本原因在于"政治"："在今天，对我们无产阶级革命者来说，它必须表现无产阶级政治内容，密切配合当前的政治斗争，抒发革命人民的战斗心声。要做到这一点，它的形式必须根据内容的

---

① ［英］特里·伊格尔顿：《马克思主义与文学批评》，文宝译，人民文学出版社1986年，第28—29页。

② 任犊：《来自南海前线的战歌——读张永枚同志的诗报告〈西沙之战〉》，《人民日报》1974年4月17日。

需要而改革，随着内容的发展而发展。《西沙之战》在这方面做了很大的努力。它为了迅速地反映西沙之战这一重大题材，创造性地运用了'诗报告'这种体裁，采用叙事和抒情相结合的形式，从结构到语言都根据内容有不少创新，在诗歌为今天的无产阶级政治服务这个重大课题中，取得了可喜的成绩。"[①] 为全面深入地表现"无产阶级政治"，《西沙之战》以"三突出"原则塑造英雄人物，把政论体的议论、政治和军事事件的纪实性叙事、新闻报道的即时性追踪和夸张的抒情性修辞"杂糅"一处，以特殊的方式展示了文体、形式与政治（主题、内容）之间不可分割的有机关系。1974 年 6 月和 12 月，人民文学出版社出版的浩然的"两部互为连贯的中篇小说"《西沙儿女——正气篇》《西沙儿女——奇志篇》，也具有文体分类上的混杂性和不确定性。名为"中篇小说"，实际采用的是叙事诗的手法和形式，更有意味的是，初版本的内容提要，对主题、内容作了如下概括："《正气篇》以中国共产党领导下的南海人民抗日武装斗争为背景，通过对西沙人民为保卫西沙，同汉奸渔霸和日本侵略者进行英勇斗争的描写，集中塑造了程亮这一无产阶级英雄形象，歌颂了毛主席的革命路线。"继而写道："这些都是通过优美曲折的故事和散文诗式的语言表现出来的，热情洋溢，生动感人，是作者在艺术形式上的新的尝试。"[②] 在论者看来，这部将"故事""散文诗"和"中篇小说"等不同文体融为一体的作品，达到了无产阶级政治主题和崭新艺术形式的完美统一。无论张永枚的《西沙之战》还是浩然的《西沙儿女》，都通过对各种既有文体（传统文体或旧文体）的融合，体现出那个时代刻意构造一种"新文体"的热烈愿望。

事实上，在革命文艺倡导者看来，文体和形式从来不是孤立

---

① 任犊：《来自南海前线的战歌——读张永枚同志的诗报告〈西沙之战〉》，《人民日报》1974 年 4 月 17 日。

② 浩然：《西沙儿女——正气篇》，人民文学出版社 1974 年 6 月版。

的、可以从内容剥离出来的因素，他们从根本上反对"为艺术而艺术"的审美主义主张和专注于形式探索的"形式主义"。"文革"激进派在创作开创"文艺新纪元"的"革命样板戏"时，提出："无产阶级能否牢固地占领文艺阵地，关键在于创作出'革命的政治内容和尽可能完美的艺术形式的统一'的样板作品。"[①] 他们认为，"创作革命样板戏的核心问题是满腔热情、千方百计地塑造无产阶级英雄典型"。此谓"根本任务论"，姑且不论。他们强调的另一点是，"如何解决好京剧艺术形式的继承革新问题，是与塑造无产阶级英雄典型紧相关联的重大课题。……京剧思想内容的革命，必然要求对京剧艺术形式进行根本性的改造。这个问题解决得好，工农兵英雄人物形象就能牢固地占领京剧舞台；解决不好，帝王将相、才子佳人就会东山再起。……要让京剧的唱、做、念、打各种艺术手段都为塑造无产阶级英雄形象服务，就必须从生活出发，打破老腔老调，批判地吸收和改造其有用的东西，标社会主义之新，立无产阶级之异议。"[②] 不仅京剧等传统艺术样式如此，电影等现代艺术样式中的技巧、手法、镜头、色彩等也是不同政治和意识形态立场的搏斗"场所"。如初澜对安东尼奥尼电影《中国》的批判，初澜认为，安东尼奥尼等人为了达到其反华目的，不仅"使用种种狡猾伎俩，采取偷拍、追拍、突拍、强拍等卑劣手段"，"还在镜头、色彩、剪接、配音的处理上，大做学问。他采取长镜头和变焦距手法，以及不同的拍摄角度，一方面便于偷拍，同时改变被拍摄对象的形状，又用特写和近景镜头，突出他所谓的'缺陷'，达到丑化的目的。在色彩上，它采用了灰暗的基调，整个影片几乎没有一个明朗、干净的画面。尤其恶劣的是利用剪接和配音，肆意侮辱中国革命和中国人民"[③]。总之，在批判《中国》者看来，"它的每一个

---

① 初澜：《京剧革命十年》，《红旗》杂志 1974 年第 7 期。

② 同上。

③ 初澜：《从安东尼奥尼其人看反华影片〈中国〉》，《光明日报》1974 年 2 月 23 日。

镜头，每一个画面剪接和配音处理，都充满了帝国主义分子对中国革命和中国人民的极端仇视"①。其他文艺形式，如"新歌剧""新故事""新民歌""新山歌""新民谣""样板戏"等，都是以"无产阶级政治"改造旧形式旧文体，创造无产阶级新形式新文体的典型表现。

第二节 "散文""特写"还是"报告文学"：创造"新型文体"的困境

散文是陈忠实创作的一个重要文体，自 1965 年发表第一篇散文《夜过流沙沟》直至陈忠实去世，其散文创作数量远远超过小说。1998 年，在谈及自己的散文创作时，陈忠实说："关于散文，也是我很喜欢的一种文体。我的处女作发表的首先是散文，那是'文化大革命'前一年多时间的事了。而第一个短篇小说的写作和发表却是八年以后的事了。新时期文艺复兴以来，我以小说写作为主，其间也抽空写一些散文。"② 对于陈忠实来说，散文既是小说创作的准备和训练，是小说写作间隙里的一种心理和笔法上的自我调节，也是自我思想、情感、人格和心性的自然流露。

作为一种独特的现代文体，散文的特性和价值在于它能更直接显明地表现出作家的人格和个性。进入"现代"，文学上最大发现是"人"的发现，"自我"的发现。一个人的个性和人格，不仅在思想、道德上得到了充分的权利，更在文学中有了充分表现的机会和权利。尤其在散文这种见真见性、毫无隐饰可能的文类中，体现得更加直接和充分。因此，现代作家郁达夫曾指出："现代散文最

---

① 初澜：《从安东尼奥尼其人看反华影片〈中国〉》，《光明日报》1974 年 2 月 23 日。

② 陈忠实：《心灵独白》，《陈忠实文集》第 6 卷，人民文学出版社 2015 年，第 279 页。

大特征，是每一个作家的每一篇散文里所表现的个性，比以前的任何散文都要强。"又指出，这一点"可以说是中外一例"。而"个性"的内涵则是人性与人格的"两者合一性"①。作者的人格、个性如何，直接决定着散文的成功与否，所以对一个散文作者来说，首先应具有一个美好、高尚的人格。正如现代散文家梁遇春所指出的"小品文的妙处也全在于我们能够从一个具有美好的性格的作者眼睛里去看一看人生"②。自"五四"至 30 年代，林语堂对散文有着一以贯之的认识："文章者，个人之性灵之表现。性灵之为物，唯我知之，生我之父母不知，同床之吾妻亦不知。然文学之生命实寄托于此。故言性灵之文人必排古，因为学古不但可不必，实亦不可能。言性灵之文人，亦必排斥格套，因已寻到文学之命脉，意之所之，自成佳境，决不会为格套定律所拘束。"③林语堂不仅认为性灵就是个性，是自我，而且认为性灵是文学生命之寄托，抓住了性灵，文章就不为格套定律所拘，文体也随之获得了自由解放。所以，在他看来，性灵实乃文学之命脉，性灵是"足以启迪近代散文的源流"④。与林语堂一样，郁达夫也是极力推崇个性与自我的散文理论家和创作者。坚持个人本位，推崇个性，标志着现代散文的现代发生及其现代性内涵，这是与"五四"新文化运动同步的。周作人也坚持散文应以"自我"为中心，认为散文是一种属于"私论"的十分"个人化"的文体。其"言志"说，所指实为言"个人"之志。在他看来，"个人言志"的文学高于"集体载道"的文学。他进而论述："小品文是文学发达的极致，它的兴盛必须在王纲解

---

① 郁达夫：《〈中国新文学大系·散文二集〉导言》，鲁迅等：《1917—1927 中国新文学大系导言集》，刘运峰编，天津人民出版社 2009 年，第 132 页。

② 梁遇春：《〈小品文选〉序》，俞元桂主编：《中国现代散文理论》，广西人民出版社 1984 年，第 27 页。

③ 林语堂：《论文》，俞元桂主编：《中国现代散文理论》，广西人民出版社 1984 年，第 64 页。

④ 同上。

纽的时代……小品文则在个人的文学之尖端，是言志的散文，它集合叙事说理抒情的分子，都浸在自己的性情里，用了适宜的手法调理起来，所以是近代文学的一个潮头。"① 这种以"个人"为本位，强调"自己的思想""自己的表现"的散文理论主张，与周作人的另一篇名文《人的文学》的思想是一脉相承的。在小说、散文、诗歌、戏剧文学四大部类中，散文和诗歌最为接近，都以直接抒写作者的思想感情为线索。在作者的人格和个性表现得显与隐、直与曲上，散文与诗歌较之小说和戏剧文学往往来得更为直接、鲜明。

但具体到新中国成立以后的散文创作，具体到陈忠实在此期间的散文创作来说，问题却更具在特定时代和政治语境下所造成的散文文体的特殊性和复杂性。

客观上看，陈忠实 50 年代至 70 年代的文艺创作虽然没有表现出文体上的领先性和创造性，却同样带有那个时代文体上的混杂性和不确定性。且不说其诗歌与快板、顺口溜、歌谣等民间口头文艺之间的关系，就散文、特写来看，也是如此。研究者往往将陈忠实的散文、特写和报告文学做笼统的概括和分类，或称"散文与特写"或称为"散文特写"或分为"散文""特写""报告文学"等。如邢小利在编选《陈忠实集外集》时，就将《夜过流沙沟》《杏树下》《樱桃红了》《迎春曲》《闪亮的红星》《雨中》《青春红似火》《水库情深》《社娃——农村生活速写》等放在"散文 报告文学"类，而在其《陈忠实传》中，又放在"散文、特写"类。李清霞分类又有不同，她将《夜过流沙沟》《杏树下》《樱桃红了》《闪亮的红星》《雨中》《青春红似火》《水库情深》归为"散文"，而把《春夜》《迎春曲》称为"散文特写"，把《社娃——农村生活速写》《铁锁——农村生活速写》归入"特写"。尤其是两人对《春夜》的看法，邢将之作为"故事"，李则视之为"散文特写"。实际上，将

---

① 周作人：《中国新文学大系·散文一集导言》，俞元桂主编：《中国现代散文理论》，广西人民出版社 1984 年，第 431 页。

《春夜》看作具有杨朔风格的"散文"没有问题,把《水库情深》视为特写或报告文学亦无不可,将《闪亮的红星》看作"故事"也不无道理。

造成这一现象的一个原因就是陈忠实的散文基本难以放入"艺术散文""抒情散文"或"美文"的"纯文学"范畴之内,而是带有不同程度的纪实性、即时性特征,具有强烈的现场感,或者说"特写"性、"故事"性。自发表《夜过流沙沟》之后,陈忠实一直没有中断过散文创作,尤其是长篇小说《白鹿原》之后,"竟以散文随笔写作为主了"。在回忆自己的散文创作时,陈忠实自言:"我早期的散文多是乡村记事,有些就是生活特写,意料不到的好处,不仅练习文字基本功,也在不断锻炼观察生活捕捉生活的眼力,歪打正着倒是成为进入小说创作最实用的途径。"[①] 这段话中包含两个重要信息,一是陈忠实对自己早期散文创作内容和性质的认识是"乡村记事"和"生活特写",二是他对自己散文创作和小说创作关系的认识。

就前者来看,陈忠实写于六七十年代的以乡村生活为主要内容、侧重于"记事"和"特写"性质的散文,体现着那个时代散文的普遍题材和艺术面貌,并在很大程度上铭记着那个时代关于"散文""特写""报告文学"等文体方面的困惑与难题。

当代文学以"人民文艺""工农兵文艺"为基准,重新规划和设计自己的"核心文学"时,总体上是贯彻"古为今用,洋为中用"的标准,充满以破为主、破中有立、边破边立的自信和勇气,但也不免遇到难题和困惑,"重新分类几乎不可避免地会涉及不同文类之间的相互关系,文类间相互关系的改变通常会造成某一文类在文学和非文学之间波动,有时颇令人感到迷惑"[②]。

---

① 陈忠实:《筛选自己》,《陈忠实文集》第 8 卷,人民文学出版社 2015 年,第 369 页。

② [英] 阿拉斯泰尔·福勒:《文学的类别:文类和模态理论导论》,杨建国译,南京大学出版社 2018 年,第 15 页。

比如，在"通讯""特写"与"文学"（是否文学，以及与散文、小说等文体的关系）的关系，以及它们与"报告文学"的关系，真实性与文学性的关系等问题上，就面临着难以达成共识的文体理论认识和难以摆脱的创造"新型文体"的困境。魏巍的特写《谁是最可爱的人》在当时颇受欢迎，但也遭到一些读者"不是文学作品""只能算是通讯"的质疑。针对这种质疑，时任《文艺报》主编的丁玲针锋相对地指出："现在的确有不少的人，以为只有长篇才是伟大作品，才值得辛辛苦苦地去写它，或去读它。这完全是错误的。文学的价值不是以长短来计算的。今天我们文学的价值，是看它是否反映了在毛主席领导下的我们国家的时代面影。是否完美地、出色地表现了我们国家中新生的人、最可爱的人为祖国所做的伟大事业。因此我以为魏巍这两篇短文不只是通讯，而且是文学，是好的文学作品。"[①] 显示出对通讯、特写的重视以及将之纳入"文学"的努力。徐迟对"特写"进行了更为细致的分类，并对其特点进行了概括："以前不常用特写这个名称。以前惯用的是地方通讯、国外通讯、战地通讯的'通讯'、报告文学等等。鲁迅则又喜欢用速写的体裁。而现在是所有这些通讯、报告、速写、游记、真人真事和人物特写等，一概的都属于特写的范围了。它们是有一个共同的特点。它们都是迅速地反映当代的和当前的现实生活的。"[②] 他认为"特写"是一种特定的文学形态："特写是报刊的文学。它是生动的、新鲜的、范围广泛的、反映迅速的文学。"[③]

　　1963 年 3 月，中国作协和《人民日报》编辑部联合组织在北京召开了报告文学座谈会。与会者通过与小说、诗歌、新闻的比较，突出强调了报告文学文体所具有的特殊功能："要及时反映现实，就要找适当的形式。长篇小说显然难以及时，短篇小说也不能

---

① 丁玲：《读魏巍的朝鲜通讯》，《文艺报》1951 年 5 月 25 日第 4 卷第 3 期。

② 中国作家协会编选：《特写选 1956》，人民文学出版社 1957 年，第 6 页。

③ 同上。

很快；诗歌虽然可以及时，但容量太小；新闻可以更迅速，但形式有限制。看起来还是以报告文学最适宜。"① 这样做实际上是在确认报告文学作为一种特殊文学类型和体式，所具有的独特的"反映现实"的美学功能。同时，与会者也对报告文学作为一种独立的文类，应该将"特写、速写、通讯、笔记、日记、书信、回忆录、游记等等""包括在'报告文学'之内"，目的则是"既便于使它的特性明确起来，又利于建立作者队伍，同时也继承了革命报告文学的战斗传统"②。这次会议的结果，首先是结束了特写、速写、通讯、报告、报告文学等各种称谓混乱的局面，将其统一到"报告文学"这一名词之下；其次是强调报告文学之迅速反映现实斗争和时代精神，具有强烈的战斗性品格的特征和功能，报告文学成了具有代表性的现实战斗性文体。"上海座谈会后，政治宣传和小说的根本差异被摒除了。结果，毛泽东在他的延安《讲话》里提到的通讯文学成了一种受大众青睐的文体。据林彪的女儿林豆豆说，林彪就极推崇通讯文学，认为这是一种'既具有小说又具有论文作用的写作文体，它与政治生活联系得更为紧密，在对人民进行现实主义教育中具有并起到了越来越大的作用'。"③ 这里不仅涉及"真实性"和"文学性"这两方面的问题以及二者与"政治性"的关系问题，也涉及作为"新型文体"的报告文学如何在"小说"和"论文"的夹杂和互嵌中保持自身的"文体特性"的问题。

就后者来看，陈忠实确是在发表了八篇散文之后，才在《陕西文艺》1973 年第 3 期发表他的第一篇短篇小说《接班以后》。在很大程度上，他的那些带有"特写"性质的散文写作，成为其后小说

---

① 袁鹰、朱宝蓁、吴培华：《报告文学座谈会纪要》，《新闻业务》1963 年第 5—6 期合刊。

② 同上。

③ ［美］罗德里克·麦克法夸尔、费正清主编：《剑桥中华人民共和国史（1966—1982）》，金光耀等译，王建朗等校，上海人民出版社 1992 年，第 683—684 页。

创作的"练笔"之作，或者说通过"特写"陈忠实找到了小说的途径。这恰好与当时将特写作为小说写作的文学准备或者说将小说作为特写提高方向的观念相证。在魏巍看来，散文、特写不仅可以为作家提供"创作原料"，而且"特别是对我们正在习作的同志来说，认真地多写一些散文、特写，对自己是一种极可靠的文学训练"[①]。魏金枝认为，短篇小说是及时反映新中国出现的新现实的好体裁，同时也可为初学写作者打下必要的基础，"但再仔细想一想，叫初学写作者一动手就写短篇小说，也并不是很妥当的。照我们的看法，倘要把基础打得稳固一点，还可以把要求放得低一些，最好是从写报告和特写开头"[②]。写特写可以帮助写作者积累丰富的生活经验，训练用宏取精的选材剪裁能力和塑造典型人物以"集中地鲜明地表现出现实的真实性"[③]。小说家艾芜建议那些初学写小说者："既然目的在练习，不是要一下子写出一篇小说，希望在杂志上发表，那就暂时不要写什么长篇、短篇，先就写些真人真事的素描吧。"[④] 实际上，这些作家和理论批评家对散文、特写及其与小说关系的认识，在当时并不是个别现象，而是具有相当的普遍性。值得注意的是，当时文学界的看法，概括起来有如下几点。首先，散文、特写在新中国成立后尤其是 50 年代中期得到了充分重视和积极倡导，被纳入文学范畴；其次，对于初学写作的青年作者和工农兵业余作者来说，散文、特写的写作是必要乃至必需的文学基本功的训练，是他们走向小说创作的必要艺术准备，这涉及观察现实、体验生活，积累尽可能丰富的生活经验和写作素材的能力，提炼主题的能力，选取和剪辑素材的能力，构思和塑造人物形象的能力等多

---

① 魏巍：《序言》，中国作家协会编：《散文特写选 1953.9—1955.12》，人民文学出版社 1956 年，第 9 页。

② 魏金枝：《先从报告特写入手——读稿随笔之一》，《文艺月报》1955 年第 3 期。

③ 同上。

④ 艾芜：《练习写小说先从哪里开始》，《文艺月报》1954 年第 2 期。

个方面。

相应地带来的几个问题也特别值得思考。首先，特写、速写、报告文学等的兴起，有着时代政治因素的推动并受其规范和制约，反映新中国新时代新社会的"新现实""新生活"，塑造反映时代精神的"新人物""模范人物""英雄人物"成为特写的主要内容，因而除了"百花文学"中白危、耿简（柳溪）、李国文等批评性特写之外，大多数特写都是颂歌主题和基调。虽然这有其历史和现实的需要，但魏巍所指出的"还没有大胆地揭示生活中的矛盾和冲突""杂文还是显得太弱"等问题，的确是当时特写中普遍存在的问题，毕竟在倡导者看来，特写应该立足于"真人真事"的表现。矛盾就在于特写之书写"真人真事""现实生活"的诉求、品质与"真实性""现实本质""生活本质"之间的难以调和的矛盾。

其次，"特写"与"小说"之间的矛盾。既然特写是文学之一种，并且以小说作为学习的对象和发展、提高的目标与方向，那么"文学性"就是一个必然要关注的问题。事实上，当时不少特写作品因反映生活和现实的急切心态造成了"文学性"的缺失和艺术的粗糙，而那些优秀的特写作品却又往往陷入文体辨识上的错位。中国作家协会编选《散文特写选 1953.9—1955.12》中，秦兆阳的"农村散记"系列如《王永淮》《老羊工》等，就被目为短篇小说作品，同样典型的是收入中国作家协会编的《特写选 1956》中王汶石的短篇小说《风雪之夜》。茅盾认为："自然，我们可以举出许多理由来证明'特写'是一种新的文学样式（体裁），不能和短篇小说混同；但同时，我们又不能不承认，这两者之间的界限很难划得清清楚楚。如果把报导真人真事当作特写的特点，那么，试问，'特写'难道只是新闻式的报导（换言之，即文学化的新闻）而不是艺术的概括？"因此，茅盾认为："文学的品种虽然各有其特点（规格），但看得太死，就没有好处。"[1] 在看到"特写"和"小说"文体之

---

① 茅盾：《试谈短篇小说》，《文学青年》1958 年第 8 期。

间并无绝对的隔阂之外，茅盾谈到了"文体"与"现实"的关系以及"文体"的功能和作用："今天我们正需要各种各样的短小精悍的作品（即所谓小型多样）来及时地迅速地反映我们国家的大跃进的步伐，发挥文艺的宣传教育的作用。我们只应问它是不是迅速反映了现实，不应问它合不合向来所定的规格。"①各种文体之间的界限并非泾渭分明的，"诗化小说""散文化小说""跨文体写作"等即为明证。但各文体却有其相对的文体规定性（或约定俗成性、惯例性），文体之间也有相对的界限，这是需要在理论上进行学理性探讨和创作中进行摸索以找到异质性文体相互融合的可能性空间和方式、路径的问题。只有在明确各文体特质和界限的基础上，文体的解放才能避免生硬僵直的文体拼贴或杂凑。"人们通常认为，文类不过是加在自发流畅的表达之上的一道枷锁，别无其他。可实际上，文类与创造之间的关系远非如此，正确理解中，文类远非加在表达之上的枷锁，正因为有文类的存在，文学表达才成为可能。作品与所属文类之间的关系并非被动从属，而是主动调节，调节就意味着交际互动。或许，文类所具有的价值远高于人们能直接意识到的"②。真正的文学创造基于对文体和文类的基本了解和必要的尊重，而这一点在"大跃进"以后日益激进的社会政治语境中，是被充分漠视的。

具体到陈忠实来说，如上所述，其散文创作有着抒情散文、特写、报告文学和故事等多种因素的"混杂性"特征，并且这种"混杂性"并不是全然的无机的偶然的拼贴，而是呈现出一种规律性或者说模式化特征。开头和结尾多用借景抒情的方法，优美的景物描写和清新明朗的抒情气息。景物描写之后，人物"我"出场作为一个与作品所要表现的主要人物的交流者和"见证者"，从而引出主

---

① 茅盾：《试谈短篇小说》，《文学青年》1958 年第 8 期。

② ［英］阿拉斯泰尔·福勒：《文学的类别：文类和模态理论导论》，杨建国译，南京大学出版社 2018 年，第 14 页。

要人物的"故事"。最后以景物描写或"我"议论的形式抒发情感。其《夜过流沙沟》《杏树下》《樱桃红了》《迎春曲》《闪亮的红星》《雨中》《青春红似火》《水库情深》《社娃——农村生活速写》等大多如此。

另外,"写实""纪实"与"虚构""想象"的关系,同样是一个在理论和实践上很难处理的问题。陈忠实认为自己在 1973 年发表小说处女作《接班以后》之前的散文,"也许对生活的编造的痕迹太重,对生活的描绘太肤浅了"[①]。这一点与其将这些散文视为注重"写实"和"纪实"性的"乡村记事"和"生活特写"的看法,有明显的矛盾之处:曾经的"真实",如今变成了"编造"。

---

① 陈忠实:《答读者问》,《陈忠实文集》第 3 卷,人民文学出版社 2015 年,第 467 页。

第五章 陈忠实 1973：中国文学的写作、编辑和出版

第一节 "约稿"或"组稿"：当事人的叙述

1942 年出生的陈忠实对"文革"伤害和破坏文学的状况，有着切身的甚至痛苦的经历和体会。在谈到 20 世纪 80 年代文艺复苏和繁荣时，他经常用的一个表述是"新时期文艺复兴"。站在历史的此岸，回顾刚刚过去的"历史"，陈忠实无疑是怀着一种一以贯之的坚定的批判态度，如他认为："对文学构成危害和制约的最大因素是人为的极左的瞎指挥。比如十年'文革'期间那种'左'到极端愚蠢极端可笑的瞎指挥。那样的瞎指挥扼杀的不单是陕西或某一个地区的文学创作，而是整个中国的现当代文学都被彻底扫荡到片纸无存。"[①] 他进而认为："'四人帮'可笑的'三突出'创作原则因为太离谱姑且不论，十七年里极左的文学创作的理论和思想，都不是真正意义上的属于文学自己的因素，是强加以至强奸文学的非文学因素。"[②] 这种审视和反思，无疑是正确和必要的。但尚有一些问题需要在具体的历史情境中做具体的梳理和辨析，如"极左"思潮是如何作用于文学并对其构成极大伤害甚或扼杀的，作家在那种历

[①] 陈忠实：《文学无封闭》，《陈忠实文集》第 6 卷，人民文学出版社 2015 年，第213—214 页。

[②] 陈忠实：《何谓良师——我的责任编辑吕震岳》，《陈忠实文集》第 6 卷，人民文学出版社 2015 年，第 145 页。

史和政治形势下是如何思考和写作的，其具体的写作身份、写作状况和写作心态究竟如何，作者的写作方式与那个时代的文学期刊、文学出版到底构成何种关系，文学编辑作为沟通作者和读者的不可或缺的传播中介，在文学写作、发表和出版过程中究竟占据何种位置、起着何种作用，从更深层看，在"文革"时期，个人（作者、编辑等）、文学（创作、编辑、审查、发表、出版等）是如何在具体的历史与政治（历史和政治形势、不同的政治力量分布格局和权力结构形式及其对文艺体制的具体影响等）中存在和发展变化的，个人与文学究竟是被历史与政治彻底操控还是存在某些狭窄但却可以"利用"以实现"个人化""文学化"的生存和延续的空间？

历史并非铁板一块，政治高压语境下的"个人"和"文学"仍有其存在和发展的空间。对于陈忠实来说，1973 年，肯定且已经是他永远铭记的一年。从他所热爱的文学事业上说，这一年 5 月 6 日，他在《西安晚报》发表散文《青春红似火》；7 月，在《陕西文艺》创刊号上发表散文《水库情深》；11 月，又在《陕西文艺》第 3 期发表其第一个短篇小说《接班以后》。从工作身份上讲，5 月 8 日，经中共西安市郊区党委研究决定，陈忠实转为国家正式干部。从家庭成员家庭生活上讲，儿子陈海力也在本年 10 月 10 日出生。无论从哪方面看，1973 年对于高中毕业未考取大学，长期在农村工作，业余从事文学创作的陈忠实来说，都是一个充满欢乐和希望的丰收之年。还有一件让刚过而立之年的陈忠实感到意外的事，便是在1973 年的严冬时节，时为人民文学出版社年轻编辑的何启治来到西安郊区找到他组稿，约请他写一部农村题材的长篇小说。这对于高考落榜、以业余写作为业、当时正沉浸在喜悦之中的陈忠实来说，既是一个莫大的意外之喜，又是一次空前的挑战。面对突如其来的来自国家最高文学出版社的编辑的劝导和鼓励，只正式发表过一个短篇小说且尚无进行长篇小说写作的计划和自信的陈忠实，感到此时写长篇还是天大的难题。次年，何启治远赴西藏支教，长篇小说写作的事遂不了了之。

二十年以后，长篇小说《白鹿原》的发表、出版并获成功，使得 1973 年这次"西安组稿"浮出历史地表，成为发生在两位当事人即陈忠实与何启治之间的一段文学佳话，一个小说作家和一个文学编辑乃至一个文学期刊和最高级别文学专业出版机构之间的充满深厚而深久情谊的故事，甚至一个持续五分之一个世纪之久的"文学神话"。

关于这次约稿，2001 年 2 月 20 日，陈忠实在散文中回忆，1973 年隆冬时节，人民文学出版社的何启治到西安组稿，得到陕西作协推荐找到陈忠实，何认为《接班以后》"具备了一个长篇小说的架势或者说基础，可以写成一部二十万字左右的长篇小说"。此时的陈忠实正处于喜悦、鼓舞和新的惶惶中："我在刚刚复刊的原《延河》今《陕西文艺》双月刊第三期上发表的两万字的短篇小说《接班以后》，是我平生发表的第一篇小说，也是我自初中二年级起迷恋文学以来的第一次重要跨越（且不在这里反省这篇小说的时代性图解概念），鼓舞着的同时，也惶惶着是否还能写出并发表第二、第三篇，根本没有动过长篇小说写作的念头，这不是伪饰的自谦而是个性的制约。我便给老何解释这几乎是老虎吃天的事。老何却耐心地给我鼓励，说这篇小说已具备扩展为长篇的基础，依我在农村长期工作的生活积累而言完全可以做成。最后不惜抬出他正在辅导的两位在延安插队的知青已写成一部长篇小说的先例给我佐证。"[①]

对于约稿之事，何启治回忆道："我约请陈忠实写农村题材的长篇小说，始于 1973 年的冬天。那时我刚从湖北咸宁'五七干校'回到人民文学出版社，在现代文学编辑室的小说北组当编辑，分工管西北片，西安自然是工作的重点。我在 1973 年的隆冬去找陈忠实约稿，既因为省作协向我推荐了他，也因为我刚看到了他刊

---

① 陈忠实：《何谓益友——我的责任编辑何启治》，《陈忠实文集》第 7 卷，人民文学出版社 2015 年，第 86 页。

发在《陕西文艺》上的两万字的短篇小说《接班以后》，还因为那时候还没有可供发表中短篇小说的《当代》杂志（《当代》创刊于1979 年）。"对于"约稿"的具体情境，何启治写道："在西安郊区工委所在地小寨的街角上，我拦住了推着一辆破旧的自行车出来的陈忠实，就在寒风中向他约稿。"面对突如其来的长篇约稿，陈忠实"几乎就像老虎吃天一样不可思议"，"而我却强调《接班以后》已经具备了可以扩展为长篇的基础，依陈忠实在农村摸爬滚打十几年的阅历完全可以做成，又以韦君宜亲自选定的两位北京知青（沈小艺、马慧）已经写成知青题材小说《延河在召唤》作为佐证。总之，陈忠实还是记住了我这个从人民文学出版社这个'高门楼'来向他约稿的编辑。"[1] 在另一处，何启治描写了陈忠实听到约稿时"略感惊讶而茫然"[2]的神情。

对照两位当事人对同一事件的回忆，可以看出二人的说法基本一致，且何启治在回忆中也援引陈忠实的说法作为材料，这两段话中，唯一的一处不同在于指导北京到延安插队的知青写成长篇小说的是韦君宜还是何启治。从人民文学出版社编辑的角度看，何启治的说法无疑更具相对的准确性。但问题还在于何启治《我与陈忠实和他的〈白鹿原〉》在引述陈忠实"最后不惜抬出他正在辅导的两位在延安插队的知青已写成一部长篇小说的先例给我佐证"的说法时，并未指出其中有何不确之处。不知原因何在。况且，既然"正在辅导"，又为何使用"已写成""先例"的说法？问题的复杂之处还在于，何启治自述自己"也带着类似的政治任务到延安组织只读过初中的知青作者写反映知青生活的长篇小说"[3]。

关于韦君宜"亲自选定的两位北京知青（沈小艺、马慧）已经

---

[1] 何启治：《永生的忠实》，《永远的〈白鹿原〉》，人民文学出版社 2018 年，第 122 页。

[2] 何启治：《我与陈忠实和他的〈白鹿原〉》，《永远的〈白鹿原〉》，人民文学出版社 2018 年，第 82 页。

[3] 何启治：《我与陈忠实和他的〈白鹿原〉》，《永远的〈白鹿原〉》，人民文学出版社 2018 年，第 84 页。

写成知青题材小说《延河在召唤》一事，我们可由韦君宜本人的说法得到证实。1973 年，韦君宜也由干校回到人民文学出版社从事编辑、组稿业务，她在回忆中谈道："有一本我奉派去延安组织插队青年写的，歌颂'第一号英雄人物'的小说。我物色到了两个下放插队的姑娘，文笔不错。'第一号英雄人物'选定为她们插队青年中一个挺泼辣能干的姑娘。"[①] 这部小说《延河在召唤》最终在 1975 年 4 月出版，署名"延河写作组"。小说的指导者，应为韦君宜无疑。可以肯定何启治也曾到延安组织知青写其生活，但未必"已写成"。因此，很有可能发生的情况是何启治在向陈忠实约稿时，举了韦君宜和自己两个不同"组织""组稿"对象，前者"已写成"，而自己"正在辅导"，但陈忠实把两件事混在一起了。

当然，指出陈忠实这一记忆错误不是重点，关键的问题是，造成陈忠实记忆错误的是二者的极端相似性：无论是前辈韦君宜还是"年轻人"何启治都在做着相同的事——由北京到延安向"知青""组稿"，而且竟然是让几乎或完全没有写作经验的初高中生写长篇小说，无怪乎陈忠实对此感到"一脸茫然"。

1973 年冬的陈忠实，尽管并未有长篇小说写作的想法，但还是被何的热情和诚恳所感动，"违心地答应'可以考虑一下'"。回到北京的何启治很快致信陈忠实，"信写得很长，仍然是鼓励长篇小说写作的内容，把在小寨街头的谈话以更富于条理化的文字表述出来，从立意、构架和生活素材等方面对我的思路进行开启。"[②] 信的具体内容我们不得而知，但我们可以将何启治信中可能包含的时代政治语境下的特定"信息"进行历史的还原和合理的推测。这就需要将这个"点"放到历史中加以阐释。

我们首先要面对的一个问题是，为什么在何启治和韦君宜的文

<hr />

① 韦君宜：《思痛录》，北京十月文艺出版社 1998 年，第 166 页。

② 陈忠实：《何谓益友——我的责任编辑何启治》，《陈忠实文集》第 7 卷，人民文学出版社 2015 年，第 86 页。

字中都提到了 1973 年，为什么都是长篇小说的组稿或约稿？为什么是人民文学出版社？难道这一切都是巧合吗？如果不是巧合，则需要一个合理的解释。在我看来，何启治西安约请陈忠实写长篇这次看似偶然的组稿行为，并非发生在一个作家和文学编辑之间的"个人"行为，而是一次"组织"行为，关联着 20 世纪 70 年代中国社会主义文艺体制的一系列重要问题，如长篇小说的写作、组稿、审查、出版等程序、环节，人文社内部的权利分配格局和结构方式，文学编辑的权利、责任、义务，文学写作的方法、模式，组稿的性质与功能等诸多问题。而这些问题又牵扯着当代中国的历史变换、政治思潮等更为宏大的问题。

第二节 "组稿"与"编辑"：1973 年的人民文学出版社

原人民文学出版社编辑王培元在回忆严文井的文章中，写到 1973 年时说："1973 年，严文井从'干校'返回北京，担任人文社临时党委书记，重新主持工作。在极左思潮仍甚嚣尘上的严峻局势下，他和韦君宜率领全社员工，在异常艰难中，克服重重阻力，逐渐恢复了编辑出版业务。一年以后，人文社的出书品种，便从二十七个迅速增加到一百二十三个。"[①] 作为 1984 年底大学毕业分配到人文社现代文学编辑室担任编辑的王培元，其对 1973 年人文社历史情状的叙述带有启蒙主义的悲壮色彩，历史大河百转千回东流入海，人文社的前辈们以自己奋勇的抗争和坚韧的毅力，在历史的逆境中做出了非凡的努力和成绩。这是一个怀有热烈人文情怀的知识分子对前辈的深切缅怀，闪烁着饱满的宏大叙事光泽。而置身困境和险境中的前辈们的叙述，则更多切身的痛感。韦君宜谈到

---

① 王培元：《永远的朝内 166 号：与前辈魂灵相遇》，人民文学出版社 2011 年 1 月第 2 版，第 196 页。

"文革"期间人文社长篇小说出版工作时，指出了两方面的实际情况。一方面，"到了一九六六年十年内乱开始后，人民文学出版社曾一度被撤销，到一九七二年虽然恢复出书，由于人民在受苦、在受难，我们的工作自然也不能例外，这一时期我们也出版了一些长篇小说，但大部分质量差，存在所谓'三突出'的印痕。这不能只怪作者，由于当时大搞'三结合'，我们社实在也负有相当责任，这段教训是我们所永远不能忘的"。另一方面，让韦君宜略感欣慰的是，"值得一提的是，就在这样举国在黑暗中，文艺遭受空前摧残的年月，我们仍出版了像《闪闪的红星》这样至今还能站得住的小说，另还有几部基本上还是真实的作品，这说明了在那极端严酷的日子里，还是有些有心人在艰难中挣扎的"[1]。作为当时人文社的社长、总编辑，韦君宜的叙述自然着眼人文社在特定历史时期的总体状况的描述和评价。根据纪念专号《当代长篇小说》统计，人文社自1972年恢复至"文革"结束，出版的长篇小说共二十六部，计有：郑直的《激战无名川》、浩然的《金光大道·第一部》，以上1972年出版；李云德的《沸腾的群山·第二部》、刘彦林的《东风浩荡》、李伯屏执笔的《黄海红哨》，以上1973年出版；浩然的《金光大道·第二部》、毕方、钟涛的《千重浪》，以上1974年出版；单学鹏的《渤海渔歌》、王士美的《铁旋风·第一部》、奚植执笔的《钻天峰》、郭澄清的《大刀记·第一卷、第二卷》、张长弓、郑士谦的《边城风雪》、郭澄清的《大刀记·第三卷》、柯尤慕·图尔迪的《克孜勒山下》、谌容的《万年青》、龚成的《红石口》，以上1975年出版；延河写作组的《延河在召唤》、胡尹强的《前夕》、屈兴岐的《伐木人传·上、下》、广西集体创作组的《雨后青山》、黎汝清的《万山红遍·上》、李惠薪的《澜沧江畔》、通县三结合创作组的《晨光曲》、李云德的《沸腾的群山·第三部》、高中午的《孔

---

① 韦君宜：《建社三十五周年所出的长篇小说的回顾》，《当代长篇小说》（人民文学出版社建社三十五周年专刊），人民文学出版社1986年。

雀高飞》、管建勋的《云燕》，以上 1976 年出版。由此可见，"文革"后期长篇小说出版的艰难以及人文社在这种情况下做出的努力。

关于编辑，巴金曾说："作品是刊物的生命。编辑是作者与读者之间的桥梁。作家无法把作品直接送到读者的手里，要靠编辑的介绍和推荐，没有这个助力，作家不一定能出来。"①《人民文学》作为国刊，其办刊理念、编辑方针、选稿标准无疑充分体现着国家、政党意志和政治、政策理念，并对全国的文学期刊编辑出版有着重要的示范和样板意义。作为《人民文学》首任主编，茅盾在《发刊词》中概括其办刊思想和办刊模式时说："我们觉得编一本杂志，实在也就是一种组织工作。一要善于组织来稿，使杂志内容不单纯，不偏枯；二要善于有计划地邀约作家们写稿，使每期的杂志既能把握我们的文艺工作的中心环节，而又富于机动性。"② 对于文学期刊如此，对于文学出版也是如此。编辑既需要按照特定历史政治形势下的政治和政策需要以及"文艺工作的中心环节"组织来稿，又需要在必要的情况下，以一定的方式和策略，谋求一定的"机动性"。这需要在外部的体制性力量、规范性力量和编辑本人之间寻找"政治"与"文学"之间的空间。编辑是否有选择的余地，有多大的选择空间，不能一概而论，而需要在特定情势下做具体分析。

关于编辑的组稿工作，何启治谈到自己以超乎常规的方式约稿的原因时，提到三点。首先，特定时代造成特殊之事。"那时候往往就是根据领导意图和政治需要来组织写作的。既然我可以带着'揭露资产阶级'的任务到上海荣氏纱厂通过采访写成印行近四十万册的'小说'《天亮之前》，既然我可以带着类似的政治任务到延安组织只读过初中的知青作者写反映知青生活的长篇小说，那么，为什么不可以组织高中毕业后就长期在农村底层工作、熟悉农村，且已发表了两万字短篇小说的陈忠实来写农村题材的长篇小说

---

① 巴金：《致十月》，《随想录》（1—5 集），人民文学出版社 2000 年，第 330 页。

② 茅盾：《发刊词》，《人民文学》第 1 卷第 1 期。

呢?"①相对于只读过初中、没有创作经验、对农村生活不熟悉的插队知青来说,陈忠实无疑具有巨大的优势,是特定时代特定政治模式写作下极佳的组稿对象。其次,作为分工严密的国家级文学出版社的编辑,何启治主要负责西北尤其是陕西长篇小说的组织、出版,工作认真负责,有专业热情,了解包括陈忠实在内的陕西新老作家。最后,陕西省作协的推荐。

较之陈忠实,身处政治中心的"高门楼"的何启治,显然更熟悉当时的长篇小说创作和出版形势,更熟悉特定的编辑出版方针和写作模式,因此,他对以超常方式约稿原因的解释,透露出更丰富的信息。其一,极端政治化的"组稿"和"组织写作"是当时的主导写作和出版模式。其二,已有多篇散文、小说创作和发表经验的陈忠实已经获得文艺体制的初步承认,是富有潜力的社会主义"文学新人"——"工农兵业余作者"。另外,何启治在谈到之所以约请陈忠实写长篇时,还谈到一点,"当时人民文学出版社还没有可以发表中短篇小说的《当代》杂志"。就这一说法来看,何启治的说法似乎不甚合理。一、与原因的第一点有不协调之处;二、彼时何作为现代文学编辑室工作人员,职责在"组织长篇小说出版";三、《当代》杂志毕竟在此次约稿七年后的 1979 年 6 月才创刊。何启治所以这样说,或许透露出他对包括陈忠实在内的"工农兵业余作者"所持的一种谨慎的有所保留的态度吧。

按照通常情况看,刊物、出版社和编辑的组稿是一项基本的业务工作,是获取优质稿源优质作家的方式之一。但在当代中国文学语境中的所谓"组稿",往往带有明确的政治意图,满足特定的政治需要,意识形态话语权的掌握者、阐释者和文学界的领导、出版机构的负责人等在"组稿"中起着根本的组织和领导功能,掌握着生杀予夺的最终权力。"通常作为特定专业词汇的'组稿',在其实

---

① 何启治:《我与陈忠实和他的〈白鹿原〉》,《永远的〈白鹿原〉》,人民文学出版社 2018 年, 第 84 页。

际的运作，特别是在'十七年'和'文革'时期的文学活动中，其真实的含义就如'组织'一词，有着超越文学专业范畴的多项'语用'意义和功能。简言之，'组稿'是一项由特定政治—文化的权力所支配而进行的制度化、组织性的文学业务。它关乎中国文学的制度和组织建设及其运作，也关乎中国文学的资源利用、权力地位、价值归属及时代命运等重大问题。对具体的组稿者（如刊物、编辑等）而言，其切身利益更是往往系于组稿的（一时）成败。"①组稿具有突出的目的性、计划性，它主要不是根据建立在读者基础上的市场需求和纯粹的娱乐或审美需要来确立"组稿"的内容、主题，而是根据特定意识形态需求和政治意图的需要，"组稿不能不是高度自觉的、有明确目的的、富于计划性的、需要讲究策略的。特别是，组稿不仅承担着文学的义务，而且还承担着文学的责任。这就决定了它必须进入、渗透、参与乃至影响、左右、支配文学写作的全部流程，当然也包括文学写作的结果（如修改、定稿、发表或出版等）。如同计划体制内的计划经济一样，文学也被纳入了'计划文学'的制度之中。由宏观的'计划文学'的方针、政策，设计、制订具体的'文学计划'。组稿就是对'文学计划'的实际操作，或者说，组稿是对'计划文学'的具体落实。在此意义上，组稿可谓中国当代文学（本文特指'十七年'文学，其实也可包括'文革'时期的文学）书写的'无形之手'。作为一种制度化和组织性的操作或运作机制（方式、手段），组稿全面参与并影响了中国当代文学的形成及其历史"②。

为了能够组到好稿子，刊物、出版社和编辑个人，既要有对政治形势和政策的敏感，有观照全省乃至全国的通盘战略性规划，也要密切关注作家创作的状况，随时掌握文学界的最新动态，及时发

---

① 吴俊、郭战涛：《国家文学的想象和实践：以〈人民文学〉为中心的考察》，上海古籍出版社 2007 年，第 40 页。

② 同上。

现文学新人，组织和引导创作。作为最高级别的专门性文学出版机构，人民文学出版社内部岗位设置和分工是极为细致的，有着严密的分工。如何启治所说："经过'文革'，1973 年我刚从五七干校调回出版社，分配我在组织长篇小说出版的现代文学编辑室北组工作，西北，特别是陕西是我工作的重点。我不是什么天才编辑，认真负责的态度和对文学专业的热情还是有的。我也没有什么超乎常规的诀窍，毋宁说用的是笨方法，陕西的柳青、杜鹏程、李若冰、魏钢焰、贺鸿钧等老作家和路遥、陈忠实等年轻作家的基本资料都在我的'作家资料'笔记里有所罗列。这一切使我对陈忠实不至于一无所知，也决定了我向陈忠实组稿，就只能约请他写长篇小说（当时人民文学出版社还没有可以发表中短篇小说的《当代》杂志）。"①

何启治自述涉及的另外一个值得注意的问题是到延安找知青组稿。这种组稿方式，是人文社通过"取经"得来的被认为在当时是行之有效的路子。按照韦君宜所述的"取经"，出版社去上海"取回来的经是'不要提篮子买菜，而要自己种菜'。即不要经常出去组作家的稿件，也不要外边的投稿，更不要作家的思想、情感和创作冲动，只要编辑拿着'上级'发下的'菜籽'来捏咕成菜就行。那时上海有一本《虹南作战史》，是一本小说体的报告文学，据说就是这样'种'出来的，称为'一个萝卜一个坑'。我们也照方抓药，派人出去，到各处指定'坑'来栽萝卜"。②编辑们到农村、工厂、部队等指定的"坑"栽萝卜，让工农兵写，编辑帮忙改，但"实际上是工农兵写了头一遍，一般由编辑重写第二遍，能剩下三五句就算好的了"③。事实上，早在西安组稿之前，何启治就有过两次"组稿"。两次组稿都发生在"文革"之前的 60 年代中前期。"1964—

---

① 何启治：《我与陈忠实和他的〈白鹿原〉》，《永远的〈白鹿原〉》，人民文学出版社 2018 年，第 84—85 页。

② 韦君宜：《思痛录》，北京十月文艺出版社 1998 年，第 151 页。

③ 韦君宜：《思痛录》，北京十月文艺出版社 1998 年，第 154 页。

1965 年间，我受命到北京郊区南口农场组织参加农业建设的知识青年自己动手编写了报告文学、书信和日记的结集《我们的青春》，其后又到上海和两位工人业余作者一起完成了所谓'揭露资产阶级剥削罪行'的小说《天亮之前》"①。两部书稿都是时任人文社副社长兼副总编辑的韦君宜终审通过且选定书名的。可见，无论是出版社领导层还是普通编辑都已经对这种"找坑栽萝卜"的"三结合"组稿和写作方式驾轻就熟，并已有多次成功组稿、编辑和出版的实践经验。这也是何启治耐心鼓励陈忠实写长篇的重要原因。

通常看来，编辑是文学生产和传播中的重要中介和主体，他既服务于作者，满足读者阅读需求和趣味，同时他也按照刊物宗旨、办刊理念、选稿标准，以自己的眼光和智慧，遴选好稿，淘汰平庸荒野劣质的稿件。在 50 年代至 70 年代的当代中国，编辑在其工作中承担着很大的政治风险，这就特别需要具有高度的政治眼光、政治水平和业务眼光、业务水平。用张光年的话来说，编辑是个"光荣而危险的岗位"②。据多年在《文艺报》《人民文学》从事编辑工作的吴泰昌回忆："我到《文艺报》上班没有立刻投入编辑工作，副主编侯金镜同志安排我的第一课，是用一周时间去看《文艺报》1961 年 3 月号发表的由光年同志执笔写的《题材问题》专论的修改样，厚厚的一沓，有执笔者的多次改样，有中国作协党组负责人、中宣部、中央有关同志的改样。事后才知道，这是光年同志有意安排的，本意是让我从反复修改的文字中加深认识报刊工作的严肃性和重要性。"③ 如果说，在五六十年代，编辑在业务工作中还时常于"政治"与"艺术"之间犹疑和困惑，在编稿、发稿时面临着"政治

① 何启治:《夕阳风采——韦君宜素描》,《文学编辑四十年》,人民文学出版社 2001 年,第 288 页。

② 吴泰昌:《我的前辈同辈和晚辈——当代文坛影记》,人民美术出版社 2004 年,第 12 页。

③ 吴泰昌:《我的前辈同辈和晚辈——当代文坛影记》,人民美术出版社 2004 年,第 48 页。

倾向性"和"方向性"等问题的压力,有时还会承担审稿、发稿所带来的政治风险和后果,那么,在1973年的人文社,这种风险自然还会存在,但"文革"时期对文学极为严苛周密的控制在一定程度上降低了这种风险,但同时,编辑的业务水平业务眼光也基本无用武之地了。对于文学刊物是否能够办得名副"文学"之实,能否真正办好一份文学杂志,编辑已经没有什么发言权了。1957年,巴金、靳以在谈到如何处理把握不准的稿件时说:"在我们拿不定主意的时候,自动地送给党的负责同志看,请党的同志帮助我们,替我们解决问题,但这不是审查稿件,这是协助我们把编辑工作做得更好,我们这样做,纯然因为是要把刊物办好,对党负责,对人民负责,也对作家负责。我们不能把有害的作品送给读者,每个刊物的编辑同志都应该这样。我们很自由,但我们不能滥用自由,偷运毒草。"①

在70年代,报刊出版业已经完全成为无产阶级进行阶级斗争和路线斗争的武器,如姚文元所说:"文学艺术杂志,是一种工具,它根据一定的政治观点和文艺观点选载文艺作品,传播某种艺术思想。在阶级社会中,文学艺术是带上了阶级性的,因此体现着某种文艺思潮同某种政治倾向的文艺杂志也就必然带上阶级性。在当前,国内存在两种基本的思想,即工人阶级思想和资产阶级思想。我们坚持刊物应当成为无产阶级建设社会主义文化的工具,因此刊物必须站在工人阶级立场上,以社会主义的方向作为刊物唯一的政治方向。具体体现在:刊物必须在党的领导下进行工作,必须贯彻为工农兵服务的方针;要以六条标准作为衡量是非的标准,以马克思列宁主义思想作为刊物的指导思想,坚持同一切资产阶级倾向进行斗争。"②具体到人文社,1973年的人文社已被"军管",没有正式任命的社长和总编辑,负责现代文学编辑室和握有稿子终审决定

---

① 巴金、靳以:《写在〈收获〉创刊的时候》,《收获》1957年第2期。

② 姚文元:《论"探索者"集团的纲领》,《文艺思想论争集》,作家出版社1964年,第177页。

权的主任都是军代表，"特别我们单位有那么多沙子，比其他各出版社都多"[①]。由"干校"调回人文社的韦君宜刚回机关报到，"就又看到了几年前的那种'战斗气氛'"[②]。韦君宜回归人文社后召开的第一次党委会，参会者只有严文井、李季和她本人三位文艺人，还有水暖工人和工农兵学员两位群众代表，其余都是身着军装的军代表。干校调回的编辑无一人担任组长，担任组长以上职务的都是工农出身初高中学历的军代表。在作者、编辑没有任何选择权的情况下，编辑"只是低头照办，把自己关于文艺的一切基本知识一概扔进东洋大海而已"[③]。

事实上，新中国成立以后频繁的政治运动，对报刊出版造成了极大冲击，每次运动发生之后，都有一些刊物因"错误的思想倾向"和因执行了"反动政治路线"而被迫停刊整顿。而一些幸存下来的期刊，也因政治上的层层过滤和把关，而丧失了艺术性。读者不感兴趣，发行量急剧下降。"反右"运动之后，时任《人民文学》编辑的张兆和在给沈从文的信中，谈及组稿困难以及稿件质量不能得到保障等问题时，写道："搞运动，许多作家一时都不能执笔，估计在一个时期内组稿会有困难。有意义而又非常吸引人的扎扎实实的作品为数不多。而艺术性较高的几篇现在又证明问题严重。"[④]作者在创作中要自我把关、自我审查，进入杂志社出版社后更需要层层把关。1952 年 9 月，出版总署颁布《关于执行〈关于公营出版社编辑机构及工作制度的规定〉的指示》，提出了出版的"三审"制度。一部书稿从进入出版机构到印制成书，须实行编辑初审、编辑主任复审、总编辑终审和社长批准的编审制度，同时，规定编辑应对书稿承担政治上和技术上的责任。除了上述出版社编辑对书稿

① 韦君宜：《思痛录》，北京十月文艺出版社 1998 年，第 155 页。
② 韦君宜：《思痛录》，北京十月文艺出版社 1998 年，第 149 页。
③ 韦君宜：《思痛录》，北京十月文艺出版社 1998 年，第 152 页。
④ 张兆和：《19570814·北京·张兆和致沈从文》，《沈从文全集》第二十卷，北岳文艺出版社 2002 年，第 187 页。

的审查，上级有关部门也将出版物审查作为一项重要的政治任务，积极参与出版把关。杜鹏程《保卫延安》从初稿、定稿、审查到出版的整个过程都由"人民解放军总政治部文化部负责"[1]。出版社、编辑和出版机构之外或之上的审查者，在一个完整、严格甚至苛刻的出版流程中以其思想、观念、艺术眼光以及对特定政治形势和意识形态的理解、把握，共同参与和决定一本书能否出版，何时出版，以何种内容、形式和面目出版，等等。

第三节　文艺调整：1973 年及其周边

为什么在何启治和韦君宜的文字中都提到了 1973 年，为什么都是长篇小说的组稿或约稿？为什么是人民文学出版社？难道这一切都是巧合吗？

1973 年，"文革"的后期，前推至 1971 年，"九一三事件"爆发，林彪集团垮台。这一事件"从客观上宣告了'文化大革命'的理论和实践的失败"[2]。自本年开始，中央开始经济和文化方面的调整。1971 年 12 月 16 日，《人民日报》头版刊登毛泽东的题词"希望有更多好作品问世"。同日《人民日报》发表短评《发展社会主义的文艺创作》，称"只要是健康向上的，各种文艺形式都应该发展"[3]。显示了最高领导层对文艺发展的新的态度。1972 年 1 月 1 日，《人民日报》发表元旦社论《团结起来争取更大胜利》，说："我们要遵照毛主席的这一教导，促进各条战线群众运动蓬勃发展。工业、农业、商业、科学技术、文化教育等各方面的广大革命群众，

---

[1]　杜鹏程：《〈保卫延安〉的写作及其他——重印后记》，《延河》1979 年第 3 期。

[2]　《中国共产党中央委员会关于建国以来党的若干历史问题的决议》，中央文献研究室编：《十一届三中全会以来党的历次全国代表大会中央全会重要文件选编》，中央文献出版社 1997 年，第 182 页。

[3]　《人民日报》1971 年 12 月 16 日。

要继续发扬艰苦奋斗、自力更生的精神，全面贯彻执行抓革命，促生产，促工作，促战备的方针，鼓足干劲，力争上游，多快好省地完成和超额完成国家计划，迎接第四届全国人民代表大会。"① 这表明经济、科技和文化方面的调整势在必行。1972 年 4 月 24 日，《人民日报》发表由周恩来亲自审定的社论《惩前毖后，治病救人》，指出："对一切犯错误的同志，不论是老干部、新干部、党内的同志、党外的同志，都要按照'团结—批评—团结'的公式，采取教育为主的方针。"② 大批干部、专家从被关押、审查和批斗中解放出来。对于"文革"期间的文艺现状，毛泽东本人是不满的。1972 年 7 月，毛泽东在与李炳淑谈话时说："现在剧太少，只有几个京剧，话剧也没有，歌剧也没有。看来还是要说话。"③ 1973 年元旦，周恩来在与中央政治局委员的谈话中谈道："群众提意见，说电影太少，接到很多群众来信。这是对的，不仅电影，出版也是这样……青年人喜欢新的东西，我们要拿革命的新的东西给他们。总结七年来这方面的工作，还是薄弱的，文化组要把电影工作大力抓一下。"④ 1975 年，毛泽东在与邓小平的一次谈话中说："样板戏太少，而且稍微有点差错就挨批。百花齐放都没有了。别人不能提意见，不好。怕写文章，怕写戏。没有小说，没有诗歌。"⑤

　　1971 年 2 月 11 日，周恩来就出版工作做出指示："旧小说不能统统都作'四旧'嘛。《红楼梦》《水浒传》这些书也不能作'四旧'嘛！中学生都能看懂，你把它封起来，找许多黄色书看。应该用历史唯物主义和辩证法来研究问题。"⑥ 文学图书出版提上议事日程，小说出版有所恢复。1971 年，出版短篇小说集十一部。1972 年，小

①　《人民日报》1972 年 1 月 1 日。

②　《人民日报》1972 年 4 月 24 日。

③　陈晋：《文人毛泽东》，上海人民出版社 2005 年，第 613 页。

④　陈晋：《文人毛泽东》，上海人民出版社 2005 年，第 614 页。

⑤　陈晋：《文人毛泽东》，上海人民出版社 2005 年，第 615 页。

⑥　刘杲、石峰主编：《新中国出版五十年纪事》，新华出版社 1999 年，第 129 页。

说出版全面恢复，出版短篇小说集四十一部，中篇小说单行本两部，长篇小说十四部（包括《艳阳天》等五部"文革"前出版的长篇）。

正是在此政治和历史背景下，文艺类出版社开始恢复出版业务。韦君宜、何启治等共同提到的1973年由"五七干校"调回出版社就是在此背景下发生的。在当时的长篇小说出版领域，人民文学出版社和上海人民出版社是业内的领头羊，形成南北双峰对峙的状态。对于恢复出版业务的人民文学出版社来说，长篇小说自然是最受重视并放在首要位置的。当时的实际情况是，要组稿出书谈何容易，"这时哪里还有什么作家来写稿出书呢？有的进秦城监狱了，有的下干校了。要出书，就要靠'工农兵'。换句话说，靠不写书的人来写书"①。"这些作者，大部分是生平从未写过任何作品的人。往往是组织者接到党委指令，某某题材重要，于是便把这些人集中起来。这些人中有具备一点写作能力的，有勉强拼凑完成任务的，有想学时髦写几句的，还有想写自己的生活但是对于这些生活没有认识的，或者自己的认识与领导的意图完全两样的……而我当时的任务，就是把着他们的手，编出领导所需要的书来"②。当时陈忠实已经在报刊发表多篇散文、小说作品，并已列入何启治的"名单"之中，应该属于虽然没写过书，但却属于具有一定创作经验和较好的文字能力叙述能力的"工农兵业余作者"。何启治到西安找到陈忠实组稿，提议陈忠实在短篇《接班以后》的基础上，将其改写为二十万字左右的长篇，就是在此宏观背景之下的举措。也即，从根本上说，这次约请陈忠实写长篇绝非偶然的，也并非何启治纯粹个人的安排或突发奇想，而是有其时代和历史的必然性。

陈忠实的"婉拒"自然是出于一个未曾写过长篇的作者的顾虑。不过，我们可以根据当时长篇小说写作、编辑和出版的情况，对陈忠实这部最终没有写的"长篇"做一个分析。

① 韦君宜：《思痛录》，北京十月文艺出版社1998年，第162页。
② 韦君宜：《思痛录》，北京十月文艺出版社1998年，第163页。

首先，从当时长篇写作的方式来看，这部"长篇"最终也会是一部"三结合"的作品，尽管其可能会以个人署名。从韦君宜所说人文社从上海取的"一个萝卜一个坑"的"经"来看，何启治约稿的这部长篇也属于栽的一个萝卜，而且必定属于"三结合"创作。韦君宜回到人文社之后，"那些先回来的'革命派'就告诉我，今后一切必须依靠党——先依靠党委确定主题和题材；再依靠党委选定作者，然后当编辑的去和作者们研究提纲；作者写出来，再和他们反复研究修改，最后由党委拍板。至于'三突出'等等原则，不必赘述"①。何启治约请陈忠实写长篇，看似个人间的交往，从深层看，何作为一个编辑所承担的任务和韦君宜的"任务"是相同的，"就是把着他们的手，编出领导所需要的书来"。据陈忠实回忆，小寨告别之后，"老何回到北京不久就来了信，信写得很长，仍然是鼓励长篇小说写作的内容，把在小寨街头的谈话以更富于条理化的文字表述出来，从立意、构架和生活素材等方面对我的思路进行开启。我几乎再也搜寻不出推辞的理由，然而却丝毫也动不了要写长篇小说的心思。我把长篇小说的写作看得太艰难了，肯定是我长期阅读长篇小说所造成的心理感受"②。何启治对陈忠实"思路的开启"不能简单地看作是一个文学编辑对一个没有长篇小说创作经验的写作者的技术指导，而是属于"文革"期间"三结合"写作的习见模式和规范。如同韦君宜所说人文社当时的情况，"三结合"写作包含党的领导、工农兵群众和专业文艺工作者（编辑、专家、作家等）三个要素，"'文革'期间，这种写作小组的组织，一般是抽调文化水平较高的工人（或农民，或士兵），短期或长期脱产，由部门的文化宣传干部组织，再加上一些作家（或文艺期刊编辑，大学文学教师）组成。他们通常会先学习毛泽东著作和有关政

---

① 韦君宜：《思痛录》，北京十月文艺出版社 1998 年，第 162—163 页。

② 陈忠实：《何谓益友——我的责任编辑何启治》，《陈忠实文集》第 7 卷，人民文学出版社 2015 年，第 86 页。

治文件，以确定写作的'主题'，来设计人物、情节、表现方式。'工农群众'的写作者中，也会有较强写作能力的，但在大多数情况下，'专家'在最后的定稿上起到关键性作用"①。"三结合"模式中对定稿起关键作用的"专家"并非指纯业务意义上的专家学者或期刊编辑、大学教授，它更多指涉的是"政治水平""政治眼光"而非"专业水平""专业眼光"。这涉及是"出书"还是"育人"的关键问题。当韦君宜看到词句不通、根本无法出版的稿子时，掌握人文社话语权的军代表教训她："出书有什么要紧？我们的目的是育人！是把这些学习写作的工农培养成人，不能只看出书这样小的目标！"②关于这一点，"文革"激进派说得很清楚："我们对待一切文艺作品，必须首先检查它们对待人民的态度如何。对于那些满怀革命激情讴歌无产阶级革命，特别是无产阶级文化大革命的作品，即使在艺术上还不够完美，或者有某些缺点，但只要它们的政治方向是正确的，就应当满腔热情地加以支持和扶植，实事求是地、有分析地指出存在的问题，帮助作者作进一步加工和修改，从而鼓励我们的专业和业余的文艺工作者，更好地反映社会主义时代的现实斗争，充分发挥革命文艺'团结人民、教育人民、打击敌人、消灭敌人'的战斗作用。"③尽管陈忠实自高中毕业后便在农村工作，做过民办教师，担任过公社革委会副主任、公社党委副书记等职务，熟悉农村和农民生活，且不说这些农村生活经历中获得的素材在多大程度上能够被"长篇小说"（形式）化，仅就"三结合"创作模式来说，这些带有个人经验色彩和感性色彩的内容，并不重要，甚至在实际写作时会被尽量删除或改写。正如韦君宜所说的，作为编辑的任务就是"编出领导所需要的书"，"我记得我第一条需

---

① 洪子诚：《中国当代文学史》（修订版），北京大学出版社 2007 年 6 月第 2 版，第 164 页。

② 韦君宜：《思痛录》，北京十月文艺出版社 1998 年，第 151 页。

③ 初澜：《坚持正确方向　坚持斗争哲学——学习〈在延安文艺座谈会上的讲话〉》，《文艺评论集》，人民文学出版社 1974 年，第 3 页。

要编进去的内容就是'以阶级斗争为纲'"①。何启治提到自己通过"采访"就可以写成近四十万字的小说，完成"揭露资产阶级的任务"，韦君宜提到《千重浪》故事原本还说得过去，但为突出阶级斗争，硬是将"意见不同的双方写成两个阶级"，"我这编辑的主要任务就是帮助作者把'作品'编圆"②。浩然的《金光大道》"是当时的范本，因为他能编得比较像个故事。其中当然必须有阶级斗争，又必须有故事，他就编了一个'范克明'，地主化装远出当炊事员，搞阶级破坏。自从他这一招问世，于是纷纷模仿……所谓'十八棵青松'都是如此栽成"③。韦君宜特别提到很多小说都不能算艺术，但这并非作者有意逢迎上意、破坏艺术，"有几位作者很有生活，例如森林生活、农村生活、学校生活，有的段落写得很真实，很动人，但是整体构思却完全是捏造的，作者不得不随波逐流地去捏造。"④ 这种在今天看来是"捏造"的虚假写作，在当时却有明确的"理论支撑"："革命文艺不是生活现象的简单复制，它必须对生活的本质及其发展规律作出能动的反映……现实斗争生活中的工农兵英雄人物，是我们学习的榜样。那么，为什么根据实际生活去塑造艺术典型，又要避免直接去表现真人真事呢？这是由于文艺创作典型化原则的要求，同时也由于实际生活中的真人真事本身就有其局限性，既是一些先进人物的先进事迹，也会受到当时当地的事实局限和所处环境条件的局限。突破真人真事的局限，就可以从许许多多工农兵英雄人物的身上进行典型概括，塑造出高大丰满、光彩照人的无产阶级英雄形象；又从每一作品中所塑造的主要英雄人物身上，集中反映出我们这个英雄辈出的伟大时代。……这是任何受真人真事局限的作品都无法企及的成就，是毛主席所阐明的典

---

① 韦君宜：《思痛录》，北京十月文艺出版社1998年，第163页。

② 同上。

③ 韦君宜：《思痛录》，北京十月文艺出版社1998年，第164页。

④ 韦君宜：《思痛录》，北京十月文艺出版社1998年，第164—165页。

型化原则的胜利。"① 在持此论调者看来，以"典型化"名义突破真人真事局限也是为现实中的工农兵读者所赞同和欢迎的："我们生活中那些具有高度阶级斗争和路线斗争觉悟的工农兵英雄人物，他们是完全赞同文艺创作不要受真人真事局限的。就是对报告文学这一特殊的文学样式来说，也应该有一定程度的选择取舍，不宜多写活着的真人。"这些在今天看来不可思议的荒谬论调却曾在当时大行其道，甚至言称："要塑造典型，不要受真人真事局限，这既是社会主义文艺发展和繁荣的需要，同时也是使文艺真正为工农兵而创作，为工农兵所利用的需要，是充分发挥革命文艺团结人民、教育人民、打击敌人、消灭敌人的战斗作用的需要。"② 既然"真人真事"成了写作中需要突破和克服的局限，那么个人的生活经验和体验、想法又何足道哉？浩然《金光大道》的架子是由编辑帮他搭的，而原本没有的抗美援朝内容是一位从未做过文学编辑如今却是主管此书的编辑组长的造反派，要求加进去的。为此，浩然只能徒唤奈何："我不同意他这么改，没有别的意思，只是还想保护一点我的艺术创作……这个人像念咒似的一句一个抗美援朝……"③ 韦君宜本人奉派到延安组织插队女知青写的小说，也因为陕西省文化局指导写作的领导为了强化阶级斗争的尖锐性，而让女英雄与临时添加的所谓地主在水中殊死搏斗，这既背离了作者的初衷，也与编辑韦君宜"写一个新生资产阶级分子"的想法大异其趣。但这种强迫命令"侮辱一个作者"的做法，却"在我们那天开会'集体创作'中还是通过了"④。通过以上理论和个案分析，我们可以推断，如果陈忠实写出了那部何启治邀约的小说，也只能是抽空了个人农

---

① 方进：《要塑造典型，不要受真人真事局限》，洪子诚编：《二十世纪中国小说理论资料》第五卷，北京大学出版社 1997 年，第 608 页。

② 方进：《要塑造典型，不要受真人真事局限》，洪子诚编：《二十世纪中国小说理论资料》第五卷，北京大学出版社 1997 年，第 609 页。

③ 韦君宜：《思痛录》，北京十月文艺出版社 1998 年，第 165 页。

④ 韦君宜：《思痛录》，北京十月文艺出版社 1998 年，第 167 页。

村生活经验和个体想法，以传达阶级斗争和路线斗争为主题并以此重新设计人物和设置人物关系的，严格遵循"三结合"模式的"集体写作"的产物。在此过程中，无论陈忠实还是何启治都只能接受这些必须恪守和传达的某些先在性、体制性或制度性的话语机制。以韦君宜奉派延安，找两位女知青组稿写成的《延河在召唤》为例，这部二十五点五万字的小说，1976 年 5 月出版、7 月印刷，作者署名为"《延河在召唤》写作组"，在"内容说明"最后一部分写道："本书是采用'三结合'方式，由知识青年执笔写作的。他们亲身经历了这些斗争，写来亲切感人。"① 在正式出版的《延河在召唤》中，看不到"两个下放插队的姑娘"的名字，甚至看不到"年轻的女作者"。不仅"个人"被完全抹除了，连性别也被更为中心化或男性化的"他们"所替代。"知识青年"只是"三结合"模式中的"执笔者"，"个人""性别"彻底消失在"知识青年战斗群体"和"英雄形象"中。无论《金光大道》《伐木人》《铁旋风》《晨光曲》《无形战线》这样的小说，还是浩然、陈忠实这样的作者，抑或韦君宜、何启治等文学编辑，概莫能外。

其次，从何启治当时的状况来看，他作为以陕西为工作重点的现代文学编辑室北组编辑，在 1973 年的主要工作有三项：一是接受组织指派，按照政治需要到延安向只读过初中的知青组稿，写反映知青生活的长篇小说；二是同样出于政治需要和领导意图向高中毕业已发表若干作品的陈忠实组稿，写反映农村生活的长篇小说；三是按照北组领导安排，与柳青联系其长篇小说《铜墙铁壁》的修改再版事宜。就掌握的资料来看，这三项工作进展似乎并不顺利，延安知青的小说组稿似乎并未出版，陈忠实也未能开始长篇写作，《铜墙铁壁》的修改再版也历经波折。

关于《铜墙铁壁》的修改和再版情况，何启治有着详尽的叙述。这是 1973 年 7 月何调回出版社之后的主要工作之一。在此之前

---

① 《延河在召唤》写作组：《延河在召唤》，人民文学出版社 1976 年 5 月。

的 1971 年人文社刚刚恢复部分业务时,《铜墙铁壁》就被列入第一批再版名单,并在同年召开的全国出版工作座谈会上获得"基本是好的""修改后再版"的审查意见。人文社自 1971 年 3 月多次向陕西省革委会外调,直至 1972 年 5 月 21 日才获得"已审查清楚,属人民内部矛盾"的复函,"通过了再版的第一道门槛"。人文社本打算自 1973 年 5 月 23 日以前再版此书以纪念《在延安文艺座谈会上的讲话》发表三十一周年,但因需改动的文字较多,只能将书稿发厂重排而已无可能。在此情况下,柳青得以在同年夏天对《铜墙铁壁》校样做认真系统的校读修改。同年 8 月 1 日,柳青完成修改并寄回修改校样。8 月 18 日,出版社提出不同的修改意见,20 日柳青收到出版社意见后当即复信,在基本同意出版社意见的同时,认为有三处改动"不当",但"当时人文社的编辑部和当时的社会是息息相通的,我们不能不考虑各种各样的具体意见乃至压力。因此,柳青的意见自然也就不可能痛痛快快地被编辑部所接受"[1]。何启治就是在此情况下于 9 月被派赴西安,受命与柳青面谈修改方案。至 1973 年年底,终于完成文字修改工作,至此,何启治写道:"我想,它的再版当是毫无疑问的了。正是从这样的认识出发,1973 年 12 月 28 日我从西安给出版社写的汇报信中,认为再版前要做的修改工作已经全部完成。"[2] 从何启治的叙述中,可以看到柳青既坚持自己的原则,"又对我们采取支持的、合作的态度。我们关于一些文字的具体修改意见,他都是比较痛快地接受了的"[3]。对于小说中涉及的毛泽东的革命实践活动和党的历史的有关内容,"我们只好正式向出版口领导小组做书面的请示报告,并得到他们的同意。而柳青同志在这个问题上,是完全支持我们的"[4]。由这些叙述可

---

① 何启治:《朝内 166:我亲历的当代文学》,人民文学出版社 2016 年,第 419 页。

② 何启治:《朝内 166:我亲历的当代文学》,人民文学出版社 2016 年,第 421 页。

③ 何启治:《朝内 166:我亲历的当代文学》,人民文学出版社 2016 年,第 420 页。

④ 何启治:《朝内 166:我亲历的当代文学》,人民文学出版社 2016 年,第 421 页。

以看出，何启治在西安与柳青商谈修改意见是顺利的，双方在相处时相互尊重且颇为和谐。从何启治给人文社的汇报信也可以看出，其内心修改定稿后的轻松乃至愉悦。而这个即将或已经完成《铜墙铁壁》修改定稿的时间点恰恰与陈忠实和他提到的"1973年隆冬季节"完全吻合。由此大致可以推定何启治约请陈忠实写长篇小说时，正处于这种颇费周折却终得正果的心情之中。但此后的发展却出乎何的意料。1974年2月至3月间，"批林批孔"运动在全国展开，这"对《铜墙铁壁》的再版发生了直接的影响"[1]。由于各方面的干预，再版工作暂停，直到1975年11月17日，才以"落实毛主席关于调整文艺政策的指示"为由作为急件付印，并于1976年2月再版发行。何启治回忆此事时感慨道："这就是荒唐年月发生在人民文学出版社的比较典型的荒唐事。"[2] 而在《铜墙铁壁》修改完成后，相对于柳青的"比较冷静，比较清醒"，他对形势的估计"过于天真了"[3]。

关于《铜墙铁壁》的修改，柳青之女刘可风在《柳青传》中的叙述可作为参照。1972年8月底[4]，柳青正要动笔写《创业史》第二部未完成的部分时接到人文社要求他修改《铜墙铁壁》准备再版之事，"父亲给人民文学出版社回信说这部小说修改再版意义不大。出版社来信说，目前文艺作品较少，先出版一些，解解读者的精神饥渴"，"既然要出版，就要对读者负责"，"刚修改完，父亲轻松的脸上透出满意的神色。再读几遍后，他又深表遗憾地说：'那时打的底子，现在想让它有大的改观，很困难。'"出乎所有人的意料，此书直至1976年2月才见成书。刘可风谈到"十七年"的文艺作品能在"文革"期间再版"极其个别"，"必须是中央文革小组

① 何启治：《朝内166：我亲历的当代文学》，人民文学出版社2016年，第421页。

② 何启治：《朝内166：我亲历的当代文学》，人民文学出版社2016年，第422页。

③ 何启治：《朝内166：我亲历的当代文学》，人民文学出版社2016年，第421页。

④ 这个时间与何启治所说的柳青1973年8月1日完成文字上的修饰和细节上的修改，有较大差异。

成员点头说话，估计《铜墙铁壁》能够出版与江青对这本书的态度有关"①。通过刘可风的叙述，可以获得以下信息：其一，自1971年文艺政策调整以来，文学出版出现了相应的复苏，包括极个别的"十七年"小说在经过最高权力机构批准之后，也有机会再版，《铜墙铁壁》即为极个别的例子；其二，虽然较之此前的萧条，文艺出版有所复苏，但作品太少，无法满足读者需求；其三，柳青对此次修改是满意的；其四，一本书即便修改定稿，其最终何时出版却无法确定。第二点直接涉及出版的计划性和规划性，和文学编辑积极出击、主动"组稿"的行为，何启治对陈忠实和延安知青的组稿，即是如此。第三点与何启治的感受相似，说明作家和编辑之间即便在特定政治话语的严密控制下，仍然能够在彼此理解和谅解的基础上，建立良好的合作关系。这一点在何启治与陈忠实这里也得到了进一步的证实。第一点和第四点，结合起来看，一方面可以看出，在当时情境下由于政治形势的变幻不定，相应地会对图书出版造成直接的关键性的影响，另一方面也可看出，尽管文学创作和出版的空间有所扩展，出现了一定的弹性，但这种弹性空间是主导政治话语赋予的，它可以"放"，也可以"收"。结合何启治对此书直至1976年方得以出版的叙述，可以看出"放"与"收"之间更重要的关系是"放"中有"收"。何对陈的长篇约稿，是"放"的结果，而真正进入写作、编辑、修改、出版等程序后，必然会面临"收"的审查，即便写成，能否出版、何时出版、以何种面目出版，均需看具体的审查情况。关于这一点，除了上述两点之外，还涉及如下出版程序和周期问题。

最后，从一部长篇写作、编辑、审查、出版发行的程序和周期来看，何对陈忠实的组稿，最大的可能是无疾而终、不了了之。《铜墙铁壁》虽可做一例来说明这个问题，但其作为"十七年"文学作品，以及其中涉及的刘少奇、毛泽东的革命活动以及中共党史

①　刘可风：《柳青传》，人民文学出版社2016年，第340—341页。

等敏感内容，都使其出版难度大于通常工农兵所写的"工农兵文艺"作品，因此《铜墙铁壁》的修改出版有一定的特殊性。相比之下，韦君宜对两位到延安插队的女性知青的组稿更有参照性。

按照何启治的说法，至迟 1973 年 12 月，"韦君宜亲自选定的两位北京知青（沈小艺、马慧）已经写成知青题材小说《延河在召唤》"。但这部小说直至 1976 年 5 月才得以出版，从写成书稿到正式出版发行，时间跨度两年半。谌容的长篇《万年青》自 1972 年动笔写作，中经两次修改。一是 1973 年完稿后交人文社，"当时人民文学出版社的几级领导，包括王致远同志、韦君宜同志、屠岸同志都看了，一致同意把这部小说列入他们的出版计划，并且提出了修改意见"。"我很快把稿子改完，给出版社交了去"。此后因家庭出身问题，该书出版计划被出版社造反派取消。谌容写信给江青申诉并获准出版，"当重返人民文学出版社，洽谈进一步修改《万年青》时，我格外谨慎小心，生怕言行稍有不当，又被'造反派'节外生枝，再次发起攻势。更怕那些掌权的大人物出尔反尔，撕毁前言。出版社的同志，特别是小说北组的同志，也为我这一状告准了感到高兴。他们也是小心谨慎的，不敢因为重新获得编书的权利而稍露喜色。我们彼此合作，只求平平安安地出书"①。小说最终于 1975 年 9 月出版，自完稿到出版时间达两年之久。郑万隆的第一部长篇《响水湾》自 1975 年 1 月动笔至 1976 年 10 月由北京人民出版社出版，也有近两年的时间跨度，这应该是堪称彼时快捷的出版速度。

当然，以上"文革小说"的出版对于何启治对陈忠实的长篇组稿仅具参考意义。一个关键的事实是，何启治约稿之后的 1974 年夏，"大约过了一年我就成为首都中央出版口派出的唯一的援藏教师，到青海西藏格尔木中学和拉萨等地工作"②。关于何启治援藏

①　谌容：《并非有趣的自述》，何火任编：《谌容研究专集》，贵州人民出版社 1984年，第 31、34 页。

②　何启治：《我与陈忠实和他的〈白鹿原〉》，《永远的〈白鹿原〉》，人民文学出版社2018 年，第 86 页。

之后两人的联系，陈忠实写道："我去陕北的南泥湾干校之后，老何来信说他也被抽调到西藏去工作，时限为三年，然而仍然继续着动员鼓励我写长篇小说的工作。随着他在西藏新的工作的投入，来信中关于西藏的生活和工作占据了主要内容，长篇小说写作的话题也还在说，却仅仅只是提及一下而已。这是一九七四年的春天和夏天，'批林批孔'运动又卷起新的阶级斗争的旋涡……这次长篇小说写作的事就这样化解了。我因此而结识了一位朋友老何。"① 自1974年至1976年结束援藏工作，何启治在此期间实际上已经暂别了编辑工作，正因此他在收到1976年2月再版发行的《铜墙铁壁》样书时，才会感慨："我在青海西藏驻格尔木办事处中学收到这本样书的时候，已是初夏时节，我就要结束援藏教师的工作回出版社重操旧业了。"② 也因此，他才会在援藏期间与陈忠实的通信中对"长篇小说写作的话题也还在说，却仅仅只是提及一下而已"。姑且不论何启治的援藏是否属于荒唐年代里发生在人文社的荒唐事，但离开编辑岗位整整两年之久，应该是"这次长篇小说写作的事就这样化解了"的关键原因。从某种意义上说，何启治援藏对于其本人和陈忠实来说看似"不幸"，令人颇感惋惜，但无论在当时还是在今天看来，却算得上是一种"幸运"。

第四节　历史、政治中的"个人"与"文学"

1973年是一个节点，对于何启治、韦君宜等编辑来说，对于人文社来说，对于陈忠实来说，都是如此。但这一点又不是静止的、平面的，而是始终处于当代中国历史和政治的动荡中，并包含着极

---

① 陈忠实：《何谓益友——我的责任编辑何启治》，《陈忠实文集》第7卷，人民文学出版社2015年，第87页。

② 何启治：《朝内166：我亲历的当代文学》，人民文学出版社2016年，第422页。

其复杂多变的各种政治权力话语的交锋，因而是流动的、立体的和复杂的。

1973 年 12 月，经毛泽东提议，邓小平参加中央政治局和中央军委工作并任总参谋长，1974 年 12 月至 1975 年 1 月，经毛泽东提议，邓小平担任中央副主席、政治局常委，并担任中央军委副主席兼总参谋长和国务院第一副总理。邓小平在党政军的全面复出，改变了中国最高政治权力核心的结构，影响了中国政治经济形势。经过一番调整，缓解了经济和文化方面的混乱状态。

但与此同时，江青、张春桥等也走上政治前台。1974 年 1 月，经毛泽东批准，开展了全国性的"批林批孔运动"。2 月底，《人民日报》刊文批判晋剧《三上桃峰》，继而在全国掀起反"文艺黑线回潮"运动。5 月，毛泽东主持中央政治局会议，批评江青、张春桥、王洪文、姚文元的党内政治帮派活动。1974 年 7 月 1 日，针对工农业生产大幅度下降的情况，中共中央发出《关于抓革命、促生产的通知》。7 月 14 日，毛泽东发表关于文艺问题的谈话，指出党的文艺政策应该调整。7 月 25 日，毛泽东在对电影《创业》的批示中明确表示了对文艺作品缺少"百花齐放"的现状的不满，指出："此片无大错，建议通过发行。不要求全责备。而且罪名有十条之多，太过分了，不利于调整党的文艺政策。"[①] 邓小平的复出并主持中央和国务院工作，使各个领域进入全面整顿的轨道。但政治形势又在进入 1975 年 10 月下旬尤其是 11 月初后发生逆转。随着毛泽东对清华大学有关问题的批示的传达，在全国范围内掀起了所谓"批邓、反击右倾翻案风"运动，全面否定邓小平主持中央工作以来的政治方针、各项措施和工作成就，刚趋稳定的形势再度陷入混乱。1976 年 4 月 7 日，根据毛泽东提议，中共中央通过《关于撤销邓小平党内外一切职务的决议》。此后，"梁效"等批判组在全国范围内

---

① 毛泽东:《党的文艺政策应当调整》,《毛泽东文集》第八卷，人民出版社 1999 年，第 444 页。

展开对邓小平的又一波大规模批判。

陈忠实的三部短篇都写成和发表于这一时段。《高家兄弟》写于 1974 年 6 月，并于 9 月刊《陕西文艺》第 5 期。《公社书记》写于 1975 年 4 月，7 月刊《陕西文艺》第 4 期。1976 年 3 月，《无畏》刊《人民文学》第 3 期。分别发表于 1974、1975、1976 的这三个短篇，加上 1973 年 11 月发表的《接班以后》，被李建军称为"文革四部曲"。他一方面肯定这些小说"在艺术性上，……确实具有一些高出'时文'的优点"，并认为"陈忠实具备成为优秀小说家的一些重要素质"，但同时指出，"在陈忠实的'文革四部曲'中，《无畏》无疑是写得最僵硬、最无趣的"[①]。这四篇小说中，发表于《人民文学》的《无畏》最具有典型性。这是陈忠实创作首次登上国家最高级文学刊物，原本是前所未有的荣誉，最终却成为陈忠实的心头之痛。首先，需要了解一下这篇小说的写成、发表与《人民文学》的具体关系是怎样的。1966 年 5 月 12 日，《人民文学》在出版 5 月号后自动停刊，十年之后的 1976 年 1 月 20 日出版复刊后的第 1 期。1975 年毛泽东调整党内文艺政策的指示是促成其复刊的直接的、根本的原因。当时复出主持中央工作的邓小平对此也做了赞成的批示。复刊首期刊发了蒋子龙的《机电局长的一天》。这篇小说写于 1975 年 11 月至 12 月，正值邓小平"整顿"初见成效期间。这是蒋子龙这篇小说创作的历史背景。但 1975 年下半年政治形势发生逆转，1976 年初经毛泽东指示发起"批邓、反击右倾翻案风"。政治局势的微妙陡转，使《人民文学》措手不及，作者蒋子龙做检讨。但时间已接近"文革"结束，此事并未对作者造成很大的直接伤害。[②]

---

① 李建军：《陈忠实的蝶变》，二十一世纪出版社集团 2017 年，第 52—53 页。

② 关于围绕这篇小说创作、发表前后的政治形势、格局和各种政治力量的博弈，参看吴俊《环绕文学的政治博弈——〈机电局长的一天〉风波始末》，《当代作家评论》2004 年第 6 期。关于《人民文学》复刊情况的分析，参看吴俊《关于〈人民文学〉的复刊》（《当代作家评论》2004 年第 2 期）、《〈人民文学〉的创刊和复刊》（《南方文坛》2004 年第 6 期）。

据吴俊研究，在各方力量围绕《机电局长的一天》展开博弈的过程中，1976年3月初，文化部副部长、《人民文学》主编袁水拍打算将蒋子龙等人集中到北京，"组织他们写写与走资派作斗争的作品"。后扩大规模为"举办一个学习班"，将全国各地有创作基础的作者集中到《人民文学》编辑部，讲明目的、要求，各自构思，写出初稿，再由编辑加以辅导，直至定稿备用。3月13日，学习班正式开班，蒋子龙未能参加，包括陈忠实在内的八人参加。这八人都是各地工农兵青年业余作者中崭露头角的佼佼者。吴俊认为，"这次学习班的举行，实际上并不是为批蒋而作的部署。它主要是一次《人民文学》召集的创作组稿会，类似'笔会'的形式。其创作任务远重于政治目的"①。需要注意的是，这个短期学习班或"组稿会"虽没有直接的政治批判目的，却也需将其放在当时的政治情境下做理解。陈忠实之所以能够参加这次"学习班"或"组稿会"，一是其工农兵业余作者的身份。这不是一般意义上的职业身份，而是享有一定权利的政治身份，是当时社会主义文艺的主要培养对象和依靠对象。二是，陈忠实当时已经在陕西省最高级别文学刊物发表了《接班以后》《高家兄弟》《公社书记》三篇小说，风格较为沉实、厚重，结构较为紧凑。语言较简洁、凝练，带有较突出的地方特色和乡土风味，属于陕西省乃至全国工农兵业余作者中有着较为突出的文学成绩、较为成熟的创作经验的作者，也是工农兵业余作者中的重点培养和扶植对象，如邢小利指出的："当时的陕西文坛，在刚刚起步露头的青年作家中，陈忠实文学创作的综合实力还是很强的，他的几个短篇小说，当时影响很大，所以创作班一定要他去。"②从深层看，上述这两点——政治可靠的国家重点培养的创作力量，一定的创作实践经验和较为成熟的文学风格，也正是

---

① 吴俊：《环绕文学的政治博弈——〈机电局长的一天〉风波始末》，《当代作家评论》2004年第6期。

② 邢小利：《陈忠实传》，陕西人民出版社2015年，第72页。

国家顶级文学出版社编辑何启治到西安找陈忠实组稿的重要依据和根本原因。

那么，陈忠实为何会写出《无畏》这样的小说？关于这一点，邢小利认为"原因无他，乃当时政治气候使然"[1]。这是我们在谈到特定时代的文学创作和现象时，通常所持的思路和观点。这样看，自然是对的。具体地看，刚刚复刊的《人民文学》要组稿，自然需要符合当时的政治形势和刊物的需要和要求，因此，参加学习班的业余作者的"创作任务"应该是以当时的政治斗争、阶级斗争和路线斗争为中心，创作能够反映——更准确地说，是编织能够配合"反击右倾翻案风"运动的作品。但将原因一概归结于"时代""政治气候"仍然难以见出陈忠实的"这一个"。

首先要看到，政治形势的确对作品的政治方向和政治倾向性有重大甚至决定性影响。蒋子龙《机电局长的一天》的写作和发表就有邓小平复出整顿的宏大历史政治背景，而作者遭受的压力、困境的最终"缓解"也来自政治形势的转换以及在这过程中各方政治力量的博弈。《无畏》自然也有这一重要因素。

同时，要看到作者本人的思想成熟度、精神个性乃至性格也是陈忠实写成此小说的重要因素。能在刚复刊不久的最高级文学刊物上发表小说，对于一个业余作者来说是个很难抗拒的诱惑。这可以理解，但在"文革"后期，那种激进政治模式已经在现实中遭遇极大质疑，"四人帮"及其政治理念存在的社会基础现实基础已经大为削弱，乃至遭遇民众自发抵制抨击的历史情势下，创作一篇高喊"大批促大干"、反对"整顿为纲"、歌颂"无产阶级文化大革命"并认为这场"国际共产主义运动历史上一次伟大的革命……仍然将以其灿烂的光辉载入史册，照耀后来！"[2]的小说，确是很难理

---

① 邢小利：《陈忠实传》，陕西人民出版社 2015 年，第 76 页。

② 陈忠实：《无畏》，《陈忠实集外集》，邢小利主编，白鹿书院、陈忠实文学馆 2011 年编印，第 139 页。

解的。

更有意味、更具征候性的一个现象是陈忠实在小说《无畏》中借主人公"革命造反派"杜乐之口所说："能否识别潮流，是认识问题；而认清了错误潮流，敢不敢反，特别是当反革命逆流铺天盖地而来的时候，敢不敢反，这是考验一个共产党员党性纯洁不纯洁的试金石！"① 重点在于，这句话的前半部分是对柳青关于"反潮流"看法（陈忠实称之为"谆谆教诲"）的"转述"。

柳青谈关于"反潮流"的看法，是在 1974 年 6 月陕西省文化局召开的一次创作座谈会上。陈忠实就是在这次会上听到了柳青的说法。这也是陈忠实第三次见到柳青，对此，他多有记述。2005 年，陈忠实在以柳青为主人公的小说中有详尽的叙述："再见到柳青是两三年后，还是文艺界的一次会议，那时候不称会议称'学习班'。又有新的政治口号指示下来，'文革'又掀起一个新的浪潮，叫做'反潮流'，反'复旧复辟'的潮流，据猜测是针对复出不久的邓小平的。柳青被请到场讲话，还是青布褂子，对门襟，不过是单衣，还是整齐的短髭，还是锐可透壁的眼光。借着时兴的'反潮流'的话题，柳青有几句话震响：在我看来，反潮流有两层意义，首先要有辨认正确潮流和错误潮流的能力，其次是反与不反的问题。认识不到错误潮流不反，是认识水平的问题；认识到错误潮流不反或不敢反，是一个人的品质问题……语惊四座。会场里又是鸦雀无息的静寂。所有眼睛都紧紧盯着更频繁地从口袋里掏取喷雾剂的那只手，所有耳朵都接受着那哧啦哧啦的响声的折磨……"② 2009 年，陈忠实谈及自己与柳青的三次见面时说："当说到对当时'反潮流'政治运动的看法时，他很机智地表达了自己的观点，启示也是对青

---

① 陈忠实：《无畏》，《陈忠实集外集》，邢小利主编，白鹿书院、陈忠实文学馆 2011 年编印，第 143 页。

② 陈忠实：《一个人的生命体验——三秦人物摹写之二》，《陈忠实文集》第 8 卷，人民文学出版社 2015 年，第 25 页。

年作者的谆谆教诲：'能不能识别错误的潮流是觉悟的问题，识别了不反对那就是品质问题。'这句话可以说影响了后半生。"[①] 2010年，陈忠实再次谈到第三次见柳青时的情境："那时候正学习一条'反潮流'的最新指示，柳青借题发挥：'能不能识别潮流错误，是认识水平问题；能识别错误潮流，反或不反，是个品质问题。'我至今记得这句话。"[②] 关于陈忠实对柳青"反潮流"看法的反应，邢小利说："陈忠实说他对这个话印象极为深刻。因为当时'四人帮'在搞'反潮流'，柳青说这个话，大家都可意会，但谁也挑不出什么毛病。"[③] 从这些自述和他述中，可以看出陈忠实是领会了柳青"反潮流"看法的，柳青固然有时代的局限，但他更有独立思考的勇气和能力，有坚持自己不合潮流的思想见解的勇气和智慧。在面对"反潮流"运动时，柳青在认识水平和品质上都显示出一个作家的堪为称道之处。形成比照的是，1974年6月已"意会"了柳青看法的陈忠实，却在1976年3月这不到两年时间内，将柳青之"意"嫁接到柳青所反对的"反潮流"代表人物身上，从根本上曲解了柳青本意。按照柳青的说法，这是"觉悟"和"认识水平"问题，还是"品质"问题？虽说这篇小说与某个大人物并无关系，但其中的"自作的小聪明"甚至"投机心理"却很难辩解。1976年《无畏》的写作，与1962年陈忠实参加高考时作文弃记叙文"雨中"而选议论文"说鬼"极其相似。陈忠实在2010年写成的《我经历的鬼》中写道，"真正致成我心里创伤的鬼事，却是发生在1962年"，"后来自我检讨，之所以选择我并不擅长的论文体去与'说鬼'，原是出于一种错误的判断；之所以发生判断的失误，说穿了是自作的小聪

---

① 陈忠实：《创作成就取决于作家的敏感、深刻和独特——与西安工业大学人文学院
　　邰科祥教授对话》，《陈忠实文集》第9卷，人民文学出版社2015年，第524—525
　　页。

② 陈忠实：《作家都在思考这个时代——答〈江南〉杂志黎峰问》，《陈忠实文集》第
　　10卷，人民文学出版社2015年，第329页。

③ 邢小利：《陈忠实传》，陕西人民出版社2015年，第76页。

明所致成；再扎实说来，是不无投机心理的。……以为正合拍于社会的大命题，……更切社会热点"①。或许正是这种投机心理最终促成了其在"文革"结束后"陷入一种尴尬而又羞愧的境地"②的《无畏》的写作，也使陈忠实直到晚年仍对柳青的"反潮流"言论记忆犹深。

对于这四篇"文革"小说，陈忠实在2003年有如此评价："它们都带有当时政治斗争的烙痕，主题都属于演绎阶级斗争的。但是，我那些作品在当时都产生了广泛的社会影响。这在当时那个艺术荒漠的状况下，我的那些作品之所以能产生广泛影响，主要是因为我对现实生活的艺术描绘可能在生动性上做得更好一点。但在骨子里这些作品所要演绎的还是阶级斗争。"③同时，他也谈到这四篇小说中的"柳青因素"："……我最初在'文革'中间写了四个短篇之后，人们为什么喊我为'小柳青'，主要就是我那些小说的味道像柳青，包括文字的味道像柳青，柳青对当时我的文字的影响、句式的影响都是存在的。"④这需要我们做进一步分析。一方面，在这些小说中，的确存在着陈忠实对农村日常场景的颇具生活实感的描写，对生活细节和人物心理的捕捉与较为细致的描绘，语言也确有柳青的气质，具有简洁、准确、优美而劲道的美感。另一方面，也要看到，这些小说对"文革"的表现不仅在"阶级斗争"的主题上，更在其与"文革"主流叙事美学的高度重合。首先，人物采用阶级决定论和出身论，按照家庭阶级出身分为革命与反动阵营，在正面人物（成熟的革命英雄或成长中英雄）和反面人物的对照中塑

---

① 陈忠实：《我经历的鬼》，《陈忠实文集》第10卷，人民文学出版社2015年，第51—52页。

② 陈忠实：《为了十九岁的崇拜——追忆尊师王汶石》，《陈忠实文集》第6卷，人民文学出版社2015年，第160页。

③ 陈忠实：《在自我反省中寻求艺术突破——与武汉大学文学博士李遇春的对话》，《陈忠实文集》第7卷，人民文学出版社2015年，第423页。

④ 陈忠实：《在自我反省中寻求艺术突破——与武汉大学文学博士李遇春的对话》，《陈忠实文集》第7卷，人民文学出版社2015年，第427页。

造正面人物、工农兵英雄人物，人物形象多为寄托着极左政治路线的理念化符号化的扁平人物，和凸显主流政治理想、缺乏自身的丰富性复杂性和艺术感染力的符码化人物。《接班以后》中的东海、刘建山和地主刘敬斋及其狗腿子福娃，《高家兄弟》中的高兆丰、玉兰和公社文教书记祝久鲁，《公社书记》中的书记徐生勤和副书记张振亭就是按照思想、路线的对立性原则塑造的充分意识形态化（阶级斗争）的理想化英雄化形象。其次，小说中的社会环境、叙述情境也与阶级斗争化的社会"现实"相对应，通过积极乐观、昂扬明朗的积极情境氛围和压抑沉闷、暗淡阴沉的消极情境的鲜明对比，强化不可调和的阶级冲突路线斗争。小说中遍布直接传达革命英雄人物精神人格、斗争品格的观念性象征性意象（群）。再次，以阶级斗争和路线斗争涉及矛盾冲突，将丰富复杂的具体生活经验形态置换为单一单调的阶级政治路线政治斗争理念形态。最后，叙述者多为建立在全知政治视点之上的宏大叙述者，以抒情、议论等凸显意识形态性的叙述立场、叙述眼光和叙述声音，传达权力话语、组织和介入叙述进程，等等[①]。

可以说，从 1973 年的《接班以后》直到 1976 年的《无畏》，陈忠实的写作越来越切近"文革文学"话语的核心部分，并在《无畏》中彻底融入"文革文学"的主流政治话语及其美学模式。无论从总体观照还是历史发展脉络看，如果陈忠实接受何启治组稿，如果何启治没有援藏支教暂时离开编辑岗位，那么在造反派和"军代表"当家的人文社，在"三结合""集体写作"中写成的长篇，究竟会有怎样的形态和面貌呢？历史不能假设，陈忠实毕竟没有写这部组稿的长篇，但历史——1973 年至 1976 年间陈忠实的写作及其与当代政治当代历史之间的密切关联——却给出了答案。

---

① 陈忠实这四篇"文革小说"与"文革"政治、历史的关系及其叙事美学特征等问题，是个需要具体、系统研究的重要问题。笔者在此仅仅从这几个方面进行简单概括，将另文对此做研讨。

问题的复杂之处在于，"文革"中后期各种政治力量彼此交错，此消彼长。政治风向的反复变换，往往将作者、编辑等置于无法摆脱的困境和险境中。谌容经过向江青申诉，在江青的直接干预下争取到了出版《万年青》的机会，此书在"与走资派作斗争""反击右倾翻案风"运动中起到了重要的武器作用。谌容本人却也因此在"文革"结束后遭受政治审查，工资也被停发多年。蒋子龙因历史形势的复杂多变侥幸避过因《机电局长的一天》而引发的大批判，因发表《机电局长的一天》而承受着巨大压力的《人民文学》编辑部派崔道怡两次赴津"帮助"蒋子龙写成一篇"合格"的批邓、与走资派斗争的小说《铁锨传》作为"改过自新"的表现①，发表于《人民文学》1976 年第 4 期。侥幸逃过"文革"批判的蒋子龙，却因这篇反映两条路线斗争"反走资派"小说和同期发表的检讨《努力反映无产阶级同走资派的斗争》②而在"文革"后再次成为批判对象。

1976 年 9 月（即《无畏》发表四个月后），《人民文学》还有一次向陈忠实"组稿"的经历。据阎纲所记，因蒋子龙《机电局长的一天》发表引起了一波极端上纲上线的批判，《人民文学》编辑部为了扭转被动局面，在强迫蒋子龙做检讨的同时，需要紧急发表以"反击右倾翻案风"为主题的小说。1976 年 8 月初，刚从唐山

---

① 蒋子龙：《铁锨传》，《人民文学》1976 年第 4 期。关于这篇小说写作的情况，当时奉《人民文学》领导之命"帮助"蒋子龙的崔道怡回忆道："我了解蒋子龙性格偏强，唯恐搞僵，惹来更大麻烦，写信'恳望'他'万万不可意气用事'。从他复信得知，天津有关方面也给了他巨大压力。上有党领导威逼，下有'好心人'感化，迫使他万般无奈，不得不违心同意'检查'。为帮助解除刊物困境，答应了另写一篇'突出女将'的小说。"崔道怡：《小说课堂》，作家出版社 2012 年，第 205 页。

② 蒋子龙：《努力反映无产阶级同走资派的斗争》，《人民文学》1976 年第 4 期。在这篇检讨文章中，蒋子龙写到同期刊载的新作小说《铁锨传》："全力歌颂铁锨嫂这个经过文化大革命批林批孔运动成长起来的农村新人的英雄形象，着重描写在右倾翻案风到来时，她早有警觉，辨风向，战台风，反翻案，反复辟。"

地震灾区现场采访返京的阎纲奉派到西安紧急组稿。9月，他首先找到了陈忠实。接下来发生的事，阎纲的相关叙述，可分别在一文（刊发《文艺争鸣》杂志的《从〈人民文学〉的争夺到〈文艺报〉的复刊》，以下简称"文"）一书（《文网·世情·人心》，以下简称"书"）中见到。"文"中关于向陈忠实约稿写"反击右倾翻案风"之事的叙述，与"书"中的相关内容相比，大多为文字表述上的微小差异。"文"和"书"中的基本内容是相同的：阎纲在西安电影制片厂找到陈忠实，《人民文学》专程约稿，他有些激动，但是当他明白了我的来意，是让他配合当前任务、急就一篇批走资派还在走的小说时，他默然，埋头吸烟，半天挤出来一句话：'咱编不出来么！'忠实当时既不损害友情又表示十分坚决的痛苦情状，让我三十年来难以忘却。设想，他要是按我的请求写出一篇'反击右倾翻案风'背景下揪斗走资派的小说来，以后能不能写出《白鹿原》并且评上茅盾文学奖，可就很难说了。"比较重要的差别有两处：一是，"书"中写到向陈忠实组稿的原因时，说："因为他是从农村基层磨炼出来的作家，十分用心地学柳青的为人和风格，小说写得结结实实。"① 此为"文"中所无。二是，"书"中特别强调了陈忠实当时"正在为赶写一部电影剧本的任务发愁。总之，千方百计推脱，不肯就范"②。这两处文字，涉及了陈忠实为人的刚正诚实和文学风格、文学能力，从"人"与"文"两方面肯定了当时的陈忠实，并做出设想：如果陈忠实答应写稿则《白鹿原》能否问世及获茅奖则成问题。但这里需要注意的问题是，其一，陈忠实在本年的3月已参加《人民文学》的"学习班"或"组稿会"，并已写成以"反击右倾翻案风"的小说《无畏》并发表于《人民文学》同年5月第3期，时任《人民文学》编辑部人员的阎纲应知此事，为何略而不提？其二，已写成并发表批判"走资派"小说的陈忠实，也

---

① 阎纲：《文网·世情·人心》，生活·读书·新知三联书店2012年，第73页。
② 同上。

于 1992 年 1 月 29 日写完《白鹿原》书稿并于 1997 年获茅盾文学奖，那么"设想"由何而来？其三，按时间来说，陈忠实自 1976 年春至 10 月底在西安电影制片厂创作《接班以后》的电影文学剧本，其间 3 月参加《人民文学》"学习班"，后返回电影厂，在此期间的 9 月阎纲约稿，面对《人民文学》一年内提供的两次机会，陈忠实为何"面有难色""千方百计地推脱，不肯就范"，其心理究竟如何？如果此前陈忠实未写《无畏》，则阎纲的叙述不难理解，但既然事实已经"超出"阎纲的叙述和"设想"，那么陈忠实的"坚决"和"痛苦"就别有意味，包含更多的历史和心理内容。但不知何故，未能见到陈忠实本人对阎纲组稿之事的记述。但从陈忠实去世后，阎纲写的悼念文章①中，可知陈忠实记得阎纲"组稿"之事。但与前"文"和"书"所记有较大出入：一是在《中国艺术报》和《延河》文中，关于"设想"的表述，《延河》文写道："我说：当时要是逼着你把'走资派还在走'的小说写出来，无疑让《白鹿原》作者背上历史污点，险啊！"《中国艺术报》文写道："我心想：当时要是逼着他把'走资派还在走'的小说写出来，作者岂不背上个历史包袱？"两种表述意思是相同的，即不再把"设想"建立在陈忠实未写出和发表"反走资派"的小说这一点上，如上所述，陈忠实已有《无畏》这样的"历史污点"或"历史包袱"。但同时，不知何故，阎纲在《延河》文中，未提及《无畏》更未从这一点上看待《无畏》对陈忠实的政治影响，却在《中国艺术报》文中提及《无畏》。二是《中国艺术报》文在提及《无畏》时写道："我离开西安不久，倒霉的事发生了，陈忠实应《人民文学》编辑部急电之邀，在学习班上写了小说《无畏》，受到赞扬，很快，'四人帮'被粉

---

① 参见阎纲《不说"别了"，说"再见！"——陈忠实的身影》，《中国艺术报》2016 年 5 月 18 日。又见阎纲《只要〈白鹿原〉在，忠实就活着》，《延河》2016 年第 6 期，收入《文艺报》编《写作就是他的生命：陈忠实纪念文集》，作家出版社 2016 年，第 41 页。需注意的是，这两篇差不多写于同时间的文章，叙述亦有差异。

碎，这篇作品犯了错误，被撤去公社党委副书记的职务。此事反倒成为陈忠实后来弃政从文的一个拐点。"①此文对《无畏》写作之缘起以及小说对陈忠实的影响是准确的，但时间上却有问题，"我离开西安不久"应该是 1976 年 9 月，但事实上，陈忠实参加《人民文学》学习班写成《无畏》是在三四月份，发表则是在 5 月。可见"组稿"在后，参加学习班、发表《无畏》在前。1976 年阎纲"西安组稿"和《无畏》事件"，且不论具体情况如何，让我们看到，历史与人、政治与文学的关系，即便在当事人事后的追述中也仿佛罗生门般"扑朔迷离"，更何况在那种倏忽突变的政治形势之下。

由 1973 年何启治的"西安组稿"和 1976 年阎纲的"西安组稿"这两次"组稿事件"，可以看出，作者、编辑等"个人"和"文学"既是存在于特定的历史情境和文艺体制中，就很难摆脱被"组织"的体制化政治化生存处境，但政治形势之波谲云诡难以预料，又时常将"个人""文学"抛掷于契约关系之外的起伏跌宕大悲大喜之中。历史、政治及其操控下"个人"与"文学"命运之悖谬与荒诞，于此可见一斑。无论是"被动"的表态，还是"主动"的靠拢抑或政治投机，似乎都难以摆脱被捉弄被献祭的宿命。

第五节　1973 年：草蛇灰线中的文学起点

韦君宜晚年回忆自己在 1973 年调回人文社组稿编辑长篇小说时，说："'四人帮'垮台之后，我才忙着下令，让当时正在炮制中的这类'青松'式作品赶快停工。但是有许多部作品正在进行中，有的编辑单纯从业务出发，觉得半途丢掉太可惜，还有的已经改完了，发掉了。为了这些事，我和一些同志争论过。同时，我尽力帮

---

① 阎纲：《不说"别了"，说"再见！"——陈忠实的身影》，《中国艺术报》2016 年 5 月 18 日。

助一些好作品，能够出版，和读者见面。这实际上都是一种忏悔自己错误的行为。……我还能有别的改正自己罪过的做法吗？我有罪过，而且没别的改正的做法了。"[1] 韦君宜的忏悔是一个挚爱文学的编辑的忏悔，是对非人性反人性非文学反文学的批判和反思，也是回归人性和文学的起点。人的新生、文学的新生伴随着对个人和历史的双重反思与批判。这种反思和批判不仅对韦君宜具有个人性意义，不局限于个体性范畴，而对从那个时代走过来的作家、编辑乃至每个人都具有普遍性意义。

虽然1973年何启治的西安组稿不了了之，但此后的《无畏》却以"事件"的形式将陈忠实置于"尴尬而又羞愧的境地"。塞翁失马，"《无畏》事件"同时又对此后陈忠实的文学之路形成了积极影响。

首先，对陈忠实来说，它是一次警醒，促使他进入深刻的反思和自省自剖，通过有选择的读书和深入的思考，清除思想观念上的极左意识和艺术上的单调、空虚和教条主义。关于这一点，他在1985年2月27日的文章中写道："我当时因一篇不好的小说而汗颜和内疚不已，就近于残酷地解剖自己。我躲在文化馆的一间废弃的破房子里，潜心读书，准备迎接文艺的春潮。我明白，从思想上清除极左的东西也许并不太困难，而艺术上的空虚却带有先天的不足。我企图通过一批优秀的短篇的广泛阅读，把'左'的艺术说教彻底扫荡；集中探索短篇的结构和表现艺术，包括当代的一些代表文学新潮流的作品，也都读了，企图打破自己在篇章结构上的单调手段。在泛读的基础上，我又集中研读了莫泊桑的一些代表作。到一九七九年春天，我觉得信心和气力都充实了，就连着写出了一些短篇。"[2]

---

[1]　韦君宜：《思痛录》，北京十月文艺出版社1998年，第170页。

[2]　陈忠实：《答读者问》，《陈忠实文集》第3卷，人民文学出版社2015年，第472页。

其次，1976 年 3 月陈忠实参加《人民文学》组织的"学习班"时，结识了另一位工人出身的业余作者傅用霖。1979 年，傅用霖调入《北京文学》当小说编辑后，向陈忠实约稿，陈忠实当即将 4 月写成的短篇《徐家园三老汉》寄去，刊于《北京文学》1979 年第 3 期。对此，陈忠实回忆道："我正儿八经接到本省和外埠的第一封约稿信件，是老傅（指《北京文学》编辑傅用霖，引者注）写给我的，是在中国文学刚刚复兴的新时期的背景下，也是在我刚刚拧开钢笔铺开稿纸的时候。我得到鼓舞，也获得自信，不是我投稿待审，而是有人向我约稿了，而且是《北京文学》杂志的编辑。对于从中学就喜欢写作喜欢投稿的我来说，这封约稿信是一个标志性的转折。我便给老傅寄去了短篇小说《徐家园三老汉》，很快便刊登了。这是新时期开始我写作并发表的第三个短篇小说。"[①]

更重要的是，1973 年何启治的西安组稿之行，更是陈忠实由短篇转入中篇、再由中篇进入长篇创作的一个重要契机。陈忠实并未因自己在 1973 年尚无长篇创作的想法和自信而放弃对文学的执念，何启治也未因组稿遭遇波折而中断与陈忠实的联系。这最初是在特定历史时期和特定政治情境下形成的"编辑/组稿者"与"作家/工农兵业余作者"之间的工作关系，但这种关系因双方都有对文学的热爱并彼此相信对方的文学之爱，逐渐发展为以文学为中心和根底的朋友/益友关系，并进而扩展为一个作家与一份杂志、一个文学出版社的密切关系。

1979 年，人文社创办《当代》杂志。1981 年，何启治从人文社调到《当代》杂志社，做分管西北、西南片区工作的编辑，陕西仍然是其工作重点。"尽管这中间当援藏教师（1974—1976 年）和参加《鲁迅全集》的编辑、注释工作（1976—1980 年）使我和当代创作界的联系，有过六七年的中断，但和忠实以及西安的作家们的

---

① 陈忠实：《1980 年夏天的一顿午餐》，《陈忠实文集》第 6 卷，人民文学出版社 2015 年，第 146 页。

交谊并没有中止。"① 陈忠实发现何启治名在《当代》发稿编辑名单后，即在 1981 年 7 月 9 日主动致信何启治："尽管好多年没有通讯息，在我的心里，仍然保存着对您的美好的记忆，您对人的真诚和热情……只能使人怀恋，而难于忘记。看到三期《当代》的责任编辑署名中，有您的名字，十分高兴。……我这几年间，没有出过陕西，每遇见北京来访的编辑或朋友，总是打听您的工作所在，皆无收获，现在无意间得到，便想给您联系。"陈忠实在信中还谈到尝试写中篇的计划："我就想，不写不论，如果真能写成第一个中篇，无论好坏，一定先送您……倘能经您帮助修改而后刊出，也算是对您几年前费心费力的一个补救吧。"② 这就是陈忠实第一部中篇小说《初夏》，这部小说"初稿写于 1981 年 4 月，经过三番两次艰难的修改，从结构、人物、立意等各方面吸收了编辑部的意见（包括主编秦兆阳的意见），终于在 1984 年初经三改而定。这期间，他还经历了基层生活和集中学习的安排。《初夏》从一个小中篇，改成了一个时代感很强、反映当代农民命运的独特而丰厚的大中篇（近十万字），配上插图，作为'中篇小说'栏，也是《当代》的头条作品，刊发于《当代》1984 年第 4 期。"③《初夏》的修改是个艰难的过程，意味着陈忠实"面对生活"而不是"背离生活"的一次痛苦而必要的对"文革文学"的"剥离"："《初夏》两次修改失败的反反复复的经历，实际上对于我来说是一件好事，它使我更深一步地从原来的'革命现实主义'文学窠臼里反叛出来，并且逼着我寻找真正的现实主义的本真的东西。"④ 中篇《初夏》写作、修改的坎坷，从另

① 何启治：《〈白鹿原〉档案》，《永远的〈白鹿原〉》，人民文学出版社 2018 年，第 45 页。

② 何启治：《我与陈忠实和他的〈白鹿原〉》，《永远的〈白鹿原〉》，人民文学出版社 2018 年，第 86—87 页。

③ 何启治：《我与陈忠实和他的〈白鹿原〉》，《永远的〈白鹿原〉》，人民文学出版社 2018 年，第 87 页。

④ 陈忠实：《在自我反省中寻求艺术突破——与武汉大学文学博士李遇春的对话》，《陈忠实文集》第 7 卷，人民文学出版社 2015 年，第 393 页。

一侧面也说明 1973 年的陈忠实尚不具备写出一部优秀长篇的能力。正如何启治在肯定陈忠实对六七十年代中国农村生活和农村各色人物熟悉的同时，也谈到"仅仅是熟悉农村和农民，对于创作的大突破是远远不够的"①。

在 1999 年 5 月 7 日写成的文章中，陈忠实认为《初夏》从写成到发表是一个"难忘的，也是一个重要的不可忽缺的过程。……这是我写得最艰难的一部中篇，写作过程中仅仅意识到我对较大篇幅的中篇小说缺乏经验，驾驭能力弱。后来我意识到是对作品人物心理世界把握不透，才是几经修改而仍不尽如人意的关键所在。……我的投笔的目标，应是作品人物的这个心理历程的解析，那样才能较为准确地揭示那个时期的生活真实，即心理真实。只是我的那个艺术觉醒来得晚了一点，或者说在这三年四稿的反复修改中终于摸索到了这个窍，修改终于跨出了关键性的一步。这一步对于《初夏》来说仅仅只是一部作品的完成，重要的是对我后来的全部写作更具有意义，即进入人物的心理真实。"② 陈忠实的第一部中篇刊发于《当代》，其第一部也是唯一一部长篇《白鹿原》也首发于《当代》，并由人文社初版发行，"《当代》在我从事写作的阶段性探索中成就了我"③。从第一部中篇的写作到第一部长篇的完成，陈忠实颇有感慨和感悟："《初夏》的反复修改和《白鹿原》的顺利出版，正好构成一个合理的过程。艺术要经历不断的体验才能找到属于自己的个性，这个过程对作家来说各个不同，然而谁都不能或缺，天才们也无法找到取代的捷径。"④ 这个"合理的过程"不只

---

① 何启治:《我与陈忠实和他的〈白鹿原〉》,《永远的〈白鹿原〉》,人民文学出版社 2018 年, 第 88 页。

② 陈忠实:《在〈当代〉, 完成了一个过程》,《陈忠实文集》第 6 卷, 人民文学出版社 2015 年, 第 307—308 页。

③ 陈忠实:《在〈当代〉, 完成了一个过程》,《陈忠实文集》第 6 卷, 人民文学出版社 2015 年, 第 308 页。

④ 同上。

表现在《初夏》《白鹿原》首发于《当代》。自 1973 年至 1993 年的二十年间，陈忠实完成了从充满泥泞和坎坷的文学探索之路，找到了他心目中"真正的文学"，完成了从生活体验到生命体验的升华和蝶变，1992 年 3 月 25 日，陈忠实将写完的约五十万字的《白鹿原》书稿交给人文社当代文学编辑室编辑高贤均和《当代》杂志社编辑洪清波时，标志着"新时期"的"作家"与"编辑"、"作家"与文学期刊社和出版社之间，以"长篇小说"的形式，在"真正的文学"层面上进行的再次对接，高贤均、洪清波、常振家、何启治、朱盛昌的致信、初审意见、复审意见、终审意见则是作家、期刊编辑（及常务副主编）、出版社编辑（及副总编）在艺术本质意义上达成的"文学共识"。1993 年《白鹿原》的发表和出版，在呼应二十年前长篇组稿的历史记忆时，不仅满足了"组稿者"和"业余作者"双方的心理期待，更使"作者"成为当代文学史上的重量级"作家"，也使"组稿者"成就了"编辑生涯中的唯一"：何启治既是"《白鹿原》的组稿人、终审人，还是它的责任编辑"[1]。从 1973 年至 1993 年，是一个"事件"频仍、充满"偶然"和"个人性"因素的历史过程，也是一个"个人"（作家、编辑等）在历史的必然性、制度性架构中捕捉时机、寻找契机以寻找自身和文学的过程。这是一个个人意义上的主体建构自我认同的过程，也是一个中国文学在从"文革"到"新时期"的历史发展与转换中建构自我认同的过程。

总体上看，70 年代中国风云变幻、错综复杂的历史与政治形势，对文学创作、发表、出版等有着根本性和决定性影响。这种影响既在文学写作方式、作品的结构模式和叙事形态等方面，也在对作品的评价和定性以及作品的修改、出版等方面。1973 年及其前后的陈忠实，虽未直接、具体地参与和介入政治权力关系中，但其政治

---

① 何启治：《我与陈忠实和他的〈白鹿原〉》，《永远的〈白鹿原〉》，人民文学出版社 2018 年，第 90 页。

（阶级）身份、创作观念、作品的叙事结构、修辞方式和政治倾向性，却仍然鲜明地受到当时的意识形态、政治形势乃至政治力量博弈的影响，其四篇"文革小说"便具有这种典型的政治征候性，尤其是《无畏》的写作，既体现着主流政治话语对工农兵业余作者的培养与扶植，又对其在思想意识、政治观念上有着不容回避的内在规范，而发表后小说及其作者的政治处境，也说明政治方向政治形势的调整和改变会直接导致对作品政治方向上的定性。

1973 年及以后，陈忠实《接班以后》《高家兄弟》《公社书记》等作品中的"柳青因素"、地方元素、生活气息和乡村气质，1973 年陈忠实与何启治因"组稿"而建立的联系，1976 年陈忠实因《人民文学》组织学习班而与傅用霖的结识等"文学"内外、"个人"内外的诸多因素，也提醒我们，在看到高度政治化、制度化的文艺体制对"个人"以及"文学"的写作、发表、出版的控制、规范的同时，也要看到"个人""文学"如何以更为具体的，非常有限的，曲折、微妙的方式得以留存，看到"文学"如何以某个时间为时机，通过"个人"之间看似"偶然"的"私下"联系，使自身获得在政治形势转换后重新生长的可能和契机。

第六章 80年代：陈忠实的文学思想与创作

第一节 "生活""时代""人民"与"八十年代特质"：现实主义反映论

"生活"是当代文学的关键词之一，是进入当代文学尤其是1980年代中期以前文学世界的一把钥匙，它同样在陈忠实早期文学思想中占有无可置疑的重要地位，陈忠实在其早期创作谈和言论中时常将其放在异常显赫的地位。在中国现实主义尤其是"革命现实主义""社会主义现实主义"等文学和文论中，"生活"是与"政治立场""阶级立场"等同样重要的词汇。陈忠实早期即是在此政治文化语境中理解、阐释和表现"生活"的。在他的认知中，"文学源于生活""社会生活是文艺的唯一源泉""文学是社会生活的反映"等命题的合理性和合法性是毋庸置疑的。

"生活"之所以成为当代文学的关键词，主要是来自意识形态的倡导和规训。后者从根本上界定和规范了文学的性质与功能。进一步看，占据在意识形态话语核心的是"工农兵生活""党"和"人民"。陈忠实在写于1980年的文章中，处处隐含着对"生活"与"政治"之不可切割的关联性的强调。在谈及柳青时，他说："就自己写作的实践来说，我还是信服柳青著名的三个学校（生活的学校，艺术的学校，政治的学校）的主张，而且越来越觉得柳青把生活学校作为作家的第一所学校是有深刻道理的。……这部史诗所显示的雄厚的真实的力量，是这样强烈而有力地征服着读者的心，使我每读一次，便加深了对'三个学校'的主张的深刻理解。"① 柳青一直是陈忠实所钦佩和敬仰的一位作家，其"三个学校"的主张，体现着社会主义现实主义文学规范中，对"生活""政治"和"艺术"之复杂关系的辩证思考，"生活"在"政治"与"文学"之间建立了一座可以沟通的桥梁，"政治"借由"生活"之普遍存在性和不言自明性获得了充分的"现实感""普遍性"和可理解性，"文学""艺术"又以"生活"获得了对意识形态的具体的经验性的阐释和艺术实践。将"生活的学校"作为作家的第一所学校，主要是因为其天然的无可规避和逃逸的存在性，而非强调"生活"会以其自身丰富复杂、时时流动变化的特性将"政治"包容于自身之内并以自身的逻辑来改造和转换"政治"逻辑，并对政治上的失误错误进行纠偏，虽然在具体作家的具体实践中，"文学"和"生活"会在主观或客观上程度不同地对"政治"提出问题、发表质疑，但二者之受制于政治的内在规定性是不可更易的原则。因为对"生活"连同"艺术"之与"政治"的关系是跟社会主义文艺体制和文艺生产机制紧密联系，并构成后者之中的环节和部件。"政治"界定、规范"文学"，也界定、规范"生活"。在 1950 年代至 1970 年代，"生活"作为一个能指，其所指是具体的坚实的，即"工农兵生活"。需要指出的是，"工农兵生活"并不仅仅是文学的题材内容或表现对象，更是作家深入体验、研究和分析的对象，和作家学习的对象，作家要"真实地"反映工农兵生活，需要彻底改变自己的思想、情感、立场，获得无产阶级世界观。这才是彼时情境下"生活"的本质性内涵和存在状态。改革开放初期的陈忠实虽然已对"极左"文艺观念和政策进行了深刻反思，却并不意味着他能够从

---

① 陈忠实：《我信服柳青三个学校的主张——〈信任〉获奖感言》，《陈忠实文集》第 1 卷，人民文学出版社 2015 年，第 529 页。

根本上脱离特定时代和特定语境下的政治观念和政治化思维模式，比如同样在这篇文章中，他特别强调："写作在我们整个的事业中，尽管是个人劳动的标记比较明显，但受到党和人民的关怀和教育仍是十分重要的。我们写作品是教育人，我们自己也有接受党和人民教育的另一面。"他所列举的杜鹏程、王汶石、柳青等关注自己创作的老一辈作家，都是以"为党的文学事业付出了巨大的以至血的代价"的"榜样"，他们以党的文学工作者形象出现，所关注的"岂止是一篇习作的成败？实在是表现了对于一个走了弯路的青年作者的艺术生命的真挚之情"。① 这里并非否认前辈作家对后辈的真切关心和帮助，也并非怀疑陈忠实真诚的信仰和感激，而是我们需要从中看到陈忠实看待文学和作家的带有那个时代特征的观照视角和言说方式。

与此相关的是，陈忠实对"生活"与"文学"关系的理解带有革命现实主义"反映论"乃至"摹仿论"的明显痕迹。他强调"观察生活"："在生活中观察、研究、分析一切人，一切阶级，这一句老掉了牙的话，我觉得仍然受用。如果作家笔下的生活和人物不是自己从生活中观察发现来的，那么除了胡编乱造而外，还有什么办法能奏效呢？没有。"② 在 1981 年 9 月的文章中，他认为："作家要写小说，要编剧本，要创作电影剧本，就得深入生活、了解生活、了解人；不应该是救世主式的对下层劳动者的怜悯，而应该是普通劳动者与普通劳动者的同舟共济。毛主席在《讲话》中关于'到火热的生活中去'的意见，不是对中国作家的渴求，而是切实可行的路子，是创作的规律。"基于这种认识，他认为："不仅中国许多作家在这条路上作出了杰出的建树，不受毛泽东领导的日本

---

①　陈忠实：《我信服柳青三个学校的主张——〈信任〉获奖感言》，《陈忠实文集》第
　　1 卷，人民文学出版社 2015 年，第 531 页。

②　陈忠实：《我信服柳青三个学校的主张——〈信任〉获奖感言》，《陈忠实文集》第
　　1 卷，人民文学出版社 2015 年，第 530 页。

作家，完全自觉自愿地这样做着，做出了成绩。"① 对异国作家艺术家的解读中存在的偏颇和误读是不难体会到的。1982 年 5 月，陈忠实在《和生活的创造者一起前进》中，以毛泽东《讲话》理论，结合自己的创作体会，对"深入生活"这一命题进行了详尽阐述。他认为："要创作一部好作品，除了天才和勤奋之外，深入生活大概是一条共同的规律性的路子，是靠得住的路子。"② 这一点在同年12 月份写成的《深入生活浅议》中被再次强调"深入生活才是创作切实可靠的路子"，陈忠实认为柳青长期居住长安农村的奥秘也在此，"我想，一部好作品的产生，除了天才和勤奋之外，深入生活大概是一条共同的规律性的路子"③，"比较冷静地总结自己的教训之后，实践本身给我的影响是深刻的：坚持深入生活而进行创作，这条路子对于我是适宜的，可靠的"④，"创作的唯一依据是生活。是从发展着运动着的生动活泼的现实生活中直接掘取原料"⑤。陈忠实也强调政治修养、艺术修养等对创作的基础性作用，但"起决定作用的，是作者生活积累如何，是对时代、对人民群众了解深入的程度"⑥。这一点，他在《深入生活浅议》中有着近乎相同的表述："创作需要具备多方面的修养：政治修养、艺术修养等等。而当这些方面具有了一定基础，起决定作用的，是作者生活积累的程度，是对时代变革的把握，对人民群众心理情绪深入了解的

---

① 陈忠实：《看〈望乡〉后想到的》，《陈忠实文集》第 1 卷，人民文学出版社 2015年，第 537 页。

② 陈忠实：《和生活的创造者一起前进》，《陈忠实文集》第 1 卷，人民文学出版社 2015 年，第 538 页。

③ 陈忠实：《深入生活浅议》，《陈忠实文集》第 1 卷，人民文学出版社 2015 年，第 542 页。

④ 同上。

⑤ 陈忠实：《深入生活浅议》，《陈忠实文集》第 1 卷，人民文学出版社 2015 年，第 544 页。

⑥ 陈忠实：《和生活的创造者一起前进》，《陈忠实文集》第 1 卷，人民文学出版社 2015 年，第 539 页。

程度。"①

在他看来，"生活"而不是"人"和作家对创作起根本作用，"生活不仅使作者获得创作的素材，而且纠正作者认识上的局限和偏见。……在深入生活过程中，我们往往悟然感叹：原来是这样！偏见和局限被打破了，对事物的认识深入了一步"②。人，作为生活的发现者、阐释者和创造者的主动性能动性，作家作为思想和艺术创造者的主体性，被极大忽视了，作家在丧失了其主体地位之后仿佛变成了匍匐在"生活"脚下等待其教谕和训示的奴婢。

当然，陈忠实也通过将作家纳入更为宏大的人民话语中，以使之获得"创造者"的能力和身份："我们总是想不断地突破自己现有的创作水平，探索新的课题，而基本的一个功力，就是直接从生活中掘取素材的能力。直接攫取，意味着要直接进入生活，不仅是观察生活的旁观者，而且是要和人民一起进行新的生活的创造。"③作为个体劳动者的作家，在"生活"面前是无力的，他需要将自己纳入"人民"——这一具有先天的政治和道德正确性与优越性的"生活的创造者"——之中，才能够保持长久的文学生命。"作家是社会的普通一员，有权利也有义务和人民的心息息相通，自觉抵制自己思想中某些不纯正的东西，才能感受时代和人民的脉搏，不断发出自己的歌唱"④。生活和现实时时在更新在发展，"新的生活，新的人物，常常使人有新鲜感，也有陌生感。我已切身感到需要进一步到生活中去学习，去感受，去结识新的人物，创作新的艺术形象，才不辜负时代对我们的期望"⑤。

---

① 陈忠实：《深入生活浅议》，《陈忠实文集》第 1 卷，人民文学出版社 2015 年，第 543 页。

② 陈忠实：《和生活的创造者一起前进》，《陈忠实文集》第 1 卷，人民文学出版社 2015 年，第 539 页。

③ 同上。

④ 陈忠实：《深入生活浅议》，《陈忠实文集》第 1 卷，人民文学出版社 2015 年，第 545 页。

⑤ 陈忠实：《和生活的创造者一起前进》，《陈忠实文集》第 1 卷，人民文学出版社 2015 年，第 540 页。

改革开放的 80 年代毕竟不同于此前的"文革"和"十七年"，经历了曲折创作过程尤其是因《无畏》而遭受的政治审查和痛苦而愧疚的自我反省，陈忠实也在寻找更加个性化和文学化的"反映生活"方式。他认为："作家深入生活，认真地研究生活，在自己的生活领域里有了独自的发现，通过作品发出独特的声音，也许能逐渐根除文坛上频频而起的'一窝蜂''雷同化'的现象。"① 这显示着陈忠实也在有意识地寻找根除公式化理念化创作模式的路子，力图以"独自的发现"和"独特的声音"确立文学图解政治的误区。在此时陈忠实论域中的"生活"与 60 年代至 70 年代已经有所不同："生活"开始悄悄地成为打开僵硬"极左"政治政策话语的一个入口，"看见了生活现象，理解不深，仅仅只能反映生活的表象，或者把文学作品变成图解一项具体政策的简单的模式，人物成了具体政策支配下的传声筒，人物的活的灵魂没有了"②。他开始"寻找属于自己的句子"去表述那些在现实生活变动出现的新的人物、新的现象、新的生活秩序和人际关系，在"新时期"出现的那些新鲜而陌生的现实生活中，"创造富有八十年代特质的农民形象"③。

在 1982 年的文章中，陈忠实看到并承认了"生活"的复杂性，更为可贵的是，他表达了对"生活"的不以人的主观意志为转移的客观性："尊重生活，是严肃地研究生活的第一步。尊重生活，就可能打破自己主观认识上和个人情感上的局限和偏见。生活不承认任何人为的强加于它的种种揭示，蔑视一切涂抹给它的虚幻的色彩，给许多争执不休的问题最终作出裁决，毫不留情地淘汰某些臆

---

① 陈忠实:《深入生活浅议》,《陈忠实文集》第 1 卷, 人民文学出版社 2015 年, 第 543 页。

② 陈忠实:《深入生活浅议》,《陈忠实文集》第 1 卷, 人民文学出版社 2015 年, 第 544 页。

③ 陈忠实:《深入生活浅议》,《陈忠实文集》第 1 卷, 人民文学出版社 2015 年, 第 543 页。

造生活而貌似时髦的作品。"① 这里包含着对 60 年代以后对"领导出思想、群众出生活、作家出技巧"这种"深入生活"理念和生产模式的反思。

对"人"和"人物"的理解，必然关联着对"生活"的理解。陈忠实对此有如下观点。首先，在 1980 年的文章中，陈忠实是把"人"作为"生活"的一部分，放到"生活"中去观察、研究和分析，并对"人"的阶级性有所强调。大体上说，"人""人物"作为整体性叙述和表现生活的一部分，并没有获得其丰富性复杂性的心理和情感空间。其次，与社会主义现实主义强调典型环境中的典型人物有关，陈忠实塑造人物也突出"源于生活又高于生活"的"典型化"原则。这一点在小说《信任》发表后，关于"罗坤"这个人物是否真实的争论中体现得很突出。当有人提出质疑时，陈忠实承认自己"很矛盾"，"因为在这个罗坤身上，确实寄托着作者对一个生活原型的崇敬和钦佩之情，也自然作了一些典型的集中；我又担心，这种做法是艺术上所允许的正常手段呢，还是重蹈了'三突出'的旧辙而造出了假大空的神？"不久之后，陈忠实听到一个平反干部重新工作后的先进事迹，激动不已地立即采访了他，"心情顿然踏实了。……生活中原来有罗坤这样的好人啊，只是我们没有发现他！这样优秀的共产党员可能为数不多，唯其少，才更宝贵，才更有宣传以造成更大影响的必要。继之，我又写了报告文学《忠诚》，把他介绍给读者。"② 以典型化的手法，塑造一个"优秀的共产党员"形象，呼应着当时主流话语关于塑造社会主义"新人"的倡导，这自然有着革命文学塑造英雄人物的历史脉络，本身是其"高于生活"、进行话语升华的一种常见手法和模式，但更有意味的

① 陈忠实：《深入生活浅议》，《陈忠实文集》第 1 卷，人民文学出版社 2015 年，第 544 页。
② 陈忠实：《我信服柳青三个学校的主张——〈信任〉获奖感言》，《陈忠实文集》第 1 卷，人民文学出版社 2015 年，第 531 页。

是，陈忠实在遭遇异议后，进行实地采访以确认"生活原型"的做法，这无疑显示了"源于生活又高于生活"这一判断中隐含的难以把握的暧昧的游移性。"生活"如此，"人"和"人物"自然亦如此。最后，此时的陈忠实将对"人""人物"的理解落脚在"性格"上面，认为"人物"的差别在于"性格差异"。1979 年 4 月写成的《徐家园三老汉》和《幸福》即为实践在性格层面上理解人物，"练习自己刻画人物的基本功"而写成。作品发表后，陈忠实主要有两点体会：其一，三个老汉比三个青年的"眉目要清晰一些"。他将原因归结到"生活这个根本上头来"：自己在公社工作时期接触到的多是中老年干部，没做过青年工作，对前者更熟悉而对后者不了解，"这一点简直做不得假"。其二，"总的来看，都不典型"[1]。而当时在陈忠实的理解中，《信任》中的罗坤即为一个来源于现实但比现实生活更高、更集中、更强烈的典型，是对现实生活和现实中的人进行"典型化"的结果。由此可以看出，70 年代末 80 年代初期，陈忠实对"典型""人"和"人物"的理解是很逼仄、狭窄，拘囿于《讲话》所规限的典型化模式。一方面，他熟悉农村生活和乡间人物，占有一块"生活根据地"，因而对乡村生活和人物的表现有鲜活生动的一面。这一点促使他能通过对生活经验本身的了解和尊重，写出生活真实的一面，在一定程度上避免人物成为单一的政策观念的传声筒。但另一方面，因为既要"从生活中直接掘取素材"，又要对其进行透过生活表象把握生活本质，对其进行凝练升华，而此时的陈忠实又无法在既有的"源于生活高于生活"之间寻找到合宜的"度"。这是陈忠实面临的难题之一。难题之二是，陈忠实既要以作家自己"独自的发现""独特的声音"写出"人物的活的灵魂"，"不断发出自己的歌唱"，又要感受和把握"时代和人民的脉搏"[2]，

---

[1] 陈忠实：《我信服柳青三个学校的主张——〈信任〉获奖感言》，《陈忠实文集》第 1 卷，人民文学出版社 2015 年，第 530 页。

[2] 陈忠实：《深入生活浅议》，《陈忠实文集》第 1 卷，人民文学出版社 2015 年，第 545 页。

"努力争取把党领导下的人民所进行的伟大实践充分反映出来"①。而以当时陈忠实的思想素养和艺术能力很难处理好存在于"个体"（作家、人物）的特殊性追求和"时代""人民"之普遍性诉求之间的关系，或者说，在强调作家之"普通劳动者"身份的同时，如何保持一个作家不同于普通劳动者的身份——比如按照陈忠实自己所说的一个"尊重生活"且"研究生活"并"具备多方面的修养"的"作家"身份？这些问题，当时的陈忠实显然是有所感受和思考，但彼时的他并未因为问题和矛盾的存在而感到困惑，因为他同时也有解决这些问题、化解这些矛盾的方式，如前所述的"深入生活""尊重生活""研究生活""与生活的创造者一起前进"等。因此，尽管他强调要写出"八十年代特质"，但其理解却是"前八十年代"的。

陈忠实这种"前八十年代"的思想观念和思维方式在《回顾与前瞻》中体现得尤为突出。这是一篇写于 1981 年却未按常理常例收入《陈忠实文集》的文字，是陈忠实在 1981 年 6 月 25 日中国作协西安分会举行的茶话会上的发言。按照邢小利的说法，这是一篇"表态性发言"②。虽云"表态"，却难言"虚假"。在此文中，陈忠实结合自己创作的经历和体会，以自我反思性批评性的"回顾"，表达了以某些信念和立场为核心的"前瞻"。文章主体内容包括"回顾"和"前瞻"两部分。"回顾"在客观叙述自己创作经历的基础上检讨创作中存在的问题，表达对党的感恩之情和政治立场："我的创作，无论数量或质量，都是令人脸红的。作品少，思想艺术水平也不高，基本上属于习作的小故事，还不是真正剖析生活，剖析社会的艺术品。但不管怎样，我这样的'丑小鸭'，能够写出这样一些作品，却是我的父母那一辈庄稼人无论如何无法办到

---

① 陈忠实：《和生活的创造者一起前进》，《陈忠实文集》第 1 卷，人民文学出版社 2015 年，第 539 页。

② 邢小利：《陈忠实传》，陕西人民出版社 2015 年，第 102 页。

的。这不是他们没有天资，而是他们没有我这一代人的学习和追求某种事业的社会条件。而这个条件，是中国共产党领导中国人民，经过半个多世纪的浴血奋战取得的，这是铁一般的事实。人总不能忘本。""在纪念我们党诞生六十周年的时候，回顾自己成长的历史，自然地想到党的恩情。没有党所领导的中国革命的胜利，我的一切，包括现在从事的文学事业，都是无法设想的。"① 因此，陈忠实"坚信，在一些基本问题上，不能任性，不能动摇。否则，是会吃大亏的"②。"前瞻"主要谈三个问题。第一，"坚持我们文学的鲜明的党性原则"。陈忠实直接袭用主流政党政治话语模式乃至表述方式，将文学纳入党的事业范畴，强调其社会主义性质和无产阶级性质，阐发道："我们今天的社会主义文艺，是他们（鲁迅、郭沫若、茅盾等坚持文学的党性原则的'我们的先辈们'。引者按）事业的继续和发展，理所当然地要申明它的为社会主义服务，为人民服务的性质。马列主义、毛泽东思想，作为党所领导的各项事业的指导思想，当然也是我们文学事业的指导思想。这是中国革命历史发展选择的结果。谈出这个结果，不能认为是老生常谈的套话。"③ 这必然会强调文学作品的政治属性和政治内容，以及作家不能摆脱的政治现实和必须具有的政治关注："一部成功的文学作品，总是一定历史时代社会生活的独特的反映。社会政治就是人们生活的重要的甚或是核心的影响一切的内容。因此，作家要离开政治是困难的，也不可能的。……文学家不一定要做政治家，但是，没有对于自己所处时代的政治、经济、宗法，乃至生活领域的深刻的认识，要写出反映我们当今生活的有深度的文学作品也是困难的。"

① 陈忠实：《回顾与前瞻》，《陈忠实集外集》，邢小利主编，白鹿书院、陈忠实文学馆 2011 年编印，第 270 页。

② 陈忠实：《回顾与前瞻》，《陈忠实集外集》，邢小利主编，白鹿书院、陈忠实文学馆 2011 年编印，第 271 页。

③ 同上。

也因此，作家既要避免庸俗地"图解政治和政策"，又要"关心我们所处时代的政治生活，关心我们前进着的生活潮流中的工人、农民、干部、知识分子以及各种各样的人们，研究他们在想些什么，他们的希望和追求、欢乐和苦恼，这是文学工作者时刻必修的基础课"[1]。与上述几篇文章相比，此处对"生活"的论述，突出了生活、作家和作品的政治性质和政治维度。第二，"坚持深入生活"。这一点与此前的论述近似，强调的还是"离开生活，无法创作，这是一句老话，也是一句实话，我至今信用不惑"[2]，以及作者"扩大生活领域，开拓生活视野"的愿望。如果将这部分"深入生活"论述与上部分"文学的党性原则"论述中关于"生活"阐述——如用马克思主义准确认识社会、深刻把握生活，如"社会政治就是人们生活的重要的甚或是核心的影响一切的内容"，如"关心我们所处时代的政治生活"——联系起来看，是很有意味的。第三，"永远虚心学习"，回顾自己写作过程中受到的"党和人民的关怀"，感恩点滴进步中包含的"党和人民辛勤培育的心血"，认识到"党和人民的鼓励，是一种鞭策，一种期望"，表达强烈的虚心学习的愿望："学习社会、学习马克思主义，学习我们民族文学的优秀传统，学习'五四'以来现代和当代的优秀文学作品，学习外国著名作家的优秀作品，加以消化，为我所用，不断地永不满足地丰富自己的文学库存，加深文学修养，提高艺术技巧，走出自己的路子，闯出自己的风格。"[3] 关于这篇文章，邢小利认为："说的是'套话'，但却也是'加以消化，为我所用'的。因此，可以说，这里所谈，也应该就是陈忠实当年作为一个工农兵'业余作者'，关于文学的一些

---

[1]　陈忠实：《回顾与前瞻》，《陈忠实集外集》，邢小利主编，白鹿书院、陈忠实文学馆 2011 年编印，第 271 页。

[2]　陈忠实：《回顾与前瞻》，《陈忠实集外集》，邢小利主编，白鹿书院、陈忠实文学馆 2011 年编印，第 272 页。

[3]　同上。

基本见解。"① 从当时陈忠实的身份看，此文发表时，他已于 1980 年 4 月 5 日被任命为灞桥区文化局副局长兼区文化馆副馆长，尚未调入中国作协西安分会，其身份严格地说尚属"工农兵业余作者"。但陈忠实的文学观念却也并非为这一特定身份所约束，而是带有在那个时代生活和写作的作家思想观念上的普遍性——"前八十年代"性。正如陈忠实在谈到 80 年代之前的文学大环境时所说的："从专业作家到刚刚学习写作的业余作者，都在努力探索怎样塑造英雄人物。因为你不这样，你的作品永远都不可能发表，就这么简单直接。""只有写英雄人物这一种观念，是对文学创作绝对的要求，你不可能有其他想法"②。而在此之后的陈忠实对"生活"命题的反复言说，如上所述，既带有"八十年代特质"的某些影子和萌芽，又是在"前八十年代"的思想观念框架和思维模式中运行的。这从根本上制约了陈忠实对 80 年代新的现实新的生活和新的情感思想情绪的深入而独到的理解和艺术表现。

萨支山关键词论述

在 1983 年写成的《突破自己》中，陈忠实谈到自己寻找到的艺术表现力的突破口是"感情色彩"。他认为："写小说是写人，写人是要写这个人的典型性、形象性，这是老生常谈的话。但写人的什么呢？……准确而生动地写出他或她自此时此景或彼时彼境下的感情色彩，感情波澜，以情动人。……所谓把握人物性格，在很大程度上是把握人物的感情波动的浪潮。"③ 在小说"写人"这一点上，无疑是正确的，也符合当时正在兴起的人道主义热潮，但将人物理

---

① 邢小利：《陈忠实传》，陕西人民出版社 2015 年，第 102 页。
② 陈忠实：《自我定位，无异自作自受》，《陈忠实文集》第 10 卷，人民文学出版社 2015 年，第 361 页。
③ 陈忠实：《突破自己》，《陈忠实文集》第 2 卷，人民文学出版社 2015 年，第 482 页。

解为"情感"，将典型性格的塑造理解为情感的把握和表现，也是褊狭和逼仄的。

在1984年5月写就的《从昨天到今天》中，陈忠实写道："作家研究的主要对象是生活"，当农村生产管理体制和农民的价值观、道德观等发生了变革变化，作家应该"及时而迅敏地捕捉这种变化"，而这"首先要求作家的思想保持与时代发展相适应的活力。否则就很难'感光'，如同过时报废的胶片"[①]。"不掌握马克思主义理论的精神实质，不了解现代科学的普通常识，就无法打破自我束缚的思想局限，就无法理解生动活泼的生活现实，过时的报废的胶片再也不会'感光'"[②]。尽管陈忠实在这篇文论中谈到了"昨天"和"今天"的关系，认为"生活在变化。无论这种变化多么剧烈，总是与过去相联系。今天是从昨天走过来的，没有昨天就不会有今天。……从昨天到今天的变化中，由生动的生活发展的内在联系，有深刻的历史的必然规律。"[③]但他所强调的是："没有几十年农业政策当中一阵紧过一阵的极左影响，就没有今天强烈的变革要求和如同大坝开闸般的汹涌欢腾的洪流。"[④]这种辩证法从哲学上讲是可以的，但其思辨却过于黏着于庞大而抽象的历史必然规律，文学和思想在其中存在的空间是极为有限的，你不能说它不对，但其是否具有包容有活力的思想和具有穿透力的艺术力量，显然是可以怀疑的。陈忠实自然也认识到"今天"和"昨天"的不同，急躁和惶惑于自己对"今天"农村和农民的不熟悉，尤其是当自己从公社干部于1980年调入灞桥区文化局并于1982年11月调入中国作协西

① 陈忠实：《从昨天到今天》，《陈忠实文集》第2卷，人民文学出版社2015年，第484页。

② 陈忠实：《从昨天到今天》，《陈忠实文集》第2卷，人民文学出版社2015年，第485页。

③ 陈忠实：《从昨天到今天》，《陈忠实文集》第2卷，人民文学出版社2015年，第484—485页。

④ 同上。

安分会成为一名专业作家之后，他对曾经置身其中的农村和农民的生活与命运的变革，"有一种雾里看花的朦胧感，有些陌生了。……我迫切地需要和他们通话。之所以迫切，有一点担心：处于急剧变化着的这一段生活过去了，尔后永远再也不会重复了，这在自己对农村生活的心理感受上，将会留下一段空白，而且是无法弥补的历史性的空白"①。从陈忠实的言说中，我们可以看到作家对当下生活境况的高度重视中，隐含着一种经验主义反映论的哲学观，而这对于当时的陈忠实来说是合理和必然的，因为"历史的必然规律"需要"对一个个社员，干部，男人女人，老人青年的生活道路的具体的了解"为材料基础，也即某种本质性认知或真理需要将具体的感性材料纳入自身运作逻辑和理念框架中，并成为其论证自身合理性合法性的零件和部件。同时，"从昨天到今天"看似强调了二者之间的连续性和"内在联系"，实则将时间和历史划分为一个个彼此存在绝大差异甚至根本不相容的"点"。在这种激进的历史主义叙事逻辑中，点与点之间存在着一种异质性的对立关系和超越与被超越的关系。极左影响／改革开放、集体化／责任制等以截然的对立关系，构成历史进步和发展逻辑，也构成作家"研究生活""理解生活"和"表现生活"的基本框架。同时"生活"之"急剧变化／永不重复"的认知模式，也显示着时代性政治性话语主导下创作主体急于追赶而流于表层，无法在现实和生活的深层发掘其深脉与静流。

半年后的 1984 年 11 月 4 日，陈忠实在与王汶石关于中篇小说《初夏》问题的通信中，延续了这样关于文学与生活的认知并对自身创作心理和姿态进行了如此言说："我无法背向现实，在生活的巨大的变革声浪中保持沉默，也无法从嘈杂的实际生活中超脱出来。……我无论如何无法与乡村间突然掀起的这股汹涌的声浪隔离

① 陈忠实：《从昨天到今天》，《陈忠实文集》第 2 卷，人民文学出版社 2015 年，第 485 页。

间断，或者至少保持一段能使自己超然物外的距离。……我以努力理解我周围发生着的这种变化，写下了一组变革时期的农村题材的短篇小说。"① 他对自己的这些小说在表现生活的深刻性上并不满意，直到中篇《初夏》的发表。

这部十二万字的小说是陈忠实写得最早的一部中篇，自 1981 年元月动笔至 1984 年发表共用时四年，其间反复修改。"第一次写中篇小说，写的又是我熟悉不过的与生活同步的农村改革题材，却出手不顺，便有一种挫伤的失败情绪。"② 陈忠实在谈到《初夏》艰难的修改过程时写道："这个过程对我后来的写作是难忘的，也是一个重要的不可或缺的过程。……这是我写得最艰难的一部中篇，写作过程中仅仅意识到我对较大篇幅的中篇小说缺乏经验，驾驭能力弱。后来我意识到是对作品人物心理世界把握不透，才是几经修改而仍不尽如人意的关键所在。"这个艰难的修改过程，意味着陈忠实在经历着一次痛苦而必要的"剥离"："《初夏》两次修改失败的反反复复的经历，实际上对于我来说是一件好事，它使我更深一步地从原来的'革命现实主义'文学窠臼里反叛出来，并且逼着我寻找真正的现实主义的本真的东西。"③ 此时的陈忠实，一方面相信"生活可以纠正作家的局限和偏见"④，"作家创作时所要依赖和研究的主要对象是生活"⑤。另一方面，他又认为："对生活的独特发现和独立理解，无疑是避免人云亦云或者雷同化、概念化的根本

---

① 陈忠实：《关于中篇小说〈初夏〉的通信》，《陈忠实文集》第 2 卷，人民文学出版社 2015 年，第 489—490 页。

② 陈忠实：《难忘的一声喝彩——我与上海文艺出版社》，《陈忠实文集》第 10 卷，人民文学出版社 2015 年，第 121 页。

③ 陈忠实：《在自我反省中寻求艺术突破——与武汉大学文学博士李遇春的对话》，《陈忠实文集》第 7 卷，人民文学出版社 2015 年，第 393 页。

④ 陈忠实：《关于中篇小说〈初夏〉的通信》，《陈忠实文集》第 2 卷，人民文学出版社 2015 年，第 491 页。

⑤ 陈忠实：《关于中篇小说〈初夏〉的通信》，《陈忠实文集》第 2 卷，人民文学出版社 2015 年，第 492 页。

途径。"① 当他用现实中并非"绝对没有"的先进人物来说明冯马驹并非出自其"主观意愿"时，恰恰说明这一人物并非按照人物自身发展的艺术逻辑塑造出来的典型形象，与其说它是对生活的反映，不如说它体现着作家"改造生活"的强烈意志和建立在历史进步论基础上的理想主义乐观主义："因为有沉重的昨天，才有奋发的今天，更可以预示有光明的明天。昨天和今天——历史和现实，正在我们生活中的一切领域进行交接，它不是简单的交接和替代，而是对已经意识到的新的使命的热情，是对已经廓清的历史教训的责任感。"② 这一论断与《从昨天到今天》有着现代历史主义哲学理念的强大脉动。但同时，陈忠实也意识到冯马驹"形象仍然单薄，感情世界还揭示得很不丰富"，冯景藩"更丰富的内心世界还是没有充分地揭示出来"，这也就意味着《初夏》是作家意图走出"革命现实主义"窠臼的努力以及这一突围实践的艰难。

在《初夏》的通信中，陈忠实多次强调理论贫乏和理论修养的欠缺限制了自己理解和表现生活的深刻性，问题是如果所谓"理论"是先验的先在的或僵化而缺乏活力和生命感的，那么它对理解和表现生活可能恰恰是一种障碍，它会扭曲剪裁生活，会将生活纳入抽象空洞的论辞，使作家沦为为某种抽象理念背书的角色或无关紧要的注释。

第二节 "感受"与"自我"：现实主义的新变

从文体上看，陈忠实小说创作经历了一个由短篇到中篇最终到长篇稳妥推进的有序过程。这绝非偶然、随机的现象。陈忠实小说

---

① 陈忠实：《关于中篇小说〈初夏〉的通信》，《陈忠实文集》第 2 卷，人民文学出版社 2015 年，第 492 页。

② 陈忠实：《关于中篇小说〈初夏〉的通信》，《陈忠实文集》第 2 卷，人民文学出版社 2015 年，第 493 页。

每一次文体形式的调整、转换，都是其思想、认识发展和推进的结果。从 1983 年的《康家小院》、1984 年的《初夏》《夭折——献给一位文学的殉道者》《梆子老太》，到 1985 年的《十八岁的哥哥》《最后一次收获》、1986 年的《蓝袍先生》、1987 年的《四妹子》《地窖》，陈忠实的九部中篇全部发表于 80 年代，尤其集中于 80 年代中后期。这些中篇在深层体现着陈忠实所说的"八十年代特质"。

1999 年元月 8 日，陈忠实在为中篇小说集《康家小院》撰写的"后记"中，从头到尾谈论了"令人感慨万端回味无穷的八十年代"，阐述"八十年代"对这个国家和自己的无可替代的重要意义。不同于 80 年代初期对"八十年代特质"的理念化理想化认识，进入 90 年代后的陈忠实在更广阔的历史视域中更多看到了 80 年代的"复杂性"："八十年代中国的政治和经济以及中国的文学，从僵死的教条的禁锢中解放出来，经历过一次又一次痛苦而又雄壮的剥离，除却的是陈腐的'本本'所造成的积久的沉疴，获得的是新鲜的充满活力的血液的涌流。……对于经历过这一变革全过程的我来说，也是一次又一次从血肉到精神再到心理的剥离过程。"[1] 作者颇为感慨地写道："回首昨天，对我来说，感触和体验最深刻的还是八十年代。八十年代的精神和心理的演变，是人生的启示录，是财富，也是警示牌。"[2]

80 年代是陈忠实逐渐打开"自我"、寻找"自我"，建立其个体自我意识的时期，其中最让他难忘的是 1985 年："1985 年，在我以写作为兴趣以文学为神圣的生命历程中，是一个难以忘却的标志性年份。我的写作的重要转折，自然也是我人生的重要转折，在我今天回望的感受里，是在这年发生的。"[3] 应该注意到，陈忠实这些

---

① 陈忠实:《心灵剥离》,《陈忠实文集》第 6 卷，人民文学出版社 2015 年，第 301 页。

② 陈忠实:《心灵剥离》,《陈忠实文集》第 6 卷，人民文学出版社 2015 年，第 302 页。

③ 陈忠实:《寻找属于自己的句子》，上海文艺出版社 2009 年，第 33 页。

"回望" 80 年代的文字，并非基于某种怀旧情绪的 80 年代 "重构"，从根本上说，它们是以更加简洁更为深入的方式 "还原历史"。与此同时，我们也要看到，尽管作家之意图并不在以成功者身份改写自己的历史，尽管作家在 90 年代之后能获得对已成历史的 80 年代的高屋建瓴的视点，但却往往缺少身在 80 年代 "历史现场" 的鲜活感。如陈忠实自己所说，他经历了 "从血肉到精神再到心理的剥离过程"，那么这个 "剥离过程" 是如何发生如何进行的？对这个问题的回答，恐怕产生写于 80 年代中期左右的文字，才是我们找到 "答案" 的第一手材料。

在写于 1985 年 2 月 27 日的《答读者问》中，陈忠实在强调 "直接从生活中掘取素材" 之根本性和重要性的同时，也强调了作家掘取素材的主体能力："严峻的现实告诉我们，一个作家成熟的重要标志，在很大程度上取决于有没有直接从生活中掘取素材的能力。有这种能力，他会不断地从生活中获得取之不竭的素材；不具备这种能力，可能就很难发展，再要硬写，就可能导致模仿。"① 通过《初夏》的修改和《康家小院》的成功写作，陈忠实明确意识到 "要充分地写生活"，"我自己觉得，对于生活的描绘，对于生活中蕴藏的诗意的描绘，对于一个特定地区的民族习俗中所蕴含的民族心理意识的揭示，只有在《康》文的写作中才作为一种明确的追求。"② 较之以往，此处 "生活" 显然包含了更加丰富的内容，"民族习俗""民族心理意识" 等语词的使用，破解了此前论述中将 "昨天／今天""历史／现在" 之间实质上的断裂和二元对立关系结构，而以其内涵中的稳定性、持久性维度，将 "断裂" 连接起来，将 "对立" 转换为共存并生。陈忠实以往现实主义论述中对 "时代感" 的渴念被 "历史感" 替代。

---

① 陈忠实：《答读者问》，《陈忠实文集》第 3 卷，人民文学出版社 2015 年，第 468 页。
② 同上。

在这篇文论中，陈忠实反复提及的一个关键词是"感受"。在谈及如何深入生活和积累生活时，陈忠实说："我主要靠自己的感觉去感受生活，而专门的体验是很少的。"[①] 文学固然源自生活、反映生活，但陈忠实认为："靠采访搞创作是困难的，因为作家对于生活的反映，不能指靠到生活里去搜寻事件，而是要靠他的全身心感受生活；不仅是看别人在新的生活浪潮里的情绪和心理反应，还有自己对新的生活浪潮的情绪和心理反应"，他特别强调作家之"我"——"自己"情绪和心理感受、体验的重要性，"没有后者，就很难达到对今天的互相渗透着的各个生活领域的真切的感知，也就很难深刻地理解纷繁复杂的生活现象了"[②]。"感受"的重要性，得到前所未有的突出，它是反映生活的基础，也是获得对生活真切感知的基础，通过"感受"能达到对生活的深刻理解。在此，"理论"不再是获得生活真知和达到理解和把握生活之深刻性的重要因素。这里隐含的重要命题，就是"感受"的主体即作家的地位和价值，得到了陈忠实前所未有的肯定。在此时陈忠实的艺术观念中，"反映生活"仍然是关系着文学题材内容和文学本质、功能的命题，但其内涵却发生了重大变化，"生活"内涵更丰富更充分；"反映"原以"理论"为依据，关联着"深入生活""体验生活"等革命现实主义理论术语，而现在，与"反映"直接相关的是"感受""理解"和"知识结构"："要更敏感地感受变革的生活，要深刻地理解进而反映生活，我觉得对我来说最重要的是更新知识结构。……新的知识产生新的观念，也必然带给人以新的热情，去研究生活，开掘新的意义，使自己感受生活的神经处于敏锐状态。"[③] 在这里，

---

① 陈忠实：《答读者问》，《陈忠实文集》第 5 卷，人民文学出版社 2015 年，第 470 页。

② 陈忠实：《答读者问》，《陈忠实文集》第 5 卷，人民文学出版社 2015 年，第 471 页。

③ 陈忠实：《答读者问》，《陈忠实文集》第 5 卷，人民文学出版社 2015 年，第 474 页。

"知识""观念"和"感受"之间是相通的。

在这篇文论中，陈忠实第一次用了"民族心理意识和心理结构"的提法。这是较《答读者问》中与"民族习俗"关联着的"民族心理意识"之不同所在，不仅仅是一个民族共同的文化心理状态，更是在深层规约和产生一个民族心理素质、思维方式、情感方式和价值取向的精神架构和文化积淀，是调和情与理、感性与理性因素配置的具有极强稳定性的结构模式。陈忠实当时正在酝酿两类作品，一种是"当前生活的直接反射"，一种是"对过去了的生活的反嚼"，陈忠实说，"尽管属于两种情况，但有总的一点考虑，就是探索和揭示我们的民族心理意识和心理结构"①。

在接下来草于 1986 年 4 月 14 日、改定于 4 月 23 日的长篇文论《创作感受谈》中，陈忠实延续了对作家主体地位的突出，认为"写作是一种独立的个体劳动"②。即便谈到最具客观性的"观察"问题时，陈忠实也强调"作家感情""独自观察""独特发现""独立发现"等，呈现出主客观两方面因素的融合和调和，他说道："我恪守这样的创作规程：无论这部小说属优属劣，必须是自己对生活的独立发现，人物描写是这样，风景描写也必须是这样。作品中人物活动的天地和环境，必须是我可以看得见的具体的东西，其前提必是我经见过也观察过的东西。我没有见过的东西，是无法写出一词一句的。"③ 于是，"感受"也就顺理成章地成为了一个与"观察"具有同等地位的问题。陈忠实对二者进行了比较："观察是一种生理心理行为，感受则完全是直接的心理行为。感受是观察的进一步发展，具有更深层次的心理情绪，甚至是一时无法说得清楚

---

① 陈忠实：《答读者问》，《陈忠实文集》第 5 卷，人民文学出版社 2015 年，第 474 页。

② 陈忠实：《创作感受谈》，《陈忠实文集》第 3 卷，人民文学出版社 2015 年，第 486 页。

③ 陈忠实：《创作感受谈》，《陈忠实文集》第 3 卷，人民文学出版社 2015 年，第 481 页。

的颇为神秘的一种心理感应。"他结合自己的创作体验,认为"感受"是一种笼罩着"人物"的充溢起来的"气氛","如果没有这种感受,人物一旦涉足于某个陌生的地域,怎么也无法克服那种空虚和别扭"①。评论家李星高度评价了陈忠实对"感受"问题的阐说,他认为陈忠实"强调了主观感受对创作非同寻常的意义,对这种意义的强调甚至已经否定了以往对'生活'的崇拜"②。陈忠实认为:"感受有时候又很奇妙,不仅阔大视野,感知世界,储存气氛,还使我悟觉某些生活哲理,产生创作欲念。"③《康家小院》的创作就是一个由作者游览孔林的感受而催生创作欲念,思考民族文化心理结构及其影响的典型案例。陈忠实从自己创作实践出发,认为:"我觉得感受生活比体验生活更适宜我的创作的实际。我是凭用全身心的感受来理解生活进而反映生活的。"④ 这显然是《答读者问》中提出的"感受"意识的具体化和发展、深化。陈忠实在此文中将"寂寞""忘我""幸福"和"苦闷"诸问题均作为"感受"这个大问题的一部分,也就喻示着"主观""自我""自己""个人"乃至"主体"的地位得以超越或穿透"客观""现实""生活"等"外部因素"而得以凸显。

与作家主体相对应和呼应的是,"人物"也从原来的现实和生活的附属地位和被某种理论观念操控的从属地位,挣脱出来,并遵从自己的生活、心理和心灵逻辑,确立自己相对独立的艺术地位,具有了自身的艺术价值。中篇小说《初夏》经历不断修改和重写,"人物"从叛离到回归,陈忠实"第一次经受了痛苦,也第一次产

---

① 陈忠实:《创作感受谈》,《陈忠实文集》第3卷,人民文学出版社2015年,第482页。

② 李星:《走向〈白鹿原〉》,《文艺争鸣》2001年第6期。

③ 陈忠实:《创作感受谈》,《陈忠实文集》第3卷,人民文学出版社2015年,第482页。

④ 陈忠实:《创作感受谈》,《陈忠实文集》第3卷,人民文学出版社2015年,第483页。

生了写作前给人物作传的需要",即说明陈忠实由此而意识到文学形象既不受某种理念理论的操控,亦不完全受作家主体意志的摆布,它们不需要从即时性的外部生活中得到直接的对照和印证,它们有自己的"传记"和"文学人生"。

陈忠实在《答读者问》中谈到自己通过阅读中外文学名著和创作《康家小院》的最大启示是"充分地写生活",而在这篇《创作感受谈》中,他则写道:"学习和阅读中,忽然受到启发,哦!应该充分地写人物的感情",一部作品需要也应该"准确""真诚""充分"地写人物的感情,这是作家、作品与读者沟通的前提和保障。其实,对"感情"的强调陈忠实早在 1983 年写成的《突破自己》就已涉及,且这两篇文论皆以"文学是人学"为理论依据,但两文却有差异,《答》文以作品自身内部"典型""人物"立论,《创》文以作品与读者的交流沟通关系立论;但更重要更内在的差别却是两文对"感情"内涵的理解大有差别。《答》文谈论"感情"多用"感情色彩""感情波澜""感情波动"等词语,将"感情"看作特定时空特定情境下的情感情绪反应,是外部客观世界在人物内部主观世界里的投影,仍然属于传统现实主义反映论的范畴。而在《创》文中,陈忠实写道:"文学是写人的。这话很对,又有点笼统,人的最重要的东西是感情,是人的七情六欲,是人的追求和向往,是追求和向往过程中所经历的痛苦和欢乐等等复杂的感情活动。"陈忠实感慨:"文以情动人。现在才更深一步理解到这个最普遍的真理,该是创作中的一种返璞归真现象吧。搞了十几年创作,发了一批作品,转了那么一个大圈子,现在又回到'以情动人'这个最基本的命题上来,真是有趣。"[1] 在 1983 年的第一次反思和"剥离"中,陈忠实将"感情色彩"作为提高艺术表现力的突破口,无疑是对机械反映论和公式化概念化写作的一次剥离,而 1986 年这

---

[1] 陈忠实:《创作感受谈》,《陈忠实文集》第 3 卷,人民文学出版社 2015 年,第 483 页。

次重提"感情"却非一个平面上的循环。作为陈忠实第二次反思和"剥离"时期的文学观念构成部分，他对"感情"的论述更加丰富，此前普通层面上较为平面化的"感情色彩""感情波动"等被更加复杂的"七情六欲"所取代，同时此时的"感情"也更内在化更具人的本体性地位，是与陈忠实对"人"和"人性"的复杂性认知有关，而与时代、生活等外部因素并无直接的紧密的关联，"人"固然不能摆脱它所处的时代现实，但情感和欲望的复杂性未必是现实的直接回应和反映，它们无须从直观的直接的现实中获得切近的理性的阐释，以确立自身的合理性和艺术地位及价值。可以说，陈忠实的生命体验说在此出现了最初的萌芽。

在此文中，陈忠实对文学艺术进行了个人化的界定："几十年来，除了教科书上对艺术所下的定义之外，我对艺术毕竟有了一点亲身的感知。我觉得，艺术就是自己对意识到的现实和历史内容所选择的最恰当的表现形式。"[①] 这个定义里包含了陈忠实自 1958 年发表第一首诗以来近三十年曲折艰难的创作历程和纠缠着自卑自信和自审自我反思之后，在第二次自我"剥离"过程中获得的一个思想结晶，其中包含着对"自我""现实与历史""形式"三种元素之间关系的认知和微妙建构。在这里"现实与历史"不再具有先天的优越性，其作为文学素材或创作源泉的意义需要被"自我"感受到、意识到并发掘出来；因为有着"现实与历史"的外部因素的约束，"自我"和"感受"也相应地降低了其主观情绪色彩，而同时保留着其主体性地位；"表现形式"是否恰当就在于"自我"与"现实与历史"之间对话、沟通和融通的程度，存在于二者的张力之间。

---

① 陈忠实：《创作感受谈》，《陈忠实文集》第 3 卷，人民文学出版社 2015 年，第 496 页。

第三节　"世界"与"自我"：
民族文化心理结构意识的生成

　　80 年代中期，是陈忠实"打开自我""寻找属于自己的句子"的关键时期。这一点在他 1992 年出版的第一部文学理论集《创作感受谈》有集中体现。这本集子内收文章二十六篇。关于这本书，陈忠实说道，20 世纪 80 年代中期，"当时我的思维比较活跃，这集中体现在《创作感受谈》那本书中。《创作感受谈》的写作实际上是对我以前创作的一个总结，在此基础上我希望能够再完成一次突破。这时候对我起了决定性影响的就是……文化心理结构学说，它对我的写作意义是非常重要的。"[①] 总体来看，80 年代中期，陈忠实"打开自己"的方式或表现是多方面的。陈忠实回顾自己创作历程时谈道："1985 年，是我写作的重要转折。在文学艺术的各种流派新潮的涌动里，接纳并实验了我以为可以信赖的学说，打开了自己；在见识各种新论的时候，吸收了不少自以为有用的东西，丰富了自己；也在纷繁的见识中进行了选择，开始重新确立自己，争取实现对生活的独自发现和独立表述。"[②]"文化心理结构学说"，对于《白鹿原》创作的重要性自不待言，但 80 年代之于陈忠实的重要性不止于此。

　　在"寻根文学"的影响或反向刺激下，陈忠实开始思考民族传统文化问题，并结合自身经历和体验，先后发表了《康家小院》《蓝袍先生》等中篇小说，尤其是近八万字的《蓝袍先生》与之前的中短篇小说有着重要区别："我一直紧紧盯着乡村现实生活变化的眼睛转移到 1949 年以前的原上乡村，神经也由紧绷绷的状态松

[①]　陈忠实：《在自我反省中寻求艺术突破——与武汉大学文学博士李遇春的对话》，《陈忠实文集》第 7 卷，人民文学出版社 2015 年，第 389 页。

[②]　陈忠实：《从感性体验出发的生命飞升旅程》，《商洛学院学报》2011 年第 1 期。

弛下来；由对新的农业政策和乡村体制在农民世界引发的变化，开始转移到人的心理和人的命运的思考，自以为是一次思想的突破和创作的进步。"① 次年，陈忠实写成中篇《四妹子》"展示不同地域文化引发的心理冲突"②。传统文化、地域文化等"文化问题"以及由文化塑造的民族文化心理结构，成为陈忠实思考和创作的关键问题。

1985 年 12 月至 1986 年 1 月，陈忠实随中国作家代表团出访泰国。这是一次"内涵"丰厚之旅。其一，陈忠实为自己的首次出国特地置备了一套质地不错的西装。当他打扮完毕在穿衣镜前端详自己的时候，脑海中浮现出刚刚写完的《蓝袍先生》的主人公，"我在解析蓝袍先生的精神历程揭示心理历程的人生轨迹时，也在解析自己。我以蓝袍先生为参照，透视自己的精神禁锢和心灵感受的盲点和误区，目的很单纯也很专注，打开自己"③。《蓝袍先生》主人公徐慎行即是其创造者陈忠实，后者借对人物心理和命运的思考与审视，在反思自己。其二，由对泰国衣服裤子鞋子的色彩式样的绝无重合、丰富多彩，联想到当时国内围绕着"喇叭裤算不算是不是资产阶级奇装异服"展开的交锋，"由这个可笑的事，完全可以推及更多更大的政治、政策、文艺、教育等方面相类似的事情。……它足以引发人思索我们由观念的更新所引起的大到社会争论、深刻到每一个人的心理秩序的重新安排"④。其三，在泰国各地的游览中，"从那些残留的废墟中，看到了一个民族和国家演变的历史，粗略读完了这个民族的历史教科书"⑤。其四，国内"寻

---

① 陈忠实：《寻找属于自己的句子》，上海文艺出版社 2009 年，第 33 页。

② 陈忠实：《慢说解读　且释摹写》，《陈忠实文集》第 10 卷，人民文学出版社 2015 年，第 292 页。

③ 陈忠实：《寻找属于自己的句子》，上海文艺出版社 2009 年，第 34 页。

④ 陈忠实：《破禁放足不做囚》，《陈忠实文集》第 6 卷，人民文学出版社 2015 年，第 19 页。

⑤ 陈忠实：《访泰日记》，《陈忠实文集》第 3 卷，人民文学出版社 2015 年，第 441 页。

根文学"热潮的兴起所内含的文学的现代化与民族传统文化的继承问题，是中泰两国作家面临的共同问题。两国作家比较趋于一致的看法是："泰国文学应该具有泰族的文化素质，这种素质所显示的特点，就区别于世界上任何地区的任何民族。然而，文坛上的流派多种多样，西方各种文学流派的影响都有司效者，并不是一下子能统一的。"作者接着提到："这种状况，与中国文坛的现状不无相似之处。"①

另外，80 年代中期，陈忠实进行了较为广泛的阅读，历史、文化等书籍之外，西方经典现实主义作品和现代主义文学作品、拉美魔幻现实主义文学作品，都有涉及。此不赘述。

总之，我们可以从陈忠实自身创作脉络，从其异域之旅的见闻、感受，从其广泛的阅读和思考等多个方面看出，80 年代中期陈忠实的"自我"正在借助"中国／世界""现代／传统"等彼此对话沟通、又充满矛盾性张力的结构，逐渐形成。"历史视野"正在取代"时代眼光"，"政治视角"正在转化为"文化视角"，陈忠实由对时代精神理念主导下的摹写生活，转向"文化"视域中的"民族""历史"反思。

如果我们在这样的文学思想的发展脉络中，来看 1987 年 6 月写成的《中篇小说集〈四妹子〉后记》，就可以发现这篇简短文字里包含的丰富信息及其在陈忠实文学思想观念演进和陈忠实小说创作发展中的特殊地位和意义。

《〈四妹子〉后记》因出版时期恰逢商品经济浪潮冲击下，严肃文学读者数量锐减，文学出版机构因自负盈亏而面临发行销售困难的形势，出版过程几经波折，征订数只有区区六千册，原本计划 1988 年发行的书迟至 1989 年下半年才印刷出版，且需作者陈忠实自销一千册，所以评论界关注甚少，据笔者查阅，与小说集《四妹

① 陈忠实：《访泰日记》，《陈忠实文集》第 3 卷，人民文学出版社 2015 年，第 459 页。

子》有关的学术论文仅有两篇，一是与陈忠实相熟的评论界李星所写的《在历史和现实之交——读陈忠实中篇小说集〈四妹子〉》，收入其1991年出版的个人评论集《求索漫笔》，并未在文学期刊公开发表，一是2018年4月发表在《西安文理学院学报》（社会科学版）上的《陈忠实中篇小说的通俗化——以小说集〈四妹子〉为例》。两篇论文都未论及《后记》。对《后记》的关注，只有李星2001年6月发表于《文艺争鸣》的一篇论文。

我认为，这篇被普遍忽视的简短《后记》却是一篇在陈忠实文学思想发展和建构占有不可忽视地位的重要文献。首先，陈忠实在这篇文章中对"农民"和"民族"关系的思考。或许与出版社的名称与定位有关，陈忠实用较多篇幅谈及"农民"和"农民世界"及其与自己的创作的关系。当然最重要的是，他使用的"农民世界"这一显示着阔大视野的语词中蕴含的作家的认识和评价："农民世界是一个伟大的世界。尽管人们以现代眼光看取这个世界时，发觉它存在着落后、愚昧、闭塞、保守、封建、迷信以及不讲卫生等弊端，然而它依然不失其伟大。在几千年来的缓慢演进和痛苦折腾中而能保持独立的民族个性，仅此一点，就够伟大了。"这段论述转换了现代视野中的乡村和农民形象，既没有完全舍弃启蒙主义叙述中的农民修辞，又将自己对农民的熟悉和挚爱融入其中并上升为对一个"世界"而非"阶级""阶层"的宏阔认知和评价，进而将"农民"作为"民族""历史"的意义表征。"世界"和"民族"在此相遇，"农民"也就不再是一个阶级身份、职业身份，它挣脱了政治话语的束缚，进入一个更广阔的民族、历史和文化空间。笔者的这一解读并非刻意寻找微言大义夸大其词。事实上，陈忠实1985年之后的创作就出现了此前未曾有过的异质性，正如研究者指出的那样，1985年以后，"把农业文化的底色化入到更为广大而深远的我们时代的文化背景之中，成为陈忠实的一种自觉的追求。他的作品，开始鸣响着别一种声音。或者说，他在农业文化的基点上，作扇面形展开，扩大了他的艺术视野，同时也深化了他的对生活的思考，努力以他所获得的现代意识作为参照系，从我们民族的过去、现在与未来的历史行程中，对我们的时代进行历史的、道德的审美观照。……现代意识的获得与演化是构筑陈忠实 80 年代后期审美空间的新的精神素质，它必然带来陈忠实作品新的艺术风貌。……以现代的而不是农民的审美尺度与价值标准对我们的时代进行历史与道德判断。进入八十年代后期，这已经成为陈忠实的自觉艺术追求。"[1] 应该说，陈忠实现代意识的获得来自长期的思考求索和持续的阅读所带来的精神裂变或"剥离"，其中两个方面的因素是不可或缺和至关重要的。一是萌发于《答读者问》并在《创作感受谈》里得以充分阐释的陈忠实少见的，以"感受"为核心的，带有较为浓厚的主体性色彩的文学美学思想，作家、作品（人物）和读者都不同程度地洋溢着挣脱僵硬的外部压抑、确立独特的个性的自我认同的主体性思想气质。没有"自我"的发现和确立，就没有对"农民""世界"和"民族"的重新发现。这无疑是现代意识的一个重要内容和不可或缺的维度。二是同样萌发于《答读者问》中的民族文化意识尤其是民族文化心理结构。当时陈忠实是在"充分写生活"的命题中，从民族习俗和民族文化意识角度，来谈论"民族"问题的，《后记》之不同在于，陈忠实将其放在了"历史"（"几千年来的缓慢演进和痛苦折腾"）中，并强调了与通行的现代观念中对"农民"的启蒙视角和批判性观照不同的"民族个性"之"独立"与"伟大"。

其次，尽管陈忠实仍然认为"作家研究的主要对象是社会生活。我关注的是农民世界的生活运动"，但他表示："我曾经甚为自信我对农村生活的了解和感受。我今年春季以来就又不甚自信了。我对我生活着的地域内的几个县和地区的历史沿革的进一步了解，使我

---

[1]　王仲生：《从与农民共反思走向与民族共反思——评陈忠实八十年代后期创作》，《小说评论》1991 年第 2 期。

打破了以往的自信。这块土地上千百年来缓慢演进的脚步愈使我加深了以往的那种沉重感；这块土地上近年间发生的急剧变化甚至使人瞠目。我对这个世界的昨天和今天知道得太少了。"[1] 陈忠实对自己生活地域历史的了解，来自1986年对关中地区尤其是蓝田、长安县志、中共党史以及其他地方文史资料的广泛阅读，包括如《崛起与衰落——古代关中的历史变迁》这样的地域历史研究著作和张载等关中学派有关著述的阅读。这使他对关中社会历史、地域文化和儒家思想有了较为全面的了解，有助于他从整体上宏观地把握关中乡村社会的历史与现实，有助于他在通常的历史教科书之外，掌握一些以前鲜为人知的各种历史包括中共革命历史和革命人物，同时，也让他获得了从地域社会史、地域文化发展史和地方革命史中，获得超出地域范围的总体观照中国历史发展的宏观视角。这使他从原先的从对一个社员或农民、一个农村基层干部、一个农家院落或一个乡村的具体的，然而也是拘泥的追踪式的现场描摹式的切近观照中，脱离出来。"农民世界"既不是完全政治意义上的阶级阶层，也不是一个村庄一个干部一个社员，它有其地域性但又超出地域性，它有其时代性却又超出时代性，他们的生活生产方式、思想观念、道德意识会在具体的生活场景和情境之中表现出来，但又超出其当下具体的场景性和情境性。"农民世界"，从时间维度上说，是超出当下性和时代性的，它有着千百年甚至更深久悠远的历史，它经历着从古代到近代而至现代当代的绵延不息的发展和转型；从空间维度上讲，"农民世界"不局限于村庄、地域，它是包括但又不限于八亿农民的中国，它又不止于可见可视的物质存在形态，而是有其思想观念、道德意识日常伦理的"不可见"的精神世界，而这些在更深层构成了更为根本或本源的"独立的民族个性"，这就是"传统"，一个民族的传统。在这篇"后记"中，陈忠实虽

---

[1] 陈忠实：《中篇小说集〈四妹子〉后记》，《陈忠实文集》第5卷，人民文学出版社2015年，第362页。

然并没有提到"民族心理意识"或"民族心理结构",但不可否认地潜隐着早在1985年2月就反复提及的这两种话语表述。从这个意义上看,认为"到一九八七年六月,他(指陈忠实,引者按)对'感受'这种主观情绪很浓的表述也有了扬弃的念头"[①]是符合当时陈忠实文学思想实际的。

再次,小说作为一个民族的秘史性质的确认。在这篇"后记"中,陈忠实写道:"我愈加信服巴尔扎克的一句话:'既然小说被认为是一个民族的秘史,那么,要成为真正的小说家就必须对社会生活进行调查'。从这个意义上说,要了解一个民族,最好是阅读那个民族的优秀的文学作品。从这个意义上说,作家要获得创作的进展,首当依赖自己对这个民族的昨天和今天——历史和现实的广泛了解和理解的深刻程度。"[②]这是陈忠实首次在文章中引述巴尔扎克这句话,此后就是被印在《白鹿原》卷首而广为人知,并成为进入《白鹿原》文学世界的入口和解读它的关键词之一。对于这句话,李星的看法是:"这已经是《白鹿原》的艺术主题定位了,他对文学本质和意义的理解也跨域了'观察'、'感受'的幼稚期、少年期,迹近于成熟了。他就是以这种成熟的文学观念投身于历时五年的《白鹿原》的写作。《白鹿原》完成了,一个成熟的文学观也形成了。"[③]确为见地之论。将小说视为一个民族的秘史,既延续了陈忠实此前对"民族心理意识"和"民族心理结构"的思考及其在《康家小院》《梆子老太》《蓝袍先生》中的艺术实践,又得到了世界文学大师巴尔扎克的启示和确认,尤其是巴尔扎克作为现实主义文学大家的身份与陈忠实一直信仰并坚持实践的现实主义手法(风格)又有着根本上的相同相通,这无疑更增强了陈忠实创作的自

---

① 李星:《走向〈白鹿原〉》,《文艺争鸣》2001年第6期。

② 陈忠实:《中篇小说集〈四妹子〉后记》,《陈忠实文集》第5卷,人民文学出版社2015年,第362页。

③ 李星:《走向〈白鹿原〉》,《文艺争鸣》2001年第6期。

信，从柳青的社会主义现实主义到巴尔扎克的批判现实主义，这两种不同的现实主义都是他学习的对象和汲取的资源，而柳青和巴尔扎克也都是他的崇仰者，诸种因素使他"愈加信服"，这是没有异议的。小说的民族秘史性质，使其成为了解一个民族的最佳途径，这种观念和认识，增强了陈忠实将小说——正在构思中的《白鹿原》作为"民族秘史"来写的决心和信念。从这个意义上讲，陈忠实将《白鹿原》作为民族秘史来写或者说《白鹿原》在发表和出版后作为"民族秘史"而被接受、定位和阐释，在很大程度上就不是陈忠实自言的"暗合"。当然，这样说，并不是否认《白鹿原》作为20世纪中国长篇小说乃至中国文学经典之作的地位和成就（当然，正如陈忠实所说，这还需要读者的检验和历史的考验），而是说，我们需要看到《白鹿原》和巴尔扎克之关系的建立，并非在《白鹿原》完稿或将要完稿之间，而是在《白鹿原》动笔之前的构思期间，很难否认巴尔扎克对陈忠实和《白鹿原》创作的启示。事实上，也没必要这样做。因为，无论柳青和他的《创业史》及其所代表的社会主义现实主义，还是巴尔扎克所代表的批判现实主义，都是陈忠实和他的《白鹿原》所要超越的对象。"到了1985年，当我比较自觉地回顾包括检讨以往写作的时候，首先想到摆脱柳青和王汶石"[1]。1993年，在与李星对话中谈及《白鹿原》是否属于现实主义文学及其与柳青包括法国俄国现实主义的不同之处时，陈忠实所说的："《白鹿原》是现实主义的创作。在我来说，不可能一夜之间从现实主义一步跳到现代主义的宇航器上。但我对自己原先所遵循的现实主义原则，起码可以说已经不再完全忠诚。我觉得现实主义原有的模式或者范本不应该框死后来的作家，现实主义必须发展，以一种新的叙事形式来展示作家所能意识到的历史内容和现实内容，或者说独特的生命体验。""我决心彻底摆脱作为老师的柳青的阴影，彻底到连语言形式也必须摆脱，努力建立自己的语言结构

---

[1]　陈忠实：《寻找属于自己的句子》，上海文艺出版社2009年，第43页。

形式。……但无论如何，我的《白》书仍然属于现实主义范畴。现实主义者也应该放开艺术视野，博采各种流派之长，创造出色彩斑斓的现实主义；现实主义者更应该放宽胸襟，容纳各种风貌的现实主义。"[1]

进入新时期以来，陈忠实一直在竭力摆脱"假大空"文学，寻找"真正的文学"。我认为，陈忠实创作进入"民族"话语空间，除了自身执着的思索探求和严格的自我反思自我批判，还有就是对于中外优秀作品的集中阅读。他广泛阅读各类书籍，他提出的"民族文化心理结构"说，除了李泽厚的影响，卡彭铁尔、马尔克斯等拉美魔幻现实主义文学，对陈忠实影响极大。2004 年 11 月 24 日，陈忠实在回顾《白鹿原》的孕育和构思时说："卡彭铁尔进入海地，'寻根文学'和'文化心理结构'创作理论，这三条因素差不多同时影响到我，我把这三个东西综合到一起，发现有共通的东西，促成我的一个决然行动，去西安周边的三个县查阅县志和地方党史文史资料，还有不经意间获得的大量的民间轶事和传闻。那个长篇小说的胚胎渐渐生成，渐渐发育丰满起来，我感到真正寻找到'属于自己的句子'。"[2] 在读了卡彭铁尔的《王国》，尤其是了解了卡氏由到法国学习现代派文学而最终到海地寻找拉美移民历史之根的选择后，陈忠实写道："我在卡彭铁尔富于开创意义的形成面前震惊了，首先是对拥有生活的那种自信的局限被彻底打碎，我必须立即了解我生活着的土地的昨天。"[3] 谈到《百年孤独》对自己的影响，陈忠实说："这部作品对我最大的启发在于，我开始思考作家应该如何面对自己民族的生活和历史。"[4] "这些作品不仅提升我的写作

---

① 陈忠实：《关于〈白鹿原〉与李星的对话》，《陈忠实文集》第 5 卷，人民文学出版社 2015 年，第 370—371 页。

② 陈忠实：《借助巨人的肩膀——翻译小说阅读记忆》，《陈忠实文集》第 8 卷，人民文学出版社 2015 年，第 96 页。

③ 陈忠实：《寻找属于自己的句子》，上海文艺出版社 2009 年，第 11 页。

④ 陈忠实：《让生活升华为艺术——答〈文化艺术报〉贾英问》，《陈忠实文集》第 9 卷，人民文学出版社 2015 年，第 512 页。

能力，更重要的是扩展我的艺术视野，也扩展我看取生活和社会的视角。"① 对于陈忠实来说，巴尔扎克的启示不仅在于"秘史"，也在于"民族"，在此语境中的"对社会生活进行调查"，就不再基于生怕错过急剧变化着的现实变革的每一个不可"重复"的瞬间的恐慌，而"及时而迅捷地捕捉这种变化"②；而是"自己对这个民族的昨天和今天——历史和现实的广泛了解和理解"是否深刻。"生活"不再是浮于表面上能被直接捕捉和轻易写进作品中去的现成之物，它需要被纳入"历史"中进行"调查"。同样，"历史"也存在于当下人的"生活"中，而非消失湮没于永不复归的烟尘，"民族文化"也无须到穷乡僻壤中寻找。这种对"历史"和"民族文化传统"的理解中，蕴含着陈忠实对他所读过的 1980 年代中期左右出现的"寻根文学"写作方式和倾向的不满。

在谈到"寻根文学"时，他说："我曾经兴趣十足地关注其思路和发展，最后颇觉遗憾，它没有继续专注于民族文化这个大根去寻找，却跑到深山老林孤寺野涯里寻找那些传奇荒诞遗事去了。我反倒觉得应该到人口最密集的乡村乃至城市，去寻找民族文化之根，寻找这个民族的精神和心灵演变的秘史，《白鹿原》的创作思考，这是一个诱因。"③ "深山老林孤寺野涯"是"传奇"而非"历

---

① 陈忠实：《我相信文学依然神圣——答〈延安文学〉特约编辑周瑄璞问》，《陈忠实文集》第 8 卷，人民文学出版社 2015 年，第 456 页。

② 陈忠实：《从昨天到今天》，《陈忠实文集》第 2 卷，人民文学出版社 2015 年，第 484 页。

③ 陈忠实：《三十年，感知与体验——中国著名作家访谈录》，《陈忠实文集》第 9 卷，人民文学出版社 2015 年，第 504 页。在其他文章，陈忠实也明确表示过对"寻根文学"的阅读和认识："我不敢判断这股文学新潮是否受到拉美文学爆炸的启示或影响，我却很有兴趣地阅读'寻根文学'作品，尽管我没有写过一篇这个新流派的小说。我后来很快发现，'寻根文学'的走向是越'寻'越远，'寻'到深山老林荒蛮野人那里去了，民族文化之根肯定不在那里。我曾在相关的座谈会上表述过我的遗憾，应该到钟楼下人群最稠密的地方去'寻'民族的根。"参看陈忠实《借助巨人的肩膀——翻译小说阅读记忆》，《陈忠实文集》第 8 卷，人民文学出版社 2015 年，第 95—96 页。

史"，它们具有某种程度上的非历史性。基于对现代历史尤其是新文化运动和"文化大革命"隔断"传统"的认识，"寻根文学"可以回避现代历史，其最终结果是将历史反思凝固成文化传奇或文化寓言。相比之下，人口密集的乡村市镇在经历了现代历史包括阶级斗争的多次洗礼之后，传统思想文化是否在其中有所留存并有所转换？"传统"究竟如何在"现代"中延续和存在，当二者相遇时究竟发生了怎样的交流和碰撞，它们各自经历了什么，"传统"是如何现代的等等，无疑都是值得深究的问题。但无论怎样，有一点是可以确定的，"民族"还是那个有着自己个性和伟大之处的民族，关键还是在于这个民族在其历史发展中，其个性（"文化心理结构"）发生了怎样的裂变，其心灵运行轨迹如何。陈忠实的文学阅读、文献史料查阅和田野调查，都是了解和理解民族的历史和现实、昨天和今天，从而走向创作进展和精神剥离的必经之路。

在写于 1990 年 1 月 5 日的一篇序言中，陈忠实在透视西安灞桥区民歌民谣和地子词儿的时候，已经不是单纯地从艺术和民俗层面观照，而是将其纳入自己当时的"问题意识"中，他认为："形成灞桥民歌以及民间文化种种特质的因素可能很多，我主要想到的是生活在这块特殊方位上的乡民们的文化心理结构。"[①] 在历史跃进与衰败的漫长发展中，传统思想观念意识也随之渗透、蔓延并渗透到历史生活中，形塑其中的每个人的心理意识："封建文化封建文明与皇族贵妃们的胭脂水洗脚水一起排泄到宫墙外的土地上，这块土地既接文明也容纳污垢。缓慢的历史演进中，封建思想封建文化封建道德衍化成为乡约族规家法民俗，渗透到每一个乡社每一个村庄每一个家族，渗透进一代又一代平民的血液，形成这一方地域上的人的特有文化心理结构。"[②] 此番论述，进入问题的路径，思考

---

① 陈忠实：《我说关中人——〈灞桥区民间故事集成〉序》，《陈忠实文集》第 5 卷，人民文学出版社 2015 年，第 325—326 页。

② 陈忠实：《我说关中人——〈灞桥区民间故事集成〉序》，《陈忠实文集》第 5 卷，人民文学出版社 2015 年，第 326 页。

问题的方式以及对问题的理解和阐述，已经与正处于修改和写作中的《白鹿原》完全相同了。陈忠实此时所触摸和探析的是历史、文化和人的内在隐秘关联，他在传统与现代、历史与现实、民族与人生、文化与人性等之间建立了多重视角和维度的联系，通过对"社会生活"的广泛且深层的"调查"，达到对民族的昨天和今天的个人化的深刻理解，具有了一个书写"民族秘史"的"真正的小说家"风范。

最后，在这篇"后记"的最后，陈忠实对自己以往创作包括小说集《四妹子》进行了充满反思性的评价，并明确表露了自己突破以往思考和写作范式和既有创作水平的勇气和自信。他说："我截至目前的全部作品（包括本集），都做不到这点。但我已经意识到了。意识到了，我就有了进一步努力争取的新的目标的力量和勇气。"[1] 应该说，陈忠实对自己以往创作的认识是中肯的，当用"民族秘史""最好的小说家"和对民族历史与现实的了解和理解是否深刻等来衡量的时候，陈忠实看到了自己此前创作的差距。不唯如此，其他人对《白鹿原》之前陈忠实创作的评价和感受，与陈忠实本人也极为相似。据白烨所记，1992年3月底，陈忠实在把《白鹿原》完成稿交给西安取稿的高贤均和洪清波的同时，给他俩每人一本他的中短篇小说集，"也许是两位高手编辑期待过高的原因，他们感到陈忠实已发表的中短篇小说在看取生活和表现手法上，都还比较一般，缺少那种豁人耳目的特色，因此，对刚刚拿到手的《白鹿原》在心里颇犯嘀咕。到了成都之后，有了一些空闲，说索性看看《白鹿原》吧，结果一开读便割舍不下，两人把出差要办的事一再紧缩，轮换着在住处研读起了《白鹿原》。"[2] 高、洪两人对《白鹿原》以及此前创作截然不同甚至有天壤之别的阅读感受，既说明

---

① 陈忠实：《中篇小说集〈四妹子〉后记》，《陈忠实文集》第5卷，人民文学出版社2015年，第362页。

② 白烨：《"一鸣惊人"前后的故事》，《洪流》1994年第5期。

1992 年 3 月 25 日，他们拿到的《白鹿原》手稿成稿，已经完全到达了 1987 年 6 月 6 日陈忠实写下的这篇"后记"所设定的目标，更说明陈忠实对自己所引巴尔扎克的那句话，早在《白鹿原》构思和陈忠实查阅史料方志的过程中，就有了深切体认和精神默契。这不是陈忠实与巴尔扎克的"暗合"。正如陈忠实在回答李星提出的能否用一句话来概括《白鹿原》的复杂意蕴时，陈忠实的回答："我一开始就把这部小说概括了，甚至在未开始之前的酝酿阶段就有一个总体概括，就是卷首语里引用的巴尔扎克的那句话：'小说被认为是一个民族的秘史。'"①

很重要的一点，如果说，陈忠实在 80 年代后期创作如《蓝袍先生》《轱辘子客》《地窖》等小说中，实现了从"与农民共反思"到"与民族共反思"并在《白鹿原》中彻底实现了这一转换和升华的话，那么，如前所述，这篇"后记"则以较为理论化的阐述，明确地将自己倾心书写的"农民""世界化""民族化"和"历史化"了。与此更为内在和根本的联系是，找到"自我"并将之"世界化""民族化"和"历史化"。

在"后记"写作后的四个月，具体说是 1987 年 10 月 8 日写成的散文《刀声》中，陈忠实压抑不住对"自我"的这一新的理解，写道："找到自我就极力表现自我。"这是 1986 年 4 月 23 日改定的文论《创作感受谈》中的表述，但接下来陈忠实进一步做阐述："表现自我不应该是仅仅局限于个人那个小小心胸里的恩恩怨怨卿卿我我吧？应该是作者或画者目找心灵对世界对生活对历史的综合思考和痛切感受吧？"② 其中涉及如何处理自我与世界、历史等的关系，涉及自我与历史的对话以及作家如何处理和表现历史的问题。关于"民族秘史"这一点，"后记"中设定了自我、民族和

---

① 陈忠实：《关于〈白鹿原〉与李星的对话》，《陈忠实文集》第 5 卷，人民文学出版社 2015 年，第 368 页。
② 陈忠实：《刀声》，《陈忠实文集》第 5 卷，人民文学出版社 2015 年，第 317 页。

历史与现实的关系，但并未做更为直接的表述，接下来，在1993年《白鹿原》在《当代》首发后，陈忠实就揭开了"蒸馒头的锅盖"，对小说家如何写历史做了非常明确的阐述，他认为："小说家实际上是从心理层面来写历史和现实生活。作家要把握的是一个时代人的精神心理，普遍的一种社会心理。我觉得巴金的《家》伟大之处也在这里。人们经常形容一部作品像史诗。史诗不单是写了重要的历史事件，更重要的是反映了重要的社会心理变化。"① 散文《刀声》中，陈忠实的另一观点也应引起重视。谈及农村时，陈忠实说："中国的农村是一座炼狱。那里充塞着穿着破烂衣衫的农民，饥饿困扰着一家一户一村一社；充塞着一座座破旧的房舍和土窑洞，肮脏泥泞的村巷和道路，原始式的繁重的劳动和最'左'的革命口号以及严厉的处罚措施统一在一起。……然而，谁知道如果在这座炼狱里炼过三四年而仅仅只是感觉到贫穷落后不讲卫生和愚昧，那么他精神之肤浅也无异于贫穷和愚昧。"② 这种认识不同于他此前创作中对乡村的浪漫化处理，也不同于现代启蒙主义视野中落后破败愚昧野蛮的乡村镜像，当代历史和现实中的农村呈现出了其"真实"的一面，但一位优秀小说家显然不能停留于目之所见的表面，也不能满足于将农村从历史的纵深中剥离出来而将其塑造为凝滞的风景。陈忠实在这里对"中国农村"的理解所透露的思想信息，与"后记"中谈及"农民世界"时的判断是一脉相通的，与1987年8月在与李下叔夜谈中将构思中的长篇主人公设定为"绝对中国的""我们这民族"的"魂"，写一部"历史正剧"的想法也是一致的③。陈忠实对中国从传统向现代转型之历史的"正剧"体

---

① 陈忠实：《和〈瞭望东方周刊〉记者的对话》，《陈忠实文集》第8卷，人民文学出版社2015年，第447页。

② 陈忠实：《刀声》，《陈忠实文集》第5卷，人民文学出版社2015年，第315页。

③ 参见李下叔《捡几片岁月的叶子——我所知道的〈白鹿原〉写作过程》，《当代》1998年第4期。

认，在他与李星的 1993 年的对话中，谈得极为明确："当我第一次系统审视近一个世纪以来这块土地上发生的一系列重大事件时，又促进了起初的那种思索进一步深化而且渐入理性境界，甚至连'反右''文革'都不觉得是某一个人偶然判断的失误或是失误的举措了。所有悲剧的发生都不是偶然的，都是这个民族从衰败走向复兴复壮过程中的必然。这是一个生活演变的过程，也是历史演进的过程。"①

总体上看，陈忠实第二次精神剥离发生在 80 年代中后期，这是没有疑问的。如果要从其中再选一个关键的时间点，我认为应该是 1987 年，而这篇篇幅简短却蕴含丰厚，并未引起充分重视的"后记"，正是一篇颇具标志性和征候性的文字。

---

① 陈忠实:《关于〈白鹿原〉与李星的对话》,《陈忠实文集》第 5 卷，人民文学出版社 2015 年，第 359 页。

第七章　报告文学、散文与小说：
陈忠实各文体创作的历史关联

第一节　文体与陈忠实的"文学"想象

　　陈忠实曾谈过自己在 80 年代中期前后散文创作的变化："八十年代中期以前，我在乡村基层工作岗位上，散文选材多是面对急剧变化的生活而抒发一点感触，或者记取一点人与事的变迁，形式不自觉地就类似特写的形式。八十年代中期以后的散文，且不说它像不像散文，却是脱离了特写的模式。还有几篇篇幅较长的报告文学，尽管有的篇章曾获过国家大奖，但在中国文学关于散文意义限定很窄的大环境下，把这些东西结集出版，我自己首先不太自信，主要是担心书的发行数量。这类书读者会感兴趣吗？"① 这是陈忠实1996 年在出版第一本散文集《生命之雨》时的"心理障碍"。1998年，陈忠实在出版第二本散文集《告别白鸽》时，对《生命之雨》中所选的篇目再次"严格挑选，把只属于散文规范的篇章挑拣出来，把那些特写和报告文学悉数舍弃，再编入后来未曾入选过的新写的一些散文"②。在根据这一"入选原则"，排除了特写、报告文

---

① 陈忠实：《心灵独白》，《陈忠实文集》第 6 卷，人民文学出版社 2015 年，第 279 页。

② 陈忠实：《心灵独白》，《陈忠实文集》第 6 卷，人民文学出版社 2015 年，第 280 页。

学等不符合"新时期""散文规范"的篇章之后，陈忠实便将这本"纯粹"的散文集"自我推荐"给索书的朋友。

进入"新时期"以后，陈忠实经历了一个持续而痛苦的自我反省过程，包括在散文方面的反思和文体选择上的调整。尽管他最早发表的作品是1958年的诗歌《钢、粮颂》，在《夜过流沙沟》发表之前还发表过快板和另一首诗，但他一直将《夜》作为其处女作。陈忠实自述原因时说，这"主要是一种心理因素，即散文才应该是文学作品的正宗"，此前的诗歌（陈称之为"顺口溜"）、快板"从文艺分类上属于曲艺作品，归不到文学的范畴里来。……我真正痴迷、潜心追求的是文学类里的小说、散文以及新诗歌，曲艺从来不是我写作的兴趣。"因此，在陈忠实看来，"《夜》文的发表才是我真正感到鼓舞感到兴奋感到了入门意义的事情"①。在他看来，《夜过流沙沟》使其"接近了文学殿堂的大门"②。自1965年《夜》至1972年《雨中》的发表，陈忠实在第一篇小说《接班以后》（1973）之前已发表散文、特写六篇，对于这些作品，陈忠实在1987年的《答读者问》中认为，"也许对生活的编造痕迹太重，对生活的描绘太肤浅了"③。从这段1987年的自述中，我们可以看出，此时的陈忠实正在"新时期文艺复兴"大潮中，"寻找属于自己的句子"，并逐步建立起其"真正的文学"或"纯文学"立场。

陈忠实"纯文学"意识的建立，不仅体现在散文创作和散文集的出版上，也体现在他对散文文体本质和功能的认识上。一方面，陈忠实看到了作为一种现代文体的散文的不确定性和由此引发的讨论与争议："散文是什么？这个话题至今还在探讨着、争论着，虽然仍无一个大家都能信服的条律或定义，然而每个写着散文

---

① 陈忠实：《最初的操练》，《陈忠实文集》第7卷，人民文学出版社2015年，第133—134页。

② 陈忠实：《答读者问》，《陈忠实文集》第3卷，人民文学出版社2015年，第467页。

③ 同上。

的人，心里都有自己关于散文的理解，都在创造着自己的散文的形态，都在培育着自鸣得意的散文的百草园，似乎任何人在写任何一篇散文时都很难想起关于散文的定义来。"[1] 另一方面，陈忠实又有着自己的散文观。对于散文的本质和抒写的动力机制，他认为："就我自己而言，散文就是一种心灵的独白，心灵对于现实对于历史的一种感悟，需要抒发，需要强辩，需要呜咽，有时候也需要无言的抽泣。感天感地感时感世感人感物，总而言之在于一个感，有感触有感想有感悟而需要独白，需要交流，需要……于是就想写散文了。"[2] 由于散文能将叙事、抒情和议论的功能熔于一炉，并且灵活自由，可以有所侧重，所以，它的体式结构不拘一格，笔法随意自然，表现形式比小说、诗歌、戏剧文学更为多种多样。关于散文的这一艺术特征，鲁迅说："散文的体裁，其实是大可以随便的，有破绽也不妨。"[3] 鲁迅说的"大可以随便"，是指散文体裁风格灵活自由，不拘一格，多姿多彩，既可以叙事，可以描写，也可以抒情，可以议论。它可以像小说一样，通过对典型的生活片段和细节，作形象描写、心理刻画、环境渲染、气氛烘托；也可像诗歌一样，运用比喻、象征、拟人等一定的艺术手法，营造一定的艺术意境。陈忠实对散文文体的看法，是与"五四"以来的基本观点一致的。"新时期"文学被认为是对"五四"文学尤其是其启蒙主义和个性主义思想维度的回归。这一回归在文学的主题、题材、形式、语言等多方面均有体现，但其在"文体"或"文类"方面的"回归"，却并未引起学者们的充分关注。

就文体和文类上来说，现代散文的确立源自"五四"时代起它

---

[1] 陈忠实：《心灵独白》，《陈忠实文集》第 6 卷，人民文学出版社 2015 年，第 280—281 页。

[2] 陈忠实：《心灵独白》，《陈忠实文集》第 6 卷，人民文学出版社 2015 年，第 279、281 页。

[3] 鲁迅：《怎么写——夜记之一》，《三闲集》，人民文学出版社 2006 年 12 月第 2 版，第 23 页。

与古典散文的"剥离"。从广义上讲，它是一种包括记叙散文、抒情散文、议论散文、报告文学、杂文等门类的文学散文；从狭义上讲，现代散文是一种包括记叙散文、抒情散文或记叙兼及抒情的散文在内的"纯文学散文"或散文小品。1917 年 5 月刘半农在《我之文学改良观》中首次明确提出了"文学散文"的新概念。他称科学著述、政教实业之评论、官署之文牍告令及私人之日记信札等为"文字的散文"，以与"文学的散文"相区别。认为"文学为有精神之物"[1]，应"处处不忘有一个我"[2]。1923 年 6 月，王统照又在《纯散文》中提出了"纯散文"的概念，强调散文的文学性，认为散文应"使人阅之自生美感"[3]。不论是"文学散文"，还是"纯散文"，它们实际上指的都是排除了学术文、应用文、政论文之外的纯文学意义上的散文，也就是我们现在通行的狭义散文，大体相当于西方的 Essay。1925 年 12 月，鲁迅所译《出了象牙之塔》问世。作者厨川白村在 *Essay* 一节中，将 Essay 视为"和小说戏曲诗歌一起，也算是文艺作品之一体"[4]。把文学分为小说、戏剧、诗歌、散文四大类，这是体现了西方近代文学观念的文学分类方法。说明至迟在鲁迅译介厨川白村这部著作的 1925 年，我国已经了解和接受了这一新的文学观念和分类方法，从而结束了中国传统以诗文为正宗的杂文学观念（或称大文学观念）和文学分类方法。过去，被视为"小道""末技"的小说、戏剧被抬到文学正宗的地位，与诗文并列于文学殿堂；散文从包含着学术文、应用文、政论文的"文章"中分离出来，成为 种独立的文学体裁。

---

[1] 刘半农：《我之文学改良观》，胡适编选：《中国新文学大系·建设理论集》，良友图书公司 1935 年，第 65 页。

[2] 刘半农：《我之文学改良观》，胡适编选：《中国新文学大系·建设理论集》，良友图书公司 1935 年，第 66 页。

[3] 王统照：《纯散文》，《晨报副刊·文学旬刊》1923 年 6 月 21 日第 3 号，周红莉编：《中国现代散文经典理论》，苏州大学出版社 1928 年版，第 59 页。

[4] 厨川白村：《出了象牙之塔》，鲁迅译，《鲁迅全集》第 13 卷，人民文学出版社 1973 年，第 164 页。

从 40 年代起，延安文艺将特写、速写、通讯、报告文学等现代散文中的"边缘文体"纳入"中心文学"，并通过"中国人民文艺丛书"对其正典地位加以确认，到五六十年代对特写、报告文学等散文文类的倡导和积极实践，此类散文的地位在散文大家族中完成了从"边缘"到"中心"的位移，这一位移伴随着的新文类新文体的建构尝试，与启蒙与革命、知识分子与工农大众在前三十年中国的地位、位置的调整变动直接有关，形成"文体"与"历史""政治""思想"的内在呼应和对应。

进入"新时期"后，陈忠实一直持续着散文和小说创作齐头并进的创作状态。让我们简要梳理一下陈忠实从 1979 年至 1995 年这十七年间，散文、特写、报告文学的创作情况，从现象中发现、思考其中隐含的规律，并分析造成这一现象的深层原因。

1979 年和 1980 年，陈忠实创作发表了报告文学《忠诚》[①]《躯干》[②]。1980 年，报告文学《分离》（与程瑛合作）[③]，散文《山连着山》。1981 年，散文《面对这样一双眼睛》，特写《可爱的乡村》[④]，报告文学《崛起》[⑤]《春风吹绿灞河岸》[⑥]。1982 年，散文《万花山记》[⑦]《延安日记》[⑧]。1983 年 10 月 18 日，写成特写《诗情不竭的庄稼汉》。1984 年，写成特写《一九八三年秋天在灞河》，散文《鲁镇记行》[⑨]《绿色的南方》[⑩]。1985 年，发表报告文学《大地的精灵》[⑪]，6 月 18 日写成随笔《迪斯科与老洞庙》。1986 年，发表散文《访泰

---

① 《忠诚》刊《西安日报》1979 年 7 月 15 日。这是陈忠实的第一篇报告文学。
② 刊《陕西日报》1980 年 3 月 2 日。
③ 刊《陕西青年》1980 年第 9 期。
④ 刊《陕西日报》1981 年 11 月 8 日。
⑤ 刊《延河》1982 年第 1 期。
⑥ 刊《长安》1982 年第 8 期。
⑦ 刊《西安晚报》1982 年 5 月 22 日。
⑧ 刊《西安晚报》1982 年 7 月 8 日。
⑨ 刊《西安晚报》1984 年 7 月 8 日。
⑩ 刊《西安晚报》1984 年 8 月 9 日
⑪ 刊《西安晚报》1985 年 4 月 7 日。

日记》①《湄南河上——访泰日记》②《星空》③。1987 年，发表报告文学《皮实》④，写成散文《第一次投稿》，写成特写《最珍贵的记忆——日记五则》。1988 年，写成散文《敬上一杯酒》，发表随笔《短文三篇》⑤。1989 年，写成散文《默默此情谁诉》。1990 年，写成报告文学《山里有黄金》《渭北高原：关于一个人的记忆》⑥。1992 年，发表报告文学《腼腆——余长庚印象》⑦《生命礼赞——神针赵步长》，发表散文《又见鹭鸶》⑧。1993 年，写成报告文学《忠诚与潇洒——我理解的王福禄》，散文《晶莹的泪珠》⑨《毛泽东的人格力量》《寓言两则》，发表随笔《文学这个魔鬼》⑩。1994 年，写成随笔《虽九死其犹未悔》⑪、散文《绿蜘蛛，褐蜘蛛——我的树之二》⑫。1995 年，写成散文《最初的晚餐——〈生命历程中的第一次〉之一》《尴尬——〈生命历程中的第一次〉之二》《沉重之尘——〈生命历程中的第一次〉之三》《破禁放足不做囚》《中国餐与地摊族——意大利散记之一》⑬《贞洁带与斗兽场——意大利散记之二》⑭《绿风》⑮《那边的世界静悄悄——美、加散记之一》《北桥，北桥——美、加散记之二》，写成报告文学《创造礼赞》。

---

① 刊《文学家》1986 年第 5 期。
② 刊《西安晚报》1986 年 5 月 11 日。
③ 刊《小说家》1986 年第 5 期。
④ 刊《西安晚报》1987 年 7 月 12 日。
⑤ 刊《西安晚报》1988 年 5 月 22 日。
⑥ 刊《陕西日报》1990 年 11 月 20 日。1992 年获中国作家协会 1990—1991 年度全国优秀报告文学奖。
⑦ 刊《人民日报》1992 年 1 月 6 日。
⑧ 刊《西安晚报》1992 年 7 月 28 日。
⑨ 刊《儿童与健康》1994 年第 2 期。
⑩ 刊《西安晚报》1993 年 7 月 1 日。
⑪ 刊《延河》2003 年第 1 期。
⑫ 刊《大家》1995 年第 3 期。
⑬ 刊《西安晚报》1995 年 2 月 17 日。
⑭ 刊《飞天》1995 年第 10 期，又刊《西安晚报》1995 年 11 月 30 日。
⑮ 刊《神州学人》1995 年第 7 期。

可以看到，在 1995 年之前，陈忠实并未放弃特写、报告文学的写作，呈现出散文、随笔、报告文学和特写交错并进的总体态势。这一状况在 1995 年之后不复存在。1995 年，写成带有随笔性质的"报告文学"《创造礼赞》之后直至 2016 年去世的二十余年间，陈忠实再也没有写过报告文学、特写等文体。更具意味的是，1996 年陈忠实在编选其第一本散文集《生命之雨》时选入报告文学和特写《可爱的乡村》《春风吹绿灞河岸》《躯干》《一九八三年秋天在灞河》《分离》《诗情不竭的庄稼汉》《大地的精灵》等报告文学和特写共十五篇，同时又对是否将其选入"散文集"感到"不大自信"；及至编选第二本散文集《告别白鸽》时，所有报告文学和特写均未收入，同时却收入"歪看足球"系列、"生命历程中的第一次"系列、"美、加散记"系列、《刀声》、《收获与耕耘》、《关于〈白鹿原〉的答问》等体育文化散文、回忆散文、游记散文乃至在"陈忠实文集"中被归入"言论"的文字。自 1998 年之后，陈忠实已不再将特写和报告文学作为散文文体选入文集，即便有些篇章获过国家级文学奖，即便他作为散文文体选入文集的个别篇章在艺术上未必有超过其特写、报告文学之处。对于陈忠实个人来说，根本原因在于其对散文文体的本质有自己的个性化体认，将之作为"心灵的独白"、对历史和现实的"感悟"，"总而言之在于一个感"——"感触""感悟""感想""感慨"。有所"感"而用"独白"或"交流"的"精美"的形式表达出来，即为"散文"。"个体"之"感"为散文创作的动力和散文文体之核心要义所在，形式、语言是否及如何"精美"，则是"让生活和文学那个无形的而又是铁硬的法则去作用为好"①。

通过梳理，需要引起我们注意的另一点是，陈忠实的特写和报告文学主要集中在两个时段。一个是 1979 年至 1987 年的九年间，

---

① 陈忠实：《心灵独白》，《陈忠实文集》第 6 卷，人民文学出版社 2015 年，第 281 页。

陈忠实共创作报告文学、特写十一篇。一个是 1990 年春至 1993 年春的三年间，陈忠实共创作报告文学五篇。

第一个时段，是 70 年代末至 80 年代中期左右。如前所引陈忠实自述，80 年代中期以前，时为乡村基层干部的陈忠实，散文大多面向改革开放引发的农村农民生活的急剧变化，"记取一点人与事之变迁"抒发对变动着的生活、思想观念的感触和感慨，选材多是面对急剧变化的生活而抒发一点感触，"形式不自觉地就类似特写的形式"。这一时期陈忠实采取特写和报告文学的形式书写现实，表达现实生活的身历、体验和观感。

总体上看，这一时期陈忠实的特写和报告性散文写作是此前的延续。其中有此前所述时代情境、氛围和气息的制约和激发，也有陕西前辈作家的影响。李若冰的《陕北札记》《柴达木手记》、杜鹏程的《速写集》、魏钢焰的《红桃是怎么开的？》、柳青的《1955 年秋天在皇甫村》等反映各行业经济建设成就和建设者们的精神风貌的作品，或写先进人物的事迹，或写热火朝天的建设场面，或写鲜活动人的生活场景，或写作者的见闻感受，所展示的都是生活中"那些向上的、生机勃勃、充满热情和活力的东西"[1]。时代气氛浓厚、主题明确、格调高昂、充满激情，是此时报告文学和特写的主调。陈忠实也不例外。进入"新时期"之后，陈忠实在表现农村联产承包责任制之后的乡村场景和乡村人物时，也延续了这一思路、旋律和写法，写新农村的生机与变化，存在的矛盾和冲突，把自己的赞美之情毫不吝啬地给了改革和参加、推进改革的人们。他 1984 年写成的特写《一九八三年秋天在灞河》，即有明显的向柳青学习的影子。

同时，我们也要看到陈忠实此时报告文学写作的"新时期"因素。置诸"新时期"文学尤其是报告文学的整体发展图景中，陈忠实 80 年代的报告文学也并非纯粹个人意义上的创作，而是报告文学

---

[1] 徐迟：《〈一九五六年特写选〉·序》，作家出版社 1957 年。

这一文体在 70 年代末和整个 80 年代迅速崛起，进入高速发展期和作为一种独立文体得到承认的鼎盛期和辉煌期。

首先要提到的是《人民文学》杂志。陈忠实与《人民文学》建立联系是在 1976 年 3 月在《人民文学》第 3 期发表了短篇小说《无畏》，其次是原刊《陕西日报》的短篇小说《信任》，被《人民文学》1979 年第 3 期转载，并荣获中国作协 1979 年度全国优秀短篇小说奖。在 1976 年和 1979 年中间，《人民文学》1977 年第 10 期发表了徐迟的报告文学《地质之光》，1978 年第 1 期发表了徐迟的另一篇被称为新时期报告文学报春早枝的《哥德巴赫猜想》，此后黄钢、黄宗英、理由、柯岩、陈祖芬等有着深厚文学素养的作家具有极高文学价值的报告文学作品相继发表。1981 年，中国作协组织全国文学创作评奖时，设立全国优秀报告文学奖，使之获得了与"短篇小说""中篇小说"和"新诗"平等并列的地位。作为重要的现代文体之一，报告文学开始"由附庸蔚为大国"[①]，以至于徐迟将这个时代称为"报告文学的时代"[②]。1981 年至 1987 年，中国作协先后组织了四次全国优秀报告文学评奖活动，徐迟、黄宗英、柯岩、理由、鲁光、乔迈、李延国、陈祖芬等先后获奖。1988 年更因报告文学作品之多、影响之大而被称为"报告文学年"。报告文学题材选择上更为自由和开阔，作家主体意识更为凸显，艺术风格也多样化，报告文学作为一种独立的文体样式，其特征日趋稳定明朗，对"真实性"的理解日益宽容，"文学性"日益得到强调和突出，从一种较为简单的形式和修辞手段，成为报告文学之成为文学的根本保证和区别于"非文学"的基本界限，它采用和整合小说、戏剧、散文、日记、访谈录、史料文献、调查报告、现场对话等多种材料和文体，综合运用全景式、板块式、意识流、蒙太奇等多种技法来实验和更新自身的叙述方式、结构方式和表现手法。总体来

① 张光年：《报告文学随感录》，《文艺报》1982 年第 12 期。
② 徐迟：《报告文学的时代》，《长江文艺》1984 年第 10 期。

看，这一时期的报告文学在"真实性""政论性"和"文学性"的结合上，在社会评析功能和文学审美功能的协调等问题上，达到了较为理想的结合，并先后于80年代和90年代出现了全景式"社会问题报告文学"和"史志性报告文学"等现象级报告文学创作潮流，极大提升了这一文体在"新时期"文学中的地位和在读者中的影响力，使报告文学成为深受广大读者欢迎的文学样式之一。

通过这些报告文学，陈忠实告诉我们，农村改革给农民生活带来了切实变化，反思"方针政策一旦离开了群众的实际，离开了生活的实际，只能被群众所冷漠，被生活所嘲弄"①，"生动活泼的生活现实，浅显不过地解决了理论上长期争执不休的问题"，"生活毕竟发生了深刻的变化，生活前进了"。②作品中出现的"我"是改革开放历史巨变的见证者、感动者和美好未来前景的展望者。"我看见的是一个展示着美好希望和光明前景的多么可爱的乡村……"③，"把农村办成叫城里人也眼红的乐园"④，"春风。细雨。泛绿的原野。我陷入沉思，思索着人的新的美德"⑤，"在这条熟悉的河川里，走到那里，我感到充实和振奋"⑥，"冬天，在自然界，是一切生物积聚力量的季节；一当春风漫过秦川，这儿将要显出怎样灿烂的花的世界……"⑦作品中跳动着改革时代的精神脉搏。尽管陈忠

---

① 陈忠实：《春风吹绿灞河岸》，《陈忠实文集》第1卷，人民文学出版社2015年，第522页。

② 陈忠实：《一九八三年秋天在灞河》，《陈忠实文集》第2卷，人民文学出版社2015年，第474—475页。

③ 陈忠实：《可爱的乡村》，《陈忠实文集》第1卷，人民文学出版社2015年，第488页。

④ 陈忠实：《崛起》，《陈忠实文集》第1卷，人民文学出版社2015年，第509页。

⑤ 陈忠实：《春风吹绿灞河岸》，《陈忠实文集》第1卷，人民文学出版社2015年，第526页。

⑥ 陈忠实：《一九八三年秋天在灞河》，《陈忠实文集》第2卷，人民文学出版社2015年，第475页。

⑦ 陈忠实：《大地的精灵》，《陈忠实文集》第3卷，人民文学出版社2015年，第388页。

实也写到农村劳动的艰苦和人际关系的复杂以及传统观念的束缚，但总体上延续了其六七十年代创作的颂歌主题，写作模式也主要以单一的人物和事件的记述为主，在主题内涵的丰富性厚重性上尚有欠缺。

在第二个时段，陈忠实先后写成《山里有黄金》《渭北高原：关于一个人的记忆》《腼腆——余长庚印象》《生命礼赞——神针赵步长》《忠诚与潇洒——我理解的王福禄》五部报告文学作品。这些报告文学的创作恰恰出现在 80 年代完成自身文体品格建构并获得独立的文体样式的报告文学，跟其他文学形式一样受到了市场经济大潮的猛烈冲击的时期。陈忠实此时的报告文学写作并非偶然，它们在几年内的集中出现即为市场经济铁律对文学冲击的显影。90 年代初，在市场规则的影响下，出现了打着"报告文学"或"纪实文学"招牌的作品，前者实质为为企业家树碑立传或为某些公司、产品做宣传以获得丰厚回报的"广告文学"，后者实质为兜售隐私、猎奇逐秘、带有浓厚商业气息的"隐私文学""明星文学"。反思自己以寻找"真正的文学"的陈忠实并无意于此类"报告文学"创作。对于他来说，这五部作品虽带有某种程度的"广告""宣传"性质，但均非主动而为，而是带有很大程度的"被动性"或"被迫性"。其中，除了《渭北高原：关于一个人的记忆》是"政治任务"外，其他几篇陈忠实未做过多的直接说明。但在 2008 年与《关注》记者的对话中，陈忠实谈道："真正在写长篇小说的四年里，连着两年在春节前到汉中、安康去给那些刚刚兴起的民营企业家和一些国营企业写报告文学，他们给的稿费比国家的能高一点。因为自从开始长篇小说写作以后没有时间写中短篇小说，没有了稿费收入，只凭那百十块钱工资顾家就比较紧张了，我的三个孩子相继上初中和高中，学费年年也在增加，所以就连着两年在春节前的一个月，我就把长篇写作停下来到汉中、安康去写报告文学。所得稿费是万字五百块钱，比国家当时的标准能多二百块钱，过完春节孩子上学

249

的学费就不用愁了。"①

关于 1990 年陈忠实创作报告文学的情况，王蓬在悼念陈忠实的文章中也有回忆："由于隔着一道厚厚的秦岭，关于陈忠实蛰伏于白鹿原下的老家写作长篇小说的种种情况，我只是时有耳闻，其间曾想写信询问或是鼓励，最终没有动笔是意识到这对陈忠实来讲都属多余。直到 1990 年初，徐岳创办《中外纪实文学》，陪着陈忠实几位来到汉中写稿，我还诧异，难道长篇写完了？后来陈忠实私下告诉我：给娃挣学费来了！我猛然意识到陈忠实全家全靠他，这几年埋头写长篇，稿酬不多，又要供三个孩子上学，恐怕是最难熬的时候。见他精神还愉快，便问他长篇如何？他回答快了，再没多说。我深知陈忠实不爱张扬，尤其是写有分量的作品。他的名言是：写作品像蒸蒸馍，不敢把气漏了。他不像有的作家刚有个题目便谋划着去获奖，作品还是一堆素材就计算能挣多少稿费。"② 可为佐证。

可以说，陈忠实以另外一种形式感受到了"市场"对"文学"的影响和冲击。市场经济语境中的报告文学出现了介入和批判精神衰退、干预现实和传达真实力度丧失的严重问题，它们紧跟新的"时代潮流"，走向与市场共谋乃至向市场献媚，产出大批既无"真实性"，"文学性"亦严重缺失的粗制滥造之作。这对于曾以报告文学或特写为赞颂新生活、为改革时代"鼓与呼"的"文学"形式的陈忠实，无疑是一个尖锐且深刻的警醒。他的这些基本为"养家糊口"而进行的写作，也是他告别报告文学的最后的写作。

从更深层看，早在 1985 年以钱钢《唐山大地震》为标志的全景式报告文学热潮时，陈忠实事实上已经主动放弃了报告文学的写

---

① 陈忠实：《〈白鹿原〉之外——与〈关注〉记者白小龙、逸青的对话》，《陈忠实文集》第 9 卷，人民文学出版社 2015 年，第 480 页。

② 王蓬：《陈忠实如同他的名字一样忠诚可靠》，祁念曾、张效民编：《魂系白鹿原：陈忠实纪念文集》，四川文艺出版社 2016 年，第 176 页。

作，而走向以"散文"和"小说"为标志的"文学"之路。

陈忠实散文文体的选择，首先源自其散文文体意识的确立。80年代中前期，陈忠实已经逐渐将"报告文学"与"散文"剥离开来，专注于散文写作。如其所言："八十年代中期以后的散文，且不说它像不像散文，却是脱离了特写的模式。"[①] 正因对"特写"模式的摆脱，才有了《万花山记》《鲁镇记行》《面对这样一双眼睛》《绿色的南方》《迪斯科与老洞庙》《访泰日记》《星空》等较为纯粹的散文随笔创作。

陈忠实放弃报告文学写作而转向散文写作，根本上是出于包括陈忠实个人在内的80年代对"文学"的理解。陈忠实记述自己80年代初在与好友徐剑铭的一次闲聊时写道："我也说出我对他的一点建议来，减少或者不参与某些厂矿的文化活动和属于好人好事的报告文学写作，以便集中精力去写属于文学意义上的作品。"[②] 这段话异常清晰地表明，在80年代初陈忠实的文学观念中，那些"属于好人好事的报告文学"已经算不上"属于文学意义的作品"了，结合陈忠实的创作来看，他实际上已将报告文学排除在"文学"之外了。

并非出于纯个体意义上的个别选择，同样是"历史"对"文体"的再次选择和界定的结果。洪子诚在阐述80年代和50年代至70年代散文之关系时，指出："60年代形成的散文文体模式，在'新时期'主要成为散文发展的障碍。这种写作模式，通常表现为以表现'时代精神'的目标的'以小见大''托物言志'的主题和结构趋向，刻意追求散文的'诗化'和对'意境'的营造。……'回到'个人体验，回到日常事态和心绪，在这种情境下，显然是一种

---

① 陈忠实：《心灵独白》，《陈忠实文集》第6卷，人民文学出版社2015年，第277页。

② 陈忠实：《与剑铭为友》，《陈忠实文集》第8卷，人民文学出版社2015年，第252页。

有效的'解毒剂'，并在一些作家的创作中初步体现。"论者进一步谈到 80 年代对"散文"概念的重新界定："作为 50—70 年代的散文概念'泛化'的翻转，'窄化'成为新的趋势。将叙事性形态的报告文学和议论性形态的杂义从散文中剥离，或加以适当区分，似乎成为'共识'。于是，有'抒情散文''艺术散文''美文'等名称的重新提出。报告文学、回忆录、史传文学等，在许多批评家和散文作家那里，不再笼统地放置在'散文'里面。"① 其中在深层起着决定作用的是 80 年代中期以后的"纯文学"意识形态，"在八九十年代'文学自觉'的潮流中，有关'抒情散文''艺术散文''美文'等的提出表现了一些作家强调'自我'表现和重视'抒情性'的倾向。从文体的角度上说，是为了与叙事的报告通讯，与议论杂感文字等拉开距离，从写作主体的方面，则将'个性''心灵'的抒写、表达放在首要位置，并提倡语言、篇章结构上的'美文'素质。"虽然这些散文新概念的提出，未必能获得学界和读者的广泛认可，"却借此可以窥见这些作家在散文写作上的艺术取向"②。总体上看，报告文学与散文的分体而立，既是前者文体意识自觉和文体建构的结果，在确立了自身的文体特质并进入"文学家族"之后，报告文学并不想再依附于"散文"生存，它有着文学个性、特色和抱负；同时，又是"散文""清理门户"重建 20 年代"纯文学"散文文体的结果，为此，它需要将 30 年代兴起的杂文和 40 年代兴起并成为主导散文范式的报告文学（包括通讯、特写等）剥离出去。置诸这一"文学自觉"大语境，可以看出，尽管陈忠实在进入 80 年代后对报告文学和散文的文体选择有着可理解的自身脉络，但正如刘心武《班主任》、莫伸的《窗口》和路遥的《人生》等"新时期文艺复兴"代表作品对陈忠实自我"剥离"的触动和启示作用一样，陈忠实的散文文体选择也离不开 80 年代文学意识。在根本

---

① 洪子诚：《中国当代文学史》，北京大学出版社 2007 年 6 月第 2 版，第 317 页。
② 洪子诚：《中国当代文学史》，北京大学出版社 2007 年 6 月第 2 版，第 321 页。

上，陈忠实的散文文体选择与 80 年代文学（自然包括散文在内）清理附加在自身的"无法承受之重"、重建文体意识是同步的。

1992 年陈忠实在写完长篇小说《白鹿原》之后，发表了散文《又见鹭鸶》，这对于其此后的散文写作，具有不可忽视的重要意义。关于这篇散文的写作，陈忠实回忆道："这一年（1992 年，引者按）的 8 月，好久不写散文了，又触景生情写下了《又见鹭鸶》。……也许是'兼葭苍苍，白露为霜'吟诵得沉醉，便把'在水一方'的'所谓伊人'铺陈于文字。这应是我前所未有的颇多闲情逸兴味儿的散文。"他特别写道："由此也引发了后来散文写作的持续不减的兴趣。"① 之后，陈忠实写出了大量艺术成就较高、颇具个人风格的艺术散文。

陈忠实散文大体可分为五类。一是回忆性散文，代表性的有《生命之雨》《三九的雨》《晶莹的泪珠》《关于一条河的记忆与想象》《一个人的邮政代办点》《家之脉》《旦旦记趣》《最初的晚餐——〈生命历程中的第一次〉之一》《尴尬——〈生命历程中的第一次〉之二》《沉重之尘——〈生命历程中的第一次〉之三》《汽笛·布鞋·红腰带》《儿时的原》《我们村的关老爷》《我的秦腔记忆》《我经历的狼》《我经历的鬼》《饭事记趣》《毛乌素沙漠的月亮》《默默此情谁诉》《何谓良师——我的责任编辑吕震岳》《为了十九岁的崇拜——追忆尊师王汶石》《何谓益友——我的责任编辑何启治》《活着，只相信诚实——怀念胡采》《有剑铭为友》《1980 年夏天的一顿午餐》以及"我的读书故事"系列八篇。二是对山、水、树、鸟等自然事物和景物的观察、体验和感悟，代表性的有《拥有一方绿荫——我的树之一》《绿蜘蛛，褐蜘蛛——我的树之二》《绿风——我的树之三》《年年柳色》《一株柳》《种菊小记》《火晶柿子》《回家折枣》《告别白鸽》《拜见朱鹮》《难得一渠清流》《家有斑鸠》《在河之洲》《遇合燕子，还有麻雀》等。三是游记、旅

① 陈忠实：《寻找属于自己的句子》，上海文艺出版社 2009 年，第 167—168 页。

行记，记录游历国内外名山大川的见闻观感，如《黄帝陵，不可言说》《从黄岛到济南》《龙湖游记》《老君台记》《太白山记》《关山小记》、"意大利散记"系列、"美、加散记"系列、"俄罗斯散记""凉山笔记""车过柴达木""感动长征"等系列。四是文化散文、思想随笔和体育杂谈。后者如"老陈看奥运"系列六篇、"2006足球世界杯观感"十三篇，这类随笔虽有个人感悟的融入，但总体思想和文化意蕴欠缺，大体是可放在体育专栏发表的文字；前者如"关中民间食谱"系列两篇、"关中辩证"系列七篇、《我看老腔》《漕渠三月三》《六十岁说》《原下的日子》等。五是大量的"言论"文字，包括自己作品集的序跋、报刊访谈、文论和为其他作者所写的序文和评论等，其中最具代表性的是"寻找属于自己的句子——〈白鹿原〉写作手记"系列和自己作品的序跋，其他序文和评论或阐述自己的文学观或写人记事，有助于了解陈忠实的身世经历、文坛交往和文艺观点，有文献资料之用，但也有不少虽写得认真用心，却也未见有过人之处。对此，李建军颇感惋惜："为文友所写的序文和评论，占了相当大的比例。虽然这类文章大多可写可不写，但他却写得很是认真和用力，绝少敷衍塞责的潦草和马虎。我们会被他的真诚态度所感动，但也会替他惋惜：唉！他的时间和心力浪费得有些不值。"①

以上五类散文中，总体质量和水平最高者为第一类回忆性散文和第二类自然散文，其他三类各有佳作，水平却不齐，尤其是体育杂谈和关于其他作者的序文和评论，总体上并不能让人满意。原因何在？根本上说，衡量散文和其他文学样式的根本和重要的标准，便是陈忠实在反思自己创作过程中所得到的结论：是否真实，是否有"我"在，是否有"真实"的"我""自己"在。正如陈忠实自己所说："我的散文写作的基本守则，首当真实，既不容许妄说，更不添附虚伪之词。时过几年的今天，我对自己也有了一层认

---

① 李建军：《陈忠实的蝶变》，二十一世纪出版社集团 2017 年，第 138 页。

识，可能在遭遇丑恶和虚伪时扭转头去，却承受不住一丝一缕美和善的浸润，我的粗糙且已老化的躯壳里，还存活着对大美至善尤为铭感尤为脆弱的一根神经。这是我赖以活得踏实自信的一根神经。我依赖这个神经发出自己的声音，是无声的文字的声音。"① 无论写"事"还是写"情"，无论写"人"还是写"我"，无论"朴素"还是"绚烂"，也无论直抒胸臆还是曲笔引譬，都可以写出好文字，关键就在于是否有个人的经验、体验、思考、情感和意绪的渗透与穿透，写"人"而有"己"，写"事"而有"情"，写"物"而见"心"，写"景"而明"性"，似淡而实浓，绚烂而归于平淡，写出以"我"为内核的心灵体验、精神体验和生命体验，突破追踪生活记录生活的被动性书写模式，进而达到对"人"和"人类"普遍性情思的谛听与诉说。陈忠实的三篇"生命历程中的第一次"系列散文，写法国梧桐、梨树、洋槐树、柳树、柿树、鹭鸶、白鸽、燕子、斑鸠、菊花的自然散文，以及《晶莹的泪珠》《生命之雨》《三九的雨》《汽笛·布鞋·红腰带》等散文，无一不是融投着作家个人的生活、生命和艺术多重体验的名篇佳作。而在另一些散文中，"他写人，写事，写序，布恩施惠，过于慷慨，几乎到了来者不拒、有求必应的程度，有些几乎不值一提的人和事，他都认真地写上一通，或表谢意，或示祝贺，龌龊苟且之辈，他竟许之为英杰，近乎无聊之事，他也赞之以嘉言"②。在这些散文中，作家为人情世故和俗事世相所纠缠，背离了自己内心真实的想法和真切的生命感受，虽不能说这些作品不真诚不真实，但说其真诚真实是经受着外物压抑甚至外部"（潜）规则"的选择或改造的，应该是没有问题的。

总体上看，80年代中期以后，陈忠实散文文体意识的自觉主要表现在三个方面。第一点，表现内容上，由外部社会现实的记录

---

① 陈忠实：《人生笔记的笔记》，《陈忠实文集》第8卷，人民文学出版社2015年，第400—401页。

② 李建军：《陈忠实的蝶变》，二十一世纪出版社集团2017年，第138页。

与再现转向以"自我"体验、情感、意绪、思考和感悟为主的抒写与表现。相关的第二点是，表现主体的凸显，前期报告文学中也有"我"，但此"我"有着双重身份：既是现实生活的观察者、见证者甚至是调查者、采访者，又是带有某种程度意识形态色彩的某种理想主义乐观信念的传达者、抒写者，"我"被一种整体性的乐观却显抽象空洞的理念和情绪所笼罩和控制，正如学者所指出的那样，"以一种略显夸饰和过于意识形态化的宣谕语气，专注于对外在生活事件的叙述，致力于弘扬一种整体主义的价值观念，而缺乏对人物和自己的内在情思的开掘和宣抒，而恰恰是这一点，才是文学赖以生成和长存的根本"①。第三点，表现方式上，由"真人真事"的事件性、纪实性和情感抒发的宏大性，转向以"人"和"自我"体验为中心的日常性、表现性和情感抒发的个体性。

与此同时，我们也要看到，陈忠实散文文体意识的觉醒并不是孤立的现象，而是呈现着与小说文体意识觉醒，具有明显的同步性。不仅如此，二者之间存在多方面的互相渗透和影响。这需要我们结合陈忠实具体创作情况进行分析。

第二节　报告文学与 80 年代陈忠实的小说文体

自 1978 年至 1992 年共十五年间，陈忠实共发表散文随笔十四篇（其中还包括带有 定程度的报告文学因素的散文如《山连着山》等），报告文学十五篇（去除 90 年代出于"接受任务"和补贴家用而写的五篇，属于"自发"写作的十篇）。形成对比的是，自 1978 年至 1992 年间，他共发表中短篇小说六十二篇（部）、长篇小说一部、小说集五部。

就短篇来看，自 1978 年陈忠实发表其"新时期"第一篇短篇小

---

① 李建军：《陈忠实的蝶变》，二十一世纪出版社集团 2017 年，第 145 页。

说《南北寨》至 1992 年发表短篇《舔碗》，十五年间陈忠实共发表短篇小说五十余篇，平均每年发表三篇以上，最少的 1978、1989、1992 年各一篇，1979、1980、1981、1982 每年各有七篇发表。

就中篇来看，自 1983 年至 1988 年六年间，陈忠实发表了他的全部九部中篇小说。1983 年，陈忠实的第一部中篇小说《康家小院》刊《小说界》第 2 期。1984 年，陈忠实连续发表两部中篇：其第二部中篇小说《初夏》刊《当代》第 4 期，第三部中篇小说《梆子老太》刊《文学家》第 2 期。1985 年又发表两部中篇，其第四部中篇小说《十八岁的哥哥》刊《长城》第 1 期，第五部中篇小说《夭折——献给一位文学的殉道者》刊《飞天》第 3 期。第六部中篇小说《最后一次收获》，刊《莽原》1985 年第 4 期。1986 年，第七部中篇小说《蓝袍先生》刊《文学家》第 2 期。1987 年，第八部中篇小说《四妹子》刊《现代人》第 3 期；同年，写成第九部也是最后一部中篇小说《地窖》，刊《延河》1988 年第 1 期。

长篇小说方面，1992 年写成《白鹿原》，分别于《当代》杂志本年第 6 期和次年第 1 期连载，并于 1993 年 6 月由人民文学出版社出版单行本。

自 1982 年至 1992 年，陈忠实共出版个人中短篇小说集五部。1982 年，第一部个人作品集、短篇小说集《乡村》由陕西人民出版社出版。1986 年，第一部中篇小说集《初夏》由上海文艺出版社出版。1988 年，中篇小说集《四妹子》由中原农民出版社出版。1991 年，短篇小说集《到老白杨树背后去》由陕西人民教育出版社出版。1992 年，中篇小说集《夭折》由陕西人民出版社出版。

自 1979 年至 1988 年，陈忠实小说获九项全国和省级奖。短篇小说《信任》获中国作协 1979 年度全国优秀短篇小说奖。1980 年，短篇小说《立身篇》获《飞天》文学优秀作品奖，短篇小说《第一刀》获《陕西日报》好稿奖一等奖。1981 年，短篇小说《尤代表轶事》获《延河》短篇小说奖。1983 年，中篇小说《康家小院》获

《小说界》首届优秀作品奖。1984年，《康家小院》获陕西省文艺创作"开拓奖"荣誉奖，中篇小说《初夏》获《当代》文学奖。1985年，中篇小说《十八岁的哥哥》获《长城》文学奖。1988年，中篇小说集《四妹子》获中国作协陕西分会首届"双五"文学奖。

这可以说明，第一，总体上看，陈忠实在此期间散文和报告文学基本持平，但已出现由报告文学转向散文的发展趋势。第二，尽管陈忠实已由报告文学转向散文，但此时其散文创作数量并不多，而是创作和发表了数量极其可观的小说作品，并完成《白鹿原》这部重量级长篇。这首先能够说明的是，70年代末至90年代初的陈忠实，已经明确将小说作为主攻对象，小说已经成为其首先的文学体裁。这是非常清晰的事实。其次，也是更重要和更内在的问题，在小说这个概念的涵盖之下，陈忠实小说文体也发生着亚范式或亚文类之间的发展和转化，并且这种亚文类亚范式的转换不是无意识和非自觉的，而是出于陈忠实明确的理性的选择。从这个意义上看，70年代末至90年代初或者说更早一些的《白鹿原》完成草拟稿的1989年1月的这二十年，是陈忠实小说文体意识觉醒并进入自觉的极其重要的时期。

就中短篇创作、发表和出版来看，1979年至1983年间，以短篇为主，期间发表短篇三十二篇，中篇一部，年均六点四个短篇、零点二个中篇。1984年至1989年间，相对侧重中篇，期间共发表中篇八部，短篇二十篇，年均三点三个短篇、一点三部中篇。总体上看是中短兼顾，齐头并进，但短篇年均发表数量几乎下降一半，呈现明显下降趋势，年均中篇上升六点五倍有余，上升趋势明显。相应地，在小说集出版方面，同样体现着这一规律。1986年中篇小说集《初夏》出版后，陈忠实又分别于1988年、1992年出版《四妹子》《天折》两部中篇小说集，这是陈忠实中篇小说结构形式探索的总结，也是其转向长篇小说的"过渡"，"写过九部中篇出了三本中篇集子，对中篇的解构艺术进行了一些探索。现在写成头一部长篇，心情颇类似当初写成头一部中篇的情景，对长篇的结构艺术进行各种探索的兴趣颇盛……"①此消彼长的事实清晰地显示出，在80年代中期开始陈忠实对"中篇小说"这一文体的偏重和青睐，并为即将开始的长篇《白鹿原》做准备。

对于陈忠实来说，《蓝袍先生》在其创作中的重要性是无可替代的，其《白鹿原》创作手记中的第一句话便是"至今确凿无疑地记得，是中篇小说《蓝袍先生》的写作，引发出长篇小说《白鹿原》的创作欲念的"②。这句话仿佛《白鹿原》开篇的那句一样，极为引人注目。《蓝袍先生》确乎是一个界限。

1985年，对于陈忠实来说，是一个新的创作阶段开始的标志性时间点，他如此分析和评价此前的创作："对我来说，在写作长篇小说之前，从新时期开始，也经历了几个创作阶段。开始主要创作的还是纯粹的符合八十年代初期现实主义文学规范的作品。像一九八五年、一九八四年以前的那些中短篇小说就是如此。这些作品有一个很明显的特点，他们几乎和现实生活同步发展，生活的变化在我思想上引起一些波澜，我就把它们凝结成作品了。所以这些作品中直接的生活矛盾冲突比较多，当然这里头也有人物，但大多反映的是当时生活变革的一些现实矛盾。"③在创作手记中，陈忠实用极为集中概括的语言梳理了《蓝袍先生》在此前的中短篇和此后的长篇之间无可替代的过渡、转型和转向意义："这部中篇小说与此前的中、短篇小说的区别，我一直紧紧盯着乡村现实生活变化的眼睛转移到1949年以前的原上乡村，神经也由紧绷绷的状态松弛下来；由对新的农业政策和乡村体制在农民世界引发的变化，开始转

---

① 陈忠实：《关于〈白鹿原〉与李星的对话》，《陈忠实文集》第5卷，人民文学出版社2015年，第370—371页。

② 陈忠实：《寻找属于自己的句子》，上海文艺出版社2009年，第1页。

③ 李遇春、陈忠实：《走向生命体验的艺术探索——陈忠实访谈录》，《小说评论》2003年第5期。

移到人的心理和人的命运的思考，自以为是一次思想的突破和创作的进步。还有一点始料不及的事，由《蓝袍先生》的写作勾引出长篇小说《白鹿原》的创作欲望。"①

《四妹子》和《蓝袍先生》是陈忠实"创作实验的两部作品"，"特别是《蓝袍先生》发表后的反应，诱发了我强烈的创作欲望，鼓舞我进一步在更大的层面上深层次解析民族的文化心理结构，《白鹿原》就是在这样的创作思路下开始构思的"②。"无论是《四妹子》写的当代生活，还是《蓝袍先生》中的历史生活背景，我都是从文化心理结构的角度去写人物的。我自己感觉人物的深度和厚度比以前更好一些了"③。因此，在陈忠实个人创作层面看，自70年代末80年代初开始，有着一个明显的由"短篇"而"中篇"至"长篇"的文体选择和侧重过程，这个不是偶然现象，而是出自陈忠实清醒而主动的选择。不同文体选择的背后，则是利用不同文体的相关功能，实现创作内部的根本"转型"，由追随时代、亦步亦趋地反映现实，到进入生活的深层和细部，从历史和文化的深脉中，发掘被表层生活掩盖着的心理真实和精神真实，进而在"民族文化心理结构"的维度上，在半个世纪的历史长度中，展现传统与现代纠缠中的"民族秘史"——一个民族的精神史、心灵史。

同样，我们也可以说，从"短篇"而"中篇"至"长篇"也不仅仅是陈忠实个人的设计和规划，是其个人小说创作的发展、"成长"轨迹或规律，在某种程度上说，它同样有着"历史"选择和介入"文体"的结果。从"新时期"文学文体的整体发展来看，陈忠实对不同小说文体的选择也与之呼应和同步。"新时期"初期小说以短篇为主，"伤痕""改革""反思"大体如此，"反思"开始出

---

① 陈忠实：《寻找属于自己的句子》，上海文艺出版社2009年，第33页。

② 陈忠实：《文学的信念与理想》，《陈忠实文集》第7卷，人民文学出版社2015年，第332页。

③ 陈忠实：《在自我反省中寻求艺术突破——与武汉大学文学博士李遇春的对话》，《陈忠实文集》第7卷，人民文学出版社2015年，第332页。

现中篇体制；中期小说则呈现明显的"中篇化"趋势，"寻根""先锋""新写实""新历史"可谓代表，"新历史"开始走向"长篇化"，并以《我的帝王生涯》《紫檀木球》《边缘》《敌人》《故乡天下黄花》《故乡相处流传》等做结。陈忠实的《康家小院》《梆子老太》《四妹子》《蓝袍先生》等中篇，大体与"反思"和"寻根"的历史文化反思批判有关联，而长篇《白鹿原》更清晰地显露出其与"寻根"和"新历史"中"传统文化观""反思现代性历史观"相通的脉息。

总体上看，陈忠实散文文体的自觉和小说文体的自觉，几乎是同时出现并共同构成了80年代陈忠实的"文学自觉"，或者说，陈忠实的"文学自觉"通过散文和小说两种不同的艺术样式，在文体建构方面体现了其具体性和可实践性。一个让人感到意外，而又绝非偶然现象的是，陈忠实这两种不同文体之间存在着密切但又未能引起足够重视的内在关联。更值得思考的问题是，在陈忠实散文、报告文学与小说这三种不同文体之间的关系这个问题上，仅仅以"文学自觉"来观照陈忠实小说与散文、报告文学之间的关系，是远远不能让人满意的。

事实上，70年代末陈忠实的文学自觉，并非始于散文文体意识的觉醒，而是小说。这既源自陈忠实对"十七年"的赵树理、王汶石、柳青等小说的阅读和陕西文学界对小说的重视（如1980年7月陈忠实参加的两次座谈会：《延河》编辑部召开的农村题材短篇小说创作座谈会和中国作协西安分会召开的农村题材创作漫谈会等），更始于陈忠实对以《无畏》为代表的"文革小说"的反思和"新时期文学"的直接启示（如《班主任》《窗口》）。但陈忠实80年代前期的反思最初主要是在主题、内容、价值判断以及如何增强叙述的艺术性等方面展开，并没有在写作模式和审美意蕴方面有着太多的推进。因此，其80年代前期的短篇小说虽然摆脱了"文革"那种阶级斗争、路线斗争的矛盾冲突设置而进入了较为生活化的层面，却依然是以"十七年文学"特别是以柳青、王汶石等陕西前辈作家为代表的革命现实主义为美学规范。

颇为有趣的是，促成陈忠实对自己短篇小说创作进行反思的却是其第一部中篇小说《初夏》的写作和修改。在 1999 年 5 月 7 日写成的文章中，陈忠实认为《初夏》从写成到发表是一个"难忘的，也是一个重要的不可或缺的过程。……这是我写得最艰难的一部中篇，写作过程中仅仅意识到我对较大篇幅的中篇小说缺乏经验，驾驭能力弱。后来我意识到是对作品人物心理世界把握不透，才是几经修改而仍不尽如人意的关键所在。……我的投笔的目标，应是作品人物的这个心理历程的解析，那样才能较为准确地揭示那个时期的生活真实，即心理真实。只是我的那个艺术觉醒来得晚了一点，或者说在这三年四稿的反复修改中终于摸索到了这个窍，修改终于跨出了关键性的一步。这一步对于《初夏》来说仅仅只是一部作品的完成，重要的是对我后来的全部写作更具有意义，即进入人物的心理真实。"[1] 十二万字的中篇《初夏》自 1981 年元月动笔至 1984 年发表，用时四年。是陈忠实写作时间持续最长也是篇幅最长的一部中篇。在我看来，其重要意义并不在于获得了驾驭中篇文体的经验和能力，从而为此后系列中篇和《白鹿原》的写作奠定基础，这方面的意义，我们同样可在 1983 年发表的中篇《康家小院》和 1985 年发表的《蓝袍先生》中进行更为有效的阐释。我认为，其最重要的启示和意义恰在对"人"的尊重，对"人物"自身心理现实和心理逻辑的尊重，以"人物的心理真实"去透视和穿透"那个时期的生活真实"，而不是将小说的现实感等同于浮泛的时代色彩，将现实生活的表现等同于对生活做忠实记录。

陈忠实 80 年代前期小说往往拘泥于现实、时代之"事"，"人"未能成为思考和表现中心，即便写"人"也往往被时代主流观念拘

---

① 陈忠实:《在〈当代〉，完成了一个过程》,《陈忠实文集》第 6 卷, 人民文学出版社 2015 年, 第 307 页。

束，或被纷繁嘈杂的生活之流所裹挟，无法保持冷静的"旁观"和深沉的思虑，"我无论如何无法与乡村间突然掀起的这股汹涌的声浪隔离间断，或者至少保持一段能使自己超然物外的距离"①。在这部小说中，陈忠实以自己所认识的一个大队领导人为例，以回应读者对冯马驹这一形象的质疑，这一以生活原型为小说人物塑造合理性的论证思路，让人想起《创业史》中梁生宝与其原型王家斌，同时也说明此时陈忠实小说创作中隐含的"特写"或"报告文学"思维。

的确，陈忠实的报告文学在这一问题上，体现得更为突出。这自然跟报告文学的文体定位和功能地位有直接关系。

芦焚在《中国新文学大系·报告文学》卷（1927—1937）的序言中明确地指认："报告文学由左联的号召而兴起。"② 这是合乎文学史事实的。进入 30 年代以后，在"左联"的积极倡导与努力实践下，报告文学得到正名。1930 年 2 月 10 日出版的《拓荒者》第 1 卷第 2 期发表了冯宪益翻译的日本作家川口浩写的《德国的新兴文学》。同年 3 月 1 日出版的《大众文艺》第 2 卷第 3 期，发表了陶晶孙译的日本作家中野重治的《德国新兴文学》，都特别提到了"报告文学"这一概念。这标志着人们报告文学文体意识的觉醒，由朦胧的写作实验状态，进入明晰的理论认识状态。1930 年 8 月 4 日左联执委会通过的《无产阶级文学运动新的情势及我们的任务》，号召开展"工农兵通信运动"，"创造我们的报告文学（Reportage）"。在这样的背景下，30 年代的报告文学在理论上和实践上都有一个较大的飞跃性发展。正如以群所言："一九三二年以后，在中国革命的文学团体底有计划的推进之下，报告文学与文艺通讯员运动相结合，它底作者范围及于专门文艺工作者以外的各类人物，从而使这一时期的作品更真实、更深刻、更动人地写出了中国人民大众生活

①　陈忠实：《关于中篇小说〈初夏〉的通信》，《小说评论》1985 年第 1 期。
②　芦焚：《中国新文学大系·报告文学卷序》，上海文艺出版社 1985 年。

底惨重与艰辛，同时也说明了中国报告文学底进一步跃进"。① 40年代，报告文学的文体意识进一步强化，作家理论家对报告文学的认识形成多元化复杂化的局面。曹聚仁在其《现代中国报告文学选》中，指出报告文学或"新闻文艺"的最重要的一点就是作者要有"新闻眼"，这种"新闻眼"就是："一个新闻记者，他就首先要脱去以'自我'为中心的世界观，学习着现实这个客观的社会和世界。"在报告文学的撰写上，曹聚仁认为，材料处理和"特写"的艺术笔触是其主要的方面，"一切艺术的笔触，都有诱导的意味，所谓引人入胜；但新闻中的特写，当以完成诱导作用为限度，过了这个限度，即失了作'特写'的本意"②。胡仲持则坚持报告文学的文学特性，认为报告文学就是"报导性的文学作品"③。何其芳认为报告文学是"记叙当前发生的事情之记事文也"，作为一种外来文体，"报告文学也需要中国化、大众化"④。这些不同的认识，已深入到报告文学的写作与文体层面，带有40年代报告文学理论发展的前沿性特征。正是从这些基本认识出发，报告文学在战争年代特定的环境中获得了较大发展，以叙事为主的通讯、特写、报告文学等成为散文创作的重要构成。即便是原本属于抒情散文的小品文，也"几乎扩大到文化的各部门：墙头小说、报告文学，固然不外是速写的另一种形式，而所谓时事小品、科学小品，却不能不说是全新的东西。……小品文的被注重，也可以说是提高大众文化的一种实际要求。……小品文是最大众化的"⑤。巴人谈得更为直接：

---

① 以群：《抗战以来的中国报告文学》，《中苏文化》第9卷第1期，1941年7月25日。

② 曹聚仁：《报告文学论》，俞元桂主编：《中国现代散文理论》，广西人民出版社1984年，第361页。

③ 胡仲持：《论报告文学》，俞元桂主编：《中国现代散文理论》，广西人民出版社1984年，第370页。。

④ 何其芳：《报告文学纵横谈》，俞元桂主编：《中国现代散文理论》，广西人民出版社1984年，第367页。

⑤ 夏征农：《论小品文——答姜潇君》，俞元桂主编：《中国现代散文理论》，广西人民出版社1984年，第114—115页。

"我所喜欢的小品文,是有骨有肉,又有血的有生气的东西,是所谓报告文学。"① 由此可见时代对散文文体的发展的要求和选择,现实政治斗争的发展、需要不仅影响散文的内容,也影响着文类的兴衰浮沉。这一点,左翼文学家罗荪看得非常清楚:"任何一种文学样式,都有着它发生底具体的历史原因。……而当这斗争非常的激烈、变化非常的急剧的今天的世界,为了能够最适切的反映这多变的时代,产生了新的文学样式,这样式就是报告文学(Reportage)。报告文学产生于斗争存在的地方,……只要是这地方发生了斗争,也必产生了报告文学。由于它是在斗争的时代产生的它的任务是战斗的,它的态度是战斗的,因而它的内容也必然是战斗的。"② "十七年"特写、通讯、报告文学的大量涌现,其文体特质和功能与时代要求、社会要求相呼应的结果。

陈忠实"新时期"前期的报告文学,在选择与现实社会整体发展相关联的、能够传达"时代精神"的、为大众读者所关心的人物和事件等"现实"方面,在通过与传达现实社会整体发展相关联的典型事实("真人真事")传达正确的世界观、价值观和政治认识方面,在以具体形象和艺术形式迅速报道"新人新事"的新闻性、时效性(时代性)和文学性的结合方面,以及在传达作者的"社会性情感"以增强作品热烈的情感和情绪的感染性等方面,都体现着自40年代至80年代报告文学一以贯之的特质。报告文学的"新闻性"要求使作家必然受到"真人真事""不能虚描"的制约而难有展开想象力的空间;报告文学"时效性"要求作家能够尽快在繁复多变、层出不穷的事相中,选择最新的、最具体的、最能为群众读者所关心的"事实",及时呈现给读者;报告文学的"政治性"要求往往对创作的真实性和艺术性、作家的主体性、思想性形成根本的

---

① 巴人:《小品文的前途》,《小品文与漫画》,生活书店 1935 年。

② 罗荪:《谈报告文学》,俞元桂主编:《中国现代散文理论》,广西人民出版社 1984 年,第 335 页。

限制。与陈忠实"文革"前的那些带有"特写模式"的散文相比，其 80 年代的报告文学基本是以先进人物先进事迹为主要表现内容。《躯干》写陈家坡村村干部陈广汉带领群众脱贫致富，试办坡原喷灌成功的事迹，批判极左运动对党员干部和群众造成的伤害，表达"愿祖国母亲的每一个细胞里，尽快成长起背负民族希望的'躯干之部'来"①的愿望。《忠诚》写被团中央命名为"新长征突击手"的种子试验站副站长孙峰献身农村科研事业的"分离"精神。《可爱的乡村》写礼泉县袁家大队队长——"一个从贫穷、灾难和混乱中奋然崛起的英雄""一个实实在在的共产党人"②郭裕录消灭贫穷"建立起一个富足康乐的乐园"的事迹。

陈忠实在报告文学中对先进人物完全持一种肯定和歌颂的态度，这不仅不能进入人物的丰富复杂的内心世界，甚至流露出明显的"英雄崇拜""（群众）领袖崇拜"情结。"我怀疑自己是否在神话陈广汉？却又无法否定铁一般的事实。……我于是想到一个人，一个人的重要和价值"，作者感慨在一个只有三十来户人家的大队里，"要产生一个可资信赖的领袖人物，竟然这样难！"③作者由郭裕录"又一次想到一个人的作用，或者说一个领袖人物的作用"④。这与其同时期小说塑造的主人公形象有着极大的相似性和共通性。这些小说的主人公多为农村基层干部，忠于党忠于社会主义，坚决执行党的农村政策，有理想有抱负，如《信任》中的罗坤不计个人恩怨得失，胸怀宽阔，对党的事业无比忠诚，以自己无私、宽容的品格获得了村民的"信任"，成为社会主义新农村的带头人，使人心涣散的罗村村民看到了"团结和富足的罗村"前景。《徐家园

---

① 陈忠实：《躯干》，《陈忠实文集》第 1 卷，人民文学出版社 2015 年，第 463 页。
② 陈忠实：《可爱的乡村》，《陈忠实文集》第 1 卷，人民文学出版社 2015 年，第 484 页。
③ 陈忠实：《躯干》，《陈忠实文集》第 1 卷，人民文学出版社 2015 年，第 463 页。
④ 陈忠实：《可爱的乡村》，《陈忠实文集》第 1 卷，人民文学出版社 2015 年，第 484 页。

三老汉》中的徐长林、《第一刀》中的豹子、《正气篇》中的南桓、《初夏时节》中的牛娃等，都是思想觉悟高、求真务实的新型农民形象，是社会主义新农村的建设者、创业者、实干家和带头人。这些小说人物和陈忠实报告文学中的主人公们共享着80年代农村改革发展的时代理念，共同唱响农村改革的颂歌和赞歌。

颇有意味的是，在陈忠实报告文学和小说之间，不仅存在着主题、人物和美学基调上的相似性，更有着两种不同文体创作之间直接的"对话性"和"互文性"。这一"对话性""互文性"现象的存在，很能说明报告文学和小说之间的关系。下面我们选取时任《当代》杂志主编的秦兆阳关于报告文学及其与小说关系的观点为个案，将其与陈忠实的相关创作联系起来进行分析。

关于小说与报告文学的创作原则及文学性问题。80年代初期报告文学是一种被积极倡导和"组织生产"的文体。据秦兆阳回忆，杂志1979年7月创刊号上刊登了一篇报告文学作品，反应良好，第2期再次刊登一篇报告文学，引起了国内外重视，并译往国外。1980年全国文艺报刊编辑工作会议之后，报告文学这一文体受到以关注现实，注重文学的当代性、社会性和文学性品格的《当代》的重视，并"更加努力去组稿"。秦兆阳结合当时国内文学创作和编辑的情况，认为组稿在题材上"要更全面地适应时代的需要，更好地鼓舞人心，更好地提倡百折不挠的硬骨头精神，就必须开扩题材范围，必须更多更快地反映现实中的积极事物，使得人民通过具体的事实看到希望；如果大家都老是只写一方面的题材，久而久之读者会有所厌倦的"[1]。"新时期"之初，无论小说还是报告文学往往贯穿着"希望"原则[2]，这一点陈忠实也不例外。秦兆阳接着谈道，

---

① 秦兆阳：《报告文学杂谈——答〈文艺报〉记者问》，《文学探路集》，人民文学出版社1984年，第348页。

② 关于"伤痕小说""反思小说""改革小说"等"新时期"前期小说叙事中的"向前看"和"希望"原则，笔者在《新时期小说的自我认同》（中国社会科学出版社2014年）有较为详细的阐述，可参看。

要达到扩展题材并让人们看到"希望"的目的，小说和报告文学无疑是合适的体裁，"但是要等这样的小说来稿是很困难的。因为小说的取材和生产的时间不是能由编辑室主观努力来决定的，只有组织报告文学的写作才能达到这个目的"①。从反映"鼓舞人心"的新鲜事物的及时性以达到"鼓舞人心"的目的性上说，比起需要更多时间来构思和寻找合适的表现手法、技巧乃至淬炼语言的小说，报告文学无疑是更合适的组稿对象。秦兆阳对当时组稿的情况也有些无奈："从现在的情况看，报告文学的文学性要达到很理想的地步也困难"，主要是报告文学如何表现头绪比较多而又比较大的事物，作者如果不熟悉报告文学这一形式，"又被事实所拘束住，就很难写得文学气味浓厚"，他提议《文艺报》等刊物对"报告文学的艺术性"问题进行"很好的讨论"②。这对于陈忠实来说不是太大的问题。他所写的都是自己所熟悉的乡村生活和普通农民生活的变化，报告文学的主人公也大多是农村大队长等农村基层干部或农业技术员，他对土地和乡村有着热烈深厚的情感，并有较为丰富的小说、散文、特写、报告文学等各种文体的创作经验，自然其报告文学具有较为浓厚的"文学气味"和"文学性"。

关于报告文学的题材内容及其与"小说"的功能认识和职能分工问题。秦兆阳认为："在取材上，如果有那种应该严加批判的事实，我们也可以组织人写的。但同时也感觉到，用小说的形式写这类题材较合适，所以在组织报告文学稿件上没有很注重这方面的题材。"③这一看法，实际上是明确了小说和散文两种不同文体的功能："我们这个时代，从文学的社会功能来讲，要大力提倡报告文学。这是一个转变的时代，许多新的事物在涌现，许多矛盾在起作

① 秦兆阳：《报告文学杂谈——答〈文艺报〉记者问》，《文学探路集》，人民文学出版社1984年，第349页。
② 秦兆阳：《报告文学杂谈——答〈文艺报〉记者问》，《文学探路集》，人民文学出版社1984年，第350页。
③ 同上。

用，小说、诗歌不可能那么快地来反映这些生活内容，必须同时提倡报告文学，作为文学的一翼，使得文学创作领域更加宽广，对现实的反映更快，更充分，以满足广大读者的需要。"① 报告文学侧重表现"朝气蓬勃"的"积极事物"和"新鲜事物"，以起到"更好地鼓舞人心"，使人们"通过具体的事实看到希望"的作用，小说则承担书写"伤痕"、"反思"历史、批判消极现象的功能；并且前者的"反映"更快捷，更能出"新"。秦兆阳对报告文学和小说的文体—功能的认识和区分，自然不是制约作家创作自由的清规戒律，却从根本上把握了"文体"中隐含的意识形态性，并将意识形态诉求（"主题"）以"组稿"的形式，通过"文体""体裁"和"取材"的选择作为实现的路径。陈忠实虽然没有专门谈及文体的意识形态功能问题，但也在有意无意间遵循着这一"要求""规训"。其报告文学基本以表现"硬骨头精神"、突出党员干部和农业科技人员等主人公关心集体、胸怀使命、无私奉献的高尚情操为主题，展现农村在他们的领导下涌现的生机活力和"富足""团结"的前景。作品虽然也触及诸如乡村的家族势力、个别农民的传统落后观念和"极左"政治运动对农村造成的严重后果，但一来作者并未将其作为表现中心，二来作者是将这些"问题"放在"历史"中并作为塑造"新人"，表现其"精神""品格"和"情操"的必要的"障碍"而处理的。相比之下，陈忠实那些歌颂性的小说在塑造"新人"的同时，更多地写到了农民和农村中存在的"问题"，如《南北寨》《七爷》《乡村》《猪的喜剧》《苦恼》《初夏时节》等写"四清""文革"等"极左"政策不仅使农民陷于极度贫困，更造成农村的"内伤"，写基层干部一时无法转变思想观念造成的内心矛盾与挣扎，写农民致富后嫌贫爱富，阻挠儿女的自由恋爱。"我自乡间来"系列写农村实行联产承包责任制后出现的新问题。《鬼秧

---

① 秦兆阳：《报告文学杂谈——答〈文艺报〉记者问》，《文学探路集》，人民文学出版社 1984 年，第 354 页。

子乐》写农民渴望致富却又担心政策变化的矛盾心理,《拐子马》写土地承包以后干部以权谋私,肆意砍伐防护林,上级领导却视而不见不作处理,群众告状无门等问题。

按照学术界的通常认识,80年代是一个"回归五四""回归启蒙",文学的现实主义精神魂兮归来的历史新时期。但我们可以由秦兆阳的理论阐述和陈忠实的文学创作中,看到现实主义在思想内涵、价值取向、美学风格乃至文体选择上的多元性和复杂性。同时,我们也需要看到,无论现实主义如何多元如何复杂,关键之处还是"真实性"问题。

关于报告文学与小说的"真实性"问题。不同于对"小说"之虚构性、想象性的"天然"理解,"真实性"在报告文学文体中体现得更为直接更为显眼:如何处理"报告"和"文学"的关系即如何理解和表现这一文体的"真实性"问题。秦兆阳同样认为,"报告文学都是写真人真事的;不写真人真事的就叫小说。既然是真的名字、真的地点、真的事情,那就不能掺假"①,"事情的真实,是报告文学站不站得住的一个基本的条件"②。但他认为,报告文学的写作在对"真实"的表现上面临着的"范围"和"限度"问题。对于写事的报告文学来说,发生了什么事,事情如何发生,其起因、经过和结果如何,这方面是不难达到"真实"的,但为何会发生这样的事,人们为何会这样做,"在这两点上能不能达到非常真实,就常常有一定的限度。所以对于真实的要求,也不能完全绝对化。太绝对化了就不好办"③。对于以写人即模范人物的报告文学来说,他做过什么事,如何做,事情的过程如何,是比较容易了解的,但如此做的动因是什么,无论是其本人还是周围的人,都

---

① 秦兆阳:《报告文学杂谈——答〈文艺报〉记者问》,《文学探路集》,人民文学出版社1984年,第350页。

② 秦兆阳:《报告文学杂谈——答〈文艺报〉记者问》,《文学探路集》,人民文学出版社1984年,第351页。

③ 同上。

未必能轻易说清楚。"一个人的内心，一种精神状态的东西，是不容易说清楚的，不是几句话能够说得出来的，它是长时间思想积累的结果"，论者继而将报告文学与小说进行比较，"当然，也不是一点也说不出来，但是要像小说那样挖到心灵深处，把一个人的精神状态刻画出来，却有一定的困难"[①]。不同文体的特质，对表现对象——"事"或"人"的把握方式、思考重心、表现重点和方法，是存在着不容忽视的重要差异的。再者，报告文学写作往往从报刊新闻或在现实生活中听到看到想到的"人""事"为线索，再由作者"按图索骥"去做调查采访，获取第一手材料，"这就发生作者主观对客观的认识上是否准确的问题。主观的思想感情和客观的事实是不是能够融为一体？是不是完全符合客观？是不是能够深入到客观事物的肌理里去？有的作者能达到，有的作者不一定能达到。在这点上也是不能绝对化的"[②]。如何取舍素材、如何刻画人物，总是有作者的主观因素和对对象的理解、思想和情感参与，"纯粹是客观的，那是写不出'文学'的"[③]。既不能搞客观主义，否则作品就缺少感情色彩，缺少思想深度，缺少艺术性，就不成其为"文学"，也不能搞主观主义，否则就不是"报告"；既不能搞"绝对"主义，否则就很难写出报告文学，也不能搞"相对主义"，否则偏离了报告文学的文体规定性。对于困扰报告文学文体的难题，秦兆阳提出："真实到什么程度，一方面是决定于作者对那个事实了解得如何，另一方面也决定于作者本人的思想情感，以及他运用文学手法的能力。这是说对真实的要求不能绝对化，但还是要尽可能地要求真实。……报告文学也有个开掘、扩展、深化的问题。"[④]

---

① 秦兆阳：《报告文学杂谈——答〈文艺报〉记者问》，《文学探路集》，人民文学出版社 1984 年，第 351 页。

② 同上。

③ 同上。

④ 秦兆阳：《报告文学杂谈——答〈文艺报〉记者问》，《文学探路集》，人民文学出版社 1984 年，第 352 页。

他既不赞成"一点也不准加工"的做法，认为"太绝对化"，也不赞成"作很大的加工"。如何把握"加工"的尺度，显然不是用"艺术真实"所能解决的。秦兆阳关于报告文学文体功能的认识和"真实性""文学性"等的理论阐述，是确切且富有启示意义的，但对如何在实践中落实"真实性"，除了让作者本人作保证以外，仿佛也没有特别有效的办法："《当代》发表的报告文学怎样考虑它是否真实，这主要是要让作者自己保证，他要保证完全是真的。因为我们无法去核对。从我们发表的东西来看，作者的保证是可靠的。"①

早在 1937 年茅盾就提出："好的'报告'须要具备小说所有艺术上的条件——人物的刻划，环境的描写，氛围的渲染等等"，但他同时又强调二者的不同，"前者是注重在实有的'某一事件'和时间上的'立即'报道，而后者则是作家积累下多少的生活体验，研究分析得了结论，藉创作想象之力而加以充分的形象化。'小说'的故事，大都是虚构，不过要合情合理，使人置信。'报告'则直须是真实的事件"②。他谈到斯劈伐克的"报告"无论形式如何富有变化，"凡是小说所必需的条件，他一定具备"。在此，茅盾强调的是报告文学的"文学性""小说性"。同时，茅盾又谈到，在他主编出版的《中国的一日》征文中大多是样式多样的"报告"，他甚至认为"最近大多数的短篇小说也和'报告'一点点接近"③。在此，茅盾强调了两点：一是报告文学作为文体产生的"时代性"和其本身具有的"敏锐的时代感"，"'报告'是我们这匆忙而又多变的时代所产生的特性的文学样式"④；二是短篇小说的"报告性"。

---

① 秦兆阳：《报告文学杂谈——答〈文艺报〉记者问》，《文学探路集》，人民文学出版社 1984 年，第 354 页。

② 茅盾：《关于"报告文学"》，俞元桂主编：《中国现代散文理论》，广西人民出版社 1984 年，第 312—313 页。

③ 茅盾：《关于"报告文学"》，俞元桂主编：《中国现代散文理论》，广西人民出版社 1984 年，第 313 页。

④ 同上。

总体上看，80 年代前期陈忠实的短篇和中篇小说《初夏》带有程度不同的"报告性"，追随时代，捕捉改革初期给农村带来的生机和变化，迅捷反映新农村政策带给农民的新生活新观念，毫无保留地赞美历史转型中涌现的"农民领袖人物"。其特写和报告文学，往往抓住关键细节，以对话和心理描写来刻画人物，以小说笔法构设情节并推进情节发展，以及在自然环境和社会环境的描写、时代氛围和情境的渲染等方面表现出较突出的"小说性"。出现这一"文体互渗"现象的原因，显然不是陈忠实正在进行某种现代或后现代意义上"文体实验"这一"文学内部"的探索，恰恰相反，此时的陈忠实尚秉信社会主义现实主义的经典命题。在他看来，当一个作家具备了一定的政治修养、艺术修养等作为创作的基础，但"起决定作用的，是作者生活积累的程度如何，是对时代，对人民群众了解深入的程度"。在创作中，"生活"具有无比的重要性，"不仅使作者获得创作的素材，而且纠正作者认识上的局限和偏见"；一个作家要突破既有水平，探索新的时代课题，"基本的一个功力，就是直接从生活中掘取素材的能力。直接掘取，意味着要直接进入生活，不仅是观察生活的旁观者，而且是要和人民一起进行新的生活的创造"①。正是"直接从生活中掘取素材"和"和生活的创作者一起前进"的信念及其主导下作品的主题、取材、剪裁、人物塑造、情节结构、美学风格，连接、沟通了报告文学和小说两种不同文体。

　　或许，我们可以将陈忠实和刘心武做一下联系、比较。后者1978 年发表于《人民文学》的短篇《班主任》给陈忠实带来"小说敢这样写了！"的惊叹和文学"解冻"的启示，并促动其调整人生之路，将文学作为事业来做。刘心武不仅以 1984 年出版的长篇《钟鼓楼》获第二届茅盾文学奖，还在 1985 年之后，发表了自觉将报

---

① 陈忠实：《和生活的创造者一起前进》，《陈忠实文集》第 10 卷，人民文学出版社 2015 年，第 105 页。

告文学和小说两种异质文体相结合、进行形式实验的"纪实小说"《5·19长镜头》《王府井万花筒》《公共汽车咏叹调》。时任《人民文学》主编的刘心武的创作和发展，很难不引起陈忠实的关注。与同龄且同样工农兵业余作者出身的刘心武相比，陈忠实再一次体现出其思想和艺术观念上的"滞后性"。相对于刘心武"纪实小说"文体实验的自觉性，此时陈忠实尚处于不自觉的"文体混杂"阶段。

从根本上看，80年代中期之后出现"纪实小说"并非偶然。除了刘心武之外，1985年发表于《收获》的张辛欣、桑晔的"口述实录体"系列小说《北京人》，也是这一纪实性美学的重要体现。如果用文体实验来做概括分析，自然没有问题，但尚需看到这一"回到事物本身"，以即兴采访和社会调查方式写出的作品之所以出现的深层动因。将刘心武和更年轻的张辛欣、桑晔相比，前者的"纪实小说"尚且保留着《班主任》《爱情的位置》《醒来吧，弟弟》《我爱每一片绿叶》等小说中的"问题意识"，无论提出重要而尖锐的"问题"还是将"人"本身作为关注和思考对象，都贯穿着启蒙理性思维。其"纪实小说"也是如此，尽管作者采取近乎街头实录的形式，力求呈现市民社会生活的原生形态和本来面目，但作家的启蒙姿态和理性思维却往往通过议论、评判的方式不时流露出来。与刘心武小说中清晰可见的"启蒙者""思考者""叙事者"形象相比，张辛欣、桑晔的写作更具随机性、偶然性，作者不再追求"问题意识"和小说人物的"典型性"，作者不再试图把握一个无法用固定的理论来阐释，用某种思想来分析的问题，在他们看来，或许根本没有"问题"，如果有，也是"现实生活"出了无法给出"答案"的"问题"。

80年代中期，面对几乎同样的活跃着的、纷纭无状的现实，把"生活作为主要研究对象"的陈忠实，并非没有困惑："生活发生了急剧的变化，旧的秩序和旧的组合形式打破了，新的秩序和新的组合正在建立之中，用过去的眼光看待今天的农村生活和农民，真有点眼花缭乱，目不暇接，看不太清了，我从来没有像现在这样深切地感觉到自己理论的贫乏和理解生活的无力。"[①] 他提出的对策，一是要"及时而迅敏地捕捉这种变化，首先要求作家的思想保持与时代发展相适应的活力"，"学习理论，改变知识结构，以强化自己透视生活的能力，保持思维系统的'胶片'的敏感性，保持思想上的活力"[②]，此即作家要适应时代，赶上时代步伐。二是将新变化纳入历史主义视野中，做出"历史发展必然规律"的阐释。"生活在变化。无论这种变化多么剧烈，总是与过去相联系。今天是从昨天走过来的，没有昨天就不会有今天。没有几十年农业政策当中一阵紧过一阵的自我限制的极左影响，就没有今天强烈的变革要求和如同大坝开闸般的汹涌欢腾的洪流。"因此，他认为："从昨天到今天的变化中，有生动的生活发展的内在联系，有深刻的历史的必然规律。"他感到"比较深刻地理解过去了的生活和正在变化着的生活的必然联系，已经是我极为迫切的需要了"[③]。

特别值得注意的，不仅是陈忠实报告文学因素与小说因素的互渗，更有意味的是两种文体的共生，或者说，同一题材、同一人物分别在两种不同文体创作中的反复出现，如1981年10月写成的报告文学《崛起》与1981年2月写成的小说《乡村》《正气篇——〈南村纪事〉之一》《征服——〈南村纪事〉之二》的关系，再如报告文学《忠诚》与小说《信任》。

但也正是在小说与报告文学、虚构与写实的"印证"中，陈忠实的文体意识在逐渐觉醒。

与报告文学这一典型的"戴着镣铐跳舞"的文体相比，小说、

---

① 陈忠实：《从昨天到今天》，《陈忠实文集》第2卷，人民文学出版社2015年，第484页。

② 陈忠实：《从昨天到今天》，《陈忠实文集》第2卷，人民文学出版社2015年，第484—485页。

③ 陈忠实：《从昨天到今天》，《陈忠实文集》第2卷，人民文学出版社2015年，第485页。

散文具有无可比拟的自由度，更能凸显作者"个体"思考、情感。这原本无须多言，但"自由""个体"则是需要具体化、语境化的"相对之物"。因此尚需将此问题具体到陈忠实创作观念和创作道路上，进而将之置于当代中国文学的大语境中考察。

对于陈忠实来说，由特写、报告文学转入散文或艺术散文，似乎不难理解。如前所述，这一转型，发生于"新时期"文学包括散文及其"概念"转型的总体脉络之中。但就报告文学文体发展本身来说，在80年代中期之后出现了全景式"社会问题"报告文学和"史志性"报告文学。陈忠实为何没有在这两类公认的报告文学巅峰写作中现身？笔者在此对这个问题进行尝试性回答。

与80年代中前期报告文学相比，陈忠实报告文学尽管主题鲜明突出，人物形象性格化程度较高，语言简洁明快，有较为鲜明的地域乡土特色，但其不足之处也显而易见。总体上看，陈忠实"十七年"散文、特写和80年代的报告文学，深受40年代的"人物记"报告文学和"十七年小说"影响。"人物记"如杨朔的《毛泽东特写》、何其芳的《朱总司令》、刘白羽的《八路军七将领》、穆欣的《记王震将军》等主要集中于战争时期的英雄人物和共产党的高级将领身上。选取这些人物做主人公，有利于把握时代脉搏，且这些人物大多具有鲜明的个性特征，也较易把握；从读者接受的角度来说，他们多带有一定的传奇色彩，为群众所熟知，突出其传奇经历，表现其高尚情操，能够在战争环境下唤起人们的崇高感、正义感。但此类报告文学存在的一个普遍问题是，往往流于平面化、模式化。作者往往怀着对英雄人物和高级将领的崇拜心情来表现人物，缺少理性的精神和超越人物局限的艺术把握。因此，人物报告文学数量虽较多，但能经得住时间淘洗的却并不多。陈忠实报告文学，在人物表现上，带有一定程度的"十七年""文革"创作特点，因将其作为"时代精神"或"理想信念"的代表，偏重于对人物信仰、品德、情操的赞美，而对其深层性格和复杂广阔的内心世界的发掘明显不够；视野较为狭窄，局限于大队、公社等基层单位和队长、支书等农村基层干部，未能在更广阔的历史时空中，在更宏观的思考和观察中，对社会热点焦点难点问题和重大社会现象作出更复杂深刻的理性审视和批判性思考，基本还偏重于政策层面的肯定和赞美，理性穿透力和思辨力不足；艺术表现上，以融入散文和诗的技巧，有一种抒情的诗意，略显单调且有模式化倾向，不能有效化解因客观写实带来的僵化感和沉闷感。与90年代兴起的"史志性"报告文学相比，陈忠实的报告文学写作缺少那种融文史哲于一体、用现代意识重新审视、评判和认识历史、具有浓厚的文化反思色彩的厚重深邃品格。

1998年，陈忠实出版自选散文集时，自言80年代中期以前的散文采取"类似特写的形式"，80年代中期以后的散文"却是脱离了特写的模式"，即已明确了自己对报告文学文体的保留乃至否定态度，同时又暗示了报告文学在90年代衰落的处境和命运。

事实上，正在报告文学如火如荼的时候，陈忠实已经走过由短篇而中篇的文体训练，进入其长篇的准备和写作阶段。1984年，他尚表示："经过前三部中篇的试写，我对中篇的形式兴趣愈浓，想探求中篇的种种表现形式，以丰富艺术表现能力。"[1] 1985年夏天之前，陈忠实感觉"把长篇写作尚作为较为遥远的事"[2]。但1986年，在王蒙《活动变人形》、张炜《古船》、路遥《平凡的世界》（第一部）等80年代最具代表性的长篇小说发表出版的同时，陈忠实就开始认真思考如何实现创作上的突破，如何面对未来人生的严峻问题。1987年，他开始到蓝田县、长安县查阅县志，"了解自己脚下本土的历史渊源"[3]，"为自己造一本死时可以垫棺作枕的书"[4]。

---

[1]　邢小利、邢之美：《陈忠实年谱》，陕西人民出版社2017年，第42页。

[2]　陈忠实：《寻找属于自己的句子》，上海文艺出版社2009年，第2页。

[3]　陈忠实：《寻找属于自己的句子》，上海文艺出版社2009年，第20页。

[4]　陈忠实：《寻找属于自己的句子》，上海文艺出版社2009年，第22页。

写一部"垫棺作枕"之作想法的产生，源自陈忠实对自己以往创作的不满，"还没有写出真正让自己满意的作品"①。这"完全是指向自己的一次反省"，"不是因为社会等外部世界的刺激而迫使发生的，更非文学界评价高了低了诱导发生的，纯粹是由生命年龄即将碾过 50 大关时几近悲壮的轮声催发出来的"②。这次由生命催迫产生的自省所引发的"否定性"自我评价，自然包括报告文学、散文、中短篇小说等所有文体创作在内。更重要的是，陈忠实这次反省的依据是对"创作这种劳动"的进一步理解："它只能倚重作家自己，对社会历史和现实理解的深刻程度，生活体验到生命的独自发现的独特性和普遍性，自然还有艺术体验包括语言叙述的选择。"③ 在新的文学创作理解中，"作家自己""思想的深刻程度""生活体验""生命体验""艺术体验"等，成为"决定作品成色也决定作品成败的因素"④。

对于 80 年代中期的陈忠实来说，能够承担其"垫棺作枕"抱负、能够蕴含"作家自己"对社会历史和现实的深刻理解、传达其独特的"三个体验"的只有长篇小说。80 年代中期，陈忠实已放弃报告文学而转向散文。相比之下，散文虽更重"自我""个性""心灵"表现，更具"文学性"，但其"内倾性""抒情性"和篇幅的有限性，决定了它很难涵纳深邃的历史与现实思考和丰厚的生活生命体验。在这个问题上，散文尚不及小说。而为了写"垫棺作枕"之作，陈忠实甚至等不及完成计划中的十部中篇。因此，80 年代中期，陈忠实选择长篇小说而不是其他文体，是有充分的必然性的。

虽然 80 年代中后期报告文学的发展，在实践中解决了困扰着秦兆阳的难题，突破了其对报告文学和小说的文体功能定位，但此时

---

① 陈忠实：《寻找属于自己的句子》，上海文艺出版社 2009 年，第 22 页。

② 同上。

③ 同上。

④ 陈忠实：《寻找属于自己的句子》，上海文艺出版社 2009 年，第 23 页。

的陈忠实却无意于报告文学写作了，他的兴趣已转向小说，并连续取得短篇中篇长篇的文体自觉，更重要的是，从短篇到长篇，每一种小说亚文体范畴的转换，从总体上都是一次思想和艺术上的重大进展。但颇为有趣的一个现象是，"史志性"报告文学的重要品格，在被称为民族文化史诗的长篇小说《白鹿原》中得到了充分体现[①]。

---

① 关于《白鹿原》史诗和史志的内涵，参看白烨《史志意蕴·史诗风格——评陈忠实的长篇小说〈白鹿原〉》，《当代作家评论》1993 年第 4 期。

第八章　90年代之后：陈忠实的
文学思想与创作

第一节　"双重体验"与陈忠实主体论

1993年陈忠实在与李星的对话中，提出了他的"体验说"："我越来越相信创作时生命体验和艺术体验的过程。每个作家对正在经历着的生活（现实）和已经过去了的生活（即历史）的生命体验和对艺术不断扩展着的体验，便构成了他的创作历程。这个体验完全是个人的独特的体验，所以文坛才呈现千姿百态。所以从本质上来说，恐怕就不存在一个普遍性的问题。"① 1980年代中期开始对自我创作的不满，导致陈忠实持续的自我反思、自我否定，促使陈忠实进入对民族历史与现实的持续思索，思索的结果是对既有思想思维和创作的愈加严厉彻底的否定，并促进了"一种强烈的实现新的创造理想和创造目的的形成"，陈忠实认为："这个由思索引发的自我否定和新的创造理想的产生过程，其根本动因是那种独特的生命体验的深化。"② 而《白鹿原》对近现代半个世纪中国历史的观照，按照他的说法，"我不过是竭尽截止到一九八七年时的全部艺

---

① 陈忠实：《关于〈白鹿原〉与李星的对话》，《陈忠实文集》第5卷，人民文学出版社2015年，第357—358页。

② 陈忠实：《关于〈白鹿原〉与李星的对话》，《陈忠实文集》第5卷，人民文学出版社2015年，第359页。

术体验和艺术能力来展示我上述的关于这个民族生存、历史和人的这种生命体验的"。① 在陈忠实看来，各番新时期小说思潮和流派，"其主旨无一不是为了写出这个民族的灵魂，差异仅仅在于艺术形态的不同"，"至于这个灵魂揭示得深与浅，那不是艺术形态造成的。……揭示浅与揭示深的关键在作家自身的独特的体验。我甚至以为这是创作中起主导作用的生命体验。作家对历史和生活的独特体验决定着他的作品的深度，鲁迅的《阿Q正传》和巴金的《家》，都是两位巨匠独特的生命体验的结果"②。《白鹿原》写作意图就是以创作主体的生命体验深刻地写出这个民族的灵魂，对于陈忠实个人来说，则是"充分展示我的独特的生命体验，即截止到一九八七年前后我已经体验到了的"③。这句话的表述，与陈忠实在《寻找属于自己的句子》的《附录·关于〈白鹿原〉的问答》中的表述略有差异。《附录》的具体表述是"充分展示我的独特的生命体验，即截止到1987年前我已经体验到了的"。除去无关紧要的数字表述形式（一九八七与1987）的差别，《附录》中把"1987年前后"中的"后"去掉了。稍作分析的话，有"后"则表述更灵活但也更含混；无"后"则更清晰。关键是哪种说法更准确更合乎实际。这需要根据对话中其他关于《白鹿原》构思和创作的表述，做出综合判断。在这篇对话中，陈忠实明确谈道："这部书的构思和结构是在一九八七年完成的。""在一九八九年结束这部长篇时就确立下《白鹿原》这个书名，但未作最后确定。"而"白鹿原"三个字，"反正一九八六年已经作为一个原而时时旋转在心中，到一九八七年，这个艺术形态的白鹿原便日臻丰富和生动起来。"再结合陈忠实自言《白鹿原》"不过是竭尽截止到一九八七年时的全部艺术体验和艺术

---

① 陈忠实：《关于〈白鹿原〉与李星的对话》，《陈忠实文集》第5卷，人民文学出版社2015年，第360页。

② 陈忠实：《关于〈白鹿原〉与李星的对话》，《陈忠实文集》第5卷，人民文学出版社2015年，第367页。

③ 同上。

能力……"等表述，综合起来分析，我认为，将"后"去掉而径直表述为"截止到1987年前我已经体验到了的"是没有问题的，且更为准确。事实上，自1988年4月1日起，陈忠实开始《白鹿原》草拟稿的写作并能在八个月内写成四十万字的草稿，之所以能够迅速地进入如此良好的写作状态和如此迅捷流畅的写作过程，只能说明在此之前陈忠实独特的生命体验已经完全形塑并成熟，并完成了对历史与生活的深刻的融合、理解和穿透。

在与李星的对话中，陈忠实最早提出了"生命体验"和"艺术体验"的命题，这个命题不是突如其来的灵光一闪，而是陈忠实自1980年代以来苦苦求索深刻自我反思与批判的结晶，也是他经历两次精神"剥离"后收获的重要理论成果，同时也标志着陈忠实第三次精神"剥离"的开始。此后，他不断把这个命题运用到对作家与作品的解读和阐释中，并进行着不断的自我建构和完善。

在1993年6月10日陕西作协第四次会员代表大会的闭幕词中，陈忠实评价"新时期"涌上文坛的陕西青年作家时说："这一代青年作家经历了解放以来社会的政治的以及文学在内的生活演变的全过程，生命体验日趋深刻开始进入理性境界，艺术实践艺术体验也逐渐趋向成熟阶段。"[1]给作家新出的作品作序时说："创作活动完全是一个人的兴趣所致，所谓爱好，而作品乃是作家的生命体验和艺术体验的一种宣泄或者说展示。那种双重体验一旦产生，一旦强烈，一旦成熟，宣泄和展示的欲望便是无法阻截无法窝死的……"[2]在给《白鹿原》韩文译本作序，则从作家、作品与读者沟通的角度，阐述两个体验："作家创作的初始目的和终极目的，其实都是为了与读者达到一种心灵的沟通和情感的交流；作品是作家生命体验和艺术体验的一种结晶或者说一种展示，是实现与读者

---

① 陈忠实：《陕西作家应对中国当代文学做出无愧贡献——陕西作协第四次会员代表大会的闭幕词》，《陈忠实文集》第5卷，人民文学出版社2015年，第381页。

② 陈忠实：《小说最是有情物》，《陈忠实文集》第5卷，人民文学出版社2015年，第403页。

沟通和交流的媒体罢了；能够达到这种交流和沟通的读者愈广泛，无疑是最令作家感到欣慰的事，比得到任何文学奖都珍贵。"①

值得注意的是，1994年6月14日陈忠实在纪念早逝的陕西作家邹志安的文章中谈到的，"对创作这项劳动的理解，不过是作家艺术家把自己对社会历史和现实的生活体验进而到生命体验所形成的各个迥异的独特体验宣泄出来，凝成一部小说、一首诗歌、一出戏剧、一幅绘画、一曲交响乐，以期与读者或观者听者进行心灵的沟通和交流，文学和艺术作品不过是实现两颗心灵交流沟通的媒体。"② 陈忠实在这篇文章中，将"生活体验"明确提出来，加入到已有的"生命体验"和"艺术体验"的命题中，建立起一个包括"生活体验""生命体验"和"艺术体验"三个构成元素在内的完整的"文学体验论"。

此后，陈忠实在1995年1月22日写成的《文学无封闭》延续了1994重构的"文学体验论"，并进行了细致的分析。陈忠实谈到自己对"创作这种劳动截至目前的最简洁的理解"，他概括为"一种双重性的体验"："由生活体验进而发展到生命体验，由艺术学习发展到艺术体验"，他认为"这种双重体验所形成的某个作家的独特体验，决定着作家全部的艺术个性"。进而谈到作家只有通过"阅读"才能实现从艺术学习到艺术体验的深化和升华。关于"生活体验"与"生命体验"的关系，陈忠实认为："生命体验由生活体验发展而来，生活体验脱不出体验生活的基本内涵。"在1995年的文章中，陈忠实再次强调了"生活体验或体验生活对于任何艺术流派艺术兴趣的作家都是不可或缺的"③。也就是说，陈忠实"文

---

① 陈忠实：《沟通，我的期待——〈白鹿原〉韩文版序》，《陈忠实文集》第5卷，人民文学出版社2015年，第405页。

② 陈忠实：《虽九死其犹未悔》，《陈忠实文集》第5卷，人民文学出版社2015年，第408页。

③ 陈忠实：《兴趣与体验——〈陈忠实小说自选集〉序》，《陈忠实文集》第6卷，人民文学出版社2015年，第220页。

学体验论"中的"生活体验"跟 1980 年代中前期他所提到的"体验生活"乃至中国现实主义文学理论中的"深入生活""体验生活"本身并无大的区别。这显示着陈忠实对"生活"作为自己创造根基的再次确认，也说明他从自己的创作实践与生活实践之关系上，再次肯定了生活（历史的和现实的）之于传统现实主义或者文学的源泉性质。

自然，这并不是说陈忠实又重回现实主义"深入生活""体验生活"的老路。

首先，相比"生活体验"的基础性位置，"生命体验"处于更高的思想和艺术位置上。作家个人的生活经历生活体验和作家对社会生活的体验，共同构成了作家的生活体验，都由体验生活而来，都属于生活体验范畴，但陈忠实并不满足于此，"我觉得应该更深入一步，从生活体验的层面进入到生命体验的层面"，在他看来，生命体验"更带有某种深刻性，也可能更富于哲理层面上的一些东西"①。因为在此之前，陈忠实在《创作感受谈》中对文学"主体性"的突出，我们就不难理解此时陈忠实对"生活体验"与"生命体验"之关系的阐述。一方面，他认为"生活体验""体验生活"对于"任何艺术流派艺术兴趣的作家都是不可或缺的"。无论是"创作来源于生活"老话题还是"生活无处不在"的新说法，都是正确的。只是前者需将其所强调的"工农兵生活"扩展为"整个社会生活，包括已经逝去的历史和正在行进着的现实生活，重点在于要作家走出自己的家庭和书斋，到社会的各个层面去体验去感受"②。另一方面，他认为："一般的规律作家总是由生活体验进入到生命体验阶段的；并不是所有作家都能经由生活体验而进入生命体验

---

① 陈忠实：《在自我反省中寻求艺术突破——与武汉大学文学博士李遇春的对话》，《陈忠实文集》第 7 卷，人民文学出版社 2015 年，第 383 页。

② 陈忠实：《关于真实及其他——和〈文汇报〉缪克构对话》，《陈忠实文集》第 9 卷，人民文学出版社 2015 年，第 458 页。

的，甚至可以说进入生命体验的作家只是一个少数；即使进入了生命体验的作家也不是每一部作品都属于生命体验的作品。"[①] 如马尔克斯之《百年孤独》与《霍乱时期的爱情》，昆德拉之《生命中不能承受之轻》与《玩笑》等。关键还在于作家的体验和感受而非现实意义上生活范围与空间的大小，"无论面对历史或现实生活，无论进入纷繁的社会生活或游走于小小的家园世界，至关重要的是作家体验到了什么，深与浅的质量，才是影响和读者交流的关键"。[②] 衡量一部作品是否成功的关键是"作家在这部作品里所要展示的体验的成色和质量"[③]。

其次，生活体验和生命体验是相互依存不可或缺的。前者固然能产生不少经典之作，但"也容易产生许多相似的雷同的作品"[④]。如批判现实主义的大量小说，"十七年"的大量合作化小说等。后者也是以"生活"为基础的，生命体验"不单是以普通的理性理论去解剖生活，而是以作家个人独立的关于历史关于现实关于人的生存的一种难以用理性理论做表述而只适宜诉诸形象的感受或者说体验。这种体验因作家的包括哲学思维个人气质等等方面的因素而产生，所以永远不会重复也不会雷同"[⑤]。陈忠实在这里阐述的生命体验有以下特点：首先，生命体验究其实质是一种作家个人的独立的体验和感受，无论作家书写的是历史现实抑或人的生存，个体性和独立的主体性，是其区别于公共性通行性理论思维的根本所在。

---

① 陈忠实：《文学无封闭》，《陈忠实文集》第 6 卷，人民文学出版社 2015 年，第 215 页。

② 陈忠实：《关于真实及其他——和〈文汇报〉缪克构对话》，《陈忠实文集》第 9 卷，人民文学出版社 2015 年，第 458—459 页。

③ 陈忠实：《关于真实及其他——和〈文汇报〉缪克构对话》，《陈忠实文集》第 9 卷，人民文学出版社 2015 年，第 460 页。

④ 陈忠实：《文学无封闭》，《陈忠实文集》第 6 卷，人民文学出版社 2015 年，第 215 页。

⑤ 陈忠实：《文学无封闭》，《陈忠实文集》第 6 卷，人民文学出版社 2015 年，第 216 页。

其次，它不是理性理论思维，且理性理论思维难以传达和表述生命体验；它包含着作家个人的哲学思维和个性气质，不能被公共话语所覆盖和取代，这也决定了生命体验的不可复制性。

1994年6月13日，陈忠实在为一本诗集写的评论中，谈道："文学在我看来是一种兴趣，仅此而已。"[①] 1995年3月18日，陈忠实谈到自己到五十岁捅破了一层纸，"文学在我看来是一种兴趣，仅此而已"[②]。又说，"到五十岁时还捅破了一层纸，创作实际上也不过是一种体验的展示"[③]。一年时间之内两次谈到文学是一种个人兴趣除此无他，颇可玩味。

但需要注意，1995年陈忠实首次将作为"兴趣"的文学和作为"体验的展示"的文学相提并论。这在某种意义上是将"兴趣"这种较为个性化的独特的气质偏好与"体验"联系起来，既能深化对"兴趣"的理解，有兴趣则可热爱，兴趣转移也无可厚非，这是兴趣之最简单却最本质的意义——一切都与且只与"个人"有关；也能突出"体验"中不可或缺的个性化的"兴趣"成分。"体验包括生命体验和艺术体验。千姿百态的文学作品是由作家那种独特体验的巨大差异决定的"[④]。这里突出的也是有差异的独特的"个人"。尽管陈忠实尊重"兴趣"和"体验"在"个人"意义上的差异性和独特性，但他对"体验"的文学性立场却是明确坚持的，"作家是用作品和这个世界对话的；企望用非花（即非文学的因素）去达到花（即文学）的目的，肯定说是不可能的"[⑤]。另外，陈忠实在此

---

① 陈忠实：《铁骨柔肠赋华章》，《陈忠实文集》第5卷，人民文学出版社2015年，第415页。

② 陈忠实：《兴趣与体验——〈陈忠实小说自选集〉序》，《陈忠实文集》第6卷，人民文学出版社2015年，第217页。

③ 陈忠实：《兴趣与体验——〈陈忠实小说自选集〉序》，《陈忠实文集》第6卷，人民文学出版社2015年，第219页。

④ 同上。

⑤ 同上。

还强调了生命体验的"生命""感觉"属性。他认为："生命体验是可以信赖的。它不是听命于旁人的指示也不是按某本教科书去阐释生活，而是以自己的心灵和生命所体验到的人类生命的伟大和生命的龌龊、生命的痛苦和生命的欢乐、生命的崇高和生命的卑鄙等等难以用准确的理性语言来概括而只适宜于用小说来表述来展示的那种自以为是独特的感觉。"[①]

陈忠实"文学体验论"的形成有一个自 80 年代中期至新世纪的较长的过程。陈忠实"文学体验论"是对"极左"政治时期阶级斗争理论指导下文学机械反映论和再现论的反思，是对自己 1980 年代中期以前写作理念和模式的自我否定，也是写完《白鹿原》之后所发现、凝聚成形并逐渐深思和完善的"独特体验"。正如陈忠实所说的："我后来比较着重生命体验，这是我写作到八十年代后期自己意识到的。"[②]

在陈忠实"文学体验论"形成过程中，中篇小说集《四妹子》出版遭遇的尴尬羞愧所促生的他对于文学创作最始源、最本质意义的思考和反省，是形成其"文学体验论"的最直接的动机。1999 年陈忠实在回顾《四妹子》出版遭际及其带来的自我反省时，高密度地提出了一连串问题："作家为什么要写小说？小说这种文学形式最初产生的诱因和最基本的功能是什么？小说是写给谁的？小说无论在中国在东方在西方国家，为什么历久而不衰，凭什么活着？"[③]经过反省，陈忠实对这些属于"内反省"的问题有了自己的解答："作家之所以写作，就是要把自己关于历史和现实的体验用一种自以为美妙的艺术形式表述出来，与读者进行交流。这种体验从生活

---

① 陈忠实：《兴趣与体验——〈陈忠实小说自选集〉序》，《陈忠实文集》第 6 卷，人民文学出版社 2015 年，第 220 页。

② 陈忠实：《在自我反省中寻求艺术突破——与武汉大学文学博士李遇春的对话》，《陈忠实文集》第 7 卷，人民文学出版社 2015 年，第 383 页。

③ 陈忠实：《自己卖书与自购盗本》，《陈忠实文集》第 6 卷，人民文学出版社 2015 年，第 115 页。

层面的体验深入到更深一层的生命层面的体验，而表述的形式也是由艺术的表现和艺术的体验显示着差异的。无论生活体验抑或生命体验，致命的是它的独特性，是唯独自己从现实生活历史生活以及自身经历中所产生的独有的体验。独有的体验注定了体验的独特性和独到之处，从根本上就注定了某部（篇）作品的独立个性，自然不会重复别人也不会重复自己，这是中外古今所有杰出著作的最根本的成因。"[①] 陈忠实得出的结论是："作家靠独特的体验（生活的生命的和艺术的）创作小说。读者才是作品存活的土壤。"[②] 这样，陈忠实就以"体验"为核心，重释重构了包括世界、作家、作品和读者四要素在内的文学含义。

第二节 "思想"与"人格"：主体的内核与主体论的超越

陈忠实"文学体验论"既然以"体验"为核心，也就意味着对作家主体地位的凸显。作家体验的深与浅决定作品的经典性高低，那么作家体验的深与浅究竟由哪些因素决定呢？这是陈忠实必然要思考的问题。

首先，"思想"问题。陈忠实高度评价了思想之于作家作品的重要性。2008 年 5 月 22 日，陈忠实再次谈到"体验生活""生活体验"和"生命体验"的关系。他说："作家要体验生活，这是常挂在嘴上的话。我至今仍然信服这个话，但应承认体验生活的各种不同的方式。"认为达到生活体验层面的作品很多，达到生命体验层

[①] 陈忠实：《自己卖书与自购盗本》，《陈忠实文集》第 6 卷，人民文学出版社 2015 年，第 115 页。

[②] 陈忠实：《自己卖书与自购盗本》，《陈忠实文集》第 6 卷，人民文学出版社 2015 年，第 116 页。

面的作品则极少。陈忠实表示生命体验具有神秘性，很难做出具体阐释，但他"相信从生活体验进入生命体验的诸多因素中，作家的思想是至关重要的一个"，"思想决定着作家感受生活的敏锐性，也决定作家理解生活的深度，更决定着对生活理解的独特性，也可以看作是作家对生活的独自发现"[1]。"通常的情况是，作家只有具备深刻的思想才能产生对生活的独立判断和独特体验。没有独特体验的作品很难产生个性，很难摆脱平庸，独特的体验才有独特的个性魅力。"[2] 陈忠实甚至斩钉截铁表达自己关于思想之于作家重要性的认识："作家必是思想家，这是不需辩证的常理。尤其是创作发展到一定程度的作家，在实现新的突破完成新的创造时，促成或制约的诸多因素中最重要的一点便是思想的穿透力。"[3] 2010 年 12 月 26日，陈忠实再次谈到"现实""体验"与"思想"的关系："以我的理解，作家面对现实，面对历史，及至面对自己，都在寻求着独自独有的发现，形成纯属自己的独特体验，发出既不类同前人也不混同今人的声音。决定这声音轻与重的诸多因素中，思想当属至关重要的因素。……思想决定着作家体验的深与浅重与轻，独到与平庸。"[4] 2012 年 8 月 25 日，陈忠实谈道："关键在于思考的深或浅的层面，这决定着生活体验和生命体验的独特性，自然决定着作品的质地和品相。……我想应该不断深化思想，形成独立独特的生活体验和生命体验，才可能有独秀一枝的作品产生。"[5] 对此，邢小利

---

① 陈忠实：《三十年，感知与体验——中国著名作家访谈录》，《陈忠实文集》第 9 卷，人民文学出版社 2015 年，第 506—507 页。

② 陈忠实：《功夫还得在诗外》，《陈忠实文集》第 7 卷，人民文学出版社 2015 年，第 379 页。

③ 陈忠实：《解读一种人生姿态》，《陈忠实文集》第 7 卷，人民文学出版社 2015 年，第 357 页。

④ 陈忠实：《思考和思想，是精神活力与精神脊梁》，《陈忠实文集》第 10 卷，人民文学出版社 2015 年，第 244 页。

⑤ 陈忠实：《文学的心脏，不可或缺——与〈解放日报·周末刊〉高慎盈的对话》，《陈忠实文集》第 10 卷，人民文学出版社 2015 年，第 415 页。

认为："仔细辨析他所谓的'生活体验'和'生命体验'这两个概念，前者更多地指一种主体的外在的生活经验，后者则指生命内在的心理体验、情感体验以及思想升华。"[1] 按照陈忠实的思想和创作来说，"生活体验"和"生命体验"只是相对侧重，两者都与"思想"相关，缺少思想的渗透、穿透和融合、升华，"生活体验"也不会达到较为深刻的程度，往往停留于对生活表象的描摹或生活细节的堆砌，落入一种平面化感受性的状态，更不会进入"生命体验"的状态。"思想"之所以成为自身就在于其无法停留于被凝固化封闭化的"知识"或"理念"状态，无论在"生活"还是在"生命"状态，它始终是深化着、升华着，始终在渗透着、穿透着和融合着"体验"并不断在发现和建构着"体验"之独特性。

作家"思想"的重要性，是陈忠实一直以来所注重的，但在这里，他是将"思想"放在"双重体验"意义上来谈，更包含个人创作的切实甘苦，也意味着这里的思想是更个人化的，蕴藏着作家的生命投入和发现，具有无可替代的个体生命深刻的思考和对现实与生活的深刻发现及理解。

其次，"人格"问题。陈忠实认为人格决定作家作品境界的高低。陈忠实谈人格问题最初是与政治伟人联系在一起的，他在1993年的文章中高度赞颂毛泽东"人格力量"，评价其"崇高人格""独立人格"[2]。陈忠实将"人格"与文学与作家联系起来，阐述作家的"人格"问题，大约始自1995年。1995年至1996年间，他将人格修养看作作家反抗市侩哲学庸俗观念的重要素养，认为"人格修养不是一个空泛的高调，对于作家的创造活动甚至可以说是致命的。……保护和爱护自己的心灵，铸造自己强大的人格力量，才会对生活和历史保持一种敏锐的感受能力，才会永久不悔地保持对这

---

[1]　邢小利：《陈忠实传》，陕西人民出版社2015年，第218页。
[2]　陈忠实：《毛泽东的人格力量》，《陈忠实文集》第5卷，人民文学出版社2015年，第188页。

个民族的深沉不渝的责任心"①。他评价柳青："作为艺术家的柳青，精神世界里贯注着一股强大的人格力量。"②评价柳青有着强大的人格魅力，是艺术家与大写的人的统一，文品与人品统一。陈忠实对柳青人格层面的肯定有着强烈的现实警示和批判意识："面对物欲膨胀而呈现出的某些生活的混浊，某些文章和人格的扭曲和分裂的现象，柳青无疑给我们以尤为贴近的警示。"陈忠实认为柳青的文学力量来自其"生命、智慧和人格"的熔铸，这赋予文学以"神圣"的品质并以此泽润后人。在 1998 年 6 月的文章中，陈忠实谈到"人道"是作家人格修养的基本内涵，"文学的最基本的含义是人道的，做文学这个事的人，也须得以人道作为最基本的人格修养"③。陈忠实在 1999 年 11 月 25 日的文章中，谈及前辈作家王汶石、杜鹏程时，从人格层面进行高度评价，"他们早已是文学大树，这样关注一个走了弯路的青年作者，在他最需要支持和处于羞愧心境的时候，做出如此热诚的举动，足够我去体味《风雪之夜》创造者的胸怀、修养和人格境界了。我要接受的显然不单是《风雪之夜》书的艺术，而是创造者本人的人格魅力了。"并从创作和艺术能力的发掘方面阐述："许多年以后，我经历了更多的创作实践，也多多少少经历了新时期以来的文学进程，也许是增长了不少的年岁；愈来愈觉得作家自身精神境界和人格修养对于创作的关键性作用了。制约作家感受生活挖掘素材深层提炼的因素中之最关紧要的一条，便是人格精神；人格精神的错位，往往会把良好的艺术天性矮化了，令人惋惜。"④在陈忠实看来，王汶石是自己"崇拜的文学

---

① 陈忠实：《关于陕西长篇小说创作的回顾和展望》，《陈忠实文集》第 6 卷，人民文学出版社 2015 年，第 233—234 页。

② 陈忠实：《柳青的启示——在柳青墓前的致辞》，《陈忠实文集》第 6 卷，人民文学出版社 2015 年，第 247 页。

③ 陈忠实：《业已成荫的大树》，《陈忠实文集》第 6 卷，人民文学出版社 2015 年，第 278 页。

④ 陈忠实：《为了十九岁的崇拜——追忆尊师王汶石》，《陈忠实文集》第 6 卷，人民文学出版社 2015 年，第 161 页。

之'神'",其人其文对自己的影响超越了艺术层面,而在更深层深蕴"艺术创造者的胸襟、内宇宙和人格精神"①。

1998年11月2日,陈忠实对人格在作家艺术家如何由生活体验进入生命体验层面、如何实现个人体验与民族生存形态的融合,以及如何由艺术上的小技巧小手法进入艺术体验层面之间的重要性,进行了深沉的思考,认为在作家艺术家创造出全新的宏大的思想景观和艺术景观的过程中,"人格精神被突出到最关键最重要的位置上了":"人格精神从内在的精神上决定作家艺术家胸怀的包容量,决定作家艺术家眼光投向的兴奋点,决定作家艺术家对民族对人类生存发展的忧患和追求的冷热度,决定作家艺术家对艺术体验和艺术追求的品位。如果说达到了一定高度的作家艺术家之间存在着新的竞争,那首先是人格精神的较量。"②陈忠实在这里非常明确地将"三个体验"和个人、民族、人类的关系,借助"人格精神"做了内在的关联,将之作为衡量和评价一部作品经典性品质和作家是否具有经典性历史地位的根本标准。在2004年草成、2007年修正的文章中,陈忠实再次强调精神人格在作家艺术家艺术格局和境界形成过程中的根本的无可代替的作用:"在我的理解,艺术家创作的发展越到后来,越想进入大的创作,在完成这个艺术突破过程中,这个精神人格越成为一个关键乃至致命的东西。"进而谈及精神人格如何及在何种层面上发生何种作用:"精神人格在你的整个创作当中,影响的不在技术技巧层面,而是对艺术家感受社会、理解社会、感受人生、理解人生的独特性发挥关键性影响,艺术品内质里的卓尔不群就因此而产生。"③2012年11月12日,陈忠实从

① 陈忠实:《为了十九岁的崇拜——追忆尊师王汶石》,《陈忠实文集》第6卷,人民文学出版社2015年,第162页。

② 陈忠实:《王国不神秘》,《陈忠实文集》第6卷,人民文学出版社2015年,第288页。

③ 陈忠实:《出神入化的意境》,《陈忠实文集》第9卷,人民文学出版社2015年,第139页。

作家人格与生活体验生命体验的关系做正面阐述，他认为："在我理解，作家的人格和情感，不单是自身修养的事，而是影响作家生活体验以至生命体验的敏感和体验的质地，这是容易被忽视的至为重要的一点。"①

由以上论述可以看出，陈忠实的"人格精神"涉及了创作主体论、文学本体论和读者接受论等诸多层面，体现着他对这一问题的集中的系统的思考。

再次，"人格"和"思想"的关系。陈忠实时常将"思想"和"人格"做密切关联的言说，他认为"对作家，尤其是已取得一定成就的作家而言，思想和人格在创作中异常重要"②。认为思想和人格同作家的人格精神与作家的思想之间存在"制约"关系："作家思想深化的过程受诸多因素促进，其中之一是作家的人格精神。缺乏强大的人格精神要形成强大的思想力量是不可能的。作家以独立的人格姿态体验这个社会，才能促进思想不断向纵深发展。关于作家思想形成的人格因素因为这样那样的原因被忽视了。"③"低下的人格境界和平庸乃至龌龊的心怀，是不可能产生自己的思想的，自然很难发生深刻的独立的生命体验和艺术体验，创作的突破和发展就很难了，天赋的才气就浪费了。"④ 在形成作家思想力量的诸要素中，陈忠实同样斩钉截铁地认为是人格的力量："一个无形而又首要的因素，就是人格。强大的人格是作家独立思想形成的最具影响力的杠杆。这几乎是需要辩证的一个常规性的话题。"⑤

---

① 陈忠实：《独立个性的声音》，《陈忠实文集》第 10 卷，人民文学出版社 2015 年，第 301 页。

② 陈忠实：《"文学是我人生中最重要的主题词"——与〈西安晚报〉记者蔡静、丑盾对话》，《陈忠实文集》第 6 卷，人民文学出版社 2015 年，第 316 页。

③ 陈忠实：《功夫还得在诗外》，《陈忠实文集》第 7 卷，人民文学出版社 2015 年，第 379 页。

④ 陈忠实：《聆听耿翔》，《陈忠实文集》第 7 卷，人民文学出版社 2015 年，第 344 页。

⑤ 陈忠实：《解读一种人生姿态》，《陈忠实文集》第 7 卷，人民文学出版社 2015 年，第 357 页。

复次，陈忠实在对人格和思想问题的强调中，隐含着对中国民族传统思想文化的回归。众所周知的一个事实是，陈忠实开始接受文学教育和从事文学创作开始，处于一种社会主义文化语境中，先后受到包括赵树理、柳青、王汶石等当代作家的影响，尤其是柳青《创业史》对他的影响是重大而无可替代的。不仅是社会主义现实主义的理想化浪漫化色彩、引导人教育人的创作目的和时代性政治性极强的现实功利性，还有很重要的是典型化。柳青等人的作品不仅有浓郁的地域色彩，更强调从"地域"的"特殊性"中抽象和升华出"普遍性""一般性"——而这正是现实主义尤其是社会主义现实主义的"典型化"，这种文学绝不停留于狭隘的地域和地方之中，从根本上说，地域、地方恰恰是他们要借用、汲取同时更是他们所要克服和超越的对象。同样，给陈忠实留下深刻印象的人物，梁三老汉、梁生宝、徐改霞们，也不仅仅是个性化的人物，他们作为典型人物，虽然这些人物以其个性化、立体化和复杂性的心理、性格被作为文学艺术维度上成功的标志，但若停留于此，文学的深度、力度和时代历史的辐射力和穿透力无疑会大为降低，文学就不会达到介入并生产现实的目的，那样的文学就是"资产阶级""小资产阶级"书房和客厅里的小玩意儿，也即这样的文学就不属于无产阶级而属于它的对立阶级。因此，梁生宝不仅要时刻告诫自己、提升自己，成为"党的儿子"和"社会主义新人"，更要改造梁三老汉们——他们的个人发家致富的小农思想或资产阶级剥削阶级思想意识。在这个意义上，梁生宝的成功就是无产阶级及其政党和社会主义的成功，梁生宝作为一个光辉的无产阶级英雄人物塑造的成功，即表明社会主义现实主义文学的成功和成就。梁生宝在个人感情问题上的自我克制和《创业史》在内容、主题、人物塑造和叙事线索等方面的凝练与节制，游刃有余的叙事控制和始终贯穿的目的性，是协调一致的。陈忠实六七十年代的作品，即便是在80年代的过渡期创作，在叙事结构的严密性、语言的俭省、人物塑造的节制和主题意识的鲜明，以及作家干预叙事的直接性等方面，都明显受到柳青和社会主义现实主义文学理念和叙事模式的深刻影响。问题不在陈忠实如何推重"典型论"，而在这种典型过于理想化理念化政治化，而无法传达作家对生活本身和生活实感经验，无法传达现实生活中真实的人的生活状态、生命体验、情感波澜和道德意识的矛盾与错动。人生的真实内容和人性的真实状态，在这种特殊的典型论中，被压抑和遮蔽了。这就不难理解，为什么陈忠实读到路遥《人生》时的震撼，为什么他很长时间内写不好年轻人、写不好爱情。从根本上说，这不是因为陈忠实更熟悉农村老汉或老农民，而是其过于拘谨和服顺的"干部思维"与"政策思维"，在这种无意识、观念和思维的拘束禁闭中，陈忠实作为一个作家的主体能动性无从发挥，主体内在的思想、精神和心理世界无法自由自然地敞开来感受周围的一切生活和情感内容。

80年代剧烈变动的社会政治经济和文化现实，给陈忠实带来的刺激是前所未有的，推动着他进入痛苦而严厉的自我反思和批判。柳青所倾力歌颂的合作化事业被宣告为历史的弯路和挫折，是陈忠实感受到的强大而无可违逆的历史潮流，如何评价合作化以及表现合作化的《创业史》？同时，《人生》的成功构成了陈忠实极大的压力却也促成其反思的契机，如何理解《人生》式的写作？一个"失败"了，同时另一个"成功"了。两个时代的经典，两个时代的典型人物，高加林的事业失败了，但作为一个文学人物却成功了；梁生宝的事业"失败"了，作为一个代言那个时代理想的文学人物，其命运最终会如何？陈忠实不得不反思"典型"这个无论何种现实主义写作都无可回避的核心问题。尽管陈忠实与路遥都是通常的现实主义作家，都推重文学的现实主义品格，但他们显然属于不同心理性格和气质类型的作家，相对于路遥理想主义色彩浓郁的气质，陈忠实显得更为低调和现实乃至务实；相对于路遥作品中强烈的俄苏文学韵味，陈忠实的创作更显中国当代革命现实主义文学品味；相对于路遥对时代变动深层那种强大历史潮流的敏感，尤其是时代和历史中人的情感世界心灵世界的敏感，陈忠实更热心于时代和历史本身这些更为直接也更为坚硬的层面。他们都受到柳青及其《创业史》的深刻影响并终生推崇，都崇仰现实主义并以之为自己作品的手法和结构并对其前景葆有信心。但他们在为自己理想中的长篇写作所做的准备却几乎是完全不同的，路遥为写《平凡的世界》查阅十年间的《人民日报》《光明日报》《参考消息》以及省报市报，到高校、机关、厂矿企业、集贸市场感受生活，详细记录各行各业乃至农作物和野生植物的情态。陈忠实则"远离"生活，一个人查阅被历史尘封的县志党史文献档案。他们都读过马尔克斯的《百年孤独》和《霍乱时期的爱情》，但陈忠实更为前者吸引，从中受益更多，路遥更倾向于用传统现实主义手法写成的《霍乱时期的爱情》。路遥反对"高大全"的路径是写"实际生活中的人"来破除"新的概念化或理论化倾向"[1]。他认为："特定历史和社会环境中不同人的生活到底怎样，这应该是文学应该探求的。他们类似或不同的思想、欲望、行为、心理、感情、追求、激情、欢乐、沉沦、痛苦、局限、缺陷；他们与社会或自然环境的矛盾，与周围其他人的矛盾，自身的矛盾；等等。我们会发现十恶不赦的坏蛋不是很多，但'完人'几乎没有。这就是实际生活中的人。他们不可能超越历史、社会现实和个人的种种局限。"[2] 路遥更多对人（人物）个性意识的诗意观照，他对典型人物的理解是在反思理念化概念化基础上形成的，仍然属于回归"生活"和"人"本身的古典式现实主义范畴，更具有"生活"本身的色彩、气味和质感质地。相比之下，陈忠实则是在"性格类型"的意义上理解"典型"并由此感到塑造"典型"的困境。正如他所说；"到上世纪 80 年代中期的一次反省，是由一种新颖的写作理论引发的，即'人物的文化心理结

---

① 路遥：《早晨从中午开始》，人民文学出版社 2012 年，第 80 页。
② 同上。

构'说。我一直信奉现实主义创作最高理想，创作出典型人物来。然而，严酷无情的现实却是，除了阿Q和孔乙己，真正能成为典型人物的艺术形象，几乎再挑不出来。我甚至怀疑，中国四大名著把几种性格类型的典型人物普及到固定化了，后人很难再弄出一个不同于他们的典型人物来。我在80年代中期最活跃的百家学说争鸣过程里获益匪浅，尤其'人物文化心理结构'学说使我茅塞顿开，寻找到探究现实或历史人物的一条途径，也寻找到写作自己人物的一条途径，就是人物的本质性差异，在于文化心理结构的差别，决定着一个人的信仰、操守、追求、境界和道德，这是决定表象性格的深层基础。我把这种新鲜学说付之创作实践，完成了《白鹿原》人物的写作。为了把脉人物文化心理结构变化的准确性，我甚至舍弃了人物肖像描写的惯常手法。"[1] 如果说，路遥体验生活、查阅报纸是为还原不同历史情境下"人物"的带时代气质的"生活感"，并在其中写出人的较为感性化的状态，那么陈忠实查阅县志方志，更为找回"人物"的历史感并在"文化心理结构"的意义上，写出作为民族文化心理结构表征的个体生命在历史中的命运。换一种说法，在陈忠实看来，通过写人的命运写出民族文化的命运走向，写出一个民族在由传统向现代转型过程中的文化—生命状态，"小说被认为是一个民族的秘史"确为一种贴切的表述。《白鹿原》是叙述一个民族是如何"失魂"的小说，也是一部"铸魂""招魂"之作，是铸造民族之魂、寻找民族文化之根基的作品。这点是从构思时就已经确定的，而整个写作可以说是"民族文化心理结构"学说的实践。在这个意义上，将《白鹿原》视为体现着回归民族传统文化的"文化保守主义"作品是没有问题的，而当这部长篇完成之后，陈忠实反复强调"思想"和"人格"命题尤其是后者，也是顺理成章的。"人格"即"魂"，个人的"魂"，也是民族的"魂"，一

---

[1] 陈忠实：《三十年，感知与体验——中国著名作家访谈录》，《陈忠实文集》第9卷，人民文学出版社2015年，第506—507页。

个人不能失魂落魄，一个民族更不能如此。

事实上，经过 80 年代中期左右以"自我""感受""体验"等主体色彩浓郁的新型话语反思僵化的"革命现实主义"叙事美学模式之后，陈忠实并没有也不可能完全陷入封闭的主体内部，这既源于陕西尤其是关中地区传统文化底蕴之无可比拟的深厚，源于当代以来柳青、杜鹏程、王汶石等前辈陕西作家所建构的现实主义传统之强大及其对陈忠实的持久影响，也源于陈忠实自 1957 年写作以来逐渐形成的现实主义观照与书写模式和谨慎的经验主义态度。无论从哪方面说，群体性伦理观念和整体性叙事诉求，并没有从陈忠实那里彻底消失，而是转换了其内在意蕴和美学形态，即由"国家""阶级"转向"民族"，由"时代""政策"转向"历史""文化"，借由个人化的生命体验融合并投射民族文化民族精神。作品就是作家"自我""个人"智慧情感的结晶，又无可避免地包含"民族""人民"精神维度，"作家希望创造出属于自己独有的艺术世界、艺术形态，但作品发表出来的结果却是属于人民的、民族的。一个作家的文学理想不能不涉及为民族精神的更新和发展提供点什么"。[1]作家个体的生活体验和生命体验隐含并呼应着一个民族的历史精神和生命体验，"作家应该留下你所描写的民族精神风貌给后人。不管是历史的还是现实的人生，一经作家用自己的生命所感受的体验后，表现出来的就应是这个民族在特定历史阶段整个精神层面的一种比较准确的、具有普遍性的东西。……作为一个作家也应该……在这个国家和民族发展的历史上留下你的真实描绘，把这个时代人的精神形态和心理秩序艺术地告诉给后人，让他们从这些已经成为过去的现象里把握那个时代人的精神脉搏，并引发出有益的启示"[2]。

---

[1] 陈忠实:《文学的信念与理想》,《陈忠实文集》第 7 卷,人民文学出版社 2015 年,第 335 页。

[2] 陈忠实:《文学的信念与理想》,《陈忠实文集》第 7 卷,人民文学出版社 2015 年,第 336 页。

陈忠实特别强调此之为作家的使命："在西方文化大量涌现的今天，作家们理应提供一个又一个优秀的文学文本，不是消极地保护民族文化，而是以创造优秀作品来丰富、更新、发展民族文化。……社会应该尊重和爱护作家，但作家的文学理想却必须把为民族创造优秀作品作为坚定不移的奋斗目标。"①《白鹿原》之以"民族秘史"为写作目标，可由此得到索解。

从深层看，这也可以说是陈忠实以"文化心理结构"重构现实主义"典型论"的内在逻辑，而"人格"论则是此逻辑的自然运演。

除此之外，陈忠实郑重提出"人格"问题，是否还有其他动因，该如何理解陈忠实言说的"人格"，是值得深入探究的问题。

第三节　陈忠实文学理论重要命题的辩证与反思

陈忠实文学理论的建构是以自身创作实践为基础，以其对自身创作的自我反省和自我否定为契机和动力的，其理论有着从注重"观察"到注重"感受"再到升华为"体验"的清晰完整的过程，在这个过程中，作家的主体意识渐次明确和凸显，但现实主义美学主张是陈忠实终生坚持的信念。在 20 世纪中国文学发展过程中，陈忠实的文学思考和对现实主义文学创造提供了重要而独特的贡献。正如李建军指出的："他用'生命体验'矫正了'生活体验'的偏狭和偏失，从而在人性和自由两个向度上，为自己的写作拓展出了巨大的空间。他接受'文化心理结构'理论，矫正了'文学典型'说的模式化倾向，并为自己在小说中塑造人物，提供了有效的理论

---

① 陈忠实：《文学的信念与理想》，《陈忠实文集》第 7 卷，人民文学出版社 2015 年，第 336—337 页。

支持。"①但在作为作家的陈忠实并非一个专门的文艺理论家，在他的文学思考和文学体系建构中，也存在一些需要进一步思考和辩证的问题。

首先，陈忠实并未就"艺术体验"问题做过较集中和深入的探讨。相对于生命体验和生活体验，艺术体验是陈忠实文学思考中最薄弱的一个环节，而对于文学来说，艺术体验恰恰是文学本体之所在。尽管陈忠实谈过作家的两种体验过程：从生活体验到生命体验，从艺术学习到艺术体验。但他反复阐述的是前者，且因为生活体验本身就处于较低的需要被超越的基础层面，陈忠实尽管强调生活体验或体验生活的重要性，但所谈也不多；对于后者陈忠实几乎没有专门谈到。这怎么说也是一个重要缺失和遗憾。关于艺术体验，陈忠实除了谈到通过对文学经典的阅读（也即艺术学习）来强化和提升之外，倾向于将艺术创新问题作为生活体验和生命体验的艺术传达，在他看来，艺术形式包括语言的创新和选择，同样是"内容"（也即生活体验和生命体验）所决定的，"以怎样的叙述或描写的形式，才能充分展现业已体验到的内容，艺术就富于特色了。……这样，我便相信，艺术形式包括语言的选择，都是为作家业已体验到的内容而苦心求索的。离开了内容而选择一种新的艺术形式，或者没有对生活的新鲜而独自的体验，单是展示一种自己感兴趣的新的艺术形式，很难获得期望的效果"②。可见，陈忠实仍然在现实主义文学范式内看待文学形式问题，他对现代主义文学和后现代主义文学和中国的"先锋小说"持一种有所保留的态度，陈忠实在谈论80年代文学的时候，对作为主潮的"伤痕""反思""改革""寻根文学"包括"知青文学"等在内都是持一种总体上的反思和批判态度，他很少或几乎没有谈及"现代派"和"先锋小说"。

① 李建军：《陈忠实的蝶变》，二十一世纪出版社集团2017年，第310页。
② 陈忠实：《有关我的创作——答〈黄河文学〉和歌问》，《陈忠实文集》第10卷，人民文学出版社2015年，第377页。

对魔幻现实主义尤其是自己受影响很大的卡彭铁尔《王国》，他也主要是受作者回归海地寻根的举动所震撼，并从中受启示。他认为《百年孤独》是"一部从生活体验进入生命体验之作"，"我由此受到的启示，是更专注我生活的这块土地，这块比拉美文明更久远得多的土地的昨天和今天，企望能发生自己独自的生活体验，尚无把握能否进入生命体验的自由境地"①，他认为《百年孤独》的形式是马尔克斯对拉美历史与现实的生命体验的产物，是无法模仿的，因此"在形式上，我也清醒地谢辞了'魔幻'，仍然定位自己为不加'魔幻'的现实主义"②。基于此，陈忠实讽刺其中一些仅仅学其表层的形式的"照猫画虎式的某些模仿"，"庆幸我在当初阅读时的感受和判断，尚未发昏到从表面上去模仿"③。事实上，在90年代陈忠实开始建立其"文学体验论"伊始，就极少关于"艺术体验"的言说，而在其比较有限的"艺术体验"论述中，我们也可以发现艺术形式包括语言并没有相对独立的地位，其价值和意义依赖于"生活体验"和"生命体验"，后二者才是使作家获得"艺术体验"的最终的合法的价值依据。如此来看，通过阅读经典文学作品而进行的"艺术学习"也大体归结于对作品中的作家生活体验生命体验及其载体传达的学习，形式和语言的相对独立性和能动性并未被陈忠实所关注和重视。

事实上，在陈忠实的每一次精神和思想"剥离"过程中，生活体验、经典阅读（艺术学习）和形式语言探索对于他几乎是同步进行的。具体到创作中，"应该说艺术和思想是互为交融的，一个新的艺术形态不会孤立地从天而降，它是与那种新的思想在穿透历史的过程中同步发现、同步酝酿、同步创造而成的"④。第一次剥离，

---

① 陈忠实：《寻找属于自己的句子》，上海文艺出版社2009年，第45页。

② 同上。

③ 同上。

④ 陈忠实：《文学的信念与理想》，《陈忠实文集》第7卷，人民文学出版社2015年，第336页。

由于现实生活和中国社会发生的巨大变动，联产承包责任制的施行宣告了合作化的失败，陈忠实陷入苦恼和困惑之中。但《班主任》发表透露的"新时期文艺复兴"曙光，让他感受到文学回归艺术规律自身的时代来临，1978年10月，在文化馆上班的陈忠实开始短篇小说创作，阅读莫泊桑和契诃夫这两位短篇小说大师的作品，尤其集中阅读以故事结构小说的莫泊桑，反复琢磨，拆卸组装，"就是一种解剖式的读法，是一种纯粹的学习，谋篇布局、遣词造句等。经过一个冬天的阅读，1979年到来的时候，我的自信心就增强了。我就开始写我的短篇"①。这一时期短篇小说《信任》的获奖，标志着陈忠实完成了第一次剥离，进入了第二个写作过程。1980年代中期，尤其是构思《白鹿原》的1986和1987年，是中国文学各种思潮流派、各种思想和艺术探索风起云涌标新立异的时代，陈忠实满怀兴趣地阅读了这些风格形式各不相同的作品，并为寻找《白鹿原》的结构特意阅读王蒙的《活动变人形》和张炜的《古船》。同时，他还阅读了给他重大启示的马尔克斯的《百年孤独》《霍乱时期的爱情》等名著，由此获得了对生活体验与生命体验的理解。与此同时，市场经济杠杆对精神生产和文学生产的介入，更从外部逼促陈忠实考虑寻找一种形象化的叙述和新的语言形态。关于这一点，陈忠实说："关于语言的重要性无需阐释，对我来说最现实的困难是，如何把半个世纪里发生的较为错综复杂的故事和较多的人物既能淋漓尽致地表达出来，又不致弄得太长，为此必须找到一种适宜的语言形式和语言感觉。"②为了找到《白鹿原》写作的语言形式，陈忠实"试着写了两三个短篇，其中我比较满意的是《轱辘子客》。……于是我心里有数了，把这种高密度的语言形式确定

---

① 陈忠实：《文学的心脏，不可或缺——与〈解放日报·周末刊〉高慎盈的对话》，《陈忠实文集》第10卷，人民文学出版社2015年，第402页。

② 陈忠实：《关于〈白鹿原〉与李星的对话》，《陈忠实文集》第5卷，人民文学出版社2015年，第369页。

下来了"①。关于语言感觉，陈忠实觉得"似乎不大说得清楚，它蕴含当时的社会气氛和不同人物的生活形态，而且蕴含着作家的情绪、气质和理智等"②。由此可见，形式和语言是需要探索和"寻找"的，需要一个曲折艰难的体会和摸索过程，这就需要回到小说本身，从"故事""人物"以及所表现的历史与现实生活自身，从其存在和发展变化的脉络里去触摸、寻找，而不是由生活体验和生命体验自然生成。形式和语言对主体体验的赋形并不落后于体验本身，但它们也需要做特别的对待和处理，根据陈忠实自述，《白鹿原》草拟稿写作完成用时八个月时间，"后来的正式稿基本上保持了草拟稿的原貌，只是在文字上进行了全面的润色"③。这可以说是文字之不可忽略的重要性和相对独立性的一个例子：这已经不是个别文字的调整和修改，而是寻找一种更为贴切、切近的传达作家生活体验和生命体验的表述方式，一种"寻找属于自己的句子"但又不限于字词句的具有深度的象征性行为实践。另外一个例子是，正如陈忠实所说，《百年孤独》式的魔幻现实主义只能是马尔克斯在拉美土地上创造出来，而不可能产生在欧美或中国，但《白鹿原》中的鬼、神、白鹿和白狼传说却很难说不是受马尔克斯的启示，即便不是正面启示也是侧面提醒吧。形式和语言的适度陌生化，不仅不会造成阅读和理解上的障碍，还会收到重新审视、观照和反思历史生活和现实生活以及文学本身的美学效果，过于平直俗套的叙述形式和语言，恰恰是感受和体验生活生命的有形无形的限制，包括蔡葵在内的众多评论家和读者之所以被《白鹿原》第一句话"白嘉轩后来引以为豪壮的是一生里娶过七房女人"所吸引，未尝没有它对《百年孤独》首句句式借鉴所造成的陌生化美学效果的

---

① 陈忠实：《关于〈白鹿原〉与李星的对话》，《陈忠实文集》第5卷，人民文学出版社 2015 年，第 369 页。

② 同上。

③ 陈忠实：《创作成就取决于作家的敏感、深刻和独特——与西安工业大学人文学院邰科祥教授对话》，《陈忠实文集》第9卷，人民文学出版社 2015 年，第 529 页。

因素。

如果说，在第一次剥离中，莫泊桑、契诃夫们的短篇小说文体、结构对陈忠实走出"极左"文艺观念和写作模式——"革命现实主义"、获得"真正的文学"的实践成果，起了重大作用；那么，在第二次剥离中，同样是来自异域的魔幻现实主义文学，不仅使其获得对"民族历史"和"传统文化"的自觉意识，也使其获得了突破既有现实主义叙事模式的神秘文化资源并融入叙述中，成为《白鹿原》叙述美学的标志之一。这些都从不同方面说明叙述和语言自身所具有的意识形态性和相对独立的艺术地位。此外，《白鹿原》形象化叙述问题恐怕也并非生活体验和生命体验乃至人格问题所能直接阐明的，其中既有对柳青"人物角度"叙述的借鉴，也有处于商品经济冲击下如何解决小说的篇幅和规模的考虑①，这自然不在两种"体验"和"思想""人格"范畴之内。

其次，陈忠实的人格论述同样存在可以思考的诸多问题。进入90年代后，"人格"成为陈忠实阐述文学和作家作品时时常提到的一个词，这也是进入陈忠实尤其是晚年陈忠实思想和创作的一个关键词。因此，围绕它而产生的一些问题，如为何特别提出作家的人

①　陈忠实自述："你写的小说得有人读，你出的书得有人买。出版社刚刚实行的市场经济理论和运作方式，无论多么深奥多么陌生多么冷硬，具体化对象化到我头上的时候，就变得如此简单。唯一的出路，必须赢得文学圈子以外广阔无计的读者的阅读兴趣，是这个庞大的读者群决定着一本书的印数和发行量。此前也不是没有想到这个层面的读者群体，却确凿没有形成至关致命的心理压迫和负担。这种心理压迫的直接效应，使我很快确定这部小说的规模。构思的近两年的时间里，就其规模而言，虽然尚未完全确定，却一直偏重于写成上下两部。我是就已经酝酿着的较多的人物和他们较为复杂的人生故事，需得上下两部才能完成，每部大约30—40万字。唯一犹豫不决的因素，是我的阅读习惯不喜欢多部规模的小说。……当市场经济运作的无情而冷漠的杠子横到眼前的时候，我很快就做出决断，只写一部，不超过40万字。之所以能发生这种断然逆转，主要是对这本书未来市场的考虑。如果有幸顺利出版，读者买一本比买两本会省一半钞票，销量当会好些。"参看陈忠实：《寻找属于自己的句子》，上海文艺出版社2009年，第57—58页。

格问题，陈忠实论域中"人格"的基本内涵是什么，如何理解陈忠实关于人格和文学关系的论述，如何评价陈忠实对人格、人格与文学的关系的认识，等等。是解读陈忠实及其文学思想的一把钥匙。

对于陈忠实"人格"论述，深入研究的成果并不多。李星认为这是陈忠实与市侩哲学的剥离，体现着陈忠实"自己将自己举起来"的人格力量和意志力量，这实际上是延续陈忠实本人"三次剥离"的历程，将其人格论述视为第四次剥离，是陈忠实本人人格力量和人格境界的完全实现。他认为："'身是菩提树，心是明镜台，时时勤拂拭，莫要染尘埃。'陈忠实的追求精神、人格力量让人想到了这种始终不渝的宗教人格境界"①。相对于李星极高而又极简的评价，李建军从"文学是一种典型的人格现象"这一认识出发，结合陈忠实的家庭教育、读书经历、现实生活和陈忠实文本的解读，较细致全面地剖析了陈忠实文化人格的倾向及其内在的复杂性。李建军认为"人格是影响作家写作的重要因素。人格最终制约着作家的写作"，这种认识与陈忠实是相同的，但他进一步指出："如果没有积极的批判型人格，就不会有真正意义上的现实主义文学"。这是李建军与陈忠实"人格论"的根本差异，正是基于这种认识，李建军认为："陈忠实的《白鹿原》为我们提供了正面的经验，而他的消极性质的写作，则提供了大量的反证。"② 具体来说，他认为陈忠实"在一个时间段内，他就具有反思的勇气和批判的锋芒，就会进入动态人格和批判型人格状态，例如，在写作《白鹿原》的时候，他就是这样"③，李建军同时又敏锐地看到："然而，一旦结束这种非凡性质的写作，回到日常生活的情境里，他的人格便重又回落到了静态人格的水平，表现出对现实和生活的认同意识和妥协态度。他接受了很多原本应该拒绝的外部干扰和社会指令，

① 李星：《走向〈白鹿原〉》，《文艺争鸣》2001 年第 6 期。
② 李建军：《陈忠实的蝶变》，二十一世纪出版社集团 2017 年，第 398 页。
③ 李建军：《陈忠实的蝶变》，二十一世纪出版社集团 2017 年，第 388 页。

做了一些徒然费时劳力的无价值的事情。在文学写作方面，随着批判人格的萎缩和批判精神的弱化，他的现实主义写作的内在激情和突进力量也随之丧失。"[1] 他认为，从人格基本状况上看，"陈忠实的人格属于认同型人格，而不是批判型人格。"李建军阐释道："认同意味着丧失距离和接受一切。过度的认同意识会极大地瓦解一个作家的怀疑精神和认知能力。相反，批判则意味着距离，意味着对一切问题和现象都保持理性的质疑态度，甚至要保持一种'驾之而东'的超越心态。然而，陈忠实却不是一个具有彻底的批判精神和反思勇气的作家。他常常不由自主地接受可疑的判断，甚至会勉为其难地为它辩护。"[2] 应该说，李建军对陈忠实文化人格的分析是尖锐的，也是切中肯綮和建设性的。在此基础上，我们可以换个角度，从陈忠实的创作历程和实践中，具体分析陈忠实论域中的"人格"问题，以及人格与文学的关系。

如前所述，陈忠实将人格与作家与文学联系起来，大约是在1995 年。如果从陈忠实文学思想内部考察，可以说，人格问题的提出是基于"体验"和"思想"基础上的延伸性思考，也可以说是陈忠实在构思和创作《白鹿原》过程中一直在关注和思考的问题。

《白鹿原》的构思和写作是一个陈忠实将自己对民族文化历史进行现代理性思考融入其中的过程。80 年代的文化热、文学的主体性的讨论、对文学本体性的关注，以及生命本体意识的复苏等各方面的影响和渗透，处于这个强大且繁复的话语场域之内的陈忠实，才获得了突破自己思想和艺术局限的丰富资源，才使其自我批判达到了前所未有的深度，穿透了对时代、现实、农民和建立在观察基础上的生活经验。看上去还是乡村，还是农民，还是扎根于此乡此土，还是强调历史与现实与未来的关联性，但彼与此却有根本的区别，农民不仅是农民，乡村不仅是乡村，历史、现实与将来

---

① 李建军：《陈忠实的蝶变》，二十一世纪出版社集团 2017 年，第 389 页。
② 李建军：《陈忠实的蝶变》，二十一世纪出版社集团 2017 年，第 397 页。

之间不再是顺时序的无缝对接和流畅自然起承转合的过渡。这是一场悄然进行的革命，它之所以能够发生，原因正如研究者指出的："现代意识的获得与不断强化构筑了陈忠实 80 年代后期审美空间的新的精神质素和思想核心。它必然给陈忠实作品带来新的艺术风采。"[1] "以现代意识对我们民族进行整体性历史性思考，这种自觉，始于陈忠实对农民命运的思考转向对农民赖以生存的土地的思考，土地在这里已不再只是耕种好生存栖息地，它是民族生存空间和时间的总体性存在、历史性存在"[2]。正是因为有着对历史、文化和人性的现代理性思考和现代人文精神，陈忠实才在《白鹿原》中展现出强大的历史思考力量和美学力量，他以现代重新发现、激活了传统，也赋予现代以更为斑驳的色彩和更为繁复的旋律。被重新发现和诠释的传统，不仅是小说人物塑造的文化依据，蕴含一个民族深层文化意识结构，在深层勾画出一个民族历史发展的精神脉络，更是一个人一个民族走向未来和立足世界的根基与依据。《白鹿原》也因此具有了思想意识和价值观念上的杂糅性，矛盾性。这一点，早在小说出版当年，就为雷达所指出："我始终认为，陈忠实在《白鹿原》中的文化立场和价值观念是充满矛盾的：他既在批判，又在赞赏；既在鞭挞，又在挽悼；他既看到传统的宗法文化是现代文明的路障，又对传统文化的人格魅力依恋不舍；他既清楚地看到农业文明如日薄西山，又希望从中开出拯救和重铸民族灵魂的灵丹妙药。"雷达认为："这一方面是文化本身的双重性决定的，另一方面也是作者文化态度的反映。如果说他的真实的、主导的、稳定的态度是对传统文化的肯定，大约不算冤枉。"[3]

---

① 王仲生、王向力：《陈忠实的文学人生》，陕西师范大学出版总社有限公司 2012 年，第 109 页。

② 王仲生、王向力：《陈忠实的文学人生》，陕西师范大学出版总社有限公司 2012 年，第 109—110 页。

③ 雷达：《废墟上的精魂〈白鹿原〉论》，《文学评论》1993 年第 6 期。

陈忠实自初中时代起，对文学书籍的阅读主要集中在现当代文学和翻译的外国文学作品，对于中国古典文学涉及甚少，在《白鹿原》的构思、查阅县志、《乡约》和写作的过程中，开始进入传统思想文化领域中，《白鹿原》修改稿交稿后，发生了对中国古典诗词的浓厚兴趣，开始写诗填词。他自述："尽管未能接受高等文科教育，深知国学基础浅而又薄，然几十年来仍然兴趣专注于现当代文学和翻译文学作品的阅读。这回突然发生的阅读中国古典诗词的兴趣，也并非要弥补国学基础的先天性不足，再说年届 50 记性很差为时已晚了，可以说是没有任何功利目的的纯粹欣赏的兴趣。我后来想过，这种欣赏兴趣的发生，在于古典诗词的万千气象里的诗性意境，大约是我刚刚完成小说写作的长途跋涉之后所最渴望沉湎其中的。"[1] 2002 年，在与李国平的对话中，陈忠实再次谈道："我不太重视传统的文学，这也许和我接受的教育有关，古典文化、古典文学是我文学资源里薄弱的一面，现在补课的欲望强，但理解快，记忆力差。"[2] 在我看来，《白鹿原》的写作以及围绕着它前前后后的整个过程，让陈忠实前所未有地接触了民族历史和传统文化与文学，深切地体会和感知中国思想文化中的魂魄，他所说的"万千气象"不只在"诗性意境"方面，也在民族文化神髓、民族文化精神和传统道德传统美学等方面。

为承续传统文化脉络，弘扬民族文化优秀品格，陈忠实等陕西文艺界人士发起成立白鹿书院，并任院长。陈忠实在书院成立大会讲话中，从中国传统文化中的"白鹿"图腾谈起："在我们传统文化乃至民族心理意识里，白鹿是吉祥、和谐、纯洁、美好和超凡的一种象征性图腾，上至王宫下至庙堂乃至民居宅院都有鹿的各种生动壁画和雕刻。"书院的命名则体现着对民族文化进行传承和开

---

① 陈忠实：《寻找属于自己的句子》，上海文艺出版社 2009 年，第 161 页。
② 陈忠实：《关于 45 年的答问》，《陈忠实文集》第 7 卷，人民文学出版社 2015 年，第 328 页。

拓，继民族传统文化之精髓，开民族现代建设与发展之未来的宗旨，"以白鹿来命名书院，就是想创作一种和谐纯净的学术探讨和文化研究氛围，这种和谐与探究的精神与我们所要创造和谐社会的精神是一致的"①。与"白鹿"这一带有鲜明深厚的民族性本土性色彩和蕴含的文化符码相似，"书院"也是中国传统文化与学术授受、传承、薪火相传流转不息之地，承担传道授业解惑之重责，同样是中国传统文化与学术的图腾性符码。正如陈忠实所说："书院是教育和学术研究机构，同时它又是一种文化和精神的象征。"② 小说《白鹿原》中的白鹿书院即以清末举人牛兆濂主持的蓝田县的芸阁学舍为原型，后者则是宋代关学代表人物吕大忠、吕大防、吕大均、吕大临所修"四献祠"为基础拓修而成。基于对书院的传统性、民族性、文化性和学术性的认知，"白鹿书院"的创建和命名，便有着相应的明确宗旨和诉求，其一，承传传统文化血脉，研讨其现代性可能与生机，如陈忠实所言："承继中国传统文化精华和风神秀谷，以白鹿书院为平台，广泛团结、联系国内外的学者、评论家和作家并开展游学、讲学、讨论等交流活动，让传统文化在现代化进程中焕发生机。"陈忠实尤其强调对关中儒学的研讨："白鹿书院诞生在古长安这块具有深厚文化底蕴的土地上，我们将会开掘源远流长的关中文脉、关学精神，探索促进传统文化向现代转型的新途径。"③ 其二，将文学、艺术的创作、研究与社会、历史、人的生存状态的研究联系起来，在大文化视野内，做综合性、宏观性、具有当代问题意识和普遍性意义的研究。"书院的研究课题将对现实问题和人类普遍面临的问题，既从文学和艺术的角度，也从思想理论的角度，以及学术的角度进行研究和探讨，争取对我们的生活发

---

① 陈忠实：《白鹿回到白鹿原》，《陈忠实文集》第 8 卷，人民文学出版社 2015 年，第 107 页。

② 同上。

③ 同上。

展做出富于建设性的建树"①，等等。

　　陈忠实对"人格"及其与文学、作家问题的反复强调，是《白鹿原》创作主旨和文化思考的延续。正如雷达所看到的《白鹿原》中那些传统文化的精华部分，如"传统文化的人格魅力"以及作者"希望从中开出拯救和重铸民族灵魂的灵丹妙药"的愿望，是"后《白鹿原》时代的陈忠实所特别关注和思考的。同时，雷达所言："如果说他的真实的、主导的、稳定的态度是对传统文化的肯定，大约不算冤枉。"②也颇为契合此时陈忠实的传统文化认同态度。陈忠实谈论"人格"问题基本还在于对他影响最深、他也深为认同的中国传统道德范畴的儒家文化人格思想范畴之内。陈忠实认为："在作家总体的人生姿态里，境界、情怀、人格三者是怎样一种相辅相成的关系，是一个很值得研究的话题。"③他的看法是："人格对于作家是至关重大的。人格限定着境界和情怀。"④在谈到"人格"时，他经常使用的相关语词包括"人格操守""人格质地""人格尊严""人格品相""变节""守节""良心""境界""人生情怀""人生境界""精神情怀""精神坚守""道德崇尚""知识分子精神操守""灵魂的纯净""投机""污秽""龌龊""污浊""黑暗""阴暗""人格卑下""丧失良心""平庸""尘俗"等。尽管陈忠实并未直接阐释其使用的"人格"的内涵，但通过"人格"的具体运用，可以看出，其"人格"一词是在传统文化尤其是儒家价值体系内被阐说的，以"仁"为德性伦理的核心，强调诚意、正心、修身、齐家等个体道德修养，通过道德自律和内心修炼做一个高尚

---

①　陈忠实：《白鹿回到白鹿原》，《陈忠实文集》第8卷，人民文学出版社2015年，第107页。

②　雷达：《废墟上的精魂〈白鹿原〉论》，《文学评论》1993年第6期。

③　陈忠实：《解读一种人生姿态》，《陈忠实文集》第7卷，人民文学出版社2015年，第355—356页。

④　陈忠实：《解读一种人生姿态》，《陈忠实文集》第7卷，人民文学出版社2015年，第356页。

的君子，此为以涵养德性为中心的德性伦理、"成己之学"。儒家价值体系的另一构成是以此为基础的规范伦理、"成德之教"或"成王之学"，即治国、平天下，强调每个人恪守"礼"，形成和谐有序的社会秩序。但历史和现实都昭显了儒家德性哲学带有浓厚的理想主义色彩，无论对个体还是对社会，它都没有达到自己的目标，既有对修身者个人心性的压抑而出现大量的"伪君子""真小人"，又有对礼制的过于强调而造成社会成员权利和义务的严重失衡，从而扼杀人性、抑制个人权利。从思想认识上说，陈忠实通过《白鹿原》中白孝文、田小娥等人物写出了儒家文化压抑人性的一面，通过鹿子霖等写出了儒家文化造成的"伪君子""真小人"，但在他看来，白嘉轩、朱先生等人所代表的儒家文化精华和神髓更应该是当代社会和谐和道德建设应该汲取的，从理论上说这没问题且有其合理性和必要性，但正如陈忠实自己也认为的那样，白嘉轩和鹿子霖并非对立的两极，而是共生互补的关系。李建军谈到陈忠实的"人格"论题时，从其所受影响的角度，做了如下阐述："毕竟，从很小的时候起，他接受了那些'克里斯玛'（charisma）人物的影响，接受了那些曾经不容置疑的绝对观念。他从自己所认同的人物那里，获得了一种认识生活和人生的绝对观念和固定标准。受此观念和标准影响，他甚至会莫名其妙地赞美那些几乎毫无人格的人的'人格'，他完全忘记了，正是这样的人，曾经严重地伤害过他自己和他最尊敬的人。"[1] 何以如此？李建军认为，这与陈忠实的人格状况有关："像我们这个时代的很多作家一样，陈忠实的人格状况，也呈现着时代所赋予他的复杂性。如果心怀非凡的文学理想，充满实现这文学理想的激情，那么，陈忠实就会进入到情绪饱满的创作状态，在一个时间段内，他就具有反思的勇气和批判的锋芒，就会进入动态人格和批判型的人格状态，例如，在写作《白鹿原》的时候，他就是这样。……然而，一旦结束这种非凡性质的写作，回到

---

① 李建军：《陈忠实的蝶变》，二十一世纪出版社集团 2017 年，第 398 页。

日常生活的情境里，他的人格便又回落到静态人格的水平，表现出对现实和生活的认同意识和妥协姿态。他接受了很多原本应该拒绝的外部干扰和社会指令，做了一些徒然费时劳力的无价值的事情。在文学写作方面，随着批判人格的萎缩和批判精神的弱化，他的现实主义写作的内在热情和突进力量也随之丧失。"① 从另一个方面看，陈忠实的静态人格和认同型人格状态与他所接受的儒家文化浸染和认同直接有关，尽管他反复强调"人格"不止于品行、品德等个人修养，而是关乎作品的深刻与否、境界高低，但他并未对"人格"问题做出系统深入的思考，或许这在信仰儒家人性本善论的陈忠实看来是个无须辩论的真理或不言自明的事实而已。现代意义上的"人的建设"直接关系着现代主体人格建设，社会批判、文化批判的力度和深度，来自自我批判、自我否定的力度和强度。

陈忠实关于作家与"思想"关系问题的关注，同样是对现实的有感而发。他认为："作家的思想穿透力远远没有达到'五四'时代新文化先行者对于历史认识的力度。对现实生活的表现和揭示，也还是停留在对当代共产党人的清官和贪官的浅层次辨析上，很难进入一种对人的心灵的观照，难以进入处在这个时代中人民心灵的欢畅和痛苦的那种本质上的观照，而这恰恰是文学作品应该全力关注的东西。……作家创作要提升档次，有文字表现能力问题包括一些新的表现手法、艺术形式等，对许多作家来说都不成问题，那还剩下什么制约着作家不能进入一个新的创作境界？那就是思想和体验。如果思想无法穿透生活深度，不能超出普通人许多，那么作品怎么会有思想的力度和深度的东西，自然不会引起读者的兴趣了。任何时代哪个作家都是这样的。当然，最近我总是讲作家的思想确也是有感而发的。"② 这是陈忠实忧虑于 90 年代以来中国小说包括

① 李建军：《陈忠实的蝶变》，二十一世纪出版社集团 2017 年，第 388—389 页。
② 畅广元：《陈忠实关于文学信念的谈话》，冯希哲、赵润民编：《走近陈忠实》，陕西人民出版社 2006 年，第 47 页。

电视剧中的"帝王热",尤其是皇权崇拜和对阴谋权力的热衷,缺乏对专制权力思想和独裁思想的穿透和批判,在歌颂皇帝的作为同时,不能看到和表现其残酷残忍无人性的一面等等问题的不满、忧虑和忧患。这些帝王小说和电视剧不能说没有"思想",但这里的思想显然不是以民主、科学、自由、人道主义为核心的现代思想,而是皇权思想、封建等级观念、专制独裁思想等反现代、反民主、反自由的野蛮落后的思想。由此可见,陈忠实显然有着现代民主自由观念和现代人道主义和人性思想。倘不如此,陈忠实也不会写出《康家小院》《蓝袍先生》《四妹子》,尤其是《白鹿原》这样的反思传统思想文化、伦理道德观念的优秀作品。但正如李建军所指出的,陈忠实"本质上是一个朴实而又诚实的经验型作家,虽然有一定思想能力,但却很难说是一个思想家","他对'思想'的认识,都是常见的流口常谈,实在说不上有多么深刻。他既没有对'思想'概念作必要的界定,也没有说明作家的思想应该具备什么样的性质和特点"[①]。这一判断虽显苛刻,却也切中肯綮。兼具独到性和深刻性、批判性和建设性之思想的匮乏,无疑是制约着包括陈忠实在内的大多数中国作家文学创作的瓶颈。

---

① 李建军:《陈忠实的蝶变》,二十一世纪出版社集团 2017 年,第 400、401 页。

第九章　传统的发明与现代性焦虑
——《白鹿原》论之一

　　卢丝·本尼迪克特说："上帝就给每个民族一只陶杯，从这杯中，人们饮入了他们的生活。"① 民族传统，往往是惯性积累中，风俗礼仪、典章制度、文化心理缓慢形成的"观念核心"，并不断与外界碰撞、融合。70 年代末中国新启蒙运动，重新解释、确认传统，为"面向世界和未来"的现代化中国提供新想象蓝图，成了意识形态对文学的迫切要求。于是，寻根小说便以"民族的，也是世界的"的姿态，寻找被遮蔽的民族记忆："在民族的深层精神和文化物质方面，我们有民族的自我。我们的责任是释放现代观念热能，重铸和镀亮这种自我。"② 然而，"寻根"不仅刻意凸现那些被革命叙事遮蔽的文化传统记忆，且那些文化记忆，马上又被重新区隔，以内部"边缘—中心"的想象"复制"并"认同""中国—西方"的外部文化权利关系。这种被发明的"记忆与认同"，1990 年代后，渐渐从"边缘—中心"的"空间选位"，走向"传统记忆发明"找寻主体性的"时间选位"，并逐步形成"文化复兴现代中国"的新民族国家叙事。90 年代，改革开放逐步改变社会原有结构和功能，伴随经济崛起，是中华民族国家主义的觉醒。"中华民族的文化复兴"等文化民族主义呼声水涨船高。一个文化独立，并超越西方的"中国现代性"宏大主体，就成了新的塑造目标。这种情况

① ［美］卢丝·本尼迪克特：《文化模式》，王炜译，三联书店 1988 年，第 1 页。
② 韩少功：《文学的"根"》，《作家》1985 年第 1 期。

下，对传统的"边缘想象"就变成了"主体想象"。

但是，传统的空间发明并非清晰可见，却更多表现为前现代、后现代与现代各种意识的混杂。启蒙叙事整体破裂后，一方面，受压制的"社会记忆"亡灵，以"个性化"面孔复活，风水占卜、佛教与道教、气功秘籍等文化，仅凭借"民族文化瑰宝"的旗帜，就可风行一时；另一方面，"缺失"意味"不满足"，被"现代意义"想象出来的传统，在小说中反而展现出对"宏大叙事"思维的渴求，如"儒学复兴"。很多学者认为"儒学就其形式而言，根本不能承载现代性的人性启蒙使命"，而另有一些学者，却从文化民族主义的立场，给予积极评价。季羡林就撰文指出，21 世纪是中国人的世纪，儒学必定重新获得复兴[1]。

然而，以传统记忆为标志的新民族国家叙事，依然面临合法性危机。一方面，在 90 年代全球化图景下，我们对"现代化"的想象越来越趋同，以致"扭曲了"发明的传统记忆，呈现出"怪诞"组合方式；另一方面，民族文化传统，又顽固地以"挽留"姿态，强行"嵌入"现代化想象，暗示民族国家叙事的"不可能性"。一些小说纷纷在"新儒学""文化保守主义""新文化民族主义"等旗号指引下，既反思西化思潮，又反思文化传统的缺失，形成了以长篇巨制为代表的"传统热"。"叙事就是对时间序列里发生的事件进行描述的一套有组织的话语体系。"[2] 时间纵轴上，当历史回忆出现不同阐释类型，"被发明"的传统，就在现代性总体范畴内，扩展小说经验的表现领域和主题，重新讲述"过去的故事"。这些"复兴传统文化"的小说，很快便在文坛"寻找史诗"的冲动和"重塑民族文化自信"的鼓吹之下，变成了新的"宏大寓言"。

---

[1] 参见季羡林《21 世纪东方思想的展望：国际学术研讨会论文集》，北京大学出版社 2005 年。

[2] 陈晓明：《"历史终结"之后：九十年代文学虚构的危机》，《文学评论》1999 年第 5 期。

以下，我以《白鹿原》为例，对90年代中国长篇小说"传统形象"进行分析。陈忠实以厚重的文化底蕴，磅礴大气的史诗风格，为20世纪上半叶中国变迁写下了另辟蹊径的"民族秘史"。何西来说："陈忠实的《白鹿原》是90年代中国长篇小说创作的重要收获之一，能够反映那一时期小说艺术所达到的最高水平。"[①]《白鹿原》对"文化复兴的现代中国"的新民族国家叙事主体构建具有重要作用。它以儒家宗族文化的记忆重现、乡土中国的两性奇观、历史理性与伦理传统的悖论交织，构成了90年代中国小说民族国家想象的新景观。

第一节　现代视野下乡土中国儒家化的宗族文化

这部小说的一个重要时间性经验，就是恢复乡土中国"宗族"概念的潜在社会记忆，以儒学与宗族文化的结合，并以宗族文化的地方性，象征中国文化在当代世界格局中的"边缘性地位"，为民族国家叙事的新主体性形象。费孝通指出，中国传统社会是差序格局："我们的格局不是一捆一捆扎清楚的柴，而是好像把石头丢在水面上发生的一圈圈推出去的波纹，每个人都是他社会影响所推出去的圈子的中心。"[②] 这种私人化人际关系网络，其最密切联系方式，就是宗族。《尔雅·释亲》："父之党为宗族。"《墨子·明鬼下》："内者宗族，外者乡里。"宗与族也相依赖存在，同宗者，必同一血缘，共祭同一祖庙；同族者，必有共同所亲之祖。宗族统治，是乡土中国最稳定的自治形态，它以"长老统治"的"教化性权力"维持运作，以儒家化宗法约束族人，对内有教化、经济互助、惩罚

---

① 何西来：《〈白鹿原〉评论集》，人民文学出版社编，人民文学出版社 2003 年，第14 页。

② 费孝通：《乡土中国》，三联书店 1985 年，第 23 页。

和奖励族人和决定族内公共事务的功能，对外则有争夺宗族利益的械斗、复仇、接受官方法令、抗灾等功能。宗族是儒家化统治基石，必须在尊重官方统治合法性基础上存在，是"不完整"的道德威权。同时，它与官方保持距离，具一定独立性，并实施部分政府行政职能。宗族制度，既压抑个人独立精神的发展，又为社区共同体的想象提供了稳定话语资源，甚至在一定情况下，成为民间朴素爱国主义的来源①。自己赋予自己规约的权利，对宗族来说不容置疑。它的作用不仅凌驾法律之上，甚至在礼仪问题上，也是反法律的。② 现代性话语，"宗族"文化作为封建代表，被现代性所批判，宗法制度被看作"束缚中国人民特别是农民的四条极大绳索"③ 之一，无论启蒙文学，还是阶级革命文学，多强调宗族文化负面影响，将之作为前现代中国因素而隐匿于时间经验的表述主体之外。但 1990 年代后，这种情况发生很大改变，以《白鹿原》为代表的一批小说，重新发掘这种文化的现代性意义，恢复作为时间经验的宗族文化的历史性想象，为"文化复兴的现代中国"的民族国家叙事提供新时间性资源。

小说《白鹿原》对宗族文化给予了很多正面肯定，这种肯定，大多集中在白嘉轩与朱先生。白嘉轩是宗族社会代表："白嘉轩就是白鹿原。一个人撑着一道原。白鹿原就是白嘉轩。一道原具象为一个人。"④ "白鹿"是白鹿宗族文化象征，也是更广泛意义上的儒

---

① 张国俊指出："乡土共同体的个体们，便都有了族与家共存亡的宗族集体意识，这种族与家共存亡的宗族集体意识引申开来，小则体现在落叶归根、故土难移的心理定势上，大则体现在国与家共存亡的民族整体意识上。"张国俊：《中国文化之二难（中）——〈白鹿原〉与关中文化》，《小说评论》1998 年第 5 期。

② 参见 ［德］ 马克斯·韦伯《儒教与道教》，王容芬译，商务印书馆 1995 年，第142—143 页

③ 毛泽东：《湖南农民运动考察报告》，《毛泽东选集》1 卷，人民出版社 1955 年，第 33 页。

④ 陈忠实：《寻找属于自己的句子——〈白鹿原〉写作手记（连载六）》，《小说评论》2008 年第 4 期。

家化宗族文化的象征。如保罗·康纳顿所说:"我的宗族,我的宗支,我的名字,我的族徽,所有这些词语,不断地指向拥有者的天生品质,理想化地表达这些品质,同时,它们以某种缥缈的方式暗示明显与肉体有直接关系的某种东西:血统。"[1] 白嘉轩以其人格被想象为儒家宗族文化的"白鹿精魂",而宗族文化也就被想象为建立在白氏历代族长牺牲精神下的"血缘和地域"的天然认同,继而被扩大到"乡土中国"认同。白嘉轩不仅设乡约,调纠纷,赈灾民,以钢钎穿腮为民求雨,领导村民打白狼,抗瘟疫,且对来自官方的不合理要求,同样敢于挺身反抗。他策划交农事件,领导农民抗税,对田福贤和鹿子霖鱼肉乡里的行径嗤之以鼻。更令人震撼和感动的,他对长工鹿三如待亲人,对打折过他腰的黑娃,更是以德报怨。他遭受兵灾、旱灾、瘟疫和亲人的背叛,却从不言败,而是以耕读传家的祖训,鼓励儿子孝武。于是,在以白嘉轩为首的"卡里斯玛"型主体人物代表下,宗族文化也充分展示了伦理上的道德魅力,百姓安居乐业、轻徭薄赋,民风正直淳朴,恪守儒家孝悌的乡土中国美好想象,展现出了巨大精神示范作用和现代反思性:"白鹿村的祠堂里每到晚上就传出庄稼汉们粗浑的背读《乡约》的声音,从此偷鸡摸狗摘桃掐瓜之类的事顿然绝迹,摸牌九搓麻将抹花花掷骰子等等赌博营生全都踢了摊子,打架斗殴扯街骂巷的争斗事件再也不发生。"[2]

他隐忍而强悍的人性姿态,在 20 世纪中国现代性进程中,像狂风中的劲草,显现出"白鹿精神"深刻的本土精神资源优势。朱先生、冷先生和徐先生等,则代表一系列宗族内儒家知识分子。白嘉轩和朱先生,象征传统民间儒学在理念和实践上的体用关系。处于中间状态的则是冷先生和徐先生(一医一教)。他们恪守关学派创

---

[1] [美]保罗·康纳顿:《社会如何记忆》,纳日碧力戈译,上海人民出版社 2000 年,第 34 页。

[2] 陈忠实:《白鹿原》,人民文学出版社 1993 年,第 23 页。

始者张载的名言"为天地立心，为生民立命，为往圣继绝学，为万世开太平"，不但勇于入世，奋起反对侵略，为黎民百姓救灾免祸，且极为注重教化和伦理培养。朱先生调解白嘉轩和鹿子霖关于寡妇水田的争斗，他铲除鸦片，建立白鹿书院，并以"学为好人"人生信条，支撑白嘉轩的精神，改造黑娃人格。更可贵的是，他对现代性的怀疑，常显出超脱的睿智。可以说，朱先生的人物形象，不但填补了现代小说史儒学正面人物的空白，且为"文化复兴现代中国"寻找到可资挖掘的精神源头。

然而，"任何历史都是当代史"。陈忠实对儒家和宗族文化的想象，明显带有现代性意义。文化复兴的目的，不是复活旧时代亡灵，而是在新现代性纬度下，塑造历史悠久、文化深厚，却又在现代性道路上有独特魅力的民族国家形象。因此，现代思维下，儒家文化与宗族文化，并不能完全和它们的原始意义画等号，这也是作家的表述策略。小说中的儒家化的宗族文化，具有地域和民间色彩，即所谓"关学"，具强烈独立性和反抗性。交农事件中，白嘉轩勇敢地站出来反抗捐税："要给那个死（史）人好看！"白嘉轩、朱先生，更倾向于"农本"儒学。他们对"乡愿宗族"与"土地"抱有执着情感。所谓关中大儒，传统儒家的"忠"并不明显，而"仁义"却在乱世被凸现出来。如朱先生，一方面有强烈"济世"愿望，另一方面又不愿牺牲个人自由入"仕途"；一方面主张在田小娥的破窑上造塔镇妖，另一方面却又思想开明，宽容剪辫风波；一方面反对党派之争的暴力行为，另一方面又在公祭兆海时火烧日寇头发。这都说明这个大儒，并非纯粹封建意义上维护官方统治的大儒，而被赋予了民间"侠"的色彩和复杂现代意义。毛崇杰曾对朱先生是不是儒者提出疑问："'儒'只是朱先生的一个外壳。朱先生的每一件关涉政治道德的行为，立乡约，清营退兵，赈灾民……直到把县志稿本中的'共匪'改成'共党'，都不是来自朱先生自身之外的驱使，并无一是先圣遗训使然，有些甚至与儒教宗法制度相悖。"①

同时，我们也注意到，作为儒家文化和宗族文化的双重代表，白嘉轩与朱先生，是一体两面的存在，白嘉轩为儒家化的族长，掌握宗族势力；而朱先生则掌握教育权，为儒家化的士绅。而这两者的结合，既是作家对儒家乡土中国的回忆，又寄托着作家对现代性冲击的别样思考。与这两类乡土宗法社会代表人物相比，鹿子霖和田福贤，则代表着乡土宗法社会在现代性的冲击下的"变异"，他们心狠手辣、虚伪狠毒，淫荡无耻，最后都以衰败告终。尽管作家力求从客观角度，写出这些人物精神的复杂性和立体性。如田福贤对历史的洞察，鹿子霖的慷慨义气，但总体而言，是作为白嘉轩和朱先生的对立面来表现的。他们的"作恶"，恰在于现代性冲击下，"士绅"变成了"权绅"②，不是靠道德和知识树立权威，而是在中央集权解体，科举制度废除后，倚靠地方自治对绅权的加强。但这也导致了核心社会秩序的衰落。田福贤拉壮丁、杀农会领导等行为，都带有深深的现代烙印。对这一点，作家又表现出对现代社会的强烈质疑。如韦伯所说，儒教的理性是秩序的理性主义："儒教理性正因为如此才具有本质上和平主义的特征，这种性质在历史上逐步升级，直到乾隆皇帝在明史上写下：唯使生灵免遭涂炭者可治天下。"③陈忠实以和平与理性的诉求，反观现代性历史残酷的杀戮和道德崩坏的混乱，试图寻找超越西方现代性的途径。从民族国家叙事角度看来，朱先生之所以"似儒而非儒"，既因其现代意义，

① 毛崇杰：《"关中大儒"非"儒"也》，《文学评论》1999年第1期。
② 有论者指出，近代中国，士绅与团练结合，以"地方自治"为代表的现代性，不断冲击中央集权的乡土中国宗法制度，从而导致以"士"为特征的文化权威和社会权威的绅权体制化，变为了"士绅权绅化"。而这种地方自治，又在中国残酷的现代战争中被变异与破坏，变为士绅的"保甲"化，形成双重的专制，田福贤和鹿子霖的为恶，就清晰地体现了这一悖论般扭结的现代过程。见王先明《变动时代的乡绅——乡绅与乡村社会结构的变迁（1901—1945）》，人民出版社2009年7月。
③ ［德］马克斯·韦伯：《儒教与道教》，王容芬译，商务印书馆1995年，第221页。

也在于作家努力寻找传统儒学和现代性反思的结合点：通过对"宗族"历史记忆的恢复和重构，建立超脱于近代中国历史中官方专制与启蒙激进力量之外的第三种力量。而这种力量，更具稳定性和道德伦理优势。

第二节　乡土中国两性奇观：
民族文化史诗的内在焦虑

然而，我们能将这部小说看作为儒学和宗族文化"招魂"的作品吗？《白鹿原》问世后，在受到广泛好评的同时，也遭到很多诟病。这种指责主要集中在两个方面，一是乡土中国儒教化宗族传统与启蒙现代传统之间的碰撞，二是陈忠实想象传统，构建中国传统形象的方式。有的学者称："《白鹿原》在 20 世纪即将结束的年代为人们重构了一个陈旧不堪的没有半点思想深度的文化神话。"[1]有的认为，白嘉轩作为主体性人物，自身充满概念化和自相矛盾的地方[2]。而这些矛盾，更多集中在作家对两性关系构建上。有的学者坚称："由于作家对传统儒家文化有意和无意的认同态度，造成了叙述者性别观念上的落后与保守，流露出比较明显的性别偏见。从叙述者对不同类型人物形象的情感态度与价值判断以及对两性关系的描写都呈现出明显的男权意识的痕迹。"[3]是什么造成了陈忠实在两性关系构建时，打破儒学宗族传统和现代启蒙间的平衡呢？

发现被遗忘的历史，进行启蒙批判，陈忠实开始的创作动机，

---

[1] 袁盛勇：《〈白鹿原〉回归传统的平庸》，《青海师范大学学报》（哲学社会科学版）2001 年第 1 期。

[2] 参见孙绍振《白鹿原在艺术上的破产》，《网络与信息》1997 年第 7 期。

[3] 曹书文：《〈白鹿原〉：男权文化的经典文本》，《河南师范大学学报》（哲学社会科学版）2004 年第 3 期。

有强烈"写真实"的现实主义特征："我发现我家乡村子的历史渊源毫不知情……难道几千年来，他们只留下那些陶陶罐罐？……我很清醒地关注着，要尽可能准确地把准那个时代的人的脉象，以及他们的心理结构形态；在不同的心理结构形态中，透视政治的经济的道德的多重架构。"具体到两性关系，此时陈忠实还有启蒙的清醒："这块土地既接受文明也容纳污浊的历史演进中，封建思想封建文化封建道德衍化成为乡约族规家法民俗，渗透到每一个乡社每一个村庄每一个家族，渗透进一代又一代平民的血液，形成一方地域上的人的特有文化心理结构。在严过刑法繁似鬃毛的乡约族规家法桎梏下，岂容敢于肆无忌惮地呼哥唤妹倾吐爱死爱活的情爱呢？"① 然而，除了消费文化的外在影响，小说创作过程，强大的时间惯性力量，传统文化庄严温暖的伦理力量，塑造史诗的野心，结合对事物复杂性的探幽析微，都使陈忠实不断调整价值尺度。"文化心理结构说"（其实是文化决定论），也间接地让他以儒家宗法文化"概念"去认同白嘉轩②，进而把概念作为恒定标准，渗透入对两性关系的考量。一方面，他认识到小娥是封建宗法的受害者；另一方面，急于塑造卡里斯玛人物形象，重塑"民族国家秘史"的冲动，又让他顾此失彼，在貌似"现实主义悖论性统一"手法中，刻意突出白嘉轩"性能力"，以此比附他在文化上的强悍，与《祝福》的鲁四爷、《狂人日记》的大哥等"阴暗羸弱"的封建宗族形象形成对比，并将白嘉轩的伦理视角强加于小娥。这也反映了在小说艺术中，儒家宗法文化与现代性对接时"难以协调"的冲突。

---

① 陈忠实：《寻找属于自己的句子——〈白鹿原〉写作手记》，《小说评论》2007年第4期。

② "人物文化心理结构学说，人的心理结构主要接受并信奉不疑且坚持遵行的理念为柱梁，达到一种相对稳定乃至超稳定的平衡状态，决定着一个人的思想质地道德判断和行为选择，这是性格的内核。我在接受了这个理论的同时，感到从以往信奉多年的'典型性格'突突破了一层，有一种悟得天机茅塞顿开的窃喜。"陈忠实：《寻找属于自己的句子——〈白鹿原〉写作手记（连载三）》，《小说评论》2007年第6期。

具体到文本，小说不可避免地在白嘉轩这个主要人物身上，陷入了内在逻辑的自相矛盾。与白嘉轩高尚人格相比，作家却煞有介事地突出了"奇观化"的性能力，从而使得人物思维显现出不可缝合的裂缝。开篇写道："白嘉轩后来引以为豪壮的是他一生娶了七房媳妇。"六个女人的惨死，并没有在白嘉轩的心灵上留下过多痕迹，相反却带来了他的"豪壮感"，是"无与伦比"的性能力的"神话光晕"。他的目标，首先还在于"发家"，其次才在于传宗接代。女人不过是延续香火的工具，用"麦子和小牛犊"换来的家庭工具。他先以狡诈手段骗取鹿子霖的风水宝地，又偷偷通过种鸦片，给家庭带来财富。当上族长，他尽力维持权威，尽管性能力超群，却从不"奸盗邪淫"，始终对妻子之外的女性，保持高度克制。他将孝文赶出家，又冷酷拒绝帮助孤苦无依的小娥，最终使她走上不归路。他的"伪善"，还在于他与鹿三"和谐化"的主奴关系。黑格尔曾就"奴隶与主人"的关系，进行过一番阐释。奴隶之所以为奴隶，主人之所以为主人，就在于在原始社会后期社会阶层的争斗中，奴隶们放弃了"甘愿为名誉而赴死"的勇气，主人们则充分体现了"获得认可"的欲望。对这种关系进行美化，是建立在人性善论调基础上的，对人个体精神的否定。幼小的黑娃，敏感的心灵，暴露了温情脉脉背后的不平等："白嘉轩大叔总是一副大义凛然正经八百的样子，鼓出的眼泡总让人联想到庙里的神像。"黑娃对白嘉轩"腰杆子太直太硬"的抱怨背后，是深刻的阶级区隔。白嘉轩对鹿三一家的关照，不过是"族长形象"的组成部分，是"高高在上"的施舍和廉价怜悯。

　　伴随对宗法文化的男性主体夸饰，必然引发对女性形象的贬斥。《白鹿原》有三种女性，一是兆鹏媳妇、仙草类的贤妻良母；二是白灵式的新式妇女；三是"荡妇"，是违反乡约规定的妇女。兆鹏媳妇是封建礼教的牺牲品，一生守活寡，最后发疯而死。小娥是荡妇代表，她挣脱不幸命运的努力，在白嘉轩看来，都成了不守妇道的证据。而小说对小娥与白孝文和鹿子霖的性关系的刻意丑化，加剧了她的淫妇形象。然而，小娥变成鬼后的一番话，却暴露了她悲惨的境遇："我没偷旁人一朵棉花，没偷拉旁人一把麦秸，我没骂过一个长辈人，也没操戳过一个娃娃，白鹿村为啥容不得我住下？"杀人者鹿三，并没有因杀害无辜，成为村民和白家眼中的罪人，反而成了功臣，而白嘉轩对鹿三的责怪，也仅限于"一定要光明正大地处置她"。在对小娥的"同情"与"谴责"之间，作家彷徨不定，这种内在分裂，还体现在对白灵的刻画上，为概念化凸出现代性与乡土中国冲突的悲剧性，白灵被处理成"不食人间烟火"的精灵，革命浪漫的叛逆者形象，却最终无辜死于延安"肃反"扩大化。

《白鹿原》中，陈忠实归纳"写性三原则"："不回避，撕开写，不作诱饵。"① 然而，具体文本操作，陈忠实却堕入"奇观化"怪圈，对两性关系刻画的"奇观化"，还集中体现在作家对"女鬼复仇"与"巫术传统"的联系性认知上。女鬼复仇，是中国传统文化对弱势群体女性，在社会想象层面上的"代偿"。无论唐传奇《霍小玉传》、《聊斋》的《杏娘》，还是川剧《李慧娘》，目连戏《女吊》，女性总在想象的"死后复仇"中，控诉社会不公："被压迫者的呼叫会招来鬼神的复仇，特别是向那些逼人自杀、逼人忧苦、绝望而死的复仇。这是官僚制与诉苦权在天上的理想化的投影，同样以这种信仰为基础，陪伴受害者那怒吼的民众巨大的力量，能迫使任何官员让步——这种鬼神信仰是中国唯一的，但是，却又是十分有效的正式的民众宪章。"②《白鹿原》的女鬼复仇，民间正义却完全被"巫术化""奇观化"了。巫文化是正统儒学的"阴性"补充，如阴阳八卦，风水周易。巫术既能从反面体现儒家文化正统性，也

---

① 陈忠实：《寻找属于自己的句子——〈白鹿原〉写作手记（连载五）》，《小说评论》
2008 年第 3 期。

② ［德］马克斯·韦伯：《儒教与道教》，王容芬译，商务印书馆 1995 年，第 222 页。

在侧面补充儒文化对"天命"的解释。小说大量出现"巫"文化传统，如请法官抓鬼、焚骨埋塔镇邪灵、鬼附身、自残请神降雨等怪异现象，不是作为封建迷信被摒弃，而是被作为人类不可知的神秘真实，被郑重其事地加以记录。那些在《小二黑结婚》中搞鬼骗钱的神汉，却被赋予"逆天"的悲壮意味。白嘉轩奇异的性能力，他发家的风水宝地，也显示着巫术力量。然而，小娥死后复仇情节，不但小娥的"鬼附身"，被写成邪恶的恐怖，且她的复仇行为，被视为蛮横无理的要挟。作家始终不能在"批判"和"同情"外，找到"恰如其分"的整合方式。两性关系的不平等，实际是封建宗法关系以伦理确定等级的重要方式，它通过对男女两性的等级划分，想象性复制君／臣、主／奴、官／民之间的等级关系。社会记忆的最重要方式，就是通过"身体的方式"，将"仪式"的认知记忆变成"惯性记忆"。对女性而言，认知记忆更多来自宗法对"性"的羞辱和惩罚。在作家的巫鬼渲染中，女鬼复仇的合法性也被取消了，沦为性的窥视与亵玩，这无疑非常可悲。

另外，从民族国家叙事而言，我们还能看到"西方—中国"有关"民族国家主体关系想象"的表征作用。小说文本性话语"过量"，恰是现实"匮乏"的结果，"白嘉轩—超级性能力—宗族文化—卡里斯玛形象—文化复兴的中国"的表征逻辑，将克己复礼的儒教与超级性能力联系的"怪诞组合"，不但表现作家急于表述新民族国家主体形象的混乱，更暗含作家在"现代性—乡土中国""西方—中国"的对立想象关系中，试图超越"西方他者"，确立新民族国家叙事"父权形象"的"阉割焦虑"，如拉康所说"阳具能指示一切表象、观念和象征的前提。作为能指的阳具，既是象征也是事物本身，作为符号结构，它是独立生命运动系统，它可以借助于转喻的中介，不断进行自我的转换——在这种情况下，父亲不再是道德和社会规范的威权化身，而是作为一切象征性活动和阉割情结最终驱动力"①。印证男性性能力象征民族文化主体的行为，蕴含着深刻的文化逻辑的"弱者情结"。

由此，这种男性主体性能力的神话，恰是建立在民族国家内部女性失语基础上，从而使男性神话成了西方现代性话语殖民的另类想象方式。这种将弱势民族文化主体"性夸张化"的做法，怪诞地印证着优势民族的文化想象。法农指出，黑人在白人的想象中，从来都是作为色情狂和施虐狂的性主体意味出现，而白人女性则成为受虐形象："首先，对黑人有性虐狂的挑衅，其次，受重视的国家的民族文化对这种行为施加的惩罚，使得人们产生犯罪情结，于是，这种挑衅由黑人来承担，由此产生了受虐色情狂。不管怎么说，这是解释白人受虐色情狂行为的唯一方式。"②《白鹿原》中，男性之所以为"父"，不仅在于他成为民族国家大叙事的责任者，更在于他成为"高级责任者"，以压迫本民族女性为代价，复制"中心—边缘"与"西方—中国"这个最刻骨铭心的中华民族国家现代性秩序，性意味突现了尴尬状态，并使中华民族国家叙事，带有强烈的文化殖民意味。这是无法"克服他者"的绝望焦虑，是对儒家传统文化边缘地位的焦虑和恐慌。鹿三死后，白嘉轩含着泪说"白鹿原最好的长工走了"，当朱先生死的时候，白嘉轩又说"白鹿原最好的先生去了"。面对现代性的冲击，白鹿精魂不可避免地雨打风吹去，历史只留给了白孝文这种不择手段、没有任何道义和原则可言的时代英雄。这种对白鹿原所代表的传统文化的留恋，恰与作家清醒的历史理性发生剧烈碰撞，处于无法整合的痛苦中，而"边缘"与"中心"在文学想象和实践层面间的"颠倒"，无疑也象征"文化复兴现代中国"民族国家叙事的难度。

---

① [英]伊丽莎白·赖特：《拉康与后女性主义》，王文华译，北京大学出版社2005年，第89页。
② [法]弗朗兹·法农：《黑皮肤，白面具》，万冰译，译林出版社2005年，第138页。

第三节 历史进步还是翻鏊子：
乡土政治学的规避策略

《白鹿原》试图重新发明儒学化宗族文化记忆，不可避免地在两种文化逻辑冲突下，走向内在悖论。《白鹿原》存在两种不同"文化时间"，并由此形成具特定文化仪式痕迹的空间化时间点。

具体而言，一种是"乡土时间"，呈现出固定仪式感和永恒稳定性，符合乡土中国以土地为核心的封闭伦理文化空间。小说对乡土时间的认同，大多通过有文化意味的儒家宗族仪式完成。仪式是社会记忆的主要方式，它通过习惯性记忆将记忆变成身体反应。这些宗族仪式，不仅成为宗族文化的表征，也成为小说中最具活力的推动性情节反复出现。如康纳顿所说："仪式操演包括在群体全套活动中的动作，不仅让操演回忆起该群体认为重要的分类系统，它也要求产生习惯记忆。在操演当中，明确的分类和行为准则，倾向于被视为自然，以至它们被记忆成习惯。确实，恰恰因为被操演对象是操演者习以为常的对象，所以，群体成员共同记忆的认知内容，才具有如此说服力和持久力。"① 这些儒家化宗族仪式，大多具"教化"与"惩罚"功能，从而将"时间性"变成"可重演"仪式，进而产生价值认同，如求雨、驱白狼、驱鬼、铁刷刑罚、禁烟、禁赌、赈灾等，完整表现出乡土时间的稳定秩序性和伦理救赎。由此，也形成了仪式发生的，具"时间象征意义"的空间，即祠堂（白鹿村祠堂）、村庙（三官庙）、娱乐场所（村中心的戏楼）等。

另一方面，现代性历史时间，被认定为一次次"话语更新"的革命时间。现代性历史时间，成为侵入乡土时间的突发性事件，现

---

① ［美］保罗·康纳顿：《社会如何记忆》，纳日碧力戈译，上海人民出版社2000年，第108页。

代性历史时间与乡土时间，也有相通的空间场所，即祠堂、村庙和娱乐场所，但意义和功能却变了。现代时间不表现为线性进步秩序，却表现为暴力恐怖，无秩序、无信仰的混乱。现代性历史破坏了儒教宗族文化仪式的基本内涵，并将之变成公开示众的现代暴力威权控制。祠堂的神位被黑娃砸毁，村庙成了乡公所办公室，黑娃在戏楼铡了犯淫戒的和尚，田福贤在戏楼踆死了贺老大。辛亥革命留给白鹿原村民的，只是抢劫的火光和凄厉的枪声。朱先生后来在县志《历史沿革》卷最末一编"民国纪事"记下："镇崇军残部东逃。过白鹿原，烧毁民房五十六间，枪杀三人，奸淫妇女十一人，抢财物无计。"共产主义革命，则表现为国共两党的仇杀。黑娃和兆鹏带领着农会闹革命："弟兄们！咱们在原上乱起一场风搅雪！"然而，他们的革命行动，不过是夺权、破坏和血腥恐怖，甚至替代政府的司法职能：围祠堂、砸金匾、铡和尚、铡碗客。田福贤的反攻倒算，又掉过头来，对共产党人进行大肆屠杀。一心抗日的鹿兆海，却死在了进攻边区的路上。解放战争的到来，也没有真正给白鹿原带来心灵安宁，黑娃惨死，兆鹏失踪，作恶的白孝文，却摇身一变成了革命功臣。白灵是现代性时间最具正面意义的人物，作家努力将她和兆鹏媳妇、小娥等乡土女性区别开来，并赋予她浪漫灵动的生命激情。然而，她和兆鹏的爱情有始无终，内心纯洁、向往革命的白灵，也最终死于党内斗争。同时，小说还以"预叙"方式，介绍文化大革命红卫兵小将对朱先生坟墓的破坏。朱先生棺材"折腾到何时为止"的谶语，也隐含指出一个令人触目惊心的文化事实：百年来的现代化进程，并没有为民族国家带来稳定秩序和固定精神信仰；相反，走马灯般变幻的"政权"和"主义"，却使原本自然和谐的乡族信仰也趋于崩溃，西方现代性的自由、民主的信仰观念体系也没有建立。我们的文化处于无根状态，成为翻云覆雨的"翻鏊子"。

然而，作家的态度暧昧而虚无。他试图批判现代性历史，努力实现乡土中国复古记忆的价值实践性。他向往乡土中国的伦理信仰，却无法回避宗法文化对人性的摧残；他承认历史"恶"的推动作用，却不能在现代历史发展中看到任何"进步"可能。总体而言，陈忠实的"历史同情"大于"历史理性"——尽管他批判了儒家精神的虚伪，但却无法找到可替代的主体性精神，只能将历史归为"翻鏊子"的虚无。然而，宗族文化并不能真正实现现代转型。这些新的"神圣化"，也依然以不触动现实逻辑底线为基础。伦理性始终只能作为现存秩序的补充，是和谐伦理的表达，一种意识形态的社会记忆遗忘机制的重演。伦理性的表达，始终被定义为阴性的，感性的，不具备批判理性的主体地位（如质疑"政党之争"合法性，但从不质疑政党合法性），我们不禁要问，这种旁观者，如果成为历史主体，是否还拥有悲剧性审美的道德优势？这种发明的传统，以纯文学的面孔出现，更具诱惑力，很快就成了主流意识形态需要的"文学多元化"的表征。

　　有趣的是，同样是陕西作家，高建群的《最后一个匈奴》[①]，却努力展现陕北文化的"边缘异质性"，关西大儒的宗法庄园，成了"圣人传道偏遗漏"的野性自由的想象之地。在对匈奴异族血统的野蛮化传奇中，陕西展现出很强的"边地想象"气质，并形成对西方现代性，特别是革命文化的反思。而山东作家赵德发的《君子梦》[②]，则可以说是《白鹿原》的续篇。它描绘了清末以来"律条村"的历史变迁，而重点在对解放后传统文化顽强的自守、转型、崩溃和消失。《君子梦》的道德伦理意味更重，甚至更惨烈。赵德发并没有局限于用儒家文化对抗西方现代性，而更注重儒家文化核心——"道德性"与现代理性的某些契合处，特别是对文化大革命道德性的再解读。而"文革"与现代性间的伦理关系，一直是海内

---

① 　高建群.《最后一个匈奴》，作家出版社 1992 年。

② 　赵德发:《君子梦》，人民文学出版社 1999 年。

外学界的热点①。

同时，这种传统的发明与重塑，又不仅是文化守成意义上的"反现代性"。通常而言，作为后发现代民族国家反现代性的文化守成主义，都表现为将本民族文化精神化、纯粹化的倾向，与此相配合，西方现代文化，则被理解为物质的、个人化的、自私冷漠的②。他们或以浪漫精神，将本民族的传统文化，美化成抵御现代物质堕落的武器，如德国浪漫派、俄罗斯民粹派、印度的泰戈尔哲学；或以体用精神，将民族文化与现代文化简化为"外在工具"与"内在心灵"的关系，如梁启超与梁漱溟的思想；或以强力的民族国家权威，对抗民族国家的现代意义本身，如日本的泛亚细亚主义思想。而通过对《白鹿原》的解读，我们发现，陈忠实对儒学宗法文化的发现，对乡土政治学的反思，及两性关系的畸形呈现，却恰恰说明了该小说的现代性宏大追求本质，及其内在危机。作家虽写了儒家宗法文化的魅力，却更突出了它的必然灭亡归宿；虽然拆解了现代线性历史的乐观进步，却无力打破历史的虚无；虽然塑造了伦理关系对性叙事的合法性，却不惜以奇观化的性能力与淫荡的女性，破坏作家在塑造个性自我与歌颂伦理自我之间的平衡。

可以说，《白鹿原》见证了 20 世纪 90 年代中国文学民族国家叙事的冲动和困境。无论冲动，还是困境，既有来自中国内部的文化逻辑因素，也有全球一体化境遇下，现代性在第三世界国家所引发的悖论。有论者说："假如全球化将成为不可回避的现象，那么它就要通过殖民主义、民族主义和社会主义来实现，因为这三者都

---

① 如斯迈纳指出："毛泽东否认了生产力发展将会自动保证共产主义实现这种苏联的正统观点。毛泽东的设想是，新社会以新人的出现为前提，在建设社会主义社会过程中，培养社会主义新人和建设社会主义技术经济同样重要，不能单纯用经济发展水平衡量社会主义。"参见［美］莫里斯·斯迈纳《毛泽东时代的中国及后毛泽东时代的中国》，杜蒲、李玉玲译，四川人民出版社 1992 年，第 544—545 页。

② 参见［德］艾恺《世界范围内的反现代化思潮——论文化守成主义》，贵州人民出版社 1991 年。

曾经是全球化产物，并以某种方式为其成型做出了努力，或者像民族主义和社会主义那样甚至限制过它。"① 塑造"地域性民族主体"和全球文化一体化，始终是相互支持又相互背离的过程。本尼迪克特·安德森的《想象的共同体》，分析东南亚历史遗迹，尖锐指出，这些民族国家历史，不是当地土著自己赋予自己的，而是殖民者赋予的，殖民者通过殖民地历史的假想和传播，将不可阻挡的"现代性"强加给当地社会②。霍布斯鲍姆在《传统的发明》中也认为，很多"看似古老"的传统，如威尔士的民族服装，苏格兰高地传统，恰是"传统"不断被"现代"发明的结果，社会转型之际，则是这类"发明"最频繁的时候："发明传统"本质是形式化和仪式化过程，将那些与过去相连的事物，进行现代化"重新改编"。以下情况下，传统的发明会更频繁：当社会迅速转型削弱或摧毁那些与"旧传统"相适宜的社会模式；当旧传统和它们的机构载体与传播者不再具有充分适应性和灵活性；需求方式或供应方发生了相当大且迅速的变化③。我们对《白鹿原》的解读，必须清醒看到，正是处于 90 年代社会转型的特殊语境下，这些对传统的发明性"重塑"，不可避免带有现代性的焦虑，反映了革命叙事主潮退隐后，民族国家想象、重建宏大叙事的杂糅式表述背后，所表现出的价值危机与渴求。《白鹿原》，以及广义的 90 年代文学"新历史叙事"，都在丰富了对现代民族国家历史理解维度的同时，也加深了表述的暧昧混乱与浓重的虚无主义倾向——从某种角度而言，这些问题至今依然未能解决，且在继续激化。

---

① ［美］阿里夫·德里克：《后革命氛围》，王宁等译，中国社会科学出版社 1999 年，第 9 页。

② 参见［美］本尼迪克特·安德森《想象的共同体》，吴叡人译，上海人民出版社 2005 年。

③ 参见［美］霍布斯鲍姆《传统的发明》，顾杭、庞冠群译，译林出版社 2004 年，第 167 页。

第十章　当代文学经典化的难度与过渡

——《白鹿原》论之二

2016 年 4 月 29 日，陈忠实病逝于西安。然而，长篇小说《白鹿原》引发的争论，并没有终结。1993 年《白鹿原》初版，三个月三次加印。1998 年获茅盾文学奖，正版销售五十万册，盗版不下一百万册[①]。据统计，到 2016 年为止，《白鹿原》相关的学术专著二十三部，中文学位论文八十八篇，中文期刊文章与论文一千九百余篇[②]。然而，《白鹿原》是不是经典？《白鹿原》的综述、经典化探讨文章很多，但多秉持肯定论和本质论观点，一是易忽略、遮蔽批评性文章，以偏概全；二是将接受史研究搞成资料汇编，不能深入《白鹿原》经典化背后的当代文学史征候[③]。笔者从《白鹿原》经典化过程入手，不以"经典永恒"为思维方式，也不取单纯建构论文化研究，而是将经典化作为"问题"，将《白鹿原》放置于 20 世纪 90 年代与十七年、80 年代的结构关系中，探讨争议内在因素，

---

① 参见曾军《〈白鹿原〉的经典化历程》，《荆州师范学院学报》1999 年第 6 期。

② 参见陈黎明《经典的生成与衍化——〈白鹿原〉接受史考察》，《甘肃社会科学》2016 年第 5 期。

③ 如有综述者说："对陈忠实《白鹿原》的批评经历了恰如作者自我人生一样坎坷不平的轨迹变化：有专横肤浅的责难，也有热情高涨的赞扬，在这亦正亦反的任人评说中，使《白鹿原》这部曾引起很大争论的小说获得了较为合理的诊释。应该说，《白鹿原》以它的创作实绩获得了现代小说难以企及的独特的文意义。"（李慧，汤玲：《多重批评理论视野下的〈白鹿原〉文本解读——陈忠实小说〈白鹿原〉十年研究综述》，《唐都学刊》2005 年第 2 期）这无疑将《白鹿原》的经典问题简单化了。

更深层地思考中国当代文学的时代困境与机遇。

第一节 《白鹿原》经典化过程的几个历史节点

长篇小说《白鹿原》经典化过程，二十多年间，经历了不同时代、不同话语层面对《白鹿原》的争议和经典塑造策略。《白鹿原》杂糅十七年、80年代与90年代诸多经典诉求，其复杂性形成经典阐释巨大空间，也造成经典通约性的难度。新世纪经典终结论背景下，《白鹿原》应被宽容地树立为当代中国经典的阶段性过渡的标志。

佛克马较早在中国提出经典问题，看到社会场域不同权力话语对经典的建构性，即经典总是被动建构起来的[①]。相对佛克马文化研究式建构思维，布鲁姆更强调经典永恒作用，构造"影响—焦虑""冲突—竞争—超越"两阶段论经典谱系生成模式。竞争性、焦虑性、普遍性和审美陌生性，成了经典文学标准[②]。福柯认为，话语的经典性来自区隔和通约策略，一是通过注释，不断地将新阐释加于原始意义之上；二是稀缺性追求，通过核心价值坚守，保证话语核心意义通约；三是学科原则，通过谱系化和话语分类实现话语控制；四是通过言语惯例或仪式，形成共同恪守话语信条的信仰群体[③]。童庆炳综合几派思维，认为经典有几个要素：（1）文学作品艺术价值；（2）文学作品可阐释空间；（3）特定时期读者期待视野；（4）发现人／赞助人；（5）意识形态和文化权力的变动；（6）文学理论和批评的观念[④]。经典化过程，除了文学品质外，意识形态、读者反应、出版业与文学批评的塑造，都是经典化重要因素。

---

① 参见［荷兰］D. 佛克马、E. 蚁布思《文学研究与文化参与》，俞国强译，北京大学出版社1996年，第8页。

② 参见曾红伟《哈罗德·布鲁姆研究》，四川大学出版社2010年，第156页。

③ 参见朱国华《文学合法性的批判性考察》，华东师范大学出版社2006年，第14页。

④ 参见童庆炳《文学经典建构诸要素及其关系》，《北京大学学报》2005年第5期。

《白鹿原》的经典化有几个节点，一是刚出版时史诗、现实主义、民族秘史、传统回归的争论；二是获茅盾文学奖；三是电影改编。《白鹿原》的经典化，也有区隔的稀有性（获奖、入选各类榜单、文学史、语文教材），注释与阐释（学术文章、专著和博硕士论文），分类衍生（舞台剧、话剧、广播剧、电影、电视、地方戏曲等多重传播媒介，跨语际语种翻译），仪式化（各种纪念活动和研讨会），争议（性爱、儒学、历史重构等话题），资料建构（作家传记、回忆录、作品版本研究、资料库建设）等经典化手段。陈忠实去世后，是否能形成学术谱系（如某些学者提倡的"白学"），则成为《白鹿原》经典化的后续可能性。新中国成立后的文学经典，经历政治意识形态、知识分子精英与大众文化三个历时性主导性经典命名过程。但实际三者又是共时性存在，有着冲突、妥协与杂糅。这不仅影响我们对经典的认知，也影响到《白鹿原》等优秀作品的内在品质。李遇春考察陈忠实小说三次叙述形态嬗变，即早年"政治—人格"叙述和"政治—人性"与革命叙述成规之间似断实连，有延续也有突破；1982 年，转向"社会—个性"和"文化—国民性"启蒙叙述形态；1985 年后，陈忠实在《白鹿原》找到"文化—心理结构"视角新叙述形态[1]。他看到陈忠实创作的复杂，但三种形态并非简单历时性，也存在共时性杂糅。这也是《白鹿原》经典化过程，为何出现不同价值与审美追求的读者与批评家，有激烈争议的因素之一。

　　《白鹿原》最早发表于《当代》1992 年第 6 期与 1993 年第 1 期。1993 年 4 月中旬，西安广播电台开始连播《白鹿原》，稍后中央人民广播电台长篇小说连播栏目开始连播。6 月，人民文学出版社出版《白鹿原》单行本，轰动全国。6 月中旬，《白鹿原》获陕西第二届"双五"最佳文学奖，1994 年 12 月，获"炎黄杯"人民文学奖。《小说评论》《当代作家评论》《文艺争鸣》等重量级学术刊物纷纷

---

① 参见李遇春《寻找属于自己的叙述——陈忠实小说创作流变论》，《文学评论》2010 年第 1 期。

组织研讨。《白鹿原》最初经典化认可，即来自全国权威文学杂志、文学奖、学术刊物和媒介，这使作品有了很高起点。除了文化市场对家族史诗故事的喜爱，对性爱与历史书写的猎奇之外，《白鹿原》并不是犯禁作品："新时期中国文学史，大概没有第二部小说获得过这样好运，它获得在人民大会堂召开新闻发布会的资格，立即在中央电视台新闻联播节目向全世界宣布，它是中国文学走向世界的起步。"①《白鹿原》并没有遭遇《平凡的世界》的冷遇，《废都》和《丰乳肥臀》的政治压抑，却隐隐暗合革命话语走向后台的全球化环境与国内市场经济兴起背景下，主流政治重新树立宏大叙事合法性的冲动，即现代民族国家文化复兴的史诗。

有趣的是，最初给予《白鹿原》很高评价的，除了陕西籍批评家畅广元、李星、白烨等，恰是一批权威的中老年批评家，如陈涌、朱寨、蔡葵、冯牧、曾镇南、雷达、何西来等。陈涌从反封建性、现实主义典型化与社会主义方向等方面肯定了陈忠实，也对《白鹿原》美化儒家提出批评："儒家思想是封建阶级的意识形态，是为封建阶级服务的，伦理道德思想也并没有例外——在对待儒家封建伦理道德的问题上，我们看到作者态度模糊、软弱的一面。"但在表现中国近现代史的史诗品质，在现实主义文学的广度和深度上，陈涌还是肯定了《白鹿原》："他的这部作品，深刻地反映解放前中国的现实的真实，是主要的。"②朱寨从现实主义品质，历史、文化与文学的关系角度进行阐释："作者采取创作方法是现实主义的，是契诃夫所说的'无条件的真实'的现实主义——他也用相当篇幅，描写性爱和性行为。但都不是孤立描写，而与刻画人物性格、展开主题、推演情节密切相关，不但写得严肃，且揭示出人物性格中深隐的美或丑。"③蔡葵认为，《白鹿原》是史诗的格局，局部、

---

① 朱伟：《〈白鹿原〉：史诗的空洞》，《文艺争鸣》1993 年第 6 期。

② 陈涌：《关于陈忠实的创作》，《文学评论》1998 年第 3 期。

③ 朱寨：《评〈白鹿原〉》，《文艺争鸣》1994 年第 3 期。

细节和语言，又细致紧密，有《红楼梦》的风范。①

雷达的《废墟上的精魂——〈白鹿原〉论》，是《白鹿原》经典化的重头文章。雷达指出《白鹿原》开放的现实主义，是对80年代文学的继承和发扬："《白鹿原》终究是一部重新发现人，重新发掘民族灵魂的书——作者的出发点是共同的，这出发点就是一切为了'人'，怎样使人人之暗夜走向健全、光明之路。"② 我们感受到对现实主义品格肯定，还能感受到来自80年代启蒙的，人道主义文学的气息。他对《白鹿原》重新发现人的肯定，也提升到民族灵魂史诗高度。陈忠实创作过程中，有较自觉的经典诉求："我和当代所有作家一样，也是想通过自己的笔画出这个民族的灵魂。"③ 雷达对《白鹿原》的启蒙认知论，得到普遍共鸣，如李星认为："陈忠实笔下，历史不再是阶级对抗的历史，而是对抗中相互依存、相互融合的历史，历史也不再单纯是政治史，而是经济史、文化史、自然史、心灵史。"④ 白烨也赞同它独具丰厚的史志意蕴和鲜明史诗风格，寄寓家庭和民族的诸多历史内蕴，丰赡厚重的史诗品位⑤。

进一步思考，这些经典化认可，又存在独特的时代暗示性。如王尧所说，90年代我们对作家的批评常停留在80年代理解之中，这些理解现在看来只是我们观察和评价80年代文学的一种框架⑥。正是这些《白鹿原》的"权威性"经典化认可，十七年、80年代与产生《白鹿原》的90年代被巧妙地联系起来了，又深刻地显示了三者的差异和断裂。柳青在《创业史》中塑造的社会主义现实主义典范性写作，强烈的现实主义真实感与道德化逻辑，宏大时空历史

---

① 参见蔡葵《一部可以称之为"史诗"的大作品——北京〈白鹿原〉研讨会纪要》，《小说评论》1993年第5期。

② 雷达：《废墟上的精魂——〈白鹿原〉论》，《文学评论》1993年第6期。

③ 陈忠实：《关于〈白鹿原〉的答问》，《小说评论》1993年第3期。

④ 李星：《世纪末的回眸——〈白鹿原〉初论》，《文学报》1993年5月20日。

⑤ 参见白烨《史志意蕴·史诗风格》，《当代作家评论》1993年第4期。

⑥ 参见王尧《"重返八十年代"与当代文学史论述》，《江海学刊》2007年第5期。

感，似乎在《白鹿原》中被接续了。《白鹿原》尽管用感伤笔法描述国共之争和儒家的衰败，但也归结于朱先生"朱毛必得天下"的谶语。与此同时，80年代启蒙理想主义，"大写的人"的呼唤，也在白嘉轩具人性深度的人格魅力，及围绕他的人物和故事中得到体现。它们共同组成中国近现代史民族启蒙史。这是一个既抵抗封建主义，又抵抗历史对人性戕害的启蒙史诗。田小娥与白灵，成了女性解放符号。白对田的迫害，也就成了悲剧人格的复杂组成部分，即《白鹿原》写的是人格，白嘉轩是个悲剧人物，他的悲剧那么独特，那么深刻①。

2016年，雷达再次撰文，强调当年启蒙经典化判断："经过二十多年检验，大家还是觉得《白鹿原》的深邃程度、宏阔程度、厚重程度及其巨大艺术概括力，显得更为突出，把它摆放在当代世界文学格局也毫不逊色。"② 李云雷等青年学者，在2012年"青年学术论坛"关注到老一辈批评家揭示的，《白鹿原》和社会主义文学资源之间的继承性关系③。李遇春也看到，《白鹿原》与《创业史》都隐含文化意义"恋父情结"，前者迷恋民族集体无意识的道德父亲意象，后者迷恋民族集体无意识的政治父亲意象④。这些敏锐的洞察，也很有意味。史诗性，宏大叙事，中国故事，这恰表现了《白鹿原》与现代民族国家叙事的想象共同体之间的深刻关系。

第二节　多元批评话语场域的争夺

但反封建、现实主义、社会主义方向，是否能与人道主义、民

---

① 参见雷达《废墟上的精魂——〈白鹿原〉》，《文学评论》1993年第6期。

② 雷达：《〈白鹿原〉的经典相》，《人民日报》2016年6月17日。

③ 参见李云雷等《〈白鹿原〉：如何讲述中国故事》，《文艺理论与批评》2012年第6期。

④ 参见李遇春《陈忠实与柳青的文化心理比较分析——以〈白鹿原〉和〈创业史〉为中心》，《小说评论》2003年第5期。

族史诗、启蒙画等号呢？这些质素是否又能与《白鹿原》画等号呢？《白鹿原》出版后，出现很多对其文化资源的关联性研究。有论者考察《白鹿原》对寻根文学的继承性，认定《白鹿原》厚重寻根内容，代表了那时期寻根文学最高水平。[①] 还有论者试图从拉美魔幻主义、新历史主义等文学资源与《白鹿原》的关联入手，寻找不同资源理解《白鹿原》的路径[②]。李建军则从简约和丰赡、黑白色调的对比，考量《白鹿原》和《静静的顿河》之间的异同，并指出这是欧洲追求时间向度延展的诗学，与中国传统讲究心灵准确、以简见繁的含蓄白描美学之间的差异性[③]。李建军又比较《白鹿原》与《日瓦戈医生》，指出两部作品都从伦理道德的视角，反思战争暴力，具有理性色彩。不同的是，《白鹿原》是儒家伦理，《日》是基督教伦理和个性主义[④]。可见，《白鹿原》不仅与《创业史》《红旗谱》这样的革命史诗有关联，又与《战争与和平》《静静的顿河》等现实主义史诗有联系。

　　然而，这些关联性研究，忽视了一个问题也隐含了一个问题，即《白鹿原》联结社会主义现实主义与启蒙叙事传统，也深刻地显现了对二者的颠覆冲突。阶级道德和启蒙理想变成儒家化宗族道德，梁生宝式集体英雄和浪漫多情的诗人医生日瓦戈变成了性能力超强的族长，美丽淳朴的改霞与苦命的素芬，变成了疯淫病的兆鹏媳妇与妖女田小娥，人道主义变成悲情儒家情怀，历史进化逻辑变成了虚无"翻鏊子"。《白鹿原》用意义杂糅颠覆了社会主义叙事的内容空白点和阐释单义性，用儒家文化跷起了革命叙事与启蒙叙事的内部复杂性，从而呼应了90年代冷战结束，中国社会"告别革

---

① 　参见段建军《陈忠实与寻根文学》，《小说评论》2014年第5期。

② 　如王芸：《新历史主义视角下的〈白鹿原〉》，2013年四川外国语大学硕士毕业论文；党育青：《白鹿原与拉美魔幻现实主义》，2011年西安外国语大学硕士毕业论文等。

③ 　参见李建军《景物描写：〈白鹿原〉与〈静静的顿河〉之比较》，《小说评论》1996年第4期。

④ 　参见李建军《主题：〈白鹿原〉与〈日瓦戈医生〉之比较》，《陕西教育学院学报》1997年第4期。

命""儒学复兴"的思潮与情绪。朱水涌对《红旗谱》与《白鹿原》的比较，敏锐地发现这种颠覆性意义所在①，显示了《白鹿原》的90年代属性，即对启蒙和革命叙事，既有继承，又有强烈的异质性和断裂性。

于是，尽管《白鹿原》赢得各方面赞赏，也因其显现各个时代的断裂，遭受到质疑。《白鹿原》参评第四届茅盾文学奖，评委强烈推荐下，经过修改后获奖，再次引爆对《白鹿原》的争议，也成为《白鹿原》经典化重要一环。关于修改，《白鹿原》的责编何启治说，这不是伤筋动骨，而是对政治斗争"翻鏊子"说，及与主题无关直露性描写进行删改②。吴秀明与章涛，则在这种主流政治的文学大奖的修改策略之中，窥见当代文学体制经典生成过程中，与政治体制的规范／妥协机制的形成③。对主流政治而言，《白鹿原》丰富了历史叙事，也是冒犯性作品。它用家族史与儒学史置换了革命史、英雄史和阶级道德，但由于其宏大史诗性，主流政治对这种冒犯的处理，又比较微妙。何启治回忆："我从没见到上级领导关于《白鹿原》任何结论性指示，书面固然没有，电话通知也没有。书照样重印，照样受读者欢迎，却就是不让宣传。"④ 但广电部副部长王枫说：写历史不能老重复揭伤疤。《废都》和《白鹿原》揭示主题没积极意义，不宜拍成影视片⑤。《白鹿原》先后落选"八五"优秀长篇小说出版奖，第二届"国家图书奖"评奖。《白鹿原》评茅盾文学奖的过程更充满曲折。有批评者直接说："它违背马克思

① 参见朱水涌《〈红旗谱〉与〈白鹿原〉：两个时代的两种历史叙事》，《小说评论》1998年第4期。

② 参见《文艺报》1997年12月25日第152期"本报讯"。

③ 参见吴秀明、章涛《"获奖修订版"生成与当代主流文学话语的规范／妥协机制——以〈沉重的翅膀〉和〈白鹿原〉的修订为例》，《清华大学学报》2015年第1期。

④ 李清霞：《〈白鹿原〉影视改编的瓶颈》，《新闻爱好者》（下半月）2011年第11期。

⑤ 参见常朝晖《王枫提出：〈废都〉〈白鹿原〉不能上银幕》，《羊城晚报》1993年12月13日。

主义唯物史观，以赞颂儒家仁义观念为反衬，贬损共产党领导的中国革命，为'告别革命'的谬论做了图解与演义。"①

与此同时，《白鹿原》也受到其他不同层面的质疑。毛崇杰从儒学正统理念出发，认定朱先生、白嘉轩这些人物，不是真正儒者："'儒'只是朱先生的外壳。朱先生的每一件关涉政治道德的行为……并无一是先圣遗训使然，有些甚至与儒教宗法制度相悖"。②郜元宝认为，《白鹿原》是"事件大于人"，本质是"文化大于人"，其寻之"根"有儒、佛、道，而以道教文化为主导，性、暴力、污秽场面与此有关③。来自启蒙主义者的责难，也始终不绝于耳。很多学者对《白鹿原》的儒学救国、男权主义、伪史诗、反历史主义等问题进行抨击。这些启蒙观念，更个人化，接近新自由主义，与秉持人道主义宏大概念的启蒙批评家，有很大差别。南帆认为，陈忠实对儒家文化信心十足。然而，信念与经验的分裂在文本之中形成致命伤口。《白鹿原》的叙事结构的脱节恰源于儒家文化与现代社会的脱节④。王春林不赞同南帆，反而认为陈忠实表现对儒家文化的天然亲近与反思，是现代性理论先天合法性的简单粗暴西方概念⑤。何西来认为，《白鹿原》真实地提供像生活本身充满矛盾的历史画卷⑥。宋剑华却对陈忠实"秘史"倾向大加讽刺，称之为缺乏创新精神的平庸之作，杜撰历史与发泄情欲的"拼凑故事"⑦。孙新峰认为，《白鹿原》缺乏创新，自然景物描写缺席，充满丑陋媚

① 梁胜明：《"告别革命论"的图解和演义——论陈忠实〈白鹿原〉兼及雷达、陈晓明等同志的评论》，《甘肃高师学报》2010年第3期。

② 毛崇杰：《"关中大儒"非"儒"也》，《文学评论》1999年第1期。

③ 参见郜元宝《为鲁迅的话下一注脚——〈白鹿原〉重读》，《文学评论》2015年第2期。

④ 参见南帆《文化的尴尬——重读《白鹿原》》，《文艺理论研究》2005年第2期。

⑤ 参见王春林《重读〈白鹿原〉》，《小说评论》2013年第2期。

⑥ 何西来：《〈白鹿原〉评论集·序言》，人民文学出版社编，人民文学出版社2003年，第14页。

⑦ 宋剑华：《〈白鹿原〉：一部值得重新论证的文学经典》，《中国文学研究》2010年第1期。

俗的性景观与狭隘民族主义观念①。徐晖谴责《白鹿原》塑造男权社会，显示传统伦理道德对男性的绝对宽容和对女性的绝对严苛②。对田小娥等女性形象，有论者说："作者采取非常恶毒的态度，缺乏起码了解和尊重，把她扁平化空洞化，假之肆意发泄狭隘庸俗的道德偏见。"③ 李慧云批评陈忠实描写落后乡村农民的愚昧人生、原始生活，表现了对宗法农民精神、男权中心的极度痴迷④。

更令人深思的，是八九十年代成长起来的新锐先锋批评家对《白鹿原》的态度。他们深受全球化和多元文化论、后现代文化的影响，无论对市场经济的警惕，还是对艺术至上的先锋理念的信仰，或重新寻找文本意义信仰体系，他们中很多人表现出对《白鹿原》的怀疑和疏离。孟繁华批评《白鹿原》是中国当代文学信仰危机末世心态的产物。它以"严肃文学"为包装，利用大众通俗文学惯用手法，以性与暴力双重欲望驱动，极大地征服了大众文化市场⑤。孙绍振对宏大概念取胜的"史诗"不感兴趣，反对文化普遍价值导致的新公式化和概念化："《白鹿原》以宏大构架写历史脉络和政治风云的手法，缺少艺术家主体的生命情感和个人主义独创的感悟，导致结构断裂，人物失败和文化失真。"⑥ 同样，朱伟也对"史诗"抱有怀疑，认为《白鹿原》不是幻想与想象力的发挥，而是对历史概念的填空；不是编码、程序、空间的建立，而是对已有经验的翻版、复制和拼贴⑦。张颐武对《白鹿原》的后现代式批评，

---

① 参见孙新峰《论〈白鹿原〉小说的五个缺陷——重读经典之二》，《名作欣赏》2010 年第 11 期。

② 参见徐晖《从〈白鹿原〉看中国男权文化的经典》，《作家》2015 年第 4 期。

③ 赵志勇：《〈白鹿原〉：价值观念狭致缺陷》，《北京青年报》2012 年 10 月 5 日。

④ 参见李慧云《试论〈白鹿原〉创作主体的小农意识》，《中山大学学报》1994 年第 3 期。

⑤ 参见孟繁华《〈白鹿原〉：隐秘岁月的消闲之旅》，《文艺争鸣》1993 年第 6 期。

⑥ 孙绍振：《什么是艺术的文化价值？关于〈白鹿原〉的个案考察》，《福建论坛》1999 年第 3 期。

⑦ 参见朱伟《〈白鹿原〉：史诗的空洞》，《文艺争鸣》1993 年第 6 期。

也有鲜明时代烙印："《白鹿原》仅是断裂处挣扎的文化产品。这些重返'整体性'努力带来的却是极度碎片化零散的段落连缀。这本精心结撰、多少有点沉闷的巨著，恰变成后现代文化消费的不可缺少的消费品。"①

这些论者的观点，代表了很多人对《白鹿原》的不满意见。《白鹿原》不仅在某种程度上否定了社会主义文学叙事规范，而且挑战了启蒙叙事游戏规则。无论白嘉轩娶六房媳妇的性能力传奇，还是田小娥的现代潘金莲形象，抑或历史的神秘虚无化，都有新历史主义的影响，也与新时期以来，以性爱突破叙事禁区，转移政治注意力，破坏意识形态道德合法性的策略有关系。从大范围讲，也与 90 年代后，西方对中国的后殖民主义奇观化策略有关联。但吊诡之处在于，我们也看到，这是中国在全球化背景下，为塑造文化主体形象，既探索与西方文化的通约性，又寻找文化的独特价值的经典焦虑所致。

第三节　难以达成的经典"共识"

《白鹿原》在拥护与争议之中走过几十年。这些问题不但没影响销量，反而成为《白鹿原》经典化有效宣传方式。2006 年，"中国作家富豪榜"发布，陈忠实以四百五十五万元版税收入，荣登作家富豪榜第十三位。90 年代后期直到新世纪，从宗族文化、保守主义、儒家文化复兴、现代民族国家叙事、乡土中国等角度阐释《白鹿原》的学术文章多起来。这些文章大多肯定《白鹿原》儒学复兴意味，也有跨学科和文化研究的知识背景。这也隐隐反映中国社会文化语境，尤其政治环境的改变。国家不再将"儒学"作为封建落后的批判对象，而将之归于后发现代中国超越西方，并超越固有社

---

① 张颐武：《〈白鹿原〉断裂的挣扎》，《文艺争鸣》1993 年第 6 期。

会主义模式，实现"中华民族伟大复兴"的民族主义范畴。凸显民族主义、淡化启蒙与革命倾向在新世纪更明显了。谭桂林指出："《白鹿原》的出版对 20 世纪中国家族母题小说的创作有不可忽视的意义。"[1] 申霞艳用乡土中国现代转型解释《白鹿原》，认为它是全知视角下民族国家建构过程"乡土中国"画像，也是 20 世纪末现实主义最后辉煌[2]。郑万鹏称赞《白鹿原》是对中国历史文化最完整坚实的重构。三千年历史不是"吃人历史"，儒学不是统治阶级杀人软刀子。《白鹿原》使民族文学在更高意义上崛起[3]。袁红涛挖掘《白鹿原》中文化人类学意义的宗族文化与现代民族国家的复杂关系，认为"它以宗族村落为叙事基点，从宗族日常活动、代表人物言行举止、婚丧嫁娶风俗礼仪等方面，生动地展现乡土中国社会形态、权力结构和运作机制。"[4] 也有学者从恋土根性、乡村权力行使方式、乡土风情形成根源等层面，对《白鹿原》的典型"乡土"性进行分析[5]。程鹏立把祠堂作为文化地理坐标空间，阐释儒家化宗族的社会功能[6]。王蓓试图通过《白鹿原》"交农事件"的分析，考察民国初年不同法律话语的冲突与融合[7]。这种跨学科的阐释，为理解《白鹿原》提供了新视角。

《白鹿原》的资料建设，也走在很多当代小说前列。人民文学出版社的《〈白鹿原〉评论集》[8]，较早对白鹿原研究收集整理。它

① 谭桂林：《论〈白鹿原〉的家族母题叙事》，《河北学刊》2001 年第 2 期。

② 参见申霞艳《乡土中国与现代性——重读〈白鹿原〉》，《南方文坛》2013 年第 2 期。

③ 参见郑万鹏《东西文化冲突中的〈白鹿原〉》，《牡丹江师范学院学报》1997 年第 1 期。

④ 袁红涛：《宗族村落与民族国家：重读〈白鹿原〉》，《文学评论》2009 年第 6 期。

⑤ 参见刘瑜《从费孝通的乡土理论看〈白鹿原〉的乡土特性》，《贵州社会科学》2005 年第 5 期。

⑥ 参见程鹏立《仁义的诊释——小说〈白鹿原〉中祠堂的社会控制功能浅析》，《池州师专学报》2015 年第 6 期。

⑦ 参见王蓓《法律文化何以从混乱走向融合——以〈白鹿原〉中的一个事件为例》，《北京大学学报》2008 年第 3 期。

⑧ 参见人民文学出版社编辑部《〈白鹿原〉评论集》，人民文学出版社 2003 年。

透露很多文学史细节，如《白鹿原》的创作背景、写作经过，茅盾文学奖评审与修改问题等。邢小利的《陈忠实传》①，对陈忠实生平和《白鹿原》的创作也有详实考证。车宝仁的《〈白鹿原〉修订版与原版删改比较研究》②，王鹏程《关于〈白鹿原〉版本研究》③，理清印证《白鹿原》不同版本的异同。卞寿堂的《走进白鹿原考证与揭秘》④，以历史考证与文本隐含相呼应，就主要情节、人物和风俗语言、地域文化做了细致考证，对研究作家的情感体验和生命体验有参考价值。由雷达主编、李清霞编选的《中国新时期文学研究资料汇编·陈忠实研究资料》⑤，从"生平与创作自述""研究资料""附录"角度，遴选陈忠实研究的创作思想、作品论和研究资料索引等有参考价值的学术研究资料。郑万鹏的《〈白鹿原〉研究》⑥，有较细致的文本解读与人物分析。此外，畅广元的《陈忠实论——从文化角度考察》⑦对《白鹿原》的文化意义研究，也较有说服力。

然而，争议、冲突与分裂依然存在，且愈演愈烈。新世纪后，《白鹿原》的经典化经历媒介转移和文学史建构两个重要策略。《白鹿原》被改编为广播剧、秦腔、话剧、舞剧、连环画、雕塑、电影、歌剧等艺术形式。孟冰编剧，胡宗琪导演的陕西版话剧《白鹿原》，李野墨演播的四十二集广播剧《白鹿原》，丁金龙、丁爱军改编的秦腔现代戏《白鹿原》，程大兆编剧、作曲，易立明导演的歌剧《白鹿原》，都是在《白鹿原》接受史上较重要的媒介转移版

---

① 参见邢小利《陈忠实传》，陕西人民出版社 2015 年。
② 参见车宝仁《〈白鹿原〉修订版与原版删改比较研究》，《唐都学刊》2004 年第 5 期。
③ 参见王鹏程《关于〈白鹿原〉版本研究》，《当代文坛》2009 年第 1 期。
④ 参见卞寿堂《走进白鹿原考证与揭秘》，太白文艺出版社 2005 年。
⑤ 参见雷达主编，李清霞编《中国新时期文学研究资料汇编·陈忠实研究资料》，山东文艺出版社 2006 年。
⑥ 参见郑万鹏《〈白鹿原〉研究》，时代文艺出版社 1998 年。
⑦ 参见畅广元《陈忠实论——从文化角度考察》，人民文学出版社 2003 年。

本①。但这些媒介传播影响不大，最引人注目的，还是 2012 年王全安导演的电影《白鹿原》。但电影版《白鹿原》不理想，没有起到平息争议、塑造经典的效果，反而激发了更多指责。很多观众对该剧凸显田小娥性爱故事，忽略白嘉轩与朱先生，表达了不满。电影版《白鹿原》不但没减少原著问题，反而放大了原著缺点。刘岩指出，田小娥凸显为中心人物，使影片成了一个关于伦理、欲望和生存的故事，不再是从乡村宗法组织的角度重述革命史②。李杨指出，小说《白鹿原》因对"去革命化"与"再传统化"，成为中国当代文学经典。电影《白鹿原》以漏洞百出的欲望叙事症候性地反映出时代的文化政治与情感结构，既是"后现代"世界的特征，同时更是"后革命"时代中国特殊性体现③。

不同版本当代文学史对《白鹿原》的评价，也可管窥《白鹿原》经典化过程微妙的"不可通约性"。陈思和的《中国当代文学教程》（1999 年版），仅提了一句："陈忠实的长篇小说《白鹿原》和韩少功的长篇小说《马桥词典》，在展示民间文化形态时，也相当生动地描绘了这种文化的复杂性。"④ 陈虽然承认庙堂叙事要素的改变，在《白鹿原》出版后获得普遍认同。《白鹿原》通过历史—家族模式构建起了民间历史叙事主流。但出于民间叙事和启蒙精神的经典标准，他依然警惕于《白鹿原》的儒学气味，及"史诗"整体化政治气息："1990 年代的民间叙事虽然旨在解构正统的庙堂意识，但其远远没有恢复到古代小说的民间立场，史诗的阴影仍然笼罩其上。"⑤ 洪子诚的《中国当代文学史》仅将《白鹿原》作为市场

① 参见陈黎明《经典的生成与衍化——〈白鹿原〉接受史考察》，《甘肃社会科学》2016 年第 5 期。

② 参见李云雷，刘岩等《〈白鹿原〉：如何讲述中国故事》，《文艺理论与批评》2012 年第 6 期。

③ 参见李杨《〈白鹿原〉故事——从小说到电影》，《文学评论》2013 年 2 期。

④ 陈思和：《中国当代文学史教程》，复旦大学出版社 1999 年，第 368 页。

⑤ 陈思和：《"历史—家族"民间叙事模式的创新尝试》，《当代作家评论》2008 年第 6 期。

经济影响的文学潮流做简单介绍①。其（修订版）论述《白鹿原》篇幅不长，肯定中依然有批评："小说可贵之处在于，它没有完全回避以传统文化支撑的个人、家族、村落，在现代观念、制度的包围、冲击之下出现破裂与溃败的命运启示。这也是小说的失败感和浓郁的悲凉之雾产生的根源。不过，《白鹿原》对这种裂缝、冲突、失败的叙事显得局促，作家显然没有留出足够空间。《白鹿原》叙事存在的脱节、矛盾，正是作家信念与经验在文本之中形成的致命伤口。"② 洪子诚肯定《白鹿原》对传统文化的在现代中国的复杂记忆呈现，批评也恰在于，几个时代共时性的压缩、杂糅，并不能形成雄浑阔大，圆融严谨的经典品相。《中国当代文学史新稿》（董健、丁帆、王彬彬主编），则以专门章节论述，充分肯定《白鹿原》的人道主义精神，白嘉轩的道德人格，田小娥形象的反封建性，及小说的民族史诗性："展现了历史生活的本来面貌，叙述人物的悲欢离合生死沉浮，揭示历史发展的恒久性的东西，使这部小说在某种意义上成为我们民族的秘史。"③

同时，各种排行榜单，作为经典化的重要推动手段，也透露出对《白鹿原》评价的差异性。2010 年，《钟山》杂志刊出"30 年 10 部最佳长篇小说"，《白鹿原》排名第一。《白鹿原》被国家教育部列入"大学生必读"系列，被评为"百年百种优秀中国文学图书"。1999 年 6 月，香港《亚洲周刊》评选出"20 世纪中文小说百强"，具有很强经典示范性影响。贾平凹以《浮躁》入选第五十七位，《白鹿原》以第三十八位入选。这些更具文学市场意义的教育、出

---

① 洪子诚指出：《废都》《白鹿原》等小说的出版所形成的"陕军东征"等。这些现象说明，文学作品的存在，并不仅仅是作家的"个人"行为，而成为从写作、出版到流通等各个环节都受到市场选择和干预的"集体"行为。参见洪子诚《中国当代文学史》，北京大学出版社 1999 年，第 199 页。

② 洪子诚：《中国当代文学史》（修订版），北京大学出版社 2010 年，第 438 页。

③ 董健、丁帆、王彬彬主编：《中国当代文学史新稿》，人民文学出版社 2005 年，第 611 页。

版、传媒界的推崇认可，与主流政治评奖、文学史认可、学者行业内评价之间，形成了微妙的差异性和互动性。一个更普世趣味、更永恒意义的文学经典筛选过程中，《白鹿原》"可能"并不能让专家学者、著名作家达成无争辩的"经典共识"。《白鹿原》有对历史共时性的复杂呈现，却不能形成稳定的历时性辨识度。它既不是经典社会主义现实主义作品，也不是纯粹人道启蒙批判小说，更不是多元化碎片时代的个人主义标本。它是真实反映历史的时代之书，又是不折不扣的"背叛历史"之书。

第四节　经典的终结或过渡

那么，如何看待《白鹿原》对不同时代叙事规则杂糅式的共时性呈现呢？我们是否因争议否认《白鹿原》是文学经典？除了关注《白鹿原》的经典因素构成特质，《白鹿原》的经典化过程，更要理解问题的另一个背景，即文学经典正面临着终结。

历史的吊诡之处在于，世界范围而言，发达国家的文学正走入"无事"的恐慌。平稳富足的生活，高度民主自由的制度保障，都使人的"自我性"达到相当程度。人们或追求个人极致性自我实现，或沉溺于日常琐碎体验。卡佛、麦克尤恩、村上龙等发达国家"小事"作家的流行，无疑昭示着宏大历史的远去。各类媒介，特别是网络媒介的发展，更是掠夺了文学的"符号表征权"。新世纪初，孟繁华就曾撰文表达文学经典终结的忧虑[1]。不仅是中国学者的判断，希利斯·米勒等外国学者都表达过类似看法。很多学者认为，文学经典是文字传媒时代产生的文学幻觉，是文学资源短缺的表现[2]。这

---

[1] 参见孟繁华《新世纪：文学经典的终结》，《文艺争鸣》2005年第5期。

[2] 参见管晓莉《"经典化写作"向"市场化写作"的"历史蜕变"》，2013年吉林大学硕士毕业论文。

种从根本取消经典存在权威合法性的后现代论调，更为《白鹿原》经典化设置了重重迷雾。一方面，《白鹿原》有很强意识形态整合杂糅痕迹；另一方面，它无疑又是90年代至今最符合经典品相要求的中国小说之一。《白鹿原》的经典化争论还在继续，而前提（存在经典）合法性却被质疑了。90年代经典性问题，在新世纪又怪异地被消解了，特别是文学特异性、批判性和现实性。这与文化环境有关系，更与文坛与作家心态有关系。通约性匮乏是现实政治、经济与文化领域转型焦虑的结果。中国没有利维斯说的，从文艺复兴开始，囊括笛福到莎士比亚、巴尔扎克，直到乔伊斯的"现代经典"谱系。我们的经典标准充满断裂、争议与变动，甚至对鲁迅、沈从文这样的作家，也是争议不断。短短一百多年，我们远没形成后发现代民族足以傲视全球的伟大现代经典传统。

如果说，《废都》经典化可视为80年代的终结，那么，《白鹿原》的经典化可看作90年代被历史化的开始。由此，我们也可反思很多90年代文学的定论，比如，一个多元并生的碎片时代。我们用破碎狂欢的90年代想象图景，与理想主义的，主体性的，有强大实践参与能力的80年代文学形成参照。然而，我们忽视了90年代强大的官方主旋律文艺，忽视了中国现代民族国家塑形的宏大叙事愿望，更忽视了"纯文学经典"，和主流政治、启蒙叙事、十七年文学传统隐秘复杂的心理联系。程光炜认为，80年代不过是社会主义的文化想象的一种建构方式，它利用十七年社会主义资源，与走向世界的策略谨慎地并轨，在不损害社会主义根本价值系统前提下，试图找到重新激活社会主义文化想象的历史活力和可能性[①]。这种历史关联性的寻找，契合社会主义中国"有限度"自我转型面临的话语资源整合问题，同样适合于"暧昧不明"的90年代。我们对《白鹿原》的经典化争议，一方面，是因为《白鹿原》的时代价值观的杂糅性和矛盾性；另一方面，则因为我们秉持的经典标准本

---

① 参见程光炜《当代文学的历史化》，北京大学出版社2011年，第43页。

身，就充满了矛盾和冲突。我们仅看到了矛盾冲突的不通约性，而没有看到杂糅与整合的博弈之间，也存在宽容、互动，并有足够的信息容量和承载力。如王尧所说："我愿意在积极意义上看待文化转型给 90 年代文学带来的影响，中国文学由此获得了更为广泛而深厚的文化背景。如果没有这样一种复杂、冲突、妥协的文化背景，文学也就失去了发展的时间、空间和动力。"[1]

经典的建立，需要真正中国式的"经典通约性"。这也许才是《白鹿原》经典化表现出的迫切问题。从《红高粱》的解构革命历史到《白鹿原》的重建民族国家历史，《白鹿原》杂糅几个时代叙事规则的策略，符合 90 年代全球化生产体系，对第三世界中国，一个急切希望加入全球资本秩序，刚出走于革命的社会主义国家最好的形象定位，即暧昧性。"与经典意识形态相比，改革时期的官方意识形态是一座一致性要差得多的精神大厦，它包含许多内在的矛盾性。"[2]《白鹿原》既不能高举自由主义旗帜，也不能完全回到儒家传统。无论新左派抵抗全球化，重提革命资源反思，还是新自由主义构建全球化资本乐园，其出发点和注意力，都受制约于西方宰制的文化体系。这种杂糅暧昧的"四不像"，才是全球化体制下，西方对中国经典想象定位的奥秘所在。《白鹿原》的经典化困境，也存在于贾平凹、莫言、王安忆等中国最优秀作家的作品。利用暧昧的价值杂糅，制造有限"禁忌冒犯"与阐释多样性，这几乎成了90 年代以来优秀作品的套路，也是作品在体制内获得经典许可的方案。但中国文学要真正形成民族经典，必须有更具审美通约性的经典尺度，即内容的丰富复杂性，审美独创性，与民族意识独特性来衡量作品。这样，经典塑造才能摆脱内耗焦虑，摆脱西方影响的后殖民色彩，形成真正中国现代经典。

---

① 王尧：《关于"九十年代文学"的再认识》，《文艺研究》2012 年第 12 期。

② ［匈牙利］雅诺什·科尔奈：《社会主义体制》，张安译，中央编译出版社 2007 年，第 212 页。

从更长远角度看，《白鹿原》应被更宽容地理解为当代中国经典阶段性过渡的标志。如果说，《平凡的世界》是将社会主义经验与启蒙诉求的融合再生的经典，《废都》是讲述 80 年代启蒙破灭的奇书化经典，《白鹿原》则应被视为 90 年代中国文学试图整合超越传统与现代、中国与西方的经典化努力。虽然，《白鹿原》达到了高度艺术化原创性，却很难形成布鲁姆说的，完全认同，不再视为异端，无法同化的原创性标准①。《白鹿原》用现实主义手法，表现了混乱不堪，充满通约诉求，又冲突悖论的时代。当然，我们要警惕以多元冲突取代通约性的对经典问题的简单处理②，也要警惕预设中国不能"被充分现代"的伪命题。王德威以"梼杌—历史—小说"中国小说传统为线索，解读姜贵的《旋风》这类反映中国近代史的小说。他惊叹于意识形态机制对人性施予的历史禁忌暴力，也指出"自以为是的见证，只能带来傲慢与偏见，对暴力的急切控诉往往埋下另一批暴力的种子。"③他提醒文学超越历史苦难与暴力，超越现实矛盾的"通约性"的意义。中国现代化道路的尖锐矛盾，丰富复杂的现实，远没有使文学表现出发达国家失去现代推动力的"后现代性"。柄谷行人认为，村上春树和村上龙这类轻文学，标志以现代民族国家意识为核心的日本现代文学的终结④。中国没有达到高度发达成熟的现代文明，中国文学处于历史主体塑造的形成期。它表露出的现代转型的能量与独特民族体验，将为更成熟的经典打下坚实基础。中国文学经典未终结，只是"艰难地在路上"。

① 参见［美］罗德·布鲁姆《西方正典》，河北教育出版社 1998 年，第 8 页。
② 如邓艮用"歧出现代性"概念，指出一方面对《白鹿原》的赞誉和批评都简单挪用"现代性"知识，结论却互为歧出；另一方面，他也强调《白鹿原》提供"中国式现代性"，歧出恰表明《白鹿原》特殊价值。参见邓艮《记忆、历史与歧出的现代性：重估〈白鹿原〉》，《文艺争鸣》2011 年第 14 期。
③ ［美］王德威：《历史与怪兽——历史·暴力·叙事》，麦田出版有限公司 2004 年，第 6 页。
④ 参见欧小林《柄谷行人的"现代文学"含义的探索——从〈日本现代文学的起源〉到〈现代文学的终结〉》，《安徽文学》2001 年第 1 期。

第十一章　处境与心境：《白鹿原》及其之后的陈忠实

第一节　"写出的"与"未写的"：陈忠实的新长篇构想

　　长篇小说《白鹿原》开始在《当代》杂志连载之后、人民文学出版社出版单行本之前的 1993 年 3 月 15 日，在与李星的对话中，陈忠实第一次谈到自己将来的写作计划。他说，尽管具体内容很难确定，但有两点是可以肯定的：一是截止到自己六十岁的未来十年里，将以长篇小说写作为主。原因之一是刚写完第一部长篇，对这一艺术形式"兴趣正浓""心情颇类似当初写成头一部中篇的情景，对长篇的解构艺术进行各种探索的兴趣颇盛"[①]。结合陈忠实从短篇到中篇再到长篇的写作规律、写作习惯以及对小说结构艺术较为持续的探索热情，可以说，这并非脱口而出的随意之言。原因之二是身体条件和精力许可。"在五十到六十岁这一年龄区段里，如若身体不发生大的灾变，其精力还是可以做长篇小说创作的寄托的，所以得充分利用这个年龄区段间的十年，这无疑是我生命历程中所可寄托的最有效的也最珍贵的一个十年了。"基于以上原因，陈忠

[①]　陈忠实：《关于〈白鹿原〉与李星的对话》，《陈忠实文集》第 5 卷，人民文学出版社 2015 年，第 376 页。

实"打算在这十年里以写长篇为主"①。1942 年 8 月 2 日出生的陈忠实，完成《白鹿原》修改稿时尚未满五十周岁，《当代》首发时刚过五十周岁，因此陈忠实的确有精力也有热情创作另一部长篇。陈忠实肯定的第二点是，计划中的长篇规模会小于《白鹿原》。这既是出于精力和体力方面的考虑，也是出于对新的长篇艺术的探索："我可能不会再弄那么长篇幅的长篇了，不单是写起来累人的问题，恐怕仍然是概括能力的问题，我想在艺术形式和手法上作各种探试，把长篇的篇幅写小也是作为一个重要目标。至于未来作品的内容，这是现在所难以把握的。"②陈忠实对《白鹿原》后长篇写作的设想和规划是非常细致、合理的，除了内容尚未明确，其他的因素如年龄、精力、写作习惯、对长篇的热情和兴趣、艺术探索的重点、长篇的篇幅等问题，都涉及了。这一切都在告诉我们：陈忠实没有理由不再写一部长篇，且这部长篇肯定会以与《白鹿原》不完全相似，但却是典型的"陈忠实小说"的形式、面目问世。

三个月后，即 1993 年 6 月 17 日，陈忠实在为自己编选并即将出版的中篇和短篇小说集作序时，再次谈到自己的长篇写作计划："在未来的十年里，可以说是属于我的最后一个黄金般的年龄区段里，肯定将会以长篇写作为主，也肯定不会放弃适宜写作中篇或短篇的素材，但毕竟对长篇小说创作的兴趣更浓。"③在这里，陈忠实是以将长篇与中短篇对照的形式，突出了自己对长篇小说的兴趣，不仅如此，他还进一步从自己小说创作、出版的具体情况，总结自己的"创作规律"："学习创作的初始阶段，我以短篇小说为主，集中精力探索短篇小说的各种结构形式；到一九八一年编辑出版头一

① 陈忠实：《关于〈白鹿原〉与李星的对话》，《陈忠实文集》第 5 卷，人民文学出版社 2015 年，第 376 页。
② 同上。
③ 陈忠实：《选粹自序》，《陈忠实文集》第 5 卷，人民文学出版社 2015 年，第 385页。

本短篇集《乡村》以后，我就转入以中篇小说这种形式的探索与实践了；到 1988 年初，写过九部中篇小说之后便动手写平生的第一部长篇小说，直到 1992 年初完成。"① 关于自己小说创作的基本情况，陈忠实在与李星的对话中已有涉及，"我在出过一本短篇集之后便转入中篇写作，写过九部中篇出了三本中篇集子，对中篇的结构艺术进行了一些探索"②。在这篇《选粹自序》中，陈忠实进一步补充了三个月前对话的内容，并将短中长篇创作过程"规律化"，得出结论："因此，编选这两本集子实际就是对此前创作道路的一个重要的小结。"《乡村》是短篇小说的一个"小结"，也是向中篇迈进的开始；目前在做的两本中短篇集子，是对中短篇的一个"小结"，也是再次迈向长篇的一个起点。陈忠实再次以极为理性的方式，宣告了自己将要进行的新的长篇写作。在写这篇"自序"的前一周，陈忠实在 6 月 8 日至 10 日召开的陕西省作协第四届会员代表大会上当选为省作协主席。此后直到 2007 年的十四年间，陈忠实一直担任省作协主席。1997 年 12 月，《白鹿原》（修订本）获第四届茅盾文学奖。本年，陈忠实在接受访谈时，从中短篇和长篇比较的角度谈道："近来我打算写一部长篇。……应该说长篇这种表现形式，它可以包容比一般意义上的中短篇更复杂更丰富的社会生活和人物、情节。……总体上讲，长篇规模比较大，人物比较复杂，事件比较多，结构气势雄伟大气，能够反映出一个时代一个民族的生活全景，能够解决中篇、小长篇无法解决的问题。"③ 1998 年 4 月第四届茅盾文学奖颁奖，六个月之后，陈忠实在与何启治的访谈中，再次谈到自己的写作重点："暂时定下的有《〈白鹿原〉创作手

---

① 陈忠实：《选粹自序》,《陈忠实文集》第 5 卷，人民文学出版社 2015 年，第 385 页。

② 陈忠实：《关于〈白鹿原〉与李星的对话》,《陈忠实文集》第 5 卷，人民文学出版社 2015 年，第 376 页。

③ 陈忠实：《白鹿原上看风景——关于当前长篇小说创作和〈白鹿原〉》（与张英对话录),《作家》1997 第 3 期。

记》和把《蓝袍先生》扩写、改写为长篇。"① 基本可以确定的是，陈忠实当时确有改写《蓝袍先生》为长篇的想法，这种想法与1993年陈忠实与李星对话中提到的未来写作计划相符：一是在五十至六十岁"这十年里以写长篇为主"；二是计划中的长篇不会是《白鹿原》"续篇"或"第二部"，如陈忠实所说，"我去年已经下了白鹿原。作为一部长篇小说的全部构想已经完成。基本可以肯定，我永远再不会上那个原了。"② 他进一步解释原因："我的所有创作都是生命体验的一种展示。《白》书就是1987年前后的那一段时间里的生命体验。那种体验已经比较充分地宣泄，所以不存在续篇或第二部三部什么的。这一点从一开始构思就很明确，《白》书是单部长篇，就此结束。"③ 不续写《白鹿原》而改写《蓝袍先生》为长篇，是合乎情理的选择。

2002年8月12日，在与畅广元的谈话中，当后者谈到如果陈忠实能创作一部写新中国成立后农村生活现实题材的长篇，以与《白鹿原》和其他中短篇共同构成"二十世纪中国农村的宏观的文学画卷"④ 时，陈忠实表示按照自己对新中国成立后农村生活"长达二十多年直接的亲身体验"，"写这一段生活应该比那个更顺手"⑤，他承认自己也有创作现实生活长篇的想法，"但我现在对这一段历史的艺术把握和理解的深刻程度，还远远没有达到要写作的

---

① 何启治：《陈忠实和他的〈白鹿原〉》，《时代文学》1999年第3期。收入冯希哲、赵润民编《走近陈忠实》，陕西人民出版社2006年，第13页。又载何启治《永远的〈白鹿原〉》，人民文学出版社2018年，第40页。

② 陈忠实：《关于〈白鹿原〉与李星的对话》，《陈忠实文集》第5卷，人民文学出版社2015年，第375页。

③ 陈忠实：《关于〈白鹿原〉与李星的对话》，《陈忠实文集》第5卷，人民文学出版社2015年，第376页。

④ 畅广元：《陈忠实关于文学信念的谈话》，冯希哲、赵润民编：《走近陈忠实》，陕西人民出版社2006年，第53页。

⑤ 畅广元：《陈忠实关于文学信念的谈话》，冯希哲、赵润民编：《走近陈忠实》，陕西人民出版社2006年，第52页。

状态，况且还有待社会历史进一步的发展和积淀"①。在当时的陈忠实看来，虽然有写一部现实题材的长篇，以更完整的历史视野和更圆满的艺术形式表现整个 20 世纪中国乡村和农民乃至整个民族的历史生活变迁的想法，但由于主观（"对这一段历史的艺术把握和理解的深刻程度"）客观（"还有待社会历史进一步的发展和积淀"）方面的原因，恐怕短期内无法达成这一心愿。从另一个侧面看，改写《蓝袍先生》还是陈忠实最理想的选择。

　　2006 年 7 月，陈忠实接受了两家记者采访，两次谈到新长篇写作的问题，其中透露的信息颇值得思考。13 日，在接受《南方周末》记者采访时，陈忠实说："《白鹿原》完成时，我心里很自然地有一种欲望，想把 20 世纪后 50 年的乡村生活也写一部长篇小说。但我这个人写长篇小说，必须有一种对生活的独立理解和体验，一种能让自己灵魂激荡不安的那种体验，才会有强烈的表达欲望。可惜，我至今未能获得那种感觉。因为缺失这种独特体验，我发现自己没有写长篇小说的激情和冲动。如果凭着浮光掠影或人云亦云的理解去硬写，肯定会使读者失望，也更挫伤自己"。② 这可看作是对 2002 年说法的印证。16 日，陈忠实在与《瞭望东方周刊》记者的对话中谈道："《白鹿原》后，我对写长篇小说的欲望和兴趣一下子降下来了，再提升不起来了，这个现象我都没办法解释。"③ 这里的说法显然与三天前以及更早的说法不同，似乎可从中看出陈忠实关于新长篇写作想法变化的轨迹：最先是兴趣十足、自我规划，无论是题材、内容还是长度篇幅，都有较为明确的想法，后来却近乎"矢口否认"了；最先还从主观客观方面说明未能创作的原因，现在却

① 畅广元：《陈忠实关于文学信念的谈话》，冯希哲、赵润民编：《走近陈忠实》，陕西人民出版社 2006 年，第 52—53 页。
② 陈忠实：《答〈南方周末〉记者张英问》，《陈忠实文集》第 8 卷，人民文学出版社 2015 年，第 440 页。
③ 陈忠实：《和〈瞭望东方周刊〉记者的对话》，《陈忠实文集》第 8 卷，人民文学出版社 2015 年，第 444 页。

表示"我都没办法解释"。陈忠实为何有这些看似矛盾的说法？怎么理解他已经没有再创作新长篇的"欲望和兴致"的说法？

关于这些疑问，我们可以尝试从两年后的 2008 年陈忠实与邢小利的谈话中，寻找"答案"。在这次对话中，陈忠实说："《白》书刚面世时，记得我和李星的一次对话中谈到，往后将以长篇小说创作为主。这是当时的真实打算。……在《白鹿原》顺利出版并获得较热烈的评说时，很自然地发生对长篇小说创作的兴趣，曾想试验长篇小说的不同艺术表述形式。连我自己也始料不及，这种兴趣很快消解，甚至连中短篇小说写作的兴趣也张扬不起来，倒是对散文写作颇多迷恋，写了不少感时忆旧的散文。"① 这可能是公开发表的文字中陈忠实最后一次谈及《白鹿原》之后的长篇小说问题。陈忠实在此解释了《白鹿原》发表后至 2000 年未能创作"小说"的原因，主要是对"小说"兴趣的消散（无论长中短篇）和"散文"兴趣的兴起，是同步而起的现象。对于这一现象的发生，陈忠实本人同样也无法给出合理的解释。这里特别值得注意的是，在这次与邢小利对话之前的 2007 年，陈忠实写成并发表了他生命中的最后一篇小说《李十三推磨》，此后直至去世，十年间再无新的小说问世。短篇《李十三推磨》可谓作为小说家的陈忠实的绝唱。

再联系到 2002 年陈忠实在与畅广元对话时，谈到自己短篇小说的写作状态："目前，写短篇的兴趣意犹未尽，七月刚刚写了一个一万余字的短篇。"② 陈忠实这里所说的万余字的短篇是 2002 年 7 月 27 日写成、发表于本年《长城》第 5 期的《猫与鼠，也缠绵》。这是他新世纪重新创作小说后发表的第五个短篇，此时对写短篇"意犹未尽"的陈忠实，却在 2003 年至 2007 年五年间仅仅创作了四

---

① 陈忠实：《三十年，感知与体验——中国著名作家访谈录》,《陈忠实文集》第 9 卷，人民文学出版社 2015 年，第 507 页。

② 畅广元：《陈忠实关于文学信念的谈话》，冯希哲、赵润民编：《走近陈忠实》，陕西人民出版社 2006 年，第 52 页。

部短篇，此后的十年更是"小说空白期"。

究竟是什么原因导致了陈忠实在二十余年中未能再出新长篇，究竟是什么原因导致了他在其生命最后十年中的小说创作缺失？

无论对于陈忠实本人，还是对于期待他的读者来说，《白鹿原》之后未有新的长篇面世，都是一个无法弥补的巨大遗憾。为何陈忠实未能创作新的长篇，也是广为关注和思考的问题。对于这个问题，不免有见仁见智的看法。简单梳理一下，可从多个方面做出解释。

第一，非文学性因素的干扰。《白鹿原》发表的当年，陈忠实被选举为陕西省作协主席，忙于种种机关日常事务，如省作协新办公大楼建设、机关编制和人员的调整、陕西省文学队伍建设尤其是青年作家培养等，让陈忠实难以保持以往平静的心态读书写作。谈到做作协主席与创作的关系时，陈忠实说："至于体会，一言以蔽之，我尽我有限的能力做了一些事，也有当做而未做成或未做完满之事。我向来不说是否影响了我的创作的话，尽管这是经常被问到的话，我都不敢说是，连默认也没有。确实的事实是，我的写作兴趣由小说转向散文，竟许久都难以再转回小说创作。"① 《白鹿原》获茅盾文学奖之后，各种电台电视台报刊杂志纷至沓来的采访、访谈、对话，各种作序写评论的邀请，包括各种集会、聚会、庆祝活动等，不仅耗费了大量时间和精力，也打破了陈忠实避居原下老屋静心读书写作的习惯，使之不能进入安静自在的写作状态，不能在一种持续稳定的心境中保持持续性的思想和艺术探索，如陈忠实所说："从初学写作到不断写作，发展到《白鹿原》一直到现在，也没有太大遗憾，我做的都是必须要做的，也有浪费时间的应酬，这些起码磨损和淡漠了作家的艺术神经和感受力。但是我总不能生活在桃花源中，还要做一些工作，一些事情，社会方方面面的东西很

---

① 陈忠实：《作家都在思考这个时代——答〈江南〉杂志黎峰问》，《陈忠实文集》第10卷，人民文学出版社 2015 年，第 330 页。

难避免。"① 因困扰于杂务，"作家陈忠实难以平心静气地读书思考，遑论再写长篇小说，即使短篇也未写一个。所以在多少次把盏交谈中，陈忠实都有过'人在江湖，身不由己'的忧怨，都有过创作生命被浪费在鸡零狗碎事情上的愤懑。他的新长篇雏形和写作计划不得不屡次推迟。"② 第二，与"文学"有关却又在根本上伤害"真正意义上的文学"的写作。认为因《白鹿原》成为"著名作家""作协主席"的陈忠实，且不说是否"身为名累"，其身份和地位，引来大批索序索字索评论者，或为友情或因文学之缘或为提携青年作者，陈忠实浪费了大量宝贵的时间和精力于大量无谓的"序"和"评论"文字中。第三，《白鹿原》的成功既使陈忠实告别了生活拮据的困扰，又使其确立了"文学依然神圣"的信仰，"用他的话说：我又不是急着挣稿费养家，重复自己也重复别人的作品有多大意思"③。尤其在 90 年代以后，长篇小说年产量急剧增加的情况下，陈忠实对长篇创作抱着更加谨慎的态度，不愿降低作品质量加入浮躁、平面化、快速化、平庸化的创作潮流中。第四，《白鹿原》创作造成的"后果"。有学者认为，《白鹿原》自 1986 年构思至 1992 年写成，几乎耗尽了陈忠实的全部生命能量，新的长篇难以为继也就不难理解。也有学者根据陈忠实本人"之前所有中短篇小说都是《白鹿原》的准备"的看法，认为《白鹿原》必然是一个总结性也是终结性的作品。

这些各持己见、众说纷纭的观点，大多与文学（小说尤其是长篇小说）本身无关。从文学内部来看，也存在以下问题。

第一，长篇写作的"难度"。早在 1998 年 10 月，《白鹿原》获茅奖后六个月，何启治就感到"半年过去了，也该到收束、约束

---

① 陈忠实：《我早就走出了〈白鹿原〉——陈忠实访谈录》（舒晋瑜访谈），《中国图书评论》2012 年第 10 期。
② 雷电：《陈忠实写真》，冯希哲、赵润民编：《走近陈忠实》，陕西人民出版社 2006 年，第 90 页。
③ 同上。

自己的时候了"①，并因此对陈忠实做了一次访谈，在我看来，这次访谈也是作为挚友的何启治对陈忠实的一次"提醒"。正是在这次访谈中，陈忠实谈到了写《〈白鹿原〉创作手记》和扩写、改写《蓝袍先生》为长篇的计划。如果我们从陈忠实本人对长篇小说作为一种特定的文体或艺术表现方式的理解，可以为其未能新长篇创作的原因，提供一个新的阐释思路。经过从短篇而中篇再到长篇的写作历程，陈忠实对长篇写作的兴趣有增无减。与中短篇相比，长篇小说在规模、人物、事件、结构等方面呈现出的体量、容量、难度，以及全景式、史诗性的雄伟大气，让陈忠实在《白鹿原》之后仍然保持着长篇热情，但他也认识到，"写这种长篇时，作家面临的选择就比较动脑筋，需要长时间的准备，花大力气来建构、写好作品"，"优秀、完美、成功的长篇小说主要是作家自身的生命体验，对世界的认识，对人的感知和自身才华、知识面的积累所决定的，取决于作家能否把这种体验表达成怎样的艺术形态和艺术追求。长篇小说的成功与否取决于创作者的思想体积的大小"②。长篇写作，不同于散文和中短篇，特别需要知识、智慧、艺术等多方面的积累，需要作者的思想穿透能力，把握历史与现实深层问题并为之赋形的能力，甚至对作者的精力、体力、心态和心理及精神状态，也都有更高的要求，对于注重纯文学品味的严肃作家来说，长篇写作是一项莫大的事业和荣誉，也是一项无比艰巨的挑战，面对那些民族和人类文学史上的优秀之作经典之作，挑战自我的新的高度和难度。

第二，"后《白鹿原》时代"长篇写作的难度。陈忠实新长篇构想，首先要面对和超越的是《白鹿原》。陈忠实通过它完成了截

① 何启治：《陈忠实和他的〈白鹿原〉》，《时代文学》1999 年第 3 期。收入冯希哲、赵润民编《走近陈忠实》，陕西人民出版社 2006 年，第 13 页。又载何启治《永远的〈白鹿原〉》，人民文学出版社 2018 年，第 40 页。

② 陈忠实：《白鹿原上看风景——关于当前长篇小说创作和〈白鹿原〉》（与张英对话录），《作家》1997 第 3 期。

止到 1987 年已经意识到的历史内容，要创作新长篇，无论是改写《蓝袍先生》还是创作新中国成立后的现实生活题材长篇，都有难短时间内突破的难度，就前者来说，将早于《白鹿原》发表且触发其创作欲念的中篇，重新改写且超越《白鹿原》所表达的已经意识到的历史内容，谈何容易？就后者来说，实际上就相当于用长篇形式重写 80 年代和新世纪以来中短篇所涉及的时代现实生活，对50—90 年代、新世纪中国农村农民的历史变动、现实生活、心理脉搏和情感悸动，以"长河小说"形式或长篇小说文体进行一种"总体性"意义上的重构重塑，其间难度不低于甚至比重写《蓝袍先生》更大。

第三，"后《创业史》时代"长篇写作的难度。陈忠实新长篇构想，还有一个需要面对和超越的对象是《创业史》。《白鹿原》出版后，评论家对当代文学中的这两部经典长篇，多有比较。总的看法是，《白》超越了《创》，或辩证的说法是，《白》继承作为传统的《创》又超越了作为传统的《创》。比较有代表性的观点有：打破了农村题材小说的定式，实现了对"《创业史》以来小说史的阶段性的背叛"，"用自己的头脑思考"颠覆了"狭窄的阶级学说"；用文化视野和文化反思意识，超越了政治视野和阶级斗争哲学；以人性反思革命，以传统反思现代暴力，以民族秘史重构宏大叙事；用"民族文化心理结构"塑造人物，突破传统现实主义的典型性格理论；甚至以"真实"颠覆"虚假"；等等。这些各有依据和见地的观点，有意无意忽略的一个事实是，《白》对《创》的"突破""超越"，且不说作家置身其中的时代和历史因素，仅就文本来看，这种"突破""超越"在某种意义上看，是以"规避"的方式实现的。对于柳青来说，《创》除了"题叙"部分，小说的主体写的不是"历史"而是正在展开的农业合作化现实，柳青所做的是将现实以尽可能完美的艺术方式，使之历史化。相形之下，陈忠实对自己经历的这段历史的思想把握和艺术表现上并非特别成功，《白》

即为陈忠实对此进行反思或第二次"剥离"的结晶。《白》对近代、现代历史的进入，从某种意义上看，是以《创》的"题叙"为主体内容，从而"规避"了《创》所面临的"当代"现实以及将"当代"历史化艺术化的难度。如果陈忠实的新长篇将《创》涉及的五六十年代作为叙述内容并延伸至八九十年代，它就必然直接面对并超越《创》，就必然面对如何将这段充满政治斗争阶级斗争风云变幻的历史（陈忠实称为"现实"）历史化艺术化的难题，就必然面对如何通过个体的思想穿透和把握这段历史，使之成为自己"意识到的历史内容"，并以自己的生活体验生命体验来把握这段历史的难题。

除此之外，《白》之后，小说创作热情的降低和匮乏，对于陈忠实来说，也是更为直接和具体的问题，这一点容后再述。

第二节 "生命体验"：《白鹿原》
与陈忠实 90 年代文学

首先要明确的是，《白鹿原》与此后陈忠实的散文和小说有着明显的"互文"关系。这种"互文"关系存在于多重意义维度上，最明显也最重要的是，在"生命意识"或"生命体验"的命题和维度上。

一般认为，《白鹿原》正如陈忠实本人所言"民族秘史"，从半个世纪中国近现代史框架中，思考传统文化及其现代命运问题。"民族""秘史""传统""文化"成为解读小说的关键词，"传统／现代"成为阐述《白鹿原》的重要范式。但"生命"同样是进入《白鹿原》文学世界的一个重要入口。这包括个体意义和族群意义双重意义上的生命意识。陈忠实自述《白鹿原》写作意图时说："在我看来就是想充分展示我的生命体验，即截止到一九八七年前后我已经体验到了的。"① "我所有的创作都是生命体验的一种展示。《白》书就是一九八七年前后的那一段时间里的生命体验"②。陈忠实这里所说的"生命体验"不是笼统的含混的，而是有着明确的内涵和指向。

这种"生命体验"是促成《白鹿原》创作的根本动因。80 年代中后期陈忠实的生命体验来自"五十危机"，如其所说："五十危机的心理感受产生于四十五岁即一九八七年，亦即我刚刚完成了长篇小说《白鹿原》的基本构思即将开笔起草的时候。"③ 在陈忠实的潜意识里，五十是进入老年的一个重要年龄界标，而此时的他感觉在度过了人生最富创造活力的青壮年之后，尚未写出一部令自己满意的作品，"少小年纪迷恋文学，几十年过去了，发了为数不少的中、短篇小说，奖也获了多次，但从真正的文学意义上来审视便心虚……这是很真实的当时的心态，因为迷恋文学而不能移情的悲哀，从这一点上说来，是完全的内向内指的生存兴趣的悲哀，也是完全的个人生命意义上的自私的悲哀。正是在这种纯粹的个人兴

① 陈忠实：《关于〈白鹿原〉与李星的对话》，《陈忠实文集》第 5 卷，人民文学出版社 2015 年，第 367 页。

② 陈忠实：《关于〈白鹿原〉与李星的对话》，《陈忠实文集》第 5 卷，人民文学出版社 2015 年，第 376 页。

③ 陈忠实：《五十开始》，《陈忠实文集》第 6 卷，人民文学出版社 2015 年，第 56 页。邢小利等认为 1981 年"陈忠实感觉生命已到中年，自觉有一种紧迫感，欲在文学上寻求一种突破"，1986 年，陈忠实"开始认真思考创作上如何突破、如何面对未来人生的重大课题"。参见邢小利、邢之美《陈忠实年谱》，陕西人民出版社 2017 年，第 35、48 页。陈忠实在 1995 年写成的散文中开篇提道："八年前的那年春节刚过，浓郁的新年佳节的气氛还弥漫在乡村里，我就迫不及待地赶到蓝田县城去查阅县志。我已经开始了一部长篇小说的孕育和构思。"参看陈忠实《沉重之尘——〈生命历程中的第一次〉之三》，《陈忠实文集》第 6 卷，人民文学出版社 2015 年，第 9 页。另据邢说，陈忠实到蓝田、长安查阅县志的时间为 1987 年，与陈忠实自己所说的 1986 年时间不符。按照常理分析，似应先有对自己创作历史的评估和生命危机意识，才有如何在创作上有所突破，进而有写出"垫棺作枕"之书的愿望和查阅县志、田野调查等具体实践做法，并在此过程中完成《白鹿原》的构思。因此，笔者倾向于认为 1986 年陈忠实产生创作心理危机和构思和孕育长篇小说，1987 年，查阅县志并在本年内完成构思。

趣的自我指向的悲哀中，激起了为自己做一本真的要告别世界也告别生命兴趣时可以做枕头的书的自信"①。在这段陈忠实的自述中，"内向内指""生存兴趣""悲哀""生命兴趣"等完全指向"个人""内心""生命"意义维度，"心虚""自信""自卑""悲凉"等也是与之相关的个人化的心理、情绪和感受的真诚袒露。就此而言，《白鹿原》不仅是"一个民族的秘史"，也是一个人的生命史、灵魂史和精神史，是寄托着一个作家真挚而复杂的生命体验的"生命之书"。

"生命体验"不仅是《白鹿原》的创作动因，它通过作家的自省自审，通过对其作品的"真实的文学意义上"的自我批判，产生了对"真正的文学"的更深层的理解。"当我在自审的深谷进行几乎是残酷的自我反省再到自信的重新铸成，《白》的构思已经完成"②。即便《白鹿原》尚未形成文字，"生命"作为其最深层的文学本质，早已确定。1991年深冬，"《白鹿原》上三代人的生的欢乐和死的悲凉都进入最后的归宿。我这四年里穿行过古塬半个世纪的历史的烟云，终于要回到现实的我了。掀开新的一页稿纸，便有一种'倒计时'的怦然。然而当新的黑夜降临时，心里的孤清简直不可忍受。"③为了驱逐挥之不去的孤清，陈忠实在清冷的月光下点燃塬坡的茅草，"火焰竟然呼啸起来，夹杂着噼噼啪啪的爆响……我在这时候便忘记了一切，周身的血液也涌流起来，舞蹈着的火苗像万千猕猴万千精灵，孤清和寂寞顿时被野火驱逐净了，心里洋溢着畅美和恬静"④。这段文字渗透着陈忠实的独特而强烈的生命

---

① 陈忠实：《五十开始》，《陈忠实文集》第6卷，人民文学出版社2015年，第57页。

② 陈忠实：《五十开始》，《陈忠实文集》第6卷，人民文学出版社2015年，第58页。

③ 陈忠实：《五十开始》，《陈忠实文集》第6卷，人民文学出版社2015年，第59页。

④ 陈忠实：《五十开始》，《陈忠实文集》第6卷，人民文学出版社2015年，第61页。

感，从中我们看到，陈忠实对《白鹿原》内容似乎不经意间的"披露"——"生的欢乐和死的悲哀"，它不仅是作家的"生命之书"，也是小说中人物的"生命之书"。这一点，体现在小说以庄严的态度坚持"写作三原则"——"不回避，撕开写，不作诱饵"①来写"性"的意义上，也在小说人物，白嘉轩、鹿子霖、白孝文、黑娃、白灵乃至作为文化与道德标杆的"圣人"朱先生，无一不是富于生命质感而又在历史激流中辗转、挣扎、飘荡的生命个体。

一个真正的现实主义作家，不会停留于"个体""自我""生命"的表达，正如他不会止步于对现实表象和"生活泡沫"的追踪与摹写，他追求着主观与客观、自我与现实的内在深层融合。这是一个主体生命进入客观现实，与之纠缠和搏斗的过程，在这过程中，创作主体的生命通过对历史与现实的深度融入，通过与笔下人物之生与死、痛苦与欢乐的感同身受，以个体生命的有限获得对人性、人生和人类之无限的体认，获得对历史与现实之整体性的感知。《白鹿原》中的个体生命并不在其内部获得意义，他们的意义存在于民族传统、儒家文化和近现代历史之中，存在于生命与历史、生命与文化的碰撞、撕扯之中。这是《白鹿原》及其之后散文与小说创作的共同之处，也是陈忠实在《白鹿原》中获得并在此之后创作中贯穿始终的生命意识。可以说，由《白鹿原》开始，这种独特的生命意识就成为陈忠实文学思想和创作实践的重要内容，并构成联系其 90 年代后散文与小说创作的纽带。

首先，我们以田小娥为例，具体来看其散文和小说是如何通过"生命"联系在一起的，或者说，"生命体验"是如何建立了从长篇小说到散文随笔和短篇小说的联系的。

《白鹿原》塑造的遵从生命欲望，以本能的甚至不顾一切的方式反抗一切压抑的田小娥，是一个光彩照人的女性形象。作者多次谈到这个人物的塑造。《白鹿原》出版两年后的 1995 年陈忠实写成

---

① 陈忠实：《寻找属于自己的句子》，上海文艺出版社 2009 年，第 79 页。

散文《沉重之尘——〈生命历程中的第一次〉之三》《贞洁带与斗兽场——意大利散记之二》。《沉重之尘》写"我"查阅县志读到贞妇烈女卷时由"悸颤"到"悲哀"再到"庄严"的感受,"我深切地感受到了什么叫历史中的灰尘,又是怎样沉重的一种灰尘啊"。"我"因此而回忆起自己在乡间工作时听到的偷情故事,引发了对民族心理复杂性的思考:"官办的县志不惜工本记载贞妇烈女的代号和事例,民间历久不衰传播的却是荡妇淫娃的故事……这个民族的面皮和内心由来已久。"[1]《贞洁带与斗兽场》由在意大利国家博物馆见到的贞洁带写到非人性反人性的贞操道德观念对女性生命和情感的压抑与剥夺:"我们漫长到可资骄傲于任何民族的文明中,最不文明最见不得人的创造恐怕当数对女人的灵与性的扼杀……"[2]《句子》写到这段经历和感受,最重要的有两次。一次是在查阅《蓝田县志》时,一次是在写到田小娥被公公鹿三用梭镖钢刃杀死时。作者在叙述时,并没有局限于彼时情境的客观还原,而是通过细节充分写出自己心理变化和情感状态。《卡彭铁尔的到来,和田小娥的跃现》写"我"看到贞妇烈女的事迹和名字时,"不仅令我惊讶,更意识到贞洁的崇高和沉重"。但接下来,大同小异的事迹、几近相同的"坚定不移的守寡"宗旨,使"我""了无兴味",及至后来那些一生守寡的女人连个真实名字都不能留下时,"我很自然地合上志本不看了";但就在这一刻,"我的心里似乎颤抖了一下,这些女人用她们活泼的生命,坚守着道德规章里专门给她们设置的'志'和'节'的条律,曾经经历过怎样漫长的残酷的煎熬,才换取了在县志上几厘米长的位置,可悲的是任谁恐怕都难得有读完那几本枯燥姓氏的耐心"[3]。出于逆反心理,"我""重新把'贞妇烈

---

① 陈忠实:《沉重之尘——〈生命历程中的第一次〉之三》,《陈忠实文集》第6卷,人民文学出版社2015年,第10—11页。

② 陈忠实:《贞洁带与斗兽场——意大利散记之二》,《陈忠实文集》第6卷,人民文学出版社2015年,第24—25页。

③ 陈忠实:《寻找属于自己的句子》,上海文艺出版社2009年,第13页。

女'卷搬到面前，一页一页翻开，读响每一个守贞节女人的复姓姓氏——丈夫姓前本人姓后排成××氏，为她们行一个注目礼，或者说挽歌"，并"产生了一个纯粹出于人性本能的抗争者叛逆者的人物"①。另一处是在《关于性，庄严和挑战》，以典型的心理和行为细节，写"我"在写田小娥之死的感受："田小娥被公公鹿三用梭镖钢刃从后心捅杀的一瞬，我突然眼前一黑搁下钢笔。待我再睁开眼睛，顺手在一绺纸条上写下'生的痛苦，活的痛苦，死的痛苦'十二个字……"②《白鹿原》是凝聚着陈忠实沉重而热烈的生命体验的作品，也是其作为一个创作个体进入生命巅峰体验的结晶。在《白鹿原》文学世界中，陈忠实投入半个世纪的历史长河，将自己全部的生活体验和生命体验拥抱笔下的人物，写出了生命在历史中的真实状态和历史在生活中的状态。

当然，由《白鹿原》所蕴含和激发的强烈生命体验，不仅仅体现在某个人物形象上，它在根本上构成了陈忠实此后散文、随笔、小说、言论和文艺思想中坚韧的持续性存在。

最直观的是作品的标题，仅从标题我们就可以看出陈忠实浓厚的"生命"意识。散文方面，叙述"生命历程中的第一次"的三篇散文《最初的晚餐》《尴尬》《沉重之尘》；回忆其文学阅读和写作的散文《生命里的书缘》。《生命之雨——陈忠实自选散文集》是陈忠实的第一本自选散文集，也是其第一本散文集。陈忠实生前最后一部散文集为《生命对我足够深情》。短篇小说，以著名作家柳青为主人公的小说《一个人的生命体验——三秦人物摹写之二》，而由西安出版社出版的小说集《一个人的生命体验》，即以这篇小说定名。评论、言论、文论方面，以"生命"为题者更多。如《感知并领受，一种鲜活的生命气象》《生命的审视和哲思》《生命跃进的足音》《生命质量的升华》《印在生命脚印里的诗》《语言里的生命质

---

① 陈忠实：《寻找属于自己的句子》，上海文艺出版社 2009 年，第 14 页。
② 陈忠实：《寻找属于自己的句子》，上海文艺出版社 2009 年，第 79 页。

感》《用生命的体验思考生命的价值》《从感性体验出发的生命飞升旅程》《从生活体验到生命体验》等。

陈忠实还以"生活体验"和"生命体验"作为品评作家作品的个人标准。他认为，马尔克斯《百年孤独》属于"生命体验之作"，而《霍乱时期的爱情》却属"生活体验的作品"。尽管米兰·昆德拉《生命中不能承受之轻》此前的长篇风姿各异，但只有这部"才是进入一种生命体验的艺术精品"。①

在文论体系建构中，陈忠实也注重以"生命体验"作为其文论元素的重要构成。他认为："在我理解，作家的人格和情感，不单是自身修养的事，而是影响作家生活体验以至生命体验的敏感和体验的质地，这是容易被忽视的至为重要的一点。……作家的思想对于创作的发展具有决定性意义。"②

作为一名现实主义作家，陈忠实也从"三个体验"的角度对现实主义作出新的阐述。他认为现实主义也罢先锋派也罢，都是众多创作方法中的一种，重要的是作家个性化的独特的生活体验生命体验和艺术体验："我倒以为，现实主义是一条创作方法，先锋派也是一种艺术流派，况且还有诸如魔幻现实主义、荒诞派、象征派等种种创作方法，都出现过经典的或杰出的文本，也成就过大家大师。问题仅仅在于，既不要把文坛弄成现实主义独尊的一统天下，也不要时兴什么流派就全搞成什么流派的一色样式，不要搞成'全世界都只能养澳大利亚羊'。艺术创造尤其重要的是个性化的创造活动。作家个人的气质和个性，作家独有的生活体验和生命体验，需要找到一种最适宜最恰当的表述形式，才能得到最完美的表述。一种创作方法或流派，既不可能适宜个性迥然的所有作家，甚至同

---

① 陈忠实：《文学无封闭》，刊《文学自由谈》1995 年第 2 期。《陈忠实文集》第 6 卷，人民文学出版社 2015 年，第 214—215 页。

② 陈忠实：《独立个性的声音》，《陈忠实文集》第 10 卷，人民文学出版社 2015 年，第 301—302 页。

一作家也不可能用一种写作方法去表现各种体验，这是常识。"①

陈忠实认为，作家创作的目的、出发点都是基于"生命体验"的表达："作家之所以写作，就是要把自己关于现实和历史的体验用一种自以为美妙的艺术形式表述出来，与读者进行交流"。对于作家来说，"这种体验从生活层面的体验进入到更深一层的生命层面的体验，而表述的形式也是由艺术的表现和艺术的体验显示着差异的。无论生活体验抑或生命体验，致命的是它的独特性，是唯独自己从现实生活历史生活以及自身经历中所产生的独有的体验。独有的体验注定了体验的独特性和独到之处，从根本上就注定了某部（篇）作品的独立个性，自然不会重复别人也不会重复自己，这是中外古今作家的所有杰出创作的最根本的成因"。作品的不可重复不可复制的独特性，来自创造者生活体验、生命体验的独特性。同时，在作品价值的实现环节即读者层面来说："人们阅读小说，就是要享受电影电视所感受不到的文字的乐趣，通过阅读验证自己的生活体验，领悟自己尚未领悟到的属于作家的独到的体验。"因此，"作家靠独特的体验（生活的生命的和艺术的）创作小说。读者才是作品存活的土壤"②。按照艾布拉姆斯在《镜与灯——浪漫主义文论及批评传统》一书中关于文学活动的阐述，陈忠实也在建构和完善由作品、宇宙、作家、读者四要素构成的、以"生活体验""生命体验"和"艺术体验"为架构、以"生命体验"为内核和衡量文学价值最高标准的文学理论体系。

在这里，我们以《白鹿原》和《寻找属于自己的句子》为例，阐述其小说与散文随笔之间的关系。

1997 年陈忠实计划要写的《〈白鹿原〉创作手记》，自 2007 年 5 月写成首篇，到 2009 年 6 月写完。前四篇刊发于《江南》杂志，

---

① 陈忠实：《也说"抬杠"》，《陈忠实文集》第 6 卷，人民文学出版社 2015 年，第 146 页。

② 陈忠实：《自己卖书与自购盗本》，《陈忠实文集》第 6 卷，人民文学出版社 2015 年，第 279 页。

《小说评论》自 2007 年第 4 期开始连载，至 2009 年第 5 期，共计十三篇。上海文艺出版社 2009 年出版《寻找属于自己的句子》时，又增加了两个话题。创作过程历时整整两年。自 1997 年，陈忠实向何启治透露《〈白鹿原〉创作手记》的写作计划，历经十一年最终写成，虽然无法弥补后者最终未成的遗憾，但其作为单篇散文随笔构成，却又具有内在血脉贯通性因而可被看作长篇散文的意义和价值却是不可替代的。《白鹿原》和《寻找属于自己的句子》的关联，是需要着重论述的问题。

或许我们需要反思一下关于"散文"或"艺术散文""抒情散文"的概念界定。如果仅仅从"抒情性"和语言、修辞层面来界定"散文"，那么作为《〈白鹿原〉创作手记"，它无非就是《白鹿原》的"附属品"，它可以帮助我们了解后者的创作经过，理解《白鹿原》的主题内容或历史文化内涵，帮助我们认识这部小说与 80 年代、与中外文学的关系。也就是说，《寻找属于自己的句子》最大的意义就在于它是一部十余万字的稍长一点的"创作谈"而已。但如果我们不拘泥于"约定俗成"的散文概念，而是从文本本身出发，那么，这部"创作手记"就不是通常意义上的"创作谈"，而是融合了个人生活经历、心理状态、情感体验的散文，或融艺术性、学理性、思想性为一体的随笔，它对《白鹿原》创作过程中自我心理的剖析，对笔下人物的阐说，对 80 年代尤其是 1985 年"打开自我"的心路历程，对祖辈父辈生命的复活，对"原"在"革命"和"历史"中走过的精神和心理历程的"还原性"叙述，都与"我的剥离"相交错相激荡，而作者对《白鹿原》写完之后自在心境和闲情逸兴的描述，更是见情见性的好文章。

李建军对路遥和陈忠实的创作札记做过比较："如果说，路遥的《早晨从中午开始》是一团燃烧的火，充满了青春的激情和感伤，回旋着亢烈而昂扬的旋律，那么，陈忠实的《寻找属于自己的句子》就是一条水波不兴的大河——它有着深沉而宁静的气质，从容而镇定地流淌着，显示出作者朴实而内敛的态度……"① 李建军的概括，简要、贴切而形象地揭示了两位陕西当代著名作家的个性气质，同时也展示了其各自的文字风格和文学气质。它们不仅是一般意义上的谈自己的创作实践、谈自己的创作经历和心理的手记、札记，同样是闪耀着作家创作才华，蕴含着作家思想、情感和意绪的文学作品。它们固然有助于理解《平凡的世界》《白鹿原》及其作者的思想和艺术世界，但它们又因其自身的艺术品格和精神内涵，而摆脱了对相关长篇小说的依附性附属性，获得了自身无可替代的文学地位和作为独立艺术创造的价值。《寻找属于自己的句子》是陈忠实《白鹿原》之外最长的一部作品，无论对于《白鹿原》还是陈忠实甚至当代文学来说，其意义尚未得到充分的认识和肯定。《寻找属于自己的句子》，既是独立的艺术散文或思想随笔，又是一部整体意义上的长篇散文。如果说，《白鹿原》是一个"民族的秘史"，那么它就是一部陈忠实"一个人的文学史"，是陈忠实自少年时代进入中老年时代的精神史、灵魂史，也是他的思想发展史和艺术发展史。这段层层交叠的历史，曾经隐含在陈忠实各个时期的创作中，有待发掘，但这些都在《寻找属于自己的句子》中，通过"我"自己的叙述，袒露了出来。整部作品，体现着现代散文随笔创作的思想自觉、"人"的自觉，渗透着作者复杂的个体生命体验，在他的生命体验中有着深刻的历史文化渊源、民族文化乃至人类和人性的普遍意义。

《寻找属于自己的句子》是陈忠实文学自觉的产物，是陈忠实唯一的长篇小说之后，唯一的长篇散文随笔。《白鹿原》是作家探索中国社会和中华民族自身的现代境遇和现代发展的富有深度和力度的艺术建构，那么这部长篇散文随笔也是作家以独有的复杂而敏锐的心灵感受和生命体验，展示作家在大半生所经历的内心深处的

① 李建军:《陈忠实的蝶变》，二十一世纪出版社集团 2017 年，第 348 页。

思想风暴和精神蜕变的艺术建构。作为艺术散文，它面向"自我"、袒露"内心"，在从容的心态和笔法中，发掘个体灵魂深处的幽邃，参悟生命；作为思想随笔，它凝结和积淀着作家深沉的历史、文化和文学的多重使命感，是理性、知性和悟性的融合，它以作家的才、学、识、趣，吸引着读者进入自己的有文化关注和精神深度追求的世界中去。

如果说，《白鹿原》以小说艺术形式表达着陈忠实的"文学"思想，那么《寻找属于自己的句子》以"非虚构"的散文形式，传达并深化了那些在《白鹿原》中隐而不彰的"文学"思想，如传统文化、民族心理、民族文化心理结构等。其中尤为重要的是，"生命体验"构成了《白鹿原》之后陈忠实散文和小说创作的精神内核和美学质地。由"五十危机"催生的强烈的生命体验，直接促使了陈忠实写出"垫棺作枕"的"生命之作"《白鹿原》，而《白鹿原》的写作和修改，则是一个陈忠实始终处于生命高峰体验、以高密度高强度的生命感融合历史的过程，《白鹿原》的出版和被高度认可，更使陈忠实达到了一种生命体验的巅峰。90 年代至新世纪以来陈忠实的散文和小说创作，不仅是《白鹿原》的延伸或衍生物，更是陈忠实通过《白鹿原》获得生命和艺术创造的高峰体验后的再次创造。原来《白鹿原》中隐而不显的问题和话题，在小说、回忆散文、文化散文、思想随笔、文论、评论、对话录中渐次展开并有所推进。

第三节　陈忠实 90 年代的散文创作

2012 年 1 月 10 日，陈忠实在总结自己 90 年代以来的创作时，谈道："自上个世纪 90 年代以来，我以散文随笔的写作为主，也写了数量较多的读书感想，多是为作家朋友的书作序。这两类文章的

字数，不会少于我小说字数的总量，偶尔也写一些短篇小说。"① 90
年代之后，陈忠实的主要精力放在散文创作上。这有内在和外在、
主观和客观等各方面的原因。

首先，《白鹿原》创作完成后，陈忠实进入相对轻松、愉悦的
心境，原先那种年近五十大关而尚未写出令自己满意的作品的紧张
焦虑感得到释放，并因此产生了对古典诗词的兴趣，萌生了写散文
的情致。"《白》书刚面世时，记得我和李星的一次对话中谈到，往
后将以长篇小说创作为主。这是当时的真实打算。我在新时期文艺
复兴的头几年，集中探索短篇小说的各种表述形式；在第一个中篇
小说《康家小院》于 1982 年末顺利写成之后，便涨起中篇小说写
作的浓厚兴趣，偶尔穿插写着适宜短篇素材的小说；在《白鹿原》
顺利出版并获得较热烈的评说时，很自然地发生对长篇小说创作的
兴趣，曾想试验长篇小说的不同艺术表述形式。连我自己也始料不
及，这种兴趣很快消解，甚至连中短篇小说写作的兴趣也张扬不起
来，倒是对散文写作颇多迷恋，写了不少感时忆旧的散文。"② 他
希望借助散文进入自己的情感世界、情绪世界，倾吐内心深处的感
受，传达自己的精神旨趣。

其次，《白鹿原》的写作虽已完成，但对其中包含的一些思想
和艺术问题与命题，陈忠实仍然保持着进一步思考的兴趣，散文随
笔则是传达这一思考的便捷而灵活的形式。仅仅从这个意义上，陈
忠实 90 年代后的散文写作，也值得研究。

最后，小说写作冲动的匮乏。2006 年，陈忠实谈到自己《白
鹿原》之后"发现自己没有写长篇小说的激情和冲动。如果凭着浮
光掠影或人云亦云的理解去硬写，肯定会使读者失望，也更挫伤自

---

① 陈忠实：《有关体验及其他——和〈陕西日报〉张立的对话》，《陈忠实文集》第
  10 卷，人民文学出版社 2015 年，第 385 页。
② 陈忠实：《三十年，感知与体验——中国著名作家访谈录》，《陈忠实文集》第 9
  卷，人民文学出版社 2015 年，第 507 页。

己。于是我开始写散文和随笔，没想到竟陷进去了。这些年我一直都在写散文，而且一连出了几本散文集"①。

另有一个特殊情况需要特别提及。《白鹿原》出版的当年，陈忠实当选为省作协主席，且小说在评论界大受好评、在读者中产生广泛影响，将陈忠实推向"风口浪尖"，1997 年《白鹿原》荣获茅奖，更"推波助澜"。著名作家、作协主席、茅奖获得者的多重身份，吸引了大批作者、记者、文友的采访做访谈、写序、写评论，这无疑大大增加了陈忠实写散文、序言、评论等的"机会"，也消耗了大量宝贵的时间和精力，写出了不少思想和艺术含量不高的作品。尤其是对"写序"，陈忠实有着较为复杂的心理，一方面，他对"写序"抱着一种文学同道学习和交流的态度，如 2012 年他所谈到的："写序是因为有些是我对他们的创作感兴趣，阅读本身也是交流和学习，所以写了不少序。"② 同年，又说，自己除了被生活事项触发而写散文和短篇小说之外，"还有一点可称为'遵命文学'的作品，是遵文学朋友之命为其著作写的序，我比读文学名著还用心，感知他的思想和艺术魅力，溢美是溢他作品所独有的美，不是滥说好话。约略想来，已大约为近百位作家朋友写过序了"③。另一方面，源源不断的索"序"、请"序"邀请，又使他陷入不堪其苦的尴尬境地。2006 年 7 月 16 日，在与记者的对话中，陈忠实谈到《白鹿原》后自己的写作状况："现在就是写点有兴趣的文章，写序成了一个很大的压力。"④ 2013 年，陈忠实再次谈到"序"带

---

① 张英、徐卓君:《13 年了，陈忠实还在"炼钢"》,《南方周末》2006 年 8 月 9 日。又见《答〈南方周末〉记者张英问》,《陈忠实文集》第 8 卷，人民文学出版社 2015 年，第 440—441 页。

② 陈忠实:《我早就走出了〈白鹿原〉——陈忠实访谈录》(舒晋瑜访谈),《中国图书评论》2012 年第 10 期。

③ 陈忠实:《〈白鹿原〉与我》,《人民政协报》2012 年 8 月 13 日。

④ 陈忠实:《和〈瞭望东方周刊〉记者的对话》,《陈忠实文集》第 8 卷，人民文学出版社 2015 年，第 444 页。

给自己的困扰："近年主要写些散文和中短篇，略感欣慰的是，《日子》和《李十三推磨》这两个短篇，受到一些肯定，另外就是给作者写序，年龄原因，去年给一位剧作家写完序后，我曾想不再给任何人写序了，但有些比如陕北作家曹谷溪，几十年的老朋友了，能推辞吗？"① 受邀作序，难以摆脱原作（"文"）原作者（"人"）的先在规定性和客观真实性的制约，这有点类似报告文学写作，也是某种程度上的"戴着镣铐跳舞"，加之世故人情或人之常情等因素，为人作序很难做到"好处说好，坏处说坏"的客观批评，这对回归"自我""内心"的陈忠实来说，未必不是一种苦役。如果所面对的是思想和艺术无甚创新乃至创造的平庸之作，对于坚持文学的"思想"性品格、强调"生命体验"、坚持"真正的文学"标准的陈忠实来说，更有无话可说却又不得不说其"价值""意义"的尴尬。这让人想起，80 年代初，陈忠实规劝好友徐剑铭减少或不参与"属于好人好事的报告文学写作，以便集中精力去写属于文学意义上的作品"② 的建议，以及当陈忠实了解到徐剑铭此举原为热情扶持青年作者之后，想到的："依他的热诚与执著，这种'为人作嫁衣'的事业肯定耽误了他许多耕作'自留地'的时间和精力。我在为他惋惜的同时也就多了一份肃然。"③ 90 年代后受邀作序写评论的陈忠实与 80 年代写报告文学的徐剑铭都有相似的苦衷。在听了好友规劝之后，"剑铭笑笑说，这一点自己早意识到了，只是心肠太软，架不住朋友的热情邀请，也不忍心让那些过去的工人朋友失望"④。陷于作序之苦的陈忠实，应该也有这番感慨吧。

对此，李建军从"思想"对于一个作家创作之不可或缺的意义

---

① 陈忠实、王锋：《我想过重写〈白鹿原〉》，《华商报》2013 年 6 月 5 日。

② 陈忠实：《有剑铭为友》，《陈忠实文集》第 8 卷，人民文学出版社 2015 年，第 252 页。

③ 陈忠实：《有剑铭为友》，《陈忠实文集》第 8 卷，人民文学出版社 2015 年，第 253 页。

④ 同上。

上，对陈忠实晚年的写作做出评价："思想的贫乏必然导致写作的碎片化和浮泛化。陈忠实晚年的大量实用性写作，就给人芜杂而无意义的感觉。他率尔操觚，随意为文，写了大量的人情文章和应景文章。他谈吃，谈体育，谈足球比赛，谈听完报告的感受。作为一个成就巨大而德行朴茂的小说家，他几乎变成了'序言'和'读后感'的不厌其烦地写作者。他甚至会为一个几乎完全不相干的人写好几篇'序言'。一个思想家只会对意义世界的事情感兴趣，而不会在这些近乎无聊的事情上枉抛心力，浪费时间。"[①] 按照一个为人类贡献思想和艺术杰作的标准来衡量，陈忠实《白鹿原》之后为数不少的散文和小说，确乎是很难让人满意的，尤其是对于一个有着数十年创作经历和热情，终生挚爱文学、将文学视为神圣事业和"生存的最佳气场"[②] 并写出被称为"当代文学高山"的《白鹿原》的作家来说，这不能不说是一个巨大遗憾。

就此而言，对于陈忠实 90 年代后的散文，我们需要做具体分析、区别对待。对那些不在"艺术散文"或"抒情散文"之外的优秀之作，不仅是《白鹿原》思想和艺术问题的延伸或衍生物，它们同样是作家通过《白鹿原》获得生命和艺术创造的高峰体验后的再次创造。原来在《白鹿原》中隐而不显的问题和话题，在艺术散文、思想文化随笔、文论、评论、访谈和部分"序言"中渐次展开并有所推进。《白鹿原》中对民俗、民间文化、地域文化的发现，对民族文化心理结构的思考和艺术创造，对传统文化尤其是关中儒学代表人物的文学创造，《白鹿原》深蕴的生命体验、生活体验以及此后陈忠实的阐发和文论建构，对陈忠实《日子》"三秦人物摹写"系列小说的创作，无疑有着重要的源头和启示意义。同时，陈忠实对"史诗""秘史"等问题的思考，晚年对作家"思想""人

---

① 李建军：《陈忠实的蝶变》，二十一世纪出版社集团 2017 年，第 405 页。

② 陈忠实：《六十岁说》，《陈忠实文集》第 7 卷，人民文学出版社 2015 年，第 200 页。

格"之于艺术创造重要性的思考，对传统文化与传统文艺思想的认同，虽包含其现实感触，但亦是与《白鹿原》及其融入生命体验而创造的那些人物形象如朱先生、白嘉轩等有直接而密切的关系，是《白鹿原》开启的对传统文化之认同的延展性征候，是人品与文品互映互证这一中国传统美学思想的"陈忠实语境"的重释。这些不能纳入艺术散文范畴的问题和命题，以不同的文体样式得到进一步言说和诠释。关于这个问题，已在"生命体验"部分做了简要分析，此暂不赘。

如前所述，"新时期"之初，陈忠实报告文学与散文创作并重。他在 80 年代前期的创作包括特写、报告文学和小说在内，受以领袖人物和英雄人物为主人公的人物记和"十七年小说"影响很深。从总体上看，陈忠实此时的散文和报告文学，所受的影响不是中国古典散文和诗词传统如"五四"以来的散文小品，而是 30 年代由西方引进，并经由革命作家尤其是延安解放区作家本土转换，进而在 50 年代后发扬光大的报告文学和特写的影响。

80 年代中期，陈忠实通过"细化"散文分类，将报告文学从散文中剥离出来，并逐渐告别报告文学写作，同时，其散文写作也开始摆脱"特写模式"，成为陈忠实创作的主要文体。只是由于 80 年代末至 90 年代初，陈忠实倾注全部心力于长篇《白鹿原》的写作，除了几篇为谋生而写的报告文学，其散文创作数量偏少且思想与艺术表达上并未体现出充分的个性和过人之处。这种情况一直延续到《白鹿原》完成之后的 1992 年，此年发表了对于其此后的散文创作具有不可忽视的重要意义的散文《又见鹭鸶》。此后陈忠实散文创作进入高潮并一直延续至去世。通过《白鹿原》，陈忠实找到了"自我"、找到了"文学"，"自我"的发现和"文学"的发现是同步进行的。从这个意义上看，陈忠实选择艺术散文、抒情散文，有其内在合理性和必然性，因为只有这种写"我"，写"内心""情感""心灵""意绪"的散文才更切近"自我"，更切近"文学"，真正的"自我"和"文学"不追随时代，并能超越社会层面的现实表现。因此，邢小利认为，90年代后"陈忠实通过散文，回到了自身，审视自己的生活，回味自己的人生甘苦，思索更为深沉的人生哲理"[①]，是见地之论。

陈忠实90年代后的散文特别强调和追求一种建立在坚韧的"自我"生命体验上的"真实"。这与陈忠实对散文特质的认识有关："散文无论怎样定义，都避不过作者所见所闻所感的真实抒怀这一特质。了解一个作家最简捷的途径，便是阅读他的散文和随笔，这是作家关于历史关于现实的最真实的言说。或者说，作品的形态形成了，作家的心思和情怀也就展示出来了"[②]。散文作为一种文体的独特性在于其表达作家个性化的独特体验，它是一种无法掩藏和伪饰主体自我的文体："在我的也许偏颇的意念里，散文是一种直接展示作家思想、感情、情趣和审美的文体，作者的个性化气质全部都昭然于文字之中。即使是那些虚情假意或无病呻吟乃至心里想着黑却表达着白的文字，也只能是作者的一厢情愿，瞒不过读者的眼睛的审视；而那些体现着作家独自发泄、独特体验的散文，无论是深刻到惊世骇俗的大思维，抑或是屑小细微的一缕人生情趣，都会引发或大或小的不同层面的读者的阅读回应。如果说虚假的小说还有一定的蒙蔽现象，而散文却很难产生这种效应。这样说来，被看作好写的散文是一种误解，好的散文的写作同样不易。"[③]《白鹿原》之后陈忠实的散文创作，从总体上看也是如此。在此时期他写的大量散文随笔中，最好的篇章也是灌注了作家主体切身生活体验和刻骨生命体验的作品。能够体现陈忠实这一散文体认的典型现象是与陈忠实2001年和2002年避居乡间一事有关的散文写作。

① 邢小利：《陈忠实传》，陕西人民出版社2015年，第228页。

② 陈忠实：《自在的抒写》，《陈忠实文集》第7卷，人民文学出版社2015年，第361页。

③ 陈忠实：《思考和思想，是精神活力与精神脊梁》，《陈忠实文集》第10卷，人民文学出版社2015年，第247—248页。

第四节　陈忠实 90 年代的小说创作

2001 年，《白鹿原》出版八年后，陈忠实重新燃起小说创作热情，再次回到小说领域。对于小说这一文体极为看重的陈忠实，在为新版小说集作序时，特别写道："新世纪伊始，我重新开始短篇小说的写作操练，像以往一样，且不论在艺术上做过何样儿谋算，而内容依然是把着现实生活运动的脉搏。"[1] 本篇"序"写于 2003 年 12 月 4 日，自 2001 年至此，陈忠实发表短篇小说《日子》《作家和他的弟弟》（2001）、《一个虚脱症患者的发言片断》《腊月的故事》《猫与鼠，也缠绵》（2002）、《关于沙娜》（2003）六篇。此后，2005 年至 2007 年，他又发表"三秦人物摹写"系列三篇：《娃的心，娃的胆——三秦人物摹写之一》《一个人的生命体验——三秦人物摹写之二》（2005）、《李十三推磨——三秦人物摹写之三》（2007）。2008 年直至陈忠实去世的九年间，再无新的小说问世。

陈忠实晚年的九个短篇小说，在数量上显然是无法与 80 年代中前期相比的。原因大约在于，一是陈忠实继续从事散文、言论等创作，发表大量优秀散文作品，如《三九的雨》《漕渠三月三》《遇合燕子，还有麻雀》《我的树》《何谓益友——我的责任编辑何启治》《家有斑鸠》《种菊小记》《麦饭》《搅团》《狗事》及"关中辩证"系列等；二是作为《白鹿原》之后的小说写作，陈忠实无疑是抱着极为谨慎的态度："无论散文、随笔或短篇小说，有感觉就写，有话非说不可就说，留下我对生活的感受，或对往事新的理解。我的守则是不写不想写的文字，即就是不写没有真实体验的虚而又俗的文字。我依然神圣着自己至今不能淡漠的文学！"[2] 陈忠实守护着自己的创

---

[1]　陈忠实：《生活有脉象，我的脉象——小说自选集新版序》，《陈忠实文集》第 7 卷，人民文学出版社 2015 年，第 474 页。

[2]　陈忠实：《有关体验及其他——和〈陕西日报〉张立的对话》，《陈忠实文集》第 10 卷，人民文学出版社 2015 年，第 385 页。

作"守则"和神圣的文学信仰。因此，这些写于新世纪的小说虽然数量不多，但在内在精神蕴含和美学创造上，却有着80年代中短篇所无法比拟的品质。

尤其是《日子》和"三秦人物摹写"系列，应该是陈忠实新世纪小说中写得最好的作品，更能够体现《白鹿原》作者的精神境界和文学境界。与这四篇相比，其余五篇稍显逊色。原因何在？"我对自己的写作也更清楚地确信一点，二十余年来我一直正面面对现实，面对乡村里发生的剧烈的或微妙的人心悸颤。我说不清是为了什么或因为什么，也滤析不准是出于个人气性或思维方式，而作品摆列下来的既成事实，显示着二十余年来我始终没有从现实生活的层面移开眼睛。我的中、短篇小说几乎全部是生活演进过程的即时即兴之作，只有长篇小说《白鹿原》是一个例外，是以1949年以前远逝了的那半个多世纪的历史生活为背景的作品。即使在《白》书创作的准备和实际写作的六年时间里，我仍然抑止不住生活急骤变化的冲撞，抽空寻隙写下了几个短篇小说，没有使这一段时月留下空缺，甚以为幸，也甚以为欣慰。……这样，这些中、短篇小说就大致勾勒或者说记录着新时期二十余年来，我从中国乡村一隅所把握到的社会生活变幻起伏的脉象。我也因此而有了一个重新把握自己的契机，运动着的现实生活对我最具诱惑力和冲击力。换一个角度说，我对现实生活的波动最容易发生呼应，最为敏感，无法移开眼睛，也无法改易。"[1]

这九个短篇小说创作时间长达七年之久，仔细分析一下，也呈现着类似于陈忠实从80年代中前期中短篇向80年代后期至90年代长篇的变化：从直面现实甚至呈现时代演进过程的写作向沉入时代内部乃至历史深处写作的转变。

陈忠实自70年代至80年代前期的小说，主要受现代左翼文学

---

[1] 陈忠实：《生活有脉象，我的脉象——小说自选集新版序》，《陈忠实文集》第7卷，人民文学出版社2015年，第474—475页。

和 50 年代之后两大"重要题材"之一的"农村小说""农业合作化小说"的影响,赵树理、柳青、王汶石特别是柳青和王汶石的小说对其影响最大最深。此时的陈忠实作品,注重写人和叙事,并注意在风景描写和人物描写中融入"诗意"之美,注重诗情的抒发。散文和小说仿佛在表现着生活中最高境界的美,纯粹、洁净,而与散文、报告文学和小说的平凡的、现实的"生活性"有不小的差异。作家在以"诗"的方式超越这种平凡性、生活性而发现和达到"美"——自然、人情和道德之美——的最高境界,对农村承包责任制和农民思想、观念与情感转型过程中的困惑、矛盾和农民思想情感世界中严峻的一面,关注不够。

这些短篇小说"正面面对现实,面对乡村里发生的剧烈的或微妙的人心悸颤",但不脱深入生活、观察生活的影响,对时代变革中的生活表象有着生动鲜活的表现,用清新、朴实、地道的关中方言酝酿出浓郁的乡土气息,但总体上看,正如陈忠实对自己写农村实行责任制引发的家庭矛盾和父子两代冲突的小说《第三刀》的评价:"生动活泼有余,深层挖掘不到位。"[①] 陈忠实的小说主要在传统现实主义"人物性格典型论"影响下,注重从典型性格的角度塑造人物,但结果并不成功。可以说,陈忠实在此时并未形成自己的深刻的文学个性。柳青和王汶石带给陈忠实以文学意义上的启示:"作为关中边缘地带的灞河川道,白鹿原以及北岭骊山这些我所熟悉的地域里,同样蕴藏着小说故事和小说人物,能不能寻找、捕捉、开掘出来,全得靠自己的努力了。这样,我从最初的迷惘和虚幻中挣脱出来,眼光落到自己脚下的土地上了。"[②] 需要注意的是,来自柳青和王汶石的启示,是现实主义文学意义上的,它推动陈忠实深入生活、体验生活、观察生活,让他意识到"生活"是如何成

---

① 陈忠实:《何谓良师——我的责任编辑吕震岳》,《陈忠实文集》第 6 卷,人民文学出版社 2015 年,第 154 页。

② 陈忠实:《为了十九岁的崇拜——追忆尊师王汶石》,《陈忠实文集》第 6 卷,人民文学出版社 2015 年,第 159 页。

为"文学艺术的唯一源泉"的，但"白鹿原"这个有着久远历史和文化蕴含的地域概念，此时尚存在于"脚下的土地"深层而未被陈忠实纳入视野。"脚下的土地"之上的新农村经济政策落实所引发的现实生活变革，才能作为"风景"出现在革命现实主义视域中。

正如陈忠实自述那样："我曾长期生活和工作在这道'原'的北坡根下，却对此熟视无睹，只是关注着'原'"上'原'下人在公社体制解体前和解体后的生活变化，希望在这里能够发现一个'上城的陈奂生'或是'造屋的李顺大'。我真正把探视的眼光集中到这道'原'的昨天的历史，是 1985 年。可以说我发现了现实生活里的白鹿原这个非同寻常的世界。"① 80 年代中期，陈忠实借助中篇小说，打开了"自我"，打开了"文学"，敞开了那片在脚下静默无声的土地，进入了土地的历史文化深处，获得了现实主义的深化和发展。他意识到："我也是现实主义写作方法坚定的遵循者，确信现实主义还有新的发展天地，本地羊也应该获得生存发展的一方草地。然而，就现实主义写作本身，尽管我没有任何改易他投的想法，却已开始现实主义写作各种途径的试探，这从近两年的中短篇小说尤其是中篇小说的写作上可以看出变数。1985 年早春的涿县会议使我更明确了此前尚不完全透彻的试探，我仍然喜欢现实主义创作方法，但现实主义写作方法必须丰富和更新，寻找到包容量更大也更鲜活的现实主义。"② "人物文化心理结构"理论是陈忠实突破传统现实主义成规的重要"武器"。"人的心理结构主要由接受并信奉不疑且坚持遵行的理念为柱梁，达到一种相对稳定乃至超稳定的平衡状态，决定着一个人的思想质地道德判断和行为选择，这是性格的内核。当他的心理结构受到社会多种事象的冲击，坚守或被颠覆，能否达到新的平衡，人就遭遇深层的痛苦，乃至毁灭。"③ 他借

① 陈忠实：《〈白鹿原〉与我》，《人民政协报》2012 年 8 月 13 日。
② 陈忠实：《从感性体验出发的生命飞升旅程》，《商洛学院学报》2011 第 1 期。
③ 同上。

助这一理论的启示，开始用"心"触摸和把握"人物的心灵轨迹心理脉象"①，在《梆子老太》《蓝袍先生》《舔碗》《地窖》等小说中塑造了具有心理个性和心理深度的人物，尤其是长篇《白鹿原》中的朱先生、白嘉轩、鹿子霖、白孝文、黑娃更是具有个性和内在气质的、承载着作家文化思考和文化立场的、立体的人物形象。

无论是"打开自我"的80年代中期，还是《白鹿原》之后的"生命自觉"时期，陈忠实写得最好的是那些融入生活体验和生命体验的小说。通过《白鹿原》，陈忠实打开了"自我"，体验到了发自生命深处的欢乐与痛苦、自由和欢畅。

在这些小说中，陈忠实将对文学的"三重体验"的理解，化入切实的写作实践，直面历史和现实生活，却又以生命的沉潜进入时代深层，内在于他所描写的时代，在拉开与历史中的"三秦人物"和现实中挖沙卖沙艰难度日的"夫妇"之间的距离的同时，却又以生命感化解了历史与现实的僵硬，从而超越了他们所处的时代，陈忠实也超越了自己所处的时代。

陈忠实屡次谈起80年代尤其是1985年对自己的决定性意义："真是难忘的1985。我在文学艺术的各种流派新潮的涌动里，接纳并试验了我以为可以信赖的学说，打开了自己；我在见识各种新论的时候，吸收了不少自以为有用的东西，丰富了自己；我也在纷繁的见识中进行了选择，开始重新确立自己，争取实现对生活的独自发现和独立表述，即寻找属于自己的句子。"②结合陈忠实在1985年前后的创作情况，可以说，陈忠实"打开自己""丰富自己""重新确立自己"在文学文体上的表现是，散文取代报告文学而成为此后陈忠实颇有兴趣的亚文体样式，中篇小说成为和短篇小说并行交叉的亚文体样式，长篇小说则是建立在多部中篇文体结构试验基础上，陈忠实最终走向的文体。散文和小说成为陈忠实"自己"的选

---

① 陈忠实：《从感性体验出发的生命飞升旅程》，《商洛学院学报》2011第1期。

② 同上。

择和体现。在长篇《白鹿原》中，他最终找到了"属于自己的句子"。无论出于何种原因，并未再次创作长篇的陈忠实，把短篇当作了"找回自己"和"重新确立自己"的方式，而这些为数不多的短篇，一方面，体现着陈忠实《白鹿原》之后的特性和气质，另一方面，它们同样经历了从"时代"向"历史"的转换，而这一转换恰是别有意味的。

2002 年 8 月，已经重返小说领地的陈忠实，谈到当时自己的小说和散文创作："尽管一个时期没有写小说，但是写了很多的散文，对于文学的思考自觉不自觉地从来没有间断过。最近兴趣又向小说方面转移。这种创作的新欲望的产生，从我感觉上讲，也是对创作过渡到另一种理解的自然过程，表达是以短篇的形式重新开始。我的习作是从短篇开始的，现在重新开始短篇小说写作，仍然很新鲜。"[1] 这段话的特别意味在于，陈忠实所谓的"习作"所指应该是当时写在作文本上而未能发表的第一个短篇小说《桃园风波》，而不是处女作诗歌《钢、粮颂》或陈忠实自谓的处女作即散文《夜过流沙沟》。陈忠实的这一表述，隐含着对"小说"文体的青睐，1957年，十五岁的陈忠实的这篇"小说"是其文学之路的"开始"，2001年，五十九岁的陈忠实的《日子》，是其"重新开始"。"小说"成为陈忠实文学生命中的标志性事件。文体之后，陈忠实接着谈到自己创作的题材问题："我现在也才发现，我仍然是对现实生活的敏感程度远远超过对历史题材的兴趣和敏感性，《白鹿原》应该说是个例外。我过去一直写作的都是现实题材，突然写了一个《白鹿原》的历史题材，现在又重新面对我最容易触发心灵和神经敏感的现实生活，包括阅读报纸和感受运动着的生活。最近的五六个短篇都是这种题材的作品。"[2] 准确地说，截止到这次谈话，陈忠实新世纪共发

---

[1] 畅广元：《陈忠实关于文学信念的谈话》，冯希哲、赵润民编：《走近陈忠实》，陕西人民出版社 2006 年，第 51 页。

[2] 同上。

表五个短篇小说，皆为现实题材。陈忠实关于《白鹿原》是其第一部历史题材小说一说，并不确切，如果以《白鹿原》发表时间为标准，如果将新中国成立之前的时间段称为"历史"，那么《窝囊》《舔碗》是典型的历史题材，如果将"新时期"之前的时间段称为"历史"，将"新时期"实行联产承包以后称为"现实"，那么可称为"历史题材"的小说更多——但显然，陈忠实采取的是第一种处理方法，即以新中国成立作为划分历史与现实的时间依据。也许对于1942年出生、完整经历了新中国50—70年代全过程的陈忠实来说，"新中国"只能是他经历的"现实"而非"历史"，或者说，陈忠实很难对新中国的现实做"历史化"的观照和处理。正是在这个意义上，《白鹿原》将故事时间设定为新中国成立之前的五十年历史。这不仅是个体创作心理意义上的问题。在这次谈话中，畅广元认为，陈忠实已经就自己经历和熟悉的新中国成立后半个世纪的农村发展变化写出了不少中短篇小说，如果承接《白鹿原》"创作一部关于现实的长篇那就太理想了"[①]，"你以前的中短篇小说和《白鹿原》以及现在创作的短篇小说，基本上可以构成二十世纪中国农村的宏观的文学画卷，如果你能再完成一部写当代题材的优秀长篇，这个由你描绘的文学画卷将会更加完整和精彩，自己建构的文学园林也会更加圆满"[②]。陈忠实则说："写现实生活的长篇这个想法不能说没有，也曾想过这个，但我现在对这一段历史的艺术把握和理解的深刻程度，还远远没有达到要写作的状态，况且还有待社会历史进一步的发展和积淀。"[③] 表示现实长篇创作的"话题到了一定的时候我找你说"[④]。

---

① 畅广元：《陈忠实关于文学信念的谈话》，冯希哲、赵润民编：《走近陈忠实》，陕西人民出版社 2006 年，第 52 页。

② 畅广元：《陈忠实关于文学信念的谈话》，冯希哲、赵润民编：《走近陈忠实》，陕西人民出版社 2006 年，第 53 页。

③ 畅广元：《陈忠实关于文学信念的谈话》，冯希哲、赵润民编：《走近陈忠实》，陕西人民出版社 2006 年，第 52—53 页。

④ 畅广元：《陈忠实关于文学信念的谈话》，冯希哲、赵润民编：《走近陈忠实》，陕西人民出版社 2006 年，第 53 页。

接着《白鹿原》的故事时间写一部现实题材的长篇，在一个世纪的视野内展现中华民族"复兴复壮"的百年历史，并在整体上突破已有中短篇小说的格局和局限，对于陈忠实未尝不是一个极大的诱惑。但自知尚未达到对"当代"的完整、深刻的理解程度，且秉承"未有体验不谋篇"原则的陈忠实，最终没有动笔。从这点来看，这几乎是一个必然发生的遗憾。得出这个判断的依据是，这次谈话之后，陈忠实又发表了现实生活题材的短篇《关于沙娜》，间隔两年之后，他再次回到"三秦人物摹写"的历史题材创作，而且这三篇的内容和人物也并非陈忠实最为熟悉的农村题材和农民形象。

早在 80 年代中期，陈忠实深感："我在乡村基层工作了整整二十年，我所经历的社会生活和我自己的精神历程，需要冶炼也需要梳理，再也不能容忍自己描摹生活的泡沫而把那些青春和血汗换来的生活积累糟践了。"[①] 当时的陈忠实为了不"糟践"自己的生活积累，走向了脚下土地的历史深处，为什么陈忠实放弃了自己最为敏感、最容易发生感应的现实生活的运动和波动，而将眼睛从现实层面移开，从生活的演进过程中抽身而出，不去写市场经济社会中乡村发生的剧烈变动以及在这变动中人心微妙的悸动和震颤？又是什么原因再次使他"突然"之间走向历史，将眼光探向已在历史烟云中消失的那些人物和他们的内心？他写这些人物的动因何在，目的是什么，或者说，在这些历史人物身上寄寓着什么？他是怎么写他们的？……按照陈忠实"未有体验不谋篇"的创作原则，如果没有特定的深刻的感触和体验，他是不会动笔去写"三秦人物"系列的。此外，还有 90 年代以后陈忠实散文创作和小说创作的关系，以及陈忠实与柳青、陈忠实与路遥，以及《白鹿原》与中国当代长篇小说、与中国当代现实主义文学的关系，等等，都是值得深究的问题，限于时间和精力，只能留待以后探讨了。

---

① 陈忠实：《五十开始》，《陈忠实文集》第 6 卷，人民文学出版社 2015 年，第 62 页。

参考文献

陈忠实作品

1. 陈忠实：《陈忠实文集》（十卷），人民文学出版社 2015 年。

2. 陈忠实：《陈忠实文集》（七卷），广州出版社 2004 年。

3. 陈忠实：《陈忠实文集》（五卷），太白文艺出版社 1996 年。

4. 陈忠实：《陈忠实集外集》，邢小利主编，白鹿书院、陈忠实文学馆 2011 年编印。

5. 陈忠实：《四妹子》（中篇小说集），中原农民出版社 1988 年。

6. 陈忠实：《白鹿原》（长篇小说），人民文学出版社 1993 年。

7. 陈忠实：《陈忠实短篇小说选萃》，西安出版社 1993 年。

8. 陈忠实：《陈忠实中篇小说选萃》，西安出版社 1993 年。

9. 陈忠实：《蓝袍先生》（中篇小说集），作家出版社 1994 年。

10. 陈忠实：《初夏》，陕西人民出版社 1994 年。

11. 陈忠实：《陈忠实小说自选集》（三卷），华夏出版社 1996 年。

12. 陈忠实：《生命之雨》（陈忠实自选散文集），陕西人民教育出版社 1996 年。

13. 陈忠实：《告别白鸽》（散文集），湖南文艺出版社 1998 年。

14. 陈忠实：《家之脉》（散文集），广州出版社 2000 年。

15. 陈忠实：《走出白鹿原》（散文集），陕西旅游出版社 2001 年。

16. 陈忠实：《乡土关中》，中国旅游出版社 2008 年。

17. 陈忠实：《寻找属于自己的句子》，上海文艺出版社 2009 年。

18. 陈忠实：《白墙无字》（散文随笔集），西安出版社 2013 年。

19. 陈忠实：《白鹿原纪事》（短篇小说集），四川文艺出版社 2015 年。

20. 陈忠实：《陈忠实民生散文选》，中国言实出版社 2016 年。

21. 陈忠实：《我与白鹿原》（散文集），天津人民出版社 2017 年。

22. 陈忠实：《生命对我足够深情》（散文集），时代文艺出版社 2016 年。

23. 陈忠实、冯希哲、张琼编：《陈忠实访谈录》，陕西人民出版社 2016 年。

国内学者著作

1. 毛泽东：《毛泽东选集》第三卷，人民出版社 1991 年 6 月第 2 版。

2. 周扬：《周扬文集》第一卷、第三卷、第四卷，人民文学出版社 1984 年、1990 年、1991 年。

3. 陈涌：《陈涌文学论集》（上下），上海文艺出版社 1984 年。

4. 秦兆阳：《文学探路集》，人民文学出版社 1984 年。

5. 洪子诚：《中国当代文学史》，北京大学出版社 2007 年 6 月第 2 版。

6. 洪子诚：《当代中国文学的艺术问题》，北京大学出版社 2010 年。

7. 洪子诚：《问题与方法：中国当代文学史研究讲稿》，生活·读书·新知三联书店 2002 年。

8. 洪子诚编：《二十世纪中国小说理论资料》第五卷，北京大学出版社 1997 年。

9. 吴义勤主编：《中国新时期小说研究资料（上中下）》，山东文艺出版社 2006 年。

10. 丁帆等：《中国乡土小说史》，北京大学出版社 2007 年。

11. 程光炜：《当代文学的"历史化"》，北京大学出版社 2011年。

12. 陈晓明：《众妙之门——重建文本细读的批评方法》，北京大学出版社 2015 年。

13. 王尧：《"思想事件"的修辞》，人民文学出版社 2008 年。

14. 吴俊、郭战涛：《国家文学的想象和实践：以〈人民文学〉为中心的考察》，上海古籍出版社 2007 年。

15. 崔志远：《乡土文学与地缘文化——新时期乡土小说论》，中国书籍出版社 1998 年。

16. 费孝通：《乡土中国》，上海人民出版社 2007 年。

17. 吕新雨：《错位：后冷战时代的中国叙述与视觉政治》，华东师范大学出版社 2018 年。

18. 刘小枫：《现代性社会理论绪论：现代性与现代中国》，上海三联书店 1998 年。

19. 朱国华：《文学合法性的批判性考察》，华东师范大学出版社 2006 年。

20. 刘杲、石峰主编：《新中国出版五十年纪事》，新华出版社 1999 年。

21. 史凤仪：《中国古代的家族与身份》，社会科学文献出版社 1999 年。

22. 冯天瑜、何晓明、周积明：《中华文化史》，上海人民出版社 2005 年。

23. 雷达主编，李清霞编选：《陈忠实研究资料》，山东文艺出版社 2006 年。

24. 邢小利：《陈忠实画传》，陕西师范大学出版总社有限公司 2012 年。

25. 邢小利:《陈忠实传》,陕西人民出版社 2015 年。

26. 邢小利、邢之美:《陈忠实年谱》,陕西人民出版社 2017 年。

27. 何启治:《文学编辑四十年》,人民文学出版社 2001 年。

28. 何启治:《朝内 166:我亲历的当代文学》,人民文学出版社 2016 年。

29. 何启治:《永远的〈白鹿原〉》,人民文学出版社 2018 年。

30. 韦君宜:《思痛录》,北京十月文艺出版社 1998 年。

31. 冯希哲、赵润民编:《走近陈忠实》,陕西人民出版社 2006年。

32. 冯希哲、赵润民主编:《说不尽的〈白鹿原〉》,陕西人民出版社 2006 年。

33. 郑万鹏:《〈白鹿原〉研究》,时代文艺出版社 1998 年。

34. 人民文学出版社编辑部编:《〈白鹿原〉评论集》,人民文学出版社 2000 年。

35. 李建军:《宁静的丰收——陈忠实论》,华夏出版社 2000 年。

36. 李建军:《陈忠实的蝶变》,二十一世纪出版社集团 2017 年。

37. 段建军:《白鹿原的文化阐释》,西北大学出版社 2001 年。

38. 段建军主编:《陈忠实研究论集》,西北大学出版社 2018 年。

39. 李清霞:《陈忠实的人与文》,中国社会科学出版社 2013 年。

40. 畅广元:《陈忠实论——从文化角度考察》,人民文学出版社 2003 年。

41. 王仲生、王向力:《陈忠实的文学人生》,陕西师范大学出版总社有限公司 2012 年。

42. 卞寿堂:《〈白鹿原〉文学原型考释》,陕西师范大学出版总社有限公司 2012 年。

43. 陈忠实著,冯希哲编:《陈忠实解读陕西人》,陕西师范大学出版总社有限公司 2012 年。

44. 公炎冰:《踏过泥泞五十秋——陈忠实论》,陕西人民出版社 2002 年。

45. 宋颖桃、王素:《生命体验与艺术表达:陈忠实方言写作叙论》,中国社会科学出版社 2013 年。

46. 王素:《让文学语言重归生活大地:论方言写作——以陈忠实为中心》,中国社会科学出版社 2017 年。

47. 李继凯:《秦地小说与"三秦文化"》,湖南教育出版社 1997 年。

48. 李遇春:《西部作家精神档案》,商务印书馆 2012 年。

49. 梁颖:《三个人的文学风景:多维视镜下的路遥、陈忠实、贾平凹比较论》,人民出版社 2009 年。

50. 赵学勇、王贵禄:《守望·追寻·创生:中国西部小说的历史形态与精神重构》,北京大学出版社 2012 年。

51. 刘宁:《当代陕西作家与秦地传统文化研究——以柳青、陈忠实和贾平凹为中心》,中国社会科学出版社 2014 年。

52.《文艺报》编:《写作就是他的生命:陈忠实纪念文集》,作家出版社 2016 年。

53. 祁念曾、张效民编:《魂系白鹿原:陈忠实纪念文集》,四川文艺出版社 2016 年。

国外学者著作

1. [英]特雷·伊格尔顿:《二十世纪西方文学理论》,伍晓明译,陕西师范大学出版社 1987 年 8 月第 2 版。

2. [美]弗雷德里克·詹姆逊:《政治无意识》,王逢振、陈永国译,中国社会科学出版社 1998 年。

3. [美]阿里夫·德里克:《后革命氛围》,王宁等译,中国社会科学出版社 1999 年。

4. [英]安东尼·D. 史密斯:《民族主义》,王娟译,译林出版社 2018 年。

5.［美］本尼迪克特·安德森:《想象的共同体:民族主义的起源与散布》,吴叡人译,上海人民出版社 2003 年。

6.［英］E. 霍布斯鲍姆、T. 兰格:《传统的发明》,顾杭、庞冠群译,译林出版社 2004 年。

7.［意］卡洛·安东尼:《历史主义》,黄艳红译,格致出版社、上海人民出版社 2010 年。

8.［德］马克斯·韦伯:《儒教与道教》,王容芬译,商务印书馆 1995 年。

9.［美］戴维·波普诺:《社会学》(第十版),李强等译,中国人民大学出版社 1999 年。

10.［匈牙利］雅诺什·科尔奈:《社会主义体制》,张安译,中央编译出版社 2007 年。

11.［美］保罗·康纳顿:《社会如何记忆》,纳日碧力戈译,上海人民出版社 2000 年。

12.［法］弗朗兹·法农:《黑皮肤　白面具》,万冰译,译林出版社 2005 年。

13.［美］莫里斯·斯迈纳:《毛泽东时代的中国及后毛泽东时代的中国》,杜蒲、李玉玲译,四川人民出版社 1992 年。

14.［美］艾恺:《世界范围内的反现代化思潮——论文化守成主义》,贵州人民出版社 1991 年。

15.［美］卢丝·本尼迪克特:《文化模式》,王炜译,三联书店 1988 年。

16.［美］哈罗德·布鲁姆:《西方正典》,河北教育出版社 1998 年。

17.［荷兰］D. 佛克马、E. 蚁布思:《文学研究与文化参与》,俞国强译,北京大学出版社 1996 年。

18.［美］韦恩·布斯:《小说修辞学》,华明、胡晓苏、周宪译,北京大学出版社 1987 年。

19.［日］柄谷行人：《日本现代文学的起源》，赵京华译，生活·读书·新知三联书店 2003 年。

20.［美］詹姆逊：《文化研究和政治意识》，王逢振主编，中国人民大学出版社 2004 年。

21.［美］王德威：《历史与怪兽——历史·暴力·叙事》，麦田出版有限公司 2004 年。

22.［美］王德威：《现当代文学新论：义理·伦理·地理》，生活·读书·新知三联书店 2014 年。

23.［美］张旭东：《全球化时代的文化认同：西方普遍主义话语的历史批判》，北京大学出版社 2006 年。

期刊论文

1. 李星、陈忠实：《关于〈白鹿原〉与李星的对话》，《小说评论》1993 年第 3 期。

2. 李国平、陈忠实：《关于四十五年的问答》，《陕西日报》2002 年 7 月 31 日。

3. 李遇春、陈忠实：《走向生命体验的艺术探索》，《小说评论》2005 年第 5 期。

4. 朱伟：《〈白鹿原〉：史诗的空洞》，《文艺争鸣》1993 年第 6 期。

5. 陈涌：《关于陈忠实的创作》，《文学评论》1998 年第 3 期。

6. 李星：《走向〈白鹿原〉》，《文艺争鸣》2001 年第 6 期。

7. 朱寨：《评〈白鹿原〉》，《文艺争鸣》1994 年第 3 期。

8. 蔡葵：《一部可以称之为"史诗"的大作品——北京〈白鹿原〉研讨会纪要》，《小说评论》1993 年第 5 期。

9. 雷达：《废墟上的精魂——〈白鹿原〉论》，《文学评论》1993 年第 6 期。

10. 白烨:《史志意蕴·史诗风格》,《当代作家评论》1993 年第 4 期。

11. 王仲生:《从与农民共反思走向与民族共反思——评陈忠实八十年代后期创作》,《小说评论》1991 年第 2 期。

12. 李建军:《景物描写:〈白鹿原〉与〈静静的顿河〉之比较》,《小说评论》1996 年第 4 期。

13. 李建军:《主题:〈白鹿原〉与〈日瓦戈医生〉之比较》,《陕西教育学院学报》1997 年第 4 期。

14. 李建军:《廓庑渐大:陈忠实过渡期小说创作状况》,《海南师范学院学报》(社会科学版)2003 年第 1 期。

15. 李遇春:《陈忠实小说创作流变论——寻找属于自己的叙述》,《文学评论》2010 年第 1 期。

16. 李遇春:《陈忠实与柳青的文化心理比较分析——以〈白鹿原〉和〈创业史〉为中心》,《小说评论》2003 年第 5 期。

17. 李遇春:《心理结构的平衡与颠覆——论陈忠实新世纪以来的小说创作》,《小说评论》2010 年第 1 期。

18. 李杨:《〈白鹿原〉故事——从小说到电影》,《文学评论》2013 年第 2 期。

19. 陈晓明:《乡村自然史与激进现代性——〈白鹿原〉与"90 年代"的历史源起》,《学术月刊》2018 年第 5 期。

20. 丁帆:《〈白鹿原〉评论的自我批判与修正——当代文学的"史诗性"问题的重释》,《文艺争鸣》2018 年第 3 期。

21. 王晓平:《论作为"新历史主义"小说的〈白鹿原〉》,《中国现代文学研究丛刊》2015 年第 4 期。

22. 邢小利:《生命的苦难与生命的壮美——读陈忠实的散文集〈生命之雨〉》,《当代作家评论》1998 年第 1 期。

23. 朱水涌:《〈红旗谱〉与〈白鹿原〉:两个时代的两种历史叙事》,《小说评论》1998 年第 4 期。

24. 段建军：《陈忠实与寻根文学》，《小说评论》2014 年第 5 期。

25. 李清霞：《从崇高到荒诞：〈白鹿原〉的美学风格》，《西北师大学报》（社会科学版）2011 年第 5 期。

26. 曾军：《〈白鹿原〉的经典化历程》，《荆州师范学院学报》1999 年第 6 期。

27. 陈黎明：《经典的生成与衍化——〈白鹿原〉接受史考察》，《甘肃社会科学》2016 年第 5 期。

28. 吴秀明，章涛：《"获奖修订版"生成与当代主流文学话语的规范／妥协机制——以〈沉重的翅膀〉和〈白鹿原〉的修订为例》，《清华大学学报》2015 年第 1 期。

29. 李云雷等：《〈白鹿原〉：如何讲述中国故事》，《文艺理论与批评》2012 年第 6 期。

30. 梁胜明：《"告别革命论"的图解和演义——论陈忠实〈白鹿原〉兼及雷达、陈晓明等同志的评论》，《甘肃高师学报》2010 年第 3 期。

31. 毛崇杰：《"关中大儒"非"儒"也》，《文学评论》1999 年第 1 期。

32. 郜元宝：《为鲁迅的话下一注脚——〈白鹿原〉重读》，《文学评论》2015 年第 2 期。

33. 南帆：《文化的尴尬——重读〈白鹿原〉》，《文艺理论研究》2005 年第 2 期。

34. 邓艮：《记忆、历史与歧出的现代性：重估〈白鹿原〉》，《文艺争鸣》2011 年第 14 期。

35. 王春林：《重读〈白鹿原〉》，《小说评论》2013 年第 2 期。

36. 宋剑华：《〈白鹿原〉：一部值得重新论证的文学经典》，《中国文学研究》2010 年第 1 期。

37. 李慧云：《试论〈白鹿原〉创作主体的小农意识》，《中山大学学报》1994 年第 3 期。

38. 孟繁华：《〈白鹿原〉：隐秘岁月的消闲之旅》，《文艺争鸣》1993 年第 6 期。

39. 孙绍振：《什么是艺术的文化价值——关于〈白鹿原〉的个案考察》，《福建论坛》1999 年第 3 期。

40. 朱伟：《〈白鹿原〉：史诗的空洞》，《文艺争鸣》1993 年第 6 期。

41. 张颐武：《〈白鹿原〉断裂的挣扎》，《文艺争鸣》1993 年第 6 期。

42. 谭桂林：《论〈白鹿原〉的家族母题叙事》，《河北学刊》2001 年第 2 期。

43. 申霞艳：《乡土中国与现代性——重读〈白鹿原〉》，《南方文坛》2013 年第 2 期。

44. 郑万鹏：《东西文化冲突中的〈白鹿原〉》，《牡丹江师范学院学报》1997 年第 1 期。

45. 袁红涛：《宗族村落与民族国家：重读〈白鹿原〉》，《文学评论》2009 年第 6 期。

46. 车宝仁：《〈白鹿原〉修订版与原版删改比较研究》，《唐都学刊》2004 年第 5 期。

47. 王鹏程：《关于〈白鹿原〉版本研究》，《当代文坛》2009 年第 1 期。

48. 姚晓雷：《从田小娥的四副面孔看陈忠实乡土中国叙事的伦理生成》，《中国文学批评》2016 年第 4 期。

49. 张高领：《性别、阶级与儒家伦理——再论〈白鹿原〉中的田小娥形象》，《文艺理论与批评》2017 年第 4 期。

50. 王尧：《"重返八十年代"与当代文学史论述》，《江海学刊》2007 年第 5 期。

51. 王尧：《关于"九十年代文学"的再认识》，《文艺研究》2012 年第 12 期。

52. 童庆炳：《文学经典建构诸要素及其关系》，《北京大学学报》2005 年第 5 期。

陈忠实文学年谱

1958年　十六岁

【诗词】

11月4日，诗歌《钢、粮颂》刊《西安日报》。这是陈忠实发表的第一首诗，全诗共四行，二十字。

这是陈忠实"第一次见诸报刊的作品"。当时陈忠实正在西安第18中学读初二。1958年秋，这是全民诗歌写作运动掀起高潮的时刻，陈忠实"看着骤然间魔术般变出诗画满墙的乡村，读着这样昂扬的诗句，我往往涌起亢奋和快乐。一次作文课上，老师让大家写歌颂大跃进、人民公社、总路线'三面红旗'的诗歌，我一气写下五首，每首四句。作文本发回来时，老师给我写下整整一页评语，全是褒奖的好话。我便斗胆把这五首诗寄到《西安晚报》去。几天后，……我看见了印在我名字下的四句诗。姑且按当年的概念称它为诗吧，尽管它不过是顺口溜，确凿是我第一次见诸报刊的作品"①。

1965年　二十三岁

【快板】

1月28日，快板《一笔冤枉债——灞桥区毛西公社陈家坡贫农陈广运家史片断》刊《西安晚报》。

① 陈忠实：《最初的操练》，《陈忠实文集》第7卷，人民文学出版社2015年，第133页。

这个快板写于 1964 年"面上社教"运动。此年冬,陈忠实在毛西公社农业中学做民办老师,按照毛西公社团委的安排,各村和中学都要出宣传"千万不要忘记阶级斗争"的文艺节目参加汇演,"我所在的农业中学也接受了任务,却犯起愁来,我根本不会排练文艺节目。情急之下,我把当地一位老贫农的家史编成一首陕西快板,找了一位口才和嗓门比较亮堂的学生,演出后颇多反响。很快,这个快板就在《西安晚报》临时开设的《春节演唱》专栏里全文发表了"①。

【诗词】

3 月 6 日,诗歌《巧手把春造》刊《西安晚报》。

【散文、报告文学、言论等】

3 月 8 日,散文处女作《夜过流沙沟》刊《西安晚报》文艺副刊《红雨》。

1985 年 2 月 27 日,陈忠实谈到这篇散文时说:"第一次发表散文《夜过流沙沟》,是较长时期的练笔的结果,是由无数次失败和痛苦所铺垫的道路,终于使我接近了文学殿堂的大门。"他感叹,"这是我的变成铅字见诸报刊的第一篇习作,历经四年,两次修改,一次重写,五次投寄,始得发表"②。"第一篇作品的发表,首先使我从自信与自卑的痛苦折磨中站立起来,自信第一次击败了自卑。我仍然相信我不会成为大手笔,但作为追求,我第一次可以向社会发表我的哪怕是十分微不足道的声音了。"③ 时隔近两年之后,1986 年 12 月,他再次更为细致地传达了这第一篇散文发表带给他的心情和体会:"它给我的喜悦是不言而喻的。然而更重要的是对我的

---

① 陈忠实:《最初的操练》,《陈忠实文集》第 7 卷,人民文学出版社 2015 年,第 133 页。

② 陈忠实:《何谓良师——我的责任编辑吕震岳》,《陈忠实文集》第 6 卷,人民文学出版社 2015 年,第 152 页。

③ 陈忠实:《答读者问》,《陈忠实文集》第 3 卷,人民文学出版社 2015 年,第 467 页。

信心的验证。我第一次经过自己的独立的实践使自己相信：没有天才或天分甚微的人，通过不息的奋斗，可以从偏心眼儿的上帝那儿争得他少赋予我的那一份天资。整个在此前一段漫长的奋斗期——从开始爱好到矢志钻研文学，我一直在自信与自卑的折磨中滚爬。现在，自信第一次击败了自卑，成为我心理因素和情绪中的主导方面。我验证了'不问收获，但问耕耘'这条谚语，进而愈加确信它对我是适用的。"[1] 1990 年 9 月 19 日，他在给业余作者诗文集所作的"序"中写道："以我自己的体会说来，在处女作发表之前较为漫长的苦斗期里，在诸多的困扰中，自卑是最可怕的一种心理情绪。自卑总是和自信一起徘徊，总是怀疑自己是否具备文学天才或者说文学的基因。自信经过天才这面神秘的镜子的折射就变成了自卑。第一次发表作品，无疑意味着自信第一次战胜了自卑，使许久被自卑困扰以至折磨的人站起来，扬眉吐气地说，我还行！"[2] 2001 年 12 月，陈忠实谈及对《夜过流沙沟》作为自己"处女作"的理解和理由："在我先是业余后是专业的写作生涯里，后来一直把散文《夜过流沙沟》作为处女作。这篇散文发表在一九六五年初的《西安晚报》文艺副刊上，刊名可能叫《红雨》，取自毛泽东诗句'红雨随心翻作浪'。"进而谈道："我至今也搞不大准确'处女作'的含义，是指平生写下的第一篇作品呢，还是指公开发表的作品？我把《夜过流沙沟》作为处女作，是按后一种含义，即公开发表的第一篇散文。而此前曾经写过不少散文、诗歌、小说，都没有达到发表水平自行销毁了。而按照'处女作'的客观直接的含义，应该是指第一次写下的作品，而不管它发表与否。"[3]

---

① 陈忠实：《收获与耕耘》，《陈忠实文集》第 3 卷，人民文学出版社 2015 年，第 500 页。

② 陈忠实：《巨人与矮子——〈长安风〉序》，《陈忠实文集》第 5 卷，人民文学出版社 2015 年，第 334 页。

③ 陈忠实：《最初的操练》，《陈忠实文集》第 7 卷，人民文学出版社 2015 年，第 132 页。

陈忠实之所以把《夜过流沙沟》作为其处女作，"主要是一种心理因素，即散文才应该是文学作品的正宗"，此前的诗歌（陈称之为"顺口溜"）、快板"从文艺分类上属于曲艺作品，归不到文学的范畴里来。……我真正痴迷、潜心追求的是文学类里的小说、散文以及新诗歌，曲艺从来不是我写作的兴趣"。因此，在陈忠实看来，"《夜》文的发表才是我真正感到鼓舞感到兴奋感到了入门意义的事情"①。因最初的钢笔字变成铅字都是在《西安晚报》副刊，所以陈忠实对自己最初的文字和发表它们的报纸心存感激念念不忘，"在我整个创作生涯中是保有永久之鲜活的记忆的"②。

4月17日，散文《杏树下》刊《西安晚报》。

12月5日，散文《樱桃红了》刊《西安晚报》。

可以说，这篇散文铸就了陈忠实的"樱桃情结"。2011年5月30日，陈忠实在散文《原上原下樱桃红》中写道："我至今依旧清楚地记得，四十六年前的1965年，我在《西安晚报》发表过散文《樱桃红了》，是歌颂一位立志建设新农村带领青年团员栽培樱桃树的模范青年。这是我初学写作发表的第二篇散文（此处陈忠实记忆有误，应为第三篇，引者注），无论怎样幼稚，却铸成永久的记忆，樱桃也就情结于心了。"对于陈忠实来说，"樱桃情结"的形成不仅在于其种植之久和果形色彩之"诗意"，"加深且加重这种樱桃情结的另一种因素，说来就缺失浪漫诗性了。我自白鹿原地区生活和工作大半生，沉积在心底的记忆便是穷困的种种世相。"③同样写樱桃红，半个世纪的间隔和历史的沧桑巨变，使两篇散文构成了奇妙的对照和对话。

① 陈忠实：《最初的操练》，《陈忠实文集》第7卷，人民文学出版社2015年，第133—134页。

② 同上。

③ 陈忠实：《原上原下樱桃红》，《陈忠实文集》第10卷，人民文学出版社2015年，第68页。

1966 年　二十四岁

【小说】

3 月 25 日，故事《春夜》刊《西安晚报》。

【散文、报告文学、言论等】

4 月 17 日，散文《迎春曲》刊《西安晚报》。

《夜过流沙沟》之后，陈忠实又在《西安晚报》上发表多篇文字，他在 2001 年文章中写道："直到'文革'开始前该报终止文艺副刊，大约有一年稍多点的时日。"副刊的停刊对陈忠实是"生命历程中第一次重大的挫伤。刚刚感受到发表作品的鼓舞，刚刚以为摸得文学殿堂的门槛，那门却关上了"[1]。一年后，他在《我的文学生涯——陈忠实自述》中又谈道："一九六五年我连续发表了五六篇散文，虽然明白离一个作家的距离仍然十分遥远，可是信心却无疑地更加坚定了。不幸的是，第二年春天，我们国家发生了一场混乱，就把我的梦彻底摧毁了。我十分悲观，看不出有什么希望，甚至连生活的意义也觉得黯然无光了。"[2]

2010 年 8 月 18 日，陈忠实谈到自己"文革"前的写作时说："从 1965 年初到'文革'在次年的 6 月份发生，所有报纸都停止了副刊，我大约发了七八篇散文吧，当时都已经感觉甚好了，到'文革'一开始，那个声势就把我吓坏了。我当时是一个民办中学教师，包括郭沫若都说，他读了《欧阳海之歌》，应该把他的全部文学创作都烧毁，扔了。"[3]

1971 年　二十九岁

【散文、报告文学、言论等】

11 月 3 日，散文《闪亮的红星》刊《西安日报》。

---

[1]　陈忠实：《最初的操练》，《陈忠实文集》第 7 卷，人民文学出版社 2015 年，第 134 页。

[2]　陈忠实：《我的文学生涯——陈忠实自述》，《小说评论》2003 年第 5 期。

[3]　陈忠实：《自我定位，无异自作自受》，《陈忠实文集》第 10 卷，人民文学出版社 2015 年，第 358 页。

关于这篇散文的写作与发表，陈忠实回忆道："一九七一年，我连续四五年没有写作了。张月赓惦记着我，托人在农村找我，催促我在《西安日报》上发表了散文《闪亮的红星》，可以说是张月赓重新唤起了我的文学梦。"① 陈忠实称这篇散文是"中断六七年之久的又一个'第一篇'散文"。散文发表后"据说引起了一些反响"，但陈忠实认为这是"与文艺几乎绝缘了六七年的民众，在报纸上突然看到一篇散文，肯定首先会有新鲜感，绝不会是我写出了什么佳作"②。但他同时也看到了这篇散文对于自己的意义，不仅在于重启文学梦，"对我来说，这篇艰难作成的散文的成败并不足论，重要的是把截断了六七年、干涸了六七年的那根文学神经接通了、湿润了，思维以文学的形式重新流动起来了"③。

1972 年　三十岁

【散文、报告文学、言论等】

特写《老班长》刊《工农兵文艺》（陕西省工农兵艺术馆编）第 7 期。

10 月 22 日，散文《雨中》刊《西安日报》。

11 月，写成散文《水库情深》。

【故事】

8 月 27 日，革命故事《配合问题》刊《西安日报》。并刊《工农兵文艺》第 9—10 期合刊。

---

① 陈忠实：《关于四十五年的答问——与〈小说评论〉主编李国平的对话》，《陕西日报》2002 年 7 月 31 日。又，《关于 45 年的答问》，《陈忠实文集》第 7 卷，人民文学出版社 2015 年，第 325 页。

② 陈忠实：《最初的操练》，《陈忠实文集》第 7 卷，人民文学出版社 2015 年，第 135 页。

③ 陈忠实：《最初的操练》，《陈忠实文集》第 7 卷，人民文学出版社 2015 年，第 135—136 页。

1973年　三十一岁

【小说】

4—10月，写成短篇小说《接班以后》，并于11月头条发表于《陕西文艺》第3期，这是陈忠实发表的第一篇短篇小说。

关于这篇小说，1985年2月27日，陈忠实回忆道："第一次发表小说，距第一次发表散文相隔七年之久。这篇小说是我正儿八经地写成的第一篇小说，虽然不可避免地烙上了当时'左'的印迹，然而对我来说，重要的意义并不在此。在这篇作品里，我第一次把自己对生活的观察和体验写进了小说，第一次完成了从生活到艺术的融化过程。……这篇小说所写的人物和细节，全是我从生活中采撷得来的，使我跨过了这样至关重要的一步——直接从生活中掘取素材。"[①]

2001年2月20日，陈忠实在散文中回忆，1973年隆冬时节，人民文学出版社的何启治到西安组稿，得到陕西作协推荐找到陈忠实，何认为《接班以后》"具备了一个长篇小说的架势或者说基础，可以写成一部二十万字左右的长篇小说"。此时的陈忠实正处于喜悦、鼓舞和新的惶惶中："我在刚刚复刊的原《延河》今《陕西文艺》双月刊第三期上发表的两万字的短篇小说《接班以后》，是我平生发表的第一篇小说，也是我自初中二年级起迷恋文学以来的第一次重要跨越（且不在这里反省这篇小说的时代性图解概念），鼓舞着的同时，也惶惶着是否还能写出并发表第二、第三篇，根本没有动过长篇小说写作的念头，这不是伪饰的自谦而是个性的制约。我便给老何解释这几乎是老虎吃天的事。"[②] 2006年3月7日，他又从其他方面谈及这部小说："这篇小说从字数上来说，接近两万

① 陈忠实：《答读者问》，《陈忠实文集》第3卷，人民文学出版社2015年，第467—468页。
② 陈忠实：《何谓益友——我的责任编辑何启治》，《陈忠实文集》第7卷，人民文学出版社2015年，第86页。

字，是我结构故事完成人物的一次自我突破。"①

陈忠实曾三次谈到柳青对小说《接班以后》的修改。第一次是在1980年4月写成的《我信服柳青三个学校的主张——〈信任〉获奖感言》，在这篇文章中，陈忠实写道："不久前，从友人那里得到一份柳青同志对我的一篇习作批改的手稿，灯下，我一字一句琢磨着修改过的文字，心里有一种难以遏制的激动情绪。在一节不足四千字的文字中，他删改过二百多处，添加了近乎一千字！整个版面上，连圈带划，眉头和行间，全注满了。当时，他正患病，而且艰难地进行着《创业史》的修改工作，定是很忙又很累的，对我的习作做出如此认真详细的批改，这需要付出多么艰辛的劳动啊！"② 2006年3月7日，陈忠实再次写到柳青对小说的修改："关于柳青对《接》的反应，我却是从《西安日报》文艺编辑张月赓那里得到的。老张告诉我，和他同在一个部门的编辑张长仓，是柳青的追慕者，也是很得柳青信赖的年轻人。张长仓看到了柳青对《接》修改的手迹，并拿回家让张月赓看。我在张月赓家看到了柳青对《接》文第一节的修改本，多是对不太准确的字词的修改，也划掉删去了一些多余的赘词废话，差不多每一行文字里都有修改圈画的笔迹墨痕。我和老张逐个斟酌掂量那些被修改的字句，接受和感悟到的是一位卓越作家的精神气象，还有他的独有的文字表述的气韵，追求生动、准确、形象的文字的'死不休'的精神令我震惊。"③ 2008年1月18日，陈忠实又谈到柳青对《接班以后》的修改："编辑把这篇小说送给柳青看。他把第一章修改得很多，我一句一字琢磨，

---

① 陈忠实：《陷入与沉浸——〈延河〉创刊50年感怀》，《陈忠实文集》第8卷，人民文学出版社2015年，第129页。

② 陈忠实：《我信服柳青三个学校的主张——〈信任〉获奖感言》，《陈忠实文集》第1卷，人民文学出版社2015年，第531页。

③ 陈忠实：《陷入与沉浸——〈延河〉创刊50年感怀》，《陈忠实文集》第8卷，人民文学出版社2015年，第129页。

顿然明白我的文字功力还欠许多火候。"①

2009 年，陈忠实谈到这篇小说："一九七三年，我发表第一篇小说《接班以后》，读者、评论界最普遍的反映是：这是学习柳青学得最像的一篇小说。……尤其是我这篇处女作小说的语言特像柳青，所以有人就怀疑这是柳青换了一个'陈忠实'的名字来发表作品。"② 2011 年，他再次谈到，《接班以后》"尽管也逃脱不了演绎和图解政策的时病，然就对生活的描写和人物性格的刻画，赢得了甚为强烈的反响，有人甚至猜疑柳青换了一个名字写作了。相对于八年前我发表的千把字的处女作散文，也当属'有如神助'"③。

《接班以后》被西安电影制片厂选中，1975 年春至 1976 年春，陈忠实由组织安排到西影厂改编电影剧本。电影于 1976 年拍成，片名《渭水新歌》，1977 年 1 月发行上映。这是陈忠实第一部电影剧本。

【散文、报告文学、言论等】

4 月，写成电影剧本《接班以后》。

5 月 6 日，散文《青春红似火》刊《西安日报》。

7 月，散文《水库情深》刊《陕西文艺》(《延河》复刊后，为了与"文艺黑线"决断而改用名)创刊号。

据陈忠实所记，他在 1972 年秋或冬，收到徐剑铭的一封信："剑铭在信中告诉我，他推荐了我（指向《陕西文艺》编辑部推荐业余作者，引者注），而且推荐了我刊登在西安郊区文化馆创办的内部刊物《郊区文艺》上的散文《水库情深》。……正是剑铭这一次推荐，荐人和荐稿，使我跨进了作家协会和《延河》的高门槛。接到剑铭信后没过几天，就收到《陕西文艺》编辑部路萌的电话，谈

---

① 陈忠实：《一个空前绝后的数字——我的读书故事之三》，《陈忠实文集》第 9 卷，人民文学出版社 2015 年，第 54 页。

② 陈忠实：《创作成就取决于作家的敏感、深刻和独特——与西安工业大学人文学院邰科祥教授对话》，《陈忠实文集》第 9 卷，人民文学出版社 2015 年，第 524 页。

③ 陈忠实：《有关我的创作——答〈黄河文学〉和歌问》，《陈忠实文集》第 10 卷，人民文学出版社 2015 年，第 375 页。

了他对剑铭送给他的《水库情深》的意见。随后又收到路萌经过红笔修改的稿子。这篇经剑铭推荐的散文《水库情深》，发表在《陕西文艺》创刊号上。"①

1974年　三十二岁

【小说】

6月，写成短篇小说《高家兄弟》；9月，刊《陕西文艺》第5期。

《接班以后》《高家兄弟》，都是陈忠实在工作之余的"业余"写作，"有一次办了个两三个礼拜的学习班，相对就比较轻松，我写了第一篇小说。到1974年，我去南泥湾五七干校锻炼半年，利用节假日、晚上，我又写了第二篇小说。"②《接班以后》是陈忠实由民办教师借调到立新公社，任公社卫生院革命领导小组组长后，1973年春到西安郊区党校学习期间构思并于本年国庆节期间写成。《高家兄弟》是作者任毛西公社革委会副主任后，到西安市南泥湾五七干校学习锻炼期间写成。对于这两篇小说，作者说："都是演绎'阶级斗争'这个'纲'的，而且是被认为演绎注释得不错的。"③

1975年　三十三岁

【小说】

4月，写成短篇小说《公社书记》；7月，刊《陕西文艺》第4期。

《接班以后》《高家兄弟》《公社书记》均发表于《陕西文艺》。关于这三篇小说，陈忠实在2006年3月7日的文章中回忆道："在《陕西文艺》存在的三四年里，我写作发表过三篇短篇小说，也是

---

① 陈忠实：《有剑铭为友》，《陈忠实文集》第8卷，人民文学出版社2015年，第249页。

② 陈忠实：《文学的心脏，不可或缺——与〈解放日报·周末刊〉高慎盈的对话》，《陈忠实文集》第10卷，人民文学出版社2015年，第401页。

③ 陈忠实：《最初的晚餐——〈生命历程中的第一次〉之一》，《陈忠实文集》第6卷，人民文学出版社2015年，第3页。

我写作生涯里的前三篇小说……一年一篇。这些作品的主题和思想，都在阐释阶级斗争这个当时社会的'纲'，我在新时期之初就开始反省，不仅在认识和理解社会发展的思想理论上进行反思，也对文学写作本身不断加深理解和反思。然而，最初的写作实践让我锻炼了语言文字，锻炼了直接从生活掘取素材的能力，也演练了结构和驾驭较大篇幅小说的基本功，这三篇小说都在两万字上下，单是结构对我来说都是一种突破。"具体写作情况是："这三篇小说都不是在公社大院里写成的。《接》在党校学习期间抽空完成。《高》又是在南泥湾五七干校劳动锻炼的半年里写成。为此我自己买了一盏玻璃罩煤油灯，待同一窑洞的另三位干部躺下睡着，干校统一关灯之后，我才点燃自备的煤油灯读书和写作。读的是《创业史》，翻来覆去地读；写成了《高》文。《公》文则是被文化馆抽调初期工作时间的副产品。那个时候不仅没有稿酬，还有一根极左的棒子悬在天灵盖上，朋友、家人问我我也自问，为啥还要写作？我就自身的心理感觉回答：过瘾。这个'过瘾论'是我最真实感受，也是最直白的表述。"[1]

【散文、报告文学、言论等】

4 月 12 日，散文《铁锁——农村生活速写》刊《西安日报》。

9 月，村史《灞河怒潮》由陕西人民出版社出版。

1976 年　三十四岁

【小说】

3 月，短篇小说《无畏》刊《人民文学》第 3 期。

陈忠实后来因这篇写与"走资派"斗争的小说，在揭批"四人帮"运动中，做了情况说明和检讨。在追忆恩师王汶石的文章中，陈忠实这样写道："我在刚刚复刊的《人民文学》上发表过一篇迎

---

①　陈忠实：《陷入与沉浸——〈延河〉创刊 50 年感怀》，《陈忠实文集》第 8 卷，人民文学出版社 2015 年，第 130—131 页。

合当时潮流的反'走资派'的小说，随着'四人帮'的倒台以及一切领域里的拨乱反正，我陷入一种尴尬而又羞愧的境地里。"①这次"事件"对于陷入"尴尬而又羞愧的境地"的陈忠实来说，也是一次警醒，促使他进入深刻的反思和自省自剖，通过有选择的读书和深入的思考，清除思想观念上的极左意识和艺术上的单调、空虚和教条主义。关于这一点，他在1985年2月27日的文章中写道："我当时因一篇不好的小说而汗颜和内疚不已，就近于残酷地解剖自己。我躲在文化馆的一间废弃的破房子里，潜心读书，准备迎接文艺的春潮。我明白，从思想上清除极左的东西也许并不太困难，而艺术上的空虚却带有先天的不足。我企图通过一批优秀的短篇的广泛阅读，把'左'的艺术说教彻底扫荡；集中探索短篇的结构和表现艺术，包括当代的一些代表文学新潮流的作品，也都读了，企图打破自己在篇章结构上的单调手段。在泛读的基础上，我又集中研读了莫泊桑的一些代表作。到一九七九年春天，我觉得信心和气力都充实了，就连着写出了一些短篇。"②

关于这篇小说给陈忠实带来的"某种难言的尴尬状态"，陈忠实在其他文章中也有叙述，叙述的侧重点略有不同："我在前一年为刚刚复刊的《人民文学》写过一篇小说，题旨迎合着当时的极左政治，到粉碎'四人帮'后就跌入尴尬的泥淖了。社会上传说纷纭，甚至把这篇小说的写作和'四人帮'的某个人联系在一起。尴尬虽然一时难以摆脱，我的心里倒也整端不乱，相信因一篇小说一句话治罪的荒诞时代肯定应该结束了，中国的大局大势是令人鼓舞的，小小的个人的尴尬终究会过去的。"③

① 陈忠实：《为了十九岁的崇拜——追忆尊师王汶石》，《陈忠实文集》第6卷，人民文学出版社2015年，第160页。
② 陈忠实：《答读者问》，《陈忠实文集》第3卷，人民文学出版社2015年，第472页。
③ 陈忠实：《有剑铭为友》，《陈忠实文集》第8卷，人民文学出版社2015年，第250—251页。

《接班以后》《高家兄弟》《公社书记》《无畏》是陈忠实在"文革"期间发表的四个短篇。2003 年，陈忠实在回忆自己的这四篇"文革"小说时说："它们都带有当时政治斗争的烙痕，主题都属于演绎阶级斗争的。但是，我那些作品在当时都产生了广泛的社会影响。这在当时那个艺术荒漠的状况下，我的那些作品之所以能产生广泛影响，主要是因为我对现实生活的艺术描绘可能在生动性上做得更好一点。但在骨子里这些作品所要演绎的还是阶级斗争。"① 但同时，他也谈到这四篇小说中的"柳青因素"："……我最初在'文革'中间写了四个短篇之后，人们为什么喊我为'小柳青'，主要就是我那些小说的味道像柳青，包括文字的味道像柳青，柳青对当时我的文字的影响、句式的影响都是存在的。"②

【散文、报告文学、言论等】

6 月 20 日，《社娃——农村生活速写》刊《西安日报》。

关于"文革"以前的创作，陈忠实在 1985 年 2 月 27 日文章中自述："1965 年初，我高中毕业回乡以后当民办教师，发表了第一篇散文叫《夜过流沙沟》。到'文革'开始，一共发表了六七篇散文，两首诗歌，都在地方报纸。然后'文革'开始了，老作家都被打垮了，像我们这样的业余小作者就更不用说了。"③ 陈忠实认为，自己在 1973 年发表小说处女作《接班以后》之前的散文，"也许对生活的编造的痕迹太重，对生活的描绘太肤浅了"④。在 2009 年出版的《寻找属于自己的句子》中，陈忠实再次写道："我在'文革'

---

① 陈忠实：《在自我反省中寻求艺术突破——与武汉大学文学博士李遇春的对话》，《陈忠实文集》第 7 卷，人民文学出版社 2015 年，第 423 页。

② 陈忠实：《在自我反省中寻求艺术突破——与武汉大学文学博士李遇春的对话》，《陈忠实文集》第 7 卷，人民文学出版社 2015 年，第 427 页。

③ 陈忠实：《文学的心脏，不可或缺——与〈解放日报·周末刊〉高慎盈的对话》，《陈忠实文集》第 10 卷，人民文学出版社 2015 年，第 400 页。

④ 陈忠实：《答读者问》，《陈忠实文集》第 3 卷，人民文学出版社 2015 年，第 467 页。

前一年刚刚发表散文处女作，到'文革'摧毁一切的时候，仅仅发表过六七篇散文，还有诗歌、快板。那时候能在报刊上发表作品的业余作者远远比不得现在这样多，尽管我自己很鼓舞，却也能掂出自己那些小散文的分量，确凿还不敢确信自己能成为一个作家。作家柳青和王汶石就在离我不远的西安，是我顶礼膜拜的人，他们才是作家，等不得我有创作的新发展，也等不得我有当作家的雄心壮志产生，'文革'把我最切实也最平庸的能发点文章就不错的好梦也打碎了。"①

11 月 20 日，言论《努力学习　努力作战》刊《陕西文艺》第 6 期"毛主席啊，延安儿女永远怀念您"专辑。

1977 年　三十五岁
【散文】
10 月，散文《雹灾以后——农村散记》刊《延河》第 10 期。

1978 年　三十六岁
【小说】
10 月，写成短篇小说《南北寨》，刊《飞天》第 12 期，《延河》1979 年第 2 期。

1979 年　三十七岁
【小说】
2 月，短篇小说《南北寨》刊《延河》第 2 期。

3 月，写成短篇小说《小河边》，刊《西安日报》4 月 13 日。

4 月，写成短篇小说《徐家园三老汉》，刊《北京文艺》第 7 期；写成短篇小说《幸福》。

---

① 陈忠实《寻找属于自己的句子》，上海文艺出版社 2009 年，第 37 页。

关于这两篇小说的写作意图，陈忠实自述："我在《徐家园三老汉》的写作之初有一个小小的企图，试一试能不能写出三个年龄相仿，职业相同的农村老汉的性格差异来。另一篇《幸福》，也出于同一目的，试试能否写出三个青年人的性格差异来，以练习自己刻画人物的基本功。习作发表后，我自己觉得三个老汉比三个青年的眉目清晰一些（就我的习作相对而言；总的来看，都不典型）。"① 2008 年，陈忠实在谈到自己前期小说中塑造的老汉形象最成功时说："在我开始写的几个小说里，没有女性，全是男的，有年轻的、中年人和老头，在这些人物里头，大家觉得我写老汉写得最生动。其实，我当时才三十岁，为什么会形成这种印象？我一九七九年在《北京文学》上发表了《徐家园三老汉》短篇小说，我试着同时写三个老头，能不能把他们的性格特征、心理差异写出来，而且还都不是坏老头，三个人都在生产队的菜园里工作，写他们的个性差异，练习写作基本功。"② 2009 年，陈忠实再次提到这篇小说的创作情况："一九七九年春，我产生了写小说的欲望。我后来的创作过程也一直是这样，往往是其他人写得红火时，我一点也不焦急，我需要做必要的准备，急是没用的。正是这样，在这一年，我连续发表了十部小说，在我迄今为止的创作生涯中，这是我一生中少有的高产期。其中《徐家园三老汉》，我印象最深。我在这篇小说中有意锻炼人物塑造的基本功。我想看看自己能不能写出同类人物的差异来。这篇小说在《北京文学》发表后，评论家阎纲正在住院，他看到这篇小说后很高兴，意识到我明显的变化。"③

2006 年 11 月 29 日，陈忠实回忆这篇小说的写作和发表情况：

---

① 陈忠实：《我信服柳青三个学校的主张——〈信任〉获奖感言》，《陈忠实文集》第 1 卷，人民文学出版社 2015 年，第 530 页。

② 陈忠实：《我与〈白鹿原〉——在中国现代文学馆讲演稿》，《陈忠实文集》第 9 卷，人民文学出版社 2015 年，第 491 页。

③ 陈忠实：《创作成就取决于作家的敏感、深刻和独特——与西安工业大学人文学院邰科祥教授对话》，《陈忠实文集》第 9 卷，人民文学出版社 2015 年，第 534 页。

"我正儿八经接到本省和外埠的第一封约稿信件，是老傅（指《北京文学》编辑傅用霖，引者注）写给我的，是在中国文学刚刚复兴的新时期的背景下，也是在我刚刚拧开钢笔铺开稿纸的时候。我得到鼓舞，也获得自信，不是我投稿待审，而是有人向我约稿了，而且是《北京文学》杂志的编辑。对于从中学就喜欢写作喜欢投稿的我来说，这封约稿信是一个标志性的转折。我便给老傅寄去了短篇小说《徐家园三老汉》，很快便刊登了。这是新时期开始我写作并发表的第三个短篇小说。"①

5月，写成短篇小说《信任》，刊《陕西日报》6月3日。经王汶石推荐，《人民文学》1979年第3期转载。

这篇小说在构思之初篇幅较大，陈忠实原本是打算给《人民文学》的，但适逢《陕西日报》编辑吕震岳约稿，陈忠实便改变想法将稿子字数限制在《陕西日报》文艺副刊字数上限的七千字以内。"如果就结构而言，这个短篇是我的短篇小说中最费过思量的一篇，及至语言，容不得一句虚词冗言，甚至一边写着一边码着纸页计算着字数。写完时，正好七千字，我松了一口气，且不说内容和表现力，字数首先合乎老吕的要求了"②。关于这个短篇小说，陈忠实说，"这是我自有投稿生涯以来发表得最快的一篇作品"③。陈忠实详细地描述了发表《信任》的版面："'信任'两字是某个书法家的手书，有两幅描绘小说情节的素描画作为插图，十分简洁又十分气魄，看着看着就觉得眼热。这是我第一次在《陕西日报》文艺副刊上发表作品，但不是处女作，此前已经有为数不少的小说、散文在杂志和报纸副刊上发表，按说不应该有太多太强的新鲜感。我

---

① 陈忠实：《1980年夏天的一顿午餐》，《陈忠实文集》第6卷，人民文学出版社2015年，第146页。

② 陈忠实：《何谓良师——我的责任编辑吕震岳》，《陈忠实文集》第6卷，人民文学出版社2015年，第236页。

③ 陈忠实：《何谓良师——我的责任编辑吕震岳》，《陈忠实文集》第6卷，人民文学出版社2015年，第147页。

不由自主的'眼热'，来自当时的心态和更远时空的习作道路上的艰难。"对于陈忠实来说："……这篇小说的发表无疑给我以最真实的也是最迫切需要的自信。"[1] 但小说写成之后、发表之前，陈忠实却陷入了由写作时的自信到写成后的自我怀疑和否定的心理怪圈。1992 年 3 月 25 日，在将刚刚结篇的《白鹿原》手稿拿给去西安取稿的高贤均和洪清波后，陈忠实怀着"几乎是迫不及待的一种期待心理，更多的是担心乃至害怕"，他解释道，这"几乎是自喜欢写作几十年形成的一种习惯性心理，这就是，以一种不可抑制的惊喜发生创作冲动，兴味十足地完成构思，满怀信心乃至不无得意地进行创作。然而，一当写完最后一个句子，心理便开始发生逆转。……最典型的也是记忆犹新的一次，是 1979 年初夏完成短篇小说《信任》，就发生了很严重的自我怀疑和否定的心理挫折"[2]。

针对小说发表后引起的反响，尤其是"实际生活中哪有罗坤这样好的人"的质疑，陈忠实感到"很矛盾"："因为在这个罗坤身上，确实寄托着作者对一个生活原型的崇敬和钦佩之情，也自然作了一些典型的集中；我又担心，这种做法是艺术上所允许的正常手段呢，还是重蹈了'三突出'的旧辙而造出了假大空的神？"不久之后，陈忠实听到一个平反干部重新工作后的先进事迹，激动不已地立即采访了他，"心情顿然踏实了。……生活中原来有罗坤这样的好人啊，只是我们没有发现他！这样优秀的共产党员可能为数不多，唯其少，才更宝贵，才更有宣传以造成更大影响的必要。继之，我又写了报告文学《忠诚》，把他介绍给读者。"[3] 2008 年 7 月 10 日，陈忠实再次写到《信任》。《信任》在被《人民文学》等多家杂志转载后，赞扬之声不绝于耳，陈忠实的"某些自鸣得意也难

---

① 陈忠实：《何谓良师——我的责任编辑吕震岳》，《陈忠实文集》第 6 卷，人民文学出版社 2015 年，第 149 页。

② 陈忠实：《寻找属于自己的句子》，上海文艺出版社 2009 年，第 154—155 页。

③ 陈忠实：《我信服柳青三个学校的主张——〈信任〉获奖感言》，《陈忠实文集》第 1 卷，人民文学出版社 2015 年，第 531 页。

以避免。恰在这时候，当初把《信任》推荐《人民文学》转载的编辑向前女士，应又一家杂志之约，对该杂志转载的《信任》写下一篇短评。好话连一句都记不得了，只记得短评末尾一句：陈忠实的小说有说破主题的毛病（大意）。我初读这句话时竟有点脸烧，含蓄是小说创作的基本规范，我犯了大忌了。我从最初的犯忌的慌惶里稍得平静，不仅重读《信任》，而且把此前发表的十余篇小说重读一遍，看看这毛病究竟出在哪儿。在往后的创作探寻中，我渐渐意识到，这个点破主题的毛病不单是违背了小说要含蓄的规矩，而是既涉及到对作品人物的理解，也涉及到对小说这种艺术形式的理解，影响着作品的深层开掘。应该说，这是最难忘也最富反省意义的一次阅读自己。"[1] 1998 年《白鹿原》获第四届茅盾文学奖之后，陈忠实接受采访时，再次谈道："……短篇小说《责任》（应为《信任》，引者注）获奖后，有人评点就说：'最后，作者终于忍不住点出主题。'这句话对我影响很深，并把它当作创作上的大忌。在《白鹿原》的写作中我有意识加以防范。现在回忆整部书，我记得的议论只有一次，也只有两句话，其他都让人物自己去发感慨。那是写到国民党行将垮台时，面对鞭打绳拴的农村征壮丁，我议论道：'一个靠捆缚着双手的士兵支撑的政权，无疑是世界上最残暴的政权，也是最虚弱的政权。'这就是作家渗透在《白鹿原》中的政治倾向。"[2]

2010 年 3 月 13 日，陈忠实又在文章中追溯了《信任》写作的缘起和小说的构思情况，这篇小说的写作源自《陕西日报》文艺部编辑吕震岳在 1979 年 5 月的一次约稿，约稿要求是七千字，以便文艺副刊刊出，"我便从两条途径探路，一是结构，要集中要紧凑；

---

① 陈忠实：《阅读自己》，《陈忠实文集》第 9 卷，人民文学出版社 2015 年，第 64 页。

② 陈忠实、田长山、耿翔：《问鼎之后的沉思——第四届茅盾文学奖得主陈忠实访谈录》，陈忠实、冯希哲、张琼编：《陈忠实访谈录》，陕西人民出版社 2016 年，第 31 页。

二是语言，必须简洁凝练，才可能缩短篇幅，经两三构思，较为顺利写成《信任》。尚不足七千字，甚为庆幸"，"这是我最早写农村体制改革的一个短篇小说，由此开端，三年后写成十二万字的中篇小说《初夏》"①。

据吕震岳回忆，"《信任》是我在一次作协会上约他写的，也是他第一次为陕报副刊写稿。当我接到这篇稿子后，发现它是一篇难得的佳作，遂以最快的速度见报。没有料到，六月三日报纸发表以后，七月号的《人民文学》竟予以转载。不久，十月出版的《乔厂长上任记》一书，也将它收了进去，连北京外文出版社（日文版）出版的短篇小说佳作选也同时选了进去。这一连串的喜事，大大激励和鼓舞了陈忠实的创作热情。他在给我这本日文书籍时，激动地写了如下的话：'一篇《信任》，在国内被近十种书刊转载，又被译成英、法、日三种文字介绍到国外。第一次接到收录它的书刊时，我首先想到的是您。您是我重新提笔后第一个向我约稿的编辑，《信任》是我投稿中发出最快的一篇，我不能忘记。如果这本小书能给您的辛劳有一点安慰，那是我的全部用意所在。'从此，他就经常给省报副刊写稿。"②

《信任》被《人民文学》转载后，曾得到主编张光年的赞赏。关于这一点，陈忠实在1988年1月6日的散文中写道："一九七九年六月，我发表在《陕西日报》的一篇小说《信任》在《人民文学》七期转载。不久，编辑部来信告诉我，主编张光年同志正住院诊疾，在病床上看了刊物，尤其赞赏《信任》的艺术架构。作为一个作者，自然关注自己的作品公之于世之后的种种反应，但也不至于因为听到几句赞扬的话而忘乎所以。问题在于，那时候我的心境不

---

① 陈忠实：《仅说一种本能的情感驱使》，《陈忠实文集》第10卷，人民文学出版社2015年，第3—4页。

② 吕震岳：《为有源头活水来——陈忠实〈白鹿原〉获奖感想》，冯希哲、赵润民编：《走近陈忠实》，陕西人民出版社2006年，第62—63页。

佳，这是想听到几句赞扬的话以壮阳哩！"①

8 月，写成短篇小说《七爷》，刊《延河》1979 年第 10 期。

9 月，写成短篇小说《心事重重》，刊《长安》1980 年第 1 期。

10 月，写成短篇小说《猪的喜剧》，刊《延河》1980 年第 2 期。

陈忠实在《创作感受谈》讲述过自己如何在"忘我"状态下草拟而成这个短篇的过程和体会。②

12 月，写成短篇小说《立身篇》，刊《甘肃文艺》1980 年第 6 期。

对于陈忠实来说，1979 年是一个重要年份，是他形成新的文学姿态的一年。他回忆道，为了突破思想上的阶级斗争意识和文学艺术上的条条框框，"一直到一九七八年的冬天我都在读书，当一九七九年的春天到来以后，我觉得我的反省已经完成了，我的心里整个感觉都非常好，所以一九七九年春天我就开始写作。那一年里我发表了几个短篇，其中一个短篇《信任》还获得了当年的全国优秀短篇小说奖。我觉得我这个牌子就真正亮出来了，我的新的文学姿态也就出来了。"③

【散文、报告文学、言论等】

1979 年，写成报告文学《躯干》，刊《陕西日报》1980 年 3 月 2 日。

7 月 15 日，报告文学《忠诚》刊《西安日报》。这是陈忠实的第一篇报告文学。

【获奖】

短篇小说《信任》获中国作协 1979 年度全国优秀短篇小说奖。

---

① 陈忠实：《敬上一杯酒》，《陈忠实文集》第 5 卷，人民文学出版社 2015 年，第 159 页。

② 参见陈忠实《创作感受谈》，《陈忠实文集》第 3 卷，人民文学出版社 2015 年，第 490—491 页。

③ 陈忠实：《在自我反省中寻求艺术突破——与武汉大学文学博士李遇春的对话》，《陈忠实文集》第 7 卷，人民文学出版社 2015 年，第 424 页。

这是陈忠实第一次获奖。

1980 年　三十八岁

【小说】

1 月，短篇小说《心事重重》刊《长安》第 1 期。

1 月，写成短篇小说《石头记》，刊《群众艺术》第 7 期。

2 月，短篇小说《猪的喜剧》刊《延河》第 2 期。

3 月，写成短篇小说《回首往事》，刊《长安》1981 年第 2 期。

4 月，写成短篇小说《枣林曲》，刊《延河》第 7 期。

6 月，短篇小说《立身篇》刊《甘肃文艺》第 6 期。

7 月 30 日，写成短篇小说《早晨》，刊《长安》第 10 期。

10 月，写成短篇小说《第一刀》，刊《陕西日报》11 月 2 日。

"这是一篇写农村刚刚实行责任制出现的家庭矛盾和父子两代心理冲突的小说……尽管在征文结束后被评了最高等级奖，我自己心里亦很清醒，生动活泼有余，深层挖掘不到位。"[1]《第一刀》的创作同样来自《陕西日报·秦岭副刊》的一次农村题材征文，吕震岳再次约陈忠实应征，发表后收到众多读者来信。"这是我最早写农村体制改革的一个短篇小说，由此发端，三年后写成十二万字的中篇小说《初夏》。"[2] 由此也可以看出，这个篇幅简短的短篇小说对于陈忠实此后写作中篇《初夏》的引导意义。

10 月，写成短篇小说《反省篇》。

11 月，写成短篇小说《尤代表轶事》，刊《延河》1981 年第 1 期。

【散文、报告文学、言论等】

4 月 23 日，言论《我信服柳青三个学校的主张——〈信任〉获

---

[1]　陈忠实：《何谓良师——我的责任编辑吕震岳》，《陈忠实文集》第 6 卷，人民文学出版社 2015 年，第 147、149 页。

[2]　陈忠实：《仅说一种本能的情感驱使》，《陈忠实文集》第 10 卷，人民文学出版社 2015 年，第 4 页。

奖感言》刊《陕西日报》。这是陈忠实"从事写作以来第一次写谈创作的文章"①。

5月，《信任》（电视剧本）刊《陕西戏剧》第5期。这是陈忠实第一部电视剧本。

8月，写成散文《山连着山》。

本年，写成报告文学《分离》（与程瑛合作），刊《陕西青年》第9期。

【获奖】

短篇小说《立身篇》获《飞天》文学优秀作品奖（《甘肃文艺》1981年更名为《飞天》）。

短篇小说《第一刀》获1980年《陕西日报》好稿奖一等奖。

1981年 三十九岁

【小说】

1月，短篇小说《苦恼》刊《人民文学》第1期。

1月，短篇小说《尤代表轶事》刊《延河》1981年第1期"陕西青年作家专号"。

1月，写成短篇小说《土地诗篇》，刊《长安》第6期。

陈忠实谈到《苦恼》和《土地诗篇》的写作情况时说："在极左路线指导下，学大寨运动中，有一些人利用那个运动，搞一刀切，搞浮夸，干了不少坏事，除了许多社会原因之外，有一个个人品质的主观因素。又有一些人，主观上想为农民干些好事，因为指导思想的偏差，也干出许多错事和蠢事来。前一种情况的作品写得不少，后一种情况就不多了。我根据自己对这方面的生活感受，写出了《苦恼》和《土地诗篇》。"②

---

① 陈忠实：《何谓良师——我的责任编辑吕震岳》，《陈忠实文集》第6卷，人民文学出版社2015年，第154页。

② 陈忠实：《深入生活浅议》，《陈忠实文集》第1卷，人民文学出版社2015年，第544页。

1 月 11 日，草成短篇小说《乡村》，2 月改定。刊《飞天》第 6 期。

1 月 18 日，写成短篇小说《短篇二题》，刊《延河》1982 年第 5 期。

2 月，短篇小说《啊！人生》（即《回首往事》）刊《长安》第 2 期。

1981 年，写成短篇小说《正气篇——〈南村纪事〉之一》，刊《北京文学》第 10 期。

1981 年，写成短篇小说《征服——〈南村纪事〉之二》，刊《奔流》1982 年第 1 期。

1981 年，写成短篇小说《丁字路口——〈南村纪事〉之三》，刊《奔流》1982 年第 12 期。

【散文、报告文学、言论等】

言论《回顾与前瞻》刊中国作协西安分会编《文学简讯》第 3 期。

4 月，写成散文《面对这样一双眼睛》，刊《西安晚报》7 月 12 日。

1981 年，写成特写《可爱的乡村》，刊《陕西日报》11 月 8 日。

9 月，写成随笔《看〈望乡〉后想到的》，刊《银幕与观众》1981 年第 11 期。

10 月 14 日，写成报告文学《崛起》，刊《延河》1982 年第 1 期。

陈忠实在回忆 1982 年早春自己到渭河边一个公社落实中央一号文件分田到户时的创作和精神状态时说："尤其是三四个月前，我刚刚写成一篇报告文学《崛起》，是写一个年轻的党支部书记带领社员打翻身仗，把一个劳动日价值不过一毛的'烂杆儿'村，变成家家存款过万户户住上二层楼房的超级富裕村（就 1981 年的水准），而且依他的某些极富个性化的生活细节，写成了一组短篇小说。这就清楚不过地表明，不仅理念，而且情感，我都还倾注在集体经济上。我赞成开始实行的包括开放农村市场的新政策，也赞成体现按劳分配的包工包产管理办法，而且写了几个短篇小说。但是，我没有想到分田到户的无异于单干的大动作……我着实感到措手不及。我不仅感受到理解这个突然出现的生活大命题的思想的软弱和轻，也切实感受到情感投向陷入漩流似的紊乱。"①

【获奖】

短篇小说《尤代表轶事》获《延河》短篇小说奖。

1982 年　四十岁

【小说】

1 月，《征服——〈南村纪事〉之二》刊《奔流》第 1 期。

1 月，写成短篇小说《蚕儿》，刊《光明日报》2 月 4 日。

1 月，写成短篇小说《初夏时节》，刊《陕西日报》2 月 14 日。

1 月，写成短篇小说《土地——母亲》，刊《雨花》1982 年第 7 期。

5 月 15 日，写成短篇小说《霞光灿烂的早晨》，刊《北京文学》第 8 期。

这是陈忠实"唯一一篇直接切入这场重大生活变革（指执行中央一号文件精神分田到户，实行责任制即单家独户的'单干'。引者注）的小说"。小说"尽管用了一个很阳光的篇名，评家和读者却感知到'一缕隐隐的留恋'。我写一个为生产队抚育了多年牲畜的老饲养员，在分掉牲畜牛去槽空的第一个黎明到来时的心理情感。在当时几乎一哇声的既揭露集体化弊端又赞颂'责任制'的作品中，我写的这个老饲养员恒老人，却流露出一缕留恋的情绪，就引发出不太被在意的侧目"②。

另可注意的是，这篇小说写作所体现的陈忠实的某种习惯性心理状态。陈忠实自述，这篇小说写成后再次发生了《信任》写成

---

① 陈忠实：《寻找属于自己的句子》，上海文艺出版社 2009 年，第 96—97 页。

② 陈忠实：《寻找属于自己的句子》，上海文艺出版社 2009 年，第 97 页。

时的"心理怪圈","这种自我否定的心理又一次严重发生。这是1982年春天的事,写成后锁到桌斗里不敢投寄,直到去延安参加纪念《讲话》发表40周年活动,想到可以见到作家朋友邹志安,便带着手稿去了。志安读罢连连说好,似乎也不是虚于应酬的表示,我才壮着胆投寄到杂志,发表后被选刊转载,还有评家评说。这种往往在写成作品后发生的心理逆转,几乎成为一种难以改易的恶性循环……"①

5月,《短篇二题》刊《延河》第5期。

6月17日草成短篇小说《绿地》,7月10日改定,刊《延河》第9期。《小说选刊》1982年第11期转载。

7月,写成短篇小说《田园》,刊《飞天》第10期。

冬,写成短篇小说《珍珠》《铁锁》。

9月18日—11月3日写成、改定中篇小说《康家小院》。

在反复修改《初夏》期间,陈忠实构思并写成了第二个中篇,"写了草稿,接着又写了正式稿,写得很顺畅,自我感觉挺好"。但因这部小说跟他以往小说生活背景和题材内容不同,陈忠实颇忐忑不安:"在我有点担心的是,这部中篇的生活背景是刚刚解放的关中乡村,离当代生活较远。我截至《康》文之前的几乎所有小说,都是与当下生活发展同步的有感而作,第一次从社会热议着的乡村改革生活转过头去,把眼睛投注到业已冷寂的上世纪50年代初的乡村小院,便担心读者尤其是编辑会不会有兴趣。"②不过,《小说界》编辑魏心宏却颇为喜欢和赞赏,这篇小说得以于次年顺利刊出。

这篇小说写作最初的缘起在于陈忠实1981年参观孔府、孔庙尤其是孔林时的那种"令人毛发直竖、毛骨悚然"和"憋闷窒息"的感受,"一年后,这种感受凝聚成一个中篇小说,这就是《康家

---

① 陈忠实:《寻找属于自己的句子》,上海文艺出版社2009年,第155页。
② 陈忠实:《难忘的一声喝彩——我与上海文艺出版社》,《陈忠实文集》第10卷,人民文学出版社2015年,第121页。

小院》。关于这个中篇的写作意图，陈忠实自述："我想探究一下由孔老先生创立而且一直延续下来的文化，对形成我们这个民族特有的心理意识结构形态的影响，于我们今天的生活似乎并无本质的隔膜。"①

关于《康家小院》写作的缘起，魏心宏在悼念陈忠实的文章中回忆道："有一次，老陈和我说了一个事。说的是陕西很早以前的一家庄稼人的故事。我听了，觉得新鲜传神。我对老陈说，这不就是一个小说吗？那时的中国文学还大都集中在反思当中，还没有人会去回望那么久远的事。后来，老陈把小说写好了寄给我，我一看拍案叫绝。这就是老陈的第一部中篇小说《康家小院》。很多年过去了，老陈一直记着这件事，对我说，要不是你鼓励我写，我还真没那么想呢。那也是当时老陈写的最长的一个小说，有四万多字。"②

12月，短篇小说《丁字路口——〈南村纪事〉之三》，刊《奔流》第12期。

关于本年的写作状态和小说创作，陈忠实自述："进入省作协（陈忠实1982年11月调入中国作协西安分会从事专业创作，引者注）之前的'当年'，我实际上已处于半专业的创作，读书和写作的时间还是充裕的。我仍然参与区里的中心工作。西安郊区农村推行'责任制'的1982年春天，我到渭河边的一个乡里住了两个多月，骑自行车奔跑在渭河滩大大小小的村庄里，有时深夜才回到下乡'知青'返城后遗下的屋里。1982年所写的一组反映农村生活变革的短篇小说，即是这次下乡参与生活变革的收获。"③

---

① 陈忠实：《创作感受谈》，《陈忠实文集》第3卷，人民文学出版社2015年，第483页。

② 魏心宏：《说来话长》，原载《新民晚报》2016年7月8日，收入《写作就是他的生命：陈忠实纪念文集》，《文艺报》编，作家出版社2016年，第247—248页。

③ 陈忠实：《文学的力量——与〈陕西日报〉记者张立的对话》，《陈忠实文集》第8卷，人民文学出版社2015年，第416页。

【散文、报告文学、言论等】

1 月，报告文学《崛起》刊《延河》第 1 期。

春，写成报告文学《春风吹绿灞河岸》，刊《长安》1982 年第 8 期。

5 月 16 日，写成散文《万花山记》，刊《西安晚报》5 月 22 日。

5 月，写成散文《延安日记》，刊《西安晚报》7 月 8 日。

5 月，写成言论《和生活的创造者一起前进》，刊《陕西日报》1982 年 6 月 14 日。

12 月，写成言论《深入生活浅议》，刊《人民文学》1982 年第 11 期。

【单行本、作品集】

1982 年 7 月，短篇小说集《乡村》由陕西人民出版社出版。这是陈忠实出版的第一部个人作品集。内收短篇小说十九篇。

2003 年 12 月 14 日，陈忠实在给即将出版的《原下的日子》写"后记"时，写道："要写这篇后记的时候，突然意识到，在已经出过的大约三十种书籍中，我只给自己的一本书写过千把字的后记，就是我平生出版的第一本书，短篇小说集《乡村》。第一本书的出版在我创作历程中的感动，都留在那千把字的文字中了。"①

2006 年 8 月 10 日，陈忠实在给《自选集》作序时写道："我向来不喜欢给自己要出版的书作序。出头一本书《乡村》，收揽了新时期文艺复兴头三年创作的短篇小说，那种不可抑制的兴奋是不可名状的，责编再三鼓励我作一个序，也是出于一本书对一个习作者的庄严感。20 世纪 80 年代初，文学创作和青年作家这些名词不仅笼罩着五彩光环，还有一种庄严和神圣的气象。我理解责编的文学之心，然而还是没有自序，只写了千把字的后记，留下对生平出版

---

① 陈忠实：《〈原下的日子〉后记》，《陈忠实文集》第 7 卷，人民文学出版社 2015 年，第 476 页。

的第一本著作的感动之情。"①

陈忠实在回忆自己的小说创作的几种形式时，说："学习创作的初始阶段，我以短篇小说为主，集中精力探索短篇小说的各种结构形式；到一九八一年编辑出版头一本短篇集《乡村》以后②，我就转入以中篇小说这种形式的探索和实践了；到一九八八年初，写过九部中篇小说之后便动手写平生的第一部长篇小说，直到一九九二年初完成。"③ 可见，这第一部小说集，既是短篇小说结构形式探索的总结，也是陈忠实由短篇转入中篇创作的"过渡"。

2002 年 1 月 17 日，陈忠实回顾自 1982 年至 1993 年间回归乡下祖居老屋读书和写作的心境时说："我在取得专业创作条件之后的第一个决断，索性重新回到这条路起头的村子——我的老家。我窝在这里的本能的心理需求，就是想认真实现自己少年时代就发生的作家之梦。从一九八二年冬天得到专业写作的最佳生存状态到一九九二年春天写完《白》书，我在祖居的原下的老屋里写作和读书，整整十年。这应该是我最沉静最自在的十年。"④ 同年 7 月 13 日，陈忠实在回顾"两次自我把握和两次反省成为关键性的选择和转折"时，再次写道："一次是在一九七八年之初，当中国文学复兴的春潮涌动的时候，我正在灞河水利工地任副总指挥。我在完成了家乡的这个工程之后离开了，调入文化馆。我那时候对我的把握是，文学创作可以当作事业来干的时代终于出现了。第二次把握是一九八二年。这一年我从业余写作进入专业写作。我曾在一篇文章中写到过当时的直接的惟一的感觉，即进入我的人生最佳生存状态。我几乎在得到专业创作条件的同时，决定回归老家。一是静下心来回嚼二十年的乡村工作和生活，进入写作；二是基于对自己知

---

① 陈忠实：《筛选自己》，《陈忠实文集》第 8 卷，人民文学出版社 2015 年，第 368 页。

② 陈忠实此处记忆有误，小说集《乡村》出版时间为 1982 年 7 月。

③ 陈忠实：《选萃自序》，《陈忠实文集》第 5 卷，人民文学出版社 2015 年，第 385 页。

④ 陈忠实：《三九的雨》，《陈忠实文集》第 7 卷，人民文学出版社 2015 年，第 139 页。

识的残缺性的估计，需要广泛读书需要充实更需要不断更新，这都需要一个可以避免纷扰的安静环境来实现。我选择了老家农村。直到《白鹿原》完成，正好十年。这两次把握，一次是人生轨道的转换，一次纯粹属于自身生存环境的选择。"①

2004 年陈忠实回忆 80 年代初的创作心态时说："大约到上世纪 80 年代初，中国当代文学以摧枯拉朽之势冲决极'左'的文艺桎梏，真是让新老作家经历了一场历史性的大释放和大畅美！想到仅仅三四年前在原下老家聚会的时代，似乎跨越了从猿到人的漫长历程。我那时住在灞桥古镇上，反倒没有了吟哦灞桥如雪柳絮的怡情，更无法体验验证古人折柳相送的悲凄，我被扑面而来的大解放的生活潮流掀动着，把我的生活感受诉诸文字。我已经有一篇短篇小说获取全国奖（指短篇小说《信任》获中国作协 1979 年度全国优秀短篇小说奖。这是陈忠实第一次获奖，引者按）。我的第一本小说集刚刚印刷出来。我感觉自己已经进入生命的最佳轨道，即自幼倾情文学虽经受种种挫折而仍不能改移的这个兴趣。"②

1983 年　四十一岁

【小说】

3 月，中篇小说《康家小院》刊《小说界》第 2 期。这是陈忠实发表的第一部中篇小说。小说写的是"新中国的阳光刚刚温暖乡村农舍的时候，一个极普通的人家发生的爱情悲剧"③。

《康家小院》的顺利刊出，对于陈忠实意义非凡。这给了处于《初夏》修改困境中的陈忠实以信心，并带来了一系列积极的良好的连锁反应。一是，"《康》文的顺利出手，无疑给我难以表述的鼓

---

① 陈忠实：《六十岁说》，《陈忠实文集》第 7 卷，人民文学出版社 2015 年，第 198—199 页。

② 陈忠实：《有剑铭为友》，《陈忠实文集》第 8 卷，人民文学出版社 2015 年，第 252 页。

③ 陈忠实：《寻找属于自己的句子》，上海文艺出版社 2009 年，第 101 页。

舞，以中篇小说创作为主的打算便确定下来，而且付诸实施，当即回过头来再重写《初夏》，从原先的六万字写到八万字，再得老何的审视和指点，又写到了十二万多字，才得他的首肯"。由此，陈忠实开始由短篇小说向中篇小说创作的转型，并顺利改定《初夏》。二是，"不仅在于我可以把握十二万字篇幅的小说结构了，更在于对中国乡村的历史性变革，留下了我直接而又颇为动情的文字"。①

对于陈忠实来说，《康家小院》的意义不止于此。首先，正如早在 1985 年，陈忠实就意识到的，小说要"充分地写生活"，中篇小说为此提供了更加充分和可能的空间："我自己觉得，对于生活的描绘，对于生活中蕴藏的诗意的描绘，对于一个特定地区的民族习俗中所蕴含的民族心理意识的揭示，只有在《康》文的写作中才作为一种明确的追求。"② 其次，这也意味着陈忠实在"女性"形象塑造上的初步成功，"到后来创作发展以后，意识到不能光写男性，也探索写女性，结果写了几个短篇，发表出来以后没有什么反应，没什么人觉得好。第一个有反响的是中篇小说《康家小院》，在上海还获得一个奖，使我感到鼓舞"③。最后，《康家小院》也意味着陈忠实在探索和表现男女感情方面的初步成功。"直到 1982 年冬天，我写出第一个中篇小说《康家小院》，得到编辑颇热烈的反应，我才第一次获得了探索男女情感世界的自信。"但他同时提到："不过，仍是以写爱情为主线，涉及到感情的复杂性，却基本没有性情景的描写，把握着一个'点到为止'的不成文的原则。"④

10 月 20 日，写成短篇小说《旅伴》，刊《丝路》1984 年第 1 期。

---

① 陈忠实:《难忘的一声喝彩——我与上海文艺出版社》,《陈忠实文集》第 10 卷，人民文学出版社 2015 年，第 122 页。

② 陈忠实:《答读者问》,《陈忠实文集》第 3 卷，人民文学出版社 2015 年，第 468 页。

③ 陈忠实:《我与〈白鹿原〉——在中国现代文学馆讲演稿》,《陈忠实文集》第 9 卷，人民文学出版社 2015 年，第 491 页。

④ 陈忠实:《寻找属于自己的句子》,上海文艺出版社 2009 年，第 61 页。

【散文、报告文学、言论等】

10月18日，写成特写《诗情不竭的庄稼汉》。

11月2日，写成言论《突破自己》，刊《百花》第1期。

【获奖】

中篇小说《康家小院》获《小说界》首届优秀作品奖。

2002年12月29日，陈忠实在回顾20世纪80年代初的农村写作时，反省道："作家们努力挣脱了那个人物阵势（指五六十年代农村题材小说中，按照阶级斗争模式对合作化带头人／贫农／地主富农／中农的人物配置，引者注），然而仍然改变不了摆脱不掉'图解政治'乃至'图解政策'的习惯性思维，出现了一些歌颂'农村责任制'的作品，正好与五六十年代歌颂合作化的作品翻了个个儿，揭露甚至控诉合作化对农民造成的种种灾难。再进一步发展，就演绎出不少吃饱了也穿暖了的农民开始追求物质生活乃至真正符合道德标准的爱情故事，似曾相识的可以归类的人物和情节，大约都源于'物质到精神'这样一个思想认识层面的诱导。时间仅仅只过去了十几年，现在还敢问这样的作品生命力如何？……我在回想这个'农村题材'创作的发展过程时，得与失、挣脱与缠绕的麻烦，是包括我自己的创作历程在内的。二十世纪八十年代初，我也囿于农业政策的改革给农民生活带来的变化这样简单的思路，写了一些篇章，我并不高明，也不属最快最早挣脱'图解'的习惯性思维的作家，但后来终于挣脱了。这个挣脱的过程颇为不易，记忆也就深刻，今天也还仍然敏感。"[1]

1984年　四十二岁

【小说】

1月，写成短篇小说《送你一束山楂花》，刊《延河》第4期。

---

[1] 陈忠实：《多重交叉的舞蹈》，《陈忠实文集》第7卷，人民文学出版社2015年，第372页。

2月，写成第三部中篇小说《梆子老太》，刊《文学家》第2期。

在陈忠实看来，这是一篇写"极左政策扭曲人性使人变形"[1]的小说。其意义却不止于主题上的政治批判性。3月11日，在给何启治的信中写道："我现在该当作今后的学习创作计划了，经过前三部中篇的试写[2]，我对中篇的形式兴趣愈浓，想探求中篇的种种表现形式，以丰富艺术表现能力。"[3] 1985年2月27日，陈忠实从两个方面谈到自己比较喜欢的《梆子老太》。一是小说塑造的梆子老太是一个"复杂的形象"，"我无意伤害一个受过愚弄的没有文化的乡村老太太，不过是想通过这个较为复杂的形象，挖掘一下我们的国民性。"二是"我第一次试着以人物结构小说，而打破了自己以往以事件结构小说的办法。通篇没有一个贯穿始终的事件，而是根据人物的性格和心的轨迹前进。"在为自己的艺术尝试和成功感到高兴的同时，陈忠实也颇感遗憾："因为写作的仓促，而妨碍了作品应达到的深度，不能不是一个遗憾。"[4] 1989年元月28日，陈忠实写道："我喜欢这个中篇只是因为《梆子老太》改变了以往以故事和情节结构作品的手法，是以人物来结构的，是创作实验。"[5] 1994年，他再次谈到这部小说："梆子老太的心理估计，作为一个单个的人，不会引起我太多的兴趣。问题恰恰在于，这种不健康的心理，正好造成不正常的政治能够得以疯狂起来的温床，也最容易被不正常的生活所扭曲为一种畸形的灵魂，这种畸形的心灵又会以令人难以理解的恶的方式再去扭曲别的人和整个

---

[1] 陈忠实：《寻找属于自己的句子》，上海文艺出版社2009年，第101页。

[2] 指已发表的《康家小院》，已改定并拟刊发《文学家》的《梆子老太》和修改中的《初夏》三部中篇。

[3] 邢小利、邢之美：《陈忠实年谱》，陕西人民出版社2017年，第42页。

[4] 陈忠实：《答读者问》，《陈忠实文集》第3卷，人民文学出版社2015年，第467—468页。

[5] 陈忠实：《默默此情谁诉》，《陈忠实文集》第5卷，人民文学出版社2015年，第166页。

社会。"①

6月至7月，写成第四部中篇小说《十八岁的哥哥》，刊《长城》1985年第1期。

8月，第二部中篇小说《初夏》刊《当代》第4期。

这部十二万字的小说是陈忠实写得最早的一部中篇，自1981年元月动笔至1984年发表，共用时四年。这也是陈忠实最长的一部中篇。

在编成第一本小说集也是其短篇小说集《乡村》之后，1982年陈忠实满怀热情和自信开始起中篇小说的试笔，"这年开春，我试写了第一部中篇小说《初夏》，投寄给《当代》的已可称朋友的编辑老何，他肯定了小说的优长，也直言其中的亏缺，希望再修改。我一时竟感觉修改难以下手，便放下了，待冷却之后再重新上手。第一次写中篇小说，写的又是我熟悉不过的与生活同步的农村改革题材，却出手不顺，便有一种挫伤的失败情绪。从新时期文艺复兴到这年开春，我已写了三年多短篇小说，刚刚编成第一本短篇小说集《乡村》后，便跃跃欲试较大篇幅的中篇小说的创作了，不料却如此窝心，尚不属窝气，这个夏天便感觉格外闷热难挨。"②

关于《初夏》的投稿、修改、发表与《当代》杂志的关系等情况，1980年从人民文学出版社刚调到《当代》（人民文学出版社编辑出版，1979年6月创刊，初为季刊，1981年改为双月刊）担任编辑的何启治回忆说，陈忠实在1981年7月9日写给他的信中，告知其第一个短篇小说集《乡村》已经发排、自己正在尝试中篇的想法："'我就想'，不写不论，如果真能写成第一个中篇，无论好坏，一定先送您……倘能经您帮助修改而后刊出，也算是对您几年前费

① 陈忠实：《〈梆子老太〉后话》，《陈忠实文集》第5卷，人民文学出版社2015年，第423页。

② 陈忠实：《难忘的一声喝彩——我与上海文艺出版社》，《陈忠实文集》第10卷，人民文学出版社2015年，第121页。

心费力的一个补救吧。"① "陈忠实的第一部中篇小说《初夏》的初稿写于 1981 年 4 月，经过三番两次艰难的修改，从结构、人物、立意等各方面吸收了编辑部的意见（包括主编秦兆阳的意见），终于在 1984 年初经三改而定。这期间，他还经历了基层生活和集中学习的安排。《初夏》从一个小中篇，改成了一个时代感很强，反映当代农民命运的独特而丰厚的大中篇（近十万字），配上插图，作为'中篇小说'栏，也是《当代》的头条作品，刊发于《当代》1984年第 4 期。"②

　　1984 年 7 月 27 日也即《初夏》即将刊出的前六日，陈忠实在写给何启治的信中，对《初夏》有自己的思考和评价："我想到了习作《初夏》中的冯景藩老汉。我至今仍然遗憾没有把他写得更丰满，但有一点可以自慰：我的冯景藩是我对生活体察的结果，我没有背向实际生活。"他在信中回顾《初夏》从初稿到定稿的修改时说："《初夏》终于要见之于世，我现在依然不能忘却这部稿子的修改历程。只有我和你最清楚了。我不禁想，如果当初我把这篇东西不是送给你，大约不会有二稿和三稿的，可能早已付之一炬了。我现在翻看当初给你看的那一稿底稿，自己都觉得没法看，而你从中看到了主要之点（当时很不明显），而终于促使了这部稿子的发展，我没想到此，真是感佩之至！"③

　　在 1999 年 5 月 7 日写成的文章中，陈忠实认为《初夏》从写成到发表是一个"难忘的，也是一个重要的不可忽缺的过程。……这是我写得最艰难的一部中篇，写作过程中仅仅意识到我对较大篇幅的中篇小说缺乏经验，驾驭能力弱。后来我意识到是对作品人物心理世界把握不透，才是几经修改而仍不尽如人意的关键所在。……

① 何启治：《我与陈忠实和他的〈白鹿原〉》，《永远的〈白鹿原〉》，人民文学出版社 2018 年，第 86—87 页。
② 何启治：《我与陈忠实和他的〈白鹿原〉》，《永远的〈白鹿原〉》，人民文学出版社 2018 年，第 87 页。
③ 同上。

我的投笔的目标，应是作品人物的这个心理历程的解析，那样才能较为准确地揭示那个时期的生活真实，即心理真实。只是我的那个艺术觉醒来得晚了一点，或者说在这三年四稿的反复修改中终于摸索到了这个窍，修改终于跨出了关键性的一步。这一步对于《初夏》来说仅仅只是一部作品的完成，重要的是对我后来的全部写作更具有意义，即进入人物的心理真实。"[1] 陈忠实的第一部中篇刊发于《当代》，其第一部也是唯一一部长篇也首发于《当代》，"《当代》在我从事写作的阶段性探索中成就了我"[2]。从第一部中篇的写作到第一部长篇的完成，陈忠实颇有感慨和感悟："《初夏》的反复修改和《白鹿原》的顺利出版，正好构成一个合理的过程。艺术要经历不断的体验才能找到属于自己的个性，这个过程对作家来说各个不同，然而谁都不能或缺，天才们也无法找到取代的捷径。"[3]这个"合理的过程"不只表现在《初夏》《白鹿原》首发于《当代》。

2003 年 4 月 5 日，陈忠实在与李遇春的对话中，谈到《初夏》艰难的修改过程时说："这个过程对我后来的写作是难忘的，也是一个重要的不可或缺的过程。……这是我写得最艰难的一部中篇，写作过程中仅仅意识到我对较大篇幅的中篇小说缺乏经验，驾驭能力弱。后来我意识到是对作品人物心理世界把握不透，才是几经修改而仍不尽如人意的关键所在。"对于小说中的主人公冯马驹的塑造，陈忠实说："……我当时思想很明确，就是要把马驹写成一个先进青年形象，因为他直接受到生活中的一个农村先进人物、一个英雄人物的影响。所以，我在创作过程中脑子里始终有那个先进人物的影子。这说明我当时还没有摆脱掉过去的'革命现实主义'文

① 陈忠实：《在〈当代〉，完成了一个过程》，《陈忠实文集》第 6 卷，人民文学出版社 2015 年，第 307 页。
② 陈忠实：《在〈当代〉，完成了一个过程》，《陈忠实文集》第 6 卷，人民文学出版社 2015 年，第 308 页。
③ 同上。

学的影响。"① 这个艰难的修改过程，意味着陈忠实在经历着一次痛苦而必要的"剥离"："《初夏》两次修改失败的反反复复的经历，实际上对于我来说是一件好事，它使我更深一步地从原来的'革命现实主义'文学窠臼里反叛出来，并且逼着我寻找真正的现实主义的本真的东西。"②

10 月 21 日，写成短篇小说《鬼秧子乐——〈我自乡间来〉之二》，刊《文学时代》1985 年第 4 期。

10 月，写成短篇小说《马罗大叔——〈我自乡间来〉之一》，刊《延河》1985 年第 1 期。

1984 年，写成短篇小说《田雅兰——〈我自乡间来〉之三》，刊《中国西部文学》1985 年第 2 期。

1984 年，写成短篇小说《拐子马——〈我自乡间来〉之四》。

1984 年，写成中篇小说《夭折——献给一位文学的殉道者》，刊《飞天》1985 年第 3 期。

1984 年，写成短篇小说《播种》，刊《庄稼人》1984 年第 4 期。

1984 年，写成短篇小说《锈》，刊《新苑》1984 年第 2 期。

【散文、报告文学、言论等】

1984 年，写成特写《一九八三年秋天在灞河》。

5 月，写成言论《从昨天到今天》。

7 月 8 日，写成散文《鲁镇记行》，刊《西安晚报》7 月 8 日。

1984 年，写成散文《绿色的南方》，刊《西安晚报》8 月 9 日。

11 月 4 日，写成《关于中篇小说〈初夏〉的通信》，刊《小说评论》1985 年第 1 期。

【获奖】

中篇小说《康家小院》获陕西省文艺创作"开拓奖"荣誉奖。

---

① 陈忠实：《在自我反省中寻求艺术突破——与武汉大学文学博士李遇春的对话》，《陈忠实文集》第 7 卷，人民文学出版社 2015 年，第 392 页。

② 陈忠实：《在自我反省中寻求艺术突破——与武汉大学文学博士李遇春的对话》，《陈忠实文集》第 7 卷，人民文学出版社 2015 年，第 393 页。

中篇小说《初夏》获《当代》文学奖。

1985年 四十三岁

【小说】

1月12日，写成短篇小说《夜之随想曲》，刊《现代作家》第6期。

1月21日，短篇小说《我们怎样做父亲》刊《西安晚报》。

1月，中篇小说《十八岁的哥哥》刊《长城》第1期。

1月，短篇小说《马罗大叔——〈我自乡间来〉之一》刊《延河》第1期。

2月，短篇小说《田雅兰——〈我自乡间来〉之三》刊《中国西部文学》第2期。

3月，第五部中篇小说《夭折——献给一位文学的殉道者》刊《飞天》第3期。

4月，短篇小说《鬼秧子乐——〈我自乡间来〉之二》刊《文学时代》1985年第4期。

春，写成第六部中篇小说《最后一次收获》，刊《莽原》1985年第4期。

关于这篇小说，陈忠实提到的主要有两次，出现在同一篇文章中。一次是隐晦地提及。因为陈忠实对农村生活熟悉，体验和感觉比较深，所以多写农村生活、塑造农民形象，"我至今不敢写工厂，唯一的一部以工程师为主人公的小说，也只能把他置于农村的环境来表现。其中无法回避的一节工厂生活，是凭我在灞桥工作时到临近一家工厂参观时的感受，而我正好在那个工厂里结识了一位同龄的工程师朋友，包括他介绍给我的一些技术术语"[1]。另一次是在谈"观察"之于风景描写的重要性和必要性时。陈忠实说："我恪守这样的创作规程：无论这部小说属优属劣，必须是自己对生活的

---

① 陈忠实：《创作感受谈》，《陈忠实文集》第3卷，人民文学出版社2015年，第483页。

独立发现，人物描写是这样，风景描写也必须是这样。作品中人物活动的天地和环境，必须是我可以看得见的具体的东西，其前提必是我经见过也观察过的东西。我没有见过的东西，是无法写出一词一句的。迄今为止，在我所有的习作中，仅就风景描写而言，我较为满意的是中篇小说《最后一次收获》里对于渭河平原边缘地带塬坡地区麦熟时节的景象的描绘，从景象到气氛，基本传达了我对这个特定地域的观察和感受。"①

1985年，写成短篇小说《广播体操乐曲算不算音乐》。

8月至11月，写成第七部中篇小说《蓝袍先生》，刊《文学家》1986年第2期。

《蓝袍先生》"这部后来写到8万字的小说是我用心着意颇为得意的一次探索，是写一个人的悲喜命运的"②。在如何写人这个问题上，陈忠实的思考溢出了传统现实主义和他所崇拜的作家柳青的"人物典型论"。他认为《四妹子》和《蓝袍先生》是其"创作实验的两部作品"，"特别是《蓝袍先生》发表后的反应，诱发了我强烈的创作欲望，鼓舞我进一步在更大的层面上深层次解析民族的文化心理结构，《白鹿原》就是在这样的创作思路下开始构思的"③。"无论是《四妹子》写的当代生活，还是《蓝袍先生》中的历史生活背景，我都是从文化心理结构的角度去写人物的。我自己感觉人物的深度和厚度比以前更好一些了"④。

对于陈忠实来说，《蓝袍先生》在其创作中的重要性是无可替代的，其《白鹿原》创作手记中的第一句话便是"至今确凿无疑

---

① 陈忠实：《创作感受谈》，《陈忠实文集》第3卷，人民文学出版社2015年，第481页。

② 陈忠实：《寻找属于自己的句子》，上海文艺出版社2009年，第1页。

③ 陈忠实：《文学的信念与理想》，《陈忠实文集》第7卷，人民文学出版社2015年，第332页。

④ 陈忠实：《在自我反省中寻求艺术突破——与武汉大学文学博士李遇春的对话》，《陈忠实文集》第7卷，人民文学出版社2015年，第332页。

地记得，是中篇小说《蓝袍先生》的写作，引发出长篇小说《白鹿原》的创作欲念的"①。这句话仿佛《白鹿原》开篇的那句一样，极为引人注目。《蓝袍先生》确乎是一个界限。恰如1985年划开了当代文学的两个阶段，这部小说也将陈忠实的创作划分为前后两个时期，是其创作第二个阶段和第二次"剥离"中的一部关键作品。此前的陈忠实，如他所言："新时期文艺复兴以来我的所有作品，都是对瞬息裂变着的乡村生活的直接感受的表述，几乎没有兴趣也难得悠闲之心关注那些陈年旧事。"②从1949年前一个关中知识分子家庭入手，打开了陈忠实的乡村生活记忆，"这一打开，对于我来说是个惊喜，一种惊讶，完全陌生而又新鲜的感受性记忆直接冲击着我。我也同时惊异地发现，一九四九年前或稍后关中乡村生活的记忆，我有一个库存，从来没有触动过，现在突然感到很珍贵。……于是萌生了长篇小说创作的想法。……这就是《白鹿原》最早创作欲望的产生，由这个中篇小说而突然引发的"。"写《蓝袍先生》发生的转折，第一次把眼睛朝背后看过去，我生活的关中的昨天，这里的人是如何生活的。这是上世纪八十年代中期发生的事情。""这个中篇写完后，写长篇小说的准备就开始了"③。陈忠实特别强调："只有在写《蓝袍先生》时，才突然意识到应该了解昨天我脚下的这片土地是怎么一回事"④，"就我自己所经历的探索过程而言，《蓝袍先生》这部中篇是对此前中短篇小说写作的一次突破"⑤。

① 陈忠实：《寻找属于自己的句子》，上海文艺出版社2009年，第1页。
② 陈忠实：《有关我的创作》，《陈忠实文集》第10卷，人民文学出版社2015年，第376页。
③ 陈忠实：《我与〈白鹿原〉——在中国现代文学馆讲演稿》，《陈忠实文集》第9卷，人民文学出版社2015年，第483页。
④ 陈忠实：《我与〈白鹿原〉——在中国现代文学馆讲演稿》，《陈忠实文集》第9卷，人民文学出版社2015年，第485页。
⑤ 陈忠实：《有关我的创作——答〈黄河文学〉和歌问》，《陈忠实文集》第10卷，人民文学出版社2015年，第375页。

1985 年，对于陈忠实来说，是一个新的创作阶段开始的标志性时间点，他如此分析和评价此前的创作："对我来说，在写作长篇小说之前，从新时期开始，也经历了几个创作阶段。开始主要创作的还是纯粹的符合八十年代初期现实主义文学规范的作品。像一九八五年、一九八四年以前的那些中短篇小说就是如此。这些作品有一个很明显的特点，它们几乎和现实生活同步发展，生活的变化在我思想上引起一些波澜，我就把它们凝结成作品了。所以这些作品中直接的生活矛盾冲突比较多，当然这里头也有人物，便大多反映的是当时生活变革的一些现实矛盾。"① 在创作手记中，陈忠实用极为集中概括的语言梳理了《蓝袍先生》在此前的中短篇和此后的长篇之间无可替代的过渡、转型和转向意义："这部中篇小说与此前的中、短篇小说的区别，我一直紧紧盯着乡村现实生活变化的眼睛转移到 1949 年以前的原上乡村，神经也由紧绷绷的状态松弛下来；由对新的农业政策和乡村体制在农民世界引发的变化，开始转移到人的心理和人的命运的思考，自以为是一次思想的突破和创作的进步。还有一点始料不及的事，由《蓝袍先生》的写作勾引出长篇小说《白鹿原》的创作欲望。"②

关于《蓝袍先生》，还有一事可记。1998 年《白鹿原》获茅盾文学奖半年之后，陈忠实在回答何启治"以后在创作上有什么重点"的提问时，回答："暂时定下的有《〈白鹿原〉创作手记》和把《蓝袍先生》扩写、改写为长篇。"③

10 月，写成短篇小说《灯笼》。

5 月 15 日，草成短篇小说《毛茸茸的酸杏儿》，11 月小改，刊《北京文学》1986 年第 8 期。

---

① 李遇春、陈忠实：《走向生命体验的艺术探索——陈忠实访谈录》，《小说评论》2003 年第 5 期。

② 陈忠实：《寻找属于自己的句子》，上海文艺出版社 2009 年，第 33 页。

③ 何启治：《陈忠实和他的〈白鹿原〉》，冯希哲、赵润民编：《走近陈忠实》，陕西人民出版社 2006 年，第 13 页。

【散文、报告文学、言论等】

1 月，《关于中篇小说〈初夏〉的通信》刊《小说评论》第 1 期。

2 月 27 日，写成随笔《答读者问》。

4 月 7 日，报告文学《大地的精灵》刊《西安晚报》。

6 月 18 日，写成随笔《迪斯科与老洞庙》。

10 月 6 日，写成言论《忠诚的朋友》，刊《中学生阅读（高中版）》（上半月）2016 年第 7A–8A 期。

【获奖】

中篇小说《十八岁的哥哥》获 1985 年《长城》文学奖。

1986 年　四十四岁

【小说】

1 月，写成短篇小说《失重》，刊《延河》第 4 期。

2 月，中篇小说《蓝袍先生》刊《文学家》第 2 期。

6 月 27 日，写成短篇小说《桥》，刊《延河》第 10 期。

8 月，短篇小说《毛茸茸的酸杏儿》刊《北京文学》第 8 期。

8 月，写成第八部中篇小说《四妹子》，刊《现代人》1987 年第 3 期。

《四妹子》中的主人公四妹子有其现实生活的原型，这篇小说也有其报告文学的前身。据陈忠实自述，20 世纪 80 年代初，"我曾在该报（指后文提到的《西安晚报》，引者按）上读到一位农村女人首创家庭养鸡场的新闻报道，竟然兴奋不已，随之便搭乘汽车追到西安西边的户县，花了两天时间进行采访，先写了一篇报告文学发表在《西安晚报》，后又以其某些事迹演绎成八万字的中篇小说《四妹子》，这是我写农村体制改革最用心也最得意的一部小说"[1]。在小说的主题内涵和写作初衷上，陈忠实也体现出 80 年代中期的

---

[1]　陈忠实：《一个人的邮政代办点》，《陈忠实文集》第 10 卷，人民文学出版社 2015 年，第 105 页。

"文化自觉"意识和对文化心理结构的关注。他谈到自己笔下的人物形象的地域归属时，说："有一些作品涉及陕北人和陕南人，并非纯一色的关中人，其中一部篇幅较大的中篇小说《四妹子》，其主角四妹子就是陕北人，我把她从陕北嫁到关中乡村的一家农户，就是要展示不同地域文化引发的心理冲突。"[1]

11月，写成短篇小说《到老白杨树背后去》，刊《延河》1987年第4期。

关于这篇小说取名和写作的情况，陈忠实做了较为详尽的自述："大约八十年代中期，我正热衷中、短篇小说写作。有一个短篇小说起初取名为《野蔷薇》，草拟到不足一半时就没有耐心再做草稿，从感觉上以为完全有直接写稿的把握了。正式写稿伊始，便更换了篇名，改为《到老白杨树背后去》。这个更换篇名的举动是始料不及的，起初丝毫也没有想到的名字，在起草到不足一半时，作品中'我'的一句对话冒出来，正在写作的我的心悸动了一下，不仅觉得'我'说出了一句美妙的话，对完成本篇的自信心也突然强大起来，连继续草拟的耐心也没有了，连作品的篇名也在这一瞬间重新确定无疑了。"[2]

陈忠实认为这个小说"是我从现实生活的复杂性反观少年生活的一部作品。……所以那实际上算是一种生活咏叹式的作品"[3]。

12月11日，写成短篇小说《打字机嗒嗒响——写给康君》，刊《奔流》1987年第7期。

这篇小说里的人物说道："狗屁小说，写知青下乡简直跟下地狱一样。那么，像我这号祖祖辈辈都在乡下的人咋办？一辈子都在

---

① 陈忠实：《慢说解读　且释摹写》，《陈忠实文集》第10卷，人民文学出版社2015年，第292页。

② 陈忠实：《取名》，《陈忠实文集》第6卷，人民文学出版社2015年，第182页。

③ 陈忠实：《在自我反省中寻求艺术突破——与武汉大学文学博士李遇春的对话》，《陈忠实文集》第7卷，人民文学出版社2015年，第430页。

地狱生活？谁替我喊苦叫冤？所以说，我最痛恨的就是那些心安理得吃商品粮还要骂我们农民的城里人。"在2010年8月的对话中，陈忠实又谈到城乡差别和对"知青文学"的看法："包括很敏感的知青题材，很多知识青年下到农村以为很苦，跟下地狱一样。包括后来很多文学作品都有这方面的反映，上世纪80年代初很多写知青生活的作品，都是带有控诉性的，知青到农村多么苦多么苦，多么灾难。可是农村青年呢？甚至在同一个中学念书，高考落榜和高考停止以后，不用政府往下压，他们自觉就回到农村家里去了，我就是其中之一。"[1]

【散文、报告文学、言论等】

2月14日，整理散文《访泰日记》，刊《文学家》1986年第5期。

4月14日，草拟《创作感受谈》，4月23日改定，刊《文学家》第4期。

5月11日，散文《湄南河上——访泰日记》刊《西安晚报》。

10月，散文《星空》刊《小说家》1986年第5期。

12月，写成言论《收获与耕耘》，刊《飞天》第12期。

【单行本、作品集】

1986年6月，中篇小说集《初夏》由上海文艺出版社出版。内收《康家小院》《梆子老太》《初夏》《十八岁的哥哥》四部中篇小说。

这是陈忠实的第一部中篇小说集。继此之后，1988年出版《四妹子》，1992年出版《夭折》这两部中篇小说集，是陈忠实中篇小说结构形式探索的总结，也是其转向长篇小说的"过渡"，"写过九部中篇出了三本中篇集子，对中篇的解构艺术进行了一些探索。现在写成头一部长篇，心情颇类似当初写成头一部中篇的情景，对长

---

① 陈忠实：《自我定位，无异自作自受》，《陈忠实文集》第10卷，人民文学出版社2015年，第362—363页。

篇的结构艺术进行各种探索的兴趣颇盛……"①

1987年　四十五岁

【小说】

2月，写成短篇小说《兔老汉》，刊《西安晚报》2月15日。

4月，短篇小说《到老白杨树背后去》刊《延河》第4期。

10月20日，写成短篇小说《山洪》，刊《西安晚报》11月8日。

冬，写成短篇小说《窝囊——献给古原的女儿》，刊《飞天》1988年第2期。

1987年，写成短篇小说《石狮子》，刊《飞天》第9期。

1987年，写成第九部也是最后一部中篇小说《地窖》，刊《延河》1988年第1期。

《地窖》是陈忠实"直接面对'文革'的"②小说，它和《四妹子》是陈忠实穿插在构思《白鹿原》期间写成的最后两部中篇。陈忠实在谈到小说对男女感情和性探索与表现时说："这两部中篇小说的男女角色和情感交葛，提供了可能稍微放纵一笔，写他们和谐或不和谐的性心理感受里的性行为，我却依旧没有放开手笔。"陈忠实此时仍然把握着"点到为止"的原则，"原因很简单，性在《白》的构思中刚刚有所意识，同时就显示给我的是这个甚为敏感的话题的严峻性，岂敢轻易放手；还有一点不好出口的心理障碍，读者对我的一般印象是比较严肃的作家，弄不好在将来某一日读到《白》时可能发出诘问，陈某怎么也写这种东西"③。陈忠实在2011年8月9日写道："我……写过几篇男女爱情的小说，发表后无人喝彩，反应平平，我便知道女性世界的障碍仍未打通。及到中篇小说《四妹子》和《地窖》，爱情包括性的探索才有了一些令我鼓舞的读

---

① 陈忠实：《关于〈白鹿原〉与李星的对话》，《陈忠实文集》第5卷，人民文学出版社2015年，第370—371页。

② 陈忠实：《寻找属于自己的句子》，上海文艺出版社2009年，第101页。

③ 陈忠实：《寻找属于自己的句子》，上海文艺出版社2009年，第77页。

者反应。而到《白鹿原》的写作，我梳理出那个时代存在着的几种幸福和灾难的婚姻形态，不可避免要涉及性，这在我当时视为严峻的一个命题。我给自己确定了写爱和性的'三原则'：不回避，撕开写，不作诱饵。"① 早在 1993 年与李星的对话中，陈忠实就解释过这个"三原则"："我决定在这部长篇中把性撕开来写。这在我不单是一个勇气的问题，而是清醒地为此确定两条原则，一是作家自己必须摆脱对性的神秘感羞怯感和那种因不健全心理所产生的偷窥眼光，用一种理性的健全心理来解析和叙述作品人物的性形态、性文化心理和性心理结构。二是把握住一个分寸，即不以性作为诱饵诱惑读者。"②

关于"性""爱"与文学的关系，陈忠实在 2005 年 3 月 26 日的文章中，写道："'性'和'爱'无疑是诸多浮泛现象里最热门的一种。中外当代的许多杰出作家，在这个精神和心理领域，做出了震撼读者心灵的探索，无需一一列举那些堪为经典的作品。"对于当时流行的"身体写作""下半身写作"，陈忠实认为："其兴趣集中在性的种种形态种种过程和种种感受的展示上。稍有教养稍有欣赏雅趣的人，就会有自己阅读的判断和选择。然而，也不能无视人的某种窥阴癖的潜意识习性。"至于造成这种现象的原因，他认为主要有两点："主要是一个商业利益的驱使，出版方想以此谋利，写作者也以此获得厚酬。还有'名'的诱惑，不能正道出名就想绝招歪招，在钟鼓楼广场脱光衣服蹦跶，吸引的好奇者肯定比任何穿戴整齐的人要多得多。"③

---

① 陈忠实：《有关我的创作——答〈黄河文学〉和歌问》，《陈忠实文集》第 10 卷，人民文学出版社 2015 年，第 383 页。

② 陈忠实：《关于〈白鹿原〉与李星的对话》，《陈忠实文集》第 5 卷，人民文学出版社 2015 年，第 370—372 页。

③ 陈忠实：《文学的力量——与〈陕西日报〉记者张立的对话》，《陈忠实文集》第 8 卷，人民文学出版社 2015 年，第 408 页。

【散文、报告文学、言论等】

5 月，写成报告文学《皮实》，刊《西安晚报》7 月 12 日。

6 月 6 日，写成言论《中篇小说集〈四妹子〉后记》。

6 月，评论《文兰之"快"》刊《延河》第 6 期。

8 月 13 日，写成散文《第一次投稿》。

10 月 8 日，写成言论《刀声》。

10—11 月，写成特写《最珍贵的记忆——日记五则》。

1987 年，写成二集电视剧本《四妹子》，1989 年中央电视台录制播映。

1988 年　四十六岁

【小说】

1 月，中篇小说《地窖》刊《延河》第 1 期。

2 月 13 日，写成短篇小说《轱辘子客》，刊《延河》第 5 期。

在 2010 年 4 月 15 日写就的追忆王愚的文章中，陈忠实写到了王愚对这篇小说的评价："我在 80 年代中期写过一篇短篇小说《轱辘子客》，在《延河》发表。我那时住在乡下老屋，有一日回作协办事或开会，在作协院子里碰见王愚，匆匆地擦肩而过时，他停住脚：'刚看了你发在《延河》上的短篇小说，不像原来的陈忠实了，变得好。'这是这篇短篇小说面世后我听到的第一声评说。"陈忠实特别指出："仅仅一句话的好评之所以经久不忘，在于我对这篇小说写作的用心非比寻常。我已在构思着《白鹿原》，需要用一种叙述语言完成，《轱辘子客》这篇小说的写作，纯粹是为着叙述语言的试验而作的，通篇故事和情节都以叙述实现，只在结尾处有几句人物对话。这种叙述语言的艺术效果如何，在我已不仅是这篇短篇小说的成败，而是牵涉到未来长篇小说的写作，能否有自信实现叙述语言的新探索。"①

---

① 陈忠实：《热情率性与悄没声息——王愚印象》，《陈忠实文集》第 10 卷，人民文学出版社 2015 年，第 11—12 页。

也就是说，《轱辘子客》的意义不在于这篇小说自身的艺术性如何，更在于这个短篇小说展示着陈忠实艺术追求上的新变化，即追求一种更为简洁概括和形象化的叙述语言。

陈忠实对这种叙述语言有着充分的自觉意识和细致深入的阐述。他将这种叙述语言称之为"形象化叙述"。所谓形象化叙述，就是"以叙述语言统贯全篇，把繁杂的描写凝结到形象化的叙述里面去。这个叙述难就难在必须是形象化的叙述，就是人物叙述的形象化"①。形象化叙述尽量压缩肖像面貌和言语行为等细节描写的成分，"我感觉这种形象化叙述是缩短篇幅、减少字数、达到语言凝练效果的途径"②。为了达到理想的叙述语言效果，陈忠实在短篇《窝囊》和《轱辘子客》中进行了实验，"用意十分明确，就是要试验一种纯粹的叙述。选择这两个题材的人物和故事，自然也是适宜使用叙述的语言的。我确定尽量不写人物之间直接的对话，把人物间必不可少的对话，纳入情节发展过程中的行为叙述；情节和细节自不必说了，把直接的描写调换一个角度，成为以作者为主体的叙述。印象最深的是《轱辘子客》，近万字的一篇小说，通篇都是以形象化的叙述语言完成的，只在结尾处有几句对话。我切实地体验了叙述语言的致命之处，不能留下任何干巴巴的交代性文字的痕迹，每一句都要实现具体生动的形象化，把纯属语言的趣味渗透其中，才能展示叙述语言独有的内在张力，也才可能不断触发读者对文字的敏感性，引发他读下去直至读完的诱惑力。"③

2月，短篇小说《窝囊——献给古原的女儿》，刊《飞天》1988年第2期。

6月27日，写成短篇小说《害羞》，刊《鸭绿江》1989年第1期。

---

① 陈忠实：《〈白鹿原〉创作散谈》，《陈忠实文集》第10卷，人民文学出版社2015年，第147页。

② 同上。

③ 陈忠实：《寻找属于自己的句子》，上海文艺出版社2009年，第61页。

1988 年，写成短篇小说《两个朋友》《舔碗》。

在《害羞》《两个朋友》这两个短篇中，陈忠实同样"继续着叙述语言的演练。我又为纯粹的叙述里加入人物对话，意在把握对话的必要性，自然是对对话的内容再三斟酌和锤炼，以个性化的有内涵的对话语言，给大段连接大段的叙述里增添一些变化，避免大段叙述语言阅读过程中可能产生的累。"①《舔碗》不仅在形象化叙述上，体现出叙述的准确、凝练和形象、饱满，亦通过必要的、个性化的人物对话，调节了叙述的节奏，作家还将这篇小说的内容经过改造后加入了《白鹿原》中。

1985 年前后，陈忠实广泛阅读了各种新潮文学理论，"当时我觉得对我最有用的就是文化心理结构学说，我就开始实践这个东西。然后就有了一批中短篇小说，包括短篇小说《轱辘子客》和《两个朋友》，它们都是那之后的作品。当然印象最深刻的除了《轱辘子客》之外，还有两个中篇，《蓝袍先生》和《四妹子》，这是我非常清醒的。无论是《四妹子》写的当代生活，还是《蓝袍先生》中的历史生活背景，我都是从文化心理结构的角度去写人物的。我自己感觉人物的深度和厚度比以前要好一些了。"② 他进而谈道："如果说《四妹子》和《蓝袍先生》是我用文化心理结构学说作为一种写作的新的突破的实验，那么，进入《白鹿原》的写作，我就自己感觉到能够比较自信地运用文化心理结构学说来塑造人物了。所以《白鹿原》的写作是一种自觉的、认真的，比较有把握和自信心的写作。"③

---

① 陈忠实：《寻找属于自己的句子》，上海文艺出版社 2009 年，第 61 页。

② 李遇春、陈忠实：《走向生命体验的艺术探索——陈忠实访谈录》，《小说评论》2003 年第 5 期。又见陈忠实《在自我反省中寻求艺术突破——与武汉大学文学博士李遇春的对话》，《陈忠实文集》第 7 卷，人民文学出版社 2015 年，第 389 页。

③ 李遇春、陈忠实：《走向生命体验的艺术探索——陈忠实访谈录》，《小说评论》2003 年第 5 期。又见陈忠实《在自我反省中寻求艺术突破——与武汉大学文学博士李遇春的对话》，《陈忠实文集》第 7 卷，人民文学出版社 2015 年，第 390 页。

【散文、报告文学、言论等】

1月6日，写成散文《敬上一杯酒》。

1月8日，写成言论《关于〈四妹子〉的附言》。

其中写道："四妹子到关中如愿以偿嫁了人也吃上了白面馍馍，然而她在那块具有辉煌历史的皇天后土的地方生活得并不自在。《四妹子》就是写她的人生的不自在的。……四妹子要吃白面馍馍，就得牺牲爱情、婚姻、家庭上的追求，就得放弃做人的起码权利和尊严。人的解放，不完全是经济上的解放。"①

5月22日，随笔《短文三篇》刊《西安晚报》。

1988年，写成评论《美玉出蓝田》。

【单行本、作品集】

4月，中篇小说集《四妹子》由中原农民出版社出版。

这本小说集原计划1988年4月出版发行，因征订数额低迷而延迟至1989年，但版权页仍标注1988年4月第1版第1次印刷。

【获奖】

中篇小说集《四妹子》获中国作协陕西分会首届"双五"文学奖。

1989年　四十七岁

【小说】

1月，短篇小说《害羞》刊《鸭绿江》第1期。

【散文、报告文学、言论等】

1月28日，写成散文《默默此情谁诉》。

1990年　四十八岁

【散文、报告文学、言论等】

---

① 陈忠实：《关于〈四妹子〉的附言》，《陈忠实文集》第5卷，人民文学出版社2015年，第320页。

1月6日，写成言论《我说关中人——〈灞桥区民间故事集成〉序》。

2月23日，写成评论《篇篇珠玑说〈泥神〉》。

春，写成报告文学《山里有黄金》。

3月9日，写成评论《唯有真情才动人——读〈肖重声散文选〉序》。

9月19日，写成言论《巨人与矮子——〈长安风〉序》。

1990年，报告文学《渭北高原：关于一个人的记忆》刊《陕西日报》11月20日。

关于这篇报告文学的写作情况，陈忠实在2009年说："二十世纪八十年代后期，陕西省委宣传部为了宣传一位农民科学家李立科，安排我写一篇报告文学，我有点不愿意，因为《白鹿原》的草稿正在进行。可是《陕西日报》的文艺部主任田长山非要我写，他说这是政治任务。没办法，我就向他提出一个条件，写可以，但要两人合写。这就是后来的《渭北高原：关于一个人的记忆》。"[1] 对于这篇报告文学的发表情况和意义，陈忠实在2010年3月13日的文章中，也做了较为详尽的记述："回到西安不久，我和田长山写成了报告文学《渭北高原：关于一个人的记忆》。全篇约一万五千字，《陕西日报》全文刊发。隔日，陕西省委和陕西省政府联合作出向李立科学习的决定，在《陕西日报》头版刊登。一个长期扎根渭北高原为民兴利造福却默默无闻的农业科学家李立科，突显在人们眼前，影响着也提升着人们的审美和价值判断。我也完成了一次心灵洗礼。"[2]

---

[1] 陈忠实：《创作成就取决于作家的敏感、深刻和独特——与西安工业大学人文学院邰科祥教授对话》，《陈忠实文集》第9卷，人民文学出版社2015年，第526页。

[2] 陈忠实：《仅说一种本能的情感驱使》，《陈忠实文集》第10卷，人民文学出版社2015年，第5页。

1991年　四十九岁

【散文、报告文学、言论等】

5月,《文论两题》刊《小说评论》第3期。

11月17日,写成评论《〈风雪娘子关〉阅读笔记》,刊《文学自由谈》1992年第2期。

在这篇文章中,陈忠实谈到方言、习俗与文化、文学的关系。他认为:"许久以来及至现在,许多人总是以地方方言地方习俗来体现地域特色,这当然无可厚非。但那方言和习俗的根络,却发端于那个地方的特定文化,以此为契机挖掘进去,我以为,这可能是打破由图解政策到图解概念的简单化创作的一条途径。"①

2011年8月9日,陈忠实又结合自己的创作经历,再次谈及方言与文学创造的关系。"初学创作阶段,看到南方北方一些我敬佩的作家的作品,尤其是写农村题材的小说,我看到不同地域许多生动传神的方言土语,很自然地就在我的习作中写进关中方言土话,把许多生僻的土话用了进去,以为这就是生活气息和语言特色,效果自然适得其反。道理很简单,语言是完成交流的工具,一切生僻到让关中以外的人读了感觉莫名其妙的土语,反倒成了交流的障碍,肯定倒了读者的胃口。"他进而谈及《白鹿原》叙述语言的"生活化""个性化"法则:"及至《白鹿原》的写作,我对生活语言的选择已有一个基本的法则,那些从字面上可以让外地读者领会至少六七成含义的词汇才用;如果从字面上让人连一半意思都揣摩不来的词汇,坚决舍弃;人物对话语言,尽可能生活化,更争取个性化。我在《白鹿原》的叙述语言里,用了许多生活语言,主要是为了叙述的生动和逼真,避免了任谁都不陌生的纯文学语言的平庸。再,就我对叙述语言的探索体会,在叙述语言里用上生

---

① 陈忠实:《〈风雪娘子关〉阅读笔记》,《陈忠实文集》第5卷,人民文学出版社2015年,第341页。

活语言，有如混凝土里添加的石子和钢筋，增加了语言的硬度和韧性。"①

另，陈忠实在这篇阅读笔记谈及的另一个重要问题是小说与叙述和议论及思辨的关系。他说："小说毕竟主要依靠叙述。议论和思辨不可或缺，但似乎不宜太多，至少我是这样看法。议论太多思辨太多的直接副作用是阻碍读者的阅读情绪，尤其是一些一般化议论。再者，过多的人物行为分析思辨，掌握不当就成为人物行为的注释，一方面轻视了读者对作品人物的理解和再创造余地；另一方面也可能给人造成错觉，以为作者叙述无能所招致。"②

【单行本、作品集】

1 月，短篇小说集《到老白杨树背后去》由陕西人民教育出版社出版。

这是陈忠实的第二部短篇小说集。关于这本小说集的命名，有一段颇有趣味的故事，具体可参看陈忠实的随笔《取名》。

1 月，文论集《创作感受谈》由陕西人民出版社出版。

这是陈忠实出版的第一部文学理论集，内收文章二十六篇。关于这本书，陈忠实说道，20 世纪 80 年代中期，"当时我的思维比较活跃，这集中体现在《创作感受谈》那本书中。《创作感受谈》的写作实际上是对我以前创作的一个总结，在此基础上我希望能够再完成一次突破。这时候对我起了决定性影响的就是……文化心理结构学说，它对我的写作意义是非常重要的。"③

---

① 陈忠实：《有关我的创作——答〈黄河文学〉和歌问》，《陈忠实文集》第 10 卷，人民文学出版社 2015 年，第 378 页。

② 陈忠实：《〈风雪娘子关〉阅读笔记》，《陈忠实文集》第 5 卷，人民文学出版社 2015 年，第 343 页。

③ 陈忠实：《在自我反省中寻求艺术突破——与武汉大学文学博士李遇春的对话》，《陈忠实文集》第 7 卷，人民文学出版社 2015 年，第 389 页。

1992年　五十岁

【小说】

12月20日，长篇小说《白鹿原》（上）刊《当代》第6期。

【散文、报告文学、言论等】

1月6日，报告文学《腼腆——余长庚印象》刊《人民日报》。

4月，《〈风雪娘子关〉阅读笔记》刊《文学自由谈》第2期。

6月，写成报告文学《生命礼赞——神针赵步长》。

1990年春至1993年春，陈忠实先后写成《山里有黄金》《渭北高原：关于一个人的记忆》《腼腆——余长庚印象》《生命礼赞——神针赵步长》《忠诚与潇洒——我理解的王福禄》五部报告文学作品。

7月28日，散文《又见鹭鸶》刊《西安晚报》。又刊《文苑（经典美文）》2009年第7期，《中学生阅读（高中版）》（上半月）2016年Z1期。

关于这篇散文的写作，陈忠实回忆道："这一年的8月，好久不写散文了，又触景生情写下了《又见鹭鸶》。……也许是'蒹葭苍苍，白露为霜'吟诵得沉醉，便把'在水一方'的'所谓伊人'铺陈于文字。这应是我前所未有的颇多闲情逸兴味儿的散文。"他特别写道："由此也引发了后来散文写作的持续不减的兴趣。"①

夏，写成言论《天下谁人不识君——肖重声〈珍蔬佳话〉序》。

1992年，写成言论《别路遥》，刊《电影画刊》2003年第4期。

这是陈忠实在路遥遗体告别仪式上的发言。在这篇文字中，陈忠实将路遥及其创作放在中国文学的阔大背景上，放置在中华民族壮阔的历史进程中，对其思想、精神世界和艺术创造力量进行了极高的定位和评价。路遥是一个民族文学和精神的卓越代表："路遥从中国西北的一个自然环境最恶劣也最贫穷的县的山村走出来，为中国当代文学的繁荣创造了绚烂的篇章。这不单是路遥个人的凯

---

① 陈忠实：《寻找属于自己的句子》，上海文艺出版社2009年，第167—168页。

歌，它至少给我们以这样的启迪，我们这个民族所潜存的义无反顾的进取精神和旺盛而又强大的艺术创造力量。路遥已经形成的开阔宏大的视野，深沉睿智的穿射历史和现实的思想，成就大事业者的强大的气魄，朝着创造的目标实现创造理想时必备的坚韧不拔的意志和艰苦卓绝的耐力，充分显示出这个古老而又优秀的民族的最优秀的品质。"① 路遥也是民族伟大历史进程的热切的见证者、参与者和书写者："路遥热切地关注着生活演进的艰难的进程，热切地关注着整个民族摆脱沉疴复兴复壮的历史性变迁，以及由此而产生的巨大痛苦和巨大欢乐。路遥并不在意个人的有幸与不幸，得了或失了，甚至包括伴随着他的整个童年时期的饥饿在内的艰辛历程。这是作为一个深刻的作家的路遥与平庸文人的最本质区别。正是在这一点上，路遥才成为具有独立思维和艺术品格的路遥。"②

冬，写成言论《渭南有个李康美》。

【诗词】

夏，填词《小重山·创作感怀》《青玉案·滋水》。

这两首词写于《白鹿原》完成并得到评论家和出版社编辑肯定后，陈忠实在他"50年生命历程中空前亦绝后的一段美好时月"里，吟诵李白、杜甫、苏东坡、陆游等名家诗词后的"兴起之作"。陈忠实写到当时的情境和心境："1992年春天，在写完《白鹿原》等待编辑审稿意见的颇为忐忑的情境里，我一个人仍住在原下祖居的屋院，徒增吟诵古典诗词的兴致。"③ 对这两首词，他自我评述道："这两首词都是1992年夏天填写的。前一首很直白，无需注释。后一首的滋水，是河流原来的名字，……我以往的小说包括尚未面

---

① 陈忠实：《别路遥》，《陈忠实文集》第5卷，人民文学出版社2015年，第348—349页。

② 陈忠实：《别路遥》，《陈忠实文集》第5卷，人民文学出版社2015年，第349页。

③ 陈忠实：《仅说一种本能的情感驱使》，《陈忠实文集》第10卷，人民文学出版社2015年，第5页。

世的《白》，其中的风景描写多有涉及这条河的文字，却几乎全是这篇或那篇小说人物在这条河边发生的人生故事。现在，我直接面对这条河了，这条我平生触摸的第一条河，也是平生都不曾离开的一条河，似乎此时突然意识到这条河从我心里淌过，我的血液时时都受到河水波浪的拍击，与河水溶合了。我填写成了这首《青玉案·滋水》，已经是物我相溶相寄了。虽自知文字直白，却也直抒胸臆；不为示人，只是一时兴起；也未必太多自赏，倒是留下刚刚写完《白》稿且得到难得的肯定和评说之后的真实情状。平生不敢吹牛，更不习惯炒作，填一首拙词，泄一下窝聚胸间多年的创造欲望之气，于心理乃至生理都是一种释放的需要，词的韵律和平仄都顾不及了。"再读"我后来意识到这一年——1992 年，是我人生历程中最自在的一年。"① 令人感慨系之。

11 月 26 日草成诗《猜想死亡》，1993 年 9 月 16 日改定，刊《延河》1993 年第 11 期。

【单行本、作品集】

12 月，中篇小说集《夭折》由陕西人民出版社出版。

【获奖】

报告文学《渭北高原，关于一个人的记忆》获中国作家协会1990—1991 年度全国优秀报告文学奖。

关于这次获奖，陈忠实回忆道："（1992 年）初夏时节，一个始料不及的好事发生了，《渭北高原，关于一个人的记忆》被评为1990—1991 年度全国报告文学奖。这是中国作协的奖项，《渭》文是由谁家推荐参评，我竟然不知，所以说是意料不及的好事。"②

---

① 陈忠实：《寻找属于自己的句子》，上海文艺出版社 2009 年，第 164—165 页。
② 陈忠实：《仅说一种本能的情感驱使》，《陈忠实文集》第 10 卷，人民文学出版社2015 年，第 5—6 页。

1993年　五十一岁

【小说】

2月20日，《白鹿原》（下）刊《当代》第1期。

【散文、报告文学、言论等】

1月，言论《悼路遥》刊《小说评论》第1期。

2月，言论《告别路遥》刊《延河》第2期。

春，写成报告文学《忠诚与潇洒——我理解的王福禄》。

3月15日，写成《关于〈白鹿原〉与李星的对话》。

在谈及《白鹿原》是否属于现实主义文学及其与柳青包括法国俄国现实主义的不同之处时，陈忠实说："《白鹿原》是现实主义的创作。在我来说，不可能一夜之间从现实主义一步跳到现代主义的宇航器上。但我对自己原先所遵循的现实主义原则，起码可以说已经不再完全忠诚。我觉得现实主义原有的模式或者范本不应该框死后来的作家，现实主义必须发展，以一种新的叙事形式来展示作家所能意识到的历史内容和现实内容，或者说独特的生命体验。""我决心彻底摆脱作为老师的柳青的阴影，彻底到连语言形式也必须摆脱，努力建立自己的语言结构形式。……但无论如何，我的《白》书仍然属于现实主义范畴。现实主义者也应该放开艺术视野，博采各种流派之长，创造出色彩斑斓的现实主义；现实主义者更应该放宽胸襟，容纳各种风貌的现实主义。"[①]

4月2日，写成言论《黑色的1992》，刊《文学自由谈》第3期。

6月，《关于〈白鹿原〉的答问》刊《小说评论》第3期。

6月10日，写成言论《陕西作家应对中国当代文学做出无愧贡献——陕西作协第四次会员代表大会闭幕词》。

6月17日，写成言论《选萃自序》。

6月18日，写成随笔《文学这个魔鬼》，刊《西安晚报》7月

---

① 陈忠实：《关于〈白鹿原〉与李星的对话》，《陈忠实文集》第5卷，人民文学出版社2015年，第370—371页。

1 日。

7 月，言论《〈白鹿原〉创作漫谈》刊《当代作家评论》第 4 期。

11 月 22 日，写成散文《晶莹的泪珠》。

11 月，诗《猜想死亡》刊《延河》第 11 期。

12 月，写成散文《毛泽东的人格力量》。

冬，写成散文《寓言两则》。

【诗词】

6 月 19 日，填词《踏莎行·人民大厦四十年》。

【单行本、作品集】

6 月，《白鹿原》（一版一印）由人民文学出版社出版。

9 月，《陈忠实短篇小说选萃》由西安出版社出版。

9 月，《陈忠实中篇小说选萃》由西安出版社出版。

11 月，《白鹿原》（繁体版）由香港天地图书有限公司出版。

11 月，《陈忠实爱情小说选》由太白文艺出版社出版。

11 月，中篇小说集《蓝袍先生》由中国文学出版社出版。

【获奖】

《白鹿原》获中国作协陕西分会第二届"双五"文学奖最佳作品奖。

1994 年　五十二岁

【散文、报告文学、言论等】

1 月 10 日，随笔《〈郢子老太〉后话》刊《西安晚报》。

2 月，散文《晶莹的泪珠》刊《儿童与健康》第 2 期。

2 月，写成言论《大将林立，佳作纷呈——编稿絮语》。

3 月 21 日，写成言论《故乡，心灵中最温馨的一隅》。

4 月 8 日，写成言论《沟通，我的期待——〈白鹿原〉韩文版序》。长篇小说《白鹿原》首次被译为韩文，陈忠实作序，这是陈忠实首次为自己著作的外文版作序。

6月13日，写成评论《铁骨柔肠赋华章》。

6月14日，写成随笔《虽九死其犹未悔》，刊《延河》2003年第1期。

6月22日，写成随笔《足球与古典式——〈歪看足球〉之一》。

6月22日，写成随笔《上帝之手——〈歪看足球〉之二》。

7月，评论《小说最是有情物》刊《文学自由谈》第4期。

9月1日，写成言论《文学依然神圣》，刊《陕西日报》9月5日。又刊《西安晚报》9月22日。

9月，写成言论《最好的纪念——陕西名家丛书序》。

11月，写成评论《不妨极端，自成气候——我看成章散文》。

在这篇言论中，陈忠实提出了他所理解的文学创作过程和形态："无论小说散文或者诗歌的创作，都应记着《文心雕龙》中的一句话'既随物以婉转，亦于心而徘徊'。这一句话把作家的创作状态全部说完了，再没有这么间接地把创作过程和创作形态揭示得那么深刻。随物婉转就是状物，于心徘徊就是作家抒发情感。"[1]

12月9日，写成散文《绿蜘蛛，褐蜘蛛——我的树之二》，刊《大家》1995年第3期。

【诗词】

3月，填词《阳关引·梨花》。

这首词词末署时间1994年3月，亦见于1994年12月9日所作散文《绿蜘蛛，褐蜘蛛——我的树之二》文末："今年初春，我依然搅缠在纷纷纭纭的杂事之中而不能脱身，看到城市街树绿了，便想起家园里的梨树也该绿了，花苞也该开绽了，何时再能得到早晨起来看见袅袅娜娜的白衣仙女的惊喜？遂成一阕拙词：《阳关引·梨花》……（词略，引者按）"。由此可推知，词作于初春三月，而这篇作于岁末的散文，则是以追忆初春的方式引述之。

---

① 陈忠实:《不妨极端，自成气候——我看成章散文》，《陈忠实文集》第5卷，人民文学出版社2015年，第429页。

【单行本、作品集】

1 月，《白鹿原》由台湾新锐出版社出版。

2 月，中篇小说集《蓝袍先生》由作家出版社出版。

4 月，中篇单行本《初夏》由陕西人民出版社出版。

4 月，中篇小说集《地窖》由台湾汉湘文化事业股份有限公司出版。

1995 年　五十三岁

【散文、报告文学、言论等】

1 月，写成散文《最初的晚餐——〈生命历程中的第一次〉之一》，刊《文苑（经典美文）》2010 年第 12 期。

1 月，创作谈《兴趣与体验——〈白鹿原〉获奖感言》刊《当代》第 1 期。

1 月，写成散文《尴尬——〈生命历程中的第一次〉之二》。

1 月 22 日，写成言论《文学无封闭》，刊《文学自由谈》1995 年第 2 期。

在这篇文章中，陈忠实谈到"生活体验"和"生命体验"的关系。他说："作家进行文学创作唯一依赖的是一种双重性的体验，由生活体验近而发展到生命体验，由艺术学习发展到艺术体验，这种双重体验所形成的某个作家的独特体验，决定着作家全部的艺术个性。"进一步阐述："生命体验由生活体验发展而来，生活体验脱不出体验生命的基本内涵。……普遍的通常情况是，一般的规律作家总是经由生活体验而进入到生命体验阶段的；并不是所有作家都能经由生活体验而进入生命体验的，甚至可以说进入生命体验的作家只是一个少数；即使进入了生命体验的作家也不是每一部作品都属于生命体验的作品。"他认为，马尔克斯《百年孤独》属于"生命体验之作"，而《霍乱时期的爱情》却属"生活体验的作品"。尽管米兰·昆德拉《生命中不能承受之轻》此前的长篇风姿各异，但只有这部"才是进入一种生命体验的艺术精品"。①

2月6日，写成散文《沉重之尘——〈生命历程中的第一次〉之三》。

2月15日，写成散文《破禁放足不做囚》。

2月17日，散文《中国餐与地摊族——意大利散记之一》刊《西安晚报》。

春，写成报告文学《创造礼赞》。

3月18日，写成《兴趣与体验——〈陈忠实小说选集〉序》，刊《小说评论》第3期。

3月24日，写成言论《生命易老，文学不死：寄语〈陕西青年作家小说专号〉》，刊《延河》第6期。

4月，文论《寄语》刊《文学自由谈》第4期。

在文章开篇，陈忠实即指出："对于以文学为生命依托的我来说，关于自由的基本含义都是文学的。文学的自由说到底是作家心灵的自由。能够自由地弄自己的文学，即充分地自由地展示生命和艺术的独特体验，自觉足以慰藉生存的全部意义了。"②

6月26日，写成言论《美髯公的画与文》。

6月28日，散文《贞洁带与斗兽场——意大利散记之二》刊《飞天》第10期，又刊《西安晚报》11月30日。

6月，散文《绿蜘蛛，褐蜘蛛——我的树之二》刊《大家》第3期。

7月，文论《关于陕西长篇小说创作的回顾与展望》刊《小说评论》第4期。

7月，散文《绿风》刊《神州学人》第7期。又刊《教师博览》2013年第11期，《视野》2016年第15期。

---

① 陈忠实：《文学无封闭》，刊《文学自由谈》1995年第2期。《陈忠实文集》第6卷，人民文学出版社2015年，第214—215页。
② 陈忠实：《寄语》，《文学自由谈》1995年第4期。

7月1日，写成散文《那边的世界静悄悄——美、加散记之一》。

12月25日，写成散文《北桥，北桥——美、加散记之二》。

【诗词】

1月15日，作诗《七律·和宁夏张其玮先生》《七律·和路友为先生诗》。

1996年 五十四岁

【散文、报告文学、言论等】

2月，写成书信《送平凹赴华西》，刊《西安晚报》2月23日。

4月13日，写成评论《解读徐岳》。

5月4日，写成言论《致日本读者——〈白鹿原〉日文版序》。

6月27日，写成言论《柳青的警示——在柳青墓前的祭词》。

8月16日，写成散文《告别白鸽》，刊《大家》第5期。

8月，散文《秦人白烨》刊《中国作家》第4期。

9月，写成散文《一株柳》，刊《中文自修》2000年第10期。

10月，写成散文《感受文盲——美、加散记之三》，刊《西安晚报》11月29日。

10月，写成散文《口红与坦克——美、加散记之四》，刊《西安晚报》11月29日。

1996年，写成言论《注钙》。

【诗词】

清明，作诗两首《七律二首 故乡》。

【单行本、作品集】

1月，《陈忠实小说自选集》（三卷本）由华夏出版社出版。

2月，《陈忠实小说精选》由太白文艺出版社出版。

8月，《陈忠实文集》（五卷本）由太白文艺出版社出版。这是陈忠实的第一部文集。

关于这部五卷本文集出版的情况，朱鸿在2016年4月15日写成的文章中回忆道："1996年，我编辑了他的文集五部，行世在即，打算举办一个新闻发布会。出版社不愿意有花销，就把负担转嫁给先生了。幸而一家企业慷慨资助，问题得以解决。企业欲通过新闻发布会腾声三秦，这也很是正常，遂提出由其老板主持。先生约我见面，茶饮之间，悦然相告企业支持之事。获悉新闻发布会要由企业老板主持，我劈头盖脸地说：'这不行！版权是出版社的，必须要由出版社领导主持。'先生一愣，又说：'我已经答应了。'我说：'陈老师，答应了也不行啊！可以给老板增加一些节目，主持必须交出版社领导主持。'先生骤然发火，冲动宣示新闻发布会作罢。不料形势如此，我遂婉然校正。经过反复协商，新闻发布会归出版社领导主持。然而程序多有空间，以让企业老板亮相，事遂顺利且圆满。先生轻松愉快，竟向领导夸我厉害，可以重用。实际上我根本不满意领导，也不为出版社争什么。我只是遵循一个道理和规矩，而且坚持这一点。"[①]

8月，《生命之雨——陈忠实自选散文集》由陕西人民教育出版社出版。这是陈忠实的第一本自选散文集，也是其第一本散文集，内收散文五十五篇。

9月，文论集《陈忠实创作申述》由花城出版社出版。

10月，长篇小说《白鹿原》（上下两册）日文译本由中央公论社出版。

【获奖】

长篇小说《白鹿原》获人民文学出版社"炎黄杯·人民文学"奖。

1997年　五十五岁

【散文、报告文学、言论等】

1月，写成散文《五十开始》，刊《西安晚报》5月8日。

<hr>

① 朱鸿：《陈忠实先生》，祁念曾、张效民编：《魂系白鹿原：陈忠实纪念文集》，四川文艺出版社2016年，第41—42页。

2 月 16 日，写成散文《朋友的故事》，刊《新大陆》第 1 期。

3 月，《白鹿原上看风景——关于当前长篇小说创作和〈白鹿原〉》（与张英对话录）刊《作家》第 3 期。

4 月 25 日，写成言论《敞开心灵之窗——〈走出白鹿原〉自序》，刊《西安晚报》8 月 28 日。

6 月，写成言论《回声·钟声·双刃剑》。

7 月 16 日，写成言论《走过泥泞》，刊《西安晚报》1998 年 5 月 8 日。

7 月，散文《清风扑面》刊《延河》第 7 期。

10 月，写成散文《陶冶与锻铸》，刊《西安晚报》11 月 5 日。又刊《中学政治教学参考》1998 年第 3 期，《陕西教育》1998 年第 12 期。

10 月，《"白鹿原"畔谈税收——答〈中国税务〉杂志问》刊《中国税务》第 10 期。又刊《税收与社会》第 10 期。

11 月 19 日，写成言论《寻找属于自己的句子：寄语〈陕西青年作家小说专号〉》，刊《延河》1998 年第 1 期。

11 月 22 日，写成散文《喝茶记趣》。

12 月 16 日，写成散文《追寻貂蝉》。

冬，写成对话《关于〈白鹿原〉获茅盾文学奖答诗人远村问》。

【诗词】

6 月 20 日，填词《酹江月·香港回归感赋》。

这首词，是陈忠实接到《光明日报》编辑约稿时"觉得不知从何说起，转念之间竟涌出一首词来"。作者自言："尽管我素来深深畏怯名目繁多的古体词牌严密的平仄格律，却也顿生勇气不管不顾了，只求得词意顺畅，节奏明朗，可以尽兴倾泻那份情感就行了。这是我为数不多的诗词里，填写得最痛快也最顺手的一首。"①

---

① 陈忠实：《追述一首词的成因》，《陈忠实文集》第 9 卷，人民文学出版社 2015 年，第 32 页。

【单行本、作品集】

《白鹿原》韩文版五卷本由韩国文院出版。

1998年　五十六岁

【散文、报告文学、言论等】

1月10日，写成散文《自题旧照》。

1月，言论《寻找属于自己的句子：寄语〈陕西青年作家小说专号〉》，刊《延河》第1期。

3月6日，写成言论《历史和现实的追问——谈游记创作的一封信》，刊《人民日报》1998年8月28日。

6月，言论《品读蔡如桂》刊《农业考古》第2期。

6月3日，写成言论《跨越障碍》，刊《文化月刊》第8期。又刊《西安晚报》1998年7月10日。

6月，写成言论《业已成荫的大树》；写成散文《无法超脱》《谁打败了斗牛士》。

8月17日，写成言论《心灵独白》。

其中陈忠实回忆了自己的散文创作道路："关于散文，也是我很喜欢的一种文体。我的处女作发表的首先是散文，那是'文化大革命'前一年多时间的事了。而第一个短篇小说的写作和发表却是八年以后的事了。新时期文艺复兴以来，我以小说写作为主，其间也抽空写一些散文。八十年代中期以前，我在乡村基层工作岗位上，散文选材多是面对急剧变化的生活而抒发一点感触，或者记取一点人与事的变迁，形式不自觉地就类似特写的形式。八十年代中期以后的散文，且不说它像不像散文，却是脱离了特写的模式。"谈到散文的本质和抒写的动力机制，他认为："就我自己而言，散文就是一种心灵的独白，心灵对于现实对于历史的一种感悟，需要抒发，需要强辩，需要呜咽，有时候也需要无言的抽泣。感天感地感时感世感人感物，总而言之在于一个感，有感触有感想有感悟而需要独白，需要交流，需要……于是就想写散文了。"①

9月18日，写成散文《喇叭裤与"本本"》。

10月8日，写成言论《生命价值的新启示——作家陈忠实致魏军》，刊《人民日报》1999年5月18日。

11月2日，写成言论《王国不神秘：再致雷涛》，刊《文艺报》1999年第30期。

11月6日，写成散文《伊犁有条渠》，刊《伊犁河》1999年第1期。

11月7日，写成言论《西安人武元》；9日写成言论《真情无价——读周养俊〈絮语人生〉》；13日，写成散文《灿烂一瞬——凉山笔记之一》。

11月，写成散文《神秘一幕——凉山笔记之二》。

12月28日，写成散文《旦旦记趣》，刊《散文（海外版）》2000年第2期。

冬，写成言论《从生活体验到心灵体验——与〈人民日报〉记者高晓春的对话》，以《从生活体验到心灵体验——访作家陈忠实》为题，刊《人民日报》12月12日。

【诗词】

8月10日，作诗《贤亮印象》。

【单行本、作品集】

1月，散文集《告别白鸽》由湖南文艺出版社出版。这是陈忠实的第二本散文集。

【获奖】

长篇小说《白鹿原》获第四届茅盾文学奖。

---

① 陈忠实：《心灵独白》，《陈忠实文集》第6卷，人民文学出版社2015年，第279、281页。

1999年　五十七岁

【散文、报告文学、言论等】

1月8日，写成创作谈《心灵剥离》，刊《当代作家》第1期。

1月13日，写成散文《自己卖书与自购盗本》，刊《时代文学》第3期。

在这篇散文中，陈忠实谈到自己第三本书中篇小说集《四妹子》在出版过程中遭遇的尴尬、难堪和"难以启齿的羞愧"。这促使他开始反省和理解"文学和小说创作的原始意义"。他认为："作家之所以写作，就是要把自己关于现实和历史的体验用一种自以为美妙的艺术形式表述出来，与读者进行交流"。对于作家来说，"这种体验从生活层面的体验进入到更深一层的生命层面的体验，而表述的形式也是由艺术的表现和艺术的体验显示着差异的。无论生活体验抑或生命体验，致命的是它的独特性，是唯独自己从现实生活历史生活以及自身经历中所产生的独有的体验。独有的体验注定了体验的独特性和独到之处，从根本上就注定了某部（篇）作品的独立个性，自然不会重复别人也不会重复自己，这是中外古今作家的所有杰出创作的最根本的成因"。对于读者来说，"人们阅读小说，就是要享受电影电视所感受不到的文字的乐趣，通过阅读验证自己的生活体验，领悟自己尚未领悟到的属于作家的独到的体验。"因此，"作家靠独特的体验（生活的生命的和艺术的）创作小说。读者才是作品存活的土壤"。经过《四妹子》出版过程的波折和作者卖自己写的书的尴尬，陈忠实"从这个意义上反省"，"终于从《四妹子》自销的羞愧境地重新爬出，重新审视案头正在操作着的《白》稿，审视《白》的全部构思和表述形式，包括读者直观的文字"。从反向上，《四妹子》对于《白鹿原》的构思、叙述和语言等方面的影响是不可忽略的。也因此陈忠实写道："我后来总是想到自销《四妹子》的羞愧造成的挫伤对促成我反省的决定性意义，尤其是在第一部长篇《白》书写作的关键时刻发生。"① 2002 年，他再次谈道："这件事对我的刺激很大，我被迫认识到作品的可读性问题，必须把可读性作为文学作品不可忽略的因素。"②

2 月，散文《凉山二题》刊《中国三峡建设》第 2 期。

4 月 9 日，写成散文《自信是金》。

4 月，写成言论《大气·雄风：解读李若冰》，刊《文艺报》1999 年第 24 期。

5 月 7 日，写成《在〈当代〉，完成了一个过程》，刊《当代》1999 年第 4 期。

5 月 18 日，言论《生命价值的新启示——作家陈忠实致魏军》刊《人民日报》。

6 月，写成言论《灵人》。

夏，写成言论《滔滔汉江水》。

7 月，评论《民办教育家的辉煌足迹——电视连续剧〈荒原足迹〉笔谈》刊《小说评论》第 4 期。

8 月 6 日，写成言论《痴情如你》。

8 月，写成散文《家之脉》。

9 月，《真情无瑕——读周养俊〈絮语人生〉》刊《写作》第 9 期。

9 月 3 日，写成散文《俏了西安》，刊《西安晚报》9 月 5 日。

10 月 18 日，写成对话《人生九问》。

10 月 19 日，写成散文《拔出话筒》，刊《西安晚报》11 月 11 日。

10 月 21 日，写成散文《骆驼刺——车过柴达木之一》；22 日，写成散文《盐的湖——车过柴达木之二》；24 日，写成散文《天之池》。

---

① 陈忠实：《自己卖书与自购盗本》，《陈忠实文集》第 6 卷，人民文学出版社 2015 年，第 279 页。

② 陈忠实：《"文学是我人生中最重要的主题词"——与〈西安晚报〉记者蔡静、丑盾对话》，《陈忠实文集》第 6 卷，人民文学出版社 2015 年，第 279 页。

11月9日，写成散文《何谓良师——我的责任编辑吕震岳》，刊《延河》2000年第1期。

11月12日，写成言论《蔚为壮观的诗章》；18日，写成言论《人物才是撑起故事框架的柱梁》。

11月25日，写成散文《为了十九岁的崇拜——追忆尊师王汶石》，刊《人民文学》2000年第2期。

12月9日，写成散文《千年的告别》。

在这篇散文中，陈忠实较为集中地阐述了他在《白鹿原》出版后，反思自己创作道路时常用的"剥离"一语的内涵："剥离是旧的心理秩序被打乱、新的心理秩序重新建构的过程。人的心理秩序决定人的精神世界，而人的价值观道德观又网织着心理秩序；新的观念首先冲击的是旧的观念，也就冲击扰乱旧的心理秩序，重构新的精神世界。这个过程恰如剥离，完成一次就轻松一次，就新生一回，就跃上一个新的心灵境地。剥离无疑是一个痛苦的过程，经受了这个痛苦完成了这个过程，也就挣脱了心灵的枷锁，获得一次精神的解放和自由；经受不住这个痛苦就可能捂死在旧的秩序的罗网里。剥离不会是一次性完成的，有如蚕之蜕皮，一次又一次的剥离的完成，一个民族的精神体魄也就逐步得以复兴复壮了。"[①] 在《白鹿原》创作手记中，陈忠实又从文学创作的角度谈到"剥离"："剥离的实质性意义，在于更新思想，思想决定着对生活的独特理解，思想力度制约着开掘生活素材的深度，也决定着感受生活的敏感度和体验的层次。"[②]

【单行本、作品集】

1月，《陈忠实散文典藏本》由华夏出版社出版。

4月，《陈忠实小说精选》（二卷）由台湾金安出版社出版。

---

① 陈忠实：《千年的告别》，《陈忠实文集》第6卷，人民文学出版社2015年，第166—167页。

② 陈忠实：《寻找属于自己的句子》，上海文艺出版社2009年，第103页

5 月，中篇小说集《康家小院》由河南文艺出版社出版。

2000 年 五十八岁
【散文】

1 月，散文《何谓良师——我的责任编辑吕震岳》，刊《延河》第 1 期。

2 月，散文《旦旦记趣》刊《散文（海外版）》第 2 期。

2 月，散文《为了十九岁的崇拜——追忆尊师王汶石》刊《人民文学》第 2 期。

3 月 18 日，写成对话《网上夜话》。

4 月 8 日，写成言论《我说〈山河岁月〉》，刊《人民政协报》2000 年 8 月 17 日。

4 月 11 日，写成《你写的书，让我不敢轻率翻揭》，刊《朔方》2000 年第 11 期。

4 月 13 日，写成散文《口声》；18 日，写成散文《活在西安》；29 日，写成散文《动心一刻》。

5 月，言论《堂堂正正做人》刊《人民论坛》2000 年第 5 期。

5 月，散文《一株柳》刊《中文自修》第 10 期。

5 月 1 日，写成散文《取名》《自题照片》；3 日，写成散文《拜见朱鹮》；8 日，写成言论《致冷梦的一封信》。

5 月 7 日，写成言论《校验人生》，刊《人民日报》2000 年 11 月 4 日。

6 月 10 日，写成言论《一个堂堂正正的人——致徐剑铭》。

7 月 7 日，写成言论《拒绝平庸——答〈刘琦之歌〉作者的信》；17 日，写成言论《卓尔不群这一株》。

7 月，写成散文《威海三章》。

8 月，散文《贞洁带与斗兽场——意大利散记之二》刊《飞天》2000 年第 8 期。

8 月，《读〈刘琦之歌〉后致作者的一封信》刊《陕西教育》2000 年第 8 期。

8 月 23 日，写成散文《球迷希尔顿》。

8 月 23 日，对话《没有改变就没有前途》（舒晋瑜访谈）刊《中华读书报》。

8 月 24 日，写成散文《如炬人生》，刊《新华日报》2000 年 9 月 4 日。

12 月，写成散文《释疑者》。12 月 12 日，写成散文《从盗书到盗名》，刊《中华读书报》2000 年 12 月 20 日。又刊《中国防伪》2001 年第 3 期。

冬，写成对话《文学活着——答〈三秦都市报〉记者杜晓英问》《说税》。

在《说税》中，陈忠实谈到了《白鹿原》中对农民抗税抗粮的叙述："习作《白鹿原》里至少有三处写到农民抗税抗粮的斗争，这在小说的总体创作构想中都是作为重大事件设置的。白鹿原是一个农业社会，那里生活着从本世纪初到本世纪中叶的一个农民宗族群体，在这个以宗族维系的群体的生存形态和社会结构里，税和捐成为影响那个社会结构的稳定性和生存形态的一种最重大因素。当然，还有政治因素和自然环境的因素。"①

【单行本、作品集】

2 月，《白鹿原》（上下册）由台湾金安文教机构出版。

7 月，《白鹿原》（"百年百种优秀中国文学图书"）由人民文学出版社出版。

10 月，《白鹿原》蒙古文版由内蒙古人民出版社出版。

10 月，散文集《家之脉》由广州出版社出版。

2000 年，《白鹿原》越南文版由越南岘港出版社出版。

---

① 陈忠实：《"白鹿原"畔谈税收——答〈中国税务〉杂志问》，《中国税务》1997 年第 10 期。《说税》，《陈忠实文集》第 6 卷，第 372 页。

12月，散文《活在西安》获《人民日报》"走进西部"散文征文二等奖。

2001年　五十九岁

【小说】

5月12日，写成短篇小说《日子》，刊《人民文学》2001年第8期。

陈忠实很满意《日子》这篇小说，但却很少谈及其内蕴，他的谈论路径是比较特别的"读者接受"："在我看来，读者对某个作品的冷漠，无非是这作品对生活开掘得深度尚不及读者的眼里功夫，或者是流于褊狭，等等。自然还有艺术表述的新鲜和干净。当下乡村生活题材的各种艺术品不计其数，一个短篇小说《日子》能否引发读者的阅读兴趣，确凿是我刚刚写成时的心理疑虑。我在《日子》里所表述的那一点对乡村生活的感受和体验，在《人民文学》和《陕西日报》先后发表后，得到了颇为热烈的反响，尤其是《陕西日报》这种更易于接触多个社会层面读者的媒体。我看了《陕西日报》关涉这篇小说的读者来信，回到原下的屋院，对着月亮痛快淋漓地喝了一通啤酒。"[1] 2007年在与《文汇报》记者对话时，还特意提到一件事："我在二〇〇一年写的五六千字的短篇小说《日子》，前不久还有读者写信给我，说他读到最后忍不住流泪。作为作者，我不仅欣慰，而且感动。"[2] 2008年，在一次对话中，陈忠实谈道："我在《日子》里所表述的是那一点对乡村生活的感受和体验，主人公的生活虽然贫乏、单调，但它却是一种真实的生存状

---

[1] 陈忠实：《望外的欣慰和感动——〈日子〉获奖感言》，《陈忠实文集》第9卷，人民文学出版社2015年，第180页。

[2] 陈忠实：《关于真实及其他》，《陈忠实文集》第9卷，人民文学出版社2015年，第460页。

态，所以能引起共鸣。"①

"《日子》发表已有十多年了，其间被各种短篇小说收录过，也被评论家多有提及，在我自然是颇感欣慰的事。然而，何锐先生在他编辑的名为经典短篇小说选本中要收入《日子》，初闻此讯竟有点忐忑。"获奖、进入选本、受到专业评论家和普通读者的欢迎，都是文学经典化的方式，也是文本经典性的某种形式的表现。除此之外，陈忠实对《日子》也有自己的评价："拙作《日子》未必能算得上经典，但作为对经典的一种回应，我又有几分自信。几经思量，《日子》总还算得一篇优秀小说吧，不然不会有多种短篇小说选本都相中它。何锐热心至诚地选编《回应经典》这本短篇小说集，自有他的初衷和标准，《日子》有幸入选，我自然高兴，却依然自我定位为较为优秀之作，且不敢妄言经典。"②

12月，写成短篇小说《作家和他的弟弟》，刊《北京文学》2001年第12期。

2001年，写成短篇小说《一个虚脱症患者的发言片断》。

【散文、报告文学、言论等】

1月，言论《有关写作的三个话题》刊《延河》第1期。

1月，言论《靠作品赢得读者》刊《鸭绿江》第1期。

1月，《白鹿原》刊《传媒》第2期。

2月20日，写成散文《何为益友》，刊《作家》第9期。

3月22日，写成散文《足球与城市》。

3月27日，写成言论《大地的精灵》，刊《西部人》2002年第2期。

4月，写成言论《〈城市尖叫〉阅读笔记》。

---

① 陈忠实、马平川：《精神维度：短篇小说的空间拓展——陇上对话陈忠实》，《文艺理论与批评》2008年第5期。

② 陈忠实：《不敢妄言经典》，《陈忠实文集》第10卷，人民文学出版社2015年，第295页。

4月20日,《红领巾飘飘》刊《中国新闻出版报》。

4月20日,写成言论《乡村,喧哗与骚动》,刊《北方经济时报》2002年5月1日。

5月,写成《〈匿影〉阅读笔记》,刊《文学自由谈》2001年第3期。

5月,言论《民办高教的新视野》(与何西来、费秉勋合作)刊《延河》第5期。

6月,写成《生命的审视和哲思——〈李汉荣诗文选〉阅读笔记》,刊《陕西日报》2001年7月6日。又刊《散文》2001年第8期。

6月28日,《触摸隐失的神圣》刊《中国图书商报》。又刊《工人日报》2002年5月10日。

7月,写成散文《麦饭——关中民间食谱之一》,刊《鸭绿江》2001年第10期。

7月21日,写成散文《白鸽向我飞来》。

8月,写成散文《搅团——关中民间食谱之二》,刊《鸭绿江》2001年第8期。

8月,写成言论《生命跃进的足音》。

8月10日,写成杂文《关于皇帝》,刊《杂文选刊》第10期。

9月15日,写成言论《互相拥挤 志在天空——有感于叶广芩、红柯荣获鲁迅文学奖》,刊《文艺报》2001年10月30日。28日,写成散文《种菊小记》。

10月26日,写成散文《成熟的征象》《再会棕榈——於梨华印象》。

11月,写成散文《再说死亡》。11月30日,写成散文《火晶柿子》。

11月,《〈抽搐〉阅读笔记》刊《文学自由谈》2001年第6期。

12月,写成散文《最初的操练》。

在这篇散文中,陈忠实回忆了自己从1958年第一篇作品到

1972 年发表《闪亮的红星》期间，自己与《西安晚报》文艺副刊的密切关系及其与编辑之间以"文学结缘的友谊"。其在深层所思考和表达的是新文学与报纸文艺副刊之间的关系："报纸的文艺副刊，是专业和业余作家的一块重要园地。新文学发起之初直到解放，鲁迅为代表的作家们的许多著述，都是在报纸副刊上与读者见面的。'文革'前的十七年，陕西两家公开发行的大报——《陕西日报》和《西安晚报》的文艺副刊，成为包括我在内的业余作者操练文字的重要园地。现在刊物多了，报纸也多了，传媒工具更现代化了，然而报纸的文艺副刊仍然独具其风采。"[1]

12 月 9 日，写成言论《诗性的质地——李思强其人其诗》，刊《西安教育学院学报》2002 年第 1 期。

【诗词】

9 月 28 日，作诗两首《菊花诗二首》。

【单行本、作品集】

1 月，散文集《走出白鹿原》由陕西旅游出版社出版。

2002 年　六十岁

【小说】

2 月 12 日，写成短篇小说《关于沙娜》。

3 月 8 日，写成短篇小说《腊月的故事》，刊《中国作家》第 5 期。

7 月 27 日，写成短篇小说《猫与鼠，也缠绵》，刊《长城》第 5 期。

2002 年 7 月 31 日，陈忠实在与李国平的对话中，谈及近期创作时说："我最近的几个短篇《日子》《作家和他的兄弟》《腊月的故事》，说责任感也罢，说忧患也罢，关注的是当代生活中的弱势

---

[1]　陈忠实:《最初的操练》,《陈忠实文集》第 7 卷, 人民文学出版社 2015 年, 第 136 页。

群体，不是一般意义上的同情和呼吁，是着重写生存状态下的心理状态，透视出一种社会心理信息和意象，为社会前行过程中留下感性印记。……我的创作忠实于我每个阶段的体验和感悟。我觉得当代生活最能激发我的心理感受，最能产生创作冲动和表现欲。"①

【散文、报告文学、言论等】

1月，写成《把智慧投入到写作中——与〈三秦都市报〉记者杜晓英的对话》，刊《文学报》1月10日。

1月，评论《踏过灾难的泥泞——由阅读〈一路走来〉说起》刊《西部人》第1期。

1月13日，写成言论《惹眼的〈秦之声〉》；25日写成散文《称呼柯老》。

1月17日，写成散文《三九的雨》，刊《人民文学》2002年第5期。

2月，写成言论《文学对科学的解读》。

2月19日，写成散文《与军徽擦肩而过》，刊《西南军事文学》第3期。

3月，写成言论《成熟与智慧》。

3月10日，写成言论《烛照人类心灵不灭的神光——阅读〈落红〉致方英文》。

3月20日，《令人着迷的神奇故事》刊《中国文化报》。

3月24日，《再读〈落红〉致方英文》刊《陕西日报》。

4月5日，写成评论《从思想上翻新着历史的故事》，刊《陕西日报》。

4月7日，写成言论《生命质量的升华》，刊《西安晚报》5月6日。

4月8日，写成言论《第一声鸣叫》，刊《西安晚报》5月16日。

---

① 陈忠实：《关于45年的答问》，《陈忠实文集》第7卷，人民文学出版社2015年，第329页。

5 月 1 日，言论《乡村，喧哗与骚动》刊《北方经济时报》。

5 月 16 日，写成散文《漕渠三月三》，刊《中华散文》第 8 期。

5 月 20 日，写成言论《温馨的记忆与陌生的熟识——读李志武〈白鹿原〉连环画随想》，刊《连环画报》第 11 期。

5 月 30 日，写成散文《寄语中国队》。

6 月 2 日，写成散文《滑铁卢·麦城·跷尿膜》；4 日，写成散文《遛了一回之后》；10 日，写成散文《细腻了的英国人》；15 日，写成散文《我们那两下子……》；22 日，写成散文《惨烈的场面与蒸红苕的技巧》；30 日写成散文《失败亦可正名》。

7 月 5 日，写成散文《桑巴和桑巴之外的魅力》；9 日，写成散文《遇合燕子，还有麻雀》。

7 月 7 日，写成言论《激扬的膜拜》，刊《西安晚报》7 月 28 日。

7 月 31 日，写成散文《六十岁说》，刊《西安晚报》8 月 1 日。

在《六十岁说》中，陈忠实回顾了自己的艺术和人生历程中的两次关键的自我把握和自我反省："在艺术追求的漫长历程中，在两个重要的创作阶段上，进行两次反省，对我不断进入文学本真是关键性的。如果说创作有两次重要突破，首先都是以反省获得的。可以说，我的创作进步的实现，都是从关键阶段的几近残酷的自我否定自我反省中获得了力量。我后来把这个过程称做心灵和艺术体验剥离。没有秘密，也没有神话，创造的理想和创造的力量，都是经过自我反省获取的，完成的。"①

7 月 31 日，写成言论《关于 45 年的答问》，刊《陕西日报》7 月 31 日。

在《关于 45 年的答问》中，陈忠实谈了自己创作经历的三个阶段，并谈到其近期的创作："我最近的几个短篇《日子》《作家和他的兄弟》《腊月的故事》说责任感也罢，说忧患也罢，关注的是当

---

① 陈忠实：《六十岁说》，《陈忠实文集》第 7 卷，人民文学出版社 2015 年，第 199—200 页。

代生活过程中的弱势群体，不是一般意义上的同情和呼吁，着重写生存状态下的心理状态，透视出一种社会心理信息和意象，为社会前行过程中留下感性印记。"[1]

7 月，写成对话《"文学是我人生中最重要的主题词"——与〈西安晚报〉记者蔡静、丑盾对话》。

夏，写成言论《关注人类命运的力作》，刊《文艺报》2010 年 1 月 6 日。

8 月 12 日，写成《文学的信念与理想》，刊《文艺争鸣》第 1 期。

8 月 13 日，写成言论《聆听耿翔》。

10 月 15 日，写成言论《关于〈走向混沌〉的通信》；27 日，写成言论《自在的抒写》；28 日，写成言论《阳光明媚》。

10 月 19 日，写成言论《解读一种人生姿态》，刊《文艺报》2003 年第 14 期。又刊《西安欧亚职业学院学报》第 1 期。

11 月 4 日，写成散文《在乌镇》；6 日，写成言论《致西部作家研究中心的信》。

12 月 6 日，《三题任世德》刊《工人日报》。

12 月 11 日，《征服人生》刊《中国新闻出版报》。

12 月 12 日，写成散文《走进一个美国家庭》。

12 月 29 日，写成评论《多重交叉的舞蹈》，刊《延河》2003 年第 3 期。

【诗词】

1 月 25 日，作诗《七律　百年柯老》。

3 月 17 日，作诗《红梅傲雪——题骞国政藏白灵壁奇石》。

9 月 15 日，作诗《墨洇点点润屐痕——读郭加水诗文集感诵》。

【单行本、作品集】

1 月，《中国当代作家选集·陈忠实卷》由人民文学出版社出版。

---

[1] 陈忠实：《关于 45 年的答问》，《陈忠实文集》第 7 卷，人民文学出版社 2015 年，第 329 页。

9月，小说散文集《日子》由陕西旅游出版社出版。

9月，小说散文集《原下集》由上海人民出版社出版。

9月，《陈忠实散文》由解放军出版社出版。

10月，《走向诺贝尔·陈忠实卷》由文化艺术出版社出版。

2003年　六十一岁

【散文、报告文学、言论等】

1月16日，《唏嘘暗泣里的情感之潮——写在〈迟开的玫瑰〉冲刺"国家舞台艺术精品工程"之际》刊《中国文化报》。又刊《当代戏剧》2005年第6期。

1月，散文《虽九死其尤未悔》刊《延河》第1期。

3月13日，写成文论《功夫还得在诗内》，刊《小说评论》第3期。

3月，评论《多重交叉的舞蹈》刊《延河》第3期。

4月，散文《寻找》刊《青年文学》第4期。

4月，《散文二篇》（包括《聆听耿翔》《种豆南山》两篇）刊《大家》第2期。

4月5日，写成对话《在自我反省中寻求艺术突破——与武汉大学文学博士李遇春的对话》。

5月4日，写成言论《秦岭南边的世界——〈王蓬文集〉序》，刊《小说评论》2003年第4期。

5月30日，写成散文《"非典"不是虎烈拉》。

6月19日，写成言论《三题〈一路走来〉》。

7月，《解读一种人生姿态》刊《西安欧亚职业学院学报》第1期。又刊《文艺报》10月14日。

7月19日，写成散文《黄帝陵，不可言说》，刊《文苑（经典美文）》2011年第12期。

7月30日，写成言论《位卑位尊都躬行》。

8月，散文《我的树》刊《西部人》第8期。

8月8日，写成言论《土壤、讲坛和稿纸上的舞蹈》；27日，写成言论《民间关中》。

9月，《我的文学生涯——陈忠实自述》刊《小说评论》第5期。又刊《美文》（下半月）2007年第3期。

9月，《令人敬重的发现》刊《小说评论》第5期。

9月9日，写成散文《回嚼永恒的美好》；12日，写成言论《多重视角　独自体验》；25日，写成散文《活着，只相信诚实——怀念胡采》。

10月，散文《狗事》刊《阅读与鉴赏（高中版）》第10期。

11月18日，写成散文《为城墙洗唾——关中辩证之一》；19日，写成散文《重新解读〈家〉，一个时代的标志》。

11月21日，写成言论《你的句子已灿灿发亮》，刊《中国新闻出版报》12月10日。

11月22日，写成言论《探索·归结·展示——在〈王蓬文集〉首发式上的讲话》；24日，写成散文《黏面的滑稽——关中辩证之二》。

12月1日，写成散文《遥远的猜想——关中辩证之三》。

在这篇散文中，陈忠实反思了某种流行的"文化病"："文化既可以是深邃的视镜，也是文化人可以自信可以自恃的一杖。眼见的事象，文化已变成了一只时兴的'热狗'，爱吃不爱吃都想品呷一下味道；文化可以成为唬人的巫词咒语，还能变异为包治百病包兴百业的膏药。"[1] 2012年陈忠实谈到文化对民族、国家和人民的重要性："文化对于一个国家至关重要的意义，在于对人的精神和素质的建构和提升。人的精神和素质，是受其接受的文化奠基的；文化决定着人的心理结构形态，自然也决定着人的思维和价值取向。

---

[1]　陈忠实：《遥远的猜想——关中辩证之三》，《陈忠实文集》第7卷，人民文学出版社2015年，第229页。

依着先进文化建构的人的心理形态，便会使民众的精神和素质得到升华。"①

12月4日，写成言论《生活的脉象，我的脉象——小说自选集新版序》；9日，写成散文《孔雀该飞何处——关中辩证之四》；11日，写成散文《原下的日子》；14日，写成言论《〈原下的日子〉后记》；16日，写成散文《乡谚一例——关中辩证之五》；23日，写成言论《背离共性，自成风景——〈陕西名家作品选〉序》；30日，写成散文《也说乡土情结——关中辩证之六》。

12月10日，《你的句子已灿灿发亮——儿童诗作家王宜振》刊《中国新闻出版报》。

【单行本、作品集】

1月，《白鹿原》由海峡文艺出版社出版。

2004年　六十二岁

【散文、报告文学、言论等】

1月6日，写成散文《两个蒲城人——关中辩证之七》；15日，写成散文《舒悦里的亲情和友谊》。

1月19日，写成言论《什么使我钦敬——读〈走近李焕政〉》，刊《陕西日报》11月12日。又刊《延河》第4期。

2月4日，写成言论《有剑铭为友》，刊《延河》第4期。

2月19日，散文《关于一座房子的记忆》刊《人民日报》。又刊《西部人》第3期。

2月21日，写成言论《你的发现，令我敬重》。

3月，散文《皮鞋·鳝丝·花点衬衫》刊《中华散文》2004年第9期。又刊《上海采风》2010年第3期。

3月，散文《原下的日子》刊《人民文学》第3期。又刊《名

---

① 陈忠实：《有关体验及其他——和〈陕西日报〉张立的对话》，《陈忠实文集》第10卷，人民文学出版社2015年，第390页。

作欣赏》2012年第1期，《党建》2012年第6期。

3月，散文《幽默与机智的魅力》刊《延河》第3期。

4月13日，写成言论《关于〈开坛〉》；22日，写成言论《天性与灵性》。

6月，《你的句子已灿灿发亮——儿童诗作家王宜振》刊《诗刊》第11期。

6月，言论《陕西作家著作展台》（与雷达合作）刊《延河》第6期。

7月18日，写成散文《从大理到泸沽湖》，刊《海燕（都市美文）》第9期。

7月28日，写成言论《心灵的狂欢和舞蹈》，刊《中国艺术报》11月19日。又刊《中国书法》第10期。

8月5日，写成散文《在好山好水里领受沉重》，刊《课外阅读》2007年第11期。

8月12日，写成散文《第三粒失球致使的摧毁——老陈看奥运之一》；14日，写成散文《妩媚的回眸——老陈看奥运之二》；17日，写成散文《失败　仍令我敬重——老陈看奥运之三》《一把铁勺走天下》；19日，写成散文《为女曲喝彩——老陈看奥运之四》；20日，写成散文《话说梦游——老陈看奥运之五》；22日，写成散文《胜者的平静与败者的微笑——老陈看奥运之六》。

9月4日，写成言论《关中娃，岂止一个冷字》，刊《三秦文史》2005年第1期。又刊《陕西日报》2014年9月30日。

9月21日，写成散文《在河之洲》。

9月30日，写成散文《柴达木掠影》，刊《文艺报》12月28日，又刊《地火》第4期，《石油知识》2016年第3期。

10月7日，写成言论《令人惊喜的阅读》，刊《延河》第12期，又刊《中国残疾人》第12期。

10月21日，写成言论《灿烂在创造里——感动葛玮》。

11月5日，写成言论《红烛泪 杜鹃血》，刊《鸭绿江》（上半月）2005第1期。

11月11日，言论《背离共性 自成风景》刊《文艺报》。

11月19日，评论《心灵的狂欢与舞蹈——有感于书家李其人其书》刊《中国艺术报》。

11月24日，写成散文《借助巨人的肩膀》，刊《长江文艺》2005年第1期。

12月9日，写成言论《难以化解的灼痛——读陈行之新作〈危险的移动〉》，刊《文学报》2005年7月14日。

【诗词】

秋，作诗《致柴达木油田工人——步王昌龄〈将军行〉韵》。

【单行本、作品集】

1月，小说散文集《原下的日子》由太白文艺出版社出版。

1月，《陈忠实小说自选集·长篇小说卷》（三卷）、《陈忠实小说自选集·中篇小说卷》（三卷）由长江文艺出版社出版。

2月，《陈忠实小说自选集·短篇小说卷》（三卷）由长江文艺出版社出版。

3月，《白鹿原》（中国文库版）由中国出版集团、人民文学出版社出版。

5月，《陈忠实文集》（七卷本）由广州出版社出版。

5月，短篇小说集《关中故事》由昆仑出版社出版。

【获奖】

散文《原下的日子》获《人民文学》优秀作品奖。

2005年 六十三岁

【小说】

3月9日，写成短篇小说《娃的心，娃的胆——三秦人物摹写之一》，刊《人民文学》第5期。

关于这篇小说，陈忠实写道："我的灞桥乡党孙蔚如将军，他助杨虎城、张学良发动'西安事变'，之后率领西北军立马中条山，打出了声威，堵死了倭寇西进的途径，让关中父老免遭日本鬼子的蹂躏。诸多的血战姑且不叙，单是八百关中子弟在被逼到黄河边的绝境时，纷纷从悬崖上跳入黄河，没有一人投降，这种惊天地泣鬼神的惨烈场景，闻之便有屏息闭气的压迫。我在获得这个真实的撼人心跳的细节直到写成《娃的心，娃的胆》，八百抗日壮士跳进黄河的画面一直萦绕于脑际，至今也未消弭。"①

5月21日，写成短篇小说《一个人的生命体验——三秦人物摹写之二》，刊《人民文学》第11期。

《一个人的生命体验——三秦人物摹写之二》《李十三推磨——三秦人物摹写之三》两篇写的都是作家。"一位是陕北籍当代作家柳青，一位是关中籍古典剧作家李十三。且不说他们卓越的艺术创造成就，单是他们面对扭曲人格乃至生命危机时的精神坚守，却一样凛然，也让我发生忐忑不安、心跳加骤久久不能平静的震撼。柳青在'大跃进'年代被逼要放创作'卫星'的声浪里，咬紧牙关对抗着浮夸到疯狂的世风，竟然把自己的手指头抠得鲜血淋漓而浑然不觉得疼痛；李十三这位堪称伟大的剧作家穷困到自己推石磨磨麦子的状态，却被清朝皇帝以'莫须有'的罪名问罪，气得一口又一口鲜血喷吐出来……"②

陈忠实谈到创作三篇"三秦人物摹写"时的心态："完全不同于以往那些小说的写作。以往的小说，多是对生活的发现和体验而谋思成篇，尽管不无感动的激情，然而，面对笔下的男女人物，却很难发生像面对'三秦人物摹写'里的三个人物时的忐忑不安到惶

① 陈忠实：《慢说解读　且释摹写》，《陈忠实文集》第10卷，人民文学出版社2015年，第292—293页。

② 陈忠实：《慢说解读　且释摹写》，《陈忠实文集》第10卷，人民文学出版社2015年，第293页。

恐的心态。"①"面对这三位陕西人，在忐忑不安、心跳加骤久久不能平静的状态里的写作，是一种前所未有的诚惶诚恐的仰视神圣的心态"，正是怀着这种庄正、崇仰、神圣乃至诚惶诚恐的心态，陈忠实采用了"摹写"做小说副题："我想到一个切合这种写作心态的词汇：摹写。摹写是一种在我少有的写作姿态，敬仰、崇拜，唯恐不及，更担心传达不出他们高蹈的精神境界和凛然独立的人格。稍感安慰的是，这几篇摹写我敬仰的陕西人的杰出代表的小说，见诸报刊后引起广泛反响，我不仅没有以往某篇作品得到好评的得意，却是那种忐忑不安到诚惶诚恐的心态得以平复，我的笔墨没有玷污他们精诚的鲜血。仅就这三篇短篇小说的人物，不属'解读'，是摹写，是敬仰和崇拜情态下的摹写。"②

所谓"摹写"，乃是一种还原，是以真实、切实的细节，还原历史人物的真实，尤其是心理真实、情感真实，这种真实还包括作家主体的真实和真挚。陈忠实在谈到《李十三推磨》时，说："这篇小说写的是清代一位堪称伟大的剧作家李十三的两个生活细节，也是被文字狱致死的细节。"③《李十三推磨》是受陕西作家陈彦散文的启示，借用其两个细节写成的，也是陈忠实"写得最顺手的短篇小说之一"，陈忠实在谈及自己彼时创作感受时强调了两点，一是"独特的生活细节"，二是"强烈的写作欲望"。他说："到这个时候，我业已形成一种新的写作感觉，尤其是短篇小说，想写一个什么人物，要有至少两个独特的生活细节，即只有这个人物才会发生的生活细节，才能下手，也才有写作的较为强烈的欲望，也才会有写作的信心。此前的作为《关中人物摹写》系列的短篇小说，就

---

① 陈忠实：《慢说解读　且释摹写》，《陈忠实文集》第10卷，人民文学出版社2015年，第292页。

② 陈忠实：《慢说解读　且释摹写》，《陈忠实文集》第10卷，人民文学出版社2015年，第293页。

③ 陈忠实：《作家都在思考这个时代——答〈江南〉杂志黎峰问》，《陈忠实文集》第10卷，人民文学出版社2015年，第323页。

是这样发生写作欲望，再形成构思和叙述的。"①

在写于 2007 年 7 月 21 日的一篇文章中，陈忠实谈到自己今年的兴趣发生在"生活在关中的一些令我肃然敬仰的人"身上，"譬如柳青，创造过十七年小说艺术高峰的作家；譬如灞河边上的老乡孙蔚如，直接参与'西安事变'，又在中条山打得日本鬼子过不了潼关，保护古都西安不受鬼子蹂躏的民族英雄；譬如堪称伟大的剧作家李十三，能编成十大本至今还在演着的戏剧，却招架不住嘉庆皇帝一声'捉拿'的断喝，在磨道里推着石磨时吓得吐血……我无力为他们立传，却又淡漠不了他们辐射到我心里的精神之光，便想到一个捷径，抓取他们人生里最富个性的一两个细节，写出他们灵魂不朽精神高蹈的一抹气象来，算作我的祭奠之词，以及我的崇拜之意。"②

陈忠实对笔下人物的选择、形象的塑造和细节的采撷，既与他作为一位陕西作家对陕西人精神气质、个性气象、文化性格和心理文化结构的关注有关，"作为陕西人，我一直关注和探索这块土地上的今人和前人的精神和气质的共性，以及由前人到今人的演进演变的心路历程"③，也与他对作家和文学之"神圣""崇高""使命"，与他对作家之思想、精神、人格等认识有关，如他所说："在我理解，作家的人格和情感，不单是自身修养的事，而是影响作家生活体验以至生命体验的敏感和体验的质地，这是容易被忽视的至为重要的一点。……作家的思想对于创作的发展具有决定性意义。"④

---

① 陈忠实：《再说李十三》，《陈忠实文集》第 9 卷，人民文学出版社 2015 年，第 256 页。

② 陈忠实：《在原下感受关中》，《陈忠实文集》第 9 卷，人民文学出版社 2015 年，第 43—44 页。

③ 陈忠实：《话说陕西人》，《陈忠实文集》第 10 卷，人民文学出版社 2015 年，第 209 页。

④ 陈忠实：《独立个性的声音》，《陈忠实文集》第 10 卷，人民文学出版社 2015 年，第 301—302 页。

【散文、报告文学、言论等】

1月,《灿烂在创造里——感动葛玮》刊《中国戏剧》第1期。

1月,散文《红烛泪 杜鹃血》刊《鸭绿江》(上半月)第1期。

1月,《借助巨人的肩膀——翻译小说阅读记忆》刊《长江文艺》第1期。又刊《西安石油大学学报(社会科学版)》第3期。又名《借助巨人的肩膀——阅读翻译小说的记忆》刊《秘书工作》2007年第2期。

2月,《关中娃,岂止一个"冷"字——读〈立马中条〉》刊《收藏界》第2期。

3月26日,写成言论《文学的力量——与〈陕西日报〉记者张立的对话》。

4月2日,写成言论《陈孝英,让我感到灿烂》;4日,写成言论《关于〈白鹿原〉及其他——与〈时代人物〉周报记者徐海屏的谈话》;10日,写成言论《一种气质,鲜嫩和灿烂——罗贯生山水画印象》。

5月6日,写成评论《思辨的这一声——读朱鸿散文之感受》,刊《文学报》10月6日。

6月9日,评论《容颜在昨夜老去》刊《文学报》。

6月27日,写成散文《完成一次心灵洗礼——感动长征之一》。

7月,言论《一段几乎湮没的史实:中条山八百壮士血祭黄河》刊《同舟共进》第7期。

7月12日,写成言论《天使或是蜻蜓,翅翼沉重——读〈午夜天使〉及其来由》;23日,写成散文《太白山记》。

7月14日,评论《难以化解的灼痛——读陈行之新作〈危险的移动〉》刊《文学报》。

8月,言论《敬重宝成》刊《延河》第8期。

8月7日,写成散文《关山小记》;14日,写成散文《也说中国人的情感》。

9月，言论《王鼎的死谏与杨虎城的兵谏》刊《同舟共进》第9期。

9月8日，写成散文《吟诵关中》，刊《延河》第11期。

9月19日，评论《用思辨的声音撞击读者心灵——读朱鸿散文之感受》刊《深圳特区报》。

9月29日，写成散文《仰天俯地　无愧生者与亡灵——感动孔从洲将军》，刊《延河》第12期。

10月5日，写成评论《诗性的婉转与徘徊》；21日，写成言论《业已铸就无限》。

11月16日，写成评论《气象万千的艺术峡谷——〈高峡书画集〉序言》，刊《碑林集刊》。

11月22日，写成散文《黄洋界一炮——感动长征之二》；29日，写成散文《再到凤凰山》。

【诗词】

6月29日，作诗《白鹿书院成立感赋——步炜评诗韵》。

11月1日，作诗《致熊召政》。

【单行本、作品集】

7月，小说集《康家小院》由中国社会出版社出版。

2006年　六十四岁

【散文、报告文学、言论等】

2月，评论《诗性的婉转与徘徊》刊《中华散文》第2期。

2月8日，写成散文《魅力亨利》。

3月3日，评论《气象万千的艺术峡谷——高峡印象》刊《各界导报》。

3月7日，写成散文《陷入与沉浸——〈延河〉创刊50年感怀》，刊《延河》第4期。

3月24日，写成言论《公安文化及其他》；25日，写成言论《别一种情怀》。

4月12日，写成散文《关于一条河的记忆和想象》。

4月17日，写成散文《也说"抬杠"》。

在这篇文章中，陈忠实谈了对现实主义的理解，他认为现实主义也罢先锋派也罢，都是众多创作方法中的一种，重要的是作家个性化的独特的生活体验生命体验和艺术体验："我倒以为，现实主义是一条创作方法，先锋派也是一种艺术流派，况且还有诸如魔幻现实主义、荒诞派、象征派等种种创作方法，都出现过经典的或杰出的文本，也成就过大家大师。问题仅仅在于，既不要把文坛弄成现实主义独尊的一统天下，也不要时兴什么流派就全搞成什么流派的一色样式，不要搞成'全世界都只能养澳大利亚羊'。艺术创造尤其重要的是个性化的创造活动。作家个人的气质和个性，作家独有的生活体验和生命体验，需要找到一种最适宜最恰当的表述形式，才能得到最完美的表述。一种创作方法或流派，既不可能适宜个性迥然的所有作家，甚至同一作家也不可能用一种写作方法去表现各种体验，这是常识。"①

4月18日，写成言论《心斋，一个海阔的文学空间》；30日，写成言论《答〈解放日报〉记者姜小玲问》。

5月，评论《耕耘在民族文学的园地里——〈绿野心音〉序》刊《延河》第2期，又刊《回族研究》第2期。

5月，言论《遵循马老的足迹前进》刊《当代戏剧》第3期。

5月，散文《一次心灵的洗礼》刊《求是》第5期。

5月14日，写成散文《陪一个人上原》；25日，写成散文《走过武汉，匆草一笔》；31日，写成散文《半坡猜想》。

5月23日，评论《中国乡村形态的智慧表达》刊《文艺报》。

6月3日，写成散文《五月，临近盛事的期待——2006足球世

① 陈忠实：《也说"抬杠"》，《陈忠实文集》第6卷，人民文学出版社2015年，第146页。

界杯观感之一》；10 日，写成散文《正确的坚定和无知的固执——2006 足球世界杯观感之二》；13 日，写成散文《最后才学会射门及其他——2006 足球世界杯观感之三》；15 日，写成散文《黑马尚未出现——2006 足球世界杯观感之四》；18 日，写成散文《帅气和率性的转移之谜——2006 足球世界杯观感之五》；19 日，写成散文《绅士风度和心理赘肉——2006 足球世界杯观感之六》；21 日，写成散文《尽享盛宴——2006 足球世界杯观感之七》；22 日，写成散文《老陈与陈老》；23 日，写成散文《又一次高潮式的盛宴——2006 足球世界杯观感之八》。

6 月 7 日，散文《半坡猜想》刊《中国文物报》。

6 月 30 日，写成散文《娲氏庄杏黄》，刊《鸭绿江》（上半月版）第 11 期。

7 月 1 日，写成散文《太过的残酷和太过的轻松——2006 足球世界杯观感之九》；2 日，写成散文《经典的防守也精彩——2006 足球世界杯观感之十》；5 日，写成散文《谁都强，谁都强不起来——2006 足球世界杯观感之十一》；6 日，写成散文《再看亨利的魅力——2006 足球世界杯观感之十二》；10 日，写成散文《绝妙的与吓人的——2006 足球世界杯观感之十三》；13 日，写成言论《答〈南方周末〉记者张英问》；16 日，写成言论《和〈瞭望东方周刊〉记者的对话》。

陈忠实的业余爱好主要有独自闲坐喝茶、抽雪茄、喝西凤酒、下象棋、看体育比赛尤其是足球比赛。因此，他写下了众多关于奥运比赛和足球世界杯比赛的散文随笔。他自陈："看体育竞赛，我在那种激烈的竞争中感到的是一种无所企及的酣畅淋漓，心理舒展了，精神张扬了，情绪亢奋了，完全是一种享受。当然，在我看来，体育竞赛是最公平的，尽管球场有过黑哨，其他项目也有过黑分，但总体来看，仍是人类所有具有竞争意义的活动中，最具透明度也最公平的一种。我尤其喜欢看高水平的足球比赛，但涉及到国家队的重要国际比赛，涉及到陕西队的命运的比赛，哪怕水平不高，我仍然喜欢看。在体育竞争中，我是一个民族主义者，甚或是一个地方主义者。"①

在谈及《白鹿原》之后的创作时，陈忠实谈了二点。一是长篇小说的创作打算、所面临的问题及创作的态度。"《白鹿原》写完后，我一直想写长篇，但这个小说和《白鹿原》没有直接的联系。《白鹿原》写的是 20 世纪前 50 年的事。《白鹿原》完成时，我心里很自然地，有一种欲望，想把 20 世纪后 50 年的乡村生活也写一部长篇小说。但我这个人写长篇小说，必须有一种对生活的独立理解和体验，一种能让自己灵魂激荡不安的那种体验，才会有强烈的表达欲望。可惜，我至今未能获得那种感觉。因为缺失这种独特体验，我发现自己没有写长篇小说的激情和冲动。如果凭着浮光掠影或人云亦云的理解去硬写，肯定会使读者失望，也更挫伤自己。"二是散文随笔和短篇小说创作的兴趣和状况。"于是我开始写散文和随笔，没想到竟陷进去了。这些年我一直都在写散文，而且一连出了几本散文集。2001 年我恢复写小说，对写短篇小说兴趣陡增，这几年我已经写了 10 个短篇小说了。"②

在另一次与记者的对话中，陈忠实阐述了小说如何进入和表现历史，及其对"史诗"的理解："小说家实际上是从心理层面来写历史和现实生活。作家要把握的是一个时代人的精神心理，普遍的一种社会心理。我觉得巴金的《家》伟大之处也在这里。人们经常形容一部作品像史诗。史诗不单是写了重要的历史事件，更重要的是反映了重要的社会心理变化。"③

---

① 陈忠实：《人生九问》，《陈忠实文集》第 6 卷，人民文学出版社 2015 年，第 321 页。

② 陈忠实：《答〈南方周末〉记者张英问》，《陈忠实文集》第 8 卷，人民文学出版社 2015 年，第 440—441 页。

③ 陈忠实：《和〈瞭望东方周刊〉记者的对话》，《陈忠实文集》第 8 卷，人民文学出版社 2015 年，第 447 页。

7月，评论《别一种情怀——我读张勃兴诗词》刊《金秋》第7期。

7月26日，评论《耀眼的语言魅力》刊《中国文化报》。

7月29日，写成言论《我相信文学依然神圣——答〈延安文学〉特约编辑周瑄璞问》，刊《延安文学》第5期。

8月9日，对话《13年了陈忠实还在"炼钢"》刊《南方周末》。

8月10日，写成言论《筛选自己》；12日，写成言论《少年已知情滋味——禹治夏诗文印象》。

8月，散文《走过武汉》刊《人民文学》第8期。

8月，散文《陪一个人上原》刊《中华散文》第8期。又刊《太湖》2010年第1期。

8月31日，写成散文《父亲的树》，刊《人民文学》第11期。

9月，评论《一个历史过程中的中国乡村形态——读孙见喜〈山匪〉》刊《商洛学院学报》第3期。

9月6日，写成言论《我看话剧〈白鹿原〉》，刊《长江文艺》2007年第1期。

9月9日，写成散文《地铁口脚步爆响的声浪——俄罗斯散记之一》。

9月21日，评论《耕耘在民族文学的园地里》刊《文艺报》。

9月23日，写成散文《回家折枣》，刊《长江文艺》2007年第1期，又刊《文学教育（上）》2007年第3期。

9月29日，写成评论《再读〈活动变人形〉》，刊《南方文坛》第6期。

10月4日，写成散文《林中那块阳光明媚的草地——俄罗斯散记之二》，刊《中华散文》第12期。

10月12日，写成言论《在现实的尘埃中思索与漫游——序远村诗集〈浮士与苍生〉》，刊《文艺报》10月26。又刊《文学报》11月30日。

10 月 15 日，写成言论《长庆，鲜活的记忆与激情的书写》。

11 月 5 日，写成评论《印在生命脚印里的诗——冯在才诗集〈曲江吟〉阅读印象》；23 日，写成散文《关中有螃蟹》；29 日，写成散文《1980 年夏天的一顿午餐》。

11 月，散文《理性与情感》刊《意林》第 21 期。

12 月 9 日，写成言论《人生笔记的笔记》。

12 月 13 日，写成言论《难得一种真实》，刊《小说评论》2007 年第 2 期。

【诗词】

7 月，作诗《凤栖原》。

【单行本、作品集】

10 月，《关于一条河的记忆：陈忠实散文精选集》（"品读名家系列"）由中国社会出版社出版。

【获奖】

散文《一次心灵的洗礼》获《求是》杂志社"九旭杯·红色之旅"散文征文一等奖。

2007 年 六十五岁

【小说】

5 月 9 日，写成短篇小说《李十三推磨——三秦人物摹写之三》刊《人民文学》第 7 期。《小说月报》2007 年第 9 期转载。

【散文、报告文学、言论等】

1 月，散文《我看话剧〈白鹿原〉》《回家折枣》刊《长江文艺》第 1 期，后者又刊《文学教育（上）》2007 年第 3 期。

1 月 4 日，写成《接通地脉》，刊《南方文坛》第 2 期。

1 月 27 日，写成言论《面对城墙的吟诵——〈南城墙〉序》。

2 月 14 日，写成言论《寄望灿烂——笔记高璨》。

2 月 28 日，写成散文《从黄岛到济南》。

这篇散文记叙了陈忠实第一次出远门参加文学写作笔会在黄岛和济南两地的经历、见闻和感受。此次笔会由《北京文学》小说组组长傅用霖组织。与会者有《笨人王老大》的作者锦云，"更有不同凡响的汪曾祺"。陈忠实在文中留下了汪曾祺的"影像"："此前我已在《北京文学》读过《受戒》，对汪曾祺这个名字就蒙上一层神秘莫测乃至莫解的感觉，尽管在火车上听他谈天说地纵古论今，尽管他机智幽默举止自如，不仅不摆谱儿，似乎随意自如到不拘小节，然而，我仍然排弃不掉那一缕神秘莫解的感觉。……我后来在《北京文学》上看到了汪曾祺的《大淖记事》，就是他在黄岛上下的一个堪称精品的'蛋'。"①陈忠实此处记忆有误。这次笔会应在1981年8月上旬。汪曾祺的《受戒》写于1980年8月，刊《北京文学》1980年第10期；而《大淖记事》写于1981年2月，刊《北京文学》1981年第4期。在两人参加笔会时《大淖记事》已经发表。而不会是写于陈忠实所说的"一九八一年溽热的三伏"。其实，汪曾祺在黄岛笔会期间写的是其另一篇小说《徙》。汪曾祺虽没有特别提到这次笔会，但在其文论《思想·语言·结构》中谈如何写好小说的开头和结尾时，举了自己写《徙》如何修改开头的例子。这篇小说是汪曾祺写其小学国文教师的，原来的开头是"世界上曾经有过很多歌，都已经消失了。"修改后为"很多歌消失了。"关于修改的灵感和经过，汪曾祺写道："我到海边转了转（这篇小说是在青岛对面的黄岛写的），回来换了一张稿纸，重新开头。"②《徙》是汪曾祺于1981年8月上旬写于黄岛，并刊《北京文学》1981年第10期。这在时间上完全与陈忠实的记忆和叙述相吻合。据此说，陈忠实所说的"在黄岛上下的一个堪称精品的'蛋'"应该是《徙》

---

① 陈忠实：《从黄岛到济南》，《陈忠实文集》第9卷，人民文学出版社2015年，第7—8页。

② 汪曾祺：《思想·语言·结构》，《晚翠文谈新编》，生活·读书·新知三联书店2002年，第90页。

而不是《大涝记事》。

3月,评论《直抵灵魂的冲击——谈〈迟开的玫瑰〉》刊《商洛学院学报》第1期。

3月,评论《难得一种真实》刊《小说评论》第2期。

3月24日,写成言论《行走间的匆草一笔》;25日,写成散文《玩自己的足球——西安民间足球印象》。

4月,评论《多姿多彩的绽放　任小蕾印象》刊《中国戏剧》第4期。

4月,写成对话《关于真实及其他——和〈文汇报〉缪克构对话》。

4月13日,讲于南京,6月16日修订《〈白鹿原〉创作散谈》;27日,写成言论《真实自信的叙述——〈浅浅的雪〉序》。

4月17日夜初拟《渭滨夜聚》,2010年8月16日成稿。

5月,评论《关于一个作家的理解》刊《吐鲁番》第2期。

5月4日,写成言论《敬重修军》。

5月13日,写成言论《出神入化的艺境》,刊《陕西日报》2007年12月7日。又刊《收藏》2008年第11期。

6月,评论《〈白鹿原〉散谈》刊《扬子江评论》第3期。

6月13日,写成散文《追述一首词的成因》。

7月,散文《追说十年前的那首词》刊《同舟共进》第7期。

7月,《寻找属于自己的句子——〈白鹿原〉写作手记》刊《小说评论》第4期。

7月1日,写成言论《别一种感动——王红武楷书〈白鹿原〉序》;18日,写成散文《沉默的山——军营笔记之一》;21日,写成散文《在原下感受关中》;24日,写成言论《感受西安行进的气象和脉搏》;25日,写成散文《走进铁军——军营笔记之二》;30日,写成言论《无弦的诗性歌吟——〈谁识无弦琴〉序》。

7月15日,写成言论《村子,乡村的浓缩和解构——读冯积岐长篇小说〈村子〉》，刊《黄河文学》第 10 期。

8 月 5 日，写成言论《钢枪马蹄溅落的诗句——〈心语〉序》刊《解放军报》2008 年 5 月 11 日；30 日，写成言论《望外的欣慰和感动——〈日子〉获奖感言》。

9 月，《寻找属于自己的句子（连载二）——〈白鹿原〉写作手记》刊《小说评论》第 5 期。

9 月 8 日，写成言论《柳青创造了一个高峰》；11 日，写成言论《阅读柏杨——〈柏杨短篇小说选〉序》；27 日，写成言论《再读阿莹》，刊《延安文学》第 5 期；28 日，写成言论《语言里的生命质感》。

11 月，《寻找属于自己的句子（连载三）——〈白鹿原〉写作手记》刊《小说评论》第 6 期。

11 月 9 日，写成言论《蓄久的诗性释放，在备忘——〈青春的备忘〉序》，刊《延河》2008 年第 1 期。

12 月，散文《文学故乡》刊《档案天地》第 6 期。

12 月 7 日，评论《阅读柏杨》刊《陕西日报》。

12 月 10 日，写成散文《你让我荡气回肠——〈华夏龙脉〉群雕·碑文》，同日写成散文《第一次借书和第一次创作——我的读书故事之一》；25 日，写成言论《无法归类的文化寓言》；31 日，写成言论《添了一份踏实》。

【诗词】

4 月 17 日，初拟《渭滨夜聚——和张陇得先生诗韵》，2010 年 8 月 16 日改成。

6 月 16 日，作诗《少陵原》。

8 月 1 日，作诗《王锋印象》。

【单行本、作品集】

1 月，散文随笔集《凭什么活着——我的人生笔记》由时代文艺出版社出版。

5 月，散文随笔集《我的行走笔记》由时代文艺出版社出版。

9 月，中短篇小说集《关中风月》由东方出版社出版。

9 月，散文随笔集《我的关中我的原》由学林出版社出版。

【获奖】

短篇小说《日子》获首届蒲松龄短篇小说奖（蒲松龄短篇小说奖组委会，文艺报社、山东省作家协会、淄博市人民政府主办）。

短篇小说《李十三推磨——三秦人物摹写之三》获 2007 年度人民文学奖短篇小说奖。

陈忠实获首届陕西文艺大奖艺术成就奖。

2008 年　六十六岁

【散文、报告文学、言论等】

1 月，《寻找属于自己的句子（连载四）——〈白鹿原〉写作手记》刊《小说评论》第 1 期。

1 月，散文《在原下感受关中》刊《红豆》第 1 期。

1 月，评论《蓄久的诗性释放，在备忘——读长诗〈青春的备忘〉》刊《延河》第 1 期。

1 月 2 日，写成言论《乡党曾宏根和他的华胥国》；11 日，写成对话《〈白鹿原〉之外——与〈关注〉记者白小龙、逸青的对话》；17 日，写成散文《在灞河眺望顿河——我的读书故事之二》；18 日，写成散文《一个空前绝后的数字——我的读书故事之三》；22 日，写成散文《办公室的故事》。

1 月 14 日，写成散文《一个人的声音——李星印象》，刊《延河》第 4 期。

1 月 31 日，写成散文《排山倒海的炮声》，刊《解放日报》2 月 21 日。

2 月 3 日，写成散文《关键一步的转折——我的读书故事之四》；11 日，写成散文《摧毁与新生——我的读书故事之五》；20 日，写成言论《展示秦腔的新图景》。

3月9日,写成言论《陷入的阅读及其它——〈骞国政文集〉阅读笔记》,刊《陕西日报》5月4日。又刊《延河》第7期。

3月13日,写成言论《难得一种纯洁与鲜活——感动陈希学》,刊《陕西广播电视大学学报》第2期。

4月27日,写成《我与〈白鹿原〉——在中国现代文学馆讲演稿》。

5月3日,写成散文《一次功利目的明确的阅读——我的读书故事之六》;6日,写成散文《米兰·昆德拉的启发——我的读书故事之七》;17日,写成散文《汶川,给我更深刻的记忆,不单是伤痛》;22日,写成对话《三十年,感知与体验——中国著名作家访谈录》。

5月,言论《添了一点踏实》刊《中国广播》第5期。

5月,言论《寻找属于自己的句子——〈白鹿原〉写作手记(连载五)》刊《小说评论》第3期。

6月,散文《家有斑鸠》刊《新世纪文学选刊》(上半月)。

6月,散文《那边的世界静悄悄》刊《中学生阅读(高中版)》第6期。又刊《思维与智慧》第20期。

6月5日,写成言论《敏锐的思考与诗性的激情——〈行云走笔〉序》。

6月29日,写成言论《青山碧水复原历史悲剧——观舞剧〈长恨歌〉有感》,刊《延河》第9期。

7月,言论《寻找属于自己的句子——〈白鹿原〉写作手记(连载六)》刊《小说评论》第4期。

7月,写成言论《我看碎戏》。

7月4日,写成散文《心中的圣火》;10日,写成散文《阅读自己——我的读书故事之八》。

8月,散文《漕渠三月三》刊《求是》第8期。

8 月 7 日，写成散文《我的秦腔记忆》。

在这篇散文中，陈忠实写到了秦腔与《白鹿原》的关系："大约在我写作《白鹿原》的四年间，写得累了需要歇缓一会儿，我便端着茶杯坐到小院里，打开录音机听一段两段，从头到脚、从外到内都是一种无以言说的舒悦。……在诸多评说包括批评《白鹿原》的文章里，不止一位评家说到《白鹿原》的语言，似可感受到一缕秦腔弦音。如果这话不是调侃，是真实感受，却是我听秦腔之时完全没有预料得到的潜效能。"[1] 其实，在此半年前的文章中，陈忠实就已涉及这一问题："可以说，在创作《白鹿原》的过程中，秦腔是我主要的精神享受。后来有人评说：《白鹿原》的语言节奏就是秦腔的节奏，大概与之有关吧。"[2]

9 月，散文《生命里的书缘》刊《海燕》第 9 期。

9 月，言论《寻找属于自己的句子——〈白鹿原〉写作手记（连载七）》刊《小说评论》第 5 期。

9 月 5 日，写成言论《你的体验，令我耳目一新》（2007 年 4 月 28 日初稿）。

9 月 11 日，写成言论《阅读柏杨——〈柏杨短篇小说选〉读记》，刊《当代文坛》第 2 期。

9 月 29 日，写成散文《龙湖游记》，刊《人民文学》第 12 期。

10 月 1 日，写成散文《老君台记》；29 日，写成言论《呼应与鼓舞》。

11 月，散文《家之脉》刊《全国新书目》第 21 期。又刊《思维与智慧》2015 年第 8 期。

11 月，《寻找属于自己的句子——〈白鹿原〉写作手记（连载八）》刊《小说评论》第 6 期。

---

[1] 陈忠实：《我的秦腔记忆》，《陈忠实文集》第 9 卷，人民文学出版社 2015 年，第 91 页。

[2] 陈忠实：《展示秦腔的新图景》，《陈忠实文集》第 9 卷，人民文学出版社 2015 年，第 217 页。

11 月 12 日，写成散文《铁岭掠影》。

12 月 9 日，写成言论《激情赋华章——〈秦·赋〉序》；23 日，写成言论《遥远的文君和现实的女性世界——〈文君赋〉序》。

12 月，写成对话《让生活升华为艺术——答〈文化艺术报〉贾英问》。

【单行本、作品集】

1 月，散文随笔集《乡土关中》由中国旅游出版社出版。

1 月，中篇小说集《四妹子》由时代文艺出版社出版。

1 月，《白鹿原》（雷达评点本）由文化艺术出版社出版。

1 月，《陈忠实自选集》（"中国当代著名作家自选集系列"）由海南出版社出版。

3 月，《吟诵关中：陈忠实最新作品集》由重庆出版集团、重庆出版社出版。

5 月，《白鹿原》（"陈忠实集"长篇小说卷）由北京出版集团、北京十月文艺出版社出版。

7 月，《第一刀》（"陈忠实集"短篇小说卷）由北京出版集团、北京十月文艺出版社出版。

8 月，《蓝袍先生》（"陈忠实集"中篇小说卷）由北京出版集团、北京十月文艺出版社出版。

8 月，《原下的日子》（"陈忠实集"散文卷）由北京出版集团、北京十月文艺出版社出版。

9 月，《陈忠实散文精选集》由新世界出版社出版。

11 月，散文集《秦风》（"大雅中国风系列"，陈忠实著，雒志俭等绘图）由华东师范大学出版社出版。《陈忠实小说》（何西来评点）由文化艺术出版社出版。

【获奖】

短篇小说《李十三推磨——三秦人物摹写之三》获《小说选刊》首届小说双年奖短篇小说奖。

2009 年　六十七岁

【散文、报告文学、言论等】

1 月,《我的秦腔记忆》《三十年,感知与体验》(与邢小利对话)《文学依然神圣》《我的文学生涯》刊《文学界(专辑版)》2009年第 1 期。《我的秦腔记忆》又刊《散文(海外版)》2009 年第 3 期。

1 月,《寻找属于自己的句子——〈白鹿原〉写作手记(连载九)》刊《小说评论》2009 年第 1 期。

1 月,散文《百草园的月色》刊《语文教学与研究》第 3 期。

1 月,写成言论《关注人类命运的力作》。

1 月 4 日,写成散文《一个人的声音——李星印象》,刊《散文(海外版)》2009 年第 4 期。

1 月 31 日,写成散文《一双灵光纯净的眼睛》。

3 月,《寻找属于自己的句子——〈白鹿原〉写作手记(连载十)》刊《小说评论》2009 年第 2 期。

3 月 2 日,写成散文《难忘一渠清流》;19 日,写成言论《再说李十三》。

4 月 5 日,写成言论《热风扑面——〈山溪〉序》。

5 月,《寻找属于自己的句子——〈白鹿原〉写作手记(连载十一)》刊《小说评论》2009 年第 3 期。

5 月,《我的秦腔记忆》刊《甘肃日报》2012 年 8 月 7 日。又刊《党建》2012 年第 6 期,《上海采风》2016 年第 7 期。

6 月 14 日,写成对话《再说那道原——答〈陕西日报〉杨小玲问》;20 日写成言论《感知一双敏锐的眼睛——〈那样的非洲〉序》。

7 月,《寻找属于自己的句子——〈白鹿原〉写作手记(连载十二)》刊《小说评论》2009 年第 4 期。

7 月,写成对话《关于读书——答〈深圳商报〉记者问》。

7 月,散文《清茶伴我读美文》刊《现代审计与经济》2009 年第 3 期。

7月，散文《又见鹭鸶》刊《文苑（经典美文）》2009年第7期。

7月21日，写成言论《感知并领受，一种鲜活的生命气象》。

8月23日，写成对话《创作成就取决于作家的敏感、深刻和独特——与西安工业大学人文学院邰科祥教授对话》，刊《文艺研究》2009年第11期。

9月，《寻找属于自己的句子——〈白鹿原〉写作手记·后记（续完）》刊《小说评论》2009年第5期。

9月，写成对话《也说思想——答〈南方周末〉张英问》。

9月10日，写成散文《说"我"》。

9月25日，写成言论《难得尽在传神处——读杨稳新国画》，刊《时代人物》2011年第8期。

10月15日，写成言论《方言散谈——〈都市方言辞典·陕西卷〉序》。

在这篇序言中，陈忠实简要梳理了自己创作历程中，对母语方言和文学创作及阅读关系的思考。他说："算下来有五十年了，我一直在寻找我的母语方言里的精粹，其乐无穷，却也几经波折。起初，误以为越土乃至越怪癖才愈生动新鲜，结果却造成读者阅读的障碍；有许多方言，一时找不到准确的汉字，只能依着发音用相应的汉字代替，结果造成完全相反的负面效应，那些代替的相应的汉字，根本不能传达那个方言语汇的原来意思。直到上世纪八十年代后期，即《白鹿原》开始写作时，关于方言土语的运用，才基本确定下来一个规矩，即，凡是从字面上可以表述词汇百分之九十以上含义的方言，便用，起码能让外路读者从字面上理解到六成意思，才能体现方言的独有韵味，方言才有阅读的意义和活力。反之，方言对于叙述或描写以及对话的语言，效果当适得其反。从我写《白》以及后来读者阅读的效应看，恰当的方言土语运用到叙述语言中，可以强化其语感的硬度和韧性。"[1]

---

① 陈忠实：《方言散谈——〈都市方言辞典·陕西卷〉序》，《陈忠实文集》第9卷，人民文学出版社2015年，第278页。

10月31日，写成言论《感知一种真实的精神高尚和情感丰满》。

11月，散文《父亲的树》刊《人民文学》第11期。

11月7日，写成散文《再说盗版和盗名》；24日，写成言论《少年笔下有雅韵——〈胡雪诗集〉读后》；28日，写成言论《用生命的体验思考生命的价值——我看〈死囚牢里的陪号〉》；30日，写成散文《原或塬，是耶非耶》。

12月，《在陕西省图书馆建馆一百周年馆庆典礼上的讲话》刊《当代图书馆》2009年第4期。

12月10日，写成言论《精神高蹈之履痕，坚实行走的伴唱——〈黄楼吟〉序》；15日，写成言论《难得豪情又柔肠——〈贺兰踏阙〉读记》。

【单行本、作品集】

1月，《陈忠实散文》（古耜评点）由文化艺术出版社出版。

4月，《白鹿原》（"共和国作家文库"）由作家出版社出版。《陈忠实精选集——轱辘子客》（"世纪文学60家"）由北京燕山出版社出版。

4月，短篇小说集《回首往事》、散文集《默默此情》由中国盲文出版社出版。

8月，《寻找属于自己的句子——〈白鹿原〉创作手记》由上海文艺出版社出版。

12月，《白鹿原》（《中国新文学大系第五辑（1976—2000）》）由上海文艺出版社出版。

【获奖】

短篇小说《李十三推磨——三秦人物摹写之三》获《小说月报》第1届百花奖短篇小说奖。

2010年　六十八岁
【散文、报告文学、言论等】

1月13日，写成言论《我们没有史诗，是思想缺乏力度》。

在思考中国为何缺乏如《静静的顿河》《百年孤独》等史诗品格的长篇小说时，陈忠实认为，"主要在于思想的软弱，缺乏穿透历史和现实纷繁烟云的力度"。他进一步阐明了思想与政治的关系："说到思想，似乎是一个容易敏感的词汇。思想似乎沾惹到政治，说到政治，似乎又很容易招惹令人厌恶的极左或平庸的教条。我想应该早就排除极左政治的阴影了，尤其不能把极左政治等同于政治，不能因噎废食。富于理论高度和深度的政治，是一个国家和民族命运的光明之灯。应该从对极左政治的厌恶情绪里摆脱出来，恢复对建设性的政治的热情。既然作家都关注民族命运，就不可能脱离系着民族命运的政治。作家的思想还不完全等同于政治。这是常识。"对于作家的独立思想与生活体验生命体验的关系，在他看来，也"应该是文学创作的常识"："作家独立独自的思想，对生活——历史的或现实的——就会发生独特的体验，这种体验决定着作品的品相。思想的深刻性准确性和独特性，注定着作家从生活体验到生命体验的独到的深刻性。"①

在 2012 年 1 月 10 日的一次对话中，陈忠实再次强调"思想"对于作家和文学不可或缺的重要性："艺术表述的独特性不可或缺，关键在于作家的思想。思想的深刻或浮浅，直接决定着作家感受和体验生活的层次。我曾以炼钢为喻体，先进的冶炼手段能炼出精钢，而粗陋的炼钢设备只能制造粗钢。作家有独立而深刻的思想，对生活的体验可能深化到生命体验的层面，不仅不会发生雷同的现象，而且会形成一道独特的文学风景。"②

1 月 16 日，写成言论《珠联璧合说吴、罗》，刊《陕西日报》1 月 22 日。

---

① 陈忠实：《我们没有史诗，是思想缺乏力度》，《陈忠实文集》第 10 卷，人民文学出版社 2015 年，第 186 页。

② 陈忠实：《有关体验及其他——和〈陕西日报〉张立的对话》，《陈忠实文集》第 10 卷，人民文学出版社 2015 年，第 388 页。

1月23日，写成随笔《我读〈创业史〉》。

2月，评论《少年笔下有雅韵——〈胡雪诗集〉读后》刊《延河》第2期。

2月，评论《聆听耿翔》《诗性和谷，婉转与徘徊》刊《文学界（专辑版）》第2期。

3月，评论《关注人类命运的力作》刊《全国新书目》2010年第5期。又刊《文艺报》2010年1月6日。

3月，评论《求得艺术的真实——孟世强书法》（与钟明善合作）刊《书法》2010年第3期。

3月3日，写成散文《仅说一种本能的情感驱使》，刊《陕西日报》3月25日。

3月8日，写成言论《难得一种渴望性阅读——〈黑河〉读记》，刊《延河》第6期。

4月，写成对话《作家要有使命感——答裔兆宏问》。以《作家要有使命感——对话中国作家协会副主席陈忠实》为题，刊《文艺报》2010年6月25日。

4月15日，写成散文《热情率性与悄没声息——王愚印象》。以《王愚：热情率性与悄没声息》为题刊《文艺报》5月28日。以《热情率性与悄没声息》刊《美文》第13期，《西安日报》6月7日。

4月25日，写成对话《作家都在思考这个时代——答〈江南〉杂志黎峰问》，刊《江南》第4期。又刊《民情与信访》第6期、第7期。

这是一篇内容丰富信息量大的长篇对话。在这篇对话中，陈忠实较为详细地介绍了《白鹿原》的出版、电台播出、在中国港台以及日本、韩国、越南、法文版、英文版的翻译出版情况，对自己的生活经历、写作等情况的言说也较为全面细致。其中涉及了几个重要问题，对于理解陈忠实的思想和创作极有启示意义。

首先，小说的影视改编和作家写剧本的问题。陈忠实说："我的几篇短篇小说和中篇小说都被改编成电视剧，反响平平。我不拒绝小说被改编成影视剧，变一种传播的方式，也是好事。就我写作的目的，总是希望多一个读者，改为影视作品，无疑扩展了和读者交流的渠道。作家写影视剧本是好事，也是作家多种才华的展示，但不是人人都能做。我做过，却做不好。"①

其次，由小说《白鹿原》引发的"秘史"与"正史"和"文化心理结构"的关系问题。陈忠实谈道："在我理解，秘史是相对于正史而言。正史是一个民族形成和发展过程的确切而又可资信赖的历史。秘史当为正史在这个民族的男女人群心灵上的投影，以及引发的各个不同的心理裂变，相对稳定的心理结构的破碎、颠覆，以及完成新的心理结构的平衡。这是一个痛苦的剥离过程，也是精神世界完成更新的过程。其中的痛苦和快乐，不是个别人的偶然事象，而是整个群体普遍发生的事。既然是精神和心理世界发生的裂变，就不会像正史考证史实那样判别是或非，而是纷繁和多样，不同阶层乃至同一阶层的人，都会有各个不同的心理征象，更多地呈现着一种心灵的隐秘。小说大约就是揭示那种隐秘的。巴尔扎克把它称为一个民族的秘史。"②

关于《白鹿原》的构思、写作及意蕴与巴尔扎克"秘史"的关系问题，陈忠实回忆："我在构思和整个写作过程中，尚无明确的秘史这个概念，只是我对上世纪前五十年的白鹿原地区的生活体验和思考，暗合了秘史的意蕴。"③

再次，方言与文学叙述语言的关系问题。陈忠实认为："我说的是关中话。我原以为关中话很土，后来却渐次发现许多方言的无

① 陈忠实：《作家都在思考这个时代——答〈江南〉杂志黎峰问》，《陈忠实文集》第10卷，人民文学出版社2015年，第318页。

② 陈忠实：《作家都在思考这个时代——答〈江南〉杂志黎峰问》，《陈忠实文集》第10卷，人民文学出版社2015年，第323页。

③ 陈忠实：《作家都在思考这个时代——答〈江南〉杂志黎峰问》，《陈忠实文集》第10卷，人民文学出版社2015年，第319页。

可替代的韵味。文学写作的表述语言中掺进方言,有如混凝土里添加石子,会强化语言的硬度和韧性。我后来渐次明确,从字面上让外地读者猜不出七成意思的方言,坚决舍弃不用,用了反倒成了阅读障碍。……关中方言土语,当属中国语言的活化石,还存留在这方地域当代人的口语中。"[1]

复次,对流行的网络小说的认识和评价问题。作为严肃作家的陈忠实,却有着异于常人的认识:"能写出万众'点击'热议不减的小说,我的基本的判断,便是作者有独特的体验,能引发众多的读者点击,证明了读者的阅读兴趣,也证明了读者阅读引发的共鸣。没有独特的体验和独特的艺术表达形式,是很难引发阅读兴趣的,更谈不到共鸣的效应了。小说的生命力本就在这里,传统的文本小说是这样,网络小说也是这样。"[2]

此外,关于"陕军东征"的提法。陈忠实回忆:"就我所闻,1993 年初在北京召开了一位陕西作家的作品研讨会,一位与会的评论家获悉有几位陕西作家的长篇小说相继在北京几家出版社出版,随口玩笑一句,这简直是'陕军东征'嘛。到会的《光明日报》记者也兼作家的韩小蕙女士,随之写的通讯文章的标题里就用了'陕军东征'这个提法,在《光明日报》发表后引起关注,也引起议论。我是从《陕西日报》转载的韩小蕙的文章得知这条消息的。我读后自然很高兴,为陕西文学创作的新收获庆祝。我对评论家说出'陕军东征'的口头表述完全理解,作为文学传播,我敏感到可能会有负作用,就在于那个'军'字,尤其是那个'征'字,可能会使人读来撑眼。……我当即找到本单位(作协)几位有话语能力的人交换意见,并统一看法,我们自己不用'军'和'征'这两个

---

① 陈忠实:《作家都在思考这个时代——答〈江南〉杂志黎峰问》,《陈忠实文集》第10 卷,人民文学出版社 2015 年,第 325 页。

② 陈忠实:《作家都在思考这个时代——答〈江南〉杂志黎峰问》,《陈忠实文集》第10 卷,人民文学出版社 2015 年,第 336 页。

字，用陕西文学繁荣或别的词汇表示。然而几乎无济于事，媒体和个人都在用'陕军东征'，我也只能徒叹奈何。我约略听到一些负面消息，也只能继续徒叹奈何，又不便释疑。"①

最后，《白鹿原》的技巧、人物和心理结构形态问题。其一，以"人物"尤其是其文化心理结构为重心。陈忠实谈道："回想起来，在这部小说的构思和创作过程中，我几乎没有想到过'技巧'这个词。我竭尽全力着意在作品人物，……即每个人物的心理结构形态，能否准确把握不同的文化心理结构在白鹿原社会的重大事变中所发生的异变，才是外在性格的内在基础，它不仅呈现人物性格的差异性和生动性，更注定某种性格的合理性和可信度，且不敢想典型性。我把绝大的用心花在这方面了。其二，情节涉及围绕人物心理结构安排和展开。还有情节的安排，也是循着人物心理结构变化的动向，给每个人物展示心理动向的一个恰当的机会。恰当在于合乎情理，却也可以偶然露出意料不及的横空一现。我在写作中常常斟酌，不同的心理结构的人物在其重大或者细微的情节里，写到怎样的程度才算恰到好处，什么情境下要不惜笔墨充分展示，什么情境下戛然而止不赘一词一句才不留下画蛇添足的蠢事，全在一种自我感觉中完成，很难用技巧的术语规范作量化的伸或缩。其三，小说的风貌和气象首先不是出自形式技巧追求而产生，亦是人物的'精神品相'所决定。同样出于着重在作品人物的文化心理结构形态的把握，我几乎没有明确给自己规范要写得'大气、顺畅'。在我对小说创作的体验而言，一部或一篇小说呈现的风貌，大气或者秀气，顺畅或者晦涩，制约性因素是作者要写的人物的精神品相所决定的，不是不管不顾人物而要独出心裁追求某种表达形式。自然还有人物生存的社会背景和生活环境，也是决定作品气象的重要因素，这些因素甚至决定作家对语言的选择。……不同文化心理结构

---

① 陈忠实：《作家都在思考这个时代——答〈江南〉杂志黎峰问》，《陈忠实文集》第10卷，人民文学出版社 2015 年，第 322—323 页。

的人物，直接影响到作家的语言选择，即必须找到一种最切合人物性情的语言。"①

4月30日，写成散文《我经历的狼》，刊《江南》2010年第4期。

5月9日，言论《〈创业史〉对我的影响》刊《中国文化报》。

5月18日，写成散文《大智慧者的人生选择——忽培元印象》，刊《文艺报》6月21日。又以《大智慧者的人生选择——我看忽培元》为题，刊《光明日报》7月29日。

5月28日，言论《王愚：热情率性与悄没声息》刊《文艺报》。

6月5日，写成言论《感知躬行者的履迹声响》，刊《陕西日报》11月14日。

6月11日—7月12日，写成随笔《十九届世界杯足球赛点评》。

7月，言论《热情率性与悄没声息——王愚印象》刊《美文》第7期。

7月，《〈长安农事拾遗〉序》刊《唐都学刊》第4期。

7月28日，写成散文《毛乌素沙漠的月亮》。11月，《毛乌素沙漠的月亮》刊《文学教育（上）》2010年第11期。又刊《西部大开发》2016年第5期。

8月8日，写成散文《我经历的"鬼"事》，刊《海燕》第10期。又刊《散文（海外版）》2011年第1期。

在这篇散文中，陈忠实谈到了《白鹿原》中所受马尔克斯的启示、小说鬼魂描写与中国/关中乡村鬼事的关系："我写田小娥鬼魂附着鹿三的情节，得益于许多年前亲自目睹的鬼事。然而，让我敢把这种可能被认为是'宣扬迷信'的情节写进小说，却是得了马尔克斯的启示，他敢让他的人物长出尾巴，我何必要忌讳写鬼。再说，他让人物长出尾巴等情节属拉美魔幻。我面对至今也不能消除

① 陈忠实：《作家都在思考这个时代——答〈江南〉杂志黎峰问》，《陈忠实文集》第10卷，人民文学出版社2015年，第321—322页。

的乡村鬼事，自审依旧属于生活真实的现实主义范畴。"① 他进而认为，神鬼之事与一个民族的文化心理结构有关，甚至是某种时代真实世相的显影："直到我在上世纪 80 年代中期回看白鹿原前半世纪的生活演变时，那些沉潜在记忆深处的庙和塔里的神和鬼，以及我亲历的听说的鬼事，竟然也都浮泛上来了，而且不仅只是封建迷信的概念，而是和原上原下的男女人物的心理结构中的文化色彩大有关系……无法排除神，更无法回避鬼，尽管知道法海用雷峰塔镇压过白娘子，仍然让白嘉轩把田小娥的尸骨压埋到塔下，不惜犯模仿这种写作之大忌。唯一让我可以强词夺理的因素，便是原上原下那个时代里的真实生活的难以回避的世象，白嘉轩面对田小娥的鬼魂，除却修塔这种惯用的也是极端的手段，似乎都不足以达到彻底解决的目的。"②

2011 年 8 月 9 日，陈忠实具体谈到自己阅读《百年孤独》的情况："我是《百年孤独》最早的一批中国读者之一。该书译文在《十月》发表时我就读到了，那是 1983 年的事。随后多年，我陆续读了拉美几个国家最具影响的代表性作家的作品译本。"他认为："《百年孤独》对我的影响，不是魔幻，而是让我把紧盯着现实生活的眼睛分出几分来，投向我生活着的以白鹿原为标志的地域的昨天。这方地域的历史远非拉美诸国可比，单是魔幻这种艺术形式，只会在拉美的土地上被马尔克斯创造出来，欧美没有发生，中国也难得发生。道理再简单不过，中国民间似无魔幻传闻，更多的是神和鬼。……马尔克斯的魔幻色彩的标征，是家族的一个孩子竟然长出一根尾巴。如果以此仿效出中国人屁股上或身体其他部位也长出一个什么东西来，或者演绎出人变狗等传奇，这种照猫画虎的结

---

① 陈忠实：《我经历的鬼》，《陈忠实文集》第 10 卷，人民文学出版社 2015 年，第 55 页。

② 陈忠实：《我经历的鬼》，《陈忠实文集》第 10 卷，人民文学出版社 2015 年，第 56—57 页。

果，是可想而知的。"并再次强调："《白鹿原》里写了白鹿的传说，写了神，也写了鬼，却不是魔幻，是白鹿原乡村的生活。"[①]

8月9日，写成言论《话说陕西人》；12日，写成对话《作家生命的意义在写作——答〈辽沈晚报〉陈妍妮问》；14日，写成言论《简说柏峰散文》；18日，写成对话《自我定位，无异自作自受——和中国国际广播电台邱晓雨谈话》；27日，写成言论《想起了杰克·伦敦》；31日，写成言论《说给云儒三句话》。

9月4日，写成言论《老到少年陈奕博》；8日，写成散文《感动一种决绝》；29日，写成言论《独得一笔活字》；30日，写成言论《探索与创造者的礼赞》。

10月，散文《我所经历的"鬼"事》刊《海燕》第10期。

10月，文论《〈白鹿原〉小说叙述语言的自觉实践》刊《商洛学院学报》第5期。

11月27日，写成言论《回首山路，槲叶依然灿烂》。

12月，文论《性与秘史》刊《商洛学院学报》第6期。

12月19日（—2011年2月6日），写成言论《一方独特的艺术风景》，刊《创作与评论》2011年第1期。

12月20日，写成对话《没上大学是人生的遗憾——与西安工业大学人文学院院长冯希哲对话》。

12月26日，写成言论《思考与思想，是精神活力与精神脊梁》，刊《文艺报》2011年6月22日。

12月29日，《精彩到堪为经典的细节》刊《文艺报》。

【诗词】

10月15日，作诗《致魏明伦》。

【单行本、作品集】

8月，散文集《在河之洲》（何启治点评）由广东出版集团、广

---

① 陈忠实：《有关我的创作——答〈黄河文学〉和歌问》，《陈忠实文集》第10卷，人民文学出版社2015年，第379—380页。

东教育出版社出版。

10月,《白鹿原》("当代陕西文艺精品")由人民文学出版社、太白文艺出版社出版。

2011年 六十九岁

【散文、报告文学、言论等】

1月6日,评论《简说柏峰》刊《文学报》。

1月,《寻找属于自己的句子——陈忠实访谈录》(章学锋访谈)刊《语文教学与研究》第1期。

1月,言论《从讨饭娃到省委副书记》刊《时代人物》第1期。

2月,文论《从感性体验出发的生命飞升旅程》刊《商洛学院学报》第1期。

2月,随笔《陪一个人上原(外一篇)》刊《太湖》第1期。

3月,文论《朱先生和他的"鏊子说"》刊《唐都学刊》第2期。

3月,散文《60岁的时候》刊《档案天地》第3期。

3月,言论《中国需要全新的文化建构》刊《时代人物》第3期。

3月,言论《牟玲生 从农家子弟到省委副书记——〈躬行集——我的回忆录〉阅读笔记(连载三)》刊《时代人物》第3期。

3月30日,写成言论《说者与被说者,相通着的境界和操守——读〈说戏〉》,刊《新文学评论》2012年第1期。

4月25日,写成言论《一次探秘性阅读》。

5月,散文《第一次投稿》刊《档案天地》第5期。

5月4日,写成散文《两株玉兰树》;30日,写成散文《原上原下樱桃红》。

6月17日,评论《精神高蹈之履痕 坚实行走的伴唱》刊《文艺报》。

6月20日,写成散文《敲响城门的远方乡党》,刊《人民文学》第9期。

6月22日，言论《思考与思想，是精神活力与精神脊梁》刊《文艺报》。

6月30日，写成言论《难得敏捷与坦诚》。

7月15日，写成言论《马蹄溅落的诗行》；30日，写成散义《猜想一根神经》。

8月9日，写成对话《有关我的创作——答〈黄河文学〉和歌问》。

在这篇对话中，陈忠实谈到《白鹿原》之后的创作状态时，将自己的创作分为两类。一类是"触发式的写作"，"无论散文，无论短篇小说，都是生活事项触及到某一根神经，便发生创作欲望，说不吐不快也合实际。《白鹿原》之后的为数不少的散文和为数不多的短篇小说，都是这样写成的"。另一类是"遵命文学"，"是遵文学朋友之命为其著作写序，我比读文学名著还用心，感知他的思想和艺术魅力，溢美是溢他作品所独有的美，不是滥说好话。约略想来，我大约为近百位作家朋友写过序了。写序不仅让我看到作家朋友的情怀和追求，也让我更了解了这位作家立身的品行"。①

另外，2010年4月25日，陈忠实在谈到做十余年作协主席对自己有无影响时，说："我向来不说是否影响了我的创作的话，尽管这是经常被问到的话，我都不敢说是，连默认也没有。确实的事实是，我的写作兴趣由小说转向散文，竟许久都难以再转回小说创作。"②

8月25日，写成散文《饭事记趣》，刊《中国作家》第21期。

9月，评论《看陈彦的三部现代戏》刊《四川戏剧》第5期。

9月5日，写成散文《我们村的关老爷》，刊《光明日报》10月19日。

---

① 陈忠实：《有关我的创作——答〈黄河文学〉和歌问》，《陈忠实文集》第10卷，人民文学出版社2015年，第381页。

② 陈忠实：《作家都在思考这个时代——答〈江南〉杂志黎峰问》，《陈忠实文集》第10卷，人民文学出版社2015年，第330页。

10月，评论《一方独特的艺术风景》刊《创作与评论》第5期。

10月，文论《精神"剥离"引发的创作新机》刊《商洛学院学报》第5期。

10月27日，写成言论《期待交流》。

11月2日，写成散文《一个人的邮政代办点》。

11月11日，写成散文《依然品尝你的咖啡》，刊《文化艺术报》12月7日。

在这篇文章中，陈忠实对路遥有较为集中概括的认识和评价："路遥的文学见解和对见解的坚信令我感佩，《平凡的世界》对现实主义的体现足以证明，且不赘述；他对世界某个地区发生的异变的独特判断总是会令我大开眼界；更有对改革开放初期某些社会现象的观察和透视，力度和角度都要深过一般庸常的说法；他也是苏联文学的热心人，常常由此对照中国文坛的某些非文学现象，便用观胜的'球不顶'的话调侃了之。'球不顶'由路遥以陕北话说出来，我忍不住笑，观胜也开心地笑起来。"①

12月7日，写成言论《略说党宪宗》。

【单行本、作品集】

1月，《寻找属于自己的句子——〈白鹿原〉写作自述》（"大家自述史系列"）由北京大学出版社出版。

1月，《白鹿原》（"语文新课标丛书"）由吉林出版集团、时代文艺出版社出版。

9月，《白鹿原》（线装三卷本）由作家出版社出版。

关于这个版本的《白鹿原》，陈忠实曾从读者和阅读的实用性方面，特别谈到自己的感受："在《白》书面世近二十年的时月里，先后出版过十多种版本，无非是各个不同的设计包装的平装本和精装本，内里却都是铅字印刷和后来无铅印刷的相同的文字。唯一有

---

① 陈忠实：《依然品尝你的咖啡》，《陈忠实文集》第10卷，人民文学出版社2015年，第113页。

点出我意料也有点新鲜感的，是作家出版社谋划了几年于前不久刚刚面世的线装竖排版本，我看到样书时，尽管有一种古香古色的稀奇感，却也觉得可能只是一种摆饰物，恐怕很难发挥一般书籍的阅读功能，不仅是那种柔软的宣纸耐不住反复翻揭，而且对于习惯横排文字阅读的今天的读者，竖排的文字读起来颇为别扭；我试读了两页，便发生很不适应的别扭感，有亲身体验在，便自然怀疑阅读的实用性功能。"① 这也从图书装帧设计和出版方面体现着陈忠实文学上突出的"读者"意识。

2012年　七十岁

【散文、报告文学、言论等】

1月，《原下的日子》刊《名作欣赏》第1期。又刊《党建》第6期。

1月10日，写成对话《有关体验及其他——和〈陕西日报〉张立的对话》。

2月，《主编长啥脸杂志长啥脸》刊《时代人物》第2期。

2月21日，写成散文《缺失斋号》。

在这篇散文中，陈忠实谈到自己作品文末的写作地点签署问题："梳理新时期以来的写作，文章末尾所附的写作地点，依时间顺序是小寨、灞桥、蒋村、白鹿园、雍村、二府庄、原下等等，竟然没有一次注明城市标志的字样。"由此他意识到自己"潜意识里依然亲和着乡村；尽管住在城市也有不少年头了，却拒绝把什么街什么路什么巷作为文章末尾的写作地点，乐于附上什么村什么寨什么庄这些乡村的名字；这种亲和和拒绝的意向，却是潜意识更是无意识的自然行为。我由此也明白了，我还是一个乡下人。"②

---

① 陈忠实：《有关〈白鹿原〉手稿的话》，《陈忠实文集》第10卷，人民文学出版社2015年，第126页。

② 陈忠实：《缺失斋号》，《陈忠实文集》第10卷，人民文学出版社2015年，第408页。

2 月 26 日，写成散文《白墙无字》。

3 月，评论《说者与被说者，相通着的境界和操守——读〈说戏〉》刊《新文学评论》2012 年第 1 期。

3 月，散文《难忘一种鸟叫声》刊《意林文汇》2012 第 6 期。又刊《今晚报》2012 年 8 月 18 日，《语文教学与研究》2014 年第 6 期，《文苑（经典美文）》2014 年第 2 期，《共产党员（河北）》2016 年第 20 期。

3 月 6 日，写成散文《难忘的一声喝彩——我与上海文艺出版社》，刊《解放日报》6 月 11 日。

3 月 18 日，写成随笔《有关〈白鹿原〉手稿的话》，刊《江南》第 4 期。又刊《散文（海外版）》2012 第 5 期。

4 月 6 日，写成散文《年年柳色》，刊《西安晚报》4 月 18 日。

4 月 11 日，写成对话《关于电影〈白鹿原〉——和〈文艺报〉记者李晓晨的对话》。

在这篇对话中，陈忠实谈道："文学和影视最大的差异是，小说通过文字和读者交流，它的优势在于可以充分描写，可以充分展示作家对人物的把握；影视是以直观的形象与观众交流，它的优势是能把文学形象具体化、生动化……读者普遍认可的好小说都能成为好剧本的脚本，比如《红岩》《林海雪原》等，但也有些好小说是改不成电影的，那些有完整的情节、鲜明的人物和强烈的冲突的小说更容易改编。编剧、导演、演员对原著的理解是否准确、到位，是影响他们能否创作出优秀作品的重要因素。"① 他认为："我不赞同在写小说时老惦记着改编成剧本，这违背了文学创作的规律。如果老想着怎么能把情节写得离奇、惊险，甚至硬要加一些所谓有戏剧性的冲突，这就损害了小说的艺术性。"②

---

① 陈忠实：《关于电影〈白鹿原〉——和〈文艺报〉记者李晓晨的对话》，《陈忠实文集》第 10 卷，人民文学出版社 2015 年，第 394—395 页。

② 陈忠实：《关于电影〈白鹿原〉——和〈文艺报〉记者李晓晨的对话》，《陈忠实文集》第 10 卷，人民文学出版社 2015 年，第 395 页。

5月4日，写成随笔《删繁就简……》，刊《新民晚报》6月17日。

5月12日，写成言论《四位才子，共舞心灵绿地》。

5月27日，写成言论《慢说解读 且释摹写：〈陈忠实解读陕西人〉自序》，刊《当代陕西》第8期。

6月5日，写成言论《不敢妄言经典》；23日，写成随笔《我看老腔》。

7月5日，写成随笔《沉默的翻译家孔保尔》，刊《文艺报》8月20日。

7月31日，散文《难忘一种鸟叫声》刊《今晚报》8月18日。

8月，言论《有关〈白鹿原〉手稿的话》刊《江南》第4期。

8月，评论《共舞心灵绿地》刊《文学界》第8期。

8月13日，言论《白鹿原上奏响一支老腔》刊《光明日报》。

8月13日，言论《〈白鹿原〉与我》刊《人民政协报》。

8月14日，写成散文《接通地脉，只因乡村情感》，刊《人民日报》9月4日。

关于这篇散文，陈忠实在回忆中道出其写作"为情造文"的实质："《接通地脉》这篇散文，写于2007年的元旦节假期间，无疑是新的一年的开篇之作。现在完全记不起这篇散文写作的诱因。依我已成习性的写作，无论一个短篇小说，无论一篇散文的写作欲望，大都有某个始料不及的生活事件或某种世象的触发，包括记忆里的陈年旧事，乃至一种自然景色，触动情感和思维的某根神经，便发生一吐为快的笔墨抒发。"①

在其他文章中，陈忠实也谈及这种"有感而发"的写作状态："我的写作习惯往往是受一种感动而被催发，无论中篇、短篇、长篇小说。抑或一篇散文，把自己的感动和体验，找到一种恰当的形

---

① 陈忠实：《接通地脉，只因乡村情感》，《陈忠实文集》第10卷，人民文学出版社2015年，第157页。

式表述出来，就有一种很难代替的快乐。"①

8 月 25 日，写成对话《文学的心脏，不可或缺——与〈解放日报·周末刊〉高慎盈的对话》。以《文学的心脏，不可或缺——〈解放周末〉独家对话著名作家陈忠实》为题，刊《解放日报》9 月 14 日。

在这篇对话中，陈忠实结合自身创作，强调了"思想"对于作家的重要性："我越来越相信，决定生活体验和生命体验的独特性的一个重要因素，是思想。我曾把作家的思想喻为炼钢，深刻而独立的思想有如最先进的炼钢设备，能够把矿石冶炼出精钢来；而肤浅平庸的思想有如低劣的炼钢设备，面对同样的矿石却只能炼出粗钢。磨砺思想锋芒，这是很费功夫的事。不然，很难实现'使命'。即便说，也是空喊。"② 他认为，中国缺少高水准长篇小说的症结"主要在于思想的软弱，缺乏穿透历史和现实纷繁烟云的力度"，"作家独立的思想，对生活——历史的或现实的，会发生独特的体验，这种体验决定着作品的品相。思想的深刻性、准确性和独特性，注定着作家从生活体验到生命体验的独到的深刻性"③。谈到对"文学的本质"的理解，他认为："我所理解的文学的本质，是作家对社会对人生的独特体验，用一种新颖而又恰切的表述形式展现出来。所谓独特体验，就是独有的体验，而且能引发较大层面读者的心灵呼应，发生对某个特定时代的思考，也发生对人生人性的理解和思考。"④

---

① 陈忠实：《关于真实及其他》，《陈忠实文集》第 9 卷，人民文学出版社 2015 年，第 461 页。

② 陈忠实：《文学的心脏，不可或缺——与〈解放日报·周末刊〉高慎盈的对话》，《陈忠实文集》第 10 卷，人民文学出版社 2015 年，第 408 页。

③ 陈忠实：《文学的心脏，不可或缺——与〈解放日报·周末刊〉高慎盈的对话》，《陈忠实文集》第 10 卷，人民文学出版社 2015 年，第 414 页。

④ 陈忠实：《文学的心脏，不可或缺——与〈解放日报·周末刊〉高慎盈的对话》，《陈忠实文集》第 10 卷，人民文学出版社 2015 年，第 412 页。

9月4日，言论《接通地脉，只因乡村情感》刊《人民日报》。

9月4日，写成言论《空出世 非同凡响》，刊《文艺报》9月26日。

9月14日，《文学的心脏，不可或缺——〈解放周末〉独家对话著名作家陈忠实》，刊《解放周末》。又刊《当代文学研究资料与信息》2012年第5期。

9月27日，写成散文《愿白鹿长驻此原》，刊《人民日报》11月4日。

10月，《我早就走出了〈白鹿原〉——陈忠实访谈录》（舒晋瑜访谈）刊《中国图书评论》第10期。

10月12日，写成散文《感受历史的生动和鲜活》，刊《新民晚报》12月2日。

11月，言论《告别路遥》刊《收藏界》第11期。

11月12日，写成言论《独立个性的声音》；23日，写成言论《借助一双敏锐的眼睛》。

12月，散文《根在乡村》刊《求是》第24期。

12月17日，写成散文《儿时的原》。

【单行本、作品集】

5月，《白鹿原》法文译本由法国色依出版社出版。

6月，散文集《接通地脉》由作家出版社出版。

8月，《白鹿原》（"20周年纪念版"）由人民文学出版社出版。

8月，短篇小说集《失重》、中篇小说集《夭折》由长江出版传媒集团、长江文艺出版社出版。

9月，《〈白鹿原〉手稿本》（全四册）由人民文学出版社出版。

12月，散文集《漕渠三月三》（"当代大家散文"丛书）由线装书局出版。

2013年　七十一岁

【散文、报告文学、言论等】

1月16日，评论《唏嘘暗泣里的情感之潮》刊《中国文化报》。

1月20日，写成散文《回家回家》，刊《人民日报》2月6日。

2月，散文《过年：家乡圆梦的炮声》刊《党建》第2期。

4月，散文《祭祖》刊《报刊荟萃》第4期。

5月15日，评论《关于〈山祭〉、〈水葬〉的解读》刊《中华读书报》。

6月，散文《火晶柿子》刊《档案天地》第6期。《火晶柿子（节选）》刊《阅读》第26期。

7月，评论《难得热诚，更难得慧眼——〈谷溪序文集〉序》刊《延安文学》第4期。

8月，评论《为生民立命——评纪实文学〈一号文件〉》刊《西部大开发》第8期。

9月，散文《晶莹的泪滴》刊《小学教学研究》第27期。

11月26日，言论《从"三个学校"到"三种体验"》刊《陕西日报》。

12月，言论《删繁就简》刊《秘书工作》第12期。

12月，散文《一个人的邮政代办点》刊《国家人文历史》第23期。

【单行本、作品集】

1月，散文集《拥有一方绿荫》（"当代著名作家美文书系"）由中国文史出版社出版。

1月，中短篇小说集《霞光灿烂的早晨》由重庆出版集团、重庆出版社出版。

1月，中短篇小说集《蓝袍先生》（"茅盾文学奖获奖者小说丛书"）由江苏文艺出版社出版。

1月，小说散文集《释疑者》（"茅盾文学奖获奖作家的短经典"

丛书）由人民文学出版社出版。

2 月，散文集《白鹿原上》由江苏文艺出版社出版。

2 月，中短篇小说集《康家小院》（"茅盾文学奖获奖作家丛书"）由中国社会出版社出版。

3 月，《陈忠实小说自选集》由新世界出版社出版。

5 月，《白鹿原》（维吾尔文版，四册）由新疆美术摄影出版社、新疆电子音像出版社出版。

5 月，《白鹿原》（柯尔克孜文，上下册）由克孜勒苏柯尔克孜文出版社出版。

7 月，《白鹿原》（哈萨克文，第一卷上下）由新疆人民出版社出版。

8 月，《白鹿原》（锡伯文版，上下册）由新疆人民出版社出版。

8 月，《白鹿原》（"茅盾文学奖获奖作品全集"）由人民文学出版社出版。

10 月，散文随笔集《白墙无字》由西安出版社出版。

10 月，短篇小说集《日子》（"中国短经典系列"丛书）由上海文艺出版社出版。

2014 年　七十二岁

【散文、报告文学、言论等】

1 月，评论《雷达是新时期最具影响力的文学评论家之一》刊《甘肃社会科学》第 1 期。

4 月，评论《忽培元：土窑洞造就文学大才》刊《延安文学》第 4 期。

5 月 19 日，评论《文化心理结构的准确把握》刊《光明日报》。

5 月 25 日，评论《父子冲突的社会内涵与文化意蕴》刊《陕西日报》。

7 月，随笔《神秘神圣的文学圣地（外二篇）》刊《黄河文学》

2014 年第 7 期。《中华文学选刊》2014 年第 10 期选载。

9 月，评论《父子冲突的社会内涵与文化意蕴——谈〈西京故事〉里的几个人物》刊《小说评论》第 5 期。

9 月，对话《再说〈白鹿原〉——与陕西广播电视台主持人、西北大学文学博士刘睿对话》刊《渭南师范学院学报》第 18 期。

9 月 25 日，言论《古典诗词曲可以这样读》刊《中国教育报》。

11 月，对话《文化的沉思与创作的心曲——陈忠实笔谈录》刊《当代作家评论》第 6 期。

【单行本、作品集】

3 月，散文集《梅花香自苦寒来——陈忠实自述人生路》由华中科技大学出版社出版。

3 月，散文集《此身安处是吾乡——陈忠实说故乡》由华中科技大学出版社出版。

6 月，小说散文集《猫与鼠　也缠绵》（"有价值悦读"丛书）由人民文学出版社出版。

7 月，《白鹿原》（"现当代长篇小说经典·陈忠实小说自选集"）由长江出版传媒集团、长江文艺出版社出版。

2015 年　七十三岁

【散文、报告文学、言论等】

1 月 15 日，言论《〈多湾〉：曲折流淌，水到渠成》刊《江西日报》。

1 月，散文《汽笛·布鞋·红腰带》刊《现代班组》第 1 期。

1 月，散文《不能忘却的追忆》刊《人民文学》第 1 期。

2 月，散文《我去你来无尽意……——怀念贤亮》刊《朔方》第 2 期。

3 月 27 日，言论《路遥和他的〈平凡的世界〉》刊《文艺报》。

6 月，散文《永远的骡马市》刊《金秋》第 11 期。

7 月，《天性与灵性》刊《金融博览》第 7 期。

7 月，言论《我缘何创作〈白鹿原〉》刊《雪莲》第 15 期。

12 月，散文《我是如何走上文学之路的》刊《文苑》12 期。

【单行本、作品集】

6 月，《陈忠实自选集》由北京燕山出版社出版。

8 月，短篇小说集《白鹿原纪事》由四川文艺出版社出版。

10 月，《陈忠实文集》（10 卷本）由人民文学出版社出版。

2016 年　七十四岁（4 月 29 日逝世）

【小说】

3 月，短篇小说《蚕儿》刊《北方人（悦读）》2016 年第 3 期，又刊《文苑（经典美文）》2016 年第 6 期，《小学教学研究》2016 年第 9 期，《阅读》2016 年第 88 期，《黄金时代（学生族）》2016 年11 期，《小品文选刊》2018 年第 8 期。

【散文】

6 月，《白鹿原出版不了我就去养鸡》刊《新湘评论》第 12 期。又刊《老年世界》2017 年第 5 期。

【单行本、作品集】

2 月，散文集《生命对我足够深情》由时代文艺出版社出版。这是陈忠实生前最后一部散文集。

2 月，散文集《白鹿原下》（陈忠实精读系列）由文化艺术出版社出版。

3 月，中短篇小说集《李十三推磨》（陈忠实精读系列）由文化艺术出版社出版。

5 月，散文集《陈忠实民生散文选》由中国言实出版社出版。

5 月，《陈忠实精品小说集：十八岁的哥哥》由太白文艺出版社出版。

7 月，散文集《白鹿原头信马行》由四川文艺出版社出版。

7月，《陈忠实短篇小说选萃》由西安出版社出版。

7月，《陈忠实中篇小说选萃》由西安出版社出版。

7月，中短篇小说集《四妹子》（陈忠实精品小说集）由太白文艺出版社出版。

11月，中篇小说集《中国名家成名作·陈忠实卷》由东方出版社出版。

11月，《陈忠实访谈录》（陈忠实、冯希哲、张琼编选）由陕西人民出版社出版。

2017 年

【散文、报告文学、言论等】

9月，《从生活体验到生命体验》刊《南方文坛》第5期。

【单行本、作品集】

3月，《陈忠实自选集》（"路标石丛书"）由天地出版社出版。

4月，中短篇小说集《蓝袍先生》（"茅盾文学奖获奖者小说丛书"）由江苏文艺出版社出版。

5月，中篇小说集《蓝袍先生》（"典藏文库"）由华夏出版社出版。

5月，散文集《我与白鹿原》由天津人民出版社出版。

5月，《陈忠实小说精选集》由天津人民出版社出版。

7月，中短篇小说集《李十三推磨》由作家出版社出版。

7月，根据长篇小说《白鹿原》改编的《白鹿原：连环画：全二册》由北京十月文艺出版社出版。陈忠实在2002年5月2日写成的文章中写道："我的小说被画家改编为连环画，《白鹿原》不是第一次。我的几个短篇和中篇小说都被改编过，而长篇小说《白》书的连环画本，就其规模来说是最大的。"[①] 对由《白鹿原》改编的连

---

① 陈忠实：《温馨的记忆与陌生的熟识——读李志武〈白鹿原〉连环画随想》，《陈忠实文集》第7卷，人民文学出版社2015年，第302页。

环画，陈忠实评价道："志武画的《白》书的连环画，以一种变形的人物形象和变形的场景形态出现。一种古朴，一种原生形态，正吻合着二十世纪五六十年代中国北方乡村农耕社会的气象。人物造型人物的行为和形态，展示着人物的个性人物的内心冲突和情感变换，我以为把握得甚为准确，甚为传神，更有着画家自己着意的夸张和张扬。我几乎没有提出什么异议，而在座的青年评论家李建军也是赞赏有加。"①文章最后，陈忠实从读者接受的角度谈作家创作和画家再度创造的意义："在我的整个创造意识里，写作的最原始也是最本质的目的，就是与读者进行交流。作家所塑造的人物和人物心灵中所蕴藏的情感，当是这些人物所处时代的脉象，自然是作家把自己的体验注入人物血管的。作家创造这些作品并公之于世，自然期待能被更多的读者所接受所共鸣，由此而得到的创造的幸福感是任何名或物的奖赏都不能比拟的。连环画《白鹿原》的面世发行，将以一种富于动态的立体的艺术形式走向读者，自然也展示出画家李志武扩展了的艺术空间和别具一格的绘画风貌。我和志武一样期待读者的回声。"②

2018 年

【单行本、作品集】

1 月，散文集《儿时的原》由太白文艺出版社出版。

5 月，小说集《一个人的生命体验》（"丝绸之路丛书"）由西安出版社出版。

7 月，散文集《我走在这活泼泼的人间》由湖南文艺出版社出版。

---

① 陈忠实：《温馨的记忆与陌生的熟识——读李志武〈白鹿原〉连环画随想》，《陈忠实文集》第 7 卷，人民文学出版社 2015 年，第 303 页。

② 陈忠实：《温馨的记忆与陌生的熟识——读李志武〈白鹿原〉连环画随想》，《陈忠实文集》第 7 卷，人民文学出版社 2015 年，第 304 页。

8 月，散文集《人生就是欢声和泪盈》由贵州人民出版社出版。

9 月，《陈忠实白鹿原散文》（"文汇·金散文"第二辑）由文汇出版社出版。

2019 年
【单行本、作品集】

1 月，散文集《愿白鹿长驻此原》（"小说家的散文"丛书）由河南文艺出版社出版。

2 月，散文集《好好活着》由北京联合出版有限公司出版。

后 记

　　陈忠实曾说："作家凭什么活着？作家这种特殊职业的本质含义是什么？这样简单的事，往往弄出许多复杂的纷繁的现象和怪事来，无一不是非文学因素搅缠的结果。作家凭作品活着，作家活着的全部意义就在于创造艺术；作品创造的艺术比作家自身的生命更恒久，无论做到了或没有做到都应该持续追求；如果游离或转移了艺术创造的兴趣和心劲，那么作家这个职业就没有任何意思了。"[①] 一个作家靠自己的作品说话，凭自己的作品活着，这好像无甚新意的老生常谈。但要真正落到自己身上，落到自己的生活和写作当中，要真正做到"凭作品活着"又何其难哉。这是最朴素最本质的对作家和文学的认识，也是陈忠实所说的文学神圣的信念或信仰。基于这种感受和认识，我编撰了《陈忠实文学年谱》作为研讨陈忠实及其文学创造的基础。如果说，这份年谱还有少许特殊之处，就在于它是以陈忠实作品的创作、发表、出版、获奖为根本，在相关作品或事项条目下，着重引述陈忠实本人在不同时期对此作品的言说或评论，让作家本人"现身说法"，"以陈说陈"，同时也见出作家本人思想、观念和认识变化的脉络；若有其他学者的相关言论，则援引为佐证。另外，本年谱暂不涉及陈忠实的社会活动、人际交往，陈忠实生活、工作

[①]　陈忠实：《为了十九岁的崇拜——追忆尊师王汶石》，《陈忠实文集》第 6 卷，人民文学出版社 2015 年，第 163 页。

和创作的时代历史背景等内容，这不是说这些因素不重要（相反，它们之于作家思想和创作的重要性，不容低估），而是与本人将历史读入文本的研究思路直接有关；同时，这种做法也算是对陈忠实"作家凭什么活着？作家这种特殊职业的本质含义是什么？"之思的一个回应：陈忠实靠自己的文学思考和艺术创造活着，而不是靠"非文学因素"，他活着的意义就在于他自1958年以来充满兴趣、思考、困惑、"羞愧"也充满寻找、探索、"剥离"的舒悦和"神圣"的曲折泥泞之途和坚韧执着的持续追求。他的作品活着，他就活着。《陈忠实文学年谱》以陈忠实文集为基础，查阅相关报纸期刊编撰而成，同时参证了邢小利、邢之美《陈忠实年谱》，邢小利《陈忠实传》，李清霞《陈忠实研究资料》《陈忠实的人与文》等相关文献，这是需要说明并谨致谢意的。作家作品研究是文学研究的基础，是建立宏观文学史叙述的"文本细读"，作家年谱的编撰则是基础的基础。《陈忠实论》是我所做的第一个长篇的作家论，《陈忠实文学年谱》是我做的第一个作家年谱。从这个意义上看，本书的写作锤炼了我的"文本细读"功夫，也锻炼了进行学术研究的细心和耐心。对于陈忠实来说，"文学依然神圣""文学的使命感"不是空言，而是需要"不悔的操守和不懈的创造性劳动"。学术研究何尝不是如此。

本书的写作是一个五味杂陈的过程。对陈忠实文学的阅读和思考使我重温了博士论文写作的感受和体验。那是一个"漫长"的思考和写作过程，从茫然无措到与问题和话题相纠缠的苦闷与快乐，种种强烈的自我与文学与历史的对话性体验始终贯穿其中。同样贯穿整个写作过程的，是导师的关注与关切。在此，我要特别感谢我的博士生导师吴义勤先生。自师从先生读博至今已有近二十年的时间，作为先生"老学生""老弟子"的我，在这"漫长"而又短暂的生命历程中，时时感受到先生润物无声的关切。先生认为作家和评论家之间最好是一种"工作关系"。对此，我深为认同，并很幸运与先生拥有类似的学术关系。本书的写作缘起于作家出版社的"当代作家论丛书"出版规划。自从接受这项研究任务，我始终处于紧张的阅读和思考之中，期间几次向先生谈及写作的进度和自己按捺不住诉说愿望的话题和问题，先生多方指导，勉励有加，叮嘱别太着急、慢慢来，希望能做出有新意有分量的成果。如果说，本书尚有新意，先生的指导之功是不可埋没不可不说的。如果本书泛泛而论平淡无奇，说明学生学力不足，辜负恩师厚望。

需要特别提出的是，本书中的《陈忠实文学年谱》将在《中国当代文学研究》这本新创刊的当代文学专业学术期刊发表。在此，我要特别感谢有着远大前景的《中国当代文学研究》杂志，感谢主编吴义勤先生和白烨先生。白烨先生是陈忠实研究和当代文学研究领域的重量级学者，在本书撰写过程中，他的陈忠实论著是让我受益良多的必读文献。我的师弟、兼有作家和学者身份的苏州大学房伟教授对《白鹿原》作为新民族国家主体建构的问题和经典化问题的思考，为本书增色不少，而这是以文学和学术为基础的真挚友谊的见证。感谢师弟崔庆蕾博士，他的热情和负责让人感动。

通过对陈忠实作品较为完整、系统的阅读，也通过陈忠实文学年谱的编撰，我从宏观和微观层面对陈忠实生平、思想和创作有了初步的理解和把握，接触到了一些颇有意思和意义的话题与问题。本书的撰写是对其中某些话题和问题的初步梳理和思考，因为时间、精力有限和学养的欠缺，本书肯定会有粗疏浅陋乃至谬误之处，期待方家批评指正。同样，我也期待对已经发现而尚未探讨或深入探讨的问题或话题，有更为全面、细致和深入的思考。

感谢宽容大度的李宏伟先生和认真负责的秦悦女士。

王金胜

2019 年 7 月 24 日于金家岭东侧

图书在版编目（CIP）数据

陈忠实论／王金胜著 . -- 北京：作家出版社，2021.3
（中国当代作家论）
ISBN 978-7-5212-0981-5

Ⅰ.①陈… Ⅱ.①王… Ⅲ.①陈忠实 – 作家评论
Ⅳ.①I206.7

中国版本图书馆 CIP 数据核字（2020）第 084124 号

陈忠实论

总 策 划：吴义勤
主　　编：谢有顺
作　　者：王金胜
出版统筹：李宏伟
责任编辑：秦　悦
装帧设计：合和工作室
出版发行：作家出版社有限公司
社　　址：北京农展馆南里 10 号　　　邮　　编：100125
电话传真：86 - 10 - 65067186（发行中心及邮购部）
　　　　　 86 - 10 - 65004079（总编室）
E – mail: zuojia@zuojia.net.cn
http: // www.zuojiachubanshe.com
印　　刷：中煤（北京）印务有限公司
成品尺寸：152 × 230
字　　数：487 千
印　　张：33.5
版　　次：2021 年 3 月第 1 版
印　　次：2021 年 3 月第 1 次印刷
ISBN 978-7-5212-0981-5
定　　价：68.00 元

中国当代作家论

第一辑

阿城论　杨　肖　著　定价：39.00元

昌耀论　张光昕　著　定价：46.00元

格非论　陈斯拉　著　定价：45.00元

贾平凹论　苏沙丽　著　定价：45.00元

路遥论　杨晓帆　著　定价：45.00元

王蒙论　王春林　著　定价：48.00元

王小波论　房　伟　著　定价：45.00元

严歌苓论　刘　艳　著　定价：45.00元

余华论　刘　旭　著　定价：46.00元

第二辑

陈映真论　任相梅 著　　定价：58.00 元

二月河论　郝敬波 著　　定价：45.00 元

韩东论　　张元珂 著　　定价：50.00 元

刘恒论　　李　莉 著　　定价：45.00 元

苏童论　　张学昕 著　　定价：46.00 元

于坚论　　霍俊明 著　　定价：55.00 元

张炜论　　赵月斌 著　　定价：46.00 元

北村论　　马　兵 著　　定价：48.00 元

陈忠实论　王金胜 著　　定价：68.00 元

韩少功论　项　静 著　　定价：48.00 元

莫言论　　张　闳 著　　定价：52.00 元